U0514036

民国游记中的新疆形象研究

成湘丽 著

上海古籍出版社

新疆大学自治区重点学科（高峰）中国语言文学学科

新疆大学自治区优势学科中国语言文学学科资助出版

目　　录

引　言

第一节　新疆形象的界定与
　　　　研究对象的确立

　　关于形象一词在不同语境中的不同内涵，宗坤明曾在《形象学基础》中总结为九种："一、作为事物的形状、外貌；二、作为对事物原型的描摹和复制；三、作为'客观世界的主观映像'；四、作为事物本身所具有的本质与现象、内容与形式的矛盾统一体；五、作为人们想象和艺术描绘的结果；六、作为'理念的感性体现'；七、作为'人对外物的生动感受'；八、作为介于感性和理性之间的东西；九、作为主客观的统一。"[①]抛开其所指向的不同学科不同对象，我们大体可以认为，除第一、四种外，其他七种强调的都是凝聚了主观认识之后的客体形象。本书研究的新疆形象，兼顾文学、新闻学、传媒学、社会学意义上的"形象"概念，进而认为新疆形象本身既是中国形象的区域构成，也是新疆内涵的外化表现；既是展现新疆的文化名片，又

---

① 转见张晓芸：《翻译研究的形象学视角——以凯鲁亚克〈在路上〉汉译为个案》，上海：上海译文出版社，2011年，第32页。

是承载新疆的历史记忆；既是现实可感的直观印象，又是变动不居的心理经验；既是外在观照的"他者"形象，又是内在塑造的自我需要；既是社会集体的文化想象，又是主体之间的文化碰撞。本书以比较文学形象学研究方法为参照系，并试图拓展其至研究一国以内的"地域文学的形象学研究"，因为"中国的形象学实践应该考虑这一特点，研究国内少数民族与汉族之间、少数民族与少数民族之间反映在文学中的互相观察和体认"①。同时，本书主要选择民国新疆游记文献作为基本的考察对象，目的是为了更好地考察新疆形象产生流变的历史脉络和文化演进，既为近些年来在新闻传播或政治外交研究领域成果集中的新疆形象研究厘清内在理路和动因机制，也为在历史学或民族学领域渐成气候的"新疆论"或"新疆观"等问题研究提供新的理论框架或文化观念。因为游记中的新疆形象不同于一般新疆论著中呈现的新疆问题和新疆观念，也不同于新闻媒体中呈现的新疆报道和新疆关注，因为基于文学的生动可感和主体的情感投射，所以新疆形象更具有眼见为实的现场感和一己经验的流动性。正如1935年赴疆的徐弋吾所说："这是一个新的境界——新疆——从前我们有一切见闻不到，如今已经一幕一幕的开展在我们的眼前了。将来的环境也许更要广大些、庞杂些、奇特些，这样，如果要叙述、写真，那就困难了。因此，爱将这一次旅行经历所得，作'旅行印象记'，以符名实。"②当然，新疆形象与新疆印象相比，又更多了一份作为观察对象的新疆实体之于注视者的潜在规约和内在引导。

而我们首先面临的问题就是："新疆"之称始自何时？它是否等同昆仑以北的以天山南北为中心的汉唐等中原王朝管辖区域，即

---

① 尹德翔：《关于形象学实践的几个问题》，《文艺评论》2005年第6期，第12页。
② 徐弋吾：《新疆印象记》，西安：和记印书馆，1935年，第79页。

《汉书·西域传》中所说的"东则接汉,厄以玉门、阳关,西则限以葱岭"①。一般认为西域之命名起源于西汉宣帝神爵二年汉朝政府设置西域都护府②,自此,新疆地区已正式成为中国版图的一部分,之后任何一个中央政权都将西域视为故土,行使着对该地区的管辖权。而新疆之得名,一般认为始自清王朝在18世纪中叶平定天山以北卫拉特蒙古准噶尔贵族及天山以南大小和卓的叛乱后,于1762年设置伊犁将军府管辖西域,并称这一区域为"新疆"或"西域新疆"。之所以称为"西域新疆",是为了区别其他一些由清廷平定地方割据势力后重新统一的少数民族区域,如改土新疆(云南乌蒙山地区)、上游新疆(贵州西部地区)、下游新疆(黔东南古州)、金川新疆(四川的大小金川)等一度都被冠以新疆之名;之所以称为"新疆",是与"旧疆"③相对而言,也因清朝一直有将较早归并的民族地区称为"新"的惯例,所以更多学者认为此处"新疆"意指"故土新归",体现出乾隆盛世时大一统的国家意志和中央集权的政治意识。王明珂就认为,西域与新疆并不只是不同历史时期的称谓,还体现了不同社会群体的不同记忆——"西域与新疆这两个词,一为汉代以来中原人对其近西之域的称谓,一为清代以来中原政权西部疆土之名"④。或者说,"新疆"这一清代首创的地理名词,负载着大清王朝强盛时期的历史记忆和国家认同,有着与西域迥然不同的文化意蕴。

---

① 《汉书》卷九六《西域传》,北京:中华书局,1962年,第3871页。
② 以上关于西域狭义广义的说法较为笼统,其命名说法也更强调其政治含义。杨建新最早指出,西域概念是表示一定地理范围的概念,在不同时代有不同内容,在汉唐清等时期,还具有地方行政单位的含义。见杨建新:《"西域"辩正》,《新疆大学学报》1981年第1期。
③ 比如哈密、巴里坤、奇台、吐鲁番等地,清朝都称为"我朝旧疆",在此以西的原准噶尔辖地则称为"准噶尔旧疆"(见《皇舆西域图志》卷九《疆域》,卷二二《山》)。
④ 王明珂:《序》,王欣:《文本解读与田野实践:新疆历史与民族研究》,北京:中国社会科学出版社,2013年,第1页。

　　不过在清中叶兴起的大量西北史地文献中，"新疆""西域""西疆""西陲"等称谓长期并行不悖，比如当时既有椿园七十一的《西域闻见录》、徐松的《西域水道记》、龚自珍的《西域置行省议》等以"西域"为题的论著，也有沈垚的《新疆私议》等以"新疆"为题的著作，还有萧雄的《西疆杂述诗》、祁韵士的《西陲要略》等以"西疆""西陲"为题的著述。一般认为清朝统治者正式以"新疆"一词代替"西域"始自道光帝赐名、松筠撰修、徐松编纂的《钦定新疆识略》，而作为固定地名之"新疆"一词的确立，应以新疆建省为标志。龚自珍《西域置行省议》[写于嘉庆二十五年（1820年）]和呈道光帝的《御试安边绥远疏》[写于道光九年（1829年）]最早提出将新疆作为单独的省区对待和开发建设的具体设想；魏源在《西北边域考》《答友人问西北边事书》中直接提出"新疆行省"；后经左宗棠、谭钟麟、刘锦棠等继续倡议筹划并在实践中推动促成。1865年，浩罕军官阿古柏趁新疆内乱之际率兵入侵，1871年7月，沙俄侵占伊犁，1875年5月，清政府任命左宗棠为钦差大臣主持收复新疆，清军保障有力、军心凝聚，于1878年消灭了阿古柏侵略势力，1882年迫使沙俄军队撤出伊犁，左宗棠在收复新疆征战中前后五次上书清廷力主新疆改设行省，在第五次奏议《新疆行省急宜议设关外防军难以遽裁折九月初七日》中明确提出"他族逼处，故土新归"[①]的论点，再加之刘锦棠、谭仲麟等要臣的推动，清政府于1884年11月17日正式批准新疆改设省。自此，"西域"正式为"新疆"所取代，并赋予"故土新归"之外清王朝在迈向建设近代国家进程中对统治政策、确定"领土"、建设"民族"、政治制度、文化濡化等方面的努力，正如王珂精辟指出："'新疆建省'这场政治改革直接关系到了中国建设近代国家

---

① 左宗棠：《左宗棠全集·奏稿八》，长沙：岳麓书社，2009年，第135页。

过程中确立主权领域的范围——确定'领土'和确认'国民'——建设'国族'的问题。"[①]当然,无论以乾隆改称西域为新疆为上限,还是以新疆建省为标志,研究新疆至早应从18世纪中期之后,至晚应从19世纪后期谈起,本书所论虽为民国新疆,但其与清代新疆在地理沿革、历史机理、政治体制、文化谱系等方面的内在延续关系,也必然是我们面对新疆形象时所必不可缺的考察维度。

另外,怎样界定新疆的疆域?早在半个多世纪之前,谭其骧等就曾提出以鸦片战争前的中国疆域作为我们编制中国历史地图的基本依据,"18世纪中叶以后,1840年以前的中国范围是我们几千年来历史发展所自然形成的中国,这就是我们历史上的中国"[②]。从而也更强调了一个事实:中国不是哪一个民族的中国,而是众多民族共同缔造的;中国也不是军事政权之间的角逐产物,而是各民族文化交融形成的统一体。许倬云也说:"中国的历史,不是一个主权国家的历史而已;中国文化系统也不是单一文化系统的观念足以涵盖。不论是作为政治性的共同体,抑或文化性的综合体,'中国'是不断变化的系统,不断发展的秩序。"[③]新疆地方区域本身也存在动态变化,这其中既有基于"天下观"的朝贡制度的日趋衰落、俄英等列强的鲸吞蚕食,也有新疆省行政辖区本身的不断变动。比如,清朝统一新疆后,"新疆境外哈萨克、布鲁特各部、浩罕(乌兹别克)、博罗尔、克什米尔、爱乌罕(阿富汗)等部先后遣使入贡,称臣于清"[④],形成了魏源所

---

① 王珂:《从"天下"国家到民族国家》,上海:上海人民出版社,2020年,第250页。
② 谭其骧:《历史上的中国和中国历代疆域》,《中国边疆史地研究》1991年第1期,第35页。
③ 许倬云:《我者与他者:中国历史上的内外分际》,北京:生活·读书·新知三联书店,2015年,第2页。
④ 潘志平:《新疆的地缘政治与国家安全——历史与现状的考察》,《中国边疆史地研究》2003年第3期,第58页。

说的"外地则以葱岭(帕米尔)为纲,东新疆西属国"①的"新疆藩属"和"边外诸部",这一由行省、新疆、属国(外藩)等构成的多重划分和不同层次的朝贡体系在清末遭遇巨大挑战并以在新疆建立行省制度而宣告终结。又如,1917年谢彬授命赴阿尔泰区调查财政时,阿尔泰还是直属中央政府的特别行政区,由于外蒙"独立"、科布多不保,杨增新等进一步提出将阿尔泰归于新疆统辖的建议,1919年6月1日,北京政府发布"大总统令"正式宣告阿尔泰改为道区,隶属于新疆省。②这也使得谢彬最初在报刊上连载时定名的《新阿游记》,在1923年正式出版时改名为《新疆游记》。

其次,是不是有了新疆就有了新疆形象?很显然是否定的,在清末被贬谪流放的官员那里,"由额济纳河至哈密"一段从来没有一个严格的分界线,在他们的历史叙述中,这些地理区域往往是被连成一体的;在清末民初方希孟、温世霖、袁大化、谢彬、林竞等逐日记录的赴疆行旅之沿途见闻中,星星峡并未像后来的行游者那样特别强调其作为地理分界和入新标志的重要作用。因为一方面,新疆建省前后行政辖区也在不断调整,如在新疆建省前,新疆哈密、巴里坤等东部地区属于甘肃管辖,1882年8月,在刘锦棠《遵旨拟设南路郡县折》的具体建省方案中,甘肃与新疆同为一省③,1884年11月,清王朝任命刘锦棠为"甘肃新疆巡抚"④,自新疆建省至20世纪初,甘肃巡抚

---

① 魏源:《圣武记》卷四,《魏源全集》,长沙:岳麓书社,2011年,第174页。
② 分析考证详见冯建勇、胡宇海:《地缘政治与权力竞争——民国初年阿尔泰并新问题考论》,《学术月刊》2021年第7期。
③ 见刘锦棠:《请以新疆并归甘肃疏》,《新疆图志》卷九九,上海:上海古籍出版社,1988年。
④ 吴福环也曾指出:"新疆建省在体制上还存在一些含混及不彻底之处。一是省的首脑名为'甘肃新疆巡抚',布政使亦同,照此说应办理甘、新两省之事。但实际上,巡抚、布政使均驻于'省治'迪化(乌鲁木齐),所理也仅新疆一省之事。这种名实不符的现象,反映出清政府最高决策者在新疆建省后如何划分甘新两省的权责问题上,含混游移。"见吴福环:《我国边疆治理制度近代化的重要举措——论新疆建省》,《新疆大学学报》1995年第4期,第40页。

"驻扎乌鲁木齐,管辖哈密以西南、北两路各道、厅、州、县"(刘锦棠上奏新疆建省方案),陕甘总督兼甘肃巡抚负责管理甘肃;另一方面,这也说明,新疆作为行省的政治建构与新疆形象的文化建构是不同步的,清王朝在新疆建立行省"在确认主权领域范围的同时,实质上也开始了建设'国民'进程"[①],基于共同文化记忆、集体记忆的象征体系和文化符号的"新疆形象"还在建构的进行时。

再次,新疆形象何时成为研究对象? 表面看不过是近些年来,随着中国形象研究热和区域形象热的兴起,加之复杂的国际环境、特殊的地方区情使得新疆形象成为在中国形象内部分化而出的区域对象。因为新疆问题的日益敏感和国际化,新疆形象研究热才渐渐升温,但与中国形象研究的路径不同,绝大多数新疆形象研究的热点集中在新闻传媒领域和现实面向上,而缺乏对新疆形象生成历史机制的系统考察和文化分析。实际上中国史籍中关于西域的记载比比皆是,清代西北史地学成为显学后,更有徐松、祁韵士、龚自珍、魏源、沈垚、俞正燮、张穆、程同文、何秋涛等人关于西域的实地考察或文献考据,且这一写作传统在左宗棠收复新疆失地后更是达到高潮,并在方希孟、裴景福、宋伯鲁、温世霖、袁大化等人的新疆纪行之作中进一步发扬壮大。尤其是20世纪30年代,在东北等地沦陷、外强觊觎边疆的背景下,新疆作为国防要地的重要性就被一再提及,正如胡秋原后来在《新疆风暴七十年》中所说:"新疆不仅为中国民族之命根,又为古代中西交流之孔道。新疆之得失关系民族安危,亦可由另一面见之,即据新疆即可西征欧亚大陆。"[②]大量关于中国边疆(尤其是西北边疆和新疆问题)的报刊应运而生,民国主流舆论和各类出版物上关

---

① 王珂:《从"天下"国家到民族国家》,上海:上海人民出版社,2020年,第329页。
② 胡秋原:《序》,张大军:《新疆风暴七十年》,台北:兰溪出版社有限公司,1980年,第14页。

于新疆的文章目不暇接,大量关于新疆历史现状介绍的书籍层出不穷,这不仅有助于在读者心目中勾勒出大体初步的新疆形象,而且更有助于以推进中国边疆史地学的方式来推进新疆形象的形塑。

新世纪以来,国内历史学者已就20世纪三四十年代国民政府"西北开发"中的新疆考察活动举措、西北问题专论专刊、边疆史地学科建设、主流舆论新疆报道、现代边疆民族认同等问题展开了充分翔实的历史考证和学理探究,笔者主要选择游记而非史著、政论、地志为研究对象,既是有意规避目前已蔚然成风且渐成规模的民国新疆政治时局、经济开发、建设规划、屯垦移民、历史地理、地缘外交、出版传播等的史料述评,也是立足于文学感性形象视角来提供一份全面丰赡的来自史料叙述之外的外围材料和文化记忆。

具体而言,选择民国时期国人新疆游记作为研究民国新疆形象的主要考虑有:

一是之于形象研究本身,无论是基于当代比较文学形象学关于形象是"感情和思想的糅合物""主体与客体的混合物"的基本界定,还是当代新闻传播学关于形象是"媒介传播过程中所形成的传播方和接受方对于认识对象的刻板认识",都认为形象研究并非是单面客观的事实存在,而是或基于"他者"观照塑造或基于"自我"传播固化的主观印象。据此研究国人视野中的新疆形象大致可有三个参照系,一是民国国内其他地区报刊中的新疆报道,二是新疆本地报刊中的自我形象建构,三是民国国人行游新疆后的新疆书写。目前学界的研究热度多集中在第一方面,并且大多是从国内其他地区某些重要报刊中梳理出新疆问题关注的热点走向和文章分布,因为受制于报刊本身的办刊原则理念、政治商业博弈、时事热点变化等,这类文章的偶然性和时效性决定了它并不是我们认识全面立体的民国新疆形象的最佳选择;如果我们从第二条通道——《新疆日报》《天山日报》《反帝战线》《瀚海潮》等新疆本地报刊入手研究新疆形象,不仅同样存在上述问题,而且民国新疆本土报刊的阶段性特征和意识形态性又非常明显,它很难给我们提供来自民间视角和日常维度的真实历史观。选择最具文本广泛性和全面性的民国时期国人行游新疆之作展开分析,既可以将当时最具广泛性的社会各阶层对于新疆生活全方位的连续性观察呈现出来,而且有助于我们深入总结新疆形象的形成轨迹、动力机制、套语结构、基本模式等。

　　二是之于民国研究而言,对于国人新疆游记作品的系统梳理将为民国边疆治理方略、现代学科体制、现代出版传播、现代旅游交通、中外学术交流等的研究提供一些来自边疆考察的"在场"记录。尤其是新疆行游之作作为内亚边疆学、国际关系学、文物考古学、现代自然科学、人文地理学等学科与文学研究的交叉领域,势必为我们理解中国现代学科建制提供一份来自边地的文化经验。当代学者孙郁曾在荣获《十月》2006年度散文奖的《在民国》一书中动情地这样评价过"中国现代史上首次西征的考古队伍"——中国西北科学考查团中方团长徐炳昶的《徐旭生西游日记》:"这本奇书全无卖弄做作的痕迹,一下子将人拉到一个寂寞之地。所有的思绪都是切肤的悸动,那里已从学院式的冥想跳到历史的血脉里,每一块石头、古木和铁器,都诉说着被湮没的故事。较之于附庸风雅的士大夫诗文,西北大漠里的旧迹闪着更为动人的词语,每一个随团的团员,一踏上征途就感到了。"[①]当代文艺评论家谢泳在读了黄汲清的《天山之麓》后也说:"有时看了这些老辈科学家的文章,真有说不出的感慨,时代真是太偏爱他们了,干什么都是一流,不经意间做出的事,都让我们佩服

---

① 　孙郁:《在民国》,杭州:浙江人民出版社,2008年,第159—160页。

好久。"① 仅从民国文人的社会活动和文学创作而言,现代文学研究界或可稍移目光于那些非文坛宿将或文人雅士的其他社会学科和现代自然学科的奠基人,他们虽不胜于华藻文辞,却长于求真务实,尤其是在有机会赴疆考察后他们都会将行旅见闻诉诸文字,这为我们进一步理解民国知识界的家国情怀、文化视野和民国新疆的感性图式、日常经验提供了更为丰富的历史细节。

三是之于新疆研究而言,行游之作梳理不仅可以进一步为民国新疆社会政治、农工牧矿、交通通信、科学考察、出版传播、文化交流、人口流动等的研究提供材料,同时有助于在内/外视角的过渡地带,更好呈现"口里人"与本地人之间的文化碰撞、中央与新疆从未割断的内在连接、地缘政治中诸多帝国势力在新疆的此消彼长、多元文化中新疆众多民族逐渐增强的国家认同意识。正如施坚雅(G.W. Skinner)曾指出的:"'中国'不应该被简单地理解为是一个均质化的、'铁板一块'的单一实体;它是经由政治、经济和文化诸方面发展并不均衡的一系列地方区域之间互动与整合而形成的一个系统。"②"边疆"经验和新疆研究之于我们理解中国历史和现实问题,既有助于呈现同一主体内部社会结构、权力网络、话语建构等之间的缠绕关系,也是实现不同区域内部主体间性和文化间性差异对话、平等沟通的有效途径。更重要的是,民国知识者通过亲身丈量国土中未被开发的广大区域,其旅行主体性与中华民族主体性的建构正向同构,从而对"中国"的地理疆域和作为整体的中国国民的精神状态有了更为感性的了解。

四是之于游记研究而言,摆脱民国新疆游记长期以来一直作为

---

① 谢泳:《杂书过眼录》,北京:中国工人出版社,2004年,第28页。
② 转见姚大力:《西方中国研究的"边疆范式":一篇书目式述评》,《文汇报》2007年5月7日,第6版。

历史学、民族学、社会学、经济学等研究二流材料的尴尬处境。本书选择国人新疆游记而非西人新疆游记，一是因为20世纪西方探险考察游历新疆的重要文献已经得到了出版界、翻译界、学术界等的普遍重视，并早已成为民国新疆区域社会史研究的重要参考文献；二是因为除了谢彬、徐炳昶、吴蔼宸、李烛尘等少数国人新疆游记受到了学术界"特别优待"外，绝大多数发表在民国报刊杂志上的新疆游记并没有得到充分重视和系统梳理。民国时期国人新疆游记与"域外游记"是来自他者视野的两种表面耦合但南辕北辙的书写方式，与"西南记游"等则是来自边地考察中的两种景致各异又殊途同归的历史记录。就历时层面而言，民国时期国人新疆游记接续了汉唐边塞诗文和清代西北舆地学的文化传统，同时又一步步磨合融汇到中国现代游记散文和旅游休闲指南的通俗文类选择中；就共时层面而言，"都市观光"与"边疆行旅""正标识着'国家'内部的两种并行不悖和可相呼应的'想象'方向"①，新疆游记与其他边地游记则为我们理解民国边地文化经验提供了多种展开的可能。

最后，从国人行旅视角研究新疆形象，又有哪些是我们需要时时关注的独特性和差异性？哪些是我们可以预期的优势和突破点？又有哪些是我们需要自我警觉的话语牢笼和思维陷阱呢？

第一，民国时期国人笔下的新疆形象与当时报刊报道的新疆形象之间有着较大的差异性。新疆形象成为关注热点恰恰是因复杂之地缘政治、国家之政策调整、学界之潮流转向等而引发，所以事实上，新疆之成为形象往往多是"他者"心目中已有预设之形象或"自我"为回应"他者"而选择呈现之形象，所以真实新疆与新疆形象之间往

---

① 郭道平：《民国初期"个体意识"的范本——单骑〈新疆旅行记〉论析》，《民族文学研究》2017年第3期，第176页。

往存在着意识形态和话语建构之巨大鸿沟，一如阿斯曼关于"建构的西方"（the constructed other）和"真实的西方"（the real other）的区分。由此我们才能理解，当清末民初的中原精英知识分子逐渐认识新疆为我国资源宝库之时，现实中的新疆却因为长久的闭塞隔绝于外界而发展迟滞；当20世纪30年代的边疆学初倡者们感叹新疆为欧亚孔道的重要战略意义之时，现实中的新疆却因为单一倚毗于苏联的外交政策而对其他亚欧势力的渗透严加防范；当20世纪40年代的国内其他地区民众们开始有了更多的交通保障和信息渠道深入新疆之时，现实中的新疆却深陷内乱难以自拔而前途未明。

第二，新疆对于有机会行旅者或者只能神游者乃至国内其他地区民众而言，并非是外在的"异域"，而是"中国'内部的他者'"（the others within）。民国新疆形象与古代西域形象的最大分野在于：天朝/异邦、中原/边地、华夏/蛮夷等二分法失去了现实有效性。在现代民族国家理念、中华民族融合相生等观念逐渐深入人心之民国，传统的内外二分法不仅未能充分考虑国内先进知识分子（也是民国游记写作的主体构成）力图整合中国完整想象的时代心声，且忽视了在开发西北热潮中民国政府怎样不遗余力地宣传新新疆的舆论导向；换而言之，虽然新疆之于中原边地的地理事实并没有发生改变，但关于新疆的想象却开始更新传统和重构现实，且更多强调的不再是新疆作为"他者"的对象化存在，而是中国形象"自我"完善更新的有机组成和内在动因。罗家伦在新疆时创作的《新疆歌》就分别从作为"中华民族的屏障"之"雄丽的山河"、自然物产矿藏之"富庶的宝藏"、多民族文化交融汇流之"甜蜜的乐园"①三部分来赞美"新新疆"是中华文化不可分离的重要组成部分，从地理和人文的双重意

---

① 　罗家伦：《新疆歌》，《西北日报》1944年8月22日，第3版。

义上,建立起对于国家的整体空间感知感和高度政治认同感。

第三,新疆形象中既需提防就新疆而论新疆的"画地为牢",也需警惕主体"不在场"的新疆研究。因为新疆形象既形成于民国时期中国形象与西人中亚形象的碰撞交锋中,形成于民国时期国人新疆形象与民国新疆本土文化的互补对话中,也形成于新疆形象与西藏、云南等其他区域形象的相互对照中,还存在于游记作者行旅新疆前后对比的自我调适中。笔者选择以行旅新疆者作为基本视角考察新疆形象,并非就能够忽视众多未曾亲履新疆者关于新疆问题的著述、西人探险考察新疆后被及时译介成汉语的游记作品之于国人的影响、新疆本土作者行游新疆诸地后的观感印象等,甚至还应包括数量颇少但意义重大的新疆本地人赴国内其他地区工作学习访问演出后留给当地民众的最为直观感性的新疆认识。一方面,我们不能脱离内地背景、中国背景乃至世界背景来谈新疆,因为真实的新疆形象,恰恰是在这些不同面向、不同维度和不同视阈的场域的冲突对话中展开。另一方面,我们不仅是要揭示"以中国看新疆"或"以亚欧看新疆"后的多重面向和全局观照,而且也要破析"缺席的新疆"背后所可能投射的"他者"想象和"自我"命名以及其中的意识形态密码。

第四,既要总结出新疆形象的多重面向和内在规律,也要防止学理研究中的循环论证和先入为主。即令从游记主体的个人视角出发,笔者认为,新疆形象既存在于同一时期不同身份的观察主体个人先在的"心理构图"中,也存在于不同时期的审视者不同的社会记忆和集体语境中,存在于不同接受者的主观幻象和客观映像的碰撞交锋中。为此,本研究希望能有所突破,一是突破自我/他者、注视者/被注视者的二元框架,二是将新疆形象还原到其产生场域中进行"历史化"观照,三是在观照中不仅仅停留在表现形态的简单分类上,而是对新疆形象的动力机制与基本特征予以整合分析和理论阐释,四是突破理想化/蒙昧化的叙事模式和意识形态/乌托邦的社会集体想象模式,从而能在一个更为多元立体、多维纵深的层面上展开我们的论题。另外需要说明的是,国家主义和民族主义是贯穿全书始终最重要的分析角度,这自然是源自作为边疆学人的笔者阅读民国行游文献后最真切的感受和高度的认同。不过如果从建构主义或反思主义视角来看,在理解历史和形塑过去中,自我历史化和问题场域化也应是题中应有之义,正如罗家伦曾有之于治近代史的"三不政策"——"不理论化"、"不道德化"和"不国家化"[①],许纪霖指出,清末民初自我摆脱家国天下的共同体框架后曾有过"大脱嵌"(great disembedding)的轴心革命,之后所历经的家国天下秩序和现代人的自我之间交互再嵌和磨合重构的复杂过程,也为我们这一论题所过滤提纯了。

第二节　新疆形象研究现状与本书结构框架

一、新闻传媒研究:逐渐升温的今日新疆形象

事实上目前关于新疆形象的研究成果最为集中的领域,并非文学文本研究或历史史料梳理而是传媒现场研究,自2010年至今,新疆形象研究呈现井喷状态,且绝大多数集中于近年来中外主流媒体关于新疆形象的研究。一方面,国家形象被视为提升国家文化软实

---

① 《罗家伦致张元济(菊生)函》(1925年5月25日),转见(美)裴宜理、陈红民主编:《什么是最好的历史学》,杭州:浙江大学出版社,2015年,第155页。

力的有力推手而备受重视，并成为今日研究不同国家之间文化传播
直观通道的重要议题；另一方面，从新闻传播视角看，新疆因其地缘
区位的辐射性往往被认为是传播中国形象的重要节点。尤其对于如
何调整中国的"自我期望形象"与国外媒体对中国"刻板印象"、真
实客观的国家形象与扭曲过滤的媒介形象、本国主流媒体中的国家
形象与国外媒体中的国家形象之间落差的问题，新疆形象更具现实
的紧迫性和积极的可塑性，如李建军所说："对新疆形象的认知同样
存在着刻板化、碎片化，甚至是妖魔化的倾向。"①也如董青岭指出，它
一面"通过提倡对文本进行双重阅读和提供多样化的文本，防御性
地、反应式地解构有关中国的负面形象"，一面"通过发展、沟通、认
同、克制等各个方面的努力，积极主动地建构正面的中国形象"。②

　　这其中既有关于某一要报上的新疆报道研究，如戴元光、石峰以
《纽约时报》对2009年新疆突发事件和近年来的新疆报道为例提出
了建构积极正面新疆形象的可行策略；王雪研关于德国《法兰克福
邮报》等德国媒体对于2009年新疆突发事件报道的分析；万新娜通
过分析《人民日报》(2004—2014年)关于新疆议题的五大框架及其
折射的现实镜像，展示出复合交叠的新疆媒介形象；韦路、迪娜·巴
哈通过《凤凰周刊》前后十年关于新疆议题的报道分析，以诠释包裹
和框架装置为分析组件考察了新疆的政府形象、民族(关系)形象和
暴恐势力形象。同时也有各具代表性大报上的新疆报道比较，如吴
世文、石义彬通过对《泰晤士报》《纽约时报》《悉尼先驱晨报》上关
于2009年新疆突发事件报道的比较，审视背后的新闻偏见；丁伟、邓
伟关于《人民日报》和《南方都市报》2012年度新疆报道的量化分析

---

① 李建军：《正面合意新疆形象的建构》，《新疆社会科学》2016年第6期，第109页。
② 董青岭：《国家形象与国际交往刍议》，《国际政治研究》2006年第3期，第60页。

和比较,其《国内主流媒体中的新疆形象建构——以2012年〈人民日报〉和〈南方都市报〉为例》主要从报道议题、类型、倾向、来源等角度进行议题分析,从新疆形象的刻板化反思媒体的议程设置;肖燕怜的《媒体融合环境下新疆形象传播策略初探》分析了媒体融合环境中官方媒介的整合策略、保护策略和对外来信息的反传播途径。以上多数文章采用了近年来较为流行的新闻框架理论,认为新闻报道新疆的议程设置都是依托于一定的观察视域和诠释角度,所以必然是一个不断被选择、强调和遗漏的过程,由此建构的新闻框架塑造了总体的新疆媒介形象,同时,这一形象又会引导读者进一步巩固其框架观念。也有学者提出具体的新疆形象建构策略,石锋《给西方视野一个真实生动的新疆——从西方媒体报道看新疆形象建构策略》一文认为,既要考虑到"瀑布效应"——发挥政府在信息传播中的主导作用,也要利用好"中间地带"——通过第三方公信力改变舆论走向,还要顾及"蝴蝶效应"——重视民间草根声音可能产生的巨大社会效应。

可以说,关于新疆形象的研究近十年来已成为新闻传播领域的热点话题,个别文献也会涉及对新疆形象的社会学和经济学定量研究。如丁新在《新疆区域形象的调查分析》一文中采取跨地区多人群抽样调查量表的分析方法,了解社会公众对新疆区域形象的评价认知,在《基于结构方程模型的新疆区域形象影响因素研究》一文中对新疆区域形象从社会、经济、政府和自然四个测量维度展开了定量研究。

在对新疆形象的现实考量中的另一个重要参照系就是历史上的新疆形象,这方面与本书考察对象最为相关的研究成果来自近十年来历史学界关于民国时期国人如何认识和看待新疆的相关论文,如赵曼的硕士论文《试析1930年代的"新疆论"》(中央民族大学,2011

年)以及在此基础上的博士论文《何为新疆？二十世纪三、四十年代"新疆认知"之主要内容与特征》(中央民族大学，2016年)、段金生《近代国人关于新疆的认识》(《中国边疆史地研究》2009年第2期)、刘海燕《20世纪30年代报刊媒介视阈下的新疆》(《新疆社会科学》2011年第1期)、曹博林的硕士论文《清季西北史地学与民国边政研究中的"新疆观"》(陕西师范大学，2015年)、孔乾鹏的硕士论文《北洋政府时期中国内地知识分子关于新疆的认识》(新疆大学，2015年)等。

　　本书则主要立足文学学科，努力打通新疆近现代文史研究的内在通道，突破新疆形象研究的当下维度和现实面向，并力图在新闻学和历史学之外拓展新疆形象研究的思路范式和话语场域。尤其因为新疆特殊的历史地理优势和丰厚的文化传统积淀，百余年来中外考古学家、历史学家、探险家、科学家、外交官、学者、记者以及公务人员等留下了大量行旅游记，这对我们比较异国注视者眼中的新疆形象和国内知识者笔下的新疆形象的差异性，感知民国行旅者的家国情感结构和新疆/内地的文化互动方式，思考今日新疆形象的历史生成机制和民国新疆/内地互通互融的社会文化心态，都提供了不可或缺的海量信息。同时，"这种多元而又统一的、辨证的中央地方关系，恰恰是中国文化最诱人的地方"①，近年来，区域文化与国家认同、民间社会与庙堂文化、地方性知识与统一性认识等的关系研究作为社会史研究和微观史学的重要趋向引发众多学者的兴趣，无论是王笛之于成都茶馆的微观考察，董玥、季剑青之于民国北京的文史互证，程美宝之于广东文化的个案研究，都在很大程度上激活了区域研究、城市研究和近代史研究的内生动力，现当代文学研究领域以李怡对西

---

①　程美宝：《走出地方史：社会文化史研究的视野》，北京：中华书局，2019年，第63页。

南边疆地方性知识的文学爬梳等为代表,也在很大程度上推进了现当代文学学科的横向开发和史料挖掘工作。受制于史料文献散佚和文学成就有限等客观条件,民国新疆地方性文学经验的打捞无疑时机还不成熟,但对其与中原文化生产共生性和同构性的历史梳理已迫在眉睫,民国知识者行旅新疆后所留下的游记文字和形塑的新疆形象,恰是承接数千年来新疆与祖国密不可分的历史记忆和当代以往新疆与祖国休戚相关的基本现实之间的过渡桥梁。

二、比较文学形象学:新疆形象研究的参照与错位

　　研究区域形象目前在很大程度上还是参照了当代比较文学形象学的研究思路,西方以 D・H・巴柔、让-马克・莫哈等为代表的当代形象学法国学者关注的是自我形象基于他者的心理投影或者他者基于自我视角的印象延伸,在关注者与被关注者、自我与他者、真实与虚构、个体想象与集体心理的对照中,偏重强调源自社会集体想象物的自我意识如何通过对异国形象的书写进一步凸显和强化,所以形象的真实与否并不重要,重要的是如何在对被注视者的形象研究中窥察注视者的主观动因,同时这种心理需求很大程度上源自注视者背后庞大的社会集体想象物对其的指引和规约。

　　目前学界所见最多的是对西方人眼中的中国形象或者中国人眼中的外国形象的研究,最早在方法论上影响国内学界至深的著作有孟华主编的《比较文学形象学》、顾彬《关于"异"的研究》、史景迁《文化类同与文化利用》,对西人中国形象系统梳理的文献如《西方的中国形象》译丛①,最具代表性的研究成果如《世界的中国形象丛

---

① 其中包括:(美)明恩溥著,陈午晴、唐军译:《中国乡村生活》;(美)罗斯著,公茂虹、张皓译:《变化中的中国人》;(英)阿绮波德・立德著,刘云浩、王成东译:《穿蓝色长袍的国度》;(英)罗伯茨编著,蒋重跃、刘海林译:《十九世 (转下页)

书》①。其中最具代表的研究范式是周宁在《天朝遥远:西方的中国形象研究》中将中国形象置于西方他者的文化视野下,详述中国形象所经历的几百年的历史变迁,尤其是从"大汗的大陆""大中华帝国""孔夫子的中国"的"乌托邦式"社会集体想象物到停滞衰败、东方专制、(半)野蛮的"意识形态式"社会集体想象物的转变历程,认为这在很大程度上呈现出13—18世纪的西方社会从现代精神结构形成期的自我变革冲动向现代精神确立之后的自我巩固确认的转折过程。这种偏重于强调自我、注视者、创作者的主体性及其背后的社会集体想象物的研究已不仅仅是比较文学研究的一个领域,而是吸收了更多文化研究、媒介研究、文化人类学、社会学、历史学研究等的研究思路。

　　比较文学研究界与新疆形象直接相关的是考察外国游记中的新疆形象,如张文瑜的《英国领事夫人笔下的新疆形象与书写策略》充分运用当代比较文学形象学和后殖民主义的分析框架,认为凯瑟琳·马嘎特尼(Katherine Macartney)和戴安娜·西普顿(Diana Shipton)

　　(接上页)纪西方人眼中的中国》;(美) M. G. 马森著,杨德山译:《西方的中国及中国人观念1840—1876》;(美) 伊萨克斯著,于殿利、陆日宇译:《美国的中国形象》;(美) 何天爵著,鞠方安译:《真正的中国佬》;(英) 雷蒙·道森著,常绍民、明毅译:《中国变色龙——对于欧洲中国文明观的分析》;(美) 明恩溥著,佚名译,黄兴涛校注:《中国人的气质》;(英) 麦高温著,朱涛、倪静译:《中国人生活的明与暗》,以上见北京:中华书局,2006年。(美) 爱德华·胡美著,杜丽红译:《道一风同:一位美国医生在华30年》;(美) 阿林敦著,叶凤美译:《青龙过眼:西方人眼中的中国印象》;(美) 倪维思著,崔丽芳译:《中国和中国人》,以上见北京:中华书局,2011年。(加) 伊莎白、俞锡玑著,邵达译:《兴隆场:抗战时期四川农民生活调查(1940—1942)》,北京:中华书局,2013年。

①　其中包括:姜智芹《美国的中国形象》、张旭东《东南亚的中国形象》、李荣建《阿拉伯的中国形象》、孙芳《俄罗斯的中国形象》、胡锦山《非洲的中国形象》、吴光辉《日本的中国形象》、李勇《西欧的中国形象》、尹锡南《印度的中国形象》,北京:人民出版社,2010年。

笔下的新疆形象"都投射了彼时英国对新疆的欲望与想象"①,其所表现的停滞落后的新疆、蒙昧软弱的当地民众等都是为了确认自身占有的合法化,"相应地,现代跨域旅行书写成为一种政治性介质"②。之后,张文瑜在《现代欧洲旅行书写中的新疆形象》一文中进一步提到,19世纪末至20世纪中期西方人的新疆书写是"后来欧美人士对现代新疆进行社会政治表述的主要参照物"和"西方用以建构现代新疆形象的起源性文本",并将新疆建构为地理探险的未知之地、寻宝乐园的开放之地和古老土地,其本质体现的是基于欧洲欲望的标榜式叙事和身份优越感的"占有式书写"。

　　古代文学研究者则侧重对古史文献中西域形象的分析。石利娟通过古代文献中对西域形象的描写分析,梳理其在自然地理、民俗风情、异闻传说等方面的记载,熊建军在《古代新疆形象的历史叙事与建构》中认为西域形象很大程度上是天朝心态视角下的俯视"他者",是政治交往中显示汉朝威德的远方,是经济权衡博弈中的丝绸之路,"在天朝心态下,西域是中原扩展的一条征伐之路;在用无心态下,西域是拜物者心中的丝绸之路;在求真心态下,西域是朝圣者心中的取经之路"③;是对"他者"的文人想象,即使是对新疆满怀深情的描写中也一直存在着文化双重主义的焦虑与困惑。另一个可以直接给我们很多启发的是西藏形象研究,代表性成果主要是借助对新闻媒体、旅游文本和文学作品分析,阐述西藏形象的历史变迁和基本模式,如对西藏叙事的蒙昧化、野蛮化、神秘化、政治化的模式分

---

①　张文瑜:《英国领事夫人笔下的新疆形象与书写策略》,《中国比较文学》2015年第2期,第190页。

②　同上,第181页。

③　熊建军:《古代新疆形象的历史叙事与建构》,《武汉理工大学学报》2014年第2期,第313页。

析,这方面的代表学者有沈卫荣、韩小梅等。

　　既往在研究古今国人之于新疆(西域)的形象书写时,往往会不自觉地以上述形象学方法作为现成范式和理论工具,将自我/异国的想象关系不自觉地置换为天朝/西陲、中原/边地、口里/新疆的内外二分法,这样的研究理路固然有助于揭示历史上西域/新疆长期之于天朝中国的"边缘"性地位,也道出了华夷有别、中原至上等传统文化观念的既定存在。但其根本问题在于这只是未能摆脱现有分析框架的理论操练,"周宁的系列研究确立下的范例,已成为部分心智懒惰的研究者无法(或不愿尝试)突破的框范和公式。然而,后者的研究往往徒具周宁的分析思路,即作为话语构型(discourse formation)的他者形象的意识形态/乌托邦的知识状况,却不具备周宁的问题意识、反思精神,以及在具体研究中对域外中国形象所做出的极其辛苦的知识考掘工作"。周云龙还尖锐地指出:"这一过于僵硬、模式化的中国形象生产、分配方式的同一想象,排除了因非西方的多元复杂而导致的中国形象多元、松动的可能性。"① 对于这一中西方二元对立的现代性思维模式,周宁在《他乡是一面负向的镜子:跨文化形象学的访谈》一书中有清醒的自省和警觉。这本书的访谈人周云龙深受导师周宁启发,并在最新研究中进一步指出当代形象学势必要被突破的根本依据是"被监禁、压抑的自我想象正是后殖民主义文化批评、也是当代形象学主流研究的经典预设……这才是当代比较文学形象学观念与方法中不曾被触及的根本问题或集体无意识"②。

---

① 周云龙:《另一种跨文化形象学的可能:从"影子媒介"出发》,《中国比较文学》2015年第4期,第166页。
② 周云龙:《跨文化形象学的中国方法:超越后殖民"压抑假说"》,《文学评论》2022年第6期,第47页。

当然,当我们反观文学研究中新疆形象的生成机制时,会发现其自身的发展逻辑、叙述方式和生产机制与西方视角下的中国形象更存在着本质的差异和巨大的冲突,因为如果套用这种形象学的研究思路,最大的难题是怎样划分自我和他者之间的界限,这对于一国之内的主客关系而言本身存在发生学上的难度。无论是基于彼此的移民、文化的传统还是历史的交往,对于新疆形象的注视者和审视对象而言,自我/他者之间不但不能截然二分,而且由于共同的国族观念和前途的密切攸关是彼此共荣共生的。同时,加之新疆这一特定历史地理区域的非断裂式级进,有新疆注视主体自身的复杂构成,还有新疆文化传统的历史层累叙述,更有新疆庞杂错落的多元文化生态等,更使得我们研究民国时期国人游记中的新疆形象时,与比较文学形象学所探讨的"异国形象"在研究思路、基本方式和操作范式上有着本质的区别。

三、本书结构框架:相关概念范畴及其内在联系

所以本书的一个基本前提是,当代比较文学形象学关于"自我"(注视者)/"他者"(被注视者)以及"社会集体想象物"等基本概念范畴和范围内容等的界定并不能贴合本书关于一国之内区域形象的研究本身,但本书有意识援引了比较文学形象学关于内部研究、动力机制、模式建构等的表层框架,主要目的是借他山之石,图攻玉为本。即从大量具体细致深入的文本实际出发,试图对形象学研究领域探索目前较为薄弱的生成机制和方法较为"固化"的建构模式有所突破和创见。当然,理论之创建根本来源于现实之经验,本书所最希图的仍是通过对材料的全面爬梳和有效整合,呈现出一段波澜壮阔与荡气回肠的民国新疆与中原的文化交流史,一幅日常交往与感性经验里的民国新疆社会生活的全景长卷图,一曲内忧外患与动荡时局

中民国知识者在边地书写的爱国丹心曲。所以本书第一、二章主要是针对形塑新疆形象行游文本和创作主体的整理分类和文化分析，第三、四、五、六章主要是从新疆形象的总体衍变、内部研究、动力机制、建构模式四个方面展开分析论证。全书以国人行游和新疆形象作为两翼，既时时注意它们彼此之间的共振联动，又每每留意它们与其他相关范畴的区别联系，其最勉力希图者，一是为国内目前发展日趋熟稔但创新不足的形象学研究提供一些来自"边地"的理论实践，二是希望能为一国内的区域形象研究提供一些来自历史深处的边疆学启示。

具体而言，本书第一章主要是对浩若烟海又驳杂斑斓的民国新疆行游作品予以整合归类。为了给后文全面立体新疆形象的展开做一铺垫，此章未限于一般的游记范畴，对一些在新疆行游前后产生的实用类、杂记体、公文类作品并未完全摒弃，既注意到同一作者同一时期创作的新疆游记与新疆政论文章、专业学术论文、新疆方志写作之间的联系，也注意到单一新疆行游作品中散文体和诗词体、文学文体与新疆图表、书面文字与演说口述、图片照片与文字题记之间的互动关系。

第二章主要是对民国新疆行游作者予以整合分类，区别于以往论者以文化身份或行游使命作为划分依据的做法，本书更重视单一行旅者内在文化构成的多元性和混杂性。行游作者关于新疆之形象塑造无疑与其背后的社会集体文化心理有直接关系，为了避免论述之空泛乏力，本章主要从行游者所耳濡目染之新疆（西域）文本传统入手，对内主要有中国古代边塞诗词、西域诗文、古代史籍、西北史地等的影响，于外主要有民国时翻译出版或报刊发表的西人游记等的影响。在这些新疆游记"前传"之文化影响和民国知识分子愈加强烈的国家立场指引下，这些游记作者大多体现出清晰鲜明的国家观念和文化导向。

第三章主要是对民国新疆行游文本所呈现出的新疆形象的历史衍变予以概括总结和前后对比。民国时期国人行游新疆受制于当时新疆政府之对外政策、政治气候、发展政策等，所以为了清晰呈现出不同时期新疆形象变化的阶段性特征，本章主要分"杨金时代"、盛世才时期、国民党主政时期三个阶段。同时，由于国人行游新疆也与民国时期的国内时政局势、舆论传媒、学科体制以及文化传统等关系密切，所以我们不难发现不同历史时期之间新疆形象的交叉重叠与独立形态，加之新疆政权更迭之间的时间过渡与文化文本内在的形象传承，使得我们又不能简单地以主政时间的分野做"一刀切"的处理。本章的做法一是以政治分期作为逻辑清晰的基本保障，二是注意到具体时期内部的形象细分、前后对比和过渡转承，以此勾勒出民国三十余年新疆形象的大致变化轨迹。

第四章是立足于文学本位对新疆形象的内部研究。在词汇套语方面，本章的特色在于既重视能体现新疆形象整体风貌和总体变迁的标志风物——天山，又注意到自清末以来，在国内报刊文献中最为频繁提及的新疆地理位置指代——孤悬塞外，既呈现承载着新疆内/外千年文化记忆和传统观念的入新标志——玉门关，又留意到民国新疆行游中最为国人津津乐道的新疆流行语——"吐鲁番的葡萄哈密的瓜，库车的秧哥一枝花"。在等级关系方面，本书认为，传统观念中作为中原天朝中心观念左右和延伸的"他者"形象并不切合于民国新疆游记之实际情形，大量国人游记中以国内其他地区地名指代新疆富庶之地、以桃源胜地取代偏僻荒凉之景、以联想江南类比新疆大小绿洲，并非是一般以为的以自我文化覆盖淹没"被注视者"，也非以他者文化吹散消弭固有文化，而是潜藏着行游者试图建构中原文化—新疆文化一体化和心理共通性的深层动机。

　　第五章是结合新疆形象的动力机制对当代比较文学形象学理论范型和方法框架的补充和突破。比较文学形象学的动力机制、建构模式等问题虽然早已得到学界之重视，但在实际文本实践中，由于研究对象或失于细碎或陷入笼统，而很少为论者专门专章提及。本章认为，推动民国不同历史阶段新疆形象衍变的最重要驱动力来自行旅新疆时空观念的变革，而行旅新疆交通条件、新疆通信方式变革、新闻出版传媒效率等都是影响新疆时空观念变革的主要因素。另一个驱动力来自行旅作者文本中的彼此互证和互参阅读，由于20世纪40年代之前行旅新疆的游记作者大多是社会精英阶层且其出行原因多有共性，所以很多行旅作者路线常有交汇、游记互证，这一特殊的历史层累方式也可称为新疆形象生成的特殊动力机制。如果我们再选择中原文化生成机制这一切口理解不同行游主体笔下新疆形象之内在联系，社会集体文化记忆无疑又是促成行游作者文化认同的深层动力。

　　第六章是从建构模式的角度分析民国新疆形象形成的话语机制。不同于当代比较文学形象学研究中常见的理想化和蒙昧化的两极化想象模式，同一时期不同的行旅新疆作者、同一行旅新疆作者的不同文章甚至同一文章中，往往呈现出的是分立观点的共存对话。同时，无论是民国新疆现代性建构中的断裂叙述和新旧杂糅，还是民国新疆各民族诸多观念的相互碰撞和发展衍变，都呈现出民国新疆形象建构的复杂维度。同时，本章还注意到民国时期行旅国内其他地区的新疆人面向中原地区民众所展现的新疆形象，其意义不止于密切联系边疆与中央和培养边疆建设人才，更有情感凝聚、心理感召和文化播撒等的深远效应。

　　余论部分主要阐释民国新疆行游文本所呈现的新疆形象的文化意义。民国行旅新疆不仅改变了很多作者的人生轨迹，也为其后来的学术之路奠定了重要基石。民国行旅文本的文化价值，既表现在民国新疆游记对当代新疆形象传播的显在影响，也潜在地通过行游文本的阅读传播而影响了新疆文化传统的赓续绵延，并为我们认识和理解今日新疆的发展问题提供了重要的参照启示。

第一章 民国新疆游记文本构成和研究综述

第一节 民国时期国人新疆游记的文本构成

民国新疆游记作品之数量庞大,正如汪扬在《西行散记》中说:"溯扬研究边疆问题垂历四年,深知中国边疆之待启发者不止西北,而研究边疆之人才奚啻千万。其足履蒙藏,躬历川滇者,比比相望。论学识则十流皆具,论著作则万卷可罗。"① 虽然不免夸张,但也道出了部分实情。简而言之,民国边疆问题的重点在西北,西北问题的难点又在新疆。所以,尽管有着各种主客观条件的限制,但民国知识分子大多以有机会实地考察新疆为幸事,以关注研究新疆问题为己任,以编撰发表新疆著述为正途。加之民国报刊传媒之蓬勃发达,使我们今天仍然可以查阅到浩如烟海的关于新疆的行游文献。

---

① 汪扬:《西行散记·自白》,上海:中国殖边社,1935年,第1页。

一、与"游记"相关的概念辨析

《周易正义》阐释"旅"为："旅者，客寄之名，羁旅之称；失其本居，而寄他方，谓之为旅。"[1]《说文解字》释"游"为"旌旗之流也"，段玉裁注"旗之游如水之流，故得称流也"[2]，主要强调的是变动不居，后引申出壮游、宦游、巡游等。古人只要离开居所到他处，大体都可称为"游"。有时是离开定居之所去远游，如《庄子·秋水》中的"孔子游于匡"，《楚辞·远游》中的"悲时俗之迫阨兮，愿轻举而远游"等；有时则是离家近处的游览、游赏、游猎，如《离骚》中的"溘吾游此春宫兮，折琼枝以继佩"，《庄子·秋水》中的"庄子与惠子游于濠梁之上"，宋玉《风赋》中的宋玉与"楚襄王游于兰台之宫"等。

需要进一步辨析指出的是，关于"游"是否需要实临其境，在我国古典文学研究界尚存在一定争议。一方面，以王立群、梅新林等为代表的学者认为"游"需"实游"，如王立群认为游记的三要素是游踪、景观和情感[3]，梅新林从所至、所见、所感出发称之为游程、游观和游感，并称"游程是骨骼，游观是血肉，游感是灵魂"[4]。另一方面，龚鹏程、章尚正、郭少棠、田晓菲等学者则认为"神游""仙游""卧游""坐游""目游"等也都在"游"的考察视野之中。如龚鹏程认为，"游不只是一个抽象的概念，也不是一个客观的思辨物，它体现于游戏、游旅、游艺、游心、游观、游学、游仙等各种活动中"[5]；章尚正认为，"旅游活动既包括实际发生的旅游经历，也包括建立在以往旅游

---

① 黄寿祺、张善文译注：《周易译注》，上海：上海古籍出版社，2004年，第431页。
② 许慎撰，段玉裁注：《说文解字注》，上海：上海古籍出版社，1981年，第311页。
③ 王立群：《游记的文体要素与游记文体的形成》，《文学评论》2005年第3期。
④ 梅新林、崔小敬：《游记文体之辨》，《文学评论》2005年第6期，第35页。
⑤ 龚鹏程：《游的精神文化史论·序言》，石家庄：河北教育出版社，2001年，第5页。

记忆与旅游经验基础上的幻游、梦游、醉游、神游等"①；郭少棠在《旅行：跨文化想像》一书中主要谈论了神游现象；田晓菲在《神游》一书中，更是将东晋时代文人对世界的想象定位于"观想"，即不必实地游历，可以看文观图在意念和脑海中游，田晓菲认为这与当时盛行的禅宗佛理有很大关系。

　　当然，从中也可见古代文学对"游记"与"游"界定时的话语场域和逻辑原点不同，同时也折射出中国古代行旅记游的弹性空间，这一模糊空间伴随着现代性体验所带来的空间转换的频繁和身体感知的可能而日益明晰，因为研究近现代游记文学的学者大多认为"'游'的本体意义应当是'空间位移'、'切身游观'和'精神游历'三者的融合统一"②。如最早致力于中国现代游记整体性研究的朱德发就认为："游记文学的构成至少应具备这样一些基本要素：一是游踪，二是风貌，三是观感，四是载体。"③

　　由于新疆地理位置之特殊和交通信息之不便，民国时期也有大量从未到过新疆、主要结合前人著述和个人心得编撰而成的有关新疆的通论性著作或"神游式"作品，本论题大体将这些作品排除在行旅记游之外，最重要的原因是这些作品很大程度上存在着内容沿袭、表述笼统等问题，从中较难辨识出作者笔下自成一体的新疆印象，正如袁枚曾指出著作者与参考者的区别是："一主创，一主因；一凭虚而灵，一核实而滞；一耻言蹈袭，一专事依傍；一类劳心，一类劳力。

---

① 转见李秋菊：《中国旅游文学的多维透视》，长沙：湖南人民出版社，2012年，第11页。
② 李一鸣：《中国现代游记散文整体性研究》，济南：山东人民出版社，2013年，第5页。
③ 朱德发：《试论中国游记散文的文体特征》，《菏泽师专学报》2001年第1期，第4页。

二者相较,著作胜矣。"①其实当时就有学者坦言:"中国近年关于边疆问题的新书,已出了不少,现在这本小册子也有一大部分靠它们做参考资料。可是,笔者认为遗憾的地方,第一……对于边疆问题的因果关系,未能作充分的、严正的剖析;第二,有一部分著作又嫌芜杂,虽可供给我们以相当的材料,但未能给我们以一个明了的观念。"②思慕承认自己的研究成果也是"通俗的东西",很多内容仅是"梗概"。所以本书划分新疆行旅记游的最基本依据是——作者是否到过新疆或者就是长期生活在新疆的本地作者,"神游""游仙"等不在本书的研究范围之内。

　　其次,"行旅记游"与"游记""纪游""纪行""行记"等范畴有何不同?"行记"一体当源于西汉张骞③,南朝已多用"行记"命名其书,历代书志著录多将其列入史部地理类,"游记"或"纪游"在中国古代的传统文类划分中,则多为抒情散文体制,并多归于集部。更具体而言,"纪行"在《文选》中是"赋体"的一种,"行旅"在《文选》中是"诗体"的一种。但在中国现代社会的急剧变化和文学文类的现代转型中,记游文学的混杂交糅已非古代诗赋散文所能涵盖。至于自古沿用至今最多的"游记",大体指的都是以模山范水和抒情述感为主的文体。比如钱谷融就认为:"以描绘山川名胜、自然风物为主的写景抒情之作,一向是游记文学的正宗。"④周冠群指出:"判定游记的依据有二,一是内容的记游性,二是形式上的散文美。"⑤皋新、沈新林认

---

① 袁枚著,周本淳标校:《小仓山房续文集》卷二九《散书后记》,《小仓山房诗文集》,上海:上海古籍出版社,1988年,第1777页。
② 思慕:《中国边疆问题讲话·编者的话》,上海:引擎出版社,1937年,第1—2页。
③ 参见张治:《异域与新学:晚清海外旅行写作研究》,北京:北京大学出版社,2014年,第7页。
④ 钱谷融:《关于旅游文学——〈现代作家国外游记选〉序》,钱谷融主编:《现代作家国外游记选》,上海:上海文艺出版社,1983年,第3页。
⑤ 周冠群:《游记美学》,重庆:重庆出版社,1994年,第2页。

为：“游记作为中国古代散文的一个门类，是地理与文学的结合体。”①
本书所言“游记”多取“行旅记游”之意，也是为了有意识地与文学
狭义上的游记以示区别。

　　至于“旅游”“旅行”作为文类题名则更为晚近，大致出现在清
末域外散文的写作译介中，如果套用虽然更多体现了游记文学的现
代性趋向，但又忽视了民国前期新疆游记与明清西域行记之间的文
化因续。本书之所以不以“纪游”“纪行”“行旅”“旅行”“旅游”而
以广义“游记”命之，实则为突破文类界限，而将记述旅行活动的多
样文本尽可能辐射涵摄。一是为了彰显民国新疆游记与古代西域诗
文之间的历史联系，二是为了突破传统的将游记视为抒情散文的纯
文学文体概念，从而能在跨学科、跨文体、跨语体、跨文化交流的位置
上丰实更多民国新疆行游的历史细节和文本谱系。

　　再次，如何看待一些曾到访新疆作者的非游记体的新疆论著？
由于作者大多因为政府公干或负有特殊使命赴疆考察工作，对新疆
之政治落后、形势严峻、资源丰富等印象深刻，所以他们所编著的关
于新疆介绍和研究的论著，虽不能称之为一般意义上的游记，但却有
意无意间透露出他们行旅新疆的沿途风貌、内心感想和考察事务，所
以也不能完全排除于外。这类著作如吴绍璘《新疆概观》、陈希豪
《新疆史地及社会》等，文章如王应榆《伊犁视察记》、陈正祥《伊犁
河谷》等。这不仅是因为“历代行记、游记被划分为学术文章与文学
创作两类，各归属于史部和集部之中，这显示出公开的非个人化形式
与主观的私人话语的分别。不过这两者之间的界限并非是全然不可
跨越的鸿沟。大体而言，中国人的旅行写作往往兼具历史传记和审
美抒情双重性质的，旅行文人也通常是同时怀有史家和诗人的两种

----

① 　皋新、沈新林：《古代游记发展初探》，《苏州大学学报》1998年第4期，第63页。

身份"①。而且即使在现代散文的研究中,文类杂糅也呈现了现代汉语和现代文学创建时不可避免的"众声喧哗",早在朱德发主编的《中国现代纪游文学史》(1990年)中,就曾将纪游作品分为小说式纪游、特写式纪游、报告式纪游、小品式纪游、抒情散文式纪游加以论述;陈晓兰也指出:"游记作为一种结合纪实报道、传记、散文和虚构各种形式的文学类型,其文学性和可读性、通俗性使其在民间的传播较政论文章更为广泛,时间更为久远。"②本书有时采取"行旅记游"这一宽泛的跨文体概念,也是为兼顾那些涉及个人观感的新疆论著、考察记录、通讯报道、专论报告甚至学术论文。

二、民国新疆游记相关著述

较早对新疆游记文献进行整理的是贾鸿雁《中国游记文献研究》③,此书附录部分收录有谢彬《新疆游记》、吴蔼宸《新疆纪游(附苏联游记)》、徐苏灵《新疆内幕》、黄汲清《天山之麓》、卢前《新疆见闻》等的扼要介绍。据贾鸿雁统计:"民国时期出版游记图书596种,其中再版清以前游记及游记集34种,民国时创作游记及编选游记集562种(包括国内游记及游记集324种,域外游记及游记集219种,中外兼收者19种)。"④对于新疆行游之作,情况之复杂在于不少作者虽到过新疆但之后出版的作品并不是游记体例而是专论著述,但专著中又不乏行游观感,如因参加中央训练团新疆分团工作于

---

① 张治:《异域与新学:晚清海外旅行写作研究》,北京:北京大学出版社,2014年,第11页。
② 陈晓兰:《"两个苏联"——20世纪30年代旅苏游记中的苏联形象》,《文学评论》2009年第3期,第21页。
③ 贾鸿雁:《中国游记文献研究》,南京:东南大学出版社,2005年,第189页。
④ 贾鸿雁:《民国时期游记图书的出版》,《广西社会科学》2006年第1期,第106页。

1945年初赴迪化、曾任国民党新疆省党部主任委员的陈希豪所编著的《新疆史地及社会》。甚至还有一些作者先完成新疆研究专著，后赴疆旅游公干，如曾问吾广泛搜集查阅西域史籍和档案报刊，在1936年5月出版《中国经营西域史》，后于1944年毕业于国民党中央训练团党政班，参加国民政府组织的全国县长考试并以第七名成绩入选，后应吴忠信之邀于1945年1月至1946年8月担任新疆吐鲁番县县长。[①]

吴忠信在谈及新疆研究时曾说："愿建设必根据于研究，方能实施有效。研究云者，实地考察，作科学之勘测，此一端也。蒐讨载籍，作文献之整理，此又一端也。方今新疆科学考察工作，已为中枢及各方人士所重视，将汲汲以赴。而于其文献整理之功，当亦未可或缓。"[②] 所以为了慎重起见，我们一面是尽量全面地搜罗整理那些明确是行游新疆后的见闻著述，一面也梳理出目前尚不能确定作者是否到过新疆和作者虽未到过新疆但却可能夹杂有他人见闻记录的新疆专论专著，并大致按照出版时间排序。对偶有涉及新疆的西北纪行作品、新疆地方志类图书和问题专论类图书一般存而不论，对于新疆问题之单行本书籍互相抄袭之情况分析也有待日后补充。

（一）民国初年—20世纪20年代

行游新疆后的见闻著述：

袁大化《辛亥抚新记程》（铅印本，天津：商务印书馆，1911年；新疆官报书局，1912年）、单骑《新疆旅行记》（文宝书局石印出版、中华图书馆与扫叶山房发行，1914年）、杨缵绪《新疆刍议》（铅印本，1915年）、李国柱《游藏纪程》（书衣题：由新疆草地至西藏沿途各地

---

① 　见赖洪波：《曾问吾及其〈中国经营西域史〉研究》，《伊犁师范学院学报》2011年第4期。

② 　吴忠信：《序》，李寰：《新疆研究》，重庆：安庆印书局，1944年，第4页。

势情形日记,甘肃政版局排印本,1918年;铅印本,新疆官报局,1918年)、林竞《新疆纪略》(上海天山学会,铅印本,1918年)、邓缵先《叶迪纪程》(新疆铅印本,1921年)、谢彬《新疆游记》(上海:中华书局,1923年4月初版,1923年9月再版,1927年第6版,1929年第7版,1935年4月第9版,《新世纪丛书》)、钱孟材《赴新疆考察记》(甘肃省图书馆西北文献室藏1928年版,铅印本)。

其他新疆专论专著:

王树枏《新疆礼俗志·新疆小正》(新疆官书局,木活字本,1911年;《陶庐丛书》,铅印本,1918年,上海中华书局聚珍仿宋本)、钟镛(钟广生)《新疆志稿》①、徐鼒霖《筹边刍言》(民国初年,铅印本)、张开枚辑《辛亥新疆伊犁乱事本末》(1912年,木活字本,附《辛亥定变记略》,钟庆生述)、陈崇祖《新疆刍言》(湖北官立法政学校讲义部,1913年)、刘昆玉《新疆游记地理》(新疆排字本,1914年)、胡朴安《新疆》(大达图书供应社,1923年,《中华全国风俗志》下篇卷八)、黄天鹏《新疆问题》(上海:中华书局,1927年)、国民外交丛书社编《新疆问题》②(上海:中华书局,1928年、1932年)。

(二) 20世纪30年代

行游新疆后的见闻著述:

---

① 又名《新疆志稿三卷》《西疆备乘》,共3卷,第1卷主要包括《新疆建置志序》《新疆职官表序》《新疆人物志序》,第2卷主要包括《新疆实业志总叙》,第3卷主要包括《新疆邮传志总叙》。黄祥深、王希隆考证有四个版本,一是1909年哈尔滨中国印刷局铅印本,二是1914年哈尔滨中国印刷局铅印本,三是1930年湖滨补读庐丛刻铅印本,由哈尔滨中国印刷局代印,四是民国钞本。黄祥深、王希隆:《〈新疆图志〉版本源流考述》,《中国地方志》2013年第10期,第54页。
② 此书应为薛桂轮所编,他说:"回溯民国十五年冬季余在青岛矿务之暇,编《新疆问题》一小册,由上海中华书局出版,列入国民外交小丛书。"见《走进大西北丛书》之《伟大的西北·西北视察日记》,银川:宁夏人民出版社,2001年,第217—218页。

　　林竞《西北丛编(第3、4卷)》(上海：神州国光社,1930年9月初版,1933年2月再版)、刘雨沛《西戍途中日记》(上海：中华书局,铅印本,1930年)、徐炳昶《徐旭生西游日记》(中国学术团体协会西北科学考查团理事会,北平：大北印书局,三册,铅印本,1930年)、杨钟健《西北的剖面》(南京：钟山书店,铅印本,1932年)、刘文海《西行见闻记》(上海：南京书店,1933年)、吴绍璘《新疆概观》(上海：中华书局,1933年;南京：仁声印书局,铅印本,1933年)、杨缵绪及汪日昌①编著《现在的新疆》(北平文化学社印行,1933年)、冯有真《新疆视察记》(上海：世界书局,1934年)、吴蔼宸《新疆纪游(附苏联游记)》(上海：商务印书馆,1935年10月初版,1936年4月再版;台北：南天书局有限公司,1935年;重庆：商务印书馆,1945年10月出版,共两编20章)、徐弋吾《新疆印象记》(西安：西京日报社,西安：和记印书馆,1935年②)、褚民谊《视察新疆报告》(铅印本,1935年)、汪扬《西行散记》(上海：中国殖边社,1935年4月初版)、陈赓雅③《西北视察记》(两册,上海：申报馆,1936年)、杜重远《盛世才与新新疆》(汉口：生活书店,1938年)。

　　其他新疆专论专著：

　　外交研究社编《新疆问题》(国民军第四路军总指挥部,石印本,1930年)、华企云《新疆问题》(上海：大东书局,铅印本,1931年)、安

---

① 今人学术论文中大量也记作汪之昌。

② 研究者多据该书版权页所注"民国二十三年十二月一日初版",认定其出版时间为1934年。由于文中多次提及作者亲历了1935年4月召开的新疆第二次民众代表大会和新疆"四一二政变"二周年等重要事件,该书出版时间应为1935年。

③ 杨镰先生在整理《西北视察记》后成书的《走进西部》(新疆人民出版社,2001年)中考证应为陈赓雅,之前《中国西北文献丛书》第132册《西北视察记》收录为陈赓雅,2013年收录于《西域探险考察大系·走进西部》又记作陈庚雅。另外,杨镰在《人在天涯》(新疆人民出版社,2000年)前言中所提到的写作《西北视察记》的张韶雅疑为笔误,应为陈赓雅。

汉编著《西北垦殖论》(南京:国华印书馆,铅印本,1932年)、王云五
等主编《新疆与回族》(上海:商务印书馆,1933年)、黄慕松《新疆概
述》(1934年)、薛桂轮《西北视察日记——随赴新疆宣慰途中》(上
海:申报馆,1934年初版;上海文库主编,《申报丛书》第21种)[1]、
洪涤尘《新疆史地大纲》(南京:正中书局,1935年)、杨刚毅《新疆
问题讲话》(昆明:武定同文印刷社,1935年,4编)、谭惕吾《新疆之
交通》(《禹贡学会游记丛书》之五,1936年)、曾问吾《中国经营西
域史》[2](上海:商务印书馆,1936年5月初版、11月再版)、蒋君章
《新疆经营论》(南京:正中书局,1936年11月初版、1939年第三版、
1947年沪一版)。

　　被后来史学家提及较少的有何观洲《新疆》(上海:太平洋书
店编辑,1933年)、赵复及姜元琴《新疆省》(上海:商务印书馆,
1934年)、王金绂《西北地理》(北平:立达书局,1932年)、王金绂
《西北之地文与人文》(上海:商务印书馆,1935年)、汪公亮《西北
地理》(南京:正中书局,1936年)、方秋苇《中国边疆问题十讲》(上
海:引擎出版社,1937年)、思慕《中国边疆问题讲话》(上海:生活书
店,1937年)、戴季陶《西北》(上海:新亚细亚学会出版科,铅印本,
1931年)等。

　　(三) 20世纪40年代

　　行游新疆后的见闻著述:

---

[1]　"1933年,著者(薛桂轮)作为参议随黄慕松赴新疆宣慰,不幸新局迭变,未能成
行。"见《伟大的西北》所收薛桂轮《西北视察日记》,银川:宁夏人民出版社,
2001年,第198页。他谈及宣慰使署预计分政务、交通、宣传、交际、调查等组,其
主要任务除宣慰全疆以求和平外,"调查范围包括政治、军事、外交、历史、地理、
气候、地质、民族、宗教、社会、教育、交通、农村、畜牧、矿产各项,期限拟定为三四
个月"。同上,第204页。

[2]　1986年,新疆维吾尔自治区地方志总编室重新排印曾问吾的《中国经营西域
史》,对新疆各地的修志工作产生过重要影响。

陈纪滢《新疆鸟瞰》(长沙：商务印书馆，1941年初版；重庆：建中出版社，1943年再版)、汪昭声《到新疆去》(北平：天地出版社，1944年；重庆：青年印刷所，1944年)、萨空了《由香港到新疆》(上海：新民书店，铅印本，1946年)、茅盾《见闻杂记》①(桂林：文光书店，1943年)、丁骕《新疆考察记》(香港：自刊，1943年)、梁寒操《西行乱唱》(迪化：新疆日报社，1943年)、袁复礼《蒙新五年行程纪》(新化：亚新地学社，1944年)、李烛尘《西北历程》(重庆：文化印书馆，1945年，《海王丛书》1)、徐苏灵《新疆内幕》(重庆：亚洲图书社，1945年，日记体)、黄汲清《天山之麓》(重庆：独立出版社，1945年，《地学丛书》)、水建彤《伊犁河西》(1945年，迪化铅印本)、罗家伦《西北行吟》(天水，1944年初版，铅印本；重庆：商务印书馆，1946年再版)②、张之毅《新疆之经济》(上海：中华书局，1945年初版，1946年再版，8章)、丁骕《新疆概述》(南京：独立出版社，1947年)、余航《新疆之恋》(南京：独立出版社，1947年)、卢前《新疆见闻》(南京：中央日报社，1947年)、陈希豪《新疆史地及社会》(南京：正中书局，1947年，铅印本)、陈澄之《伊犁烟云录》(上海：中华建国出版社，1948年，铅印本，《诚之书舍丛书》)、周东郊《新疆十年》(兰州，1948年，油印本)、林鹏侠《新疆行》③(新加坡印行，1950年；香港：西北边疆学会出版社，1951年，商务印书馆香港工厂承印)。

---

① 最早发表在《旅行杂志》上，题为《新疆风土杂忆》，内容上相较《见闻杂记》有删改，1961年人民文学出版社出版的《茅盾文集》第九卷收录时又有改动。

② 《罗家伦先生文存》(台北)收录的《西北行吟》为草书手写本。铅印本与手写本个别诗句有改动，注释有增加。

③ 杨镰据顾颉刚1949年11月为《新疆行》所作序言推测，林鹏侠1948年夏赴疆，1949年8月前后离开新疆。见林鹏侠著，杨镰等整理：《新疆行》，北京：中国青年出版社，2012年，第9页。

其他新疆专论专著：

甘肃水利林牧公司《新疆》(1942年)、陈思《新疆琐谈 新疆杂记十二篇》(1942年、1948年)、潘泰封《西北水利问题提要》(1942年)、朱家骅《到新疆去》(1943年)、韩清涛《今日新疆》(贵阳：中央日报社，1943年)、汪永泽编著《新疆风物》(重庆：文信书局，1943年)、徐旭《西北建设论》(上海：中华书局，1944年)、朱子爽《中国国民党边疆政策》(重庆：国民图书出版社，1944年)、李寰《新疆研究》(南天书局，1944年；重庆：安庆印书局，1944年，中国边政学会编辑)、许崇灏《新疆志略》(重庆：正中书局，1944年；上海：正中书局，1945年)、孙翰文《新疆民族鸟瞰》(1944年)、陈正祥《西北区域地理》(重庆：商务印书馆，1945年)、倪超《新疆之水利》(中国边政学会组织出版的《边疆政教丛书》，上海：商务印书馆，1948年)、朱怀道《建设新新疆之我见》(兰州：边疆风光杂志社，1946年)、陈志良《新疆的民族与礼俗》(重庆：文通书局，1946年)、黄慕松《新疆概述》(台北：文海出版社，1947年)、吕敢《新新疆之建设》(上海：时代出版社，1947年)、魏中天《盛世才如何统治新疆》(1947年)、黎晋伟《新疆风云》(香港：海外书店，1947年)、叶良辅《瀚海盆地》(上海：正中书局，1948年)、吴其玉《新疆问题史的分析》(《东方杂志》第31卷第7号抽订本)、白旭初《新疆概述及建议刍言》(1934年铅印本，据北京图书馆复制胶卷本)、方仲颖《新疆之现在及将来》(迪化：新疆高等法院检查处，1949年)、程鲁丁《新疆问题》(上海：文献书局，1949年)、郭芝泉《新疆介绍》(兰州：甘肃日报社，1949年)。

有待进一步考证的有：张人鉴《开发西北实业计划》(北平：著者书店，1934年)、严重敏《西北地理》(上海：大东书局，1946年，研究新疆、青海、宁夏、绥远、甘肃、陕西6省)。

　　此外,还有大量西北考察行记,由于诸多限制没有涉及新疆,如陈重生《西行艳异记》(上海:时报馆,1930年)、郭步陶《西北旅行日记》(上海:大东书局,1932年)、张扬明《到西北来》(上海:商务印书馆,1937年)、张维翰《西北纪行杂咏》(重庆:京华印书馆,1942年)、李昂《西北散记》(成都:胜利出版社四川分社,1943年)、孟述祖《西北花絮》(兰州:甘肃青年出版社,1943年)、周开庆《西北剪影》(成都:中西书局,1943年)、汪昭声《西北建设论》(重庆:青年出版社,1943年)、蒋经国《伟大的西北》(重庆:天地出版社,1943年),当时就有人指出:"其书虽以'西北'命名,而不及中国最西之地,依任何说法都不能不包括在中国'西北'之范围之内之新疆者",并撰文为西北正名,"以唤起国人之留意"。①

　　这些关于新疆的论述集中体现出民国几代知识分子对于新疆问题的持续关注,一方面,它们中有大同小异甚至抄袭互见的,有大而了之或尾大不掉的,当时就有编辑称:"在这年头,真似雨后新笋般的多,但是必究谈的似乎太大了,也太笼统了,结果对西北仅有雏形的知道,没有正确的认识。"②另一方面,也有一些未能考察新疆的著者诚恳地指出了未能实地考察的问题和不足,如曾经"十载以还,留心边事"的李寰,于1942年春至1944年2月,完成30万言的《新疆研究》后在自序中说:"猥以谫劣,郢书燕说之误必多,兼未亲历,闭门造车之诮难免。将来倘获振衣昆仑之岗,饮马交河之源,访古高昌龟兹遗迹,追仰博望定远流风,或能将实际状况,详加勘察,以蕲补缺纠谬,有所广益。"③

---

① 如捣:《"西北"正名》,《瀚海潮》1947年第1卷第2、3期合刊,第3页。
② 《三卷完了》,《开发西北》1935年第3卷第6期,编后记。
③ 李寰:《新疆研究·自叙》,重庆:安庆印书局,1944年,第18页。

第二节　民国新疆游记整理
现状和研究综述

一、新疆游记作品之整理概况

丛书汇编在我国自唐发轫,两宋成形,规范于明,至清代而盛,以致"乾嘉之间,大师耆儒,咸孜孜焉弗倦。校益勤,刻益精,借以网罗散逸,掇拾丛残,续先哲之精神,启后学之涂轨,其事甚艰,而其功亦甚巨"[①]。整理与"汇编"既是"知识复制"的基本形态,也是记忆传承的重要方式;它既能让一些只在非常有限范围内少量发行的游记作品得到保存并为后人利用,也能让一些曾产生较大影响并多次再版的游记著作的较权威版本在更大范围内流布传播。民国时期的不少新疆游记已被当时的一些大型汇编丛书所收录,但并没有出现专门的新疆研究系列丛书。改革开放以来,从"西域探险"到"大西北丛书",从"西北文献"到"丝绸之路西域文献",从"西行文献"到"新疆文库",新疆游记著作作为其中最重要的组成部分之一,日益受到出版界重视和学界关注,大量民国新疆游记也因为成为学者研究民国新疆史的必引文献,在很大程度上推动了民国新疆游记之作的经典化历程。

（一）民国时期新疆游记整理概况

1.《新游记汇刊》

1921年中华书局出版了王文濡甄选、凌桂青编辑的《新游记汇刊》[②],分装8册,50卷,收录清代及民国初期游记187篇,至1932年重

---

① 缪荃孙:《积学斋丛书序》,《艺风堂文集》光绪二十六年艺风堂刻本,转见沈云龙:《近代中国史料丛刊》卷五,台北:文海出版社,1985年。

② 边丁编的影印本《新游记汇刊》2009年由香港蝠池书院出版有限公司出版。

印至第6版。其中民国新疆游记如卷33收录有《新疆风土记》《伊犁旅行记》，卷45收录有单骑《西征日记》（1913年）。1923年中华书局出版了王文濡甄选、姚祝萱编辑的《新游记汇刊续编》，共计6册，40卷，收录民国时期各地游记114篇，到1935年印至第4版。其中卷26收录有耐道人《阿尔泰山附近情形》，卷37收录有刘雨沛《西戍途中日记》。1924年中华书局将其合并为《新游记汇刊》上、中、下三册出版。1924年中华书局推出劳亦安编辑的《古今游记丛钞》，分成12册，共48卷，近500篇，到1936年印至第3版[①]。

　　2.《边疆丛书》

　　1936年5月，吴丰培与顾廷龙鉴于"迩来研究边疆问题之人日夥，而边疆之书流传较少"，认为"如能取稿本、抄本或刊本而不易得者重为印行，成一《边疆丛书》，以备研究者之取材，亦一佳事"。[②]顾廷龙拟定《边疆丛书甲集初编》计划出版的十种书籍题为《西域遗闻》《哈密志》《塔尔巴哈台事宜》《巴勒布纪略》《敦煌杂钞》《敦煌随笔》《准噶尔考》《经营蒙古事例》《果亲王日记附诗集》《西行日记》[③]。实则1937年，禹贡学会辑、吴丰培校勘、顾廷龙编纂的《边疆丛书甲集》铅印本共出版六种，其中清代新疆游记有锺（钟）方的《哈密志》。抗日战争爆发后，吴丰培"自筹印费，又成《北征日记》《西行日记》二种；限于经费，故后辑之《回疆志》《乌鲁木齐事宜》《塔尔巴哈台事宜》《巴勒布纪略》改为油印，合为《边疆丛书续编》"[④]。

---

①　详细考证见孙青：《"新"游记汇编与近代中国"空间"表述转变初探》，章清主编：《新史学（第十一卷）：近代中国的旅行写作》，北京：中华书局，2019年。

②　《通讯一束（七九）》，《禹贡》1936年第5卷第7期，第76页。

③　见沈津编著：《顾廷龙年谱》，上海：上海古籍出版社，2004年。

④　吴丰培：《吴丰培自述》，高增德、丁东编：《世纪学人自述（第三卷）》，北京：北京十月文艺出版社，2000年，第362页。

1943年,中国边疆学会曾计划编辑边疆丛书第一辑,共10本,交由正中书局陆续出版,后又"打算赓续作第二辑以下的编纂,把关于边疆的政教、史地、经济、社会、文艺、各部门的著作,在一定的计画之下,分配在这部丛书里"①。该学会出版的两辑边疆丛书,第一辑由正中书局负责,第二辑由商务印书馆负责,系统性较强,拟刊著作题目及著者有:吴其昌《历代边政借鉴》,黄文弼《中国西北民族演变史》,张印堂、黄国璋、王成组《中国边疆地理》,蒙藏委员会边疆政教制度研究会编著《边疆民族政教一览》②。其他著作如黄奋生《边疆政教之研究》(商务印书馆),但目前尚无发现更确切的书目总汇。另外,1944年,中国边政学会拟编行《边疆政教丛书》"期能与边政公论相配合,以加强对于边疆政治和社会之探讨"③。

(二)中华人民共和国成立以来新疆游记整理概况

20世纪30年代开始筹印《边疆丛书》的吴丰培先生,长期致力于对新疆西藏等边疆文献的整理,其多年心血集中体现在《中国民族史地资料丛刊》《丝绸之路资料汇抄》《川藏游踪汇编》《甘新游踪汇编》等著作上。其中,《甘新游踪汇编》共三十余种,"虽其中亦曾有刻本,而购求今已不易,其余均属秘本。积数十年之力,始得汇为一篇,则有清三百年来记载新疆行程之主要者,或已毕集于斯,省检用群书之烦,而互勘互证之效,供史地学者所需"④,另外吴丰培为这些游记所作的序跋题记还提供了作者考订、内容梗概、版本来源和整

---

① 《中国边疆学会丛书总序》,许公武编述:《边疆述闻》,重庆:正中书局,1943年,第4页。
② 见《学术界消息:边疆政教丛书之编刊》,《图书季刊》1943年第4卷第1、2期合刊,第205页。
③ 中国边政学会出版组:《边疆政教丛书总序》,李寰:《新疆研究》,重庆:安庆印书局,1944年,第2页。
④ 吴丰培:《〈甘新游踪汇编〉题记》,《中央民族学院学报》1984年第2期,第88页。

理过程等重要信息。

1.《西域探险考察大系》和《探险与发现丛书》

1992年、1996年，学界在乌鲁木齐召开以总结西域探险史成果为主题的"西域考察与研究"等学术研究会，并推动了《西域探险考察大系》的编译出版。20世纪90年代，新疆人民出版社开始正式出版大型系列丛书《西域探险考察大系》，第一版总主编宿白，主编马大正、杨镰、陈重秋、荣新江，共计出版十余种著作，主要是外国探险考察者的著述，民国时期国人游记有谢彬《新疆游记》。新疆人民出版社随之开发的《亚洲探险之旅》（10本）收录的是外国探险家在中国西部的探险考察实录。2001年，新疆人民出版社出版了由杨镰、陈宏博主编的《探险与发现丛书》，其中收录了天涯游子《人在天涯》、陈赓雅《走进西部》等。2010年，新疆人民出版社推出《西域探险考察大系》第二版，共计15种，由李维青任总主编、杨镰任主编。2013年，新疆人民出版社推出《西域探险考察大系》第三版，共计30种，由张新泰任总主编、杨镰任主编，其中民国时期国人探险考察及其著述有陈赓雅《走进西部》、吴蔼宸《边城蒙难记》、谢彬《新疆游记》、林竞《亲历西北》、黄汲清《天山之麓》和合著《修女西行》[①]等。

2.《走进大西北丛书》和《西北行记丛萃》

2000年，宁夏人民出版社出版了《走进大西北丛书》，其中收录的民国新疆游记有徐炳昶《徐旭生西游日记》、萨空了《从香港到新疆》、李烛尘《西北历程》等；2002年，甘肃人民出版社出版了胡大浚主编的《西北行记丛萃》，主要选录了19世纪以来西北行记中的代表作37种并分两辑出版，其中第一辑10册25种，第二辑10册12种。

---

① 《修女西行》由两本游记组成，一是米德莱·凯伯、佛兰切斯卡和伏连契合著的《西北边荒布道记》，一是20世纪40年代前期《旅行杂志》上西北游记的合集《西北行（第二辑）》。

其中收录的民国新疆游记有徐炳昶《西游日记》、谢彬《新疆游记》①、林竞《蒙新甘宁考察记》②、陈赓雅《西北视察记》、刘文海《西行见闻记》、杨钟健《西北的剖面》、李烛尘《西北历程》等。

3.《中国西北文献丛书》

与论题关系最为密切、收录最为翔实的是《中国西北文献丛书》。《中国西北文献丛书·正编》由陈渭泉任主编,艾克利任副主编,兰州古籍书店1990年影印,共203卷(含目录索引2卷)。其中《西北史地文献》一辑总第108册收录黄文弼《罗布淖尔考古记》、总第109册收录裴景福《河海昆仑录》、总第110册收录吴蔼宸《新疆纪游》、总第111册收录斯文·赫定《我的探险生涯》、总第112册收录《斯坦因西域考古记》。其中《西北民俗文献》一辑总第121册收录邓缵先《叶迪纪程》、总第122册收录林竞《西北丛编》、总第123册收录杨钟健《西北的剖面》、总第124册收录刘文海《西行见闻记》、总第125册收录勒柯克《新疆之文化宝库》、总第127册收录《新疆异俗漫谈·西北导游》及吴蔼宸《新疆种族宗教风俗记》、总第129册收录李德贻《北草地旅行记》、总第131册收录谢彬《新疆游记》、总第132册收录陈赓雅《西北视察记》、总第137册收录佚名《西北花絮:新疆之种族与宗教生活》、总第141册收录伊犁里克《新疆心影录》等。

《中国西北文献丛书·续编》由何兴民、蒋潇任主编,甘肃文化

---

① 谢晓钟著,薛长年、宋延华点校:《新疆游记》,兰州:甘肃人民出版社,2003年。《西域探险考察大系》出过两个版本,均由杨镰、张颐青整理。1990年版"只收了作者一行自嘉峪关之后,游历新疆天山南北的内容",2013年版"按原书的先后,编入了《新疆游记》的全部章节"。乌鲁木齐:新疆人民出版社,2013年,第394页。

② 林竞《西北丛编》有两种整理本,《蒙新甘宁考察记》为刘满点校本,兰州:甘肃人民出版社,2003年;《亲历西北》为杨镰、张颐青整理本,乌鲁木齐:新疆人民出版社,2010年、2013年。

出版社1999年出版,共61册。其中西北史地文献卷第6册收录王树楠《新疆访古录》、第7册收录安汉《西北垦殖论》、第15册收录李烛尘《西北历程》。

《中国西北文献丛书·二编》由苗普生任主编,高人雄、刘国防任副主编,线装书局2006年出版,共51册。总第25册收录水建彤《伊犁河西》、总第29册收录谢彬《国防与外交》及周东郊《新疆十年》、总第30册收录杨增新《补过斋日记》、总第31—37册收录吴忠信《吴忠信主新日记》等。

4.《丝绸之路西域文献史料辑要》

2016年,新疆美术摄影出版社、新疆电子音像出版社推出由杨镰、石永强担任总主编的《丝绸之路西域文献史料辑要》,"本套丛书第一辑共分为三部分:'古代文献史料部',搜集整理国内外民国前关于西域的文献史料;'民国文献史料部',搜集整理国内外民国时期有关西域的文献史料;'稀见档案史料部',为新中国成立前新疆重要档案史料汇集"[1]。其中民国游记文献主要有第一辑第264—265卷收录《新疆游记》、第294卷收录《新疆壮行词》等三本、第300卷收录《新疆纪游》、第301卷收录《新疆见闻》、第302卷收录《伊犁烟云录》等三本、第307卷收录《新疆概观》、第308卷收录《新疆印象记》、第309卷收录《新疆视察记》等二种、第310卷收录《新疆鸟瞰》、第316—317卷收录《徐旭生西游日记》、第321—322卷收录《鼂庐诗草》等三本、第326卷收录《盛世才与新新疆》、第329卷收录《新疆旅行记》等。

5.《中国边疆研究文库》和《中国西行文献丛书》

2012—2015年黑龙江教育出版社陆续推出了由李大龙、于逢春、

---

① 《丝绸之路西域文献史料辑要·前言》,乌鲁木齐:新疆美术摄影出版社,乌鲁木齐:新疆电子音像出版社,2016年。

厉声、阿地力·艾尼等主编的《中国边疆研究文库》,初编五十部主要收录近代稀见边疆名著点校及题解,其《西北边疆卷》包括《补过斋文牍(全5册)》《西北丛编》《戡定新疆记》《新疆志略》《中国土地丧失史》等。2016年,甘肃文化出版社出版发行《中国西行文献丛书》第一辑,由兰州大学敦煌学研究所、甘肃文化发展研究院组织,由郑炳林、张兵、段小强担任主编,第三辑正在编辑整理中。其中,第4卷收录方希孟《西征续录》、袁大化《抚新记程》、勒库克《新疆之文化宝库》,第5卷收录裴景福《河海昆仑录》,第7卷收录斯文·赫定《我的探险生涯》,第11卷收录谢彬《新疆游记》、王应榆《伊犁视察记》,第12卷收录汪昭声《到新疆去》,第13卷收录吴蔼宸《新疆纪游》,第15卷收录刘文海《西行见闻记》,第16卷收录林竞《西北丛编》《新疆纪略》,第17卷收录杨钟健《西北的剖面》,第18卷收录尤寅照《绥新勘路报告》、汪扬《西行散记》、李德贻《北草地旅行记》、邓缵先《叶迪纪程》,第19卷收录陈赓雅《西北视察记》,第21卷收录伊犁里克《新疆心影录》,第23卷收录水建彤《伊犁河西》、斯文·赫定《新疆古城探险记》、严德一《新疆与印度间之交通路线》、邓静中《河西南疆间之交通路线》。

6.《新疆文库》

特别值得一提的是,作为新疆历史上规模最大的文献基础工程、正在陆续汇编出版的大型丛书《新疆文库》,该丛书得到了自治区党委和政府的高度重视和直接领导,目前《新疆文库》编辑出版工作领导小组、《新疆文库》编委会已累计整理出版近百卷新疆历史文献。新近出版的《民国新疆文献汇辑》第1—4册收入的单行本著作有单骑《新疆旅行记》、杨缵绪《新疆刍议》、林竞《新疆纪略》、钱桐《赴疆考察记》、华企云《新疆问题》、杨缵绪《现在的新疆》、吴绍璘《新疆概观》、黄慕松《新疆概述》、徐弋吾《新疆印象记》、杨刚毅《新疆问题讲话》、洪涤尘《新疆史地大纲》、陈赓雅《西北视察记》、谭惕吾《新疆之交通》、蒋君章《新疆经营论》、陈纪滢《新疆鸟瞰》、李寰《新疆研究》、许崇灏《新疆志略》、韩清涛《今日新疆》、张之毅《新疆之经济》、丁骕《新疆概述》、吕敢《新新疆之建设》、陈希豪《新疆史地及社会》、倪超《新疆之水利》、程鲁丁《新疆问题》等。

7. 其他相关丛书

收录民国新疆游记较早的丛书应为1989年上海书店编撰的《民国丛书》，丛书共收1 126种图书，其中《民国丛书·第二编》收录了林竞《亲历西北》、谢彬《新疆游记》、徐炳昶《徐旭生西游日记》等。伴随着中国边疆史地学的发展壮大和国家对图书事业工程的支持，新世纪以来另有大量与新疆游记日记、史料文献、边政史地等相关的大型丛书得以陆续出版。2003年线装书局出版了《古籍珍本游记丛刊》，其中新疆游记有单骑《新疆旅行记》。2006年学苑出版社出版了《历代日记丛钞》，其中与论题相关的有第87册收录的谢祖植《由京至巴里坤城等处路程记》，第167册收录的温世霖《昆仑旅行日记》，第168册收录的单骑《西征日记》和《新疆旅行记》，另收刘雨沛《民国元年五月率师至吐鲁番哈密镇抚途中日记》。2006—2011年中央编译出版社出版了《边疆史地文献初编》，第1辑第22册收录有刘雨沛《民国元年五月率师至吐鲁番哈密镇抚途中日记》。2009年国家图书馆出版社出版了由马大正主编的《民国文献资料丛编·民国边政史料汇编》，其中第23册收录有钱桐（钱孟材）《赴新考察记》、林竞《新疆纪略》，第24册收录有冯有真《新疆视察记》、杨刚毅编《新疆问题讲话》、华企云《新疆问题》等。

另外港台地区也有不少相关丛书。如从1966年开始，台湾文海出版社陆续推出了由沈云龙主编的《近代中国史料丛刊》三编，其中收录的民国国人新疆游记文献有谢彬《新疆游记》、林竞《西北丛

编》、徐炳昶《徐旭生西游日记》和黄慕松《新疆概述》。2009—2010
年,香港蝠池学院出版有限公司推出了《中国边疆行纪调查记报告
书等边务资料丛编(初编)》《中国边疆行纪调查记报告书等边务资
料丛编(二编)》《中国近现代边疆文献辑录》等。

二、新疆游记文献研究综述

20世纪90年代以来,随着《西域探险考察大系》《中国西北文献
丛书》《中国少数民族旧期刊集成》等大型丛书的出版,大量民国时
期的西人游记得到了研究者们的普遍重视,民国时期国人新疆论著
中,受到研究者普遍青睐和重视的主要有谢彬《新疆游记》、徐炳昶
《徐旭生西游日记》、刘文海《西行见闻记》、吴蔼宸《新疆纪游》、徐
弋吾《新疆印象记》、曾问吾《中国经营西域史》、吴绍璘《新疆概
观》、陈纪滢《新疆鸟瞰》、周东郊《新疆十年》等著作。在整理编撰
探险考察游记的过程中,也产生了一些重要的综述之作,如马大正的
《有清一代新疆考察述论》《20世纪新疆考察述论》《清至民国中国学
者新疆考察史研究评述》。①因民国新疆游记既往多为历史学、民族
学、社会学等学者所关注,且多以实证主义方法、从文献资料角度加
以利用,故此处主要述评民国新疆游记中的考察报告等纪实之作的
研究现状。目前已完成的以新疆游记本身作为研究主体内容和分析
对象的硕博士论文②有艾买提江·阿布力米提《英国人在中国新疆
的探察活动研究(19世纪中叶至20世纪中叶)》(华中师范大学博士
论文,2015年)、依明江·塔吉《近代外国人士在喀什噶尔科学考察

---

① 《有清一代新疆考察述论》,马大正等主编:《西域考察与研究》,乌鲁木齐:新疆
　人民出版社,1994年;《20世纪新疆考察述论》,《中国边疆史地研究》1992年第
　3期;《清至民国中国学者新疆考察史研究评述》,《西域研究》2015年第4期。
② 下文未标注博士论文的,均为硕士论文。

活动及影响研究——以19世纪中叶至20世纪中叶为例》(新疆师范大学,2012年)、杨涛涛《清末民国游记中的新疆社会文化研究》(新疆师范大学,2016年)、冯明《民国时期国人新疆地区游记文献研究》(新疆大学,2014年)、马振霞《民国时期国人新疆考察文献研究》(新疆大学,2018年)等。

同时,随着微观史学、区域生活史等史学观念的转折和兴起,越来越多的历史学者重视游记日记、考察报告等对于历史研究不可或缺的佐证意义和文献价值。学人更多依托边疆学和历史地理学等学科背景,在分析20世纪三四十年代的西北开发、主流舆论和科学考察时涉及民国新疆游记,其中一是从中考证20世纪三四十年代西北开发的实际情形与西北社会的整体面貌;二是考察边疆学兴起背景下民国西北考察的蓬勃态势和边政研究的历史成果。

先从西北开发之研究述评看,有从开发背景、建议、实措、不足等角度入手者,如宗玉梅《20世纪30年代报刊媒介与西北开发》(《史学月刊》2003年第5期)、侯风云《20世纪30年代国人开发新疆述论》(《新疆社会科学》2007年第1期)、王荣华《危机下的转机——国民政府时期的西北经济开发研究》(南京大学博士论文,2014年),还有在此领域长期积累且起步较早的学者沈社荣《30年代国民政府的西北战略意识》(《宁夏大学学报》1999年第3期)等一系列重要论文。

从西北考察报告反思西北社会现状问题者,如王荣华《抗战时期的西北考察活动与西北开发》(《西北第二民族学院学报》2003年第3期)、解程姬《20世纪30年代西北行记与西北开发》(内蒙古大学,2008年)、尚季芳《再造"西北":民国时期旅外学人对西北形象的重塑》(《中国边疆史地研究》2012年第2期)、李洁及马文《民国时期国人游记中的新疆多元民族文化与交融镜像》(《兰州大学学报》2019年第6期)。另有一些研究重视思路方法的拓展,如从现代民族国家和国族观念形成出发者，有储竞争《抗战时期国人西北书写与国族意识建构》（兰州大学，2011年）、龚军静《国民政府时期"西北开发"考察行记中的民族问题与国族建构》（北方民族大学，2016年）、周国栋及荀羽琨《现代西北游记与民族国家的建构》（《现代中国文化与文学》2020年第3期）；从边疆危机角度重审国人游记者，有李洁《民国时期国人游记中的新疆边疆危机》（《烟台大学学报》2018年第4期），另外还涉及民国时期边疆观念、中华民族观念形成、国民党时期的治疆方案等。

再从西北考察之述评来看，综述性质的代表性成果如尚季芳《国民政府时期的西北考察家及其著作述评》（《中国边疆史地研究》2003年第3期），专论中关于中国西北科学考查团的研究最为集中，代表成果如张九辰、徐凤先、李新伟《中国西北科学考查团专论》（中国科学技术出版社，2009年），罗桂环《中国西北科学考查团综论》（中国科学技术出版社，2009年），王新春《中国西北科学考查团考古学史研究》（兰州大学博士论文，2012年）等。关于绥新公路勘查队研究的代表性成果，有罗桂环《20世纪30年代的"绥新公路查勘队"》（《中国科技史杂志》2008年第3期），高月《试论20世纪30年代内地与新疆间的交通勘探与建设——以绥新公路为中心》（《中国边疆史地研究》2018年第1期）；关于西北建设考察团的考述，如何芳《罗家伦与西北建设考察团》（华中师范大学，2012年）；关于中法科学考察团的梳理，如陈梦洁《中法科学考察团研究》（陕西师范大学，2019年）、陈力《学术背后的政治：1931年"中法学术考察团"新探》（《中国边疆史地研究》2019年第3期）；关于西北工业考察团，有李琴芳整理的史料《经济部西北工业考察通讯》（《民国档案》1995年第4期、1996年第1期）、《经济部西北工业考察团报告》（《民国档案》1992年第4期）等。

　　再从民国边政研究的历史考证看，代表性研究成果有韦清风《近代中国边疆研究的第二次高潮与国防战略》(《中国边疆史地研究》1996年第3期)；从组织上看，中国地学会、禹贡学会等重要边疆问题研究机构成为研究热点；从期刊来看，《新亚细亚》《禹贡》《边政公论》等边疆研究刊物成为关注重点，代表成果如孙喆和王江《边疆、民族、国家——〈禹贡〉半月刊与20世纪30—40年代的中国边疆研究》(中国人民大学出版社，2013年)、李海健《新亚细亚学会与抗战时期的边疆研究》(河北大学，2010年)等。

　　大量新疆学子多来自历史学、民族学、专门史、社会学、马克思主义理论等专业，他们或在研究清至民国新疆城镇建设、集市聚落、经济贸易、财政金融、工矿商业、邮政交通、民族政策、社会团体、信仰民俗等问题时，将游记作为认识和理解研究对象的有机补充；或在研究民国时期某些特定区域(如乌鲁木齐、伊犁、哈密、奇台、喀什、玛纳斯、阿尔泰等)或特定族群(维吾尔族、回族、哈萨克族、俄罗斯族等)的社会生活、文化教育、行政治理、商业贸易等问题时，以游记作为丰富和拓展研究内容的有力依据，在传统的政治史、民族史、对外关系史之外，经济史、宗教史、屯垦史、人口史、移民史、城市史、环境史、妇女史、语言史、文化史、学术史等领域都有所加强。另有一些硕士论文转而以内地视角看新疆，如赵彦恒《抗战时期上海文化人在新疆》(新疆大学，2007年)、刘亚博《民国西北开发视角下的新疆民族研究》(新疆大学，2013年)、黄伟华《清末至民国内地刊物对新疆社会的认知》(新疆大学，2013年)等，还有个别论文从旅游业的角度梳理游记，如黄婷婷《晚清外国探险家游记反映的喀什旅游文化研究》(石河子大学，2016年)，已大致呈现出民国新疆区域政治、经济、文化形象等的多重面向。

　　另外，在中国现代文学研究领域，也有一些学者关注到民国时期国人新疆游记的文化传承价值和文献整理意义,其中尤以杨镰主编《西域探险考察大系》时撰写的大量精彩序言导读为代表,正如前述,杨镰的更大贡献是整理出版了很多优秀的民国国人新疆游记,如《新疆游记》《亲历西北》《边城蒙难记》《天山之麓》《走进西部》等;还有学者立足于形象学角度考察特定历史阶段新疆游记背后的社会文化集体想象物的生成机制,如郑亚捷《1930年代前的新疆游记及其文化想象》(《文学评论》2012年第4期);从民国西北行记透视游记作者主体精神与民族时代精神的汇流,如王树森、沈文凡《晚清民国西北行记的精神呈现》(《湖南科技大学学报》2020年第4期);也有一些研究集中于代表游记著作的文献梳理和文化述评,如潘丽《罗家伦的新疆行及其〈西北行吟〉》(《昌吉学院学报》2014年第4期)、郭道平《民国初期"个体意识"的范本——单骑〈新疆旅行记〉论析》(《民族文学研究》2017年第3期)、李彩云关于《新疆游记》的系列研究论文等;另有论者从新闻学角度探讨大众媒介如何促成民族国家观念在现代中国的边地传播,如邹欣星《西北"纪实"与现代中国的想象性建构——大众传媒视阈下〈大公报〉西北报道研究(1927—1936)》(《盐城工学院学报》2019年第4期)等。

总体而言,民国新疆行游报告等近些年来已越来越为研究民国新疆区域史、地方史、专门史的学者所重视并多有涉及,这些研究文本互为补充互相丰富,已初步勾勒出一幅波澜壮阔的民国时期中原知识分子赴疆行旅的长卷图轴,并有不少与游记相关的政治事件、学术考察、人员交流、出版传媒等历史背景的梳理考证,这为本书提供了非常重要的历史视野和背景资料。这些文章将关于民国新疆丰富的历史论著、档案文献、地方县志、概貌编著、回忆见闻、研究成果、诗词文赋与中外游记相结合,将搜集整理、实地调研与现场采访、口述取证相结合,并推动了近些年来民国新疆游记研究与历史学、人类学、民族学、社会学之间的交叉融合。

目前存在的问题，一是研究者对国人新疆游记的择取引用远不如对外国新疆游记的关注重视程度，部分原因是因为以斯文·赫定、斯坦因、伯希和、勒柯克、日野强、马达汉、莫里循等为代表的外国游记，较早为边疆史研究界所关注；二是20世纪前半叶的新疆游记大多被作为佐证和丰富历史的背景材料，作为兼具文学、历史、新闻、考察报告、地方通志等文类杂糅属性的新疆游记，将其视为史料文献和地方志的有机补充虽是必要的，但可能会忽视或错识其中的文学想象和主观感受成分；三是片面强调单行本游记，往往将研究目光聚焦到以中原知识精英阶层为主体的游记作者身上，而忽视民国政府要员、普通市民阶层、新疆本土知识阶层、往来普通公务人员以及新疆本土少数民族行游作者等，当然因为这些资料大多散见于浩如烟海的民国报刊中，整理工作还很难集中系统。

相比较于之前研究对外国人新疆游记和单行本民国游记的强调，笔者将研究重心更多地向未引发学界普遍重视的民国国人新疆游记，尤其向发表在报刊上的大量国人行旅文字倾斜，这样做可以更好地辐射更为广泛的写作群体、更为多元的出版环境和更为真实的文化场域。

第三节　文类交叉·文体互涉

在上述卷帙浩繁的相关书目中，依据文学性进行划分显然不是回到历史现场的客观态度，即令我们以情感性、审美性、想象性为标准，也往往会在很多在文学性之外夹杂着科学报告、政治专论的文本现实前裹足不前。即使我们不以西学东渐后出现的现代"文学"观念为分类归的，而以中国传统行旅游记的分类方式来处理，我们也会面临新的困境。"历代重要公私书志著录归类虽略有不同，但大致上把行记列入史部地理类"①，游记则多属于集部②，至晚清以降，对于域外旅游写作，虽多归为"游记"，但我们依然可以看到其取向上对学识、事功和义理的追求，尤其是新疆游记，很大程度上又接续了乾嘉学派言必有据、西北史地实地勘查之学风，更偏重对边疆的地理考证以求经世致用，采风记俗以求体国经野，较少感性抒情色彩，而更多史家之风或政治宏见，所以也更不能以文学文类来笼统称之。

另外，考虑到民国时期洋洋大观的出版盛况和众声喧哗的言说空间，我们选择以广义"游记"为研究对象，既可避开"旅行""行游""旅游文学"等难以避免的概念先导，同时也是尊重实际文本写作、发表、出版时各类文体的彼此渗透和交叉互涉，先将凡是在实际行走、考察、旅游过新疆后所写的文字都纳入视野范围，再有侧重有选择地择要研究。同时，只有先理解了当时还未完全专业化和学科化的学术建制，意识到当时知识分子受教于全面系统的传统文化熏染和人文素质教育，尊重他们并不拘泥于个人研究领域和专业所长、积极向社会建言建策的表达立场，我们才能更好地理解，为何一大批自然科学家在撰写专业学术论文之外，会留下大量关于新疆考察的游记文字和关于新疆专论的普及论著，并发表在当时的一些边疆期刊甚至商业报刊上。

正如贾鸿雁在《中国游记文献研究》中说："按旅游的内容划分，可分为旅行记和游览记。……按表现形式与内容划分，可分为文学

---

① 张治：《异域与新学：晚清海外旅行写作研究》，北京：北京大学出版社，2014年，第8页。
② 参见李德辉：《唐代交通与文学》第九章第五节《论行记与游记的区别》，长沙：湖南人民出版社，2003年，第435—440页。

性游记、学术性游记、记述性游记。……按体裁划分,可分为……书信体、序体、日记体……通讯体等。"[①]这一现象在19世纪后期以来的西人新疆游记中更为突出,杨镰先生在《西域探险考察大系》一书的序言中就曾指出,"中亚探险家在完成旅行之后,总要出版两本书,一本是学术考察报告,一本是纪实性的游记"。比如斯坦因在1901年初抵达尼雅遗址并发现大量佉卢文书后,既著有学术报告《古代和阗》,又著有游记《沙埋和阗》;斯文·赫定既著有学术报告《1899—1902年中亚科学考察成果》,又著有游记《亚洲腹地旅行记》(又名《长征记》),既著有科学考察报告《罗布淖尔》,又著有报告文学《漂移的湖》;沃尔克·贝格曼跟随中瑞西北科学考查团考察后,既有学术著作《新疆考古记》,又有通俗探险纪实《考古探险手记》。再如大量民国知识精英和人文社科领域的学者将现代民族学、社会学、历史学、考古学、人类学、政治学等的知识引入对边疆的书写与研究之中,如蒋君章、华企云、黄文弼、顾颉刚、马鹤天等作者还是西北边政学的发起者和著述者。

　　笔者的研究,自然也并不打算将这些行游考察过新疆后所撰写的政论文章、学术论文等作为主要研究对象,之所以在这一节中提及,目的是为还原民国报刊出版界不同时期关注新疆形象的不同面向和整体重心,呈现不同类型作者笔下新疆形象的不同维度和兴趣焦点,明晰行游过新疆的民国知识分子游记作品之外的新疆论著和新疆书写,从而浮现出更为真实、全面、立体的新疆形象的历史谱系和文化肌理。同时,从20世纪40年代之前新疆游记与国内其他地区游记在文类选择上的差异性,可以看出当时作者对于旅新和海外游完全不同的个人期许和意义诉求、读者对于新疆问题的关注热度和

① 贾鸿雁:《中国游记文献研究》,南京:东南大学出版社,2005年,第27—29页。

政治敏感,也从另一角度折射出民国出版繁盛期时文类界限的模糊现象。

一、新疆游记之外的新疆政论文章

与西人新疆书写不同的是,民国时期赴疆人士在创作新疆游记时,往往还会触及边疆史地考述、发展谏言、专业论著等,其中尤其以一些亲历新疆重大历史事件的政府要员为代表。比如最后一任新疆巡抚袁大化履新后有《抚新记程》《辛亥戡乱记》等书,其中《抚新记程》为记录赴任新疆巡抚沿途所见,1911年5月15日,袁大化在《请借款修东西铁路以保西域而固全局折》中从新疆战略地位、西北边疆安危、振兴区域经济角度力倡修建新疆铁路,并预言新疆由此将成为"提挈全球之纲维、开阖中西之门户"[1]。曾任伊犁陆军混成协协统、伊犁辛亥革命后任伊犁陆军师长、伊犁镇总兵的杨缵绪返回内地后常撰文对新疆发展献言献策,曾与汪日昌合作有介绍新疆时政的著作《现在的新疆》,发表《新疆之实情与整理之计划》[2]《开发新疆实业之管见》[3]《新疆概况及其危机》[4]等文。曾任国民党新疆省党部特派员的宫碧澄有《返新杂记》《新疆丛谈》《新疆教育概况》等论著,发表有《新疆北部的塔城》[5]《新疆的妇女》[6]等文章。曾任新疆省府顾问的吴蔼宸,作《新疆情形报告书》送呈外交部[7]、作《整理新疆

---

① 袁大化:《请借款修东西铁路以保西域而固全局折》,王树枏等纂修:《新疆图志》卷一〇六《奏议十六》,上海:上海古籍出版社,2015年,第1970页。
② 杨缵绪:《新疆之实情与整理之计划》,《新亚细亚》1931年第2卷第2期。
③ 杨缵绪:《开发新疆实业之管见》,《开发西北》1934年第1卷第1期。
④ 杨缵绪:《新疆概况及其危机》,《康藏前锋》1934年第12期。
⑤ 宫碧澄:《新疆北部的塔城》,《边事研究》1936年第5卷第1期。
⑥ 宫碧澄:《新疆的妇女》,《方舟月刊》1937年第37—38期。
⑦ 吴蔼宸:《新疆情形报告书》,《益世报》(天津版)1934年4月11日,第2版。

财政计划意见书》^①，另发表有《新疆之过去及未来》^②《新疆在东西文化史上之估价》^③《新疆种族宗教风俗记》^④等多文。

曾任中法科学考察团中方团长、1934年任新疆建设计划委员会主任委员的褚民谊回内地后也撰写有不少关于如何开发新疆的文章，如《西北与东北》^⑤《西北开发问题》^⑥《新疆事变与开发西北》^⑦等，《视察新疆报告书》从教育、实业、交通、习俗等方面"拟具管见，略贡刍荛，以备采择，统希鉴察"^⑧。

时任国防部军事委员会参谋本部参谋次长兼边务组长、南京国民政府蒙藏委员会委员长的黄慕松在宣慰新疆不久后出版《新疆概述》^⑨和《我国边政问题》^⑩。同行王应榆的《伊犁视察记》^⑪本身即为专论体式，从沿革、山脉河泊、疆域形势、种族人口、行政教育、都会交通、气候物产、工艺商务分八章分述。同行高长柱因"对于新疆之政治、军事、经济、外交、交通各方近况，均曾留意考察，并拟有整顿办法，与开发刍见，拟供献国人，借供参考"^⑫，并在《边铎》上连续多期发文，在《边铎》创刊号上还刊有他与刘养浩合作的《新疆之危机》一文。

————————

①　吴蔼宸：《整理新疆财政计划意见书》，《大公报》（天津版）1933年10月6日、7日、9日，第9版。
②　吴蔼宸：《新疆之过去及未来》，《时事月报》1935年第13卷第1期。
③　吴蔼宸：《新疆在东西文化史上之估价》，《国闻周报》1935年第12卷第31期。
④　吴蔼宸：《新疆种族宗教风俗记》，《中国西北文献丛书》第127册，兰州：兰州古籍书店，1990年。
⑤　褚民谊：《西北与东北》，《新亚细亚》1932年第3卷第4期。
⑥　褚民谊：《西北开发问题》，《中央周报》1932年第210期。
⑦　褚民谊：《新疆事变与开发西北》，《新亚细亚》1933年第6卷第5期。
⑧　褚民谊：《视察新疆报告书》，《开发西北特刊》1932年创刊号，第1—2页。
⑨　黄慕松：《新疆概述》，沈云龙主编：《近代中国史料丛刊续编》第46集，台北：文海出版社，1974年。
⑩　黄慕松：《我国边政问题》，南京：西北导报社，1936年。
⑪　王应榆：《伊犁视察记》，《西北问题季刊》1935年第1卷第3—4期。
⑫　高长柱：《新疆之近况》，《边铎》1934年创刊号，第1页。

　　1933年,南京国民政府派司法行政部长、外交部长罗文干宣慰入新,"目睹新疆境外交通便利,境内则交通险阻,深恐长此以往,人民对外日近,对内日疏,时久习深,难以挽救,故于还京之后,便草拟《开辟新疆交通计划》,献议于中央"[1]。曾任西北建设考察团团长的罗家伦除出版有新疆行游旧体诗集《西北行吟》外,还发表有近十篇与新疆有关的述论文章,如《泛论新疆——一个检讨》《悲情话新疆》《新疆——中华民族的屏障》等;1944年新疆"三区革命"爆发后,时任国民政府驻新疆监察使的罗家伦曾为改革当时已濒临绝境的新疆地方财政,提出了一些财政改革措施建议。

　　除了政府要员,还有很多赴疆知识者会选择在日记体游记之后留下一些关于新疆现状的看法介绍和发展的谏言建议,如汪扬所说:"不得不就其平日所知,私见所到,以开发西北意见书舒其陋见,以'西行散记'记其旅况。"[2]如谢彬在即将离开塔城时写下《开发新疆计划书》,从财政、县制、军事、政治、外交方面着手筹划新疆。回内地后陆续发表游记解录《旅新观察谈》[3]和《新疆行政管见》[4]《阿尔泰行政述评》[5]《新疆经营论》《阿尔泰形势论》《新疆勘界失地四则》《帕米尔高原形势论》《西北国境丧地颠末》《中俄特别会审制度与界务》等新疆专论文章[6]。

① 洪瑞涛:《〈开辟新疆交通计划〉之商讨》,《开发西北》1934年第1卷第4期,第61页。《开辟新疆交通计划》,见《开发西北》1934年第1卷创刊号;又见《交通杂志》1934年第2卷第4期;又见《道路月刊》1934年第43卷第1号。
② 汪扬:《西行散记·自白》,上海:中国殖边社,1935年,第1页。
③ 谢彬:《旅新观察谈》,《地学杂志》1922年第6、7期合刊。
④ 谢彬:《新疆行政管见》,《民心周报》1920年第1卷第43期—1921年第2卷第8期。
⑤ 谢彬:《阿尔泰行政述评》,《民心周报》1921年第2卷第10、12、15期。
⑥ 参见谢彬:《国防与外交》,《中国西北文献丛书·二编》第29册,北京:线装书局,2006年,第236页。

　　民国初年曾两次赴疆考察,曾任京绥铁路材料处长、西北边防督办公署调查编辑处处长、交通部参事的林竞在单行本《新疆纪略》和行旅日记之外,还发表了《新疆交通纪略》[①]《新疆实业纪略》[②]等,从矿业、森林、农业、畜牧、工艺、商业方面肯定了新疆发展实业的优势资源,《我们为什么要研究边务》[③]分析边务研究之意义,《伊犁革命始末记》[④]细述了伊犁革命之动机经过、临时政府之组成及中心人物、伊犁开战情形及调停、革命之外交财政情形、革命之价值等。其撰写的《勘绥、甘、新路线意见书》和《西北国道路线计划书》[⑤]虽被采纳,但因未能落实经费,实际并未举办。

　　为了让内地人士和后来读者对"新疆政界一件关系最重大的事情"[⑥]有所了解,徐炳昶在《西游日记》的附录中,另辟专节"杨增新之为人""樊耀南之为人""七月七日案件的真相",详述了他对杨增新被刺杀事件的看法,其对新疆"七七政变"的总体看法后来广被引用。杨钟健的《西北的剖面》一书附有《参加中法科学考察团漫记》,对中法考察团纠纷的主要原因、危急的西北局势、西北的交通问题做一概述,写作缘起是"觉得几万言的记帐似的游记,没有一点结论,未免使读者生厌"[⑦]。

　　吴蔼宸的《新疆纪游》从边防、交通、实业、矿产、畜牧、垦务等方面提出了开发新疆设想。刘文海的《西行见闻记》一书大体由三部

---

①　林竞:《新疆交通纪略》,《地学杂志》1919年第1期。
②　林竞:《新疆实业纪略》,《农商公报》1920年第6卷第72期。
③　林竞:《我们为什么要研究边务》,《新亚细亚》1930年第1卷第3期。
④　林竞:《伊犁革命始末记》,《新亚细亚》1933年第6卷第5期。
⑤　《亲历西北》中收录题为《查勘绥甘新路线意见书》《西北国道路线计划书》,见《亲历西北》,乌鲁木齐:新疆人民出版社,2013年。
⑥　徐炳昶:《西游日记》,兰州:甘肃人民出版社,2002年,第245页。
⑦　又见杨钟健:《参加中法科学考查团的总感想》,《西北研究》1931年第2期,第49页。

分构成：一是旅途日记，二是概述该区域总体状况，三是提出关于区域前途之个人建议，序言称"供留心西北问题者之参考"。陈赓雅在西北旅行之前，撰文《建设西北之根本问题》①，同行的记者徐弋吾著有《新疆印象记》，全书分新疆旅行日记、新疆最新状况概述、旅行新疆的观感上中下三编，中编分新疆政权、行政、财政、教育②、交通③、物产、建设牧畜及矿业、商业金融及贸易、农村经济、军事编遣与屯垦、迪化市政建设、民族并其风俗等十余篇展开介绍。20世纪30年代末赴疆工作者中，又以茅盾《新疆文化发展的展望》、杜重远《新疆民族问题》、萨空了《新疆交通建设的发展》等为代表④。

　　20世纪40年代的代表作者如李烛尘，其《西北历程》书后附《西陲观感》《开发西北管见》；在《西陲观感》中，李烛尘从新疆之神秘由来、城市建置、植被成因、农田水利、工业前途、民族问题、国防地位、世界交通八个方面详细分析了自己对新疆未来发展的看法。另外在游记外发表政论者还有梁寒操《论新疆问题》⑤、陈斯英《近三十年来新疆政治的演变》⑥等。正是借助于新式传播媒体的政治化和公共化功能，民国行旅新疆知识者将对新疆的现实之忧、问题之思、建设之计、未来之盼或有机融入或单列分述于其行

①　陈赓雅：《建设西北之根本问题》，《大公报》（天津版）1934年5月10日。
②　又见徐弋吾：《新疆之教育》，《新亚细亚》1935年第10卷第6期。
③　弋吾：《新疆交通之概况》，《道路月刊》1935年第48卷第2号。
④　上述名家在疆期间发表文章较多，学界重视也较早。如茅盾的《侵略狂的日本帝国主义底苦闷》《在抗战中纪念鲁迅先生》《关诗》〈《子夜》是怎样写成的〉《"纳粹"的侵略不能挽救经济上的危机》《帝国主义战争的新形势》《"五四"运动之检讨》《学习与创造》等，杜重远的《八周年的"九一八"》《抗战中的工业合作运动》《给全疆的青年们第一封信》等，萨空了的《中国语文拉丁化问题》《今日的苏联艺术》，张仲实的《亲苏政策的胜利》《八年来中国民族解放运动的展开》《资本主义的新危机及其特征》等。
⑤　梁寒操：《论新疆问题》，《中国青年》1947年复刊第6期。
⑥　陈斯英：《近三十年来新疆政治的演变》，《中国青年》1947年复刊第4期。

游文字之内外。

二、专业学术论文之外发表的观感文字

黄文弼是游历考察新疆的民国知识分子中的佼佼者,民国时期他曾三次赴新疆考察。1927年,34岁的黄文弼参加中国西北科学考查团第一次赴内蒙古新疆考察,1930年秋返回北平,撰文发表在《国立北京大学国学季刊》《西北研究》等刊物上。1933年,他以教育部考察新疆教育文化专员的身份[①]第二次前往蒙新进行考察,并深入罗布泊地区,1934年返回北京后,在《禹贡》等刊物上发文,其主要成果是在罗布淖尔地区发现的大量木简。1943年4月,黄文弼受西北大学委托,随国父实业计划研究会考察团第三次赴疆考察,8月到迪化,主要是考察北疆各地的民族及文化。黄文弼发表在当时西北研究类期刊上的文章,既有科普性质的学术小品文,如《天山南路大沙漠探险谈》[②]《新疆之气候与水利》[③]《新疆发现古物概要》[④],还有历史考古的大量论文,如《高昌疆域郡城考》[⑤]《由考古上所见到的新疆在文化上之地位》[⑥]《古楼兰国历史及其在中西交通上之地位》[⑦]《楼兰土著

---

① 黄文弼第二次入新考察时中途加入新绥公路勘测队,据国民政府铁道部就黄文弼加入汽车考察团事致新疆省政府的咨文称"兹准教育部咨派黄文弼会同该队出发,考察沿途及新疆教育文化"。黄文弼自陈:"教育部也派个人随勘测队到新疆考查教育,由蒙古草地到达哈密后,北疆战争正烈,我就转道焉耆又到罗布淖尔,待乱定后,回到迪化,考查新省教育。二十三年返北平。"黄仲良(文弼)讲,王朝立、伍仕谦记:《三次考察新疆之观感》,《国立四川大学师范学院院刊》1944年创刊号,第85页。
② 黄文弼讲演:《天山南路大沙漠探险谈》,《女师大学术季刊》1930年第1卷第3期。
③ 黄文弼:《新疆之气候与水利》,《西北研究》1931年第2期。
④ 黄文弼:《新疆发现古物概要》,《东方杂志》1931年第28卷第5号。
⑤ 黄文弼:《高昌疆域郡城考》,《国立北京大学国学季刊》1932年第3卷第1期。
⑥ 黄文弼:《由考古上所见到的新疆在文化上之地位》,《禹贡》1935年第4卷第6期。
⑦ 黄文弼:《古楼兰国历史及其在中西交通上之地位》,《史学集刊》1947年第5期。

民族之推测及其文化》①《罗布淖尔水道之变迁》②等,也有《蒙新旅行之经过及发现》③《第二次蒙新考察记》④《三次考察新疆之观感》⑤等少量游记。

与黄文弼一起参加中国西北科学考查团的地质学家袁复礼在与杨钟健合作发表的《水龙兽在新疆的发现》⑥、与戈定邦合作发表的《新疆乌鲁木齐南部(十四户)一种鱼化石的发现》⑦和《新疆古生代晚期与中生代地层的巨大不整合》⑧等科研成果之外,发表了少量关于新疆民族民俗的观察介绍文字,如他在《新疆之哈萨克族》中说,蒙古族的毡房"顶为直线形,顶尖为锐角,与四周木架接触处为一钝角,其顶部木杆皆直",而哈萨克族的毡房"顶部为曲弧线式,其顶圈及其支杆皆向上弯穹"。⑨袁复礼另有《蒙新五年行程纪》上下卷。

我国地球物理学科开拓者和地磁学奠基者陈宗器曾于1931年和1934年随斯文·赫定两次闯入生命禁区——罗布泊,并三次到达楼兰古城,成为最早考察楼兰的中国学者,之后他撰写了专著《罗布淖尔与罗布荒原》⑩等。1935年,陈宗器与中国西北科学考查团的同

① 黄文弼:《楼兰土著民族之推测及其文化》,《边疆研究论丛》1945年第2期。
② 黄文弼:《罗布淖尔水道之变迁》,《禹贡》1936年第5卷第2期。
③ 黄文弼:《蒙新旅行之经过及发现》,《国立北京大学国学季刊》1930年第2卷第3期。
④ 黄文弼:《第二次蒙新考察记》,《禹贡》1935年第4卷第5期。
⑤ 黄仲良(文弼)讲,王朝立、伍仕谦记:《三次考察新疆之观感》,《国立四川大学师范学院院刊》1944年创刊号。
⑥ 袁复礼、杨钟健:《水龙兽在新疆的发现》,《中国地质学会会志》1934年第4期。
⑦ 袁复礼、戈定邦:《新疆乌鲁木齐南部(十四户)一种鱼化石的发现》,《清华大学理科报告(丙种)》1936年第1期。
⑧ 袁复礼、戈定邦:《新疆古生代晚期与中生代地层的巨大不整合》,《清华大学理科报告(丙种)》1936年第1期。
⑨ 袁复礼:《新疆之哈萨克族》,《禹贡》1937年第7卷第1、2、3期合刊,第40页。又见甘肃省图书馆书目参考部编:《西北民族宗教史料文摘·新疆分册》,兰州:甘肃省图书馆,1985年,第730页。
⑩ 陈宗器:《罗布淖尔与罗布荒原》,《地理学报》1936年第3卷第1期。

事——瑞典地质学家霍涅尔联名发表了轰动国际地理界的论文《交替湖》，与斯文·赫定最早提出的"游移的湖"的观点交相呼应。"他曾经在日记里写道：也许不能在研究罗布泊上取得大的成就，那就一定要把最扎实的测绘工作做好，积累一切资料，留给后人。"陈宗器在科学著作《罗布淖尔与罗布荒原》中写楼兰之神秘扼要深情："余访问楼兰故墟者，先后三次，所见最为显著者，二十里外可以望见之高墩，巍然矗立，依然无恙，犹见当年伟大崇高之气象。……余第一次访问时，仅见一片荒原作死灰色，至相隔约二年半之第二次往访，则楼兰以东五里之柽柳枯枝已渐长新叶，伏睡了二千年之潜在生命，得以复活，不可谓非奇事也。"写罗布泊荒原之地貌令人如临其境："此碛滩乃古代海底，为史前塔里木盆地之碛海……行一日后，余等咸感足痛，骆驼柔软之足更在碛滩上血汁斑斑矣！……帐幕不易支起……铁钉不易击入，并不能得平放铺盖处。平日骆驼经长途旅行之后自然倒地休息者，至此虽使其下躺，亦立即起立，以碛滩锐利坚硬，不胜其痛苦之故。汉代大军西征时，经过盐泽困难情形，亦有记载。"[①]陈宗器的女儿、画家陈雅丹在博客中回忆："父亲还在楼兰高高的城堡上将字条放在洋铁罐中，其中一张记录了1934年的罗布泊之旅，另一张是一首赞美楼兰的中文诗。"[②]

　　杨钟健1930年初参加中法科学考察团，"有如入宝山却空手而归之感。但也做了些零星观察，尤以地文考古方面较多。这些成果有专文发表"。游记《西北的剖面》留有不少关于新疆地质情况的介绍文字："每到一处，他总是以地质学家的眼光来观察，对该地的地质特征、化石年代、地层结构等多有介绍。读过此书，不但可获得一些

---

① 　陈宗器：《罗布淖尔与罗布荒原》，《地理学报》1936年第3卷第1期，第23、35页。
② 　陈雅丹：《踏上父亲走过的罗布泊之路（二）》，2006年4月24日，http://blog.sina.com.cn/s/blog_494041af010002ge.html。

地质学、古生物学的知识，还可以对中国北方部分地区的地质特征有所了解。"①总体而言，该书涉猎专业处少、触目所记者多，更有兵荒马乱中行走新疆之特别况味。

1942年10月至1943年5月，黄汲清率领新疆地质调查队在独山子、库车、温宿等地开展地质调查，并完成通俗纪实游记《天山之麓》，书中"所记多日常生活琐事，虽数云插上几句闲话，实则全书大半均系闲话也，记独山子二女仆竟达三面有余"②。公务考察中更多游览风趣。

1943年9月随西北建设考察团考察水利的方宗岱在发表《焉耆水利之展望》③外，还发表有报告体游记《南疆之行》④；1944年赴新"旨在筹设小型制造冶炼工厂"的余名钰在考察了迪化、承化、镇西、拜城、和阗等地近二月后，作有《新疆见闻》⑤；地理学者陈正祥除著有《开发西北与抗战前途》《开发西北与抗战建国》《西北区域地理》《塔里木盆地》外，还发表有通俗介绍新疆地理地形气候的《伊犁河谷》⑥和《大戈壁》⑦；丁骕在基于地理考察的《新疆之自然区域》⑧等文、游记《南疆考察记——由迪化至阿克苏》⑨《新疆住民与维吾尔人：新疆住民研究之一》⑩外，出版有单行本游记《新疆考察记》(1943年)和新方志《新疆概述》(1947年)。参加西北科学考察团并考察南疆的

---

① 杨钟健：《西北的剖面》，兰州：甘肃人民出版社，2003年，第2页。
② 王耘庄：《新疆艺文志稿（二）》，《瀚海潮》1947年第1卷第2、3期合刊，第36页。
③ 方宗岱：《焉耆水利之展望》，《同人通讯》1943年第20期。
④ 方宗岱：《南疆之行》，《同人通讯》1944年第23期。
⑤ 余名钰：《新疆见闻》，《西南实业通讯》1943年第8卷第5期。
⑥ 陈正祥：《伊犁河谷》，《边政公论》1945年第4卷第1期。
⑦ 陈正祥：《大戈壁》，《边政公论》1944年第3卷第7期。
⑧ 丁骕：《新疆之自然区域》，《边政公论》1944年第3卷第10期。
⑨ 丁骕：《南疆考察记——由迪化至阿克苏》，《地理学报》1948年第15卷第1期。
⑩ 丁骕：《新疆住民与维吾尔人：新疆住民研究之一》，《民族学研究集刊》1946年第5期。

戈定邦发表有《新疆宗族与文化》,文中称:"此次因参加中央研究院所组织的西北科学考察团,在新疆工作半年,旅行一万八千余华里,经过迪化、伊犁、哈密、焉耆、阿克苏、喀什、莎车、和阗等八个行政区,曾与二千多男女老幼各族同胞交谈接触,现将各宗族近况作一简单介绍。"① 戈定邦还发表有《新疆:一个科学的认识》②和《地广水稀人少——新疆速写》③等文。1943年,参加西北盐产调查团的地质学家袁见齐在《新疆杂记》中不仅详述了每地产盐的种类质量、分布规模,还以颇富情趣、文采斐然之笔描述了南北疆各地的地理物产、民风民俗、奇闻逸事等。

另外还有交通建设勘察报告,如梁汉伟于1946年秋主持勘测了从婼羌至于阗之公路一线。之后发表的《婼羌于阗线踏勘报告》一文既为工作日志,也是仿古西行记体例,在道路状况外还扼要提及了沿途的气候植被、河道山形、人民生计等。如12月4日在民丰县,见"街市简陋,商业萧条,全县无医药设备,本队为民众治疗数百人"④。

三、游记纪实类的新疆"准方志"写作

"方志,或称地方志,是记载一定地区(或行政区划)自然和社会各个方面的历史与现状的综合性著述。方志的内容极其广泛,举凡一地的建置、沿革、疆域、山川、津梁、关隘、名胜、资源、物产、气候、天文、灾异、人物、艺文、文化、教育、民族、风俗等情况,都为其所包容。"⑤早在清代流人写作游记诗文时,就编撰有大量通志、地方志、乡

---

① 戈定邦:《新疆宗族与文化》,《边政公论》1945年第4卷第1期,第30页。
② 戈定邦:《新疆:一个科学的认识》,《雍言》1945年第5卷第8期。
③ 戈定邦:《地广水稀人少——新疆速写》,《大光明》1946年第11期。
④ 梁汉伟:《婼羌于阗线踏勘报告》,《交通部公路总局第六区公路工程管理局月刊》1947年创刊号,第5页。
⑤ 来新夏主编:《方志学概论》,福州:福建人民出版社,1983年,第1页。

土志,如伊犁将军松筠任命汪廷楷纂辑、祁韵士增纂的《西陲总统事略》(又名《伊犁总志》《伊犁总统事略》),祁韵士的《西陲要略》《西域释地》,松筠任命徐松续编《西陲总统事略》被道光帝赐名的《新疆识略》,和瑛(即和宁)编纂的《回疆通志》(又名《回疆事宜》)、《三州辑略》等[①]。

新疆通志中的《新疆图志》更被梁启超誉为方志中的"名志"。1906年,王树枏[②]出任新疆布政使后,领导成立通志局,并担任《新疆图志》总纂,宣统三年成书116卷135万言。侯德仁统计《新疆图志》所引书目至少有一百五十余种[③],游记如《水经注》《佛国记》《大唐西域记》《太平寰宇记》《长春真人西游记》《回疆风土记》《西域水道记》《辛卯侍行记》《杨哈里班游记》《康穆才普斯基游记》《戈登游记》等。清末赴新官员多人参与,据刊行署名王树枏编撰有《新疆国界志》16卷、《新疆山脉志》6卷、《新疆藩部志》6卷、《新疆物候志》1卷、《新疆兵事志》2卷、《新疆礼俗志》1卷、《新疆访古录》1卷共七种,宋伯鲁参与了《新疆建置志》4卷本,钟镛(钟广生)参与了《新疆建置志》,今见刊本有《新疆实业志》《新疆交涉志》《新疆邮传志》,裴景福参与了交涉、水道、山脉诸志,[④]王学曾编撰了《天章》6卷、《奏议》16卷。[⑤]

"清末民初边疆地区乡土志的编撰以新疆为最,现存39种,编撰时间始于光绪三十三年(1907年),迄于宣统二年(1910年)。当

---

① 参见周轩:《清代新疆流人与西域史地学》,《新疆社会科学》2008年第3期。
② 王树枏(1851—1936),又被记为王树枬、王树楠、王树枏,字晋卿,晚号陶庐老人。祖籍热河,河北新城县人。除《新疆图志》中署名王树枏编撰的多部外,返回内地还出版有《新疆访古录》《陶庐诗续集》等。
③ 侯德仁:《清代西北边疆史地学》,北京:群言出版社,2006年,第250页。
④ 关于《新疆图志》的作者考订辨析,详见魏长洪、高健:《〈新疆图志〉各分志作者摭拾》,《新疆地方志》1999年第2期。
⑤ 黄祥深、王希隆:《〈新疆图志〉版本源流考述》,《中国地方志》2013年第10期。

时新疆省建置有6府、8直隶州、2分防厅、1州、21县、2分县,合计
42个各级地方政权机构,只有迪化府、疏附县、霍尔果斯分防厅三
地乡土志尚付阙如。"①目前存世的清代新疆乡土志有39地44种,
其中昌吉、婼羌、哈密、沙雅、和阗等地区先后编写有两种乡土志②。
民国新疆游记作者中编撰地方志用力最勤者当属邓缵先,他在乌
苏、叶城等地担任县长期间,亲自主持了当地县志的编撰。新版
《乌苏县志》记载,邓缵先于1917—1918年代理乌苏县知事时,"奉
训令编辑县志",两次呈送督军兼省长杨增新审阅,后撰成《乌苏县
志》一部,1921年刊印,"全书分上下二卷,设有建置、地理、食货、职
官、教育、交通、杂录七类,下有44个子目,配有县境图和县城图各1
幅,沿革表、职官表各1张,共3.8万字"③。1922年邓缵先还主编印
行了《叶城县志》共八卷,残留第4—8卷,5.3万字。另外也有游记
作者新发现的县志,如之均在巴里坤遇老者易骏升"创编成一部巴
里坤县志的初稿,记者索阅,不少珍贵而富有价值的材料,不过稿内
未列入左文襄公行军西域,其大将张曜金顺驻节镇西的一段史页,
无宁谓是'美中不足'"④。

　　地志与游记的关系或如梅新林所指出的,在"记"取代赋、书、
序这三种文体而成为游记正宗文体的过程中,"记"主要得力于"地
志游记"和"文学游记"两类系列作品的滋养。尤其是晋宋以来,
"地志作为纯粹的应用文体,不必受言志、缘情、载道等束缚,为游记

① 马大正、刘逖:《二十世纪的中国边疆研究》,哈尔滨:黑龙江教育出版社,1997
　　年,第95页。
② 具体情况见高健:《新疆方志文献研究》,南京师范大学博士论文,2014年,第
　　128—135页。
③ 苏全贵主编:《光到天山影独圆——邓缵先精神研讨会学术论文集》,北京:社
　　会科学文献出版社,2014年,第39页。
④ 之均:《巴里坤的情调》,《新疆日报》1949年3月4日,第2版。

发展提供了一个最少羁绊、自由开放的环境,弥补了一些游记中玄理过盛,以致写景抒情相对削弱的缺陷"[①]。由此也产生了《水经注》《洛阳伽蓝记》《徐霞客游记》等经典之作,并滋养出中国文学与地理学联姻的传统。清末民国,当"地学"完全从"史部"的"舆地"中脱范后,"游记"被视为"地学"的一脉,既是近代知识分化的结果,也是现代出版市场的需求。[②]再从另一个角度看,清末民初的旅行书写本身就伴随着因为政治权力转移所释放出来的空间认知,而带有地理调查和实地考察的性质,新疆地志研究代表学者高健就认为,林竞《新疆纪略》、吴绍璘《新疆概观》、丁骕《新疆概述》、杨缵绪《现在的新疆》等,"以新体例编纂的方志多是内地来疆人员或曾任职新疆的官员的亲身见闻,多带有游记纪实性质,从体例上严格来看,他们是准方志,还不是真正意义上的方志"[③]。另外这些论著还呈现出传统方志与现代学术之间的过渡形态,如丁骕的《新疆概述》从新疆的政治区划、面积人口、自然区域、气候、地质矿产、农业、畜牧及畜产、手工业、民族之演变、维吾尔人、柯尔克孜及哈萨克、新疆移民之可能性十二方面分条述之,兼备学术论著之体例。

　　单篇地志之作如民国初年贾树模旅行新疆后所作的《新疆地名释义》《新疆地名沿革表》[④]。民国后期,记者陈澄之在游记之外发表有《迪化识略》《昌吉、奇台、呼图壁略识》《绥来、吐鲁番略识》《鄯善、乾德、阜康略识》《孚远略识》《木垒河、托克逊略识》[⑤]等地方志类

①　梅新林、崔小敬:《由"游"而"记"的审美熔铸——中国游记文学发生论》,《学术月刊》2000年第10期,第85—86页。
②　详见孙青:《"新"游记汇编与近代中国"空间"表述转变初探》,章清主编:《新史学(第十一卷):近代中国的旅行写作》,北京:中华书局,2019年。
③　高健:《新疆方志文献研究》,南京师范大学博士论文,2014年,第198页。
④　两文均见《地学杂志》1912年第3卷第7、8期合刊。
⑤　诸文见《新中华》1946年复刊第4卷第13、14、17、20、21、22期。

和《新疆人地浅识》①等介绍文章。地志类的还有宫碧澄《杨增新时代新疆增设道区县治及县佐考略》②、沈楚《新疆省奇台等十三县志略》③、苏北海《和靖县之地名地理》④等。

四、民国新疆游记内部的语体分化现象

民国时期的游记依题材类型，至少可以分为旅行记、旅寓记、漂流记、流亡记、复员记、战地访问记、战地日记等，对民国时期的新疆游记而言，其文体演变学是其历史发生学的外在投射，题材的交叉重叠首先就源于作者身份的驳杂多样，仅学科门类而言表现为游记文学与诸多现代学科之间的跨界书写，比如政治学、经济学、考古学、新闻学、教育学、民族学、民俗学、人类学、语言学、地理学、气象学、地质学等。作为"最具混杂话语的文类"⑤，民国初期的新疆游记与传统学术之舆地学、考据学、军事学以及地方志之间或机理相通或互文书写，因此旅行文学研究也就必然具有了混合交叉的跨学科特点。如果说之前的三类现象主要呈现的是游记写作与新疆专论、学术论文、方志史志之间的文类交叉和可能的混杂交糅，尤重游记外缘科学理性的学术写作，那么下面的情况则更偏重基于文学文体的游记写作，体现更多的是文学游记内部的文体交涉和文类模糊现象。

关于有些学者将旅行文学称为"文类中的文类"的原因，黄丽娟

---

① 陈澄之：《新疆人地浅识：新疆人地渊源考释（一）》，《新中华》1946年复刊第4卷第12期。
② 宫碧澄：《杨增新时代新疆增设道区县治及县佐考略》，《边事研究》1936年第4卷第6期，1937年第5卷第3期、第6期。
③ 沈楚：《新疆省奇台等十三县志略》，《瀚海潮》1947年第1卷第6—8期。
④ 苏北海：《和靖县之地名地理》，《新疆日报》1949年4月28日、30日，5月1日，第2版。
⑤ 李岚：《行旅体验与文化想象——论中国现代文学发生的游记视角》，北京：中国社会科学出版社，2013年，第4页。

认为："首先，旅行文学的内容形式包罗万象"，有"回忆录、新闻纪实、书信、导游指南、告白陈述，还有虚构小说"，"再有，旅行文学兼具自传性和科学性两种模式，也就是虚实兼备、主客观俱全"。[①]李岚也认为，当时的游记与报告文学、通讯等界限难分，并分析了在中国现代文学的初创阶段，现代散文、新文体、现代报刊、现代报道、报告文学之间纠缠不清的联系。尤其是现代报刊发展如何催生了新文体，新文体又如何产生了讲求经世致用的新型游记样式，比如游记样式怎样与现代新闻报道难分难解，并为报告文学的发展提供了重要的资源和范例。[②]在《"大叙述"游记与多层语体流变》一节中，李岚主要区分了两种，一是"文艺语体内部跨体式现象，如内指性小说叙事语体和赋体语体的出现"[③]；二是"文艺语体结合实用政论语体的跨体式语言的多层语体流变"[④]，主要表现为"散文语体、政论语体和报道语体的三方合作"。而新疆游记形态则更为驳杂，白话与文言、诗词的语体交杂，游记、演说、书信、新闻、特写、报道、广告、指南、杂记等的文类混织，文字、表格、绘图、照片、国画等的彼此互证，也可谓是洋洋大观了。

1. 散文体与诗赋体的交糅

如果说在现代文学的发生阶段，异域经验所带来的时空分离和文化想象，曾为中国现代知识分子打开了一扇修正以往经验和整合新知信息的窗口，那么我们或许可以说，民国初年的新疆游记，恰恰又为更多在新旧冲击、古今落差和中外对照中彷徨不安的文化人，搭

----

① 黄丽娟：《构建中国：跨文化视野下的现当代英国旅行文学研究》，北京：中国社会科学出版社，2013年，第3页。
② 参见李岚：《行旅体验与文化想象——论中国现代文学发生的游记视角》，北京：中国社会科学出版社，2013年。
③ 同上，第161页。
④ 同上，第162页。

建了一片进可以消化异乡经验、退可以留恋传统古风的缓冲地带。唐小兵说:"中国式的民族主义充满一种悲情意识和创伤体验,同时又弥漫着对汉唐盛世的回想和炎黄子孙谱系的追溯,在价值上又是以否定历史文化传统来逆向建构的,因此是一种极为复杂而极其脆弱的情感方式。"[①]而新疆经验的特殊性在于,汉唐文化传统与现代新疆运命从根本上是相通相连的,对中华历史文化传统的肯定恰是建构现代新疆文化主体的基本路径和应有之义,所以近现代知识者被撕裂拉扯的对立情绪和家国之痛在边地行旅考察和史家笔法中得到了一定程度的抚慰修复,这也就能解释为什么即使是新文化运动干将如罗家伦、茅盾、郭沫若[②]等,在新疆留下的最具代表性的游记文学大都为旧体诗词。如1940年,茅盾陪同新上任的英国领事游览天池,赋诗二首,其一为《新疆杂咏选一》:"博格达山高接天,云封雪锁自年年。冰川寂寞群仙去,瘦骨黄冠灶断烟。"表面在颂扬天山的仙骨之风,潜在动机恐与自己远离文坛中心的不安落寞有关。在回忆体散文《新疆风土杂忆》中,茅盾不时"诗以记之",如写一夜大雪后的迪化:"晓来试马出南关,万树银花照两间。昨夜挂枝劳玉手,藐姑仙子下天山。"如描写当时出现在地冻期的迪化街头的一种新式交通工具爬犁:"纷飞玉屑到帘栊,大地银铺一望中。初试爬犁呼女伴,

---

① 唐小兵:《书架上的近代中国:一个人的阅读史》,北京:东方出版社,2020年,第173页。

② 1971年9月,郭沫若陪同柬埔寨贵宾访疆,在乌鲁木齐南山创作《浣溪沙——访天山东风牧社》:"战友高棉远道来,天山山麓盛筵开。东风牧社巧安排,骏马奔腾撼大地。晴空澄澈绝纤埃,欢呼阵阵走惊雷。"在石河子创作《满江红》:"保卫边疆,看军垦英雄气概。使戈壁化为耕地,汪洋如海,民族弟兄同手足,天山南北齐灌溉。况工场,骏马满郊原,森林带。毛主席,大统帅。共产党,人民爱。叫山河改道,排除障碍。藐视帝修纸老虎,创造人民金世界。立新功,功满还戒骄,增光彩。"在天池创作《七律》:"里加游览忆当年,此地风光胜似前。歌舞水边迎贵客,云笺天上待诗篇。一池浓墨盛砚底,万木长毫挺笔端。更喜今晨双狍子,盛宴助兴酒如泉。"

阿爹新买玉花骢。"①对于江南才子茅盾而言,迪化之雪景雪趣确是一种别样的人生体验。

出版旧体诗集的民国旅新知名文化人有罗家伦和卢前。1946年初再版的罗家伦的《西北行吟》共收诗313首,其中《玉门出塞集》《海色河声集》《转绿回黄集》三卷收旧体诗308首,《塞外高歌集》收白话新诗五首。卢前《新疆见闻》附录部分就收录了自己在新疆所作的《西域词纪》(《越调·天净沙》一百零八首)和于右任的《天山集》(《浣溪沙》词十首、诗十一首)。比如1946年夏在迪化南郊庙儿沟参加张治中安排的由联合政府各界人士参加的野宴时,于右任作七绝二首,《其一》:"引得春风出塞难,还期万里报平安。流传故事天山下,马奶如醇进野餐。"《其二》:"树如宝塔无边翠,雪作河源不断流。四海一家歌且舞,夕阳红映庙儿沟。" 之后在随同于右任去南疆阿克苏、喀什等地视察时,卢前赋诗《疏附县谒香娘娘墓》:"喀什河前沙枣香,巍峨祖庙衬香娘。最怜家国无穷感,生死重经旧战场。"②其中饱含对动荡时局的忧心忡忡和与新疆各族同胞的心气相通。

当然,更不必说那些长期在新疆任职的地方官员或受民国政府委派赴新考察的官员,其中最为后人称道的是被誉为"现代西域诗第一人"的邓缵先。邓缵先1883年15岁参加科举考试中秀才,1914年参加北洋政府内务部第三届县知事试验并录优行,1915—1933年在新疆任职17年。其1924年出版的《毳庐诗草》收录其创作于1915—1924年间的诗作611首,1928年出版的《毳庐续吟》诗集收录其创作于1924—1928年间的诗作671首,1930年出版的《毳庐诗草

① 茅盾:《茅盾散文选集·新疆风土杂忆》,天津:百花文艺出版社,2004年,第205页。
② 转见胥惠民编注:《现代西域诗钞》,乌鲁木齐:新疆人民出版社,1991年,第71、74页。

三编》收录其创作于1928—1929年间的诗词668首,其游记《叶迪纪程》和他主编的《续修乌苏县志》《叶城县志》中也收录有部分诗作,其诗作总量超过1 950首。在从叶城至迪化历时两月余(1920年10月17日至12月26日)、行程4 000里的途中,因手头携带史书较少,所以《叶迪纪程》中较少历史沿革或遗迹考证。邓缵先更乐于援引《西域图志》等史书来与实地考察的情况进行参照比对,对沿途所经地名地貌作文字训诂考据,并大量引用中国古典诗赋中相似风土景物描写之文字抒发自己对沿途风景的印象观感,并常常因景生情、勃发诗兴,通过吟诗作赋疏泄塞途艰辛,所以《叶迪纪程》中留有不少游记诗赋辞章。

另外还有擅长诗文的科考工作者。李烛尘1943年元旦参加伊犁行署俱乐部大欢宴时,曾追录过九首纪事诗,形象生动地描摹了歌舞宴会的始迄场面,将各类民族乐器之音色曲调、不同民族演员之独具神态、各个演出节目之起承转合,表达得可谓绵密曲折、酣畅淋漓。在李烛尘看来,维、回、乌孜别克、塔塔尔族之音乐"总是清扬诉怨声",俄人却是"粗豪浪漫",但又担心"养鹰终虑破笼飞",汉族合唱的《黄河大合唱》"沉雄博大""龙吟虎啸坐生风"。[1]

再如,曾著《中国经营西域史》的学者曾问吾,1945年赴疆担任吐鲁番县县长时,在途中他赋诗一首:"万里平沙舒眼底,浩然正气荡胸间。岭南十载天山梦,此日凌云度玉关。"[2]在潜心研究新疆十余年之后能亲赴新疆一展宏图,自然有偿还夙愿的信心满满。曾任第八战区司令长官的朱绍良,在1943年重游庙儿沟时作《游迪化庙儿沟口占》:"诘曲深山路几盘,参天松柏老龙蟠。莫愁材大难为用,纵使

---

[1] 蒋经国等:《伟大的西北》,银川:宁夏人民出版社,2001年,第143页。
[2] 赖洪波:《曾问吾及其〈中国经营西域史〉研究》,《伊犁师范学院学报》2011年第4期,第31页。

投荒也耐寒。"作《移军》:"移军江左愧干城,久涉风涛总不惊。对镜自惭添白发,据鞍无计慰苍生。酬恩敢避功名重,乱世原知富贵轻。极目哀鸿飞遍野,国中犹有鼓鼙声。"①表达出动荡时局中难以作为的不甘之意。

2.演说体

梁启超曾说,现代传播文明之三大利器分别为学校、报章和演说,陈平原曾专就现场"演说"之于现代中国人启智、现代文学文体之潜变作用加以论述:"谈论晚清以降的文人学者,专门著述固然重要,那些随风飘逝或因各种因缘残留在纸面上的'演说',同样值得我们关注。"②因为"大抵国民识字多者,当利用报纸;国民识字少者,当利用演说"③。

诉诸民国新疆游记这一载体的,既有行游者远赴新疆之后启迪新疆民智的大量现场演说,如杨钟健游记中所记同行褚民谊在迪化时的多次演说,陈纪滢、杜重远、萨空了在新疆第三次全民代表大会上的演说及之后茅盾居留新疆时的多次演讲,一些民国要员们如罗文干、黄慕松、于右任、梁寒操等在南北疆的宣讲,还有这些行游者返归后面向对新疆还不太了解的听众们所做的新疆观感演说。最早如1921年,林竞受中国华侨联合会之邀所作的、呼吁华侨移资开发西北的现场演讲④,对于考察新疆形象而言,显然后者更具针对性。此类演说又多见三种,一类是科学考察新疆后针对高等学府或研究学界

① 朱绍良:《诗之页:游迪化庙儿沟口占》,《半月文萃》1943第1卷第11、12期合刊,第54页。
② 陈平原:《有声的中国——"演说"与近现代中国文章变革》,《文学评论》2007年第3期,第9页。
③ 梁启超:《饮冰室自由书·传播文明三利器》,《饮冰室合集·专集》第一册,上海:中华书局,1936年,第20页。
④ 胡道南:《林竞先生研究西北方之演说词》,《中国与南洋》1921年第2、3期合刊。

听众所做的具有一定学术性的讲座，一类是科学考察后面向普通听众所做的介绍考察经过或新疆观感的通俗演讲，一类是政府高官在不同场合所做的介绍新疆概况的普及性质的演说。

关于新疆游记之学术性讲座多见于20年代末报刊上关于中国西北科学考查团回北平后相关演讲的报道。考察团主队斯文·赫定、徐炳昶等回来后，1929年初曾"在北京多次进行公开演讲，介绍考察成果，听众踊跃，盛况空前"①。有时演讲竟然上千人的场地爆满。目前有文献可考的如斯文·赫定"在中央大学纪念周，演讲勘察绥新公路经过"。1930年3月29日晚，在中国地质学会第七届年会上，"斯文·赫定就最近新疆考察所取得的进展作了简短的讲演"②。斯文·赫定讲《罗布淖尔及最先发见喜马拉雅山最高峰问题》③。再如1930年初，斯文·赫定再次接受勘查丝绸之路公路规划任务回内地后，1935年3月18日在清华大学公开演讲《新疆公路视察记》④。

中国西北科学考查团之中方团员也多次受邀演讲，在当时起到普及新疆史地知识和沟通内地与新疆情感交往等作用。《益世报》称："西北科学考查团自赫定博士、徐炳昶先生回平后，前后举行讲演无虑数十次，于考古学、气象学、地质学上，以及西北边防风土人情地理上，极有价值：本刊有鉴于此，特请徐炳昶先生将其讲演资料，特为整理，在本刊发表。"⑤《西北》创刊号不但请徐炳昶题词，且编者王聪之在《徐炳昶教授口中所述之新疆》一文中称："历来一般地理书籍，虽亦记

---

① 《西北科学考察团大事记》，王忱编：《高尚者的墓志铭——首批中国科学家大西北考察实录（1927—1935）》，北京：中国文联出版社，2005年，第678页。

② 王弭力主编：《中国地质学会80周年记事》，北京：地质出版社，2002年，第8页。

③ （瑞典）斯文·赫定讲，张星烺口译，聂崇岐记：《罗布淖尔及最先发见喜马拉雅山最高峰问题》，《地学杂志》1930年第2期，第155页。

④ （瑞典）斯文·赫定讲，侯仁之译述：《新疆公路视察记》，《禹贡》1935年第3卷第3期。

⑤ 《徐炳昶讲演新疆边防》，《益世报》（天津版）1929年2月26日，第14版。

其情形,绘其地势,然因多译自外籍,错误在所难免,此次徐炳昶教授实地调查,目睹口述,实确万分,语虽寥简要为实地真像,余读历次讲词,佩慕非常,于就原意略加编纂,而成是篇,以饷我关心西北同志。"①

徐炳昶回京后被任命为北平大学第二师范学院(女师大)院长,他曾邀请黄文弼来校讲演《天山南路之探险谈》②;黄文弼的《新疆之气候与水利》一文本为其在河北大学的讲演稿,后应西北研究社邀稿,"方整理残砖碎瓦,无暇撰述。因举原稿,重加增删,以付西北研究同人"③;黄文弼另于1944年4月13日在四川大学师范学院史地研究会作公开演讲《三次考察新疆之观感》④;1929年10月,燕京大学教授顾颉刚邀请黄文弼来校演讲,并在21日的日记中记道:"到校,听仲良、道衡演说。仲良实不能演讲,予为介绍人,对学生有愧色矣。以后慎勿揽事。"⑤可知演说者还有参加中国西北科学考查团的地质学家丁道衡,丁道衡另在北平女师院作演讲《蒙新探险的生涯》⑥,在文治中学作《蒙新人民生活之状况:丁道衡先生讲演》⑦,涉及蒙古新疆的气候地貌、生活方式、民族性格、女性境况、食物结构、婚姻制度、宗教信仰等内容。另一位参加中国西北科学考查团的科学家袁复礼在1932年5月30日,中国地质学会在北平调查所举行的特别会上讲"新疆考古学研究"⑧,1934年11月8日在中法大学作《新疆考察之结

① 徐炳昶:《徐炳昶教授口中所述之新疆》,《西北》1929年第1期,第1页。
② 黄文弼:《天山南路之探险谈》,《益世报》(天津版)1930年10月1日,第2版。
③ 黄文弼:《新疆之气候与水利》,《西北研究》1931年第2期,第14页。
④ 黄仲良(文弼)讲,王朝立、伍仕谦记:《三次考察新疆之观感》,《国立四川大学师范学院院刊》1944年创刊号。
⑤ 顾颉刚:《顾颉刚日记》卷二,北京:中华书局,2011年,第451页。
⑥ 丁道衡:《蒙新探险的生涯》,《女师大学术季刊》1930年第1卷第4期;又见《时报》1930年10月8日,第3版。
⑦ 《蒙新人民生活之状况:丁道衡先生讲演》,《文治中学半月刊》1931年。
⑧ 王弭力主编:《中国地质学会80周年记事》,北京:地质出版社,2002年,第9页。

果》①的演讲。陈平原曾说："晚清以降的'演说',可以是思想启蒙,可以是社会动员,也可以是文化传播或学术普及。"②上述演讲多是高等学校中面向莘莘学子的学术讲座,这自然有助于扩大中国西北科学考查团等的学术影响力和社会知名度,也为科学界的西北考察潮、知识界的边疆研究热、后来者的西行开拓路做了很好的舆论先导和情感铺垫。

1930年代初新疆动乱不休,引发国人高度关注,曾宣慰或特派赴疆处理事务的政府官员回内地后都多有关于新疆之演说谈话。民国初年有机会亲历西北者也会被邀请做演讲,比如"九一八事变"后,梁漱溟邀请林竞在山东乡村建设研究院参观并做"西北问题"演讲,在对比东北问题后,林竞敏锐指出因为"宗教之分歧",西北"苟有外人稍一挑拨,则前途大可虑也"③,观点相近的还有吴蔼宸在1934年4月5日谈话中称:"新省全局异常复杂,尤其是外交方面,各国操纵鼓励,如不全力应付,覆亡堪虞。"④1934年9月11日,吴蔼宸还为女青年会、男青年会分别演讲《新疆生活状况》⑤和《过去与将来之新疆》⑥,前文称"吴君素擅讲演",后文末说"深刻的话语,现出了刻苦耐劳的样子,抓住了听众的心神"。从吴蔼宸在20世纪三四十年代发表的大量演讲的相关报道而言,其演讲口才颇受好评。尤其值得

---

① 袁复礼讲,王联曾、侯毅、李兆锐记:《新疆考察之结果》,《中法大学月刊》1943年第4卷第3期。

② 陈平原:《有声的中国——"演说"与近现代中国文章变革》,《文学评论》2007年第3期,第10页。

③ 《本院新闻:林竞先生来院参观》,《乡村建设》1933年第2卷第22、23期合刊,第38页。

④ 《边事日记》,《边铎》1934年第1卷第4期,第131页。

⑤ 《女青年会请吴蔼宸讲演》,《益世报》(天津版)1934年9月13日,第5版。

⑥ 渔夫:《西北宝藏——过去与将来之新疆》,《益世报》(天津版)1934年9月15日,第14版。

珍视的是，上述演讲的发生场地大多在新式学校、面向听众大都为青
年学生、推广平台大体靠新闻报刊，正是倚赖于制度性传播媒介和新
思想发酵之地的知识普及和观念更新，内地知识界所热心传播的新
疆形象与普通青年学生所感知想象的新疆印象在某种程度上得以重
叠呼应。

　　曾担任中法科学考察团中方团长的褚民谊虽然没有留下太多游
记，并且在同行的科学家杨钟健看来很多表现近乎政客做戏，但返回
内地后却多次发表关于新疆的演讲，并于1934年开始担任行政院新
疆建设计划委员会主席，其讲话常发表在当时的西北刊物上，如《视
察新疆报告书》①等。

　　20世纪40年代的政府要员的新疆演说再如：1943年2月，林继
庸在教育部主办、中央图书馆展出的新疆图籍展览会上做学术演
讲②，担任西北工业考察团团长回渝后发表《西北考察归来林继庸团
长谈话》③，卸任新疆建设厅厅长后在成都的演讲词《新疆的工作》择
要以《新疆小志》④为题发表。中央代表团代表、国民政府宣传部副
部长梁寒操1943年4月16日在广播大厦做《新疆之行》⑤之演讲。土
木工程专家和铁路专家、曾任民国政府铁道部和交通部技正的凌鸿
勋1944年1月24日在中国旅行社发表的演讲，很快以《从兰州到伊
犁》为题刊登在5月号的《旅行》杂志上，文中主要介绍了从兰州到
伊犁沿途主要的城市、景点、特产和路况等。与其同行的"奉命随西
北建设考察团赴新疆考察水利"的方宗岱回甘肃后曾于1944年2月

---

① 褚民谊：《视察新疆报告书》，《开发西北特刊》1932年创刊号。
② 《边疆学术研究消息》，《边疆研究通讯》1943年第2卷第1期。
③ 林继庸：《西北考察归来林继庸团长谈话》，《大公报》(重庆版)1943年2月15
　　日，第2版。
④ 林继庸：《新疆小志》，《中央周刊》1943年第5卷第42期。
⑤ 梁寒操：《新疆之行》，《军事与政治》1943年第4卷第5期。

5日在公司国民月会上报告了《南疆之行》①。西北大学教授余谦六参加国父实业计划研究会考察团考察新疆后做《新疆漫谈》②之演讲，主要介绍了新疆矿产资源以及工农牧业概况、边防问题和民族概况等。1946年参加过新疆联合政府宣誓大会并考察南北疆的国民党元老于右任，在中枢纪念周上的报告以《新疆观感》③为题发表。以上演说大都通俗易懂，以概括介绍新疆整体状况为诉求。另有一种情况是在游记中夹杂有他人演讲片段的，如陶天白在《古龟兹—库车》中就曾引述张治中关于"佛教文化与伊斯兰教文化在西域进展的讲演"④的部分讲词内容。

如果说见证中国古代文人游记的，更多是圈子内部的亲友传抄、结集后的文人共赏或是彼此之间的尺牍信函，这让形单影只的行旅内心充盈，而常会将他人阅读的兴趣需求或是阅读反馈考虑其间，那么见证现代文人游记的，更多的则是现代出版报刊的信息流通、大庭广众的演说宣讲、内部会议的汇报交流或是横渡千里的通信往来。这些，自然也会进一步推进作者新疆游感和读者新疆印象的形成，正如一篇报道于右任1946年9月16日出席中枢纪念周报告监督过程的新闻稿件的题名就是"把新疆一切说得很清楚，是一篇生动活泼的游记"⑤。

除了文言体和演说体，还偶见书信体、广告体，如一些行旅者的私函也会公之于众，如《北大日刊》曾刊发黄文弼1930年1月21日寄与冯

① 方宗岱：《南疆之行》，《同人通讯》1944年第23期。
② 余谦六讲，李德良记：《新疆漫谈》，《雍言》1944年第4卷第7期。
③ 于右任：《新疆观感》，《兰州日报》1946年9月17—19日，第1、4版。
④ 《古龟兹—库车——西域通中原的中转站（一）》，《兰州日报》1948年5月27日，第2版。
⑤ 《于院长在纪念周报告南疆之行》，《侨声报》1946年9月17日，第1版。

叔平、沈兼士的信函①,6月10日寄与伯年、幼渔、叔平、半农的信函②。很多游记单行本都曾以图书广告等形式被一些杂志推介,如《开发西北》上介绍《新疆印象记》:"全书二十余万字,外加名贵照片。"③《女师大学术季刊》在为国立北平大学女子师范学院图书出版委员会编辑发行的《徐旭生西游日记》所作的图书广告中说:"民国十六年徐旭生先生率领中西合组的西北科学考察团,亲赴西陲,从事考察,实为我学术界凿空之业。其旅行日记,久为国人所渴望,现在已经整理就绪,由西北科学考察团印行出来了,凡留心西北的学者,不能不于快慰之余,手各一册,以作指南。"④还有在文中提前预告的,如天涯游子在《从安西到甘西北》结尾写道:"穿行甘肃省的长途旅行,至此就告了一个终结,前面已是新疆的地界了。新疆同外蒙古一样,久被称为'谜样的地方',其实是一个非常富有兴味的大地。如果时间和机会许可的话,笔者当续写新疆漫游的文字,献于爱读《旅行》杂志的诸君之前。"⑤另外还有书评体,虽不直涉行游作者,但可视为游记的衍生文本,如熹亭的《评新疆纪游》⑥、和法的《每月书报:西北视察记》⑦等。

五、民国新疆游记文字图像的互涉

1. 新闻列表与路线绘图

图表在民国新疆游记中的大量使用与通讯报道体有直接关联,20世纪30年代报刊上已出现旅行通信这一交叉文体,如天津《大公

---

① 《通讯》栏目,《北大日刊》1930年4月2日,第4版。
② 《通讯》栏目,《北大日刊》1930年7月20日,第1版。
③ 《〈新疆印象记〉广告》,《开发西北》1935年第4卷第6期封底。
④ 《女师大学术季刊》1930年第1卷第3期封底。
⑤ 天涯游子:《人在天涯》,乌鲁木齐:新疆人民出版社,2000年,第92页。
⑥ 熹亭:《评新疆纪游》,《西北论衡》1936年第4卷第3期。
⑦ 《每月书报:西北视察记》,《中国农村》1937年第3卷第7期。

报》上专设西北旅行通信专栏,陈赓雅和徐弋吾分别作为《申报》和
《西京日报》特派记者一同赴新考察。陈赓雅的新疆游记最初是在
1934—1935年的《申报》上作为《新疆视察记》专栏刊发,其中最动
人心魄的一笔无疑是对孚远保卫战的通讯特写,文章以客观冷静、简
练生动之笔描绘了1933年在马仲英嫡系叛军大举攻城的关键时刻,
在县长刘应麟和团长尤得胜的带领下,吉木萨尔全城军民同仇敌忾、
众志成城,奋战七天七夜终于击败敌人之壮举。另外,有些行旅报道
还被其时其他报刊转载,如在《新疆时事述评》之《闻不如见》(署名
千耐)中,主要援引抄录了陈赓雅等在1934年12月20日《申报》上
的一篇访察哈密城报告;乔介林在《新疆之概况》中转述了1933年
黄文弼考察新疆教育后发表在《开发西北》第2卷第5期上的《新疆
教育概况》的部分内容。[①]反之,新疆游记文字中也会摘录其时报刊
报道,如吴绍璘在《新疆概观》第十九章《最近国内舆论界对于新疆
之论调》中转引了《生活周刊》1931年第6卷第10期上的《壮哉移民
西北的先锋队》、《大公报》(天津版)1931年12月18日上的《行矣第
一机》、《民国日报》(天津版)1932年1月11日的《西北航空成功后》
等多篇时事报道;汪昭声在《到新疆去》附录中摘编了40年代报刊
上的一些新疆通讯和见闻文章,如《新蜀报》上的《兰迪之间》和
《生活在迪化》、《扫荡报》上的《迪化通讯》、《益世报》上的《垦民
到新疆去了》、《中央报》上的《新新疆的展望》等。许崇灏在《新疆
志略》前言曾提及编撰缘由为"兹为唤起国人注意,并贯彻上项目起
见,爰不揣谫陋,特就《新亚细亚》月刊历次发表有关新疆问题之材
料,参以最近情势,编纂成册"。

　　对于大量记者出身的行游作者而言,其新疆书写因新闻、观察、

---

① 　乔介林:《新疆之概况》,《长城》1935年第1卷第1期。

行记多重文体之初撞交汇而裁汰更新,所以其游记写作亦文亦史、宜刊宜摘,既有主观体验感受更多客观报道倾向,这也使得不少作者擅用表格数据说话。记者冯有真的《新疆视察记》"原是新闻通讯性质,如1至7节后注'8月26日发自西安',显系寄交中央通讯社发表的;继之8至14节后注'8月30日发自兰州',15至20节后注'9月2日发自迪化'"①。为了说明由于内乱,新疆财政"几成破产之势",冯有真还专门列表分门单列了民国十六年至二十年新疆各类收支状况,计有新疆省历年国税收入统计表、新疆历年地方税收入统计表、新疆历年国家岁出统计表、新疆历年地方岁出统计表、新疆历年国地收支比较表等。吴绍璘的《新疆概观》在正文部分收录有新疆各地雨量表、气候表、人口统计表、信件包裹邮资表、电报价格表、新疆米麦常年面积及产量统计表、新疆对俄输出大宗土产贸易情形表、主要民族牧区分布示意表等,②《附录》部分收录有《新疆历代大事汇记》《新省重要同地异名地方表》等。

　　《西京日报》记者徐弋吾的游记《新疆印象记》中篇"新疆最近状况概述"中,附有各级学校学生族别人数统计、历年对外汇货贸易统计、新疆省各县生荒熟地比较统计数、新疆省春耕委员会春耕贷款统计表、现役及编余军队分配各县从事屯垦者统计等大量数据表格,上编中也不乏表格,如以从绥远运至哈密的茶、纸烟、杂货等为例反映货税之压制,又以《各省境每季驼捐表》反映从绥远至哈密"驼捐之压制"③,显见

①　中国人民政治协商会议上海市虹口区委员会文史资料工作委员会编:《文史苑》第3辑,内部资料,1989年,第118—119页。
②　见吴绍璘:《新疆概观》,南京:仁声印书局,1933年。如《迪化与库车雨量表》《疏勒叶尔羌鄯善气候表》,第118页;《十五年邮政局调查之新省各地人口》,第120页;《民国二十一年国府统计局发表之新疆米麦常年面积及产量统计表》,第242页;《民国十六年至二十年间新疆对俄输出之大宗土产贸易情形》,第269页。
③　徐弋吾:《新疆印象记》,西安:和记印书馆,1935年,第100页。

30年代初期内地与北疆贸易往来中商民不堪重负的苛捐杂税。

如为了说明30年代末期"新新疆"文化教育方面所取得的巨大成就,陈纪滢专列了全疆公立大中小学校、文化会所属学校等的学生统计表、发展表、民族统计表、数目统计表等大量表格(截至1938年7月)[1];另外,书中还附列新疆全省矿物产地百分数表、全疆报纸的种类及发行数目(截至1938年9月)[2];该书附录部分将新省自1939年起各项财政收入支付及预算附表于后,以备研究新省财政情形之参考,《附表》分别为《财政收入分类预算总表》和《财政支付分类比较表》。

许崇灏《新疆志略》中的统计表多达40个,仅举农业为例,就有历代屯田统计、民国耕地面积、农牧业品种、产量、进出口表等。张之毅《新疆之经济·附录》收有《新疆经济状况总表》《维族度量衡制》。马里千在《天山行脚》中也特地列出了《各区人口和耕地分布情形调查表》[3],对1940年代末新疆十个行政专员区的人口、耕地面积、耕地面积与全面积之比,每平方公里人口、每人平均耕地面积等作出了详细统计。1949年程鲁丁的《新疆问题》中收有大量图表,如新疆各族人口百分比表、新疆各族分布情形表、新疆全省矿物产地百分数表、新疆对印度贸易统计表、新疆对阿富汗贸易统计表、新疆对苏联贸易统计表、苏联货物输入新疆贸易统计表、新疆对苏联输出统计表、"西北界约"失地简表、新疆油田分布情形表、新疆近年耕地统计表、新疆河渠长度及灌溉面积表等。

因新疆地广路偏多未能及,民国初年的新疆游记多附手绘地图或交通地图或里程列表。如林竞在向北洋政府提出的《查勘绥、甘、

---

[1]　陈纪滢:《新疆鸟瞰》,重庆:建中出版社,1943年,第51—57页。
[2]　同上,第90—91、106页。
[3]　马里千:《天山行脚》,《现代公路》1949年第3卷第2期,第32页。

新路线意见书》中,曾制有由包头至古城拟取铁路路线沿途要地里程及状况简表、拟归化至古城汽车路线沿途应行设站之处及距离里数表;《新疆纪略》收录地图1幅;《西北丛编》有"安西—哈密""哈密—迪化""奇台(古城)—下白墩子"等手绘路线图。钱桐《东三省西比利亚新疆观察记》附整幅中国和苏联地图,之后的《赴新考察记》书后收录了西北汽车路线绘图、中国与苏联交通绘图、新疆全省出产图等,其交通图较之林竞更为详细准确,并对新疆地形地势描绘细致。到了40年代后期,出于旅游目的的交通路线图更加普遍,1943年中国旅行社出版的《西北行》书末附西北公路行车路线图,1945年的《西北行》(第二辑)后则附西北交通图,1948年出版的陈澄之《伊犁烟云录》书首附《伊犁形势图》和《迪化区总图》。

制图中还有一类是介绍科学知识的特殊绘图,比如贾数模在《新疆杂记》中列《气温表》[1]展示了丁未、戊申和庚戌年二十四节气的平均温度;为了清楚说明坎儿井的工作原理,与清代林则徐、裴景福、陶保廉等的文字记述不同,很多民国游记中都附有坎儿井示意图,如林竞《西北丛编》、陈赓雅《西北视察记》中的《坎井剖面图》[2],马里千《天山行脚》中的《坎井剖面图》[3]等。

2. 照片绘画与游记对读

明代以降,随着国内印刷技术的成熟,开始出现大量插图本书籍。清末民初,随着外国人士开始携带各类摄像器材进入中国考察,在游记中夹杂地图、图示、照片逐渐形成一种风尚。近些年来,大量外国职业记者和摄影师所拍摄的新疆照片陆续得到系统整理并引发学界普遍重视,其中最具代表且图文并茂者有马达汉《1906—1908

①　贾树模:《新疆杂记》,《地学杂志》1917年第1期,第192页。
②　陈赓雅:《走进西部》,乌鲁木齐:新疆人民出版社,2013年,第278页。
③　马里千:《天山行脚》,《现代公路》1949年第3卷第2期,第33页。

年马达汉西域考察图片集》、日野强《伊犁纪行》、莫理循《1910，莫理循中国西北行》，有时照片反而构织了游记的主体部分，文字或者与图片互为说明或者反向构成了对图片的注脚说明。尤其是以斯文·赫定、斯坦因、勒柯克等为代表的一批西方考古学家、历史学家和探险学家，他们在新疆遗迹考古、文物挖掘、地理勘测、民间采风时更是充分采用了当时先进的照相技术，在其关于新疆的考察报告和游记日记中，夹杂了大量生动的历史照片和珍贵的文物图片等。比如擅长地图、素描、摄影作品、速写、工作简图等的斯文·赫定，就以非常扎实娴熟之素描功底画下了大量反映新疆风物、当地居民的工作速写。

　　如果说，清代方志舆图等多是在书前附图，那么民国新疆著述中，图片则多插入书中作为文字内容的相应配图，形式包括新疆风景照、人物照、路线手绘图等，其中尤其值得注意的，是作为"自然的画笔"（塔尔波特语）记录自然本身影像能力的摄影作品如何随着机械复制时代的印刷传播而成为受众视觉消费的对象。比如林竞的《新疆纪略》书前收录考察照片7张，《西北丛编》书前收录照片2张，2013年版的《亲历西北》翻印收录了《哈密小西湖》《哈密妇女之装束》《新疆大走马》《迪化全城》《迪化俄领事署》《迪化商埠》等照片。2013年版的《走进西部》翻印收录了原书陈赓雅《西北视察记》（原书前附插图三十余幅）中的照片多幅，如《维吾尔族男女装束》《哈密警备司令尧乐博士》《哈密王陵建筑》等。从吴蔼宸《新疆纪游》中《迪化西大桥男女尸体摄影》《白特派员毓秀暨四一二阵亡将士追悼大会》《古城代表团摄影》等十余张历史照片中，我们不难想见1933年狂风暴雨中时局险厄之迪化；与此相对照的，吴绍璘《新疆概观》中的《迪化公园》《迪化鉴湖》《迪化红山嘴》《迪化西大桥》《喀什噶尔香娘娘庙》等照片则呈现出新疆生活安宁祥和的另一面；

而从1940年代陈纪滢《新疆鸟瞰》中收录的《新疆全省第三次代表大会会场》《盛督办李主席与来宾合影》等照片十余幅,可见新疆40年代前期政治生活之密集、各族文化之进步、现代生活之影响。另外刘文海《西行见闻记》、杨钟健《西北的剖面》、徐弋吾《新疆印象记》、卢前《新疆见闻》[①]、林鹏侠《新疆行》等都有照片插图多幅。

除了单行本新疆游记中的照片插图之外,部分当时没有出版游记单行本但在沿途拍摄有照片的作者还会通过一些报刊发表考察照片,这也成为其关于民国新疆社会、地理、民俗调查的辅助材料和考察成果。比如黄文弼考察南北疆时至少有1928年拍摄的《哈密王陵》《葡萄沟远眺吐鲁番城(向南望)》,1930年6月摄于天山巅的《天山最高峰上之雪海及驴马(向北望)》,摄于托里、吐鲁番、天山、哈密王陵等处的五张插图,[②]摄于和田、阿子安山、阿拉奎沟等地的照片;[③]黄文弼《蒙新旅行之经过及发现》中也有附图;[④]1935年10月14日,黄文弼还在致顾颉刚的信中称:“又《蒙新考查记》如能在下二期登极佳,因欲附一单简路线图并照片也。”[⑤]袁复礼也留下了迪化大小十字、西大桥、东门、道胜银行、鉴湖、一炮成功等多地的照片[⑥]。

从绘图到照片,是以新的视觉技术呈现新疆形象的物质载体的现代性进程,正如吕岩指出:“由摄影术产生的‘可见的视觉’与现代知识学科的目标在某种程度上有着不谋而合的默契感。”同时,“摄

①　卢前自称:“本书所用插图,是摄影家许一夫先生的作品。”见《新疆见闻·自序》,南京:中央日报社,1947年,第1页。
②　见《西北研究》1931年第2期。
③　见《西北研究》1932年第3期。
④　黄文弼:《蒙新旅行之经过及发现》,《国立北京大学国学季刊》1930年第2卷第3期。
⑤　《通信一束(第二次)》七,《禹贡》1935年第4卷第5期,第80页。
⑥　当代学者朱玉麒称赞袁复礼是“中国摄影师”,见朱玉麒:《“一炮成功”》,《文汇报》2020年8月21日,第7版。

影作为一种新的视觉手段,大大扩张了人类的观看欲望"。^①总体看,作者行旅新疆后留下的照片大体有两类:一是风景照,二是人物照,前者多为远景,后者多取特写或者合影。民国初年至30年代前期的照片多限于表现新疆自然风景和民族民风,30年代后期照片的社会生活内容更趋现代,如郊游、演剧、开会、运动会等无不留照,作为现代知识生产活动的转型标志,照片为我们了解现代新疆社会生活的变迁留下了最为生动鲜活的证明。

值得注意的另一类现象是,一些到新疆采风的画家多采用游记题词与绘画作品糅合的艺术表达方式。如1948年,曾在新疆生活过的画家鲁少飞在《世界画报》上发表新疆和阗手工艺人照片多幅,并配文介绍了和阗的地理行政、人口气候、丝玉地毯造纸等特产,文中说:"将来还是要靠政府设法加以改善与推动的办法,这实在也是中国整个经济建设问题中的一环。"^②其实之前,1944年10月29—31日,鲁少飞在"旅新疆三载余,以所得印象绘制新疆风土画多幅"^③的基础上,已在重庆中苏文化协会举办了《鲁少飞新疆画展》,可看到民国新疆行游文字不但可作为现代科技产物之照片配文,作为中国诗画艺术构成的存在形态也值得关注。又如1943年,司徒乔曾参加西北考察团赴天山南北采风,并创作了近300幅油画和水粉作品,涉及如女教师、打铁工人、地毯工人等人物画,圈马、羊群、骆驼、叼羊、饮马等动物画,香妃墓、铁门关等景物画,茶叙、婚礼、赶集、聚餐等风俗画,^④其中很多作品都配有简单的文字说明,如水粉画《送别》上就

---

① 吕岩:《摄影图像中的西藏:想象、再造与历史记忆》,《文艺研究》2016年第2期,第117页。

② 鲁少飞:《丝、玉、地毯:新疆和阗的手工业》,《世界画报》1948年第1卷第2期,第14页。

③ 《画家鲁少飞新疆风土画》,《中央日报》(重庆版)1943年10月25日,第3版。

④ 相关介绍见老丹:《司徒乔新疆风物画》,《民国日报》1946年9月24日,第4版。

题有 "昆仑山融雪成沟,洛浦人家,家家流水,渠道所至,农产特丰。维族同胞筑舍于高杨与桃花间,有桃源之感" ①。其画展1945年在重庆展出引起轰动,1946年9月司徒乔又在上海举办《新疆纪游画展》,"故假湖社陈列八十幅《香妃庙前》《新疆舞蹈》《哈萨女郎》《冰川饮马》等,均为不易见之题材" ②。

　　除画家将观感融入题字外,更多的是将行旅新疆的感受体验通过画面无声传达,或待知音者垂意于此,正如吴仲威在《黄胄先生新疆旅行写生画》一文中说:"(黄胄)此次在新疆旅行凡三月之久,画稿四百余幅,现正在整理之中,所附之《摊贩》《脚夫》《维吾尔族农家》等诸幅,神态婉然,笔触老到,爱不忍释,亟为制版刊布以飨读者。" ③其他画家行旅新疆之作还有赵望云《新疆哈萨克族之手工业》等④。

---

① 　转见曾敏之:《文传碧海千秋业——记司徒乔与冯伊湄》,中国作家协会广东分会编:《1949—1979广东散文、特写选》,广州:广东人民出版社,1979年,第493页。
② 　《新疆纪游画展今日起在湖社举行》,《大公报》(上海版)1946年9月22日,第5版。
③ 　《黄胄先生新疆旅行写生画》,《环球》1948年第38期,第17页。
④ 　另外1943年赴新画家还有毛志义、关山月、张振铎等,1948年应新疆省主席张治中邀请,来新疆写生与讲学的毛志义、黄胄、赵望云,相关作品待考。据厉声等《近代以来新疆艺术述论(1840—1999)》一文称,1947年到新疆的国画家有胡白华、史琨、俞鹤侣、吕风、丁希浓。

第二章　民国新疆游记作者的
　　　　文化分析

　　民国新疆游记之发生,从文本内部的文化传统看,与游记作者赓续不断的文化传承、来源庞杂的知识谱系、西人游记的阅读心得等有密切关系,从行游作者的主体意识看,至少与其国家意识的时代焦点、社会身份的多重面向、赴新缘起的内外驱动、知识兴趣的个体差异、文化认同的自觉调试有关。所以,一方面,通过对新疆游记作者创作前史和文本传统之追本溯源,我们可以确定民国国人行旅文本在古往今来由边塞西域诗文、西北舆地文献、西人新疆游记所编织的巨大文本网络中的坐标定位;另一方面,通过对游记主体文化身份的知识考古和深入挖掘,有助于我们更好从国家与自我、社会与个人、传统与现代、职业与爱好、流动与坚守、重叠与主导、印证与改变、认同与冲突等角度,理解游记折射的新疆形象的发生机制和文化机理。

第一节　创作前史与新疆游记的文本传统

　　新疆游记的创作表面上是游记主体的思想情感物化于文字载体所得,但创作主体之感发兴起不仅源自特定地理风景之触动,更来自作者在行游新疆之前所赖以生长的传统之根与文化之基,尤其是泱泱中华千年以往的西域诗文、史传地志、神话传说等,其中最重要者包括中国古代边塞诗的诗文传统、二十四史及西域史中的西域史料、自明清开始的游记创作热潮、清代西北舆地学的治学理念、清末民初新疆方志编撰体例的影响等,还有晚清后陆续得到译介的西人新疆游记,甚至晚清流行的各类域外游记等都会对民国时期国人的新疆游记写作产生潜移默化的参照影响。本节主要分析这些作品之于民国新疆游记写作的文化辐射影响和直接动力来源,另外因为阅读西人游记而产生对新疆之游的向往心理也可纳入国人游记前史的研究视野,至于国人新疆游记中对明清游记、西人游记以及其他民国国人游记的援引,或视为游记写作中的互文形象和层累叙述,而置于后文详述。

一、边塞诗文等古典文学文本传统

1. 接续汉唐边塞诗传统

唐代边塞诗中就有着化不开的汉代情结,如唐诗中将征军称为汉兵,将领称为汉将,边塞称为汉塞,敌方称为匈奴,其首领称为单于。清代深受"宗唐"诗学观念的影响,尤其是身处西域的清代诗人更是追慕汉唐盛世,他们或大量沿袭唐代西域诗意象或直接化用前人事义入诗,由此积淀往复的文化记忆传承千年而不衰,直到现代西域诗作中,这类传统依然薪火相续。

总体看,民国新疆旧体诗词进一步发扬着汉唐边塞诗风的爱国传统,或以汉唐时期一统西域、屯垦戍边为参照,如杨增新的"都护已非唐代府,匈奴不复汉时王。……太息重门今洞梓,元戎何以固边防"[1]强调边防之重要,李根源的"汉唐两代启鸿濛,文化于今已大

---

[1]　转见浩明:《乌鲁木齐诗话》,乌鲁木齐:新疆人民出版社,1989年,第167页。

同"①肯定文化之作用；或以清代平定叛乱、故土新归为动力，来反观今日治疆稳疆之迫切，如林继庸的"国际风云多变幻，文襄定远勋重续；趁时机，工业固边防，兼程速！"(《元旦伊犁旅次》)②于右任的"一代雄才思汉武，百年大计念张骞。李唐而后余曾左，更有何人志治边"(《左氏赴新，朝臣多不重视，曾以江南之赋济之，时督两江》)③，都对左宗棠收复新疆的历史功绩给予极高评价。

在邓缵先的西域诗中，这一联想更比比皆是。如："版籍归汉域，土风见回疆。"(《宿玉河傍》)④"汉皇遣使通西域，镇西旧称蒲类国。……从来漠北本汉地，恢复还将用兵器。"(《镇西歌》)⑤"汉皇神武远征讨，廓清胡虏尘氛空。"(《天山碑》)⑥"自言生长边荒徼，沐浴汉泽如醍醐。"(《缠庄》)⑦"寻源传汉使，凿空拾仙范。"(《杂诗》)⑧"昔时卅六国，强悍横西域。忽见汉旌旗，万人皆辟易。"(《杂吟十首》)⑨"今古安边储豹略……汉将新收赤谷城……汉唐营垒对斜曛。"(《边塞九首》)⑩"此地曾屯大汉营，龙沙淹没数千兵。"(《喀什和卓》)⑪哈密、巴里坤、喀什、于阗……处处都唤醒作者对西汉统一西域以来历史沧桑的感慨和前朝功业的追慕。需要注意的是，接续汉唐文化的同时，近现代部分西域诗中还存有天朝中心心态支配下对西域不

① 转见胥惠民编注：《现代西域诗钞》，乌鲁木齐：新疆人民出版社，1991年，第83页。
② 林继庸：《西北行》，《新新疆》1943年第1卷第4期，第54页。
③ 见《西北文化》1947年第1卷第2期，第29页。
④ 邓缵先著，黄海棠、邓醒群点校：《毳庐诗草》，上海：华东师范大学出版社，2012年，第24页。
⑤ 同上，第34—35页。
⑥ 同上，第34页。
⑦ 同上，第47页。
⑧ 同上，第49页。
⑨ 同上，第98页。
⑩ 同上，第97页。
⑪ 同上，第118页。

自觉的"他者化",所以,也有论者指出,"胥惠民先生选编的《现代西域诗钞》中,'胡桐''胡马''胡笳''胡儿''胡天''胡歌''胡拨''胡琴''胡女''胡旋'等关于西域的表述频繁出现,'胡天胡地胡人'的文学想象从清晚期后再次回潮"①。不过更须注意的是,"胡"的异质性内容已逐渐被"五族共和""宗族国族""中华民族"等新型民族观念所消化吸收,如"胡笳吹汉月,番部住唐人。……眼中风土异,胞与亦吾民"(《塞上》)②,就"兆示着王树枏的主政方针在于不论是新疆哪个族群,属于何种血统,都须一视同仁"③。

　　还有很多作者喜欢在游记中直接引用古典西域诗,谢彬在从哈密赴鄯善的天山一线,就引"《唐书·薛仁贵传》:征铁勒,发三矢,杀三人。军中歌曰'将军三箭定天山,壮士长歌入汉关'即此"④。在崆古斯河,谢彬引"长春真人有句云:'横截天山心腹树,千云蔽日竞呼号'"⑤。在扣克乃克,见"牛羊满野,马驼四放。顿忆北魏斛律金《敕勒歌》曰:'敕勒川,阴山下。天似穹庐,笼盖四野。天苍苍,野茫茫,风吹草低见牛羊。'行国风景,尽于是矣"⑥。在从奇台赴阿尔泰的路上,想起"岑参《碛中作》诗云:'走马西来欲到天,辞家见月几回圆。今夜不知何处宿,平沙万里绝人烟。'默诵再三,百感交集"⑦。

　　确乎,岑参的边塞诗最为行游作者所熟稔喜爱,徐苏灵在焉耆铁门关想到岑参《天山雪歌送萧治归京》,特"录共诗于此人'天山护雪常不开,千峰万岭雪崔嵬,北风夜卷赤亭口,一夜天山雪更厚。能

---

①　熊建军、李建梅:《西域形象的文学表达与建构》,《天府新论》2015年第1期,第146页。

②　王树枏:《出塞集·陶庐诗续集》,兰州:兰州古籍书店,1990年,第309页。

③　薛宗正:《王树枏的西疆诗作》,《新疆大学学报》2011年第5期,第128页。

④　谢彬:《新疆游记》,乌鲁木齐:新疆人民出版社,2013年,第91页。

⑤　同上,第162页。

⑥　同上,第166页。

⑦　同上,第313页。

兼汉月照银山,后逐胡风过铁关'"①。陈澄之在过七角井时感叹:"古人有句吟此:'平沙莽莽黄入天……随风满地石乱走。'殊未料生在今世的你我至此,仍复有'从来幽并客,皆共尘沙老'之慨,就未免有点儿惭愧!"②王希在从库尔勒到轮台的路上感怀:"惟读古诗人高吟的'西向轮台万里余,也知家书日应疏。陇山鹦鹉能言语,为报家人数寄书'。使漂泊塞外的游子,不尽怀念远在南国的家园,和儿时的伴侣了!"③岑参诗风之雄奇、意境之开阔、立意之高远为民国旅新者普遍仰慕向往。

2. 整理引用清西域诗词

整理西域诗作筚路蓝缕者当属1933年赴疆公干的吴蔼宸,他历经二十余年整理而成的《历代西域诗钞》④,原拟1964年出版未果,后由新疆人民出版社于1982年出版。正如他在序言中说:"余曩著新疆纪游,遇有关新疆之诗歌,则别卷录存,不时诵读。一九三六年在国外,又从全唐诗中搜集百余首。旋因人事匆匆,束阁不观久矣。一九五四年海外归来,偶启书笥,原稿尚存,欲有以完成之,乃于中央文史馆从公之暇,时往图书馆重加搜辑,补录宋元明三朝之作,并以充实唐清两代之诗,经四寒暑,始成是书。凡歌咏当地风土人情,以及赠行咏物诸篇,均在采取之列。"⑤此书为西域诗作集成拓荒之作,对新时期以来的西域诗整理和研究影响甚巨,该书录诗八百余首,其中四分之三以上为清人作品,其余为汉唐元明时期之西域诗作。同样致力于搜集整理诗文,但少为后人提及的还有李寰在《新疆研究》

①　徐苏灵:《新疆内幕》,重庆:亚洲图书社,1945年,第71页。
②　陈澄之:《新疆行(五)》,《新疆日报》1948年8月5日,第3版。
③　王希:《轮台记游》,《新疆日报》1948年5月12日,第3版。
④　吴蔼宸选辑:《历代西域诗钞》,乌鲁木齐:新疆人民出版社,1982年版为繁体字竖排,翌年重印一次。2001年6月修订为第二版,改用简体字横排,32开异型本。
⑤　吴蔼宸选辑:《历代西域诗钞》,乌鲁木齐:新疆人民出版社,1982年,第1页。

后特录《新疆诗文集粹》。

　　西域诗词的创作在清代达到高峰,代表诗人有许孙荃、王芑孙、洪亮吉、李銮宣、林则徐、邓廷桢、史善长、施补华、易寿崧、褚廷璋、萧雄、宋伯鲁、张荫桓等;在数以千计的代表性律绝诗作[①]之外,仅泛咏风土人情的代表性竹枝词就有纪晓岚《乌鲁木齐杂诗》、曹麟开《塞上竹枝词》、祁韵士《西陲竹枝词》、福庆《异域竹枝词》、林则徐《回疆竹枝词》等。

　　1878年,远赴新疆帮办左宗棠军务的原浙江巡抚杨昌浚曾写下"上相筹边未肯还,湖湘子弟满天山。新栽杨柳三千里,引得春风度玉关"(《恭颂左公西行甘棠》)[②]的名作,林继庸就认为"世人只赏鉴此诗末尾两句,以为可表示左公的豪气,实则此诗以第一句'未肯还'三字最为全诗之冠"[③]。笔者以为,清人诗作中被吟诵化用最多者,或为林则徐的西行名句"天山万笏耸琼瑶,导我西行伴寂寥。我与山灵相对笑,满头晴雪共难消"(《塞外杂咏》)。1945年,于右任在乘机途中创作了多首诗词,其一为"我与天山共白头,白头相映亦风流,羡他雪水溉田畴"[④],其二为"豪情依约歌还又,积雨才收,爽气

----

① 　周燕玲据《历代西域诗钞》和《清代西域诗辑注》统计,"亲身踏上西域土地并有诗作传世的诗人有73人之多,留下诗作1 927首。其中有68位都是在1762年后才到西域的"。见周燕玲:《文学视野中的西域民俗景观——以清代西域诗为视角》,《新疆社科论坛》2012年第5期,第68页。孙文杰据《历代西域诗钞》和《清代西域诗辑注》统计,"去其重复,两书共收录77位清人的2 015首诗歌"。见孙文杰:《清代西域诗的唐诗影响——以〈历代西域诗钞〉及〈清代西域诗辑注〉为中心》,《新疆社科论坛》2016年第2期,第108页。

② 　关于此诗作者、题目和文字,历来说法不一,范长江在《塞上行》、张扬明在《到西北来》中均认为此诗为左宗棠所作。

③ 　林继庸:《新疆小志》,《中央周刊》1943年第5卷第42期,第8页。

④ 　(于)右任:《新疆纪行·浣溪沙——哈密西行机中作》,《西北文化》1947年第1卷第1期,第28页。此诗之前版本是:"我与天山共白头,白头相映亦风流。着它雪水灌田畴,风雪飘摇成过去。暮雪收尽见方舟,山河憔悴几经秋。"见《新疆日报》1946年8月,修改后诗境有明显提升。之后刊于《瀚海潮》的版本是:(转下页)

凝眸,笑看天山更白头"①。不同在于,《塞外杂咏》作于1842年林则徐遣戍新疆伊犁途中,作者心事满腹、愁绪难遣,百余年后,于右任作为民国元老来疆访问,适时恰逢新疆和平谈判带来了政治局势的暂时缓和,其心情自然也格外畅快。另外取典于《塞外杂咏》的还有王树枏的"巉巉青山数万里,萧萧白发三千丈"(《中秋夜月天山放歌行》)②、中人的"朝见天山一头白,暮见天山一头白。朝朝暮暮总白头,寒光常照穹空碧"(《天山吟》)③、林继庸的"天山未肯随芳意,白发依然扮老人"(《乌垣春兴》)④、王子钝的"昂首出青云,当胸堆白雪"(《天山颂》)⑤等。

3. 化用其他古典诗名作

民国游记作者中最谙熟传统诗文、用事喻典最为繁密的非邓缵先莫属。其"交河霜信入边关,一夜香闺尽惨颜。铁骑几回驰玉塞,银笺前岁寄金山"⑥与陆游的"铁马冰河入梦来"构成互文;"白日照燕台,燕王安在哉!霸图事如昨,黄金成飞灰。遂令豪杰士,慷慨歌声哀。世情轻骏骨,嘉客羞自媒。一去不复返,寒林起氛埃。萧萧易水上,空见暮潮回"⑦与"风萧萧兮易水寒,壮士一去兮不复还"遥相

（接上页）"我与天山共白头,白头相映亦风流。风雨忧愁成过去,山川憔悴几经秋,暮云收(敛)尽见芳洲。"题后说明"特抄调本志以飨读者"。另外此词还见于《国防月刊》1946年创刊号,《新中国月报》1946年新第1卷第1期,《草书月刊》1947年第1卷第3期。

① （于）右任:《新疆纪行·采桑子——九月一日迪化东归机中时天山初降雪》,《草书月刊》1947年第1卷第3期,第35页。
② 王树枏:《出塞集·陶庐诗续集》,兰州:兰州古籍书店,1990年,第307—308页。
③ 中人:《天山吟》,《西北论坛》1947年第1卷第3期,第29页。
④ 转见胥惠民编注:《现代西域诗钞》,乌鲁木齐:新疆人民出版社,1991年,第63页。
⑤ 同上,第128页。
⑥ 苏全贵主编:《光到天山影独圆——邓缵先精神研讨会学术论文集》,北京:社会科学文献出版社,2014年,第16页。
⑦ 同上,第18页。

呼应;"赠某统军:一川风走轮台石,四野天垂敕勒营"①化用了"一川碎石大如斗"和"敕勒川,阴山下,天似穹庐,笼盖四野";"白业馀珠梫,丹心照玉壶"②直指"一片冰心照玉壶";颂扬杨增新的《喜闻官军收复阿尔泰山辛酉六月》,诗题无疑来自杜甫的《闻官军收河南河北》。

其他较为成功的用典佳作,如王树枏在《寄别十二弟》中的"天山五月雪,瀚海万年沙"化用了李白的"天山五月雪,无花只有寒"③;林竞住瞭墩时听回民吹横笛,"凄凉之音,随狂风以俱来,不觉泪下。口占云:'风急天高万象哀,伊凉古曲耳边来。伤心不忍多回听,怕起沙场古骨堆。'"④化用了杜甫的"风急天高猿啸哀"等。内忧外患中赴新者多负守护国土之自我期许,故陆游的"僵卧孤村不自哀,尚思为国戍轮台"被反复化用,如吴霭宸在1933年随罗文干巡视塔城、伊犁时的抱负——"倘应为国轮台戍,愿及中年未老时"⑤,卢前在《库车飞焉耆机中望轮台》中写道:"冰河铁马西来,放翁梦里轮台,远树层层翠霭,古城还在,回头早被云埋。"⑥梁寒操在《轮台》中吟道:"放翁老尚想轮台,我喜今朝真到来。田种麦禾园种树,牧多牛马贾多财。天辽地阔山难见,雪化冰溶水缓回。一样江南风物好,此间气宇胜宏开。"⑦此轮台虽非彼轮台,但千年边塞诗风所发扬激荡的保家卫国意识和西域中原同构观念已深植人心。

---

① 苏全贵主编:《光到天山影独圆——邓缵先精神研讨会学术论文集》,北京:社会科学文献出版社,2014年,第106页。
② 邓缵先著,黄海棠、邓醒群点校:《毳庐诗草》,上海:华东师范大学出版社,2012年,第51页。
③ 王树枏:《出塞集·陶庐诗续集》,兰州:兰州古籍书店,1990年,第302页。
④ 林竞:《亲历西北》,乌鲁木齐:新疆人民出版社,2013年,第215页。
⑤ 转见胥惠民编注:《现代西域诗钞》,乌鲁木齐:新疆人民出版社,1991年,第51页。
⑥ 转见陶天白:《天山鳞迹》,香港:银河出版社,2001年,第271页。
⑦ 李寰选辑:《新疆诗文集粹》,《边铎》1947年第12期,第59页。

二、西域史志舆地等历史文本传统

1. 引述中国古代历史文献

与新疆有关的历史文献大量保存在二十四史、地方志通志、方略奏稿等官方文书中，民国国人在留意于此之外，还多会阅读古西行记，如东汉班勇的《西域风土记》、东晋法显的《佛国记》、唐辩机整理的唐玄奘的《西域记》等；也多有名家的注释校勘本，如王国维所撰《古行记校录八种本》中就包括丁谦《唐杜环经行记地理考证》、王继业《三藏行记》、王延德《使高昌记》等；民国后期刊印的历代西域游记如《西州使程记》[①]《西域行程记》《西域番国志》[②] 等。徐炳昶在工作行旅之余，就博览了大量与新疆有关的古史，如《汉书》《后汉书》《晋书》《隋书》《旧唐书》中的《地理志》和《西域传》、《北史》《周书》《隋书》《旧唐书》中的《突厥传》以及《五代史》《魏书》《北史》《辽史》《金史》《元秘史》等，又如他将斯文·赫定的地图与《新疆图志》对看，还将《汉书》《后汉书》内所载关于居延海之事译与赫定，当赫定拿出 Giles 法显《佛国记》的翻译本后面附图让徐看时，徐认为"实在并非译本，不过是一种靠住原文的叙述"[③]。

吴蔼宸仅在《新疆纪游》附《新疆戈壁、金玉、石油考》中，就转录了不少古史中对新疆金玉等物产的记载，如"于阗多玉石"、"莎车国出青石"（《汉书·西域传》）、"于阗山多玉石，采来天子"（《史记·大宛列传》）和"于阗有玉河，国人夜视月光盛处，必得美玉"

---

① 　王延德：《西州使程记》，重庆：商务印书馆，1940 年。
② 　陈诚、李暹：《西域行程记》，上海：商务印书馆，1937 年。《西域行程记》与《西域番国志》合印，一记山川道里，一叙山川风物。《西域行程记》又名《使西域记》。
③ 　徐炳昶：《西游日记》，兰州：甘肃人民出版社，2002 年，第 233 页。

《新唐书》)等①。吴绍璘的《新疆概观》在介绍新疆历史地理时广搜博引，如介绍昆仑山时援引《王子年拾遗记》《博物志》《南淮子》《抱朴子》等②。马里千在《天山行脚》文中引《西域行程记》，指出其中所记托克逊之里程，"和现代公路差合"；引《大慈恩寺三藏法师传》，对于《新唐书·地理志》所称的银山碛(库木什)，"目前有否银藏，不得而知"；引何秋涛注《蒙古游牧记》辨析了和硕与焉耆之间的距离；引王希贤杂志介绍开都河："玉沙如绵，波涛不惊，潆回绉碧。"③

40年代在游记中大量引证古史来考辨新疆地名、文物者莫过于记者陈澄之。仅《玉乡和阗古今谈》④"古籍中之和阗"一节就引述《唐书》《文献通考》《续文献通考》《高居诲使于阗记》《大唐西域记》《佛国记》《周书·异域传》等多部史著。陈澄之还在乾德县(今米泉)所遇到的一位长者处临摹了一些西域古钱，回来后为研究一枚安息银币而翻阅《史记·大宛列传》，为了解龟兹于阗铸钱原由又翻阅《唐书·西域传》⑤。

从史籍而言，民国游记中所引清代新疆正规典籍相对其他朝代古籍为多，并尤其体现在对于清中叶以来兴起的西北史地学著作的重点关注，其中包括钟兴麒、王豪等校注的《西域图志校注》，松筠任命汪廷楷纂辑、祁韵士增纂的《西陲总统事略》，祁韵士的《西陲要略》《西域释地》，松筠任命徐松续编《西陲总统事略》被道光帝赐名的《新疆识略》，徐松的《西域水道记》，椿园七十一的《回疆风土记》，袁大化修、王树枏等编纂的《新疆图志》，永保的《乌鲁木齐事

①　吴霭宸：《边城蒙难记》，乌鲁木齐：新疆人民出版社，2013年，第139页。
②　吴绍璘：《新疆概观》，南京：仁声印书局，1933年，第123页。
③　马里千：《天山行脚》，《现代公路》1949年第3卷第2期，第34、36页。
④　陈澄之：《玉乡和阗古今谈》，《新疆论丛》1947年创刊号，第86页。
⑤　陈澄之：《西行到迪化——西北边地拾异之十三》，《旅行杂志》1947年第21卷3月号，第59页。

宜》等史稿、图志、识略、事略、实录等。其中最具代表性的著作如祁韵士的《皇朝藩部要略》、张穆的《蒙古游牧记》、徐松的《西域水道记》、何秋涛的《朔方备乘》等，正如陈亚平在《西北边疆舆地之学的现代巡礼》一文中指出的："只要我们承认清代西域学是一个包容了历史、地理、经济、民俗、宗教、民族乃至语言学等许多内容的综合的整体，而且这个整体从来没有一个时代能够像清代那样完整地展现过，也从来没有一个学派或者一种科学能够像清代学人那样留下如此丰厚的学术积累，那么，任何以西域为研究对象的现代学科都不能不以清代西域学作为它未来成长的根基。"[1]如谢彬在《新疆游记》中除两《唐书》中的《西域传》、《西域记》《长春真人西游记》外，还大量引用《新疆识略》《西域水道记》《勘界日记》《西域闻见录》《新疆图志》等清代著作，如1917年4月5日，"入夜，检阅《西域图志》与《新疆识略》诸书"[2]，如徐炳昶也一路翻阅《圣武记》《西域图志》《新疆图志》《河海昆仑录》、王国维的《蒙古考》《鞑靼考》等近人著作。

2.清西域游记的整理引述

吴丰培将清人游记之作，按照主体身份大体分为五类，一为"康乾之际，屡次用兵于新疆，故随军而往者"，二为"宦新官吏，初登远程，访古志异，经历毕录"者，三为"英俄交窥边隅，新疆更多交涉，纠纷屡起，派员勘查，每有记录"者，四为遣戍"犯员，不乏文人名士，于行程之往返，舆地之要塞，述其见闻，详其经过"者，五为"非官吏之赴任，又非遣戍人员之充军""勤咨广询，逐日缕记"的行旅者。[3]其中具有代表性的清人游记如康熙年间张寅的《西征纪略》，乾隆年间

---

①　陈亚平：《西北边疆舆地之学的现代巡礼》，《读书》2009年第12期，第153页。
②　谢彬：《新疆游记》，乌鲁木齐：新疆人民出版社，2013年，第117页。
③　转见吴丰培：《〈甘新游踪汇编〉题记》，《中央民族学院学报》1984年第2期，第88页。

赵钧彤的《西行日记》，嘉庆年间洪亮吉的《伊犁日记》和《天山客话》、祁韵士的《万里行程记》、徐松的《西域水道记》，道光年间林则徐的《壬寅日记》（又名《荷戈纪程》）、《癸卯日记》《乙巳日记》、方士淦的《东归日记》、黄濬的《红山碎叶》，咸丰年间倭仁的《莎车行记》、景廉的《冰岭纪程》，光绪年间陶保廉的《辛卯侍行记》、宋伯鲁的《西辕琐记》、裴景福的《河海昆仑录》等。

　　再看游记的整理情况。晚清王锡祺纂辑的《小方壶斋舆地丛钞》分为《正编》《补编》《再补编》《三补编》，辑录著作总计1 534种，这部汇编巨著历来被视为地理类丛书。其《正编》于1891年出版，《正编》修订本与《小方壶斋舆地丛钞补编》于1894年出版，《再补编》于1897年出版，《正编》修订本、《补编》《再补编》由杭州古籍书店于1985年影印出版。《三补编》为誊清稿本，2004年西泠印社将手稿影印出版。正编收有《中俄交界记》，《补编》有《中俄交界续记》2种，《再补编》有《坎巨提帕米尔疏片略》等。

　　民国时期在《小方壶斋舆地丛钞》《中外舆地图说集成》等的基础上，出版的新疆游记除前述汇编在《新游记汇刊》《新游记汇刊续编》《边疆丛书》《古今游记丛钞》《边疆丛书续编本》外，刊行的清人新疆游记单行本还有：《西域闻见录》①《西行日记》②《塞外纪程》③《西征录》④《西陲要略》⑤《万里行程记》⑥《荷戈纪程》⑦《西征日记》⑧

---

① 七十一：《西域纪要》，民国时期佚名手抄本8卷，4册，毛装。即《西域闻见录》，又名《西域琐谈》《西域记》《西域总志》《异域琐谈》《新疆纪略》《新疆外藩纪略》等。
② 赵钧彤：《西行日记》，1943年，铅印本。
③ 陈法：《塞外纪程》，1933年，铅印本。
④ 王大枢：《西征录》，8卷，铅印本。
⑤ 祁韵士辑：《西陲要略》，上海：商务印书馆，1936年。
⑥ 祁韵士：《万里行程记》，上海：商务印书馆，1936年。
⑦ 林则徐：《荷戈纪程》，上海：中华书局，1924年。
⑧ 吴恢杰：《西征日记》，民国抄本。

《西征续录》①《河海昆仑录》②《昆仑旅行日记》③《抚新记程》④《壬子回程记》⑤《新疆访古录》⑥等。

　　清代乾隆年间纂修的《西域图志》和新疆建省后第一部全省通志《新疆图志》⑦是很多行旅新疆知识分子的案头必读书，谢彬曾亲将杨增新所赠《新疆图志》"包封投邮，寄回长沙"⑧，后来徐炳昶指出谢彬《新疆游记》"有意以多取胜；沿革全抄《新疆图志》，尚可原谅；然不注明原书，已非著述体裁"⑨。我们仅举一例，谢彬称奇台"四达而当孔道""华戎商贩，废居居邑者皆至焉。转毂数百，运驼以千计"⑩就直接转录了《新疆图志》⑪。民国时期出版的大量新疆论著，其"历史沿革"部分往往都抄自《新疆图志》，我们仅以有关雪莲的记载为例。陈斯英在《雪海三峰探冰湖》中写到一行人在博格达山脚下

①　方希孟等：《西征续录》，郑树荣抄本。
②　裴景福：《河海昆仑录》（上下册），上海：中华书局，1936年。
③　温世霖：《昆仑旅行日记》，1941年，铅印本。
④　袁大化：《抚新记程》，新疆官报印书局，1911年；天津：商务印书馆，1911年，铅印本。
⑤　袁大化：《壬子回程记》，北洋印刷局，中央民族学院图书馆1984年印。
⑥　王树枏：《新疆访古录》，新疆官书局，铅印本或抄本。
⑦　《新疆图志》，计116卷及卷首一卷。1911年新疆官书局以木活字刊印成册，通称通志局本。1923年，东方学会请罗振玉重校后，由天津博爱印刷局铅字印行装订成32册，称东方学会版。1965年，台北文海出版社据东方学会版影印精装成六册作为中国边疆丛书第一辑。内容上计有《建置志》四、《国界志》五、《天章志》六、《藩部志》六、《职官志》六、《实业志》二、《赋税志》二、《食货志》四、《祀典志》二、《学校志》二、《民政志》八、《礼俗志》一、《军制志》三、《物候志》一、《交涉志》六、《山脉志》六、《土壤志》二、《水道志》六、《沟渠志》六、《道路志》八、《古迹志》一、《金石志》二、《艺文志》一、《奏议志》十六、《名宦志》一、《武功志》三、《忠节志》二、《人物志》二、《兵事志》二。见魏长洪：《〈新疆图志〉浅谈》，《新疆地方志通讯》1983年第2期，第31页。
⑧　谢彬：《新疆游记》，乌鲁木齐：新疆人民出版社，2013年，第129页。
⑨　徐炳昶：《西游日记》，兰州：甘肃人民出版社，2002年，第109页。
⑩　谢彬：《新疆游记》，乌鲁木齐：新疆人民出版社，2013年，第295页。
⑪　王树枏等纂：《新疆图志》卷三一《实业志》，1923年，东方学会校订铅印本影印，第1172页。

探访天池源头时,初"听见了'雪莲'两个字,顿时我们忆起了《新疆图志》上所载的那种神秘的异卉来","关于雪莲一物,我们早在迪化听当地的人说过多次,惟始终未闻有人见过,且每一个人所陈述的无非是根据《新疆图志》的记载,究竟如何,谁也无从获悉"。①茅盾在《新疆杂咏选一》注中也曾提到:"据《新疆图志》,则刻山上积雪中有雪莲,复有雪蛆,巨如蚕,体为红色。云可合媚药。"②可料见《新疆图志》在当时传播接受之广泛。不过因为《新疆图志》"其编辑有总纂、协纂、分纂共二十六人,非出一人手笔,故本书内容有极尽精审之处,亦有芜杂或纰缪之处"③。

　　3. 践行实地勘察之求真品格

　　清代西北史地学的影响不仅体现在传世的大量舆地论著上,也体现在后来者接续了西北边疆史地经世致用的朴学之风。结合大量实地勘察进行考证辨析的实证品格正是清代西北舆地学之务实学风的体现,"清儒于先清西北舆地著作所作的校正、考释,为数甚多,如何秋涛于《圣武亲征录》之校正,于谦于李志常《长春真人西游记》之地理考正,李文田、范寿金于耶律楚材《西游录》之注释和补阙,于谦于张耀卿《耀卿纪行》之地理考证等"④。如黄文弼本科曾就读于北大哲学门,考察前曾多年从事古籍整理工作,且认为"近人徒以辨证文字,排比形式,为极尽考古之能事,谬矣"⑤,这使得他在考察中非常重视"二重证据法"的运用,考辨文字记录与实地考察之间的偏差纰漏在其

---

① 　陈斯英:《雪海三峰探冰湖(新疆天山旅行记之三)》,《中国青年》1947年复刊第7期,第49页。
② 　刘力坤选编:《名人与天池》(上),乌鲁木齐:新疆人民出版社,2007年,第83页。
③ 　莞轩:《帕米尔与博罗尔》,《蒙藏月报》1935年第3卷第6期,第11页。
④ 　周丕显:《清代西北舆地学》,《社科纵横》1994年第2期,第58页。
⑤ 　黄文弼遗著,黄烈整理:《黄文弼蒙新考察日记(1927—1930)》,北京:文物出版社,1990年,第296页。

日记中随处可见,这也成为其南疆考察中除考古文物记录外花费笔墨最多之处。其意义正如同他"对于河流之变迁特别注意,由此以考查古迹,证明民族之移徙,土地之变更,交通之因革,颇饶兴致"①。

斯文·赫定曾提到,黄文弼随行时"将古代中国的文献装成6个木箱随身携带",如在1928年夏至1929年秋踏遍南疆各地的考察行旅中,黄文弼不断将所经古城遗址、佛寺城关、河道山脉等与《周书》《晋书》《魏书》《唐书》《水经注》《西域记》《洛阳伽蓝记》《访古录》甚至谢彬的《新疆游记》等对照参读,既证实了大量文献所记地理地名,也发现了不少出入之处。尤其是纠正了《新疆图志》的多处误记,如对《新疆图志》等所记昆仑山地点和黄河初源提出质疑,继而指出"《新疆图志》谓葱岭即昆仑,此为大误也"②。7月见巴龙台水滨,"乃任西也,巴伦东也,《新疆图志》谓巴龙为西,乃任为东,适颠倒耳",并指出"《新疆图志》谓汇乌兰乌苏疑误。此水均汇入焉耆大河矣"。③ 8月在轮台一带考察时指出:"《新疆图志》称轮台市至穷巴克35里,而余骑行4小时,每小时行15里,计60里,何相差之甚耶。"④ 9月考察拜城山岭河道时,结合宋欧阳忞《舆地广记》指出:"由和色尔西北行,只有此一道沙岭,则逾岭者,必逾此岭,此岭之西即为平原,即沙汇州无疑;则哈拉巴克之破城,即为古之拨换城亦无疑。如此说为当,则木札特河即古之拨换河,《图志》以阿尔巴特河,为古撲换河,然河旁并无旧城,又以沙汇州即沙雅地,则大误。沙雅为龟兹国腹地,焉可相混也。"⑤ 在行旅中,黄文弼还多以地图为据,10

---

① 黄文弼遗著,黄烈整理:《黄文弼蒙新考察日记(1927—1930)》,北京:文物出版社,1990年,第296页。
② 同上,第215页。
③ 同上,第220页。
④ 同上,第247页。
⑤ 同上,第495页。

月在行至库车时，他"以参谋部地图为主，对照斯坦因地图，名称、方位差之甚远，盖外人治图，皆实地测验而得，我国人多抄写地图，又不确实考查，故多错误"[①]。

当黄文弼在库车、拜城一带山中穿行时，他先发现《新疆图志》中所记额什克巴什山喷火似乎有误，"实地考查库车北百余里之内喷火者即为哈玛木山"[②]。次日他又发现有数条河流"皆克子尔河之东源，出于哈拉克达格。哈拉克为此一带山之总名"[③]。于是提出疑问——"《西域图志》《西域水道记》《新疆图志》均称克孜尔河出额什克巴什山，或有误点，或名此一带山均作额什克巴什山耶？"[④]后问当地乡约得知，果然"此处山脉总名为额什克巴什，亦称哈拉克塔格，凡此山绵延于库车、拜城境内者，皆用是名"[⑤]。由此可知，《图志》称克孜尔河东源出于额什克巴什西南麓可信。昨日所记大误。由是而知考查一事之难也"[⑥]。在坦率的自我纠正背后尽显学术求真之大义。

郭丽萍在《绝域与绝学》中说：清中叶很多"学者身上都洋溢着重碑铭、重文献、重考据的学术气息"[⑦]，"如果说祁韵士与官修史书的关系密切，徐松则受考据学的濡染更深"[⑧]，或可说在中国西北科学考查团中，徐炳昶更重史书，黄文弼尤重实地验证与文献记载的互证。而在1927年6月考察队在百灵庙附近发现《王傅德风堂碑记》时，两人有一次成功的学术合作。为研究此碑与元史的关系，两人在与

---

① 黄文弼遗著，黄烈整理：《黄文弼蒙新考察日记（1927—1930）》，北京：文物出版社，1990年，第293页。
② 同上，第334页。
③ 同上，第336页。
④ 同上。
⑤ 同上。
⑥ 同上，第337页。
⑦ 郭丽萍：《绝域与绝学：清代中叶西北史地学研究》，北京：生活·读书·新知三联书店，2007年，第160页。
⑧ 同上，第153页。

《元史》中的《阔里吉思传》与《诸公主表》、列传彼此互校后,提出列传和《诸公主表》可据碑文补正考订,黄文弼指出:"《元史》错乱乖讹,为诸史之最,补订修正,是不得不有待考古碑文之发现也。"[1]同时两人都在日记中提及黄文弼拟谒见百灵王将残碑移至百灵庙保存以及带龚狮醒前往照相之事。

三、西人新疆游记译介传播等外来因素

在国运势衰之清末,西北舆地学因为逐渐远离经世之用而似成"绝学",依托西方现代学术(如历史语言学、现代考古学、地图地理学等)的西人探险考察报告日益汇入世界学术发展之大潮。在这样的背景下,不甘人后、奋起直追的我国现代知识分子以传统国学为家底、以西方学术为参照,在对我国西北问题的关注中,一面从龚自珍、林则徐、魏源那里获得西北边陲安全和物产资源的历史支撑,一面留意斯坦因(Marc Aurel Stein)、伯希和(Paul Pelliot)、斯文·赫定(Sven Hedin)等人在我国西北地区的探险考察和文物挖掘情况,并竭力在第一时间将其最新动态翻译并刊布于国内,以期引发国人对我国西北文物保护和国防安全的高度关注。

民国初年,国内学者罗振玉、王国维等已注意到同时期西方中亚史研究成果,如1909年罗振玉在编写《敦煌石室遗书》时,王国维就翻译了斯坦因的《中亚细亚探险谈》[2],后又翻译了伯希和的《近日东方古言语学及史学上之发明与其结论》(《观堂译稿》,1919年)[3],罗

---

[1]　黄文弼遗著,黄烈整理:《黄文弼蒙新考察日记(1927—1930)》,北京:文物出版社,1990年,第22页。

[2]　(英)斯坦因:《中亚细亚探险谈》,1919年王国维译稿本,1928年石印本,现藏国家图书馆。罗振玉《敦煌石室遗书》收录题为《中亚细亚探险记》。

[3]　参见荣新江:《西域史研究的回顾与展望》,《历史研究》1998年第2期,第135页。

振玉、王国维在沙畹《斯坦因在新疆沙漠中发现的汉文文书》的稿本
基础上编成《流沙坠简》，并于1914年由上虞罗氏宸翰楼印行[①]；又如
罗振玉在看到伯希和携带的敦煌壁画影本、大谷光瑞举办的西陲古物
展览会展出的高昌壁画、勒柯克《高昌访古志》书中收录的高昌壁画
后，编印《高昌壁画菁华》并于1916年出版影印本。再如1930年代，
曾与斯文·赫定合作的中国西北科学考查团中方团员，接受了李希霍
芬关于新疆是古代丝绸贸易之路重要区域的基本判断，黄文弼将其称
作"贩丝之道"、陈宗器称作"运丝大路"。1932年，斯文·赫定受铁
道部委托再次率队到新疆勘查路线，并在《丝绸之路》中预言了这条
中西交通孔道之于现代世界文明进程之重要性。拉铁摩尔30年代也
曾多次在国内大学举办讲座介绍其亚洲内陆之理论观点等。

　　1. 民国时期翻译出版的西人游记

　　黄警顽曾在《西北问题著译书目》中列出八十余种书目，并指
出："欧美先进国诸科学家，关于这种事业还有系统的组织与研究，比
国人晓得的智识还明白得多，所以他们确有许多经验，著有美法德俄
各种原文书三十多种，足供我们的参考，惜限于篇幅未能补刊于此，
尚希有心的读者自行想法。"[②]张鹏一在《西北书目举要》[③]一文中收
录西北文献35种，并附有关于成书背景等的提要。禹贡学会曾在
1937年将编译《边疆探险记丛书》作为一项重要的工作计划，提出：
"数十年来，欧洲东方学家因有新材料发现，在东亚、中亚史地学上遂
有极伟大之成绩。此种新材料之获得，实若干探险家万里长征之功
绩。是以吾人苟欲从事于边疆调查及研究，此种探险家之报告纪录

---

① 　参见荣新江：《沙畹著作在中国的接受》，《国际汉学》第二十辑，郑州：大象出版
　　社，2010年，第54页。
② 　黄警顽：《西北问题著译书目》，《开发西北特刊》1932年创刊号，第14页。
③ 　壹公：《西北书目举要》，《西北研究》1932年第6期。

乃不可须臾离手之参考书也。……本会为欲满足究心边疆问题者希望计，拟作系统之翻译，辑为《边疆探险记丛书》……其结论固可补正吾国史文，即其研究之方法与技术亦可供吾人借镜。"①

　　民国时期出版的最重要的西人新疆游记当为《我的探险生涯》。1934年上海开明书店出版李述礼译本——《探险生涯——亚洲腹地旅行记》②，该译本多次再版，流传甚广。另一个译本是1933年孙仲宽翻译的铅印本《我的探险生涯》③（丁道衡校），是作为《西北科学考查团丛刊》之一，由中国西北科学考查团理事会印行。这也是西人游记中流传最广、译本最多者④。

　　关于斯文·赫定著作的中文译本，还有介绍中瑞西北科学考查团活动的《长征记》⑤。1938年绮纹翻译的《新疆沙漠游记》⑥、1940年代夏雨翻译的《新疆古城探险记》⑦和《新疆游记》⑧等。其第三次考察中国西部后完成的著作《亚洲腹地探险八年（1927—1935）》（1943年出版，为中瑞科学考察报告中的三卷）直到1992年新疆人民出版社才推出由徐十周、王安洪、王安江翻译的另一译本。

① 《本会此后三年中工作计画》，《禹贡》1937年第7卷第1、2、3期合刊，第19页。
② 1949年后又十多次重印（如1976年台北开明书店版），1984年上海书店据开明书店原本影印。2001年新疆人民出版社《探险与发现》丛书推出的斯文·赫定《戈壁沙漠之路》主要由杨镰根据李述礼译本整理。
③ 1997年新疆人民出版社出版了杨镰根据孙仲宽译本的整理本。2013年新疆人民出版社的《西域探险考察大系》中的《我的探险生涯》由杨镰根据孙仲宽译本，并参考李述礼译本整理。
④ 如2002年中国青年出版社、2016年人民文学出版社推出了李宛蓉译本《我的探险生涯——西域探险家斯文·赫定回忆录》。
⑤ 《西北科学考查团丛刊》之一，铅印本。李述礼译，杨震文、徐炳昶校。另有王鸣野译本《从紫禁城到楼兰——斯文·赫定最后一次沙漠探险》。
⑥ 《新疆沙漠游记》，上海：商务印书馆，1938年；长沙：商务印书馆，1939年，铅印本。2016年，上海人民出版社《脉望丛书》推出郑超麟译本。
⑦ （瑞典）萨维·汉丁著，夏雨译：《新疆古城探险记》，上海：东南出版社，1940年。萨维·汉丁即斯文·赫定。
⑧ （瑞典）萨维·汉丁著，夏雨译：《新疆游记》，上海：藏汇出版社，1946年。

　　斯坦因的传世之作《西域考古记》最重要的译本，1930年代初由历史学者向达翻译，1936年出版。^①此书另外一个译名为《新疆南路探访记》，由王竹书翻译，并陆续刊登在《边铎》和《天山》上，一共连载过10次。初次刊登时译者注："原名《中亚古道探访记》(*On Ancient Central-Asian Tracks*)……前年斯氏始将三次游记，作一简括之记录，因亟迻译，以饷国人。书附照片一百四十七，地图一，未能一一登录也。"^②

　　此外出版的重要西人游记，除马可·波罗游记诸多译本^③外，还有杨哈思班《西域游记》^④、阿尔伯特·冯·勒柯克（Albert von Le Coq）《新疆之文化宝库》^⑤，学术著作有藤田丰八《西域研究》^⑥、布哇《帖木儿帝国》^⑦、多桑《多桑蒙古史》^⑧、巴克尔《鞑靼千年史》^⑨、拉铁摩尔

① （英）斯坦因著，向达译：《西域考古记》，上海：中华书局，1936年。1987年，中华书局、上海书店重印，2013年，商务印书馆出版新版并列入《汉译世界学术名著丛书》系列。另2009年由西苑出版社出版编译本《斯坦因西域盗宝记》。

② （英）斯坦因著，王竹书译：《新疆南路探访记》，《边铎》1934年第1卷第3期，第277—278页。

③ 民国时期有五种汉译本：魏易译：《元代客卿马哥博罗游记》，北京：正蒙印书局，1913年；张星烺译：《马哥孛罗游记》，北美印刷局印刷，燕京大学图书馆发行，1929年；李季译：《马可波罗游记》，上海：亚东图书馆，1936年；冯承钧译：《马可波罗行记》，上海：商务印书馆，1936年初版，1947年第三版；张星烺译：《马哥孛罗游记》，上海：商务印书馆，1937年。

④ （英）杨哈思班等：《西域游记》，收录于《游记汇刊本》（中国边疆图籍录著录）。杨哈思班即杨·哈斯班。

⑤ （德）勒库克著，郑宝善译：《新疆之文化宝库》，铅印本，南京蒙藏委员会出版，1934年。向达1929年翻译后题为《勒柯克〈高昌考古记〉》，未发表，见《向达先生纪念文集》，乌鲁木齐：新疆人民出版社，1986年。又见荣新江：《后记》，樊锦诗、荣新江、林世田主编：《敦煌文献·考古·艺术综合研究：纪念向达先生诞辰110周年国际学术研讨会论文集》，北京：中华书局，2011年，第605页。

⑥ （日）藤田丰八著，杨炼译：《西域研究》，上海：商务印书馆，1935年。

⑦ （法）布哇（L.Bouvat）著，冯承钧译：《帖木儿帝国》，上海：商务印书馆，1935年。

⑧ （瑞典）多桑著，冯承钧译：《多桑蒙古史》，上海：商务印书馆，1936年。另有中华书局、上海书店、东方出版社、上海古籍出版社、商务印书馆等多种再版本。

⑨ （英）巴克尔著，黄静渊、向达译：《鞑靼千年史》，上海：商务印书馆，1936年。巴克尔即庄延龄。

《中国的边疆》^①、赫尔曼《中国与叙利亚之间的古代丝绸之路》^②、羽田亨《西域文明史概论》^③等。

2. 民国报刊发表的西人新疆游记

最早在《地学杂志》上就有大量对西人新疆游记的译介文章,如耿兆栋翻译的《伊犁旅行记》^④、崇可乐《东部喀喇昆仑及西北昆仑探险记》^⑤等;《新亚细亚》上有巴夫罗夫士基《联络新疆与内地之汽车运输计划》^⑥;《禹贡》上有杨·哈斯班《大陆之中心》^⑦等。

另外,《边疆》上有佛奈明《英人眼中之新疆》^⑧、《史地杂志》上有项勒《疏勒河下游之地文及其与罗布泊之关系》^⑨、《说文》上有伯希和《中国西域探险报告书》^⑩、《世界学生》上有丁骕翻译的拉铁摩尔《论新疆民族》^⑪、《拓荒》上有林东海《新疆印象记》^⑫、《新中华》复刊后有斯坦因《罗布沙漠考察记》^⑬、《新新疆》上有斯坦因《新疆

---

① （美）赖德懋著,赵敏求译:《中国之边疆》,重庆:正中书局,1941年。赖德懋即拉铁摩尔。
② （德）阿尔马特·赫尔曼:《中国与叙利亚之间的古代丝绸之路》,天津影印本,1941年。
③ （日）羽田亨著,郑元芳译:《西域文明史概论》,上海:商务印书馆,1934年。
④ 耿兆栋译:《伊犁旅行记》,《地学杂志》1910年第1卷第7号。
⑤ （英）崇可乐著,田园丁译:《东部喀喇昆仑及西部昆仑探险记》,《地学杂志》1930年第3期。
⑥ 巴夫罗夫士基著,张慎微译:《联络新疆与内地之汽车运输计划》,《新亚细亚》1935年第10卷第3期。
⑦ （英）杨·哈斯班著,丁则良译:《帕米尔游记》,《禹贡》1936年第5卷第8、9期合刊。此文系《大陆之中心》(The Heart of a Continent)第八章《游帕纪实》。
⑧ （英）佛奈明著,萧瑟译:《英人眼中之新疆》,《边疆》1936年第1卷第3期。
⑨ 项勒（N. G. Hörner）原著,任美锷节译:《疏勒河下游之地文及其与罗布泊之关系》,《史地杂志》1937年第1卷第2期。
⑩ （法）伯希和著,陆翔译:《中国西域探险报告书》,《说文》1940年2卷合订本。
⑪ （美）拉铁摩尔著,丁骕译:《论新疆民族》,《世界学生》1942年第1卷第11期。
⑫ 林东海著,贾长存译:《新疆印象记》,《拓荒》1943年第2卷第1期。
⑬ （英）斯坦因著,吴传钧译:《罗布沙漠考察记》,《新中华》1944年复刊第2卷第5期。

考察记》①、《西京日报》上有斯文·赫定《库木河上的野生活》②、《西北论坛》上有艾·汉丁顿《罗布诺尔的变迁》③、《现代》上有斯文·赫定《漂泊的湖——新疆罗布淖尔考察记》④等。

民国时期还有很多介绍西人游记的文章，如《大探险家司俨芬黑丁氏中国旅行概略》⑤《斯文·赫定穿行亚洲述要》⑥《斯文·赫定先生小传》⑦《斯文海定的探险生活和著作》⑧；综述斯坦因的《斯坦因西域探险重要著述略释》⑨《斯坦因第三次中亚考古略记》⑩，冯承钧翻译的郭鲁柏的《西域考古记举要》⑪等。

3. 阅读西人游记的民国知识精英

很多游记作者后来都会谈及赴疆之前读过的西人游记对自己的深远影响，如萨空了说："西行之前，我曾读过几本英国斯坦因、瑞典斯文·赫定所写的考察甘新的书籍。他们的冒险精神，当时就叫我

---

① （英）斯坦因著，吴传钧译：《新疆考察记》，《新新疆》1944年第2卷第6期、1945年第3卷第3期。
② （瑞典）斯文·赫定著，望月译：《库木河上的野生活》，《西京日报》1944年12月1日，第3版。
③ （美）艾·汉丁顿著，张先瑾译：《罗布诺尔的变迁》，《西北论坛》1947年第1卷第3期。艾·汉丁顿即亨廷顿。
④ （瑞典）斯文·赫定著，徐芸书译：《漂泊的湖——新疆罗布淖尔考察记》，《现代》1948年第6期。
⑤ 张福年译：《大探险家司俨芬黑丁氏中国旅行概略》，《地学杂志》1910年第1卷第6号。
⑥ 聂崇岐：《斯文·赫定穿行亚洲述要》，《地学杂志》1928年第16卷第2期、1929年第17卷第1—2期。
⑦ 徐炳昶：《斯文·赫定先生小传》，《地学杂志》1929年第17卷第2期。
⑧ 顾天枢：《斯文海定的探险生活和著作——介绍〈亚洲行程记〉一书》，《边疆》1937年第3卷第4期。
⑨ 艾云：《斯坦因西域探险重要著述略释》，《西北日报》1942年8月20日，第4版。
⑩ 觉明译：《斯坦因第三次中亚考古略记》，《大公报·文学副刊》（天津版）1931年1月26日、2月2日、2月16日、2月23日，第10版。
⑪ （法）郭鲁柏撰，冯承钧译：《西域考古记举要》，《国立华北编译馆馆刊》1942年第1卷第1—3期。

有点为之神往，这次身临其境，更有见猎心喜的思想，如果中国现在
不是在苦难中，在我现有的岗位上，不容我弃职他骛的话，我真有点想
过他们的探险生活！"[1]韩乐然在克孜尔千佛洞的一洞窟中留下了记录
其工作梗概的石刻题词："余读德勒库克著之《新疆文化宝库》及英斯
坦因著之《西域考古记》，知新疆蕴藏古代艺术品甚富，遂有入新之
念。"[2]曾在新疆文艺界非常活跃的李帆群晚年回忆说："一九四三年，
当我还在中央政治学校读书时，就向往着新疆。而真正激励我前往新
疆的，却是我从未见过面的三位名人——范长江、斯坦因和斯文·赫
定。我读过范长江的《塞上行》和《中国的西北角》，它的流畅的文
笔与雄伟的气势，点燃着我心中事业的火焰，使我树立了一个雄
心——要写得更多，走得更远。"[3]

　　还有一些读者虽未能行游但对新疆神游甚久。唐思东回忆："父
亲（唐成仪）说，有三本书对他一生的影响很大：一本是赫·乔·韦
尔斯的《世界史纲》，让他从时间方面了解了这个世界；另一本书是
斯文·赫定的《亚洲腹地旅行记》，让他产生了离家探险、见见世面
的冲动；再一本就是埃德加·斯诺的《西行漫记》。"[4]中华人民共和
国成立后，曹聚仁曾在香港报章发表过一系列的人物小传，他在《拉
铁摩尔》一文中说："士大夫的旧观念，经过了19世纪后期的惨痛教
训，才觉悟过来，对于边疆观念的重新建立，还是让斯文·赫定、拉铁

① 萨空了：《由皋兰到迪化》，《半月文萃》1943年第1卷第8期，第28页。
② 转见储安平、蒲熙修著，杨镰、张颐青整理：《新疆新观察》，乌鲁木齐：新疆人民
　　出版社，2013年，第274页。
③ 李帆群：《关于〈天山南北〉》，中国人民政治协商会议新疆维吾尔自治区委员会
　　文史资料研究委员会编：《新疆文史资料选辑》第十四辑，乌鲁木齐：新疆人民
　　出版社，1985年，第90页。
④ 唐思东：《父亲与〈西行漫记〉——〈三联经典文库〉背后的故事》，《读书》2012
　　年第8期，第11页。

摩尔他们替我们开了头；似乎，我们更不该故步自封了。"①没有到过新疆，但曾经与拉铁摩尔有过交道的曹聚仁感喟："我年老衰残，已不作远游边疆之想。回想三十年前，先后有两次西出玉门关的机会，不料瞬息间失之，使人不胜怅惘。如今，我只能从欧美学者的记叙中做卧游，斯文·赫定（Sven Hedin）和拉铁摩尔，倒成为我的导游人。我倒希望年轻的朋友，不要局处于东南、西南沿海这一角，东北和西北那儿的天地太大了。"②

可以说，斯文·赫定、斯坦因和拉铁摩尔等关于新疆的游记论著，虽然只是在有限范围内传播，但其冲击的强度和影响的深度却不容小觑，这一份潜在的知识传播的力量和文化记忆的窖藏，无疑对中华人民共和国成立后新疆形象的继承和重构、国家西北战略的构想和实施、中原儿女入新的信念和引力，有着春风化雨的历史功绩。

还有更多读过明清西域诗文或者西人现代游记的作者，虽然未能亲赴新疆，却在其关于新疆问题的研究论著中，广纳博采、吐故纳新地使用过这些阅读材料，民国新疆游记所列参考文献之浩瀚驳杂实非本论题所能说明，现只举几例。著作如汪昭声《到新疆去》书末所列参考文献有汪昭声《西北建设论》、拉铁摩尔《中国的边疆》、蒋君章《新疆经营论》、洪涤尘《新疆史地大纲》、陈纪滢《新疆鸟瞰》等；张之毅《新疆之经济》书末所列中文参考书目包括陈正祥《塔里木盆地》和陈宗器《罗布淖尔及罗布荒原》等；参考文献中提及西人游记的研究著作如陈正祥的《大戈壁》参照了大量外文书籍，其中有中文译本的如吉村忠三《外蒙之现势》和拉铁摩尔《中国的边疆》等。③单篇游记如李湜源所介绍的昆仑山脉（自和阗至列城）一线的地理景色和旅行路

---

① 曹聚仁：《天一阁人物谭》，北京：生活·读书·新知三联书店，2007年，第419页。
② 同上，第418页。
③ 陈正祥：《大戈壁》，《边政公论》1944年第3卷第7期，第13页。

线,主要参考了郑宝善翻译的《新疆之文化宝库》①;马里千《天山行脚》开篇就分别援引了洪亮吉的《天山赞》、徐松的《西域水道记》、拉铁摩尔的《中国的边疆》和陈正祥的《西北区域地理》等,依次介绍了天山的自然风光、名称由来、地理概貌和地质成因。

正如吴绍璘在《新疆概观》中称:"本书所述,除著者身历其境耳濡目击者外,深以见闻有限,恐有未尽。参考之书,因之不厌其多。报纸杂志,私家记乘,苟立论宏远,记述翔实,概多采及。以便读者手此一编,即能尽览无遗。而其主要之参考书,计有王桐龄之《东洋史》、萧皋谟之《西疆杂述诗》、谢彬之《新疆游记》,此外又承新疆省前主席金树仁所赠之《杨增新行状》一卷,于民国后之事迹,记述颇详。"②韩清涛在《今日新疆》一书《小引》中也说:"作者所采参考书籍,在旧的方面,计有谢彬著《新疆游记》,冯有真著《新疆视察记》等;新的则为报章什(杂)志上的一些材料及有关方面的零碎报告。"③1934年叶楚伧在洪涤尘的《新疆史地大纲》序言中称"蒐集既富,选采尤精,索读一过,餍饫满志,是诚应时代之需求者矣"④。从中不难推及其他著者参考材料之来源驳杂。

傅斯年曾就史料分类问题指出:"史料在一种意义上大致可以分做两类:一、直接的史料;二、间接的史料。凡是未经中间人手修改或省略或转写的,是直接的史料;凡是已经中间人手修改或省略或转写的,是间接的史料。"⑤新疆民国游记与史料之间的互动关系还

---

① 李湜源:《昆仑山脉(自和阗至列城)之地理景色》,《青年月刊(边疆问题)》1940年第5期,第7页。
② 吴绍璘:《新疆概观·例言》,南京:仁声印书局,1933年,第1页。
③ 韩清涛编著:《今日新疆》(增订再版),贵阳:中央日报社,1943年,第12页。
④ 叶楚伧:《叶序》,洪涤尘编著:《新疆史地大纲》,南京:正中书局,1935年,第1页。
⑤ 傅斯年:《史学方法导论·史料论略》,《傅斯年全集》第二卷,长沙:湖南教育出版社,2000年,第309页。

要更复杂些,有的是在自己的游记中夹杂或抄录了部分史料(如《新疆游记》《新疆行》),有的是在行旅后没有创作游记而直接抄录了新疆本地史料,有的是在新疆方志类著作中夹杂有著者或他人行旅新疆后的观感,还有的是没有任何新疆实地考察经验、全凭已有文献史料编撰组织。正如1930年代有学者指出的,当时很多边疆研究的书刊,"大都是人云亦云,辗转抄袭,并且虚造事实来充塞篇幅。同时我们又看见许多考察团到边地去考察,他们到了边地,仅调抄了地方政府的旧卷,并没有作实际的考察的工夫。这种旧卷,既不是科学的,拿时间来讲,概是清末民初的东西,并且内中充满了'概''略'等字样,纯是一种无根据的估量"①。即使是部分流传较广、赞誉较多之作,也存在这样的问题,如完稿于1934年的洪涤尘的《新疆史地大纲》就抄录了《新疆概观》中的部分统计图表并有所改动,之后许崇灏的《新疆志略》则抄录了上述二书的部分内容。

第二节　文化吸收与行游者
身份的混杂性

　　正如"分析无数'游'动的历史主体基于不同的权力场域、文化意识和价值观念而刻画北京形象的话语记录,恰好体现了北京史研究的动态视角"②,如果我们希图对新疆形象的历史形成机制展开分析,我们首先面临的问题也是,新疆形象最初是由什么人、缘于什么动机、基于什么视角展现出来的。考量民国游记创作者的主体身份

---

① 陈祥麟:《研究边事的基本问题》,《边事研究》1934年第1卷第1期,第4页。
② 高兴:《游记档案关于民国北京的历史陈述》,《山西档案》2014年第1期,第117页。

的意义在于,传统的新疆民国史研究偏重于强调那些有着鲜明时代烙印、具有普遍文化意义甚至能影响时代动向的政治军事人物。而我们只有掀开板结化和凝固化的历史因袭叙述的表层冻土,才会发现不绝游动于之下的伏流暗河,它们为温暖潮湿的地下岩层所呵护,又为受此滋养的流动生命形态所充盈,这就仿佛是那些一直在正史与野史、庙堂与民间、大传统与小传统间游走的文化主体,他们既保留着中心文化观念的深刻烙印,又因为新疆地方性文化的浸入而充满了诸多别样可能,他们既受哺于精英文化传统和西方现代科学理念的丰富营养,又因具体的地方性情境而不断调整着自身的理解视域和知识体系。当然,这些以中原文化人为主的创作主体还无法成为那潜流于民间的历史主体和民众身影的真正代言人,但他们至少试图用文字甚至图片将那些暗默无声的坚韧面容保存于历史的档案之中,即使少有问津但依然荧荧闪光,即使残损不全但还能互映互照。

郭少棠在《旅行:跨文化想像》中,曾以大量中国历史文化上的实例划分出帝王、军事、外交、商贸、文化与宗教等不同行游方式,进入现代中国之后,行游的方式势必更趋多元混杂,他引用克勒福德的话说明旅行研究中身份的混杂:"传教士、信徒、学者、受过教育的密探、混血儿、翻译家、政府官员、警察、商人、探险家、勘探家、观光客、旅行家、人种学家、香客、仆人、演员、流动的劳工、新来的移民,等等。"①因为地理位置的特殊和文化流动的频繁,新疆游记的主体构成相较于国内其他地区游记而言,更具文化交流、文化转型和文化利用的可能性,正如杨镰所说:"20世纪前期,出版过中国西部游记的外国人,主要是考古学家、历史学家、探险家、传教士、记者、旅行家、外交

---

① 郭少棠:《旅行:跨文化想像》,北京:北京大学出版社,2005年,第4页。

官,甚至是文物贩子、负有不可告人使命的密探。"①这是笼统的说法,在当时来新疆的外国游记作者中,其中还不乏气象学家、生物学家、地质学家、人类学家、冒险家、僧侣、基督教徒、军人等。

对于国内作者而言,可以被称为在新疆土生土长且长期扎根于此的汉语游记作者寥寥无几,大部分游记作者与新疆都处于一种若即若离、时断时续的游离关系。这其中至少应该包括四类:一是中原地区作者短期赴疆行旅记游之作。这类作者占比重最多,也是本书考察的主要对象,不同于其中有些作品是完成于赴疆途中,有的完成于返回不久。二是作者原籍新疆并成长于新疆,后来在内地工作时撰写的回忆新疆行旅之作。这其中一般有两类情况,一类是他们所撰写的关于新疆生活的回忆文章,其中有个别情况可视为游记,如长白人赵瑞保"长于新受教于新,殆十五年而始返吉林",受邀撰写新疆风土简况"供调查家之一助焉"。②更具代表性的是后来撰写回忆录、曾为清末锡伯营最后一位领队大臣富勒祐伦之子的广禄,他1918年从伊犁惠远师范学校毕业后,考入北平俄文法政专门学校,1919年春与同学白受之、宫碧澄同行,一路途经乌苏—昌吉—阜康—迪化—奇台—哈密出新,1925年毕业后,又从东北经西伯利亚,途经塔城—乌苏—绥来—呼图壁—昌吉—迪化。③广禄后任杨增新俄文秘书,1931年4月任驻塔什干总领事,与宫碧澄、白毓秀假道苏联到迪化,后出任新疆驻南京国民政府代表,并负责国民政府驻中亚事务。另一类作者是后来返回新疆并据沿途见闻所写的文章,这则需

---

① 杨镰:《序言》,杨镰主编:《西域探险考察大系》,乌鲁木齐:新疆人民出版社,2010年,第3页。
② 赵瑞保:《新疆风土谈》,《南开思潮》1919年第4期,第24页。
③ 锋晖编:《广禄回忆录——时任民国驻中亚总领事的回忆》,北京:社会科学文献出版社,2013年,第40页。

特别留意。比如金树仁时代，后来担任新疆驻南京办事处处长的宫碧澄，1933年作为国民党新疆省党部特派员回到新疆写下的《新疆北部的塔城》等文；伊犁里克在为"向中央报告地方事变情形"所作的《返新杂记》原稿在抗日战争中遗失后，曾追忆1932—1933年途经苏联回到伊犁时"返新时的心情，写当时的情景"[①]。三是虽成长于中原地区，但壮年后赴疆并在新疆长期工作生活之人，在新疆时撰写的与新疆有关的行旅记游文字。这其中包括杨增新的《补过斋日记》、王树枏的《陶庐诗续集》(1907—1911)、《吴忠信主新日记》中的个别行游文字，宋怀西、阎毓善、桂芬、张馨、陶天白、王子钝等长期在新疆生活之人的新疆各地纪游之作[②]，其中最重要的当为邓缵先的《叶迪纪程》《毳庐诗草》《毳庐续吟》《毳庐诗草三编》等。四是曾在新疆长期工作的政府官员，返回内地后又再次返疆重游时的创作。如曾对盛世才有知遇之恩、后任第八战区司令长官的朱绍良，于1942年受蒋介石所托为拉拢盛世才再赴新疆，留下了一些行游之作。

　　依主体身份作为游记文献分类依据或有一定可行性，冯明在《民国时期国人新疆地区游记文献研究》[③]中就从政府官员、记者、学者、文艺界人士、工商实业家五类作者入手进行民国新疆游记文献整理，这大体是依据创作主体职业角度的分类。若再细分，官员中既有赴任新疆沿途考察地方情状者如邓缵先、钱桐等，肃清叛乱而肩负军事任务者如刘雨沛，作为中央特派员前往调查新疆财政交通等特殊使命者如谢彬、林竞等，担任宣慰监察新疆特使者如于右任、罗家伦

---

① 伊犁里克：《新疆心影录》，《西北论衡》1941年第9卷第3期，第64页。
② 以上作者行旅新疆各地诗作中的精品已被整理成书并附摘要注释，代表编著如胥惠民编注：《现代西域诗钞》，乌鲁木齐：新疆人民出版社，1991年；乌鲁木齐市政协学习文史委员会：《乌鲁木齐历史诗抄》，乌鲁木齐：新疆人民出版社，2015年；浩明辑注：《近代新疆诗钞》，乌鲁木齐：新疆文化出版社，2017年。
③ 冯明：《民国时期国人新疆地区游记文献研究》，新疆大学硕士论文，2014年。

等,即使是杨增新、吴忠信等执掌新疆者,也在《补过斋文牍》《吴忠信主新日记》中留有不少新疆行游诗文。最为棘手的是,这其中往往很难清晰界定,因为作者身份多有交叉,如谢彬、林继庸既是实业家又是政府官员,于右任既是民国元老又是知名文化人,李帆群既是新闻记者又是探险旅游者,萨空了既是实业家又是记者,杜重远既是知名爱国人士又是记者……或者说,这些游记作者最明显的特征就是身份混杂或者身兼数职。

一、政府官员与其他文化身份的重叠

辛亥鼎革之际,新疆政坛也因迪化起义和伊犁革命等陷入大变局中,少数能有机会远赴新疆者多是被委派到新疆的封疆大吏或者政府官员,他们首先面临着个人身份如何从清朝旧臣向民国官员的转变问题,如王树枏、杨增新等。虽然传统士大夫政治日趋分裂瓦解,在向近代知识分子嬗蜕引渡之历史进程中,读书人对学以致用、济世安邦的潜在追求并没有随着科举的废除和士人的没落而隐退消匿,反而成为更为稳固持久的价值动力和心理需要。如果说借助于晚清民初报纸舆论的鼓吹恣肆,"用输入的观念说中国人的国运和世运,常常容易引出人心中的焦灸与涉想,使'向导国民'的言论在呼应与抗争中绞促声急笔走偏锋"[①]的话,那些响应中央政府委任,被调任、甄选、委派到新疆的各级政府官员以及后来的特派员、宣慰使、监察使等,则更多面临对之前社会文化身份的调适或更新,这在某种程度上也隐约可见传统士人的精神气脉如何通过知识者的边地勘察和边疆为政而得以贯通承传。这也使得其游记书写不止于体现个人情

---

① 杨国强:《晚清的士人与世相》,北京:生活·读书·新知三联书店,2017年,第398页。

感学识,而更着意于国家大义之使命担当、社会舆论之潜在推动、潜在读者之旨趣期待,这也或如杨国强所说:"其间背负历史情结与文化心结最多的人便常常成为最喜欢作说大义的人。他们已经开始向新知识分子转化,但在精神上他们又是最后一代士人。"①

其一,工商实业家与政府官员身份的交织。

如曾办过金矿等实业的袁大化于1910年11月13日被调任新疆巡抚,《抚新记程》主要记载了他自1911年2月5日(正月初七)辞别家乡安徽涡阳,前往迪化任职一路的沿途所见所感。力主实业的他一路留意观察,并设计规划着新疆沿途各地的井渠水利、屯垦、农牧业、盐业、水利业、铁路交通等的发展。另外当时一些著名的工商实业家,也往往会被政府委以特殊任命赴疆。如吴蔼宸清末被奏奖举人,后入京师大学堂和北京大学学习采矿,从事过矿务实业工作,1932年受聘为新疆省政府高等顾问赴新调查开发阿尔泰、于阗金矿事宜。1932年12月25日,吴蔼宸与国民党新疆省党部特派员宫碧澄、白毓秀赴新抵达迪化,并与宫碧澄等共同起草了省临时政府《十大政治纲领》,1933年6月作为驻省城代表与赵国梁等赴奇台与马仲英代表杨波清谈判,8月以外交部新疆特派员身份陪同罗文干巡视塔城、伊犁等地。

其二,学者身份与政府官员身份的交织。

民国早期,绝大多数知识分子得以成行新疆,多是因为被民国政府委以特殊使命,如曾东渡日本进早稻田大学专攻政治经济学的谢彬,就以北洋政府财政部特派员身份进入新疆调查财政问题;同行助手林竞于1918年再次受交通部门委派前往新疆考察。

---

① 转见唐小兵:《书架上的近代中国:一个人的阅读史》,北京:东方出版社,2020年,第21页。

　　杨钟健在总结中法科学考察团失败的原因时,曾提到"真有学术兴会者太少,查中国团员共八人,团长褚先生为医学家,姚、焦二君军事家,郑君为褚之秘书,周为新闻家,刘君为植物家,我则从事地质"①,褚民谊则称此次新疆之行"除奉命中央视察党务外,又负有连带为学术考察的使命"②。所以,也有今日学者认为"此次西北之行绝非真正意义上的学术考察,而是南京当局借'学术考察'之名,行'党务视察'之实,系中央经略边疆的一次试探和渗透"③。

　　其三,记者身份与政府官员身份的交织。

　　最早行游新疆后出版相关论著的记者当为冯有真,他于1933年9月2日以司法部秘书身份随外交部长罗文干入新抵达迪化,随同罗文干视察新疆期间撰写长篇通讯《新疆行》,发表在《中央日报》上;回南京后又应《时事月报》社之约撰写长文《新疆与新疆事变》,向当局提出解决新疆问题的八项建议,后来结集出版的单行本《新疆视察记》总体遵循"新疆概况—新疆问题—对策建议"三步而作。

　　陈纪滢、萨空了和杜重远1938年10月6日飞抵迪化,受盛世才之邀参加新疆第三次全民代表大会时,如陈纪滢说:"这次去新疆同行八人,但专为采访新闻的只有我一个。同时也只有我一个人是必须要回到内地的。"④萨空了和杜重远分别接受了盛世才邀以《新疆日报》副社长和新疆学院院长的任命。1946年卢前在随于右任访问新疆前曾是《中央日报》记者,"《中央日报》又出画版,又出晚报,人手正不足,我的心里也正在焦急哩!"⑤1943年以中央政治大学新闻

①　杨钟健:《参加中法科学考查团的总感想》,《西北研究》1931年第2期,第51页。
②　褚民谊:《视察新疆报告书》,《开发西北特刊》1932年创刊号,第1页。
③　陈力:《学术背后的政治:1931年"中法学术考察团"新探》,《中国边疆史地研究》2019年第3期,第153页。
④　陈纪滢:《新疆鸟瞰》,重庆:建中出版社,1943年,第198页。
⑤　卢前:《新疆见闻》,南京:中央日报社,1947年,第15页。

专科出身赴新的李帆群,曾任《新疆日报》采访主任、编辑主任、副总编辑等职务,并担任过新疆省政府宣传委员会编译委员会主任,1949年5月起担任国民党新疆省党部代理书记长。

其四,文人墨客身份与政府官员身份的交叉。

政府官员在公干宦途之余舞文弄墨、吟诗作文,一直是中国传统文人修身立言的重要方式。如曾因担任西北工业考察团和西北建设考察团(南疆考察部分)团长、分别于1942年和1943年赴新的林继庸,还担任过新疆省政府委员兼建设厅厅长,并创作有《西北工业考察团团歌》《元旦伊犁旅次》等诗作①。

罗家伦、于右任、卢前等都是既负政治重任,又富文心才情的社会名流,也在新疆留下了不少美文。罗家伦两次赴新都担重要使命,1943年8月罗家伦作为西北建设考察团团长率队乘汽车抵达迪化,1944年6月又作为国民政府驻新疆监察公署监察使飞抵迪化,罗家伦在新疆创作有数百首旧体诗词并两次结集出版《西北行吟》。

1946年,南京国民政府公布新的新疆省政府成员时,"为唤起国内的重视和新省人民对祖国的观念"②,张治中特电请中央政府派监察院院长来新疆监督,于右任以国民党元老身份参加了新疆联合政府的宣誓就职仪式。1946年6月27日,于右任、《中央日报》主笔卢前、中央监察委员严庄及其随员王新令、王士铎、马文彦等抵达迪化,7月初,南京国民政府代表与新疆伊、塔、阿三区代表共同组建成立了新疆省联合政府,和平谈判结束并通过了《施政纲领》。7月7日,于右任、张治中、艾合买提江、卢前等游庙儿沟,7月23日,卢前去南疆考察,8月5日飞返迪化,8月25日于右任率全体随员离开迪化,9月1

---

① 林继庸:《西北行》,《新新疆》1943年第1卷第4期,第55页。
② 张治中:《从迪化会谈到新疆和平解放》,乌鲁木齐:新疆人民出版社,1987年。

日返回南京。在新疆近两个月期间，于右任等的考察路线是哈密—迪化—阿克苏—温宿—喀什噶尔—库车—焉耆—库尔勒—迪化—哈密，并与卢前等在天池、迪化、阿克苏等地留下大量词曲，"于右任的词大都填于乘飞机辗转颠簸的路途之中，比如哈密西行机中作《浣溪纱·我与天山共白头》，迪化至阿克苏机中作《人月圆·人生难得新机会》，阿克苏至喀什机中作《江城子·先生得意出阳关》，哈密东归皋兰作《浪淘沙·相对亦悠然》，兰州东行机中作《南乡子·上下白云飞》，西安至南京机中作《减字木兰花·机窗风峭》，9月1日迪化东归机中作《采桑子·高空日丽凉初透》等。他的五、七言旧体诗则主要为新疆记游诗，比如《与诸公游红颜池》《与诸公庙儿沟野餐》《往庙儿沟途中》《疏附县吊香娘娘》《三十五年八月十二日夜宿天池上灵山道院不寂有作》等……（卢前）撰写了两万余字的报告文学《新疆见闻》，还用散曲曲牌《天净沙》作小令108首，结集为《西域词纪》，又作散曲套数《般涉调耍孩儿·喀什葛尔谒香娘墓寺并序》《南吕一枝花·赴库尔勒行戈壁中哀弃驴》《大石调青杏子·瑶池行》《双调新水令·偕宋荫国希濂兴龙山谒成吉思汗陵用碧山套式》《般涉调耍孩儿·阿不都拉梯敏上海篇》五篇。另外还作了古体诗《迪化月夜》《西域杂诗》等17题34首"①。

著名作家茅盾1939年3月举家抵达新疆迪化后，在新疆学院任教并任教育系主任，并先后担任过新疆文化协会委员长兼艺术部部长、戏剧运动委员会和中苏文化协会新疆分会成立大会主席等职务，并创作有《新疆风土杂忆》和数首有关新疆的诗歌作品，在新疆发表30余篇文章。

---

① 卢偓：《1946年诗人卢前随同于右任新疆考察述评》，《西藏大学学报》2010年第1期，第120—121页。

二、参加科学考察团赴疆的民国知识人

20世纪20年代末至30年代初,伴随着我国现代考古学、地质学、气象学、生物学等学科初立,加之中国知识界与外国探险考察学者的接触与对话、合作与竞争,开始陆续有一些不同领域的学界新人得以有机会亲履新疆实地考察;之后在国民政府"到西北去"和"开发西北"的舆论声浪中,尤其因抗日战争背景下新疆战略地位的凸显,一些由政府职能部门或高校科研机构等组织的相关考察活动此起彼伏,这些考察活动有的行诸考察报告或学术论文,有的落实于具体开发或人员招募。从考察人员区域分布来看,这些考察人员大多供职于北平、上海、南京等地的大学或科研机构,在抗日战争爆发后,人员构成又向西迁后的重庆、昆明、成都、西安等地的大学倾斜,所以当时主流的知识生产模式、科学研究范式、实地调查方式势必对其西北考察活动有所影响。下面我们结合这些科考团员的行旅著述等相关史料,既力图对近年来已经备受关注的中国西北科学考查团、中法科学考察团、西北建设考察团、西北工业考察团等考察活动给予综述[①],又

---

① 综述性质的代表性研究成果如王荣华《抗战时期的西北考察活动与西北开发》(《西北第二民族学院学报》2003年第3期)等。专论中关于中国西北科学考查团的研究最为集中,代表成果如张九辰、徐凤先、李新伟《中国西北科学考查团专论》(中国科学技术出版社,2009年)、罗桂环《中国西北科学考查团综论》(中国科学技术出版社,2009年)、王新春《中国西北科学考查团考古学史研究》(兰州大学博士论文,2012年)。关于中法科学考察团研究的代表性成果有陈梦洁《中法科学考察团研究》(陕西师范大学硕士论文,2019年)、陈力《学术背后的政治:1931年"中法学术考察团"新探》(《中国边疆史地研究》2019年第3期)。关于西北建设考察团研究的代表性成果有何芳《罗家伦与西北建设考察团》(华中师范大学硕士论文,2012年)。关于西北工业考察团有李琴芳整理的史料《经济部西北工业考察通讯》(《民国档案》1995年第4期、1996年第1期)、《经济部西北工业考察团报告》(《民国档案》1992年第4期)等。关于绥新公路勘查队研究的代表性成果有罗桂环《20世纪30年代的"绥新公路查勘队"》(《中国科技史杂志》2008年第3期)、高月《试论20世纪30年代内地与新疆间的交通勘探与建设——以绥新公路为中心》(《中国边疆史地研究》2018年第1期)。

试图对一些既往一笔带过或罕有提及的规模较小的赴疆科学考察活动做一补充完善，期待更多历史文献浮出地表并为更多学者关注重视并充分利用。

（一）20世纪二三十年代赴新疆地区的国内科学考察团

1. 中国西北科学考查团

民国前期知识精英赴疆科学考察多采取与外国学术团体合作的方式，最著名者当属中国西北科学考查团[①]（The Sino-Swedish Scientific Expedition to the North-Western Provinces of China）。中国西北科学考查团于1927年4月成行，1927年6月8日出发，是我国现代科考史上第一次与外国科学家的成功合作，全团中方团员10人，由瑞典、丹麦和德国国籍组成的外方17人，一般认为考察工作持续到1935年[②]，在地质、古生物、气象、地磁、天文、大地测量、植物学、考古、人类、民族、民俗等领域取得了丰硕成果，并推出《中瑞西北科学考察团报告集》55卷册，另有《西北科学考查团丛刊》《中国西北科学考查团路线总图》（五幅）等。

该考察团为后来一大批相关领域的顶尖学者提供了迅速成长的平台和相互合作的契机。虽在新疆"七七政变"后，考察团在新疆的科学活动曾一度陷入低谷，中方团长、北京大学哲学系教授徐炳昶（徐旭生）1928年2月27日至12月17日滞留迪化，活动也多方受限，其考察著作《西游日记》在记录公务往来、时局观察、阅读随感外，对新疆文化教育、文物考古等也多有关注，徐旭生日后成为我国著名的

[①] 相关研究文集和纪念活动另有记作"中瑞西北科学考查团""中瑞西北科学考察团"等，一为还原历史原貌，二因20世纪40年代还有中国独立组织的其他西北科学考察团，目前学界一般统称为"中国西北科学考查团"。

[②] 部分学者将新绥公路勘测队的活动（1933—1935年）并入中国西北科学考查团，故为八年；部分学者认为自1929年袁复礼代中方团长后又工作到1933年底。本书为呈现时间之线索，将新绥公路勘测队分列。

历史学家和考古学家。同样系出哲学、自修历史的北大国学研究所的黄文弼遍历南疆焉耆、库尔勒、轮台、库车、沙雅、拜城、阿克苏、于田、皮山、叶城、巴楚、吐鲁番等地,考察文物收获颇丰,并发表了大量与新疆考古、历史、地理、民族、文化等有关的学术文章在《国立北京大学国学季刊》《西北研究》等刊物上。

清华、北大地质学教授袁复礼自1928—1931年,在新疆天山北麓诸地工作四年,足迹至迪化—米泉—阜康—孚远—奇台等天山北麓诸地,其主要发现有吉木萨尔地区的二叠纪和中生代脊椎动物化石,记述奇台地区的侏罗纪天山龙产地地形地貌特征等,并因为准噶尔盆地大型恐龙化石等的发现在考古界和古生物界功绩显赫。在与杨钟健合作发表的《水龙兽在新疆的发现》[1]、与戈定邦合作发表的《新疆乌鲁木齐南部(十四户)一种鱼化石的发现》[2]和《新疆古生代晚期与中生代地层的巨大不整合》[3]等科研成果外,发表个别关于新疆民族民俗的观察介绍文字(如《新疆之哈萨克族》)和考察报告《蒙新五年行程纪》上下卷。地质学者丁道衡发表有《新疆矿产志略(附图)》《天山逆掩断层之研究》[4]《蒙古新疆人民生活状况》[5]等。

参与此次考察活动的我国科学工作者还有工程师詹蕃勋、崔鹤峰,气象观测员有刘衍淮、李宪之、马叶谦(三人为北大物理系学生),采集员庄永成、白万玉、靳士贵,北京国立历史博物馆照相员龚元忠

① 袁复礼、杨钟健:《水龙兽在新疆的发现》,《中国地质学会会志》1934年第4期。
② 袁复礼、戈定邦:《新疆乌鲁木齐南部(十四户)一种鱼化石的发现》,《清华大学理科报告(丙种)》1936年第1期。
③ 袁复礼、戈定邦:《新疆古生代晚期与中生代地层的巨大不整合》,《清华大学理科报告(丙种)》1936年第1期。
④ 丁道衡:《天山逆掩断层之研究》,《国立北京大学地质学会会刊》1931年第5期。
⑤ 丁道衡:《蒙古新疆人民生活状况》,《女师大学术季刊》1930年第1卷第4期。

等。外国科学工作者有斯文·赫定、亨宁·哈士纶、安博特、贝格曼、那林等。

2. 中法科学考察团

中法科学考察团又名西北学术考察团、中法亚陆考察团、一九学术考查团,组建于1930年,该团最早由法国雪铁龙汽车工业公司为测试其汽车性能而出资组织,特请1922—1925年以越野车探险非洲出名的乔治·玛利·哈尔德为团长,故西文团名为"雪铁龙-哈尔德亚陆探险团"(Citroen-Haardt Trans-Asia Expedition)。全团近40人,后分帕米尔队和中国队两队,中国队中方代表有中国学术团体协会代表褚民谊、北平研究院植物研究所所长刘慎谔、北平地质调查所杨钟健、北京大学生物系郝景盛和周宝韩等8人,法方有法国外交部特派员卜安担任团长,副团长乌登-杜勃莱尔、地质学家德日进(在张家口加入)、博物学家雷芒、作家沙文以及技术工程人员、摄影师等10人。经南京国民政府批准在中国境内考察五个多月,原计划在新疆喀什、阿克苏、库车、迪化、哈密等地考察地理、气象、考古、人类、民族、测绘、政治、经济等,实则1931年4月从天津启程,经北平—张家口—酒泉—哈密—吐鲁番,部分成员赴阿克苏与帕米尔队会合,全体成员于10月到达迪化。返程经吐鲁番—哈密—张掖—包头—张家口,于1932年2月返回北平。

因为时值金树仁政权主政时期,且正面遭遇马仲英部队祸乱新疆,加上成员内部人员分工不合理和诸多人事摩擦,科学考察没有取得预想成效。地质学家杨钟健有"如入宝山却空手而归之感"①,植物学家郝景盛因为不堪其辱刚到绥远就铩羽而归,唯有植物学家刘慎谔前往新疆迪化、托克逊、焉耆等地采集天山植物标本等,后只身

---

① 杨钟健:《杨钟健回忆录》,北京:地质出版社,1983年,第72页。

足涉昆仑山、喜马拉雅山西北端及印度东北部考察两年,为这些地方的植物种类、植物分布、植被类型、植被区划等提供了国内最早的科学依据,后发表《中国西北之植物地理》[①]等。杨钟健认为考察失败的最大原因在于西人"机械的人数太超过于考查的人"。"此次组织,本只是横贯亚洲的大旅行,而不是什么学术考察,与中亚考察团及西北科学考察团绝不相同。……中法学术考察团,虽中国方面以此命名(法方自称横贯亚洲大旅行,中文称则曰中法委员团),但实在以旅行为主。"[②]

代表游记有杨钟健的《西北的剖面》和褚民谊自述的《视察新疆报告》等。《西北的剖面》留有不少关于新疆地质情况的介绍文字,"每到一处,他总是以地质学家的眼光来观察,对该地的地质特征、化石年代、地层结构等多有介绍"[③]。西人拍摄的《黄人巡察记》因不实言论和歧视引发国人强烈反对。这次考察最重要的成果是在褚民谊等的组织推动下,促成了民国政府行政院于1934年2月成立新疆建设计划委员会。

1930年代重要的考察团体还有新绥公路勘测队。1933年10月至1935年4月,受民国中央政府铁道部委托,斯文·赫定组织瑞典和中国相关学者为勘测考察修建一条横贯中国大陆的交通动脉的可行性,由北京启程,赴蒙古、新疆等省,且深入新疆罗布泊、楼兰等地。参与的国内工程师有尤寅照、龚继成及物理学者陈宗器等,勘测队行程共15 444公里,并上报《呈铁道部绥新公路察勘队工作报告书》,完成路线图件350张、表册58页、照片140帧,并进行了关于考古学、植物学、动物学及地理学方面的研究,进行了地图绘制和气象调查,

① 刘慎谔:《中国西北之植物地理》,《西北史地》1938年第1卷第1期。
② 杨钟健:《西北的剖面》,兰州:甘肃人民出版社,2003年,第86页。
③ 《点校前言》,杨钟健:《西北的剖面》,兰州:甘肃人民出版社,2003年,第2页。

代表游记有斯文·赫定的《丝绸之路》和《马仲英逃亡记》。有待考证的还有1933年秋,复旦大学学生鲁忠翔等组织复旦边省问题研究会,"拟利用寒假期,组织西北考察团"[1],后续报道有1934年12月19日,考察团"赴察绥宁甘青新六省作实地考察"[2],时间为八个月。1934年12月7日,新疆旅行团由北平至西安,原拟由绥远赴哈密,后改为由西安赴新[3]。另外还有新疆本地学生考察团,1939年7月,杜重远、张仲实等组织新疆学院暑期赴伊旅行团,师生两百余人自17日出发,前往呼图壁—玛纳斯—独山子油矿—乌苏—精河—果子沟—绥定—伊宁等地宣传抗日和社会调查[4]。1940年《新疆日报》连续报道了张仲实等组织领导的有记者或特约记者参加的新疆学院师生赴南疆旅行团宣传抗日的活动[5],仅其中七个宣传组就行程上万里,历时八个月。1948年,国立西北大学边政学系师生计划在兰州、哈密、迪化等地考察边疆语文、民族政制、宗教教育、生活习惯、经济现状等,并测绘地形、记录气候。[6]

---

[1] 《复旦大学成立边省问题研究会》,《新闻报》(上海版)1933年10月27日,第15版。

[2] 守真辑:《边事日记》,《天山》1935年第1卷第4期,第89页。

[3] 同上,第85页。但未见新疆旅行团之后续报道。

[4] 具体情况见苗广发、李如桢:《新疆学院暑期赴伊旅行团》,中国人民政治协商会议乌鲁木齐市委员会文史资料研究委员会编:《乌鲁木齐文史资料》第一辑,乌鲁木齐:新疆青年出版社,1982年,第17—22页。

[5] 据刘荫桐回忆,南疆旅行团的"目的是实习维文并搞些社会调查"。见刘荫桐:《一九四〇年南疆旅行团见闻》,中国人民政治协商会议乌鲁木齐市委员会文史资料研究委员会编:《乌鲁木齐文史资料》第五辑,乌鲁木齐:新疆青年出版社,1983年,第81页。潘丽《抗战时期新疆学院的文艺活动》一文提到"1940年9月,新疆学院语文系30多名学生和部分教工又参加了新疆政治干部人员训练班(第二期)组织的'南疆冬季旅行团',工作团最远到达南疆喀什、和田和阿克苏地区,历时达八个多月"。详见朱杨桂:《新疆学院语文系学生赴南疆冬季旅行团活动纪实》,《新疆大学学报》1990年第1期,第16—20页。

[6] 《边政两月简志:西北大学师生实地考察边疆》,《边疆通讯》1948年第5卷第8、9期合刊,第25页。

（二）20世纪40年代赴新疆地区的国内科学考察团

伴随着国民政府逐渐恢复对新疆的直接管辖和"开发西北"等宣传主张的舆论造势，加之抗日战争中国民政府更加重视对作为战略大后方的我国西北地区的开发建设，20世纪40年代国民政府组织了多次西北科考活动，对陕宁甘青新地区的一些支柱产业、交通、经济、社会、民族、教育等问题展开了广泛深入的调研。与30年代考察的最大区别在于，这些考察活动几乎全由国民政府相关职能部门和高等学府联合完成，这也彰显出我国自主科学考察活动的日益壮大。同时，抗日战争爆发后，大批机关、工厂、学校、科研机构向西南地区转移，大量科研工作者聚集于此、协同合作且与政府部门的联系也大为加强。20世纪40年代赴新的国内科学考察团，也大致体现出从人文考察到科学调查、从全面涉猎到术业专攻、从广泛调研到初步开发的潜进趋势。

1. 西北史地考察团及扩大后的西北科学考察团

1941年秋，国民党中央组织部部长朱家骅视察甘、宁、青三省后发表《到西北去》《西北观察》《西北经济建设之我见》《西北建设问题与科学化运动》等文章，并由中央研究院与中央庚款董事会共同筹划西北史地考察团。1942年，中央研究院中国地理研究所和中央博物院共同组织西北史地考察团，4月23日从重庆出发赴兰州等地，实地考察甘肃、宁夏、青海等地的地理、植物、史前文化、古代国防及艺术，以明确建设西北之价值。考察团由朱家骅任名誉团长、辛树帜任团长、李承三任总干事、向达任历史组组长、吴印禅任地理组组长。

据地质地理组组长李承三介绍，该考查团"乃于三十二年扩大组织，改为西北科学考察团，内分地质地理、历史考古等组"。从目前的史料看，历史考古组以李济之为组长，成员主要有向达、石璋如、夏粫等,负责考察甘肃、陕西等地,"地质地理组计分三队:甘肃考察队由赵金科、张寿常担任之;新疆南部丁骕、戈定邦;新疆北部林超及著者。……林君担任人生地理,著者担任自然地理、地质与矿产,以伊犁、塔城、阿山三区为考察之范围,野外工作限期半年"[①]。李承三考察伊犁、塔城、阿山三区并作《新疆北部考察纪要》。

主要考察南疆的重庆中央大学学者戈定邦发表有《新疆宗族与文化》,戈定邦称:"此次因参加中央研究院所组织的西北科学考察团,在新疆工作半年,旅行一万八千余华里,经过迪化、伊犁、哈密、焉耆、阿克苏、喀什、莎车、和阗等八个行政区。"[②]张之毅考察后出版有研究报告《新疆之经济》,他在自序中说:"去岁中央研究院组织西北科学考察团,之毅被派参加担任经济一部门。八月由渝飞迪,九月赴南疆考察,今年一月事毕,旋循西北公路东归。此次考察区域,以新疆为限,偏重于南疆。考察方法以亲历观察为主,因常与当地人民接触,所见真切。"[③]

重庆中央大学学者、时任《地理学报》理事的丁骕考察贯通天山南北,他自1943年6月10日离开迪化考察乌苏、精河、大河沿子、伊宁、大卡拉苏、哈什河、巩哈、果子沟、三台、奇克台等地后,撰文《新疆伊犁区地形考察纪要》[④];1943年8月1日由迪化南出后,又相继考察了茇茇槽子、达坂城、后沟、托克逊、清水河、库车、拜城、阿克苏等地的地形地质情况,并作《南疆考察记——由迪化至阿克苏》[⑤]《新疆之自然区域》[⑥];1945年5月19日丁骕由重庆飞迪化后作《新疆迪化

① 李承三:《新疆北部考察纪要》,《地理》1944年第4卷第1、2期合刊,第29页。
② 戈定邦:《新疆宗族与文化》,《边政公论》1945年第4卷第1期,第30页。
③ 张之毅:《新疆之经济·序》,上海:中华书局,1945年。
④ 丁骕:《新疆伊犁区地形考察纪要》,《地理学报》1947年第14卷第3、4期合刊。
⑤ 丁骕:《南疆考察记——由迪化至阿克苏》,《地理学报》1948年第15卷第1期。
⑥ 丁骕:《新疆之自然区域》,《边政公论》1944年第3卷第10期。

附近调查纪要》[①]。丁骕还出版有单行本游记《新疆考察记》（1943年）和新方志《新疆概述》（1947年），附录中收有柯尔克孜族之部落、哈萨克之三部、铁道计划，尤其是丁骕在传统的天山南北的地理划分和近代笼统的五区分法的基础上，明确拟分出北部山原区、北疆盆地、天山山地区、南疆盆地区、北山区、昆仑山地区的"六区二十副区"[②]的划分法。

2. 经济部组织的西北工业考察团

国民政府经济部于1942年下令工矿调查处及迁川工厂联合会邀集工业界专家及技术人员组成西北工业考察团，成立时成员21人，由林继庸、颜耀秋分别担任团长、副团长。一行人于1942年9月从重庆出发，途经陕、宁、甘、青、新诸省，行程总计一万四千余公里，1943年2月12日返回，历时5个月，对陕宁甘青新五省的地理、物产、资源、工矿、水利、交通、金融、商业、农林、畜牧等作实地调查，共收集西北资源之产品一万余件，并详细报告民国政府经济部以备参考。中国第二历史档案馆馆藏档案国民政府经济部全宗收有《经济部西北工业考察团报告》，报告分"甲部——川部及陕宁甘青新等省之部""乙部——新疆省之部""丙部——新疆省工业建设计划"等四部。乙部指出新疆兴办工业的必要性和紧迫性，"新疆省有为我国国防命脉所系之石油宝库"，"实为我国建国之根据地"[③]，并提出兴办新疆工业的四大方针，倡导内地民间工业界迁往新疆政府应注意的八事等。丙部指出了兴办新疆急需的棉纺织业、毛纺织厂、水泥厂、炼铁厂、炼钢轧钢厂、炼油厂、水力发电厂、硫酸厂、盐碱工厂等的

①　丁骕：《新疆迪化附近调查纪要》，《地理学报》1947年第14卷第2期。
②　丁骕：《新疆概述》，南京：独立出版社，1947年。
③　中国第二历史档案馆：《经济部西北工业考察团报告》，《民国档案》1992年第4期，第35页。

具体计划。

李烛尘随西北工业考察团勘查西北盐碱资源,在不到两个月的时间里,先沿南路途经哈密、鄯善、吐鲁番、达坂城等地。12月18日到达迪化,详细考察了迪化及市郊的工矿业,12月26日,经绥来—乌苏—精河—三台—果子沟—绥定—惠远,于12月30日到伊犁,详细考察了伊犁工业、畜牧业、煤铁矿的发展现状,其间巡视了霍尔果斯国界,1943年1月6日出发并于1月8日抵迪。[①]1月在迪化实地查勘工业用地,23日东返。在《西北历程》中他对新疆自然风物、民族风俗、时政外交、历史遗迹也多有记录。

3. 北平地质调查所组织的新疆地质调查队

1942年春,北平地质调查所所长翁文灏赴新疆筹划独山子油矿与苏联合作一事。1942年冬,资源委员会派杨钟健、黄汲清、程裕淇、周宗浚等赴疆考察,后来,又有来自河西玉门的卞美年、翁文波加入新疆地质调查队,并于1942年10月29日至1943年5月13日在新疆独山子、库车、温宿等地展开野外考察。

在新疆天山南北麓石油勘查工作中,黄汲清于1943年1月完成地质报告《新疆乌苏独山子石油及煤气矿床说明书》,论述了独山子的油苗分布与开采历程、地层及构造、油田规模、原油性质与成分。并用英文撰写专业学术专著《新疆油田地质调查报告》[②],该报告共分《引言》《新疆地质鸟瞰》《新疆之交通》《乌苏独山子油田》《库车铜厂油田》《温宿塔拉克油田》《新疆石油地质概要》《结论》8章,是

---

① 按蒋经国等:《伟大的西北》,银川:宁夏人民出版社,2001年,第149页:"下午离伊犁,行政长官并公安局长送余等至巴颜岱以西始返,情谊至重。"第151页:"九日休息无事,曾在市中闲玩。"与该书前言"纪要"所记"卅二年一月七日离伊犁,九日到迪化"不合,依前者。
② 见中央地质调查所:《地质专报》甲种第21号(英文),1947年。

其提出著名的陆相生油理论的奠基之作。其通俗纪实游记《天山之麓》单行本"所记多日常生活琐事,虽数云插上几句闲话,实则全书大半均系闲话也,记独山子二女仆竟达三面有余"[1]。杨钟健多年后追记:"我们回迪化后,又筹备往南疆工作。省政府派汽车及人员护送,故十分顺利地越过天山、焉耆、库尔勒、库车以至阿克苏,其中在库车与阿克苏二地停留最久,均在山中作了不少工作,比在独山子跑的地方还广,成绩也还不错。在阿克苏山中工作毕后,未再作西行之计,即折而东返,归途中曾到旧游的吐鲁番。"[2]杨钟健所回忆的行程路线与黄汲清《天山之麓》一书内容相符。

北平地质调查所组织的新疆考察活动应有多次,如1945年《地质论评》上称:"中央地质调查所新疆调查队,除宋淑和关士聪仍留新疆工作外,余马溶之、岳希新、米泰恒均先后离新……"[3] 1948年复兴撰文称:"应本省之邀来新调查地质,旅费业已汇去,该所拟由高平、杨杰两氏来新工作。但此间要求共派八人,俾分四队工作。"[4]

4. 国父实业计划研究会考察团及合组后的西北科学考察团

国父实业计划研究会考察团成员于1943年3月在兰州集合开始考察,团内包括11个学术团体,考察项目分地理、考古、交通、矿产、水利、军事等。团员大多为重庆、昆明、成都、城固等地大学教授,后与西北大学及西北工学院等合组为西北科学考察团。西北科学考察团团员共16人,其中有西北联大地质地理系主任殷祖英、历史系主任黄文弼,西北工学院电工系余谦六、矿业地质系李善堂、航空系主

---

① 　王耘庄:《新疆艺文志稿(二)》,《瀚海潮》1947年第1卷第2、3期合刊,第36页。
② 　杨钟健:《杨钟健回忆录》,北京:地质出版社,1983年,第119—120页。
③ 　《地质界消息:中央地质调查所近讯》,《地质论评》1945年第10卷第1、2期合刊,第84页。
④ 　复兴:《天山南北》,《中美通讯》1948年第289期,第37页。

任罗明等。[1]

其中有文献可查的部分考察活动如西北第一考察团由叶秀峰率领，成员有金陵大学高钟润等。再如国父实业计划研究会组织的蒙古新疆考察团，计划考察地点为甘肃、蒙古、青海、新疆，考察范围包括地理、地形、地质、气象、垦殖、畜牧、矿产、生物、农林、水利，时间定为八个月至一年，团员二十余人，计划分两路，一至居延海唐努乌梁海，一赴新疆。另由经济部水利委员会、农林部、地理研究会、中国边疆问题研究会等机关团体组成的蒙新考察团首途成员，于1943年2月出发，由张斌忱实际领导。

考察报告目前可见如收藏于中国工商银行上海市分行银行博物馆的《国父实业计划研究会第一考察团考察西北交通简略报告》[2]等。另有团长殷祖英发表的《回疆典型之吐鲁番盆地》[3]《论西北文化国防问题》[4]。余谦六随国父实业计划研究会考察团考察了新疆的水电，并发表演讲《新疆漫谈》，介绍其主要考察路线是：兰州—酒泉—安西—星星峡—哈密—奇台—迪化—伊犁—乌苏—塔城—迪化—吐鲁番—河西。[5] 1944年中国地理研究所副研究员周立三参加西北科学考察团，在甘肃河西和新疆，历时半年，后发表《天山南北游踪回忆录》[6]，并发表学术论文《哈密—— 一个典型的沙漠

① 相关情况见《西北文化日报》1943年9月2日。转见张建主编：《见证并记录——百年建大老新闻（1895—2006）》（上册），西安：陕西人民出版社，2006年。
② 详见冉建新：《孙中山构想的"西北梦"》，《中国档案》2001年第8期。
③ 殷祖英：《回疆典型之吐鲁番盆地》，《西北学报》1943年第2卷第1、2期合刊。
④ 殷祖英：《论西北文化国防问题》，《西北学术》1944年第4期。
⑤ 余谦六讲，李德良记：《新疆漫谈》，《雍言》1944年第4卷第7期。
⑥ 周立三：《天山南北游踪回忆录》，《天山月刊》1948年第1卷第3期。文中回忆还有"作家考察团"："在三十二年的初春，正当前方对日抗战相当剧烈的时候，蛰居在西蜀后方的作家们，却获得一个很难遇的机缘，去参加一个十几人组成的团体，负了考察边疆实况的使命，完成了一次西北长征，为时将近一整年，行程达四万里，遍历了甘、宁、青、新各省的土地。其中有一半的时间，是逗留在新疆。"

沃洲》^①等。

5. 中央设计局组织的西北建设考察团

由中央设计局组织筹划，国民党中央设计局组织。1943年2月，罗家伦以西北建设考察团团长和国民政府新疆监察使的双重身份，前往陕、甘、宁、青、新五省。"本团考察之对象，计分铁路、公路、水利、农业、林业、畜牧、垦殖、工业、矿业、卫生、民族、教育，共十二部门。"^②此次考察"于六月七日出发，由陕入甘，经河西走廊由酒泉折至玉门，由安西折至敦煌，视察入通南疆之阳关故道。再由安西经星星峡入新，自七角井转天山北路入迪化，西至伊犁，达霍尔果斯边卡。再回迪化入南疆，经疏附、疏勒（即喀什葛尔），达和阗、策勒，另经吐鲁番及鄯善、哈密，回至兰州……"，"为时八月，历程共一七〇二二公里"。^③考察结束后完成《西北建设考察团报告》14册进呈国民党中央，对西北的国防、经济、社会、民族、教育、人口、交通等情况进行了详细精确的调查，为民国政府西北考察活动中门类最全、最为详备的一次。

在前往南疆考察时，因为国民党第五届十一中全会的召开，罗家伦偕盛世才同赴重庆，凌鸿勋、沈怡、邵逸周回内地。时任新疆省政府建设厅厅长的林继庸接任西北建设考察团（南疆考察部分）团长，并先后赴托克逊—焉耆—轮台—库车—阿克苏—疏附—莎车—和阗等地考察，后走东线，经托克逊—吐鲁番—鄯善—哈密—星星峡而返。计在新疆考察共77天。

考察组成员有工业专家林继庸、农业专家唐启宇、铁路专家凌鸿

---

① 周立三：《哈密——一个典型的沙漠沃洲》，《地理》1948年第6卷第1期。
② 罗家伦：《西北建设考察团考察经过报告》，"国史馆"编印：《西北建设考察团报告》，台北："国史馆"，1968年，第4页。
③ 同上，第23页。

勋、水利专家方宗岱等。林继庸发表有《新疆小志》[①]《南疆归来》[②]
《南疆纪行》[③]等；1943年9月随西北建设考察团考察水利的方宗岱
在发表《焉耆水利之展望》[④]外，还发表有报告体游记《南疆之行》；
1943年凌鸿勋随西北建设考察团考察新疆的铁路建设，其于1944年
1月在中国旅行社发表的演讲《从兰州到伊犁》后被收入游记合集
《西北行》中。

6. 盐务总局等组织的西北盐产调查团

1943年7月，盐务总局与黄海化学工业研究社联合组织西北盐
产调查团，这是中国现代第一次盐湖地质调查。袁见齐是该团唯一
的地质学家，负责盐矿地质调查和盐产储量估计，一行四人途经新、
甘、青、宁、蒙五省（区），新疆足迹遍布哈密、迪化、绥来、沙湾、乌苏、
伊犁、达坂城、托克逊、和硕、焉耆、吐鲁番、库车、阿克苏、拜城、温宿、
疏附、伽师、和田等天山南北近二十县，调查盐湖、盐矿47处，发表的
相关专业论文有《新疆库车、拜城、温宿岩盐之成因》[⑤]和专著《西北
盐产调查实录》[⑥]，著有《新疆杂记》[⑦]游记十篇。袁见齐在游记中不
仅详述了每地产盐的种类质量、分布规模，还描述了南北疆各地的地
理物产、民风民俗、奇闻异事、亲历所见等。

7. 南疆教育视察团

1948年7月20日，南疆教育视察团赴南疆视察教育行政并收集
资料，团长陈方伯、团员贾麻利鼎、涂必贵等，需时约三月，"工作对象

---

① 林继庸：《新疆小志》，《中央周刊》1943年第5卷第42期。
② 林继庸：《南疆归来》，《新新疆》1943年第2卷第3期。
③ 林继庸：《南疆纪行》，《大公报》（重庆版）1944年1月21日、22日，第3版。
④ 方宗岱：《焉耆水利之展望》，《同人通讯》1943年第20期。
⑤ 袁见齐：《新疆库车、拜城、温宿岩盐之成因》，《地质论评》1946年第11卷第5、6期合刊。
⑥ 袁见齐编著：《西北盐产调查实录》，南京：财政部盐政总局，1946年。
⑦ 贾树模：《新疆杂记》，《盐务月刊》1943年第4卷第1期—第11、12期合刊。

为视察各县之教育行政与考核各校教师之成绩"①。教育视察团在8—9月间分赴喀什、阿克苏、温宿、英吉沙、莎车、和阗等地召开教育座谈会和展开教育视察工作②。7月20日南洋华侨林鹏侠"搭乘南疆教育视察团专车赴南疆各地观光"③，并"游历南疆，直至和阗，环绕塔里木盆地半周，计三月。已于十六日返迪，闻略事休息，即将首途赴天池观光，并漫游东疆及北疆云"④。

　　20世纪40年代的考察团还有农业部组织的西北水利考察团，"三十一年冬，农林部沈鸿烈部长曾至新省参观，认为新省农业前途，大有希望"⑤。1948年夏，西北大学观光团由谢再善教授领队，阎锐讲师、朱懿绳助教等参与，西北公署和新疆省政府在食宿车等方面予以支持。观光团于1948年8月18—21日分别赴新疆学院、红雁池蓄水库、血清厂、第一种畜厂、天池等地参观，9月初出发南疆喀什、焉耆等地观光考察，10月上旬回到迪化。"他们这次完成卅五天旅行所得的观感，已撰文将在本报发表"⑥，观感文章从新疆地方安定、各方都在进步、经济文化建设积极进行三方面肯定了新疆社会各方面的好转。⑦

　　此外，40年代的其他考察活动还有"1941年，中国地质学会、中

---

① 《教育视察团昨出发赴南疆视察教育行政并收集资料》，《新疆日报》1948年7月21日，第4版。
② 详见《新疆日报》1948年8月9日、22日，9月5日、15日、16日，第4版。
③ 《教育视察团昨出发赴南疆视察教育行政并收集资料》，《新疆日报》1948年7月21日，第4版。
④ 《林鹏侠返迪》，《新疆日报》1948年10月17日，第4版。
⑤ 陈纪滢：《新疆鸟瞰》，重庆：建中出版社，1943年，第84页。另据韦清风《近代中国边疆研究的第二次高潮与国防战略》一文曾记教育部新疆考察团长为顾毓琇，农业部西北水土保持考察团团长为英国水利专家罗德明。见《中国边疆史地研究》1996年第3期。
⑥ 《西大观光团南疆归来，团员谈此行观感，即将离迪赴敦煌玉门》，《新疆日报》1948年10月10日，第4版。
⑦ 西北大学新疆观光团：《我们的观感》，《新疆日报》1948年10月12日，第4版。

国地理学会联合举行新疆考察团等"[①]、教育部新疆考察团、公路考察团、交通建设勘察团、地质调查所、水利考察团(农业部西北水土保持考察团)等科学考察团。1948年,国立西北大学边政学系师生计划在兰州、哈密、迪化等地考察边疆语文、民族政制、宗教教育、生活习惯、经济现状等,测绘地形、记录气候[②],并实地考察了焉耆唐代古城遗址和新疆吐鲁番、库车千佛洞等古迹。还有个别考察活动目前尚未发现后续报道,如1948年春由行政院组织、林继庸任团长的新疆建设辅导团,计划由经济、农林、水利等部门技术人才组成,分农林畜牧、交通运输、工矿、卫生及水利五组,其与1948年冬计划由工商部组织、由兰州工业试验所所长戈福祥任团长的新疆建设技术辅导团之间的关联和考察情况,还有待进一步的史料挖掘[③]。就不足而言,罗家伦就曾认为各类政府机关和民间团体组织的考察团体实际效果并不理想,甚至加重了地方政府的负担,所以建议中央政府应多派遣勘测队、测量队、工程队和实际工作人员前往,不能再停留在空谈阶段,应展开大规模的实际开发调研工作[④]。另外还有地理学家陈正祥、钟功甫,钢铁工业专家余名钰,工程建筑专家王新文,水利调查专家陈斯英等在这一大背景下来到新疆考察工作,以致在《地理学报》《第六区公路工程管理局月刊》《盐务月刊》等专业期刊上,也有不少新疆游记发表,甚至在《旅游》杂志上,也有勘查工作人员的游记发表。

---

① 重庆抗战丛书编纂委员会编:《抗战时期重庆的科学技术》,重庆:重庆出版社,1995年,第237页。
② 《边政两月简志:西北大学师生实地考察边疆》,《边疆通讯》1948年第5卷第8、9期合刊,第25页。
③ 房建昌曾考证有《行政院派驻新疆建设技术辅导团第一期(三十七年下半年至四十年底)建设计划纲要》,见房建昌:《解放前新疆纸史小考》,《新疆地方志》1994年第4期。
④ 参见罗家伦:《国防经济建设总论》,"国史馆"编印:《西北建设考察团报告》,台北:"国史馆",1968年,第60页。

如在西北移民热潮中,"中央为移民起见,从广元至迪化每隔三十公里又建筑了旅客食宿驿站","记者今春参加勘察建站使命,得借机自兰州至新疆省属之哈密一行"。[①]

三、新疆游记作者多重文化身份之交糅

总体来看,20世纪30年代及之前的学者分布还主要集中在哲学、国学、政治学、经济学、历史学、考古学等文科研究领域,偶尔有当时国内刚刚起步的古生物学、气象学、地质学、物理学等。时至40年代,则出现了更多地理地质、化学化工、交通工程、水利水电等自然科学领域的学者,如地质学家袁见齐、黄汲清,地理学家陈正祥、丁骕、李承三、钟功甫、戈定邦,化学化工专家李烛尘,钢铁工业专家余名钰,工程建筑专家王新文,水利调查专家陈斯英等。这从某种程度上来说,恰好体现了民国高等教育学科体制从开始确立到逐渐成熟的发展历程,赴新考察团体的科学活动为我们更好认识中国现代学科体制的发展历程提供了来自边疆考察的"在场"记录。

民国新疆科考工作者大多并不拘泥于个人研究领域和专业所长,而是以开放多维的观察视角和自觉敏感的忧患意识,在专业学术论文和考察游记文字之外,发表了大量关于新疆政治、军事、民族、风俗、地理、历史、国防、外交等的专论文章,并以此努力修正着普通民众心中的新疆印象。同时,在中国教育制度从传统学堂向西式学校的历史转型中,绝大多数知识分子都面临着如何在知识日益走向专业化和学科化的现代学科建制中找到自己安身立命之所在的问题。在文学、国学、哲学、历史学、考古学等学科界限模糊和跨界频繁的现代学科教育初创之时,在地理学、地质学、古生物学、化学、物理学、气

[①]　高虎望:《兰州到哈密》,《旅行杂志》1944年第18卷第8期,第11页。

象学、植物学等自然科学领域一人身兼数种身份的事实存在中,在一面使用工具仪表勘测记录一面妙笔生花写就华彩奇章的身份流转中,我们也不难感受到当时知识分子所耳濡目染的中华传统文化底蕴和孜孜以求的西方现代学术研究之间的汇流交融,这为理解民国教育成功之秘密又提供了新的参照系。

　　有时,科学者会利用科学知识为当地居民解决实际生活困难,袁复礼在地质考古勘探工作中,发现孚远县三台水西沟地区缺水,并帮助当地民众找到水源,解决了饮水困难的问题,当地民众为此盖起了"复礼庙"[①]。有时,科学家会身担多重科学考察任务,如地球物理学家陈宗器与地理学家陈正祥、胡焕庸等都"曾进入塔克拉玛干沙漠考察过沙漠气候"[②]。有时,科学家也会在科学考察工作之外,负有国防军事等其他任务,如地理学家李承三在随西北科学考察团出行之前,朱家骅曾特意嘱咐他"除考察地质矿产及地形外,对于边界上一切事件,须特别注意及之,以备外交上之参考"[③],所以其《新疆北部边界考察报告》一文看似重点是介绍阿尔泰、塔城、伊犁三地的地形地质,最核心内容则是实地调查苏联通过划界、抢水、巡逻、立碑、侦查等手段,在中苏边境线一带对我国国土的蚕食侵占的实际情形与具体证据。有时,技术工程人员也兼有探险考察之兴趣,如陈斯英等一行"不但于视察天池水利工程时饱览了这胜迹的风光,后来更为了采寻天池的水源而直达天山主峰——博格达山下的冰雪世界,寻获了那个深藏在奥区里的神秘的冰湖,这可说是在新疆的历次旅行中

---

① 见杨遵仪主编:《桃李满天下——纪念袁复礼教授百年诞辰》,武汉:中国地质大学出版社,1993年,第158页。
② 李江风主编:《塔克拉玛干沙漠和周边山区天气气候》,北京:科学出版社,2003年,第8页。
③ 李承三:《新疆北部边界考察报告》,《地理》1944年第4卷第1、2期合刊,第37页。

最有意义也最令人愉快的一次了"①。有时,记者也会兼具文化采风的任务,如1945年,李帆群作为新疆省政府宣传委员会编译委员,在塔克拉玛干沙漠南缘旅行时,经阿巴斯口译,记录整理了19世纪莎车诗人乌买尔巴克的长篇爱情叙事诗《帕尔哈特与西琳》,改名《铸情》发表于1947年的《新疆日报》上②。

另外,40年代后科考工作者的新疆游记也日益趋于休闲化和消遣性,他们也不必像徐炳昶那样一路随身携带数十斤的西域文史典籍,或像黄文弼那样公然违逆当局禁令、孤身探险于塔克拉玛干沙漠腹地,或像杨钟健那样既惴惴于个人的生命安全又焦灼于家人的通讯全无,而是得到了更多政府官方的礼遇招待、科学考察的硬件保障、前人成果的经验借鉴。这也使得他们得以有更加充沛的体力精力投身于科学研究工作之中,并将写作游记更多作为个人调剂身心、自娱娱人的闲笔雅兴,从而让我们得以窥见这些素日里严谨勤勉、一丝不苟的科学工作者富有情致、饶有趣味的内心世界。同时,从民国时期洋洋大观的出版盛况和众声喧哗的言说空间角度看,我们关注这些非文学领域的科学工作者关于新疆的游记文字,既是以新疆游记写作为视角对兴盛繁荣的民国传媒出版行业的一次巡礼致意,也可以更好地理解民国知识生产、文化传播和观念流布等的多样途径。

有时,一些知识分子兼具商人、实业家、记者等多重身份。如曾任教于东南大学、西北大学、东北大学的刘文海,1927年转入政界,因处理家中商贸事务赴新抵达哈密。兼具多重身份的典型人物如杜重远,作为著名爱国人士,杜重远曾有多年从事工商实业的丰富经验。他最初以记者身份三次赴疆,并发表通讯报道《三渡天山》,后以"中央代

---

① 陈斯英:《天池记游》,《中国青年》1947年复刊第5期,第41页。
② 转见新疆维吾尔自治区地方志编纂委员会编:《新疆通志·语言文字志》,乌鲁木齐:新疆人民出版社,2000年,第617页。

表"身份向蒋介石报告新疆情况,举家留在新疆后自愿担任新疆学院院长而不愿做建设厅长,成为新疆现代教育的倡行者和改革者,并自谑担任的当时只有两百余名学生的新疆学院院长"一半是私塾先生,一半是杂铺的老板。另外还兼着一份看电话的差事"①。南洋华侨林鹏侠女士30年代赴甘青陕等地考察后撰写的《西北行》曾轰动一时,但游新疆之夙愿因受诸多因素影响受阻,终于在1948年6月得以赴疆,其公开身份是福建新报社社长,并"搭乘南疆教育视察团专车赴南疆各地观光"②。当游记者本人的真实身份与当地人的想象身份之间出现较大缝隙时,也是游记者最受折磨之时,比如杨钟健30年代初在迪化时,无法融入代表团其他成员所"他许"的"中央代表"的身份时,对太多的官场应酬既难融入也对后来的离别厚礼受之有愧。

第三节　文化印证与游记作者
日益清晰的国家观念

　　民国时期旅新知识者基于上述不同文化身份交叉重叠所建立起了各自空间位移、地理体验和风景感知的不同方式,但值得注意的是,游记作者个体身份的多元性根本有赖于中华文化的统一性,尤其是民族国家观念作为"一种共有的文化","提供了变幻的历史经验之下稳定不变和具有连续性的意义框架"③,其文化身份的多重面向始终以鲜明自觉的国家本位立场和中华统一信念为底色。民国初

---

① 张宝裕等主编:《杜重远》,乌鲁木齐:新疆大学出版社,1987年,第141页。
② 《上月末来迪之福建新报社社长林鹏侠女士亦与昨日搭乘南疆教育视察团专车赴南疆各地观光》,《新疆日报》1948年7月21日,第4版。
③ 斯图亚特·霍尔:《文化身份与族裔散居》,罗钢、刘象愚主编:《文化研究读本》,北京:中国社会科学出版社,2000年,第209—211页。

年,基于传统天下观向现代国家观的过渡形态,邓缵先、谢彬、林竞等已具备一定的国防观念和勘界意识;20世纪二三十年代之交,黄文弼、徐炳昶等中国西北科学考查团成员在文物考古中进一步彰显出对新疆作为中华文物宝库和资源重地的高度关注;20世纪三四十年代,无论是游记作者笔下万众一心的新疆全民抗日,还是面对苏联既不安又肯定的矛盾心态,都体现出国土安全始终是牵动内地行游作者和新疆各族民众共鸣同振的核心要素。

一、国防安全意识:留洋/本土文化身份差异中的共识

民国知识分子大都面临在传统与现代冲撞交锋中矛盾徘徊和自我选择的问题,所以若以倾向于西方现代化发展模式或深受传统文化濡染或在新旧之间摇摆,似乎也很难找到分界标尺。换一个维度,我们如果以是否有留洋学习西方近现代文化为尺度,就会明显感受到,新疆民国政坛上的风云人物,杨增新、金树仁、刘文龙、李溶等接受传统儒道观念、长期在西部僻壤之地任职之人,与樊耀南、陶明樾、盛世才、张治中等留学日本、学习军事经济的现代军人,二者在政治理念、外交策略和文化观念等方面存在巨大差异。民国前期的新疆游记作者可依此标准分为三类:一类是留洋接受过西方现代科学文化教育的,一类是参加过科举考试,知识体系几乎完全建构在传统文化根基之上的,还有一类是参加过科举考试或旧学根底深厚但青壮年时代留洋学习现代科学技术的。其中新旧冲突至少有"两种特别的现象,一种是新的来了好久之后而旧的又回复过来,即是反复;一种是新的来了好久之后而旧的并不废去,即是羼杂"[1]。

---

[1] 鲁迅:《中国小说的历史的变迁》,《中国小说史略》附录,北京:人民文学出版社,1979年,第414页。

第一类作者,比如毕业于日本早稻田大学的谢彬、毕业于日本东京政法大学的林竞、毕业于法国巴黎大学的徐炳昶。谢彬还曾加入同盟会和中华革命党,杜重远等则是留日回来的进步知识分子和革命民主主义作家。他们在游记中较少赋诗口占,而更多是在受到日本等现代国家观念的影响下,对西域边陲亟待外交、政治、交通、经济、教育现代化的呼吁和倡导。青年时代留学日本的体验成为他们日后思考国家前途和民族命运的基本参照系,而紧接之后的赴新疆旅行和公务考察恰恰为他们的这一思考提供了用武之地和操习之域。新疆的特殊性在于,相对于他们的"海外经验"而言,新疆有助于推进他们基于现代民族国家的边疆观和中华文化多元一体的民族观;相对于他们的"内地经验"而言,新疆则拓展了他们固有的中原文化中心论和华夏民族一元论。这其中最为明显的表征是,这些之前游学海外的游记作者在赴疆后,其现代国家意识和现代疆界意识被迅速唤起,所以他们都是"新疆为中国边防要地"观念的坚定拥护者。

谢彬对边疆领土安全忧心忡忡,其地理经验或与之前在早稻田大学的学习经历有关。早在1917年3月底,谢彬在迪化取阅光绪年间勘界各档时喟叹:"当日勘界诸人,庸劣异常,误国丧地,罪岂容诛!不第不曾据约力争,并未处处躬亲勘测,甚至受外人之愚弄,糊指某某山梁为界,依违两可,贻害后人。"① 4月5日"入夜,检阅《西域图志》与《新疆识略》诸书。当清盛时,我国势力十倍于今日,不禁掩卷而长太息也"②。10日,谢彬又"披览图籍,不禁泫然"③。正是因

---

① 谢彬:《新疆游记》,乌鲁木齐:新疆人民出版社,2013年,第110页。
② 同上,第117页。
③ 同上,第121页。清末流放新疆的裴景福在《河海昆仑录》中也记道:"每阅界图,不觉泪涔涔下。"

为有着这样的忧患意识和责任担当,对我国边疆领土安全和边防主权的关注成为贯穿谢彬一生写作的红线。

不过稍留遗憾的是,谢彬早期《新疆游记》仍然有居高临下的汉族本位中心主义作祟,甚至个别地方表现出对少数民族文化的猎奇倾向。与谢彬同时期的林竞从1916年开始进行了三次西北考察,针对内地人对边疆民族的偏见,他在《西北丛编》(第三、四卷)中,对边疆少数民族颇多溢美之词,这自然是植根于现代国家观念之上的新型民族观念。在去哈密路上途经瞭墩时,林竞感叹:"少年读史知此为防边之要物。而吾家村后亦有烟墩山,其上有墩,相传为明季防倭寇之用。故墩之印象,入余最深,而国家观念,亦因之而发达。惟除吾家外,在他处迄少看见。及自包头以来,则随处有之,迨至兰州以西,益觉相望于道,亦足见边患愈西而愈烈。念古代戍边者之膏血黄沙,为国家争光荣,为民族争生存,何等慷慨壮烈。而其所得,亦不过供后人之唏嘘凭吊,则今之蛮触相争,日以残杀同胞为武者,其亦不可以已乎?"[1]爱国之心跃然纸上。南洋华侨林鹏侠女士,"生于闽疆,长于南洋,留学欧美"[2],1920年代在海外留学时"每见外人奴视吾同胞,肝胆几为摧残"[3],强烈感受到祖国地大物博和自己对国土疆域了解匮乏,遂萌发了要去中国边疆考察的愿望,正如她在《新疆行·自序》中说:"惟介绍侨胞认识新疆之伟大,或有壤土细流之助。"[4]

第二类作者,比如杨增新和邓缵先等,一为进士出身,一为秀才出身,他们坚持保守主义立场,对西方外来文化多有排斥,积极传承中国传统儒道思想,颇多文人雅兴和诗文意趣。这其中细细分辨也

---

① 林竞:《亲历西北》,乌鲁木齐:新疆人民出版社,2013年,第200页。
② 江亢虎:《江序》,林鹏侠:《西北行》,兰州:甘肃人民出版社,2002年,第2页。
③ 林鹏侠:《新疆行·自序》,北京:中国青年出版社,2012年,第7页。
④ 同上,第8页。

会更为复杂,比如邓缵先在赴疆之前于1910年有过前往南洋新加坡短期考察的经历,当时的英属殖民地新加坡早已是世界著名港口,邓缵先归国后还阅读了大量介绍海外的书籍和国外译作。但因为这些作者除参观访问外,没有在国外长期学习生活的经历,所以还是表现出与前一类作者不同的特征。

邓缵先注重撰修史志,并赋予地方志在"存史、资政、教化"之外的"边防"价值,他在《续修乌苏县志》序言中说:"乌苏在天山北麓为迪化门户,北通阿塔,西接伊犁,适扼北地要冲,辖境辽阔,关系尤重。"[1]尤其是他在就任叶城知事时,不畏艰险,实地勘察叶城中俄边界,1920年3月14日至4月13日,他往返3 750里,4次翻越海拔六千多米的乔格里峰间大坂,因为"此卡既为中国土地,主权所在,任得任听坎人越界偷种。此次我为实地查勘而来,不能半途而止也","并招募缠布各民,前往开垦,以固边圉而免侵越"。[2]他在《巡边日记》中以自问自答的诗句写道:"疆界如何? 曰:玉山资保障,星峡固边陲。险阻如何? 曰:保邦非恃险,谋国不忘危。善后何策? 曰:羊亡牢可补,牛壮牧应求。"[3]既有不畏艰难的担当,又有未雨绸缪的远见。另外《毳庐诗草》中还有大量治疆靖边的爱国诗歌,如"鸿沟防未已,虎视近如何"(《八札达拉卡》)、"若教编戍卒,亦足备边尘"(《布鲁特》)、"亡羊贻国耻,长恨补牢迟"(《边陲杂咏》)、"关隘严中外,昆仑自古今"(《库底麻札卡》)等。

总体而言,深谙旧学的杨增新、邓缵先等人延续了昆仑文化体系中的新疆形象,强调新疆与中原文化之间的相通性,其"中国"观念

---

① 苏全贵主编:《光到天山影独圆——邓缵先精神研讨会学术论文集》,北京:社会科学文献出版社,2014年,第33页。
② 同上。
③ 同上,第174页。

更多是"家国一体论"。同时，邓缵先的民族观也非"内诸夏而外夷狄""华夷之辨"，而是家国天下情怀和现代国家观念的融合，其思想呈现出从"地方观"走向"国家观"、从"天下观"走向"世界观"、从"家国观"走向"民族国家观"的过渡形态。

第三类作者，比如吴蔼宸、李烛尘、罗家伦等人。他们不仅以西方现代经济制度和工业技术为参照，探索新疆的实业发展之路，而且因深谙旧学，颇多吟诗作赋歌咏自然或赠答他人。文白交杂、韵散结合的语体是20世纪30年代新疆游记的典型特征，因为此时赴疆者大多为幼年接受传统文化教育、成年后赴海外留学之知识精英。比如40年代初赴疆的李烛尘，也是先接受了中国传统私塾教育，19岁参加乡试并中秀才，后在30岁留日攻读电气化学专业，其《西北历程》不仅是对当时新疆迪化、伊犁地区工业发展的实地考察报告，也记录了他在沿途口占的多首旧体诗词。1943年年初，李烛尘在访巴彦岱城（原伊犁九城之惠宁）时，见"止余土城壁立，蔓草丛生而已"，即兴赋诗："断垣残壁太荒凉，第宅徒存瓦砾场。民族互仇千古恨，覆车前鉴莫相忘。"①饱含对新疆民族关系与兴衰发展关联性的深沉思考。1月23日将别新疆东归之时，他"拟有赠盛督办五言一首，又酬送行诸公并别新疆七言诗二首"。其中《别新疆》一诗道出了对新疆作为资源和国防双重重地的强烈感受："名将西域换新疆，汉室男儿血肉场。熊视鹰瞵环境外，金瓯无缺费思量。"②

可以说，在受到近代民族国家观念洗礼和固有中国中原/中心观念动摇后，民国初年，无论是旧学功底深厚的传统文人，还是遭遇中西新旧文化冲击的留学归国者，都已具备一定的国防安全观念。

---

① 蒋经国等：《伟大的西北》，银川：宁夏人民出版社，2001年，第144页。
② 同上，第160页。

"九一八事变"后,新疆到甘肃一线已被不少爱国知识分子看成是关乎国家运命和抗战成败的生命线,作为西北重地,新疆开始受到民国政府要员和精英知识分子们的普遍关注。至20世纪40年代,更有如李烛尘、卢前、苏北海等作者,重视从民族思想文化的建设入手,推动国族建构,意为唤醒边疆同胞的国土意识,并将新疆问题放在地缘政治和中亚枢纽的特殊位置,思考其在国防安全中的战略意义。

二、知识界的共识:文物考古与科学考察中彰显的爱国意识

文物不仅是文明传承之重要方式,也是国家历史之重要载体。早在民国初期,谢彬就已注意到大量文物被西方人掠夺盗取的事实。在高昌,他得知"先后内外人士,在此掘护唐经与古物,无虑数十百种"[1]。在皮山,他说:"清光宣时,欧人、日人迭来掘取缸窑泥佛多件,毡裹捆载而去。"[2]在于阗,他感慨:"外人常来游历,掘藏彼国博物院中,视为无上珍品。其为土人所掘获者,亦辄价购以去,夸耀国人。地方官吏,不知征买储存,以备考古之用,致皆沦输外国,滋可惜也。"[3]

1927—1935年的中国西北科学考查团在中国现代科学交流史上具有里程碑式的重要意义,因为它标志着中外科学家的首次团队合作,更以签订合作协议的方式保障了中方权益的合法化。在内忧外患之乱世,黄文弼、李宪之、李衍淮、袁复礼、刘慎谔、陈宗器等有机会赴新疆科学考察者之所以会取得骄人的工作成绩,主观上与他们立志求学报国、一洗西人之辱的心理潜在动机有很大关系,正如李曾中回忆其父李宪之在北大物理学读书时报名参加西北科学考查团时曾

---

① 谢彬:《新疆游记》,乌鲁木齐:新疆人民出版社,2013年,第97页。
② 同上,第223页。
③ 同上,第235页。

写下的"'愤世嫉俗'的舒怀短文"——"果能拔剑提刀战胜环境,则荆棘变为康衢,山岳化为仙境!"[1]客观上与争取民族独立自主的时代主潮以及中国学术界的现代转型等暗相呼应。

　　仅就中国现代考古学而言,民国初年,西北文献保护和文物挖掘工作已得到国内有识之士的高度关注。20世纪30年代之交随中国西北科学考查团考察新疆的徐炳昶、黄文弼、杨钟健、袁复礼等都对新疆文物考古十分重视,并希望一洗中国无现代考古学科之耻辱。1927年10月,徐炳昶在从额济纳河至哈密的途中,"续读《希腊之迹象》。书记德人四次到吐鲁番,共运去古物四百三十三箱! 披读之下,中心悒悒。我固一非国家主义者,且素主张科学、知识为人类的公产,然吾家旧物,不能自家保存整理,竟让外人随便地攫取。譬如一树,枝叶剥尽,老干虽未死,亦凄郁而无色;对此惨象,亦安能不令人愤悒耶!"[2] 1928年,徐炳昶在前往别舍克里克(今译柏孜克里克)等地考察考古遗迹时,对地质地貌、文物发现的记录大多从略,所记多是基于阅读文献或实地考证后的心迹流露,当亲睹吐峪沟"画笔工细,仪态万方"[3]的佛像被冯·勒柯克挖切窃去且遭受无知居民的破坏后,徐炳昶叹道:"此类古城,实极可宝贵,早应妥为保存,然第一由于宗教的疯狂,第二由于我国人知识欲的昏惰,第三由于帝国主义的考古家的盗窃,遂致残毁若此,实可痛心!"[4]黄文弼对国内考古学的发展很有信心,1928年9月29日挖掘通古斯旧城后他记道:"我国近人多崇于上层之研究,而昧于下层;西人知之,而昧于国故,是欲

---

① 李曾中:《李宪之教授的两首诗作》,中国气象学会编:《我与新中国气象事业》,北京:气象出版社,2002年,第262页。
② 徐炳昶:《西游日记》,兰州:甘肃人民出版社,2002年,第79页。
③ 同上,第167页。
④ 同上,第168页。

改革史学、地学,非以考古学作基础不可。"[1] 同年7月5日在整理焉耆一带挖掘文物并检橘瑞超《中亚细亚探险谈》时,他认为日本人"考古能力亦有限,其成绩亦不如英、德人。使余等能得是机会,其成就绝不止此也"[2]。或许还有当时国内军阀混战所带来的对国家前途的担忧,或许为了强调区别于外籍考察团员的国家身份和国家立场,这些都激发了中方团员的爱国情怀,用黄文弼的话说就是"以表示国民性","不忘国家,亦吾人所应为耳"。[3] 徐炳昶在1927年10月的演讲中也说:"指明中国的国性,就是发展自有的文化,并且对于攻击我们的人拼命地反抗。"[4]

20世纪30年代初,国内救亡图存的民族解放运动浪潮如火如荼地展开,在蒙古难保、东北沦陷之背景下,国内要求开发西北的声浪盛极一时,左宗棠的"保疆论"被一再提及,吴绍璘就说:"惟在今西北诸省,处地最要,出产最饶,有关中国前途至深且巨者,当首推新疆,新疆存则中国安,新疆失则中国危。盖新疆者,中国西北之屏藩也。所谓洋洋大国,尚有立足地耶?"[5] 在此背景下关注研究新疆和渴望考察新疆者一时蔚然可观。

当林鹏侠几经周折终于有机会"偿十六年来之夙愿"[6]时,她足履南北疆数十县,仅1948年7—10月,就随南疆教育视察团先后赴喀什、阿克苏、温宿、英吉沙、莎车、和阗等地考察。其《新疆行》(新加坡印行,1950年)大量转录、考述、调查了新疆各地的历史沿革、地理

[1] 黄文弼著,黄烈整理:《黄文弼蒙新考察日记(1927—1930)》,北京:文物出版社,1990年,第279页。

[2] 同上,第215页。

[3] 同上,第86页。

[4] 徐炳昶:《西游日记》,兰州:甘肃人民出版社,2002年,第82页。

[5] 吴绍璘:《新疆概观·绪论》,南京:仁声印书局,1933年,第2页。

[6] 林鹏侠:《新疆行》,北京:中国青年出版社,2012年,第8页。

风貌、风土民情、物产资源等。在对新疆丰富自然资源极尽美誉之外，林鹏侠还特别关注到对新疆悠久历史文物的保护，如她在克孜尔千佛洞考察时说："年来中外考古家踵趾相接来此欣赏研究及临摹等，昔年德国探险家且来此猎取壁画，运返柏林。闻之，感叹丛生。因念外邦之民，慕我华夏古代文明，不远数万里，挟风涛以来观光，而所称上国之名胜古迹，乃残败无人过问，听其日就荒夷，极堪痛惜！"①

　　几乎所有目睹新疆文物遗址被盗窃破坏的内地知识者都会深感爱国救亡迫在眉睫，而阅读西人新疆考古探险游记后有志于赴新者更不在少数，如以记者身份在40年代中后期赴南北疆考察的李帆群晚年回忆："我又读过斯坦因的《西域考古记》和斯文·赫定的《亚洲腹地探险记》，它们激起了我心中蓬勃的爱国热情，使我树立起作为一个中国人应有的壮志——要和外国人决一雌雄。因此，走遍新疆，撰写一部介绍新疆的书的动机，当我在重庆小温泉的茅舍里，就已经萌芽了。在这种坚定信念的支持下，以后我用了三年的时间，历尽千辛万苦，终于使这个理想得以实现。"②

三、中华民族一体化：抗日战争中各族民众凝聚的爱国共识

　　如果说在20世纪30年代之交，游记作者的爱国意识多因科学考察而彰显，那么在抗日战争时期，"把科学与抗战建国的大业密切结合起来，以科学方面的胜利来争取抗战建国的胜利"③，科学研究之于国防民生的重要性更加凸显。从文化建构看，这并不止于发扬科

---

① 林鹏侠：《新疆行》，北京：中国青年出版社，2012年，第83页。
② 李帆群：《关于〈天山南北〉》，中国人民政治协商会议新疆维吾尔自治区委员会文史资料研究委员会编：《新疆文史资料选辑》第十四辑，乌鲁木齐：新疆人民出版社，1985年，第90页。
③ 朱德：《科学与抗战结合起来》，《新华日报》（重庆版）1941年8月31日，第2版。

学精神和实业救国思想,更表现在救亡图存背景下,赴新疆旅行的知识分子通过游记的写作和传播,促进国家的意志统一和情感凝聚,进而达到共抗外侮和政治认同的全员动员效果。

1938年10月,杜重远、萨空了、陈纪滢、廖寥、黄毓沛、刘贵斌、夏振阳等作为内地代表,参加了新疆第三次全民代表大会,他们向内地宣传新疆或参与新疆建设活动,积极践行爱国立场。比如《大公报》记者陈纪滢在会后充分肯定了盛世才政府所施行的相对进步的六大政策,不吝笔墨地详细描绘了大会的空前盛况,不辞辛劳地走访了解各地各族民众代表,对新疆社会蒸蒸日上的崭新气象不乏溢美之词。因为"在'全民民族主义'和现代民族国家话语体系中,新疆与国家的关系超越了单纯的'中国领土的一部分',而是迈向了中华民族一体化的认同,在共同的国家危机面前,新疆的民族国家意识空前高涨"[1]。陈纪滢在《新疆鸟瞰》一书序言中乐观地说:"在早先,新疆问题的重心在边防,在民族问题未得合理解决;而现在的重心却在如何建设,如何担当抗战建国的任务上。换言之,过去的新疆问题多半是国家的隐忧,现在则多是有关国家的福利的问题。"[2]今天看来,上述游记很大程度上带有政治宣传的明显意图,但在当时确实起到了纠弊国人心中动乱落后新疆印象的积极推动作用,如沈松侨所说:"在这种特定的论述形构中,旅行被视为是认识国族疆土各类地理景观、了解国族文化独特性,从而强化国族整合、抗御外力侵侮的重要法门。"[3]

陈纪滢的《新疆鸟瞰》一书反复出现的主题就是"保持新疆永

① 潘理娟、毛颖辉:《中共主导下的〈新疆日报〉:国家话语与地方话语的抗争》,《新闻界》2016年第4期,第15页。
② 陈纪滢:《新疆鸟瞰·初版自序》,重庆:建中出版社,1943年,第1页。
③ 沈松侨:《江山如此多娇——1930年代的西北旅行书写与国族想象》,《台大历史学报》2006年第37期,第165页。

远是中国的国土"①，尤其是在采访新疆各地区各民族的民众代表时，陈纪滢特别留意并记录了他们的爱国热情和抗日情绪。如于阗代表说："于阗是中国的地方，我们是中国人，不能因为地方远，就不负起救国的责任哪！我们回去要宣传，要募款捐助政府，救了国家才能永远过太平日子啊！"昭苏设治局局长那逊说："蒙古人也要爱国啊。"哈萨克代表托合塔日汗说："在抗战期间，中华民国无论任何族都起来为救祖国贡献力量了。"②在《乌鲁木齐的原野》一文中，陈纪滢以抒情笔调赞美觉悟了的哈萨克人的抗日决心："他们知道保护交通，他们夜间骑马巡哨，他们献枪、献炮，他们只有一个心眼儿——巩固抗战后方。从此，民族的血开了灿烂的花苞。"③在新疆生活多年的汉族民众"他们觉悟了，觉悟了：国家至上！民族至上！保护国际交通，运输大炮子弹机关枪，保持中苏永久亲善，巩固抗战后方。这样，才能雪耻，才能图强，才是保家乡，才是出力量！"④各民族群众共同参与抗日运动，家国一体的地理、物理和心理空间明晰，政治民族主义和文化民族主义两种民族国家观念在实践层面实现了汇流，地广人稀、交通不便的新疆各地之间以及与内地往来的心理距离被消弭，正如一首天山脚下水磨沟的歌："乌鲁木齐河呀！十四个民族汇合成的铁流，一枝抵抗强暴的力量！愿你的水，流到黄河、长江，流到更远的海洋。"⑤

寥寥在《新疆行记》中详细介绍了这次代表大会的出席代表、会议日程、主要议程、任务大纲和空前盛况，还专门提及"三全大会歌词"——"祖国在危亡线上，新疆在建设国防；四百万的同胞要自

---

① 陈纪滢：《新疆鸟瞰》，重庆：建中出版社，1943年，第2页。
② 同上，第130、144、146页。
③ 同上，第180—181页。
④ 同上，第184—185页。
⑤ 同上，第194—195页。

卫,四万五千万的人民要解放"。"这首汉文歌,除汉族外,参加三全大会的其他十三个民族,在留迪化的两个月中也都学会了。"各区各族代表合声高唱着这首歌离开迪化,在提灯会上,"各式各样的灯,上面写有各种文字的抗战标语,汉文、维文、蒙文、俄文的口号,与抗战歌曲声浪,高入云霄"。[①]

无论是陈纪滢还是寥寥,都重点描述了新疆各民族民众团结抗日、共御外侮的共同目标和统一心声,这也成为20世纪40年代之交新疆游记的最强音和主旋律。与30年代徐炳昶、黄文弼等因文物保护和考古挖掘而忧愤难平、以求共鸣的曲折心声相比,此时作者更多表现出超越单一民族、立足中华安危而汇合凝聚的爱国赤忱和使命担当。如朱自清在《爱国诗》中说:"这个抽象的国家意念,不必讳言是外来的,有了这种国家意念才有近代的国家。我们在抗战,同时我们在建国……诗人是时代的先驱,她有义务先创造一个新中国在她的诗里。"[②]

如果说20世纪30年代前期,出现在研究新疆的作者笔下的爱国热情,更多是因未能亲历而基于现代印刷传媒力量的"想象的共同体",那么可以说,40年代在新疆南北疆考察的民国知识分子,更多是站在国家领土安全和边境防线的角度,为自己的爱国观念找到了物质载体和地理依托。比如汪昭声说:"我们试一回想一群健美的中国男儿,揽辔驰骋于草原荒漠之上,不但我们爱国观念油然而生,即我们的雄心壮志也可因而勃发。"[③]《新疆日报》在40年代后期刊发了很多由特派南北疆记者所撰写的介绍新疆各地风光的通讯稿,张周介绍乌恰县时说:"突出在中国遥远的边缘上的乌恰(乌鲁克恰提)

---

① 寥寥:《新疆行记》,《教育杂志》1939年第29卷第1号,第99、100页。
② 朱乔森编:《朱自清全集》第2卷,南京:江苏教育出版社,1988年,第359页。
③ 汪昭声编:《到新疆去》,重庆:天地出版社,1944年,第75页。

是一块满目荒凉、多山而酷寒的地方。如果摊开这幅美丽的秋海棠叶图瞧，便会发现这个小县恰好位置在这张叶子的尖端。"[1]地图中边缘冷僻、少有人知的地名——乌恰，在关于中国形象的整体性感知经验中被放大，并以"尖端"的敏感直觉隐喻了新疆边镇之于中国形象完整和国家领土安全的重要意义。

对于内地民众而言，民国知识者的新疆著述和行游者的新疆游记，无疑进一步强化和延伸了汉唐以来西域是中国不可分割组成部分的历史经验和文化传统，这其中的心理潜因在勘察边防、文物考察、抗日救亡、遭遇强邻的过程中被激发和释放，并被自然生动地记录在大量民国新疆游记中。在近年边疆史研究中，国家史观念因为有助于纠正之前区域史研究中的地方视角和异质内容而日益受到重视，民国时期行旅新疆的内地文化人的多重身份无疑是以鲜明自觉的国家立场和民族认同为底色，其游记中自我主体与民族主体、观念形象和实体构建的互动推进，反映出行旅体验与现实政治环境的互动关系。对新疆游记中国家观念的史料挖掘和知识考古，有助于我们从整体性和历时性视角回顾中华民族自强不息的奋斗之路，思考边疆实地考察和知识生产在中华民族共同体意识的形成与巩固中的历史作用。

第四节　文化交流交融与行游主体 身份的自我重塑

游记文体本身既是基于行者在不同文化空间之间的交流与互

---

[1]　张周：《秋海棠的尖端——乌恰》，《新疆日报》1948年6月18日，第3版。

动,也体现了行游者主体文化与异地客体文化之间的对话与碰撞,李怡就曾指出,在"重新认读中国现代文学的文化交流的事实之时,重心不应该是其输入成果中飘忽不定的文化符号,而应当是这一过程中的人的精神的自我变化。正是人的自我精神的变化才形成了'交流'与'输入'的实质意义,主体意识的改变才最终为新文化的出现提供了动力和方向"①。可以说,民国新疆形象被建构的过程本身也是几代知识分子不断形塑自身的过程,这些对新疆问题感兴趣者或者曾有机会亲履新疆实地考察或者占有阅读了大量关于新疆(西域)研究的史书论著,在他们身上往往错综交叉着清代西北舆地经世致用和考据之学的传统根底、留学海外后西方现代教育体制的知识重塑、江南秀水等原成长地域文化的无形滋养、遭遇边疆异质文化冲击后的文化调试等多重面向。

如果从交互影响看,西方人的新疆形象、现代国人的新疆形象、流寓者的新疆形象、本地人的新疆形象之间多有交叉渗透;从文化身份看,行旅者则将现代科学文化的学习者、成长地域文化的受哺者、西方现代文化的接纳者、边疆文化的吸收者、文化碰撞与冲突中的适应者等身份融为一体。在面对不同的文化对象时,其文化认同的维度和方式也会因此产生游移或变迁。尤其值得注意的是,当这些深怀忧国忧民之心的行游主体在身临"新疆现场"时,其固有的文化观念既遭遇到冲击和洗礼,其最初的感性印象又为内心固守的国家立场和岗位意识所调整,于是,他们又通过游记写作迂回而又曲折地传达出他们的文化诉求和家国情怀。

换而言之,我们所试图揭示的不仅是民国新疆形象之变迁,更有

---

① 李怡:《日本体验与中国现代文学的发生》,北京:北京大学出版社,2009年,第12页。

当时社会舆论、出版传媒、新闻报刊所播撒的民国知识人日益清晰的国家意识和民族观念。尤其值得重视的是，与现代中华民族观念从酝酿形成、确立传播、强化深化到认同普及的历史进程相一致，行游新疆的游记作者绝大多数来自国内其他省份，他们也一直在田野考察、生活实践和游记生产中，孜孜探索、尝试理解和真正融入新疆的多民族文化传统、现实经验与情感结构中。

一、互鉴互见：行游新疆知识者对新疆民族文化的吸纳

文化认同是最深层的认同，也是民族团结之根、民族和睦之魂。中华各民族之间的相互尊重、相互欣赏和相互学习，既造就了博大精深的中华文化绚丽图谱，也凝聚成中华民族多元一体的精神血脉。对于民国行旅新疆的中原地区知识精英而言，虽还未形成这样的自觉意识，但出自朴素的爱国意识和民族情感，也已表现出对新疆丰富多彩的地方性文化的自觉亲近，并常以自身文化传统和中原文化经验为参照系，主动吸收、接纳和理解相对"新异"的新疆多民族文化。如行旅者将少数民族语言与汉语方言相照，新疆歌舞与中原艺术同感，新疆气候与传统节气相比，新疆地貌与国内各地景致并论等，都是倚赖传统文化和集体经验，以固有经验和文化记忆来纳摄和吸收异乡经验和边疆文化。

以对新疆风景的认识装置而言，最悠久漫长到几乎不为人所察觉的当属"瀚海"意象了。无论是岑参的"瀚海阑干百丈冰"，还是李益的"天山雪后海风寒"，引发无垠戈壁与茫茫沧海之间的相似性想象合乎当然。当穿行于茫茫大漠时，很多游记作者都会联想到旧时熟悉的江海湖泊。穿越甘新一线的大戈壁时，王树枬写道："夜行戈壁中，乘车如乘船。上下气苍莽，地与天黏连。"（《戈壁》）谢彬描写更为细致："小石如卵，铺地成青，平旷无垠，如泛洋海，车行嚓嚓有

声。"①还会联想到家乡洞庭——"过平冈,黑砂铺地,远望若洞庭水平,广长达数十里。"②林竞赴哈密一路穿行于戈壁荒漠中,过长流水后也称"瀚海非海,而似海,姑以海咏之:'果然缥缈无边岸,到觉身如一叶轻。电线几行帆上索,明星数点渔家灯。风吹篷背惊鱼跃,沙粗车轮疑浪声。今夜茫茫何处泊,长流水上古长亭。'"③林竞过哈密三堡:"南望沙冈重叠,如大海波涛,洵壮观也。"④邓缵先也有相似的感慨:"骇闻狂飙发,溪壑波涛连。"(《夜行沙碛》)在从叶城赴迪化途中,行进在塔克拉玛干沙漠边缘,他竟有与1910年左右赴新加坡景色的相近观感:"戈壁万顷平铺,茫无际涯。忆十年前过七洲洋,抵新嘉坡,风景酷似。……戈壁如海,车行如舟钉。远树如帆樯,风沙如波涛。墺斥如岛屿,电捍如渔篙。"⑤1934年记者徐弋吾在从安西到哈密的大戈壁上也与林竞有相似的感受:"这便是海! 这那会是戈壁? 那小小的山岗是海岛,那剥落的石片是水成岩,那是红柳水藻,那天涯的云岫……这便是海,这那会是戈壁!"⑥勿怪乎一直到1965年,陈毅副总理在陪同周总理视察石河子垦区时还写下了"戈壁惊开新世界,天山常涌大海涛"的著名诗句。如果我们再联系洪亮吉的"山南山北尔许长,瀚海黄河兹起伏"(《天山歌》)、"我疑黄河瀚海地脉通,何以戈壁千里非青葱和"(《松树塘万松歌》)、"天山送我出关去,直至瀚海道尽黄河流"(《凉州城南与天山别放歌》)等诗句,则更能感受到瀚海与黄河自由联想背后的文化心理,正是在地理

---

① 谢彬:《新疆游记》,乌鲁木齐: 新疆人民出版社,2013年,第75页。

② 同上,第81页。

③ 林竞:《亲历西北》,乌鲁木齐: 新疆人民出版社,2013年,第201页。

④ 同上,第213页。

⑤ 苏全贵主编:《光到天山影独圆——邓缵先精神研讨会学术论文集》,北京: 社会科学文献出版社,2014年,第117页。

⑥ 徐弋吾:《新疆印象记》,西安: 和记印书馆,1935年,第79页。

上迢遥但心理上贴近的远取譬和常念兹中,埋藏着国人对于新疆与
中原地脉相连、地景相通的高度认同。

　　最频繁可见的,是将新疆最常见的食品——馕和自己所熟悉之
面食做法相比较。如徐炳昶把馕称作面包:"缠民烤的面包,我从前
已听到赫定先生称赞,故今日不以为异。"①黄文弼记馕为馒头:"馒
头,维民谓之馕。圆形,中微凹,面制,火烤而成。其味酥美。"②在陈
赓雅看来,馕坑"其作用颇似蒸笼",馕"亦如西人所食之面包也"。③
陈纪滢等参加新疆第三次全民代表大会时,宴会上听时任新疆省政
府主席的"老新疆"李溶纵谈:"'馕'的出处是《诗经》上所记:'于
橐于囊,乃裹糇粮。'但至今我仍找不出与新疆人常吃的'馕'相符
的解释。"④将馕与自己熟悉的食品相比照,反映出作者在面对异质文
化形态时的归化心理,尤其是从传统文化元典中探寻"馕"的文字之
源,虽不一定科学,但无疑体现了中华文化在边疆传承千年的历史经
验和集体记忆。

　　在语言文化方面,徐炳昶、黄文弼等会有意识地将新疆各民族
语言与汉语(汉语方言)作比较。迥异于岑参"座参殊俗语,乐杂异
方声"(《奉陪封大夫宴》)、"蕃书文字别,胡俗语音殊"(《轮台即
事》)的隔膜,黄文弼说维民"音声清亮,类江浙人"⑤,同行的徐炳

---

① 徐炳昶:《西游日记》,兰州:甘肃人民出版社,2002年,第141页。
② 黄文弼著,黄烈整理:《黄文弼蒙新考察日记(1927—1930)》,北京:文物出版
　社,1990年,第146页。
③ 陈赓雅:《走进西部》,乌鲁木齐:新疆人民出版社,2013年,第277页。
④ 陈纪滢:《新疆鸟瞰》,重庆:建中出版社,1943年,第293页。原诗见《诗经·公
　刘》:"笃公刘,匪居匪康。乃埸乃疆,乃积乃仓;乃裹糇粮,于橐于囊。"相关研究
　如聂振弢、张秀芹:《从南阳方言"囊"说到新疆美食"馕"》,《文史知识》2009
　年第6期。
⑤ 黄文弼著,黄烈整理:《黄文弼蒙新考察日记(1927—1930)》,北京:文物出版
　社,1990年,第146页。

昶也认为这种说法"其言不虚"①。20世纪20年代在南疆任县知事的客家人邓缵先时有回到家乡的错觉,如"故乡风味渐遗忘,一听蛮音喜欲狂"(《漫成》)②。"枕畔忽惊起,身疑在蛮村。客从南滇来,剥啄晨敲门。"(《即事》)③后来陈纪滢也说:"江浙和两广的话简直是和维族话差不多,使人听了不懂。"④将维吾尔语与江浙地区汉语方言相联系的想法当然毫无语言学上的依据判断,这既是原生文化基因对旅者的强大牵引,也是旅者基于朴素国家立场的自觉认同。

在音乐舞蹈方面,卢前在观康巴尔汗表演的维吾尔族舞蹈时,将其轻抛玉指、顾盼流连、婀娜窈窕的舞姿视为"李唐遗调,要来沙碛重瞧"⑤。有趣的是,康巴尔汗在当时既被称为"维族之花",又被称为"迪化梅兰芳"⑥。黄汲清则直接将新疆少数民族音乐与秦腔相提并论:"我还觉得维吾尔族、乌孜别克族的歌唱多少可以和秦腔相比,也许在秦腔二黄之间,尤其有些维吾尔族歌儿唱起来真有不少的秦腔味儿。也许汉族的秦腔和维吾尔族、乌孜别克族的歌唱同出一源也不敢定,不过究竟是秦腔源出维吾尔歌还是维吾尔歌源出中土,那就难说了。我对音乐是门外汉,上面这些话都是直觉地猜测,或免不了贻笑大方。"⑦他还将维吾尔族舞蹈动作与京剧台步联系起来说:"女子舞姿和西洋跳舞颇不相同,其手势、台步倒与梅兰芳式舞步多少类似。"⑧地质学家戈定邦则看到了中原与西域各民族民间歌谣中共有

---

① 徐炳昶:《西游日记》,兰州:甘肃人民出版社,2002年,第141页。
② 邓缵先著,黄海棠、邓醒群点校:《毳庐诗草》,上海:华东师范大学出版社,2012年,第111页。
③ 同上,第27页。
④ 陈纪滢:《新疆鸟瞰》,重庆:建中出版社,1943年,第239页。
⑤ 转自陶天白:《天山鳞迹》,香港:银河出版社,2001年,第245页。
⑥ 卢前:《新疆见闻》,南京:中央日报社,1947年,第3页。
⑦ 黄汲清:《天山之麓》,乌鲁木齐:新疆人民出版社,2013年,第11页。
⑧ 同上,第10页。

的对韵脚比兴的追求:"维族古歌,多为四句有韵之辞,前二句多为一比喻,后二句乃发自内心之希望或感情,与《诗经》颇相近似。"①维吾尔族舞蹈与国粹京剧、维吾尔族民歌与《诗经》或无直接关联,但行旅者通过对奇异的驯化和熟稔化来代替和消解其中的异质元素,一方面可以更好地通过熟悉事物"归化"异地经验并传达给既往读者,如郑毓瑜所说:"既然是奠基于固有的知识体系来定位这些新事物,当然极有可能是选择性的传译(或错译),但同时,因应传译这些新事物时的新关系环境,使用者也许权宜挪用甚或反转地去使用这些旧典故,就可能对于旧有的知识体系形成冲击,而反过来重新发现'传统'中的'不传统'成分。"②另一方面,这也为重新认识传统、发现传统和再造传统提供了新的阐释空间和想象可能,比如通过挖掘新疆地方文化与中原文化之间的相似性,打破片面强化文化差异所可能带来的身份固化、思维封闭和心理隔膜,有助于更好理解中华文化的深厚底蕴、优良传统和多元一体。

有时,在对新疆形象的注视观照和感知体验中,行旅者也会剥落自身的部分集体想象物,改变自身原先的认知模式和族群立场,甚至产生文化身份的焦虑意识和重塑需求。"当其获得优势认证的时候,他们会膨胀自己原有的文化身份;而当其获得劣势认证时,他们则会否定自己原有的文化身份,在不知不觉的时空转移中,他们原有的文化身份已经发生了改变。"③这突出表现在,在与新疆各民族人民的接触交往中,行旅者特别留意挖掘和褒扬其中的长处优点,有时还有意美化。这首先表现在对新疆各民族人种体型、歌舞习俗、生活习惯

①　戈定邦:《新疆宗族与文化》,《边政公论》1945年第4卷第1期,第34页。
②　郑毓瑜:《引譬连类:文学研究的关键词》,台北:联经出版事业股份有限公司,2012年,第271页。
③　郭少棠:《旅行:跨文化想像》,北京:北京大学出版社,2005年,第135页。

等的积极肯定。1928年1月2日[①]，徐炳昶在哈密称"缠妇及儿童皆极清秀……家中所用器具亦颇楚楚可观"[②]。与之同行的黄文弼也在日记中详述了第一次去当地人家做客的情形："家虽中资，然极整洁。什物之类，均求洁净。"[③]黄汲清还有意说："维吾尔族人的体格，无论男女，一般均较汉人为优，他们的勤俭朴实也不在汉人之下，而清洁则过之。"[④]1940年前后赴新疆的陈纪滢则称赞："尤其是维族、塔塔尔族、乌孜别克三族的，无论大人小孩，男的女的，每人都有一个很健壮的体格和一副和蔼的笑容……后来我们发现他们这种优点，除了原于天时地理以及饮食以外，也因为他们的娱乐也的确是很高尚的。"[⑤]

　　行旅者不仅以自身的文化传统和中原经验对新疆的自然地理和文化印象予以吸收和接纳，有时还表现为改变原先认知模式和文化经验而产生文化身份的重塑需求，如卢前等现代文化人就对新疆多民族文化充满热忱并倾力潜学。1946年7月2日，在新疆日报社组织的迪化文艺界、新闻界座谈会上，卢前在与维吾尔族青年诗人伊不拉引穆提义谈诗时提出："唐代七言绝句、四行、二韵脚或三韵脚诸种形式与鲁拜集的近似，便问他是否受波斯的影响？他说到中亚细亚各国的诗体，以及维吾尔八音节四行的诗式，这其间彼此相互的影响。中国七言绝句不能说没有受到外来的暗示与力量。"[⑥]即使在当代，西

---

① 　注：黄记此日为1928年元旦，两人在1927年底至1928年初数月间记录上相差一天，依"二十三日，今日为阳历戊辰年元旦"（徐炳昶：《西游日记》，第155页），阴阳历相合，故日期应依徐本为准。

② 　徐炳昶：《西游日记》，兰州：甘肃人民出版社，2002年，第141页。

③ 　黄文弼著，黄烈整理：《黄文弼蒙新考察日记（1927—1930）》，北京：文物出版社，1990年，第145页。

④ 　黄汲清：《天山之麓》，乌鲁木齐：新疆人民出版社，2013年，第13页。

⑤ 　陈纪滢：《新疆鸟瞰》，重庆：建中出版社，1943年，第225—226页。

⑥ 　卢前：《新疆见闻》，南京：中央日报社，1947年，第7页。

域音乐对中原词曲的影响、西域"柔巴依"与汉诗绝句的关联等问题,也一直是学术界饶有兴趣、讨论不尽的话题。当伊不拉引穆提义介绍了几首维吾尔族民歌后,卢前马上译成了越调《天净沙》,"同时萨立士要我为哈萨克文化促进会题壁,我写了一首诗,穆提义立即也翻成维文"[①]。另外,卢前还从古籍中辑得元代畏吾尔诗人马九皋的小令三十八套数刊行之,谈及缘起时,自言:"居会城(省会)先后四十余日,与维吾尔诸名宿游,复西至喀什噶尔。吊故国于高原,悯斯文之既泯。于是诵旧所辑九皋词,众咸欢悦,未尝不向慕于其往哲。"[②]现代新疆游记中这些多民族文化之间交流互鉴、兼收并蓄的生动记录,对于今日我们构建"你中有我,我中有你"的中华民族多元一体格局,也是遥相呼应并内在统一的。

卢前等精英知识分子,一方面致力于对新疆多民族文化传统的学习借鉴和文学经典的传播推广,另一方面更重视新疆地方文化与中原文化、中华文化的同构性和共生性,并始终强调西域文化是中华文化不可分割的重要组成部分。正如卢前所说:"我们不独要中原人士注意边疆,边疆人士注意中原,我们要从根本上认识西域文化为中国之一部分,不可分开。今后对于边疆的教育要重视历史、地理。语文人才固当培养,语文教育尤当使其普遍。使每一个新疆人民知道自己是中国人,要有国家观念。这一点做不到,一切将成虚文。"[③]黄文弼在1944年的演讲中也说:"西北的国防问题,也就是民族问题及文化问题。我们要保卫大西北,首先要注重西北的文化,那儿的民族复杂,不易统一,文化落后,不易治理。要西北的文化发展,同于内

---

① 卢前:《新疆见闻》,南京:中央日报社,1947年,第7页。
② 转见陶天白:《天山鳞迹》,香港:银河出版社,2001年,第277—278页。
③ 卢前:《新疆见闻》,南京:中央日报社,1947年,第32页。

地,我们才能保存西北,也才能巩固整个的国防。"①可见,20世纪40年代,旅新知识精英们不仅重视边疆国语教育的推广和国家意识的巩固,而且看重边疆与中原之间的文化互动和协调互进,更是明确指出构建与中原文化一体同进的边疆文化是保障国家边疆稳定和国防安全的基本条件。

二、文化涵化:中原文化对民国新疆各民族生活之影响

行旅新疆的现代知识者自身面临着文化适应和文化认同问题,不过就其游记写作而言,表现更多的当为新疆本土的文化涵化现象。"涵化通常是指两种或两种以上的文化相互接触并互相影响,从而发生文化变迁过程,进而使不同文化的相同性日益增强。"②行旅作者一方面生动记录了新疆当地不同民族民众之间因文化接触而产生的涵化现象,另一方面,新疆多民族的日常交往实践又为文化涵化提供了生长空间,中华文化博大精深、兼包并蓄的基本特征也使得新疆各民族文化既各美其美,又渗透融合。即使中原文化在行游作者笔下的呈现本身也是多重文化交融汇流之产物,比如邓缵先在镇西(巴里坤)见到哈萨克草原石人时追记的历史传说——"前朝胡氛侵,汉军十万至。夜黑迷失途,此石解人意。相引出山坳,杀敌战皆利。"(《镇西石人》)③这份文化记忆本身就蕴藏着族际之间共享的历史叙事和交往密码。当然,因为游记作者大多都是深受中原文化濡染多年的知识阶层,所以其涉笔更多的还是中原文化对新疆本地多民族

---

① 黄仲良(文弼)讲,王朝立、伍仕谦记:《三次考察新疆之观感》,《国立四川大学师范学院院刊》1944年创刊号,第88页。

② 杜娟:《从文化涵化视角看我国各民族交往交流交融》,《中南民族大学学报》2017年第6期,第52页。

③ 邓缵先著,黄海棠、邓醒群点校:《毳庐诗草》,上海:华东师范大学出版社,2012年,第23页。

的深远影响；现代国人游记中大量记录的中原文化向边地文化的辐射互动现象，也从侧面折射出族际间文化的结构性互动互嵌现象。比如在繁重的地质勘探工作之余，黄汲清主动学习维吾尔语，而考察队的司机老聂则"和一般俄国人一样有语言天才，说得一口维吾尔族话，官话也还讲得可以"，并常强调"我是中国人，你们为什么叫我老毛子"；"这两位归化人同测工们衣食住行都相同，并无任何差别。……因此我们可以说他们的生活完全中国化了"。① 曾任俄国驻迪总领事的迪牙阔夫的汉文化修养相当深厚，如在卢前看来，"他收藏中国古币很多，他作的考古文章不少"，"他能讲不甚流利的汉话，他近作《北庭五城考》一篇。这一天，他说汉人这汉字的来源，他说不久将写成文章"。②

　　确乎，民国国人游记中关于语言文字方面影响的记录最多。从出土文献来看，汉唐时期汉字已在西域地区推广使用，西域诗词中对此多有描绘，如唐代岑参有"花门将军善胡歌，叶河蕃王能汉语"（《与独孤渐道别长句兼呈严八侍御》），清代国梁有"缠头亦解华言好，笑指连城入市阛"（《南湖道中》），施补华有"巴郎汉语音琅琅，中庸论语吟篇章"（《轮台歌》），纪昀有"芹香新染子衿青，处处多开问字亭。玉帐人闲金柝静，衙官部曲亦横经"（《乌鲁木齐杂诗》）等场景的生动描绘。1911年4月，温世霖途经哈密入回王府时，就见"侍坐者有通译官三人，均有发辫。内中有在北京、哈密馆二十余年者，深悉北方人情风俗，精通汉语"③。温世霖还建议哈密

---

① 黄汲清：《天山之麓》，乌鲁木齐：新疆人民出版社，2013年，第78页。
② 卢前：《新疆见闻》，南京：中央日报社，1947年，第6—7页。相关刊文如迪牙阔夫著，苦海余生译：《古代新疆北部的遗迹》，《瀚海潮》1948年第2卷第1—4期。
③ 温世霖著，高成鸢编注：《昆仑旅行日记》，天津：天津古籍出版社，2005年，第127页。

民族自治当局选派青年到天津培训技艺。谢彬、林竞也称哈密回王既识汉文，又懂满语，"能操汉语，谈新疆情形颇悉"[①]。当时已有新疆多地回民用汉姓，谢彬就称"缠民多改汉姓，充乡约者如……服公务者，如……其他商民，亦多仿效。苟因势而利导之，逐推及于他县，使姓氏皆有区别"[②]。在哈密，单骑见"回自设汉文学堂四所，学生仅百名，缠生较多。八九龄，皆能通汉语，识汉文。将来毕业，分布南疆，教习缠民。十年之内，回疆皆通文。言语教化既同，民志自固，关系非浅也"[③]。可见民国初年哈密地区的汉语教育已呈推广之势。十多年后徐炳昶在哈密回王府客厅见"墙上中堂对联完全汉式"[④]，所见回王"衣饰皆汉式，汉话亦极流利"[⑤]。语言—社会的互动和跨界必然会促成新疆本地人民新的认知经验和情感认同，由此产生的自我认知和社会共识又在一定程度上有助于建构和形塑中华民族一体化意识。

在日常饮食方面，温世霖在哈密王宴席上曾"旋承哈王款以香茗、莲子羹"，在地方官员的宴席上，"有鲫鱼，鲜美异常，西北一带珍贵之品也"。[⑥]谢彬在《新疆游记》中对新疆特色饮食并不多加记录，但专记在哈密时，驻军副将冯柱臣设宴款待之"肴中有鲫鱼，种为左文襄公西征时所带来，塞外得食乡味，亦异数也"[⑦]。直到20世纪20年代末，刘文海在哈密亦提到："菜肴极其普通，惟上鱼时，余稍为

① 谢彬：《新疆游记》，乌鲁木齐：新疆人民出版社，2013年，第82页。
② 同上，第219页。
③ 单骑：《新疆旅行记》，李德龙、俞冰主编：《历代日记丛钞》第168册，北京：学苑出版社，2006年，第633页。
④ 徐炳昶：《西游日记》，兰州：甘肃人民出版社，2002年，第149页。
⑤ 同上。
⑥ 温世霖著，高成鸢编注：《昆仑旅行日记》，天津：天津古籍出版社，2005年，第129、132页。
⑦ 谢彬：《新疆游记》，乌鲁木齐：新疆人民出版社，2013年，第84页。

惊异,问所自来,据云本地产,鱼种系左、刘时代特意由南中运来。"[1]
在伊犁,有西方探险者曾见回民的"午饭有菜汤、面条、烤肉、包子
以及用醋渍的蔬菜作的饺子"[2]。同时,新疆汉族群众也接受了其他
民族的大量饮食习惯,比如塔塔尔族等的点心面包做法就为新疆众
多民族所接受。

在服饰衣着方面,晚清至民国,迪化、伊犁、塔城、喀什等受现代
生活和外来文化影响较大的交通重镇或开埠口岸的居民的服饰变化
也较快,且呈现出明显的地域差别。比如民国初年的喀什,在西人眼
中,已有"许多汉族人穿上了欧式服装,但看上去并不庄重,很可
笑"[3];30年代初褚民谊曾形容回民"男子的服装为直领对胸,如中山
装然"[4];40年代方宗岱在疏勒县,称见"维族女子多穿旗袍,当系受
汉人眷属的影响"[5]。

在文化娱乐和精神生活方面,一些地方戏也逐渐摆脱其地域局
限,成为不同民族不同省籍的群众喜闻乐见的艺术形式,如茅盾就回
忆迪化"城内几家专唱秦腔的戏园,长年门庭如市"[6]。最重要的是,
民国地方戏并非只为中原移民所热爱,而是新疆各族人民群众所喜
闻乐见的艺术形式。卢前曾提及一位名叫阿不都古里的维吾尔族艺
人,他"能用唢呐,吹口内的曲调、平剧,甚至于能把道白吹得清清楚
楚"[7],"听有时吹做吴声,也有时吹做秦声,疾疾徐徐等等,吹吹听听,

---

[1]　刘文海:《西行见闻记》,兰州:甘肃人民出版社,2003年,第70页。
[2]　魏长洪、何汉民编:《外国探险家西域游记》,乌鲁木齐:新疆美术摄影出版社,
　　1994年,第83页。
[3]　(英)凯瑟琳·马嘎特尼、(英)戴安娜·西普顿著,王卫平、崔延虎译:《外交官
　　夫人的回忆》,乌鲁木齐:新疆人民出版社,1997年,第170页。
[4]　褚民谊:《视察新疆报告书》,《开发西北特刊》1932年创刊号,第3页。
[5]　方宗岱:《南疆之行》,《同人通讯》1944年第23期。
[6]　茅盾:《茅盾散文选集》,天津:百花文艺出版社,2004年,第223页。
[7]　卢前:《新疆见闻》,南京:中央日报社,1947年,第10页。

呜呜咽咽铿铿"①。当时还涌现出很多擅长表演中原曲艺形式的各族艺人，如在哈密等地的维吾尔木卡姆歌词中出现有大量中原地名、汉语借词、纯汉语歌词等②，有一首被后来学者津津乐道的汉维合璧唱词，上半句是汉语，下半句为维吾尔语，据说就是一位表演秦腔和曲子戏的维吾尔族演员卡帕尔所编："头戴缨盔托玛克（托玛克是帽子），身穿战袍阔乃克（阔乃克是内衣，恰祥是外衣，为了谐音，不用恰祥而用阔乃克），足蹬朝靴约提克（约提克是靴子），手提大刀皮恰克（皮恰克是小刀，为了谐音，以小刀代大刀），要问来者何人？蒙古大将勒马克。"③语言艺术与戏曲艺术、中原文化与边疆文化之间不断交流交融、互动涵化，共同汇聚到中华文化的大江大河之中。

各民族之间语言文字、民间曲艺、流行音乐交融现象的深层动力是各民族之间的情感认同、心理认同与文化认同，如当时就有一首伊犁的维吾尔族民歌讴歌了不同民族的青年男女之间的爱情故事——"事情大约发生在一八三〇年，伊宁一个汉族手工业工人的女儿叫青牡丹，又名牡丹汗，她同维吾尔族农民的儿子加拉姆，不顾民族和宗教的阻碍，忠诚相爱。"④一方面，作为整体生活方式的文化形塑了各族民众的思维观念和价值立场，另一方面，日益深入的国家认同感促成了文化新质的创造发展和彼此共享，在此基础上所凝聚的中华民族多元一体观，既保障肯定了个体生活方式的融合共享，又为理解容纳他人价值观念提供了开放空间，更是"美人之美，美美与共"的中

---

① 卢前：《新疆见闻》，南京：中央日报社，1947年，第42页。
② 参见张洋：《东天山文化：新疆文化多元与交融的缩影》，《新疆师范大学学报》2012年第1期。
③ 周泓：《近代新疆汉人主体的社会生成》，行龙主编：《社会史研究》第六辑，北京：社会科学文献出版社，2018年，第178页。
④ 参见赖洪波：《清代伊犁望河楼诗歌的历史文化考察》，《伊犁师范学院学报》2006年第2期，第49页。

华文化交融的生动呈现。

"中国的疆域、中国的历史、中国统一的多民族国家是中华民族共同创造的,各民族单位的你来我去,我来你去,你中有我,我中有你,互相依存,自古而然。"[①]中华文化诸多因子之间也是双向渗透且互相交织着的,不同的文化群体由于持久地相互接触而彼此适应,从而造成其原有的文化模式发生变迁或融合互嵌。比如民国初年谢彬在沙泉驿见"百户长家,一觇风俗,其人容貌居处,略同蒙古,语言服装,近似缠回。男皆祝发而戴皮冠(形同哈帽),女皆辫发而蒙白巾(惟露面部),少女则垂双辫,系货币以为饰,戴平冠(形如满清朝冠而无缨顶)以为别"[②]。精河附近的牧民服饰中已经融合了汉、蒙、维、满、回、哈等各民族传统服饰特点,可见"中华民族多元一体格局的形成历史即是历史上多种民族群体、多种民族文化圈层交叉辐射,相互影响融合,涵化互补,分层链接而造成共同文化维度的历史"[③]。

在长期的共同生产生活和交流交往中,新疆各民族在生活方式、风俗习惯、语言文字、文化娱乐、思想观念等方面相融相通、互鉴互见。这既是新疆文化多元共生、交织融合的典型文化表征,也是新疆文化活力无限、斑斓多彩的集体文化记忆,也应该是我们今日在铸牢中华民族共同体意识、构筑中华民族多元一体格局、推进中华优秀传统文化传承创新、构建平等团结互助和谐的社会主义民族关系时,不可或缺的文化活态因子和良性传统基因。

对于民国行旅新疆的作者而言,他们会因对"他族"优秀文化传

---

① 费孝通主编:《中华民族多元一体格局》(修订本),北京:中央民族大学出版社,2003年,第307页。
② 谢彬:《新疆游记》,乌鲁木齐:新疆人民出版社,2013年,第140页。
③ 李宇舟:《"西南"与"中原":民族文化圈层概说》,《广西民族研究》2021年第2期,第143页。

统和生活习惯等的赞誉,而反观和修正其固有的中原精英知识分子的认知方式和理解视域。当然,在他们笔下,也历时性地呈现出在风云激荡的现代中国,新疆世居民族在传统观念与现代生活、固有模式与新生思想之间的摇摆与取舍,行旅主体和观察对象在纷繁的历史进程中悄然变化又彼此影响,并最终实现了新疆形象之不断更新与发展。

三、"个人化视角"——对正史的有机补充

微观史和社会生活史视野强调以个人经验的方式走进日常生活,通过对个体与个体交流交往的书写将历史进程中的真正主体浮出地表,从而让被宏大叙事所遮蔽的日常生活和个体经验显山露水。民国时期得以行游新疆者,若非文化名流即是政府要员,所以他们也得以有更多机会与新疆高层人士接触,这些势必对正史或前史予以补充修正。同时需要注意的是,当随着时空移位带来游记作者的文化改造或冲击时,被注视者自身也在发生着变化,同一注视者在不同时期可能产生完全不同的感受,不同时期的注视者更有可能在同一地点有着完全不同的发现和认识。

谢彬于1917年4月4日、16日、21日三次与杨增新会晤,认为他虽"才识干练,能大有为","惟惜脑筋太旧,成见太深,服官西北太久,世界思潮太弱,未能为向上之发展耳"。[①]第二次来新的林竞却看到了杨增新与时俱进的一面,"渠数年前,对于新省交通颇为冷淡,盖以交通便利,则内地不安之徒来者愈多",但俄国十月革命之后,"伊塔各处纷纷告急,新疆颇有呼应不灵之感,而杨督之态度,亦因之

---

① 谢彬:《新疆游记》,乌鲁木齐:新疆人民出版社,2013年,第127页。

而变。视余之来,甚表好意,并云中央苟不办,新疆亦将自办云"。[1]
并肯定了杨增新对民族宗教问题的处理之法:"杨独能恩威并用,驾
御得宜,使此辈乐为之用,则其手段之高超,眼光之广大,盖有非常人
所能测度矣。"[2]曾在北平俄文法政专门学校学习六年的广禄在1919
年赴京和1925年返迪时都曾得到杨增新的接见,广禄认为:"杨的思
想亦在随着时代而变。他的须发更显雪白,但精神还和六年前一样
的健旺,看不出衰老之象(是年六十二岁)。对于治理新疆,在态度上
仍是那样聪睿、坚强、自信、有把握。"[3]

作为中国西北科学考查团的中方团长,徐炳昶曾多次与新疆政
界人士有过直接接触,并与杨增新遇刺事件中的樊耀南等人来往较
多,可视为这一历史事件之见证者。尤其是杨增新在1928年3—7
月,曾多次主动邀见徐炳昶等人畅言己见,徐炳昶也多次谈及对杨增
新为人为政的看法,认为其"思想虽稍旧而极清楚,颇足令人诧
异"[4]。但又指出迪化同乐公园内的荩臣将军纪念楼"徒累盛德,殊可
不必"[5],当听说新疆又要开种烟禁令时,认为"实属荒谬! 荩臣将军
虽未日暮途远,却已倒行逆施,殊堪长叹!"[6]新疆"七七政变"当天
日记中记道:"荩臣将军为一极精干的老吏,实属一不可多得的人
才;以人种庞杂、政局不定之新疆,彼竟能随机应付,使地方安靖,洵
属功多过少。不过其思想极旧,以为深闭固拒,即可成功;近二三年
政治变化,尤在他意料之外,近来因应殊未适宜,故致此变。……不

① 林竞:《亲历西北》,乌鲁木齐:新疆人民出版社,2013年,第232页。
② 同上,第237页。
③ 锋晖编:《广禄回忆录——时任民国驻中亚总领事的回忆》,北京:社会科学文
　　献出版社,2013年,第41页。
④ 徐炳昶:《西游日记》,兰州:甘肃人民出版社,2002年,第177页。
⑤ 同上,第182页。
⑥ 同上,第187页。

知继起者能使秩序不乱否！"①

　　30年代末，杜重远、陈纪滢等都曾在通讯游记中对盛世才赞誉有加，陈纪滢更在基于盛世才"保持新疆永远是中国的国土"的承诺信任上，称赞"他的成就，丝毫不是从取巧中获得，反之，他却经历了多次的惊涛骇浪，受过了千辛万苦，从血肉纷飞中争脱出来。他是一位胆大心细的军事家，同时他又是一位富于新思想、有科学头脑的政治家"②。李烛尘也在书中多处表露出对盛世才本人及其治疆政策和政治成效的由衷赞叹，当然，这其中不乏一些应景附和和赠答之意。李烛尘初次见盛世才的印象是："一双锐利之眼光，显示其心志之坚决明达，而两鬓斑白，又足为阅事勤劳之表现。"③作为中央代表团，一行人在伊犁等地受到热情款待，1942年岁末考察团夜观鞑靼尔族学校游艺会，"当开会时，所有演说唱歌，提及盛督办时，学生均起立表示敬意，更可想见其在新疆政治收效之宏"④。在国民党新疆省党部成立之日，下午"见街市两旁商店及住户，均家家悬挂党国旗，又穿过街心，相隔不远，横悬长串小旗随风飘扬，诚为一日之盛"⑤。此事给李烛尘留下了深刻的印象，在后来所撰写的《西陲观感》中，李烛尘更在首篇《新疆神秘性之由来》中对盛世才赞誉有加，称新疆当局"为慎重起见，不欲予社会人士以猜疑，同时暗中积极准备，欲于一日之间，大施展布，表现政治手腕之灵敏"⑥，并在乘机东归之际向盛世才赠诗辞别。1943年，徐苏灵等拜见盛世才时对盛的印象是"直率、精干、简捷而谦和"⑦，"每天都在工作，从极大到极微小的事他都能顾到"，

---

① 徐炳昶：《西游日记》，兰州：甘肃人民出版社，2002年，第208页。
② 陈纪滢：《新疆鸟瞰》，重庆：建中出版社，1943年，第1页。
③ 蒋经国等：《伟大的西北》，银川：宁夏人民出版社，2001年，第115页。
④ 同上，第141页。
⑤ 同上，第153页。
⑥ 同上，第175页。
⑦ 徐苏灵：《新疆内幕》，重庆：亚洲图书社，1945年，第25页。

"是一个热情磅礴的人"。[1]多次被盛世才约见长谈的陈纪滢夸大其廉洁，"譬如督办主席的月薪，才不过国币百元，不抵内地一个科员的薪水大"[2]。

但后来赴疆多处了解情况后的天山客却说："盛氏自己，实在是一个最大的大贪污；可是他只许自己贪污，却不许别人贪污，所以六大政策之一的'清廉'，若除了他自己不算的话，可以说是做到了的。"[3]同样，在40年代初逃离虎口的萨空了看来，盛世才是"那样一个反复无常的小人"[4]，盛世才的治理"彻头彻尾是投机主义的"[5]。

再比如科学考察人员，在面对考察困境中，个人表现也不相同，黄文弼20年代末在南疆考察时，新疆政府多次致电地方官员催其返回阻拦其行，黄"思之甚久，决定前行，宁可被阻而返，不可示弱"，并在信函中云："为学术前途计，苟非有激风暴雨来摧残，吾人当任其生殖等语。"[6]能坚持不为所扰，继续孤身在南疆考古。而后来杨钟健随中法科学考察团多次遇到中方被歧视、因战乱入险境等问题，到迪化后虽有袁复礼等的一再挽留，"至省方虽慨允担负费用，然与我们主管机关之关系如何，未见明言，因此我们觉得单独工作，事实上大有困难。所以到迪化不久，我即表示，事已至此，愿与团长一致行动，取道西伯利亚东返，以免在此徒耗时日"[7]。不过此次同行的植物学家刘慎谔虽已办好护照，但还是改变计划决定留在新疆继续考察，杨钟健

---

① 徐苏灵：《新疆内幕》，重庆：亚洲图书社，1945年，第26页。
② 陈纪滢：《新新疆的鸟瞰》，《国民公报元旦增刊》1939年增刊，第40页。
③ 天山客：《新疆杂闻》，《瀚海潮》1947年第1卷第6期，第21页。
④ 萨空了：《新疆漫谈》，《文萃》1946年第22期，第19页。
⑤ 同上，第20页。
⑥ 黄文弼著，黄烈整理：《黄文弼蒙新考察日记(1927—1930)》，北京：文物出版社，1990年，第364页。
⑦ 杨钟健：《西北的剖面》，北京：生活·读书·新知三联书店，2014年，第276—277页。

以为"刘君继续奋斗的精神,极可佩服,可惜不察眼前环境,恐不免还会有闷气吃"①。刘慎谔"转入天山二次(白杨沟及博克达山),秋末仍返迪化,采集平川植物,前后共得标本约二千号。是年十一月中旬由迪化重整行装,再迈天山,入南疆,过托克逊、焉耆后,北行复入天山,度除夕于深山之内。(民国二十一年)西北工作,由本所主任继续进行。岁首出发经天山南麓,入库车,过拜城,至阿克苏,复由阿克苏入小路,沿天山南坡抵哈(喀)什。再沿大路经英吉沙、莎车、泽普而至叶城,时当三月。由此再整行装由库库雅山口,深入昆仑,过哈拉古劳木岭,高达五千五百米,已入西藏高原。由此折而东行,历时二月余,地面平均皆拔出海面五千米以上。景色荒寒,悉入无人之境。于是又折而北出昆仑,再入新疆,经尼雅、于阗、和阗、墨玉、皮山,返叶城,为时又在八月"②。刘慎谔后来经昆仑山又往青藏高原,并经印度转道回国,科考成效显著,两年共收集标本四千五百余号,为新疆、青海、西藏等地的植物种类、植物地理分布和区系、植被类型与区划等提供了最早的科学依据。

另外,关注不同话语生成背后的历史语境和政治力量,我们还可以发掘正史中所难见的权利斡旋、人事干预、人情关系、官场成规和地方冲突等。比如在南疆时,地方官吏为了能被提拔重用而对作为省方代表的黄文弼特别关照,对同僚则尽量倾轧拆台,黄文弼感叹:"官吏竞相报告,以为奇货到门,岂可轻易放过。升官保位,要结主欢,皆应在余身上。言语行动,无不为其大好材料,为我作起居注,为我作记录,或甘辞以诱我,或厉辞以恐吓,或借辞以诬陷,或彼此讪其阴私以邀余之相信,五花八门,极尽社会奇观。余在校时虽曾授读社

---

① 杨钟健:《西北的剖面》,北京:生活·读书·新知三联书店,2014年,第287页。
② 国立北平研究院:《国立北平研究院五周年工作报告》,北京:国立北平研究院,1934年,第80—81页。

会学,未若此次经历之亲切有味也。然这种社会现象从何而起? 在一专制的国家,极固闭的社会,未有外界交通,自易发生这种情形。"①很多游记作者都提到了在途经新疆地州时,地方官吏对其的不同态度,如杨钟健提到在从迪化到塔城的回程中,昌吉县知事招待"设备颇简率"②,在绥来"入街后,两边全城学校学生与军队排队相接,市上亦遍挂国旗、党旗"③,坨里"此地方有人悬彩招待,盖省上公文一行,沿途皆知,都当大差使迎送。再前即至额敏县城,县知事招待特别殷勤"④。1938年,杜重远、陈纪滢等以特邀代表身份参加新疆第三次全民代表大会时,也受到时任新疆政府对其作为"中央大员""中央代表"的热情款待。但无论实际情况,地方县城上下都将赴新考察者尊称"中央大员"或视为"钦差大臣"并攀龙附凤,也从一个侧面反映出民国新疆官本位的封建思想和沉滞封闭的社会文化,这也或如40年代后期陈少甫感叹在地广人稀、封闭落后之南疆,民众对经济文化相对发达之省城信息往来之热望:"抵焉市,市民郊迎,余等步行入城,民众莫不伫立注目,走相报道。盖南疆地面宽旷,交通不便,过境者甚少,闻省城人来,不论官民,莫不引人注意,辄来问讯。"⑤

　　总体而言,这些游记作者秉承着民族国家立场的政治主体性和科学文明本位的文化主体性,对于其时所见的新疆政府要员或是地方官僚官场都多有记录,虽然这种观照因为只限于萍水相逢或一面之缘而多失之片面,这种"好奇"式的"观看"与"操劳","不是为了把捉,不是为了有所知地在真相中存在,而只是为了放纵自己于世

---

①　黄文弼著,黄烈整理:《黄文弼蒙新考察日记(1927—1930)》,北京:文物出版社,1990年,第380页。
②　杨钟健:《西北的剖面》,北京:生活·读书·新知三联书店,2014年,第287页。
③　同上,第288页。
④　同上,第289页。
⑤　陈少甫:《南疆纪程》,《现代》1947年第5期,第23页。

界。所以好奇的特征恰恰是不逗留于切近的事物。所以，好奇也不寻求闲暇以便有所逗留考察，而是通过不断翻新的东西，通过照面者的变异寻求着不安和激动"①。不过这些印象悬殊、面向丰富的"他者"观照，仍然为我们回望民国新疆历史的风云际会、人物的往来互动、基层的政治生态、乡野的民风民俗提供了多维立体的文化镜像。

另外，上述行游作者们绝大多数是短期考察或客居新疆，直到新疆解放前，才有了一些最终告老天山的游记作者们。如陶天白、王子钝、王恩溶、苏北海等最终选择新疆作为长居之地的一些文化人，他们青少年时代入疆，选择新疆为终老之所，并终于摆脱了民国新疆游记中长久以来的"风景化"叙述和"好奇"心态，而使自己成为真正能为新疆发声的立言者。来到新疆只两年的苏北海，已多次深入哈萨克牧民生活世界，热爱策马驰骋于横亘中亚细亚的天山山脉间，并发出了这样的心声："事实上我是生长在江南的一个孩子，但到达新疆后，不仅感觉到不愿离去，亦绝不容许我可以离去。"②苏北海后来长期致力于对新疆民族学、历史学的研究并成就卓著，成为享誉国内外的著名学者。再如曾担任张治中私人秘书的陶天白在晚年自称是"天山南北一沙驼"，作诗云："我本沙原一野民，行年八十又三春。愧无涓滴润斯土，聊以歪诗拭秽尘。"③读者不难体会到其谦逊豁达、淡泊精进的人生品格。

---

① （德）海德格尔著，陈嘉映、王庆节译：《存在与时间》，北京：生活·读书·新知三联书店，1999年，第200页。
② 苏北海：《徜徉天山俯瞰亚洲》，《瀚海潮》1947年第1卷第10期，第5页。
③ 陶天白：《天山鳞迹》，香港：银河出版社，2001年，第235页。

第三章　新疆形象整体形态的历史衍变

　　如果说，在自清中叶以来一代代被流放、贬谪、获罪至新疆的文人骚客那里，游记主体因不甘放逐而沉重摇摆之内心，与面对迥异于中原的边塞风光而生的沉浸忘忧形成的反向情感张力，使其笔下的新疆形象也总是处于荒僻奇险与开阔壮丽之反复摇摆之中；在20世纪40年代之前的外国作者游记那里，经过层层叙述累积，新疆形象往往被塑造成一个迥异于本国经验的充满异域情调和神秘魅力之所在。对照之下，20世纪初至30年代前期能有机会行旅新疆并付之于文者，大多是政府特派官员或精英知识阶层，行旅者大多以民族国家立场和国家开发实业为大计，所以这些游记中呈现更多的是作为国防要塞、资源宝地、文物宝库和开发要地之新疆形象。由于民国新疆行旅记游书写的主体多为从中原地区赴新疆考察的知识分子，由此生成的新疆形象也绝大多数孕育于北平、上海、南京等相对发达繁荣的中心城市，所以当时主流的知识生产模式、媒介传播方式、信息资讯手段、舆论价值标准、文化消费观念等势必渗透到新疆形象的整体形态和发展流变中。这也使得我们在讨论新疆形象时，往往必须依赖与之相关的国内文化热点、主流舆论和兴趣面向。

第一节　"杨金时代"：从"边陲重地"
　　　　　　　到"资源宝库"

　　自古西域多被视为朔漠苗方，"不独是地理上的远方，也是文化的远方，是认同的远方，是交流的远方"①。多数国人仍视西域为流放之地、蛮荒之地和频乱之地，西行之路多被视为畏途，所谓"劝君更尽一杯酒，西出阳关无故人"，"关山万里远征人，一望关山泪满巾"。故中国传统士人阶层，若非遣戍、仕宦、奉使、流放、发配等非个人因素，少有主动行旅于西域者。然而从民间交往而言，由于屯边、行商、行伍、传教、逃荒、犯罪等情形，普通民众行旅往来于古丝路上的，一直络绎不绝。

　　自乾隆平定准噶尔贵族叛乱收复西域后，西北史地学成为显学，对西北地区的建制沿革、风土地理等的考订盛极一时，其中不乏纪昀、洪亮吉、祁韵士、徐松、林则徐、张荫桓、刘鹗等赴新疆的一流文士，加之中国传统文人立言不朽之夙愿、明清时期游记文体之发达，造成后来大凡有机会足履西域的，莫不以撰写行旅日记并在其中旁搜博引前人著述为乐事，这一传统一直延续到清末民初。加之其时中国正处于三千年未有之大变局，赴新疆名士的文化身份更为复杂、国家立场更为坚定、忧患意识也更为强烈，这些都潜在影响了20世纪初国人新疆游记的整体性观念变革和风格转向。

　　20世纪初至民国元年，依次被遣戍、调任、贬谪到新疆的政府官

---

① 熊建军、李建梅：《西域形象的文学表达与建构》，《天府新论》2015年第1期，第146页。

员至少有方希孟、裴景福、宋伯鲁、温世霖、袁大化、单骑、刘雨沛等，清廷新政后聘到新疆者有李德贻、贾树模等。裴景福1905年被谪戍新疆，旅程日记《河海昆仑录》①分4卷，记录沿途地理、气候、政治、军事、文化、经济、民族、风俗、宗教，有大量即景诗词。宋伯鲁因参加戊戌变法，失败后逃到上海被捕，为伊犁将军长庚所救后于1906年3月离家赴疆，其《西辕琐记》记录沿途所见风土人情、地方物产。李德贻在《北草地旅行记》(1907年)中，扼要记录了一路"水陆途程、山川形势、风俗人情、起居习惯、气候物产、经历沿革"②。谢祖植在《由京至巴里坤城等处路程记》(1909年)中，记录了其在新疆甘肃两地任职期间，在北京、新疆、甘肃、上海等地的行程，尤其是新疆与蒙古之间的台站路程③。1910年末，温世霖因以"全国学界同志会"会长名义遍电各省，要求罢学并速开国会，而被直隶总督下令拿办。温世霖于1911年1月10日被押解上路，经直隶、河南、陕西、甘肃、新疆五省，于1911年5月31日抵达戍所迪化，《昆仑旅行日记》记载了沿途所见社会面貌、地景风俗、教育人文等。

　　1910年11月13日，清廷宣布调任袁大化为新疆巡抚，1911年2月6日，袁大化从家乡安徽涡阳出发，一路日夜兼程，于1911年6月11日抵达迪化巡抚衙署，著有《抚新记程》和《壬子回程记》。在《抚新记程》中他详细记录了沿途所见人口、店铺、井渠、地势、矿藏、植被、驿站、兵邮、气候、民风、军政面貌、教育情况等。

　　这些清代末年游记中的新疆形象，基本还是接续清末西北舆地

---

①　裴景福于1906年集成《河海昆仑录》，1909年迪化官报局排印，1937年中华书局重印，点校整理后收录于2002年《西北行记丛萃》丛书。

②　李德贻：《北草地旅行记·自序》，顾颉刚等：《西北考察日记》，兰州：甘肃人民出版社，2002年，第4页。

③　赵卫宾、司艳华：《〈由京至巴里坤城等处路程记〉作者及道路交通考》，《西域研究》2022年第1期。

学的流脉,其基本体例是遵循晚清西北舆地学的传统,既重视乾嘉考据学的运用,更重视实地调查的经验,沿行经路线严格记录了每到一地的里数、路况、地貌、植被、水道、街市、遗址、物产等。同时,这些著述中莫不包含有大量历史地理之信息、地志通史之内容,不足在于有错引漏引、不加考证的地方。

一、民国初期:西北舆地学及余脉影响下的"新疆图志"

1911年5月,清末陆军军官刘雨沛因部下倡举革命,被牵连发配到新疆,9月抵达迪化。民国元年因鄯善令裴逷亏空巨款后潜逃,刘雨沛奉袁大化之命前去镇抚,撰有《民国元年五月率师至吐鲁番哈密镇抚途中日记》,时间起于1912年5月5日,止于6月1日。因为身负军事重任,未暇顾及全面,书中更多是对所经之地战事讯息、民生概貌、地方势力、道路交通、地理沿革等的记录。

贾树模,河北保定人,1910年"应新疆实业教员讲习所之聘,以赴新疆,方期竭尽绵薄"①,主讲地理、生物等课程,因辛亥革命清朝灭亡,学堂被撤而东归,1911年到迪化旅行,11月返程经古牧地—阜康—三台—奇台—阿尔泰—鄂博金等地返回保定,著有《新疆杂记》②和《新疆归途记》。其《新疆杂记》采取的是专论文体,全文六章分别以新疆之地理、人文、天然物、生计界、新旧政界、结论为题,其中天然物分别从动物、植物、矿产,生计界分别从农业界、农作物、植物、交通及运输业,新旧政界分别从官界、审判界、警察界、军界、学界,学界又分别从教育界、报界、特别组织等方面入手,对新疆社会生活之方方面面予以细致梳理。

① 贾树模:《新疆归途记》,《地学杂志》1912年第3卷第5、6期合刊,第14—15页。
② 贾树模:《新疆杂记》,《地学杂志》1917年第1、2、4、6—12期,1918年第2、3期合刊。

单骑《新疆旅行记》记录了1913年3—8月,从北京出发赴新疆考察的往返行程,其中"上卷记述自京赴新疆路程详情,约占去全书三分之二篇幅;下卷叙述在新疆省城调查情形,涉及财政、军队、教育、商贸、官吏、民情、地形、物产、制造、政府文书、民族关系及外情等各方面,并包括一份新加整理、相对详尽的新疆全省道里纪录"[①],以及疆内40条道路的具体情况。

谢彬,字晓钟,湖南衡阳人,作为北洋政府财政部特派员到新阿地区调查财政问题,一路经过数十省,1917年2月24日至11月18日在新疆考察,足迹踏遍新疆38个县辖行政区(共43个县级单位),疆内行程16 675里。30万言的日记体游记《新疆游记》经《时事新报》刊载,《地学杂志》《民心周报》等转载,上海中华书局印行单行本《新疆游记》,1923年4月初版,1929年3月就已达第7版,被誉为"20世纪初新疆的百科全书"。《新疆游记》记叙了途经南北疆每一行政区的地理、气候、政治、经济、民族、宗教、风俗等,并详细记录了每到一地之地貌水道、物产奇闻、人口八栅、道路里数、文物古迹、历史沿革等,因为时逢辛亥革命,所以谢彬笔下也记录了新疆时局之动荡。与谢彬同行的助手林竞,字烈夫,浙江平阳霞关人,1916年冬赴疆考察9个月,"以财政部特派员名义来新考察全省财政,兼以农商部特派员名义调查新疆实业状况"[②],出版的考察报告《新疆纪略》两万余字,从《吏治》《军政》《财政》《外交》《实业》《教育》《司法》《民族》《各种族与汉人之感情及现在趋向》《交通》等方面分门别类地概述新疆整体状况,天山学会1918年4月出铅印本。

---

① 郭道平:《民国初期"个体意识"的范本——单骑〈新疆旅行记〉论析》,《民族文学研究》2017年第3期,第161页。
② 锋晖编:《广禄回忆录——时任民国驻中亚总领事的回忆》,北京:社会科学文献出版社,2013年,第23页。

1918年11月,林竞又奉北洋政府交通部命令,率测量队到新疆实地查勘铁路线,经北平、察哈尔、绥远、宁夏、甘肃,于1919年5月5日抵达迪化,5月自迪化经内、外蒙古返京。后林竞本拟出《西北丛编》八卷,其中计划在上编第1、2卷收入1916—1917年的新疆游记,但正式出版时,只有上编的第3、4卷[①],为其第二次考察西北日记。此书主旨是为改善西部的交通状况,勘测建设"西北国道"。在从迪化返回绥远的路上,每到一地,林竞都按行进路线记录了各地之地理概况、山脉水道、道路地势、气候概述、里数疆域、险要杂记。

邓缵先,自号魁庐居士,广东紫金县蓝塘镇人,1883年15岁参加科举考试中秀才。1914年9月,应北洋政府内务部第三届县知事试验,取列乙等,分发新疆。1915年邓缵先辗转数月于7月抵达迪化。1917—1920年,相继代理乌苏县知事、任叶城县知事。1921年,历任新疆省总选举文牍员、新疆省公署文牍员及编辑员、新疆省公署政务厅内务科长总务科员、新疆覆选区选举调查会会长等职,为省主席杨增新撰写公文。1926年至1933年,历任疏附县知事、墨玉县知事、巴楚县县长,因南疆暴动而举家殉职。他在乌苏、墨玉等地重视开渠引水,兴修水利,并促进了墨玉县农桑、丝绸、金玉业的发展,1920年卸任叶城知事返迪时,"父老子弟壶浆饯送,十里五里,长亭短亭,至玉河边,犹留恋涕泣"[②]。其记录沿途见闻的《叶迪纪程》(1921年),"如山脉、水道、物产、民风、城市盛衰之迹,官治沿革之由,靡弗援古证

---

① 《西北丛编》(第三、四卷)由上海神州国光社1930年出版,1931年再版,其中第三卷为"民国七年由北京往新疆迪化",第四卷为"民国八年由新疆迪化至绥远归化城"。第三卷记载了1918年从北京出发经察、绥、宁夏、甘肃到新疆迪化的经过,第四卷记载了1919年自新疆迪化经蒙古返京的经过。

② 邓缵先:《叶迪纪程》,上海:华东师范大学出版社,2012年,第11页。

今,举要陈述"①。

钱桐,字孟材,江苏无锡人,杨增新时代曾任新疆省政府驻南京办事处处长,在《东三省西比利亚新疆观察记》(1918年9月)中记录了他经满洲里至塔城的往返路线,多为中苏经济贸易、货币政策、新疆现状和苏日关系等的记录,后来他在《赴新考察记》(1928年)中增加了关于新疆财政、军事、教育、物产、吏治、交通、风俗等方面的内容和开发新疆的建议。李国柱《游藏纪程》主要记录了作者于1916年12月至1918年1月由新疆若羌至西藏的沿途所见,详述"山势高低、河流深浅、道路险易、站口远近、水草有无、气候寒暑、物产多寡、人烟稀稠、人类区别、风气美恶以及商务状况并要隘处所"②。

二、新疆游记主导面向:初描资源宝库 擘画开发蓝图

这些政府官员大多肩负考察经济、镇压叛乱、政府委令等特殊任务,其游记整体风格并不是以表现行旅之凄苦艰辛为主调,而是延续了清代新疆游记经世致用、雄健明朗的写作传统,并竭力以客观全面的史家笔法审度新疆风物。清末名士王树枏在晚年自订的年谱中说:"窃谓新疆地方二万余里,农田、水利、桑棉、瓜果之盛,牧畜之繁,五金之矿,富甲海内。"③曾做过金矿主办等实业的新疆最后一任巡抚袁大化,详细考证了每到新疆一地的道路井渠、人口吏治、兵邮民店、田亩畜数、资源物产等,并擘画设计着执政后的垦殖移民、规划道路、兴修水利、开发矿藏等宏图伟业,他不无豪情地写道:"安得贤有司招

---

① 苏全贵主编:《光到天山影独圆——邓缵先精神研讨会学术论文集》,北京:社会科学文献出版社,2014年,第199页。
② 李国柱:《游藏纪程》,李德龙、俞冰主编:《历代日记丛钞》第176册,北京:学苑出版社,2006年,第1页。
③ 王树枏:《陶庐老人随年录》,北京:中华书局,2007年,第68—69页。

民实边，为国家尽一分心力，培一分元气，绵一分国祚也。……然为民兴利，办一分即收一分之益。果能实心任事，勤加董劝，则民不召而自来，何患利之不兴？财之不阜？凡事皆然。"自星星峡至哈密一路，他最重视的是"凿井筑室，招民屯种"，"从招民垦荒入手，为根本之谋"[1]，因为"兴利实边之策无古今，一也"[2]。东、西盐池"户少无可专卖，设局徒多扰累，尚不如按丁摊课为简便也。亦目前计，非经久策，将来盐场仍须收归官有耳"。看到迪化水西沟、阜康等地的煤矿，袁大化筹划"将来生齿繁衍，铁路开通，其利无穷也"，阅视水磨沟机器局，"俟物力殷裕尚可扩充"。[3] 刚刚到任后的1911年夏天，袁大化就上奏折吁请清廷修建陕西、甘肃、新疆三省的铁路，以国防屯边之需，正如徐翔采在《抚新记程》跋文中对袁大化的评价："固其记载，不为高尚之论以惊世炫俗，据实直书，切近事功。"

孙中山的开发西北之策也为时人频频阐发，钟广生述《辛亥新疆伊犁乱事本末》中说："新疆幅员二万余里，荒矿工牧甲于环球。公初入境，凡遇草木丰茂，山川奇兀，水必穷其源，山必竟其委。见夫煤露于山，土弃于地，恻然念民生之不易，实边之有为也。"[4] 贾树模在《新疆杂记》结论中，在分陈新疆乐观悲观之前途利弊后，特辟《筹新疆》一节，感叹"新疆之利若彼，新疆之危若此，然则筹新疆者将奈何？夫筹新疆者亦多矣，曰练兵也，曰移民也，曰兴实业也，办学校也，修铁路也。……"[5] 单骑认为："新疆虽取若何政略，接济巨款，训

---

[1] 方希孟等：《西征续录》，兰州：甘肃人民出版社，2002年，第201—202、208、210页。

[2] 同上，第211页。

[3] 同上，第216、221、223页。

[4] 袁大化著，张开枚辑编，钟庆生述：《辛亥新疆伊犁乱事本末》，活字本，1912年，第257页。

[5] 贾树模：《新疆杂记》，《地学杂志》1918年第2、3期合刊，第43—44页。

练重兵,振刷吏治,抚辑边民,而不办交通,皆成空言,无救存亡之局。"[1]林竞在《新疆纪略》中指出:"欲图新疆者,必自铁道路","交通一便,莫重于移民",认为"执此二端,能举则存,不举则亡,其著效固不待五年也"。[2]一直到20世纪30年代,吴绍璘在《新疆概观》中同样认为:"总理所昭示吾人之修筑铁路、移民殖边二办法,既详且切,训政开始,当即奉行勿失。"[3]

另外值得注意的是,民国初年,国内舆论界已注意到新疆作为资源宝库之潜在价值,《申报》上甚至说:"新疆矿产,和阗之玉,于阗之金,人所共知",而金矿"几至遍地皆是"。[4]林竞称:"西人谓中国矿产甲于全球,而新疆复甲于全国。"[5]"将来畜牧繁兴,则新疆一省,可供世界之需求,固不仅称雄全国已也。"[6]同时,林竞还在《新疆实业纪略》一文中说:"与新疆语实业,各省殆无有能望其项背者。言矿产则昆仑天山,千支万派,奇杰雄伟,五行百产之英,孕育繁富。言森林则枝梢参天,朽干满谷。言农牧则塔里木河、伊犁河、孔雀河诸流域,旷原无边,气候适宜。言工则土人智巧不逊汉人,鞍鞴齿革氍毹,霞夷之属,皆为中外所称道。言商则地处欧亚之脊,四塞灵通,土人嗜利,远趋不亚粤鲁,诚神州天府之区,世界实业之大舞场也。"[7]这段对新疆极尽溢美之词大致源自谢彬:"新疆轮廓二万余里,面积之广,伯仲关东。地味饶沃,矿藏繁富。物产之丰,甲于寰宇。以言农田,膏腴美地,遍天山朔南。以言畜牧,羊马牛驼,群翳原野。以言森林,

① 单骑:《新疆旅行记》,李德龙、俞冰主编:《历代日记丛钞》第168册,北京:学苑出版社,2006年,第668页。
② 林竞:《新疆纪略》,迪化:天山学会,1918年,第47页。
③ 吴绍璘:《新疆概观·结论》,南京:仁声印书局,1933年,第1页。
④ 《地方通信:新疆》,《申报》1912年12月8日,第6版。
⑤ 林竞:《新疆纪略》,迪化:天山学会,1918年,第13页。
⑥ 同上,第19页。
⑦ 林竞:《新疆实业纪略》,《农商公报》1920年第6卷第72期,第6页。

树木参天,浓荫纷乘,朽枝老干,横满山谷。以言工艺,旐裘齿革霞夷氎毹,屯积都市,远销英俄。……"[1]

　　肯定新疆之为资源要地的另外一个重要因素是游记作者们已初具现代民族国家形态的疆域观和领土观,中国传统文人之"天下观"和"夷夏观"开始逐渐被"世界观"和"国家观"所取代,尤其是"晚清对外关系是整个传统的中国文明在全球化时代进行顽强抗争的历程的最尖锐体现。因此,晚清成为国人的一种割舍不掉的情结:这种情结使我们在当代的国际关系中尤其重视民族的尊严,对于国际关系的平等问题尤其敏感"[2]。一方面是晚清政府签署的一系列割地赔款条约,一方面民族解放浪潮已开始波及大批帝国主义殖民地或半殖民地,这都促进了一大批精英知识分子民族权益和国家安全意识之提升。这正如当时徐益棠所说,清末民初直到20世纪20年代末,大凡谈论边疆问题者,"每每注意于'土地'与'主权'"[3]。这一趋势之加强,与现代学科体制和学术制度之建立关系甚密。

三、民国前期：考古学和边疆学发凡中的新疆考察热潮

　　不同于民国初年到访新疆并留诸文字于世的刘雨沛、谢彬、林竞、钱桐等人(他们大抵为担负特殊调查任务的政府特派官员,并且接续了清中叶以来的西北舆地学风,在行文体式上也依然是遵循旧例),时至20世纪20年代末,随着中国现代教育制度之逐渐确立和海外留学活动的日益高涨,作为中西现代学术学科体制联手打造的我

---

① 谢彬:《新疆游记》,乌鲁木齐:新疆人民出版社,2013年,第361页。
② 李扬帆:《走出晚清:涉外人物及中国的世界观念之研究》,北京:北京大学出版社,2005年,第20页。
③ 徐益棠:《十年来中国边疆民族研究之回顾与前瞻》,《边政公论》1942年第1卷第5、6期合刊,第53页。

国现代第一代知识分子,开始了对新疆历史考古、地理地质、气象生物等诸多方面的第一次现代科学意义上的勘查,西北舆地学的学问之道也逐渐被现代科学考察活动所取代。这些学者的行游日记不仅呈现出现代自然科学和应用科学的知识背景,同时他们对当时中国时局政坛之变幻、新疆时政边防的针弊、历史文物古迹之价值、社会文化教育的现状、新疆经贸税赋之特征、交通通讯信息的落后、民族风俗艺术之特别等,都有不少醒人耳目的真知灼见和感同身受的体察。

其中成绩最为显赫者莫过于中国西北科学考查团,中方团员中成就最大者莫过于黄文弼。1928年春,团员黄文弼在迪化只逗留月余(3月8日—4月19日),就孤身踏上了前往南疆的科学考古之旅,为逐一考察考古遗迹,他几乎遍经了当时南疆所有可到之地,后又大致取原路返回,其日记中也保留了大量他对当时南疆地貌物产、山川河道、民族宗教、风俗文化等的总体印象。黄文弼几乎不放过任何一个道听途说的古迹之所,他在民间广泛搜求各类与古代文物或有关联之物,因"盖人民生活状况,随时变迁,以古证今,求其变迁之迹亦最有兴味之研究也"[①]。并多沿之前外国探险考察人员所行路线和雇佣向导,深入阅读各类与新疆有关的史书、图志以资勘查考辨,其日记中尤其重点介绍了南疆佛寺、墓室、城关、铜钱、经卷、佛像、碑铭、干尸、竹简、文书、衣物、器皿等的发掘情况。这些翔实丰赡、细致清晰的记录为其后来关于西域考古文物文献研究的学术著作打下了坚实的基础。

相比较而言,中法科学考察团的学术考察活动则乏善可陈,即使

---

① 黄文弼著,黄烈整理:《黄文弼蒙新考察日记(1927—1930)》,北京:文物出版社,1990年,第279页。

是在为出行正名的辩词中,中方团长褚民谊也说:"此次考察团名为学术考察团,实旅行团耳。所考察者,不过所遇城市乡村部落,而为走马看花之考察也。法方固不愿逗留我国甚久,如此则考察团仅观察西北边陲之政情、风俗、物产而已。至深而且久之考察,如地质调查等,此时实难谈到,至将来有何成绩可供公开展览,盖不过有几张照片及几纸日记耳。"① 难得的是,杨钟健《西北的剖面》不仅留有不少关于新疆地质情况的介绍文字,"每到一处,他总是以地质学家的眼光来观察,对该地的地质特征、化石年代、地层结构等多有介绍",同时"所不同的,地质上的剖面,只限于地层及其构造等,而我这剖面,几乎上自天时,下至地理,乃至人事沧桑,世态的炎凉,等等,无一不乘兴会所至,都或深或浅地切剖一下"。②

此外,还有中国西北科学考查团中的徐炳昶、袁复礼、李宪之、刘衍淮、刘慎谔、陈宗器等学者,后来都陆续成为各自领域的佼佼者或奠基者,新疆之行也成为他们最难忘的青春记忆和最有成绩的野外考察活动之一。他们留之于世的一大批考察报告成为其个人学术生涯中的宝贵财富,其旅行日记为后人了解民国新疆的真实面貌留下了丰富的史料,其考察活动则成为中国现代学术学科学人面向西北战略开发、面向田野实地勘察、面向世界学术前沿的一份强有力的历史证词。这些科考工作者不仅发表出版了关于新疆游记的纪实作品,更重要的是还发表了大量关于新疆历史考古、语言文化、民族民俗、气候地理、地质生物、资源调查等的学术论文。

20世纪30年代初,孕育于清代西北舆地学之近代西北开发思想进一步得到发扬壮大,正如方秋苇所说:"要了解非常时期我国边疆

---

① 转见吴绍璘:《新疆概观》,南京:仁声印书局,1933年,第325页。
② 杨钟健:《西北的剖面·自序》,北京:生活·读书·新知三联书店,2014年,第7页。

的危机,必要首先了解世界危机的发生及其对于我国的影响。"[①] 至于新疆则"已非中国的新疆,而是国际化的新疆了。它的前途和它的一切变化,都是在整个东亚形势演变之下而被推动着"[②]。一方面,列强对外侵略促成了国人边疆危机意识的提升,边疆问题和地缘政治在日益复杂的国家关系中日趋敏感;另一方面,欧美列强在世界性的经济危机、国家战略利益等刺激下重新划分势力范围,列强在边疆地区的势力博弈又加剧了边疆问题的复杂化。中国国内救亡图存的民族解放运动如火如荼地展开,在蒙古难保、东北沦陷之背景下,国内要求开发西北的声浪盛极一时,正如马鹤天在《甘青宁边区考察记》中所说:"空前的觉悟却也由之而起,优秀分子都到西北和西南,开发的事业看看进行,每一个国民的心瓣上都展开了'边疆'两字。"加之为鼓励国人赴西北考察,民国政府内政部于1931年、1935年两次颁布《提倡国人考察边境办法》[③],除对国人赴西南、西北边境考察加以明确规范外,还要求沿途各地区行政机关予以保护和协助,并对考察者给予半价乘火车的优惠等便利[④]。

与西北实地考察活动和相关游记出版相伴生的,是大量西北研究团体和研究报刊的创立。在中国地学会(1909年成立)等的基础上,一大批西北研究社团如禹贡学会、北平西北研究社、北平西北协社、国立北平大学法学院边声社、北平中国大学西北斗争社、北平西北公学、北平西北春秋社、北平西北论衡社、北平新西北社、北平西北中学西北周报社、南京西北问题报社、南京天山月刊社、南京开发西

①　方秋苇:《非常时期之边务》,上海:中华书局,1937年,第42页。
②　方秋苇:《中国边疆问题十讲》,上海:引擎出版社,1937年,第44页。
③　参见吴绍璘:《新疆概观·附录》,南京:仁声印书局,1933年,第16—17页。
④　见陈赓雅:《西北视察记》附录二《提倡国人考察边境办法》;又见王衍祜:《西北游记》,广州:清华印务馆,1936年,第64—66页。

北协会、上海西北屯垦团事务所、上海新亚细亚月刊社、西安论衡社、新疆文化委员会等成立；一大批西北研究刊物如《西北半月刊》《禹贡》《新亚细亚》《边声》《西北研究》《西北斗争》《西北言论》《西北论衡》《开发西北》《西北问题》《西北（月刊）》《西北春秋》《西北周报》《新西北》《边事研究》《瀚海潮》《天山》《帕米尔》等出版，其中很多期刊都曾围绕新疆问题办过专刊或专辑。早有学者统计，近代中国期刊刊名中冠有"西北"出版的，在1930年以前只有5种，但在1931—1945年出版的，则多至七十余种。[①]

　　在此基础上，中国现代边疆学迎来了第一个春天，随着中国学术的现代转型，边疆研究也不再是仅隶属于史学研究领域，而是出现了大量运用考古学、民族学、人类学、社会学、政治学、行政学等现代学科理论方法进行分析研究的著述。同时，一些之前未有机会出版发行的新疆或西北游记开始受到青睐，如《新疆游记》等早先的游记开始被反复重印，清末李德贻的游记《北草地旅行记》1936年6月由其次子季伟抄誊付梓（蓉城刊印本），王天元《近西游记》1935年由南京拔提书店铅印，已回内地多年的伊犁革命之主要领导人杨缵绪的《现在的新疆》出版，该书序言说明写作动机"是为救国而作"，吁请国人"注意那快要被人攫去的宝藏边陲"。[②]此外还有一些当时刊载于报刊上的连载游记，也被出版社很快结集出版，同时还有很多报纸如《晨报》（北平）、《中央日报》（南京）、《时事新报》（上海）、《申报》（上海）、《大公报》（天津）等都时有刊载开发西北的

①　见胡斯振：《西北学刍议》，《西北民族学院学报》1985年第1期，"再据《全国中文期刊联合目录（1833—1949）》中贯有'西北'二字的杂志如西安《西北论衡》《西北史地》、北京《西北研究》《西北言论》等杂志目录统计：1930年以前的5种，1931—1945年的70种，1946—1949年的13种"。

②　汪日昌：《序》，杨缵绪、汪日昌合编：《现在的新疆》，北平：文化学社，1933年，第1—2页。

报道文章和旅人见闻。

　　于是,此时的舆论报刊开始不断强化"到西北去"之主张,薛桂轮说:"抵沪之日,重见洋场崇楼大厦,车马行人憧憧往来,顿感觉大不自然。噫,若辈甘于局促一隅,饱尝拥挤风味者,殆不知另有世外桃源,其富无比,其大莫京,正待人之开发乎!彼饱食暖衣,徜徉娱乐作海上寓公者,盍亦思及无衣无盐,无枝无栖,致颌下生奇瘤,鬻子女而度活,乘牛羊皮筏以冒险,一切不得自由,更不知幸福为何物之同胞乎?茫茫神州,沉沉大陆,倘有实行救国救民、利己利人之主义者乎!窃愿以最简单之方式,进最诚恳之忠告曰:'还是到西北去。'"[①]实际上,在"到西北去"的声浪中,很多人的考察都是止于陕甘青宁诸省,如蒋介石、宋子文、顾颉刚、马鹤天、范长江等,薛桂轮、林鹏侠、陈赓雅等原定的新疆行程也只能止于哈密,这些游记作者所承担的大多是这一建构在国家立场和国族意识之上的大规模的知识与实践工程的中介角色[②]。边疆学发凡中的新疆问题研究,还主要表现在对新疆史地沿革、国防战略、物产资源等的一般性介绍和通论式述评,很多文章都存在大而空疏、博而不专的问题。

　　但无论如何,新疆到甘肃一线已被不少爱国知识分子看成是关乎国家运命和抗战成败的生命线,加之"九一八事变"后,新疆也最易调动起国人"保我国土"的爱国热情和"五族共和"的民族情怀,新疆作为西北重地,开始受到国民政府要员和精英知识分子们的普遍关注。左宗棠"保疆论"之鉴史名言——"重新疆者,所以保蒙古;保蒙古者,所以卫京师。西北臂指相联,形势完整,自无隙可乘。若新疆不固,则蒙部不安。匪特陕、甘、山西各边,时虞侵轶,防不胜

---

① 蒋经国等:《伟大的西北》,银川:宁夏人民出版社,2001年,第244页。
② 沈松侨:《江山如此多娇——1930年代的西北旅行书写与国族想象》,《台大历史学报》2006年第37期,第172页。

防；即直北关山，亦将无晏眠之日。""东则海防，西则塞防，二者并重。"①——开始被广泛引述，用以强调新疆作为中国西北要塞咽喉的重要性。如吴绍璘说："盖新疆者，中国西北之屏藩也。屏藩若撤，西北即亡，秦、陇、青、宁、难图安枕。果尔，则沿海既不堪守，边腹又不能保，所谓洋洋大国，尚有立足地耶？"②陈赓雅说："西北为我国堂奥府库，新疆尤为中部屏藩。"③褚民谊说："在地势上，西北更形重要。新疆与蒙古唇齿相连，为中原之屏障，为边陲之第一道防线。……新疆不固，蒙古不安，则华北各省皆呈动摇。"④刘湛恩说："诚以新疆失则秦陇危。秦陇危则燕冀震动，则中原将瓦解。"⑤向波说："新疆外接苏俄，内联蒙藏，实为我国西北边防上之第一屏障。"⑥易敌无也称："此可谓千古扼要之论。"⑦

　　另一个对新疆之关注焦点是对新疆物产资源之肯定，这一经济学视角对西部风景的介入，与1930年代初国民政府在中国面临日本威胁时"开发西北"之舆论导向有关，"西部中国从'自然风景'向'物质资源'的转变，既是从古典'游记'向现代'新闻'的文体转换，更是一种对'原始'的西部进行现代化开发的设想"⑧。谨慎者如吴绍璘称："新疆乃一未经开发之处女地，其土地之广大，山川之雄

①　左宗棠：《左宗棠全集·奏稿六》，长沙：岳麓书社，1992年，第188、702页。
②　吴绍璘：《新疆概观·绪论》，南京：仁声印书局，1933年，第2页。
③　陈赓雅：《西北视察记》，《中国西北文献丛书》第193册，兰州：兰州古籍书店，1990年，第3页。
④　褚民谊讲，李光黄记录：《建设西北之要点》，《天山》1935年第1卷第5期，第40页。
⑤　刘湛恩：《土西铁路与我国西北之关系》，《开发西北特刊》1932年创刊号，第7页。
⑥　向波：《新疆经济价值之观察》，《西北研究》1931年第1期，第48页。
⑦　易敌无：《到新疆去》，《边铎》1934年第1卷第3期，第264页。
⑧　罗雅琳：《西部中国的"现代"形象——1930年代范长江、斯诺与陈学昭的西行写作》，《中国现代文学研究丛刊》2017年第12期，第34页。

奇,位置之重要,固足令人叹为西北之豪富。"①夸张者如美国人丹伯在1930年从新疆返回上海后说:"新疆实为中亚西亚之天府……诚遍地黄金之地也。"②深情者如陈赓雅,他在未能继续成行而从哈密返回兰州归途中写道:"即窥其外表,举凡草瑞花琪,露润气爽,林木葱茂,沙石晶莹,石油涌现于沟壑,煤盐更缘山麓而暴露,已足令人低回流连,心旌摇曳不已矣!"③更多论者称:"新疆乃我国富庶之区,西人有名之为中国未发之宝藏库者。新疆之富饶,可谓神州天府之区,世界实业之一大宝库也。"④'中国矿产甲于世界,新疆矿产又为中国各省之冠。'洵非虚言也。"⑤"新疆轮廓二万余里,面积之广,伯仲关东。地味饶沃,矿产繁富,物产之丰,甲于寰宇。"⑥"夫新疆者地大物博,早为中外人士所深悉,如贵重之黄金、白玉,工业主要原料之煤、铁、石油,牧狩物如皮、毛、骨角,农作品如米、麦、葡萄、瓜果等,产生各种人生必需物品多至不能枚举,诚足为中华民族的西北经济乐土。"⑦在20世纪30年代前期的新疆著述中,我们所见如此大量的对新疆自然资源不无夸饰的溢美之词,或许更多体现的是当时国人普遍对国家领土安全和边疆地缘政治的高度关注,这些对曾经习而不察的风景的热情高涨和重新发现,更多是基于行旅者爱国主义和民族主义而升华出的"恋地情结"。

---

① 吴绍璘:《新疆概观》,南京:仁声印书局,1933年,第223页。
② 寇田:《新疆之实况与其开发》,《西北研究》1932年第6期,第40—41页。
③ 陈赓雅:《走进西部》,乌鲁木齐:新疆人民出版社,2013年,第321页。
④ 刘湛恩:《土西铁路与我国西北之关系》,《开发西北特刊》1932年创刊号,第5页。
⑤ 曾问吾:《中国经营西域史》,上海:商务印书馆,1936年,第664页。
⑥ 章勃:《殖边问题与中国》,《新亚细亚》1932年第3卷第4期。此文抄录自谢彬:《新疆游记》,乌鲁木齐:新疆人民出版社,2013年,第361页。
⑦ 曾问吾:《苏俄对新疆的经济侵略》,《新亚细亚》1934年第7卷第2期,第53—54页。

但这里也有一个明显的悖论，将新疆称为资源宝库者大多并未到过新疆，他们依据的往往是之前论著中的新疆形象。而对于实地考察者们，他们中有的对新疆物产资源与发展前景予以乐观肯定，如冯有真在《新疆视察记》上篇中对新疆如何利用资源优势等提出相应建议，如对"弃而不知其用"的皮毛，应"运至工业区域，殆为毛织品最佳之原料矣！"[①]"按南疆气候土壤，颇类江浙，故宜蚕桑，如能善授其法，努力提倡，则新疆蚕丝之利，亦为可计也。"[②]对新疆矿业、农业、牧业、手工业等都提出了中肯建议，并"窃以新疆地广人稀，如移民屯垦，用科学方法，改良农业。则既可减内地拥挤之苦，又可收开发西北之效，一举数得，利莫大焉"[③]。还有的坚持以数据说话而表现得十分审慎，如汪扬指出："考察西北之人士，甚众。而能道其确数者，十不获一。盖中国统计之不精，而考察之人又非十分专门人才，扬敢说举凡西北矿业出产数字之统计，太半出于估计。国人以意想为事实之病，久而不除。是此篇仅敢谓之为鸟瞰，盖扬于矿产农业亦属一知半解，凡得来之材料，固不能一一指其真伪。无已录而出之，以供再次考察之参考，以期日进于完善可也。"[④]

另外还有如实记录当时惨遭兵燹的新疆社会经济凋敝和民不聊生苦难景象的。如刘文海在赴酒泉奔父丧后，于1929年8月乘驼入哈密，其考察路线是经哈密、鄯善、吐鲁番、迪化，取道内蒙古，经张家口返回北京，著有《西行见闻记》[⑤]，全书分"由南京至酒泉""由酒泉至哈密""由哈密至绥远""由绥远返南京"四章。由于更为广泛的

---

① 　冯有真：《新疆视察记》，上海：世界书局，1934年，第29页。
② 　同上，第32页。
③ 　同上，第31页。
④ 　汪扬：《西行散记》，上海：中国殖边社，1935年，第9页。
⑤ 　1930年初《西行见闻记》完稿，1933年5月由南京书店（上海）出版竖排本。

社会接触，刘文海对新疆当时中下层平民的生活有更近距离的体认，一路所见哈密驻军营盘杨排长、沁城陈营长、哈密朱师长之腐败无能，且多次受到强行阻挠，甚至其驼夫都被拉去抵军差，所以其笔下20年代末的新疆还有穷荒兵匪、赌博成风、鸦片泛滥、政治昏聩的另一面。

第二节　盛世才主政时期：从"谜一样的新疆"到"新新疆"

　　盛世才主政时期的新疆，前后呈现出明显的形象差异。1933年新疆"四一二政变"之后，由于还陷于马仲英祸新带来的大规模社会动乱之中，尤其在"泛突厥主义"错误思潮影响下，南疆和阗、于阗、喀什等多地出现暴动，新疆遭遇武装叛乱、人口锐减、土地荒废、经济破产、生产瘫痪等严重问题；加之盛世才主政前期施行的是与杨增新、金树仁并无本质差异的封闭排外的对外政策，所以国内其他地区民众普遍对新疆情况并不了解。之后，盛世才政府仿效苏联实施了较为成功的数次"三年计划"，尤其是在"亲苏联共"等政策推动下，大量优秀共产党人或取道苏联或派自延安而落脚新疆，并促成了新疆社会各方面呈现出一片欣欣向荣、朝气蓬勃的新气象，20世纪三四十年代之交的新疆成为很多国人心目中光明无限、前景开阔的新新疆。1942年苏德战争后，盛世才放弃亲苏联共政策、积极投靠蒋介石，逮捕大量共产党人入狱，1943年国民党新疆省党部成立，此时的新疆虽仍在盛世才治理之下，但与1944年盛世才赴重庆任农林部长后的新疆均可视为是国民党实质主政时期，所以盛世才投靠国民党之后国人的新疆游记，本书一并放在下节专论。

一、盛世才主政初期：时局动荡与民生维艰

30年代初，赴疆行游更是多方受限，在少数有机会实地赴疆宣慰考察的政府官员、记者、考古人员那里，深陷于战乱政变中的新疆的实际情形与未到过新疆者之论著形成了较大的形象落差。当时能有机会访察新疆者主要有三类身份：一是政府宣慰使或者特派员，如黄慕松、罗文干、吴蔼宸、冯有真；二是科学考察团员，如杨钟健、袁复礼；三是记者，如徐弋吾、陈赓雅等。

1933年6月初，黄慕松赴疆宣慰，7月21日，黄慕松及其随员高长柱、杨秉离等回南京复命。虽然未尽事功，但黄慕松带去的党务、民政、军事、教育、宗教、交通运输等方面的百余名宣慰使署人员，如王应榆、钱桐，自兰州随行的新疆代表宫碧澄等，后来多有关于新疆的专论发表。黄慕松回南京后即于8月2日晚7时召开记者招待会专谈赴疆宣慰经过，在简略介绍了此行经过和新疆局势后，他一面担忧于"经第二次政变后，各方疑惧益多，前途更为可虑，加以新省交通阻塞，商运停顿，纸币低落，物质缺失，留心新事与国防者，应有深之注意与研究"；一面期盼于"新疆气候温和，物产丰富，载之各游记各史册者，历历可考。固不待亲历其境而后知蕴藏之厚。且几千年前为我中华民族发祥之地，若国人举全力而开发之，其利于国计民生，诚非浅鲜。二十世纪，正是空中竞争时代，现在欧亚航空公司由迪化四日即可飞达柏林，如能因势利导，先将地势接近欧州文化之前站——新疆省，努力而开发之，将政治、军事、交通、实业、教育及其他一切振兴起来，庶边防可望永固，此乃兄弟之所最希望而至切祷者也"。[①]这一态度较真实地反映出这一时期专访过新疆的高层官员

---

① 《黄慕松昨招待报界》，《中央日报》（南京版）1933年8月3日，第2版。

对于新疆之基本认识。黄慕松还指出:"整理新疆,须先由调整外交入手,如外交有办法,则内部之建设,始可逐步推行,如整顿财政、改善吏治、训练军队、促进文化,等等,均非由中央指导辅助不可。"[①]之后罗文干视察新疆后也发出了"不至新疆,不知新疆之伟大;不至新疆,不知新疆之危机"[②]的感叹。

赴新知识者同样认为正陷于政治危局和兵燹战乱中的新疆前途堪忧,并留下大量"在场"记录。杨钟健《西北的剖面》记载了自星星峡至哈密以及在哈密城内所亲历的马仲英叛乱,作者在战火硝烟中罔顾个人人身安全的特殊心态可见一斑。李天炽在《新疆旅行记》中提及由于财政亏空不得不印制省票,以致"支出额则以印刷额之多寡为断"[③]。吴蔼宸《新疆纪游(附苏联游记)》如实记录了1933年马仲英叛军围攻迪化这一历史事件的始末和1930年代初新疆动荡不安的社会问题。冯有真描写的同时期哈密遭遇兵乱之后的面貌是:"兵燹之余,生灵荼毒,房舍被毁,现在断垣残壁,十室九空,一片焦土,惨不忍睹。"[④]陈赓雅《西北视察记》收游记110篇,记述了绥远、宁夏、青海、新疆、陕西等省的地理、历史、政治、军事、经济、文化、教育、宗教、民俗、社会生活等实况,对新疆多记述变乱、交通、物产、教育诸情况,并详述了马仲英部队对天山北麓居民生活带来的毁灭性影响。与陈赓雅曾同行的记者徐弋吾1935年5月东归途中,阜康县长"招夜餐,同行五人各食鸡蛋二枚,清茶一杯"[⑤],并致歉说:"敝县僻处山隅,无物可以款客。仅就鸡蛋而言,每个售省票五十两,昔

① 黄慕松:《新疆概述》,沈云龙主编:《近代中国史料丛刊续编》第46集,台北:文海出版社,1974年。
② 杨刚毅:《新疆问题讲话》,昆明:武定同文印刷社,1935年,第194页。
③ 李天炽:《新疆旅行记》,《大公报》(天津版)1934年7月2日,第3版。
④ 冯有真:《新疆视察记》,上海:世界书局,1934年,第141页。
⑤ 徐弋吾:《新疆印象记》,西安:和记印书馆,1935年,第227页。

年骆驼两头,亦为是价。"① 途经三台时,沿街 "乞丐不绝于途,蓬头垢面,状极凄惨"②;木垒 "沿街破屋残墙,妇孺裸体露腿"③。可见1930年代初新疆内乱之于天山北麓社会经济的严重摧残。冯有真也说:"故战后区域,或则地方糜烂,房舍悉遭焚毁,或则死伤枕藉,尸骸漫遍荒野,情状之惨,得未曾有。概计连年战役,人民牺牲者,当不下数十万,财产之损失,尤不可胜计。现在各地灾民,以无家可归,无田可耕,颇多匿处深山中,寝树枝,食草根,度原始时代人类之生活。若长此以往,不谋救济,则民心离乱,铤而走险,新疆前途,实不堪设想也。"④

二、盛世才主政中期:"谜一样" 的新疆和真实性诉求

实际上,由于20世纪30年代初新疆与国内其他地区间运输交通的相对困难(盛世于1933年12月14日拒绝欧亚航空公司飞机飞行新疆,航线只有迪化至兰州一线⑤、新绥运输公司公路运输计划之多变),加之新疆战乱频发,民国政府势力几次介入新疆内政的失败(黄慕松、罗文干等宣慰入新),之前杨增新、金树仁执政新疆时也对前往新疆的内地人员多存戒心和多方限制,所以 "到新疆去" 在当时若非特殊身份几乎不可能实现,国内研究新疆的如火如荼与来自新疆自身声音的寥寥无几、国人了解新疆的迫切需要和实地考察之艰难不易,形成了鲜明对比。赴疆人数少、难度大是造成 "谜一样的新疆" 的根本原因,正如吴绍璘所说:"新省僻处塞外,孤悬西北,不为

① 徐弋吾:《新疆印象记》,西安:和记印书馆,1935年,第227页。
② 同上。
③ 同上,第234页。
④ 冯有真:《新疆视察记》,上海:世界书局,1934年,第63页。
⑤ 参见马飞熊:《回忆解放前的新疆邮政》,中国人民政治协商会议新疆维吾尔自治区委员会文史资料研究委员会编:《新疆文史资料选辑》第一辑,乌鲁木齐:新疆人民出版社,1979年,第141页。

一般人士所明了其实况，致多疑为荒凉无足述，艰苦不堪言。或困于物力，阻于环境，虽欲有志于边地，而无由得以进行，故谈新疆者，非色然以沮，即慨然以叹。是则新疆前途之黑暗，终不能入于光明境地者矣。"[1]

同时，当时新疆与国内其他地区的邮政通讯条件恶劣，新疆当局对往来人员的信件一向排查甚严，有线电报等通讯设备在战乱中被大量毁坏，造成当时国内主流报刊上关于新疆的报道相对非常匮乏。30年代新疆的真实情形对于绝大多数读者来说是非常隔膜的，造成研究讨论热闹却无法解决新疆实际问题的情况普遍存在，可以说新疆仍然是一个"谜"，正如冯有真所说："然新疆究为一若何之所在？穷乡僻壤乎，抑宝藏丰富之区乎？新疆之事变，究为若何之性质？军人争权夺利乎，抑种族仇杀乎？中央对新疆究应若何措置？听其自然乎，抑协同地方当局锐意开发乎？凡此种种，吾恐国人之能有正确之概念者，万不得已。"[2]

由是，能有机会赴疆考察的记者、学者和公务人员等都会秉承直言力谏之使命和知无不言之自觉，黄慕松的《新疆概述》分二十一章，详细介绍新疆政治、军事、财政、对外关系、宗教、实业、交通、移民概况、建省情形、地理志等方面情形。随同外交部长罗文干入新的冯有真于1933年8月25日搭乘欧亚航空公司民航机由南京起飞，途经西安、兰州抵达迪化，后由塔城经苏联而返。其《新疆视察记》（1934年）主体内容分为三部分，上篇为有关新疆沿革、种族、物产等的介绍；中篇详述民国以来新疆的历任主政者，使当时国内对西北政局几乎隔阂的读者对于该省面临惨痛危殆之局有所认识；下篇为建

---

① 吴绍璘：《新疆概观·例言》，南京：仁声印书局，1933年，第2页。
② 冯有真：《新疆视察记》，上海：世界书局，1934年，第1—2页。

议,就作者观察所得,对于如何收拾危局提供八项意见。成书于1933年的吴绍璘《新疆概观》共设三篇19章,上篇为历史沿革,中篇为经济实业,下篇为新疆事务。上篇《纵的新疆历史观》分8章,中篇《横的新疆地理观》分7章介绍新疆的疆土、种族、交通、物产、经济、社会等,下篇《一般攸关新疆的事业观》分4章介绍国民党与新疆、帝国主义包围下的危机、中西考古团、国内舆论界中的新疆。杨缵绪《现在的新疆》分财政、军事、外交、内政、实业、教育六编分析新疆之优劣利弊。陈赓雅《西北视察记》序言中称:"所持之旨趣,则异乎是:举凡各地民俗风土、政治经济、社会状况,均在采访考察之列。名山大川、古迹胜境,假以机缘,固往登陟;而荒陬废垒、破窖羊圈,亦多加造访。当地名流、地方当局,自往讯以社会之情事、设施之概要;而农夫力役、编户矿工,亦就以探索生活环境之实际资料。俾转以公诸社会,并供负责治理及研讨学术者之参考。信能循兹以为兴革政俗、改进社会之张本,则作者间关跋涉之劳,庶几其不等诸虚化,而足以自慰于万一者乎?"① 易无敌号召去新者必须深切考察新疆之方方面面:"遍历城市乡村、高冈原野周察后,就地测计,按实发挥,以贡献于邦人君子。不可使于未去之前,捕风捉影,悬揣虚度,发抒开发之说论,列举整理之方案,则非国人所望于去新者之初志也。"② 即使是在《旅行杂志》汇编的《西北行》一书序言里,编者潘恩霖(中国旅行社经理)也特地指出,此书刊行的目的是响应"开发西北"之时代需要,"胥人能尽其材,地能尽其利"③。

---

① 陈赓雅:《西北视察记》,《中国西北文献丛书》第193册,兰州:兰州古籍书店,1990年,第5—6页。
② 易敌无:《到新疆去》,《边铎》1934年第1卷第3期,第265页。
③ 潘恩霖:《〈西北行〉序言》,茅盾等:《西北行》,桂林:中国旅行社,1943年,第1—2页。

　　翁文灏在为杨钟健《西北的剖面》作序时曾引李希霍芬《中国》为范例，指出："科学的、有意义的游记，在中国文学中真还是不大多见。我个人的意见，以为专弄文辞的著作，或像起居注化的记载，虽然各有好处，但都不能算作真正的游记。"[①]"真正的游记"与"老式游记"的不同在于："至少要使人读了能有像身临其境的真切感想，或者更进一步，能对于其地得到一种提纲挈领的了解。"[②]可以说，不以审美消遣而以科学建言为诉求的写作传统是贯穿于民国新疆游记始终的一条红线，因为无论是接续西北舆地学文风的清末民初的新疆之行，还是声气相通于开发西北声浪中的30年代的新疆之旅，或是基于新疆考察勘探科学实业需要产生的40年代前期的新疆游记，几乎都将获取认识对象之科学知识、凭借客观观察以求认识新疆真相作为基本归的，美学价值和心灵寄托从不是新疆旅游兴起之前新疆游记的主导诉求。

三、盛世才主政后期："抗战"交通线上的"新新疆"

　　徐弋吾的新疆之行正值新疆由乱而治的过渡时期，其抵达迪化后适逢新疆第二次全体民众代表大会（1935年4月10日—1935年4月25日），他全程参会观摩了"四一二"二周年阅兵式、大型市民游行、纪念博览会等，亲见盛世才政权逐渐巩固后新疆形势之好转。20世纪30年代后期则是盛世才主政的鼎盛时期，虽然政治上弥漫着高压恐怖之氛围，经济军事上深受苏联之干涉牵掣，但相对于大片国土沦陷于日寇铁蹄之下的严峻局面，处于大国政治博弈十字路口的新疆，既有相对和平安定的政治局面，又有先进共产党人的文化播种，

---

① 翁文灏：《翁序》，杨钟健：《西北的剖面》，北京：生活·读书·新知三联书店，2014年，第3页。
② 同上，第3—4页。

加之仿效苏联较有成效的经济建设计划,新疆终于缓步走上现代工业之路。各地公路建设成绩显著、现代水利设施初步建立、农林牧业发展有序、现代新闻出版事业初立、各类文化教育场所日渐完备、各类社会组织团体活动频繁,各地文化促进会的开展一定程度上平衡了传统宗教与现代文化之间的紧张冲突,数次民众代表大会的成功举办至少实现了自上而下的政令通达和施政统一。

　　随着1937年夏新疆国际交通运输线的建成,大量抗战物资得以从苏联运往国内其他地区,新疆也成为抗日战争大后方和物资主动脉之一,"这时正当卢沟桥事变发生,新疆因为地域上的关系,因为国家外交政策的转变,一跃而为抗战后方,国际交通线的最重要的省份"①。相对于国内其他地区的兵荒马乱和人心惶惶,西北尤其是新疆开始成为国内民众包括一些知识分子心中相对安定之所,杜重远、萨空了、茅盾、赵丹等个别国内著名文化人奔赴新疆甚至举家迁来,尤其是在抗日民族统一战线指导下,邓发、陈潭秋、林基路、黄火青、于村、李云扬、朱旦华等百余位共产党人参与盛世才政府的工作,这些都在极大程度上活跃了新疆的现代文化事业。

　　比如杜重远于1937年9月底,受铁道部委托到新疆与盛世才商谈修建西北铁路事宜,第一次发表的通讯汇辑为《盛世才与新新疆》,于1938年出版。1938年6月杜重远再次赴疆考察,并于7月初返抵武汉参加国民参政会。1938年10月6日杜重远第三次赴疆,并参加了新疆第三次全民代表大会,后出版《三渡天山》,杜重远对当时新疆面貌的过高美誉起到了大力宣传盛世才政府的社会效应。与杜重远同行的陈纪滢参加新疆第三次全民代表大会是第二次赴疆时,其游记《新疆鸟瞰》于1941年5月由商务印书馆在香港出版,印

---

①　陈纪滢:《新新疆的鸟瞰》,《国民公报元旦增刊》1939年增刊,第39页。

数很少，1942年10月22日陈纪滢第三次抵迪，11月27日东返，1943年3月完成再版内容，"资料完全改新，并增添第二、三两次旅新记事多篇"①。其书共有五章，分别是《盛世才及六大政策》《新新疆的政绩及其他》《十四个民族各代表访问记》《乌鲁木齐河的一叶》《新疆诗歌辑》。总体看，这一时期新疆游记的主体构成是带有政治考察性质的参观访问，很多作者都将游记之作视为沟通中央和新疆地方政府的桥梁，比如陈纪滢就说："这本书出版的目的，除了介绍新疆的真实情况之外，主要的是希望借本书使地方与中央更加密切起来。假使新省当局因此更进一步地为国家为民族担当起重大的任务来，那更是我所祈祷的了。"②

盛世才主政前期坚持"反帝、亲苏、民平、清廉、和平、建设"的六大政策，力主"抗战建新"，当时新疆在交通建设、现代工业、农业机械化等方面，的确呈现出一片繁荣兴盛的景象。比如，为了推进新疆农场和农业实验场的农业机械化进程，盛世才政府从苏联购进的农业机器和农机用具有"双刀犁、单刀犁、'之'字犁、新单刀犁、圆片犁、弹簧耙、弹簧培土犁、人力培土犁、培陇器、松土犁、播种机、种玉米机、播棉机、割草机、收获机、马耙、人拨割麦机、自拨割麦机、十八号打粮机、二十三号打粮机、打玉米机、移民风车、农妇号风车、分种子机、人力清棉机、喷药器、粉碎器、磨刀器、火犁束草机、三十四号打粮机、分析牛奶器、制酥油机等三十二种"③。交通建设上也颇见功绩，茅盾还为庆祝新疆全省公路会议的开幕作《筑路歌》——"不怕高

---

① 陈纪滢：《新疆鸟瞰·再版自序》，重庆：建中出版社，1943年，第2页。又《新疆艺文志稿》中称："著者先后曾三到新疆，初版乃第一次到新疆后所作，再版自序云：'再版资料完全改新，并增添第二、三次旅新记事多篇。'"
② 陈纪滢：《新疆鸟瞰·初版自序》，重庆：建中出版社，1943年，第2页。
③ 陈纪滢：《新疆鸟瞰》，重庆：建中出版社，1943年，第81页。

的山,不怕无边的戈壁,不怕风霜雨雪,我们——为了新新疆的建设,嗨呼杭育,大家一齐用力。"[1]

我们重点看一下文化建设方面。盛世才主政鼎盛期,新疆一度显示出欣欣向荣之貌,之前由于杨增新时代对于新思想新观念的严拒甚防和30年代初新疆与国内其他地区的交通文化隔离,致使新疆本土文坛上最为活跃者大多以旧体诗作为交际酬答的工具或者自娱自乐的雅兴。这也就勿怪乎茅盾称"新疆不但在资源的开发上说起来,是一块'处女地',即在文化的开发上说,也是一块'处女地'"[2]。延至20世纪30年代末大量文化人为躲避战乱来到新疆,新文学才真正在新疆传播开来。

1938年,茅盾在香港与友人萨空了主编《立报》但销路不佳,在与杜重远相识并获赠《三渡天山》后,"那本小册子,的确使我动了去新疆做点事的念头"[3]。1938年底,茅盾绕道越南抵达昆明,1939年1月5日,杜重远、茅盾等人会合萨空了的家属自昆明乘机前往兰州,后杜重远和家人于1月20日乘机,萨空了和茅盾及家人之后先飞赴哈密,后又坐汽车沿天山北麓一线于3月11日抵达迪化[4]。

在迪化,茅盾担任新疆学院教育系主任,讲授《国防教育》与《中国通史》等课程,为培养新疆本土文化人才立下了汗马功劳,并

[1]　茅盾:《筑路歌》,《新疆日报》1939年5月12日,第4版。
[2]　茅盾:《新疆文化发展的展望》,《新疆日报》1939年4月12日,第4版。
[3]　茅盾:《在香港编〈文艺阵地〉——回忆录(二十二)》,《新文学史料》1984年第1期,第20页。
[4]　具体时间有待进一步考证,萨空了女儿萨沄回忆,与茅盾等人抵达哈密后,2月6日盛世才派车接他们赴迪化,2月8日一行人从哈密起程前往迪化。见萨沄:《萨空了》,石家庄:花山文艺出版社,1997年,第61页。茅盾在《新疆风雨》中回忆:"车于三月六日抵达哈密……定于八日上路",第四天"四时许,我们就到达迪化郊外二十公里处"。见茅盾:《我走过的道路》(下),北京:人民文学出版社,1988年,第113、115—116页。

有力地推进了新疆文学创作、话剧演出、漫画艺评等的现代性进程。茅盾在新疆时期创作的作品共计三十余篇,在《新疆文化发展的展望》《为〈新新疆进行曲〉的公演告亲爱的观众》《演出了〈新新疆万岁〉以后》《谈新疆各回教民族的文化工作》等文中,他一面认为新疆文化程度落后,是"文化上的无风地带""文化沙漠"等,一面又肯定盛世才政府"以民族为形式,以六大政策为内容"的文艺政策为新疆带来了"一日千里"的变化,甚至说"用'飞跃'二字来形容它,尚嫌平凡,我们简直可以说,这是'奇迹'"。[①] "一个正确的文化政策会像电流一般振奋起全疆四百万民众的心灵,使在一个目标下,发挥出他们的力量来。"[②] 1940年5月,茅盾逃脱盛世才虎口离开新疆,后在回忆散文《新疆风土杂忆》等作品中,相比较于杜重远、陈纪滢和自己之前的过度美誉,表现出的则更多是审慎客观。

萨空了后来回忆,是盛世才"言辞和态度的恳挚,感动了重远和我,不只我们答应了给他帮忙,还决定了代他邀约更多的朋友"[③]。在接受了新疆日报社副社长的任命后,萨空了返回内地,"为新疆购办文化工具,罗致办报和改造印刷厂的技术人材"[④],并于1939年3月10日,"我们这个为新疆输送文化工具并介绍技术的远征队,决定由香港动身向迪化进发"[⑤]。汽车队于9月13日抵达迪化。此行所撰写的日记由于战乱,在40年代初遗失大半,后在1942年接受《半月文萃》编者金仲华的邀请,萨空了以"已写成的这几万字,重燃了我完成这本旅行记的意念,遂以二十天的时间,凭了残余不全的日记和追

---

① 茅盾:《新疆文化发展的展望》,《新疆日报》1939年4月12日,第4版。
② 茅盾:《六大政策下的新文化》,《反帝战线》1940年第4卷第1期,第14页。
③ 萨空了:《从香港到新疆·序》,银川:宁夏人民出版社,2000年,第2页。
④ 同上。
⑤ 同上,第1页。

忆，写就自香港到皋兰的部分"①，"半个月的旅行，走了大半个中国……可是它也是我一生中最值得纪念的旅行"②。

　　除了杜重远、茅盾、萨空了，1930年代末，中原地区的文化人曾掀起过一个小小的赴疆高潮，如画家鲁少飞，艺术家赵丹、徐韬、王为一、朱今明、易烈，作家高滔，农学家涂治，工程师江浩、史杰等，以致赵丹感叹："寻求'生路'和'新路'的人，纷纷投奔这块'乐土'而去。"③大量赴新知识人新鲜力量的辛勤浇灌，带来的是现代新疆文化事业的崭新气象，剧作演出、新闻出版、文协画展、训练干部、编选教材、冬学运动、宣传壁画……这些都极大推动了新疆文化建设的现代进程。虽然大多数文化人1940年代陆续都返回内地，但通过传道授业和实地访察，他们在新疆各地所埋下的科学、理性、革命、进步、启蒙等的种子已撒布天山南北，并随时等待条件适宜时破土而出。

　　由于新疆现代新文化的初始阶段恰与新文学进入20世纪30年代争取民族解放大业的纵深阶段相重叠，这使得新疆新文化呈现出与国内其他地区新文学不同的发展路线。一方面，在茅盾等一批中原地区先进文化人身体力行、朝气蓬勃的抗日文化实践活动中，新疆本土文学在1930年代末曾达到与国内主流文化的共振频率；另一方面，在以茅盾为代表的新文化干将的边地拓荒事业中，新疆文学看似迅速而及时地补上了启蒙这一课，但是，由于这些活动始终是在盛世才政府"以民族为形式，以六大政策为内容"的文艺政策直接指导下进行的，加之新疆民族历史的复杂性和政治局势的多变性，使得新疆的新文学进程依然远远滞后于国内其他地区，并可能偃旗息鼓调转方向。

---

① 萨空了：《从香港到新疆·序》，银川：宁夏人民出版社，2000年，第1页。
② 萨空了：《由皋兰到迪化（下）：从星星峡到迪化》，《半月文萃》1943年第1卷第9、10期合刊，第39页。
③ 赵丹：《地狱之门》，上海：文汇出版社，2005年，第108页。

四、国内现代旅游业初创期的新疆游记

自清中叶以来,在新疆人口相对聚集城镇就形成了以亭阁、庙宇、街市、会馆、戏楼等为主体的市民娱乐空间,如乾隆年间国梁笔下已有介绍迪化博格达峰、红山、达坂城、盐池、水磨沟、七道湾、人民公园、卡子湾八地风景名胜的组诗《轮台八景》,并分别将其概括为"圣山雷雨""虎峰水树""七岭锁云""两池酿玉""暖泉漾碧""大冶霏青""西亭花坞""北湾稻畦"。水磨沟已是清末赴新官员行至迪化的必游之地,如方希孟在《西征续录》中称赞其地"南望博格达,三峰笏列,雪光莹莹,晴霞烘照,俨如一幅红玉屏风,横排天半,真西方阎婆提中一灵界也"[①]。民国初年赵瑞保也曾追记水磨沟之戌午亭、泉潭花樨、水渠石基、凉亭饭庄,并赞"亭阁之四围,皆松柏参天,阳光不入,微风吹动,涛声澎湃,自疑身外,即仙境也"[②],迪化西门外五里的海子沿"湖之西有关帝庙,每至六月六日,演戏三天。又堤之四周,有茶馆饭棚,清风吹动,水声濯濯,亦游览之佳所也"[③]。

虽还有邓缵先笔下"树色添岚影,溪声杂鸟音"(《夏日游巩宁城北水磨沟迎曦亭》)[④]、"红山佳气抗天山,携樌重游信往还"(《春日约侣重游红山》)[⑤]这样的动人景象,但在谢彬、林竞等旅者笔下,民国初年迪化娼赌盛行、健康娱乐匮乏,其笔下汉族百姓的精神状态普遍颓靡,其休闲出游的方式多是参加一些酬神报赛的庙会活动,作为市民娱乐交往之盛会,上巳节的迪化娘娘庙、水磨沟庙会,甚至于"举

---

① 方希孟等:《西征续录》,兰州:甘肃人民出版社,2002年,第142页。
② 赵瑞保:《新疆风土谈》,《南开思潮》1919年第4期,第27页。
③ 同上。
④ 邓缵先著,黄海棠、邓醒群点校:《毳庐诗草》,上海:华东师范大学出版社,2012年,第54页。
⑤ 同上,第71页。

城若狂,虽途遥数十里,风尘十万斛,亦多扶老携幼。然究其实,盖边城娱乐无方,假酬神演剧之机会,聊借以稍舒其生活之沉闷而已"①,可以说,新疆现代旅游业之萌芽远远滞后于中原地区。

仅就迪化的民间娱乐活动而言,一直到20世纪30年代,红山嘴子庙会、社火灯会等仍然很受欢迎,20世纪三四十年代,抗日内容的现代话剧和曲子戏、秦腔、河北梆子、河南坠子等传统戏曲的演出也颇为热闹,这类精神娱乐活动当然不能视为旅游,但对于迪化各民族民间艺术的融合和广场市民文化的培育功不可没,这些也成为迪化市民从传统民间娱乐向现代市民消遣之过渡形态,而作为迪化本地居民短途出行、休闲游玩的主要空间形态,还要得益于公园广场等公共休闲场所的建设。

从休闲观光之公园来看,清末迪化只有澜园、说园、明园、竹园等私人园林,1918年后,在之前鉴湖公园的基础上,"由杨增新及当地的官吏、富商、巨贾、士绅集资,并请来内地工匠,兴建了丹凤朝阳阁、阅微草堂、醉霞亭、春晓亭、茅亭等亭台楼阁。1922年完工,命名同乐公园"②,意为公共游乐空间,体现了现代意义上的公园涵义。吴绍璘赞美同乐公园"其地茂林清泉,沉静雅丽,有池沼亭树画艇雕阁之属,鲜花名草之美,大都中西参半,为新省首屈一指之名园。每届春秋佳

---

① 吴绍璘:《新疆概观》,南京:仁声印书局,1933年,第270页。相近文字如:"百货骈集,士女云荟,竞妍斗艳,举城若狂,虽途遥数十里,风尘十万斛亦不惜。扶老携幼,命驾奔至。然究其实,并无何种新奇之事,仅优孟衣冠之点缀,盖边氓娱乐无方,假酬神演剧之机会,借以稍舒其生活之沉闷而已。"见太平洋书店编:《新疆》,上海:太平洋书店,1933年,第147—148页。

② 新疆维吾尔自治区地方志编纂委员会、《新疆通志·城乡建设志》编撰委员会:《新疆通志·城乡建设志》,乌鲁木齐:新疆人民出版社,1995年,第303页。同乐公园为杨增新所命名,又建有杨将军纪念楼,所以也称"杨家祠(一名同乐公园,现称迪化市立第一公园)"。见徐弋吾:《新疆印象记》,西安:和记印书馆,1935年,第142页。

日，仕女如云，熙来攘往，最称热闹"①；1935年徐弋吾也来此一游：
"祠后有鉴湖，湖水澄澈，中置小亭，岸然孤立，游艇数艘，徜徉湖心，
别饶情趣。夏日游人，如过江之鲫，流连忘返，信有然矣。"②盛世才时
期将鉴湖公园改名为"迪化第一公园"，后改名为西公园、中山公园
（今称人民公园、西公园），40年代后期鉴湖公园园内已有鉴湖、湖心
亭、植物园、动物园、影虹桥、长亭、骄子桥、醉霞亭、阅微草堂、和平纪
念碑等景点③，景致也是"林木扶疏，绿波荡漾，小桥玲珑，流水淙淙。
游人云集，悠然自得"④。

　　除公园外，在30年代的游记作者笔下，提及较多的迪化游玩之
地还有水磨沟、温泉、南山等。30年代初吴绍璘称水磨沟"夏时游人
纷至，辄终日不肯去"，"虽距城甚远，游人亦不惜命驾颁至"，⑤40年
代还有去过农事试验场（东花园）、明园（西郊桃园）、乌拉泊等地的，
甚至有些作者会去头屯河（如黄汲清）、煤矿（如李烛尘）、天池（如徐
炳昶、茅盾）等地一游。

　　在迪化之外，新疆的现代旅游事业虽未起步，但也有了一些舆论
先声，比如如果我们细读并考证一下分三次发表在《旅行杂志》上的
《新疆漫游》⑥，或许可以揭示出更多的历史秘密。这篇署名"天涯游
子"的新疆游记着力最多处是介绍新疆的食宿交通、历史古迹、独特

---

① 吴绍璘：《新疆概观》，南京：仁声印书局，1933年，第130页。
② 徐弋吾：《新疆印象记》，西安：和记印书馆，1935年，第142页。
③ 杨宇飞：《塞外江南——乌鲁木齐古迹名胜》，《兰州日报》1948年1月13日，第2版。
④ 《吴忠信主新日记》，《中国西北文献丛书二编》第37册，北京：线装书局，2006
　年，第236页。
⑤ 吴绍璘：《新疆概观》，南京：仁声印书局，1933年，第131页。
⑥ 天涯游子：《新疆漫游》，《旅行杂志》1940年第14卷第9—11号。杨镰整理后改
　为《人在天涯》再版，并考证此书反映的是30年代的新疆面貌："它反映的是本
　世纪30年代的西北情况，这是确定无疑的。……1929年就是它的上限……1939
　年则是它的下限。"见杨镰：《天涯并不遥远（代序）》，天涯游子：《人在天涯》，
　乌鲁木齐：新疆人民出版社，2000年，第10页。

风景、奇闻异事等，尤其是对那些背景殊异、经历奇特而辗转挣扎于社会底层的普通民众给予了最多笔墨和注目，这也使得该游记具有了更多平民视角和民本情怀。比如在哈密汉城的那位店铺老板并不因为"我们"嫌贵不买就冷淡待之，反而更加殷勤热情地招呼"我们"喝茶；在从哈密二堡到奇台的路上，有一群与"我们"同行的陕西商人，他们每五年徒步几千公里回口内探亲一次，回家时将"车子里都装做载得有满满的货物和钱财的样子"，将在奇台做店员的菲薄收入悉数带回家，"离家时仍是光身上路，等'到口外去发了财'再回去"①，一行18人只有一匹骡子，每人挑着一根扁担，系着装有衣服碗筷和面粉的两个篮子，足见其光景之窘迫清苦。但到了奇台之后他们则变成衣着体面的绅商了："我们几乎认不得他们，同在路上自己挑行李铺盖和水罐等的那种困顿形状，真是不啻霄壤了。"②在从迪化到塔城的沿途，作者的笔力更是集中于对沿途所见人事的记录上，交通路况、自然景观、物产商业更是被推至背景直至隐约不见了。与"我们"同行的车夫"有一种搜集地上遗物的特殊能力，无论拾到什么东西，他就放在那只挂在车上的袋中，保存起来"③。过了奎屯河在"荒凉僻野到了极点"的寒沙潭，一行人遇到了十几岁就从西安老家逃出来并在新疆流浪了半个多世纪的兄弟俩，"他们惟一的娱乐事情，是同从中原来的过路旅客，坐着闲谈，特别高兴听到关于最近的西安的改变情况"④。作者还见识到一位来自山东乡村的"被埋没的天才相声家"⑤，他擅长模仿各种狗类打架、绵羊叫声、家禽噪声以及

---

① 天涯游子：《人在天涯》，乌鲁木齐：新疆人民出版社，2000年，第115页。
② 同上，第129页。
③ 同上，第141页。
④ 同上，第144页。
⑤ 同上。

留声机里俄国歌曲的声音。在赴玛雅图的途中,还遇到了一位帮忙烧水煮茶的哈萨克女人,她的丈夫是一个在沙漠中到处流浪的湖南人,真是"一对由天南地北而结合起来的夫妇"①。这让作者不由得感慨:"在这谜似的西北地区内,颇多这种谜似的奇怪人物,他们的过去只有他们自己一人知道,而永远的被埋掉、被遗忘了。"②或许如杨镰在《人在天涯》的序言中所说:"他关注的是人的命运、人的历史、人的发展、人的苦难,而古城古迹是人类过去的记录,山川河湖是人的生存环境。在这苍穹之下、荒野之上,只有人才是真正体现出西北特点的主体。"③

更值得注意的是,这本书与1929年三位英国修女(米德莱·凯伯、佛兰切斯卡、伏连契)创作的《西北边荒布道记》④内容相近。后者记述的是1923年6月到1926年三人离开山西霍州前往甘肃新疆布道,并经塔城辗转前往伦敦的经历。《新疆漫游》所记行程与之完全相同,且凡是《修女西行》所记述的沿途各事,《新疆漫游》也悉数记录。不同只在于《人在天涯》的叙述更为生动具体,且还穿插了其他地方的各种遭遇,如过沙泉子后沙漠傍晚的寒冷"使人肌骨皆寒"⑤、博格达山脚下的山风"可使人群驼队全数毁灭,车子吹为碎片,人马俱为旋沙所埋"⑥、"真正是个西北的大都会"的奇台等都是之前不少新疆游记中已经提到的情景。笔者认为,《人在天涯》极有

---

① 天涯游子:《人在天涯》,乌鲁木齐:新疆人民出版社,2000年,第146页。
② 同上。
③ 杨镰:《天涯并不遥远(代序)》,天涯游子:《人在天涯》,乌鲁木齐:新疆人民出版社,2000年,第6—7页。
④ (英)米德莱·凯伯等著,季理斐译:《西北边荒布道记》,上海:上海广学会,1930年。
⑤ 天涯游子:《人在天涯》,乌鲁木齐:新疆人民出版社,2000年,第97页。
⑥ 同上,第118页。

可能是参考了众多新疆游记汇编而成的旅游文本。[①]作者一行的旅行路线与记录语体，已经非常接近于消费文化背景下的游记书写方式了。同时，这两个文本之间的时间落差（叙述时间相差10年，故事时间相差20年）也会造成新疆形象传播的滞后或错位。

第三节　国民党主政时期：从"到西北去"到"问题新疆"

如果说20世纪40年代之前能有机会行旅新疆者，大多为担负政府委派要务或科学考察工作的行政官员、科学家、实业家、学者、记者、文化人等，他们所著的新疆游记数量历历可数且多留诸单行本于世，那么，40年代之后最大的变化则是出现了大量几何式激增的普通公务人员的单篇新疆游记，并更多发表在各类杂志报纸上。这一方面是因为国民党直接治理新疆后国内其他地区与新疆的人员流动日渐频繁，另一方面是随着交通条件的改善，为普通人出游新疆提供了可能性。20世纪40年代前期，在国民政府"开发西北"和"到西北去"的舆论造势和中原地区战乱灾荒引发的大规模人口流动的现实推动下，出现了一些或政府组织或民间自发的科学考察团和移民屯垦潮，"但是将西北开发与抗战建国过分紧密地联系起来，势必会降低西北开发真正意义，使其成为暂时性的军事战略的一个组成部

---

① 杨镰在为《走进西部》撰写的序言中也说："有一段时间，《生死天山》的作者'天涯游子'、《西北视察记》的作者陈赓雅是我的'难题'。我查不到'天涯游子'的真名；我找不到涉及陈赓雅的任何资料。"后在《中国现代文学作者笔名录》中也只找到了陈赓雅的生平介绍。转见杨镰：《守望绿洲》，乌鲁木齐：新疆青少年出版社，2011年，第178页。

分"①。40年代中后期,因为现实中的新疆陷于复杂内乱而前途未明,由此民国新疆游记中关于新疆的介绍主要呈现出两大面向:一是从官方宣传视角出发美化新疆,号召人们"到新疆去";二是从新疆民间视角出发,暴露新疆的混乱时局和社会问题,努力破解"谜一样的新疆"。

一、40年代前期:"到西北去"声浪中的移民屯垦和赴新考察

"到西北去"之声浪始自30年代,大规模赴新考察团的活动在盛世才主政后期就已陆续展开,但由于这些舆论造势和开发活动都与国民政府密切相关,所以置于本节述之。国民政府对于新疆建设开发的擘画始自孙中山,其《建国大纲》中的开发西北思想多为国民党要人所汲取,经过长达数年的舆论铺垫,1932年,行政院秘书长褚民谊等人提出了《开发西北案》,国民党四届三中全会及国民政府中央政治会议相继讨论通过了"开发西北"议案,并决定设西北拓殖委员会,其下分设国道局、劝业局、采矿局、垦殖局,分别从事有关西北各个方面的开发事宜。民国政府行政院于1934年2月成立了新疆建设计划委员会商议谈论具体方案,褚民谊兼任主任委员,全国经济委员会于1934年2月成立西北办事处,并致力于推动西北交通建设、移民垦殖、兴修水利、资源勘探等各类开发计划,同时一大批国民党中央要员始赴西北考察,并尤其重视交通、屯垦、经济、教育等方面。不过30年代国民政府的西北开发计划多停留于筹划阶段,当时就有文章指出:"当东北三省沦陷时,有不少人抱着'失之东隅,收之桑榆'的念头,于是'开发西北'的声浪便高唱入云。政府方面常派员视察陕

---

① 胡卫清:《简论南京国民政府时期的西北开发运动》,《石河子大学学报》2002年第4期,第53页。

甘,银行界亦多派人前去考察,热烈踊跃,大有蓬勃气象。幕外的观众亦都暗自心喜,以为中国的西北半壁江山,不久亦许会恢复成汉唐盛世的繁华世界,谁料好事多磨,'开发西北'的调子虽然鼓吹了这几年,不但没有弄出半点具体成绩来,甚至连这个空调儿亦没人喊唱了。"①《大公报》更是尖锐地说:"'开发'的声浪,喊的震天价响,好像一天不办饭都顾不得吃。实际也不过是中央委员、政府代表说着好玩而已,话虽说了有万千句,工作则毫未进行。"② 当然,开发建设新疆之政策迟迟未能付诸实践,很大程度上也和国民政府一直面临的战争危机以及新疆"半独立状态"的地方军阀当政有着直接关联。

相比于中原地区的战乱饥荒,抗战中的新疆相对而言较为安全稳定,抗日战争后随着新疆国际交通线的开通和新疆战略重要性的凸显,"开发西北"的声浪再度高涨。时人评论:"'开发西北''建设西北'等口号风起云涌,颇有雨后春笋之势。"③ 尤其是国民政府恢复对新疆直接统辖权后以动员内地民众屯垦新省为治理新疆之基本政策,更是出现了政府组织或内地人员自流入疆的一股潮流。国民政府曾多次制定分批前赴新疆之工作计划和组织移民前往新疆屯垦,如1942年农林部长沈鸿烈曾"至迪化,与新疆方面商议利用国际运输回程车移河南灾民入新问题"④。到1944年底,共移运万余人,河

---

① 金鉴:《开发西北的"人"与"财"问题》,《边疆》1936年第1卷第4期,第1页。
② 《绥新通车与西北交通》,《大公报》(天津版)1933年9月2日,第4版。
③ 蒋鼎:《从国防观点泛论西北工业建设》,《军事与政治》1943年第4卷第5期,第41页。
④ 新疆社会科学院历史研究所编著:《新疆简史(三)》,乌鲁木齐:新疆人民出版社,1980年,第255页。阎东凯、张莉《民国"开发西北"中一次未竣的移民计划——1942年至1944年的新疆移民》一文曾详细考证移民来源人数、组织运输、安置措施等,指出"实际上此次的移民大部分来自河南省,少部分来自山东、河北、陕西、甘肃等省",见《民国档案》2006年第3期。

南、山东、甘肃、河北难民多居留在自七角井至玛纳斯的天山北麓沿线。徐苏灵在《新疆内幕》中曾提及他在安西遇见了一家七口推着独轮车，从山东老家出发几千公里，投奔早先"在哈密种菜园子的老弟"[1]，徐苏灵将其誉为"伟大的家庭的长征的精神"[2]，其弟是"开发大西北的先行者"[3]。

为了配合这一潮流，众多有机会赴疆行游之作者在通讯演讲中不断美化着新疆形象，凌鸿勋在演讲中对新疆交通建设的发展予以积极肯定："新省公路，什九坦荡平直；时时可以走几十里远，不必转弯"，"愈近迪化，土地愈为肥沃，城市愈为繁荣……由迪化再往西去，地方更好，人烟更多……过乌苏后，渐入风景区。中国内地的同胞恐怕做梦也想不到，在新疆省的极西端有这么好的一个风景区……伊犁真是一个好地方……希望在今后一年之中能设法帮助两万人到新疆去"。[4]汪昭声《到新疆去》也提到西北公路局和交通部驿运总处，沿途为移民所提供的服务驿站和照料干事等人事便利。此书以《朱馏先先生在招待第二批赴新疆工作同志茶会上的训词全文》为序，主旨"在使一般对新疆感兴趣的同胞，对新疆更有一番深刻的印象"[5]《到新疆去》附录还勾勒出一个地大物博、衣食无忧、气候宜人、待遇优厚、歌舞升平的新疆形象。如《新蜀报》上的《兰迪之间》一文说："在迪化，我一共住了六天，还有一个显著的感觉，就是迪化人民生活之悠闲，看秩序，不似他处之忙乱。"[6]引《中央日报》上的

---

① 徐苏灵：《新疆内幕》，重庆：亚洲图书社，1945 年，第 11 页。
② 同上，第 9 页。
③ 同上，第 11 页。
④ （英）米德莱·凯伯等著，季理斐译：《修女西行》，乌鲁木齐：新疆人民出版社，2013 年，第 172—173 页。
⑤ 汪昭声：《到新疆去》，重庆：天地出版社，1944 年，第 1 页。
⑥ 《兰迪之间》，汪昭声：《到新疆去》，重庆：天地出版社，1944 年，第 84 页。

《新新疆的展望》称:"但新疆绝不是像一般所误认的所谓'不毛之地'。相反的,那里风景幽美,物产丰富,尤其南疆气候和煦,正如长江流域相仿佛,更是值得使人羡慕的所在。"[1]用以引发时人对新疆的向往想象,并时时不忘召:"'不到新疆不知西北的伟大,不到西北不知中国的伟大。'盼望内地人多多到边疆来参加建设工作!"[2]盼望新疆军民"与我全体同胞共同捍卫这一在天山瀚海间的最强大的干城"[3]。

除了大量民众力量的注入,伴随着"开发西北"的声浪和1943年国民党新疆省党部重建,民国政府也相继派出了大量作为建设新疆先声的科学考察团和宣教三民主义的军政人才,如民国政府经济部组织的西北工业考察团、国民党中央设计局组织的西北建设考察团、教育部组织的新疆考察团、农业部组织的西北水利考察团等,因在前文已详述,这里仅举代表游记观之。

作为我国现代盐碱工业的开创者,李烛尘曾多次去西南、内蒙等地勘察盐碱,1942年他参加西北工业考察团勘查西北盐碱资源,《西北历程》一书主要记录了他于1942年10月9日至1943年2月13日参加西北工业考察团赴甘、青、新、陕等地实地考察经济资源、工矿物产等的行程所感,尤其是从哈密—迪化—伊犁沿途所见盐、煤、铁、金、铜等各类矿产资源的分布情况。书中作者还对新疆自然景致、民族风俗、时政外交、历史遗迹多有描述,为我们了解盛世才治疆后期北疆地区的工业发展、政治举措、民族面貌以及地理景观留下了较为鲜明生动的客观记录。黄汲清于1942年11月12日自成都起飞,翌日到迪化,次年5月10日离迪返回,之后黄汲清撰写出版了两份地质

---

① 《新新疆的展望》,汪昭声:《到新疆去》,重庆:天地出版社,1944年,第113页。
② 《迪化通讯》,汪昭声:《到新疆去》,重庆:天地出版社,1944年,第94页。
③ 《新新疆的展望》,汪昭声:《到新疆去》,重庆:天地出版社,1944年,第116页。

报告和游记《天山之麓》，详细记载了独山子石油调查情况。《天山之麓》中着墨最多之处，一是详细记录了在北疆独山子、南疆库车一带进行石油地质勘查的野外宿营生活和工作流程日志，二是详细记录了在南北疆工作时所见到的普通民众的生活情趣。

考察视角中值得注意的一个变化是，相较于民国前期的赴新科考者最关注的交通建设和屯垦移民问题，民国后期的赴新科考者因多为理工出身或技术人员，加之新疆交通和移民的推进对农业生产和定居生活的需求，水利建设问题受到更多关注[①]。罗家伦在担任西北建设考察团团长考察新疆时说："有水斯有人，有人斯有土，有土斯有财。"[②]王新文1947年9月引述从事西北实业建设事业的沈怡在《大公报》上的撰文："今日西北（新疆）非地广人稀，乃地广水稀。"[③]又引考察新疆后于右任在中枢纪念周上的讲话："水利在新疆真是第二生命，假使中央对新疆的建设扶助，先由水利做起，使每个人感受到切身的实惠，对中央扶助他们必更增加信心。"进而高呼"开发西北，交通第一，建设新疆，水利第一"。[④]另外，专论新疆水利的著作有倪超《新疆之水利》（商务印书馆，1948年）；潘泰封《西北水利问题提要》（1942年）、张其昀《西北问题》（1942年）、徐旭《西北建设论》（1944年）、许崇灏《新疆志略》（1944年）、张之毅《新疆之经济》（1945年）等也都有涉及水利问题。

[①]　20世纪50年代储安平在《新疆远景》一文中也说："谈新疆的农业，得先谈新疆的水利。自古论新疆的人都有这样一句话：有水斯有土。"储安平：《新疆新面貌——新疆旅行通讯集》，北京：作家出版社，1957年，第206页。

[②]　罗家伦：《西北巡礼》，"国史馆"、中国国民党"中央委员会"党史委员会：《罗家伦先生文存·演讲下》，台北：近代中国出版社，1988年，第252页。

[③]　王新文：《从建设新新疆谈起》，《青年中国周报》1947年第49、50期合刊，第3版。

[④]　《新疆观感——于院长在中枢纪念周上报告》，《兰州日报》1946年9月19日，第4版。

二、40年代中后期：直面新疆现实问题

记录新疆由治而乱转折点的是罗家伦，他曾前后两次赴疆，第一次是1943年8月作为西北建设考察团团长率队乘汽车抵达迪化，考察了哈密、奇台、阜康、呼图壁、精河、霍尔果斯等地；第二次是1944年6月作为国民政府驻新疆监察公署监察使飞抵迪化，1945年3月下旬返回重庆，其诗集《西北行吟》的不同版本就恰恰呈现出新疆动乱前后的不同形象。其初次考察新疆时期的诗歌汇编《西北行吟》于1944年在甘肃天水石印数百册，1946年增订后的《西北行吟》补录了其第二次行疆之作，由商务印书馆铅印。初版几乎收录的都是讴歌新疆自然景观的风景诗，书中涉及的新疆自然风光和地理地名有博格达峰、天池、伊犁河、赛里木湖、水磨沟、一碗泉、三口泉、七角井、十八坡等地，表达的主要是对新疆自然奇观的不胜赞叹，诗风或苍劲遒举、大气磅礴，或瑰丽奇谲、细腻宛转。再版后的《西北行吟》补录了自1944年新疆陷入大范围内乱后，伊犁、塔城、奎屯等地的战乱频繁和生灵涂炭。[1]

民国后期，国民政府也多次派出视察团赴南北疆考察，如时任赵锡光中将率领的南疆视察团秘书的陈少甫等到南疆各地召开座谈会，省党部杨书记所领导的北疆党务视察团，于右任、田生芝[2]等作为监察使到南疆的考察等，这其中最具代表性的是作为"第一个单枪匹马走遍新疆的新闻记者"——李帆群的游记。李帆群1945年沿西线考察了昌吉—呼图壁—玛纳斯—乌苏—精河等地；1945年冬沿南线考察了和靖—库尔勒—尉犁—焉耆—轮台—库车—新和—沙雅—

① 　相关研究见潘丽：《罗家伦的新疆行及其〈西北行吟〉》，《昌吉学院学报》2014年第4期。
② 　田生芝：《南疆观感录》，《新疆日报》1948年10月3日，第1、4版。

库车—阿克苏—温宿—乌什—阿合奇—柯坪—阿克苏—阿瓦提—喀
什—乌恰—巴楚—伽师—阿图什—英吉沙—且末—岳普湖—莎车—
泽普—叶城—皮山—墨玉—和田—于阗—且末—若羌—罗布泊尉
犁—焉耆—和硕等地；1947年夏，又考察了东线阜康—吉木萨尔—
奇台—七角井—哈密—巴里坤—伊吾—鄯善—吐鲁番等地。李帆群
以《新疆日报》记者身份游历，但并不讳言现实中的新疆问题，如在
游记中他写道：“五个月来游历，所到之处都是一片呻吟，老百姓赋税
太重叫苦连天，公务员生活困难也叫〔苦〕连天，各机关缺乏中下级
的干部，工作懈怠，机关首长更叫苦连天。此外，社会组织不健全，政
治作风不景气，物价上涨，不开明的宗教势力压力太大，青年人找不
到出路……这种种方面凑合的现象，使得大家都在明望，都在期待，
都在只能呻吟而无法改进的苦闷中，等待着一种新生的力量来到南
疆，来解决那重重叠叠的政治、经济、教育、宗教、生活……各方面的
问题。”[1]

　　在新疆和平解放前的几年里，与国内其他地区相近，新疆整体经
济发展停滞、文化氛围沉闷，如马啸就认为，此时“迪化的文化动态，
一度染上了瘫痪症，生活在文化圈内的人们，亦曾沉闷过一个时
期”[2]。时任张治中将军私人秘书的陶天白说：“由关内到新疆的人，尤
其是汉族的公务员们，多数都没有带家眷，办公以外，没有正常的社
会生活，非常苦闷。”[3]陶天白还是一些新疆重大历史事件之亲历者，
如1946年8月24日，在随张治中视察新疆途经玛纳斯河，面对被炸
毁的长桥和曾作“楚河汉界”之对岸时，陶天白感叹道：“朔漠谁开此
战场？隔年沟垒看低昂。驼羊北走成千对，使节南来第一行。百丈长

---

① 帆群：《一页日记》，《新疆日报》1946年8月19日，第4版。
② 马啸：《乌城秋色》，《新疆日报》1948年8月30日，第4版。
③ 天白：《西域漫记》，《西北日报》1946年12月13日，第2版。

桥余灼砾,千重急水恼沧桑。临流无限荒塞意,旭日东升尚觉凉。"①

　　刻意美化和堪忧现状的扞格不合,造成的是普通民众对新疆真实情况的隔膜不明。比如在邹豹君看来:"沿海各省的人民对于新疆,一向是莫名其妙。住在新疆省内的人民对于内地各省,也是马马虎虎。为什么形成这般严重的隔膜? 新疆地理环境的特殊,实为最大的因素。"②老丹也说:"因为交通的关系,他和本部的往来便隔膜了,隔膜是制造谜的种子。"③白丁说:"我们呢? 还泰半存着莫名其妙的神秘观念,仿佛提到新疆便不期然而想起连天的白雪和无垠的沙漠,胡笳互动,牧马悲鸣,荒凉寂寞,不是人住的地方。"④王希去南疆考察时说:"中国任何一个行省里,没有新疆这样玄秘独特的。"⑤同时,也有一些来新疆的记者、旅游者或是文化人,开始试图通过个人真实见闻来破解一部分的新疆之谜,余航说:"但,她在我们人民的心坎里,直到现在,也依旧只是一个不甚亲切的名字。人们一提起她,就感到神秘陌生,仿佛她就是一个不可解的谜语的别名。"这是"由于一种偏狭的、以个人的利益放在第一位的地方政权一直在统治着这一块相当于全中国六分之一面积的土地,于是使她成为了一个神秘的区域"。⑥李帆群也感叹:"新疆是中国神秘的地带,塔里木盆地是新疆的神秘地带,而我在这里所提及的三角形地方,更是塔里木盆地的神秘地带。""至今,这以库尔勒、若羌与和阗为三顶点的三角形

①　天白:《晴流四溢的北疆》,《新疆日报》1948年10月13日,第4版。
②　邹豹君:《由地理和地缘方面看新疆》,《新疆论丛》1947年创刊号,第24页。
③　老丹:《司徒乔新疆风物画》,《民国日报·觉悟》(上海版)1946年9月24日,第4版。
④　白丁:《风雨飘摇的新疆——记×××将军谈话》,《西北通讯》1947年第1卷第4期,第25页。
⑤　王希:《驰奔在塔里木盆地上(西行散记)》,《新疆日报》1948年8月19日,第3版。
⑥　余航:《神秘的新疆》,《益世报》(上海版)1946年7月31日,第2版。

地带,还依然保留着神秘的风采。"[①]

三、40年代中后期：美化新疆自然形象

不过总体而言,40年代后期发表在《新疆日报》《兰州日报》《甘肃民国日报》等报刊上的新疆游记多以写新疆一城一地的风光印象为主,并着力展现新疆壮美独特之自然地理和人文景观,这部分是出于战争背景下安定民心的政策诉求和民国新疆政府对外宣传新疆正面形象的意识形态导向。张治中到迪化后的一段时期,为扫清与"三区"和谈的障碍,在《新疆日报》上贯彻亲苏的方针,清除一切反苏的迹象,力主维护新疆和平,维护新疆民族联合政府,所以内战消息从不见诸报章。这也反映了民国新疆政治形象书写的悖论处境:越是真实的新疆形象是困难重重、危机四伏、灾祸连连、令人不安的,关于新疆的形象书写就可能越是粉饰太平、歌舞升平、前景无限、让人向往的,当然,这样做也有新疆当局稳定局面的大计考虑。正如程全楚在《新疆起义前的新疆日报》中所提出的,在1948年全国革命形势大发展的局面下,"在国民党统治区的《新疆日报》上,却是一片'平安无事',单纯从新闻事业的角度来看,这确实是自有报纸以来的世界报业史上的一个'奇迹',也可以说是一大'笑话'"。然而"这个'平安无事'不仅起到了稳住全疆和平,止息玛纳斯河两岸枪声,保护各族人民安全的作用,同时也起到了抵消国民党对士兵进行的反革命战争教育的作用"。[②]

另一方面,随着赴疆交通工具的改善、通信设施的进步、国家观念的巩固,以及之前数代中原文化人对于新疆作为资源宝库和国防

---

① 李帆群:《塔里木盆地的三角地带》,《现代》1947年第2期,第4页。
② 中国人民政治协商会议新疆维吾尔自治区委员会文史资料研究委员会编:《新疆文史资料选辑》第四辑,乌鲁木齐:新疆人民出版社,1979年,第126页。

要地不遗余力的介绍,关于新疆的空间想象也势必趋向于常态化和稳定性,其直接表现为对于新疆与国内其他地区"异"和与异邦"似"的联想日益减少,新疆与内地在传统观念中的差距鸿沟不断地为新质的传播内容所填垫。比如,1946年6月监察院院长于右任率团参加新疆联合政府的宣誓就职仪式,之后卢前等陪同于右任前往南北疆考察两个月,主要路线为哈密—迪化—阿克苏—温宿—喀什—库车—焉耆—库尔勒—迪化—天山—哈密—兰州,正如时隔一年后卢前在《新疆见闻》自序中称:"新疆省政又有长足的进展……我知道以我们的同心协力,定能巩固西陲的!"[①]该书《附录》收录的《西域词纪》和于右任《天山集》,多为着力描写新疆自然景致风光、多元民族文化、历史文物古迹的诗词散曲。更有基于朴素爱国本位和满怀未来憧憬者对新疆不遗余力的赞美,如南洋华侨林鹏侠为"介绍侨胞认识新疆之伟大"[②],就对新疆资源毫无吝啬赞美之词,如盛誉新疆"五金百矿,无一不备,而金玉之美,油田之富,尤甲于全世界。外人称之为'世界秘密宝藏',又目为'世界实业复兴之宝藏库'"[③]。

　　另外,与国民党主政后期有意宣传美化新疆相一致,心系新疆的读者们了解到的很少是关于新疆的客观真实报道,而更多是稳定人心、消遣放松的旅游文学。这些作品大量刊发在当时的《新疆日报》《兰州日报》《甘肃民国日报》等报纸上。如《兰州日报》上有《乌鲁木齐古迹名胜》[④]《轮台游记(南疆通讯)》[⑤]《新疆三大古迹》[⑥]等文;

---

① 卢前:《新疆见闻·自序》,南京:中央日报社,1947年,第1页。
② 林鹏侠:《新疆行·自序》,北京:中国青年出版社,2012年,第8页。
③ 同上,第16页。
④ 杨宇飞:《乌鲁木齐古迹名胜》,《兰州日报》1948年1月13日,第2版。
⑤ 《轮台游记(南疆通讯)》,《兰州日报》1948年5月29日、31日,第2版。
⑥ 张伟:《新疆三大古迹》,《兰州日报》1948年7月1日,第2版。

《甘肃民国日报》上有《新疆一年小感》①《新疆琐谈》②《访问伊宁》③《南疆风光》④《从迪化到乾德》⑤《从哈密到酒泉》⑥《迪化居》⑦《乌鲁木齐漫步》⑧《南疆的上海：喀什噶尔风光》⑨《南疆首邑——喀什》⑩等文；《中国青年》上有陈斯英的《天池记游》⑪和《天池探源记》⑫；《杂志月刊》上有曹正霄《瑶池记游》⑬等文。

四、新疆现代旅游业的初创及相关游记

由此也可以说，20世纪40年代之前，公派考察是中央政府与新疆往来的主要形式，行旅主体多是政府官员、技术专家、学者记者等来自国内大都会的精英阶层，而之后，个人旅游则是内地与新疆民间交往中的发展新趋势。40年代还出现了更多以纯粹游客身份发表的新疆游记，这些作品也不再以时代大潮和建言立论为依托，而只以个人兴趣和游览风光为主导，最重要的是，新疆本土的现代旅游业也逐渐发展起来了。

新疆现代旅游业虽然滞后于东南沿海发达地区、抗战爆发后的西南地区等地，但伴随着国内西北开发舆论声浪的兴起，尤其是抗日战争爆发之后国际交通线的打通，国民政府对新疆实行直接

---

① 苏北海：《新疆一年小感》，《甘肃民国日报》1946年5月20日、24日，第3版。
② 陈思：《新疆琐谈》，《甘肃民国日报》1946年9月6日，第2、3版。
③ 杨永颐：《访问伊宁》，《甘肃民国日报》1946年10月28日、29日，第3版。
④ 王新文：《南疆风光》，《甘肃民国日报》1947年7月4日，第3版。
⑤ 张焕仪：《从迪化到乾德》，《甘肃民国日报》1947年8月17日，第3版。
⑥ 徐浩：《从哈密到酒泉》，《甘肃民国日报》1947年9月19日，第3版。
⑦ 沈宗琳：《迪化居》，《甘肃民国日报》1948年10月25—27日，第3版。
⑧ 王昭生：《乌鲁木齐漫步》，《甘肃民国日报》1948年10月28日、30日，第3版。
⑨ 乙希：《南疆的上海：喀什噶尔风光》，《甘肃民国日报》1949年1月8日，第3版。
⑩ 《南疆首邑——喀什》，《甘肃民国日报》1949年1月19日，第3版。
⑪ 陈斯英：《天池记游》，《中国青年》1947年复刊第5期。
⑫ 陈斯英：《天池探源记》，《中国青年》1947年复刊第6期。
⑬ 曹正霄：《瑶池记游》，《杂志》1944年第12卷第5期。

管辖后更是加大了对入新工作人员的全国宣传招募,新疆游记的出版和单篇作品的发表数量在抗战后呈现激增状态,尤其是单行本的出版数量已超过其他西北地区。据贾鸿雁《民国时期游记图书的出版》一文统计,战后西南(包括重庆、四川、云南、西藏、贵州、广西、湖南)和西北(陕、甘、青、新、察哈尔、绥远、宁夏、蒙古)地区的游记图书数量超过国内其他各区域的总和。在她列出的西北地区的37种游记中,关于西北总记的有22种、新疆7种、陕西4种、甘肃3种、青海1种,而实际数量还远不止于此,可见西北地区最以新疆为重。

旅游图书出版是标识现代旅游业发展的晴雨表,战后新疆游记出版之兴起也折射出新疆现代旅游业之创建,我们试以当时最具影响力的中国旅行社社刊《旅行杂志》为例。中国旅行社是民国最著名的民族资本旅游企业,初建于1923年,最初为上海商业储蓄银行下设的一个旅行部,1927年中国旅行社正式设立,标志着中国现代观光旅游业的开端。中国旅行社在创建伊始刊行《旅行杂志》。通过对《旅行杂志》刊文趋势变化的研究,可以发现抗战之后《旅行杂志》对新疆的相关介绍文字也明显多了起来,这也回应和塑造着时代受众的热点和兴趣,正如《旅行杂志》在1939年的《征稿启事》中说:"关于西南西北各地,若粤、桂、黔、滇、川、陕、甘、新疆、青海、西藏等处,举凡山川形势、名胜古迹、风俗人情等之记载,最受欢迎。"[①]1943年3月中国旅行社印行了由旅行杂志社编辑、潘泰封主编的"《旅行杂志》丛刊"——《西北行》,几个月中再版了三次,第一辑中收录了1940年代初发表在《旅行杂志》上的天涯游子的《甘肃省旅行记》《塞外驰骋录》《新疆漫游》和茅盾的《新疆风土杂

---

① 《征稿启事》,《旅行杂志》1939年第13卷第1号。

记》。1945年中国旅行社又组织赵君豪、潘泰封编辑出版了《西北行》第二辑的游记合集，其中的新疆游记有凌鸿勋的《从兰州到伊犁》。

　　值得注意的是，在《旅行杂志》发表新疆游记的很多作者本身是记者出身，其中最多的是陈澄之的大量作品，如《西北边地拾异》[①]《平沙犹有雁飞还》[②]《西行到迪化》[③]《一片孤城万仞山》[④]《新疆大而不当》[⑤]《香妃陵华丽庄伟》[⑥]《南疆和阗区的丝玉》[⑦]等文。陈澄之新疆游记的最大特色在于，他有效避免了之前舆地类文章少亲历、游记类文章乏史实的不足，他的游记一面如实记录沿途食宿见闻，一面重视考证史地沿革变迁，这使得他的游记集舆地学的考据遗风、新闻学的观察笔录、旅游学的风景闲观于一体，其作为旅行记者背后又折射出潜在读者的社会风尚、集体意识和心理期待的投影。当然最重要的是，这些游记已颇具商业运作模式下旅游文学的基本面貌，比如记录力求提供新鲜资讯、重于表达个体经验、记叙方式要言不烦、提供读者出行参考、尽量避开政治话语等。比如作者较费笔墨地介绍了所经主要城市（哈密、迪化等）的交通建筑、商业物产、饮食习惯、服饰风俗、民族构成、主要景点等，同时以景点照片实现图文互证，已经颇近于城市旅行指南手册了。

　　对于本地市民出游而言，40年代后期，迪化民众的娱乐方式也渐趋多样化。1946年，迪化建成中心广场，命名为"和平广场"（今人民

①　陈澄之：《西北边地拾异》，《旅行杂志》1946年第20卷3—12月号。
②　陈澄之：《平沙犹有雁飞还》，《旅行杂志》1947年第21卷1月号。
③　陈澄之：《西行到迪化》，《旅行杂志》1947年第21卷3月号。
④　陈澄之：《一片孤城万仞山》，《旅行杂志》1947年第21卷4月号。
⑤　陈澄之：《新疆大而不当》，《旅行杂志》1947年第21卷6月号。
⑥　陈澄之：《香妃陵华丽庄伟》，《旅行杂志》1947年第21卷10月号。
⑦　陈澄之：《南疆和阗区的丝玉》，《旅行杂志》1948年第22卷2月号。

广场),面积3.7万平方米[①],红雁池、乌拉拜及燕窝等地[②]成为40年代迪化市民新的休闲之所,迪化还出现了一些较具现代化表征的电影院、动物室、阅书处、陈列馆等文化休闲场所和滑冰场、游泳池、排球场、乒乓球桌等体育锻炼设施。新疆省1943年度市政计划中,进一步提出对园内公共设施进行完善。"西大桥外之公园为城市风景之一,本年将园内渠沟均镶木板,新辟幽径,池内造小船两艘,添种卉花,畜各种动物,及置七种儿童运动器具。"[③]这些文化娱乐场地也渐成为各类游客在迪化休闲观光之场所,这也反映了新疆现代城市发展进程中普通市民的精神需求和生活方式,并在中华人民共和国成立后得到了很好的继承和发扬,延至今日,西公园、水磨沟、燕窝等地依然是很多本地人假日休闲的首选之地,并依然是活跃在现在乌鲁木齐市民的集体记忆和文化家园。

　　如果说新疆现代旅游业确立的基本标志是本地市民可以离开家庭住所并享受到外地商业机构提供的住宿,那么可以说在国内其他城市消费文化和现代生活方式的催化下,公共生活也成为20世纪40年代新疆社会生活中的新现象,同时相比较于30年代及之前的市内公园游,市民出行的范围已向市郊或者周边县市辐射开来,近郊南山游、阜康天池游等开始惠及部分市民。比如从现有史料看,至少迪化市民已可以乘坐政府筹开的夏季专车,炎炎夏日赴天池一游,当时迪化市政府还在铁瓦寺内设立了供游客下榻吃住的天池招待所。"迪化第一名胜天池,日来正增建房舍,扩充'天池招待所',六区公路管

---

① 新疆维吾尔自治区地方志编纂委员会、《新疆通志·城乡建设志》编撰委员会:《新疆通志·城乡建设志》,乌鲁木齐:新疆人民出版社,1995年,第44页。

② 见下午:《迪化见闻》,《关声》1947年第10期,文中介绍这些地点是春游迪化之地。

③ 中国第二历史档案馆编:《民国时期新疆档案汇编(1928—1949)》第36册,南京:凤凰出版社,2015年,第508—509页。

理局亦补修公路,筹开游览专车,一俟夏山中积雪溶化时,当可游人不绝。"[1] "天池招待所,设于博克达山神庙中,该庙又福寿寺,一名铁瓦寺","两廊庙宇,颇为宽敞,本置有神位,今已挪入正殿。经市府加以修葺,增开住房多间,置有床铺桌椅等物,即为游客下榻之处。殿前砖地,作为临时食堂"。[2]迪化市政府多次在《新疆日报》上通告民众,"本府去年曾在铁瓦寺举办招待所,游客称便。今年复应各族人士之要求,特会同建设厅公路局修理道路桥梁及筹开游览专车,所有一切招待事与(宜)本府特设天池招待所担负全责"[3]。后 "市府业已决定将游览日期缩短为四十五天,明日起开行游览专车,天池招待所亦即开始供给游客食宿"[4]。市政府实际组织的游览专车开行一月有余[5]。

对于外地游客而言,20世纪40年代初,伴随着新疆总体局面的相对和平稳定,在迪化等新疆中心城市已出现了接待游客的招待所,1943年游疆的徐苏灵提道:"迪化市没有适意的旅馆(有的只是商旅的汽车栈和骆驼店)。督署准备了好几处招待所……最近,省党部也主办了一个社会服务处,有食堂和社会公寓,以后到迪化去的客人都可以住在社会公寓了。"[6]后来,陈澄之也说:"在迪化的南梁,也是迪化最摩登的市区所在,有省党部主办的社会服务处,还有中国旅行社

————————

[1]　复兴:《天山南北》,《中美通讯》1948年第289期,第37页。
[2]　吴衡:《天池游记》,《交通部公路总局第六区公路工程管理局月刊》1947年第1卷第5期,第28页。
[3]　《欲游天池者请注意》,《新疆日报》1948年7月30日,8月1日、3日,第3版。
[4]　《天池乘马问题解决,游览车明开驶(自备车辆游客,市府不招待)》,《新疆日报》1948年8月12日,第4版。
[5]　见《天池游览专车昨日首次开驶,各机关纷纷准备分批往游》,《新疆日报》1948年8月15日,第4版;《天池去游览今年结束了》,《新疆日报》1948年9月19日,第4版。
[6]　徐苏灵:《新疆内幕》,重庆:亚洲图书社,1945年,第21页。

主办的招待所。这招待所原是督办公署的南花园。"[1]可见中国旅行社已在迪化设立分社、承办旅行事务、创建招待所、供应食宿设备等,如果说现代旅游业大致包括"旅游观赏娱乐业、餐饮住宿业、旅行社业、交通通讯业和旅游购物品经营业"[2],那么当时的新疆迪化、阜康、哈密等地已基本具备这些要素。

总体而言,40年代中后期,随着中国现代旅游业向西北、西南边地的扩展,很多以个人方式旅行新疆者,也会跟从旅游杂志上的行程指南、风景推荐、名胜介绍等复制和规划着自己的行踪、固化和模式化着旅游中的集体经验,南北疆也已经出现了一些富有现代旅游要素的标志性名胜古迹。比如到迪化必去水磨沟,去阜康必去天池,去哈密必去参观哈密王陵、看九龙树,去吐鲁番必看坎儿井,去伊犁必去果子沟,去喀什必要参观香妃墓[3]、黄汲清、徐苏灵、卢前等还专门前往克孜尔千佛洞游览,张伟称新疆三大古迹是阿克苏白云宫、吐鲁番苏公塔、哈密回王坟[4]。值得注意的是,这些景点大多分布在经济相对发达、交通相对便利、人口相对稠密的新疆城镇中心地带,其文化附加内涵往往多过其自然风光要素,加之普通读者对文化符号的求同性向往开始凸显,新疆"趋同化"和"观光化"的趋势趋于明显,这都为中华人民共和国成立初期大量作家对新疆的风景化描写埋下了种子。如果说民国前期的新疆之行大多出自政府公干和特派使命,

---

① 陈澄之:《西行到迪化——西北边地拾异之十三》,《旅行杂志》1947年第21卷3月号,第60页。

② 贾鸿雁:《民国时期中国近代旅游理论的建构》,《扬州大学学报》2016年第4期,第58页。

③ 清同治年间萧雄最早详述香娘娘墓,并作《香娘娘庙》一诗:"庙貌巍峨水绕廊,纷纷女伴谒香娘。抒诚泣捧金蟾锁,密祷心中愿未偿。"(《听园西疆杂述诗》)民国时,谢彬、卢前、于右任、袁见齐、林鹏侠等都有参观记述。谢彬称为"香妃墓",卢前等称为"香娘娘墓"。

④ 张伟:《新疆三大古迹》,《兰州日报》1948年7月1日,第2版。

很少有纯粹游玩性质的出行,那么一直到40年代初,伴随着交通条件的改善和市民旅游意识的提升,才有了真正意义上的新疆现代旅游文学,这些随着印刷出版和报刊邮政而"被想象出来的现实",既为国内其他地区游客规划出新疆各地旅游的参照路线,也为本地居民刻镂出超越日常经验的文化记忆。

40年代末期,已鲜有读者会像抗日战争时期那样再去关注新疆问题,周东郊在1948年底更是说:"我相信本书如果在三十六年时出版,或许能获得很多读者(及很多读者)的指正,今天中国的内地问题已成为绝对中心,京沪目前都在动摇中,贫苦大众与一般公教人员连吃的东西都买不到,谁还有心情来注意边疆问题。"①

同时,我们要注意的一点是,愈是新疆深陷内乱和信息通讯封锁,国人对新疆真相的渴望就会愈加迫切。虽然新疆对于绝大多数当时读者来说,还是一个非常遥远和神秘的地方,但新疆之于中国边防安全之重大意义和作为资源宝库的开发潜力,经过数十年媒体舆论界的层累叙述已逐渐稳定固化,加之东北沦陷后时事舆论界对西北的热切关注,造成在关于新疆形象的书写表达和文化建构中,"真实"是一个非常重要的考量标准。不少西北研究的刊物编辑都会强调:"本着一向的注重关于实际的文字,所以有些近于自夸或不甚切实际的文字,一概未用。"②但吊诡的是,越是在强调真实越又可能远离真实,即使是当时,也有读者批评这些新疆形象并不真实的问题,如天山客以自由体诗的体式反复排比,并在五段段首反问:"他们所说的,为什么离开真相那么远呢?"③

---

① 周东郊:《新疆十年·后记》,《中国西北文献丛书二编》第29册,北京:线装书局,2006年。
② 文萱:《编后》,《开发西北》1935年第3卷第1、2期合刊,第234页。
③ 天山客:《评三十三年九月以前内地出版的曾到新疆者之关于新疆的述作一部分》,《瀚海潮》1947年第1卷第2、3期合刊,第16页。

　　整体来说，民国行游新疆之知识分子及当时国人对新疆问题的关注，很大程度与当时国内总体政治局势和传媒舆论重心有着密切关系。20世纪初行旅新疆的知识分子，其中虽不乏谢彬这样的留洋人士和革新派，但主流仍然是接续清朝中期以来西北舆地学风的传统文人，甚至谢彬等人在行文体例上也依然是遵循旧例。加之当时政局动荡时局多变，除少数具远见卓识人士外，鲜有人去关注西北问题，自然谢彬、林竞等人的新疆行游日记与建设开发谏言也不可能得到当时大多数读者的广泛关注与兴趣。林竞回内地时倡导开发西北大计，但"谈起西北两个字，听的人十个倒有九个要瞌睡"①。其第一次行疆见闻《新疆纪略》由于销路不广，商务印书馆竟不肯代售。30年代初，吴绍璘也说："返顾二十年前，除少数目光远大之政治家外，鲜有稍移其心思耳目于西陲者。"②

　　20世纪20年代中期至30年代初，随着民国现代教育体制的逐步完善发展，作者中虽不乏邓缵先这样深怀士子情怀的古典文人，但主流却是伴随着中国现代学科建立而期盼能在新疆大有作为的徐炳昶、黄文弼、杨钟健等人；随着"九一八事变"后轰轰烈烈的民族解放运动和救亡图存思潮的兴起，国内学术界开始更多强调边疆问题之于治国安邦的意义，即使当时新疆面临内乱和信息封锁，我们依然可以发现当时有机会实地访察新疆的黄慕松、吴蔼宸、徐弋吾、陈赓雅等人与边疆学发凡中的"新疆问题热"之间的内在关联。

　　20世纪40年代前期，随着民国政府开发西北的舆论声浪和现代旅游业的初露端倪，特别是在国民党直接治理新疆之后，大规模屯垦移民和开发建设工作终于徐徐展开，更多游客、记者、建设者等身份

① 林竞：《林序》，杨希尧：《青海风土记》，上海：新亚细亚月刊社，1928年，第4页。
② 吴绍璘：《新疆概观》，南京：仁声印书局，1933年，第97页。

的普通人得以涌入新疆,新疆之神秘面纱因为空间之逐渐敞开而被慢慢揭开;40年代中后期,新疆再次陷入内乱动荡之中,不过出于特殊的政治需要和传媒的商业模式,新疆形象趋向于光明正面,当时新疆政府面向普通市民所组织的天池游、南山游等风景游览活动,也在不断地调整政治化和军事化的新疆形象走向民间化和日常化。

　　总体而言,虽然新疆对于当时绝大多数国内读者来说还是一个非常遥远和神秘的地方,但经过清至民国数代知识者的写作积累,尤其是民国数十年媒体舆论界的层积叙述,新疆之于中国边防安全之重大意义和作为资源宝库的开发潜力,已经逐渐稳定固化。无论是留意新疆自然风貌之浪漫书写,还是揭示新疆现实痼疾之写实文字,无疑都在进一步巩固国人对于新疆作为国家领土固有一部分的坚定信念。爱之深所以责之切,念之多所以誉之热,正是这份基于最朴素爱国情怀的边疆认同和新疆形象,为中华人民共和国成立后国内知识精英和普通读者认识或想象新疆,提供了一份远非"孤悬塞外"、荒凉贫瘠、大漠胡笳或"异域情调"所能概括的文化记忆和文本传统。

第四章　新疆形象分析的词汇套语与等级关系

第一节　天山·孤悬塞外·玉门关·哈密瓜·一枝花

　　民国时期的国人游记，秉承着千年而往的西域文化传统和历史记忆，既在接续又在重塑着由现代民族国家和现代中华文明所滋养的新型文化想象和文化认同。伴随着国土资源开发意识、国家外交边防意识、中华民族本位意识的觉醒，游记作者们在对新疆自然景观和人文地景不遗余力的赞美和展现时，也不断赋予着一些新疆地理地标和文化名片新的时代内涵和文化性格。其中最为突出的，是他们既重视能体现新疆形象整体风貌和总体变迁的标志风物——天山，又注意到自清末以来，在当时报刊文献中最为频频提及的新疆地理位置指代——"孤悬塞外"，既多想象承载着千年文化记忆和传统观念的入新标志——玉门关，又留意到民国行游中最为国人津津乐道的新疆流行语——"吐鲁番的葡萄哈密的瓜，库车的秧歌一枝花"。

一、"过于五岳"与"涵养万物"的天山

在新疆文学"风景化"的建构和重构中,自然景观、人事如何被不同时代不同作者赋予不同的人文内涵和文化意义,这一"被发现的风景"对我们理解民国新疆形象的文化谱系、舆论传播、价值导向与历史传承等无疑提供了一份生长于文本自身又生发于时代之声的重要路径。作为入新的标志性地理名片,天山在近现代以来的新疆游记中是一个绕不过的形象。

（一）"入新标志"与"过于五岳"

"天山"这一名称最早见于《山海经·西山经》中的"又西三百五十里,曰天山",但此指并非新疆天山,西汉时常将"天山"与"祁连山"混称,东汉两晋时又时将天山东段的"天山"称为"白山"或"雪山";隋唐时期"天山"在边塞诗中大量出现,如隋代杨素的"交河明月夜,阴山苦雾辰"（《出塞》）,李白的"明月出天山,苍茫云海间"（《关山月》）,岑参的"四月犹自寒,天山雪濛濛"（《北庭贻宗学士道别》）,骆宾王的"忽上天山路,依然想物华"（《晚度天山有怀京邑》）,等等。总体而言,自秦汉以来形成的"天山"意象,其形成的内在源泉主要是"'内诸夏而外夷狄'之思想,以及由此而来的'中原中心主义'"[①]。

大致说,到清代时,"天山"已统一确指为新疆"天山",尤其在18世纪中叶清政府平定天山以北卫拉特蒙古准噶尔贵族及天山以南大小和卓的叛乱后,始称这一区域为"新疆"或"西域新疆",绵延两千多里的天山作为新疆南北之天然分界,成为清代新疆地理政区划分的

---

① 于逢春:《边疆研究视域下的"中原中心"与"天山意象"》,《新疆大学学报》2014年第1期,第44页。

直接依据，因为"无论是当今还是历史时期政治区、经济区、文化区等人文地理现象的区域分异，无不与自然地理环境的区域差异有着某种或强或弱的因果关系"①。乾隆时期官修的《西域图志》和嘉庆年间松筠撰修的《西陲总统事略》都有新疆"南路"和"北路"之分，一直到民国初年，谢彬还有关于新疆分为"山南省"和"山北省"的建议。

这一以自然山川作为行政区域划界的考量之所以未被采纳，在某种意义上说，与天山逐渐成为新疆象征符号的社会集体心理的形成是同步的、依次渐进形成的，是对新疆"三山夹两盆"的地理地貌的高度具象式概括。天山之文化一体形象寄寓了新疆是我国不可分割的领土和组成部分的地理象征和家园情感，对天山的风景感知，关乎的是对幅员辽阔、地大物博的我国名山大川的集体认同。

另外还需要注意的问题是，作为"三山夹两盆"的构成和新疆地理指称的阿尔泰山和昆仑山为何没有超越天山成为当之无愧的新疆地理象征，比如道光年间魏源已称"盖新疆内地以天山为纲，南回（维吾尔）北准（准噶尔）"②，除却这一天朝朝贡和疆域治理体系的原因外，笔者认为至少还与自然地理和交通经济有直接关系。比如一是因为天山贯穿新疆东西且东延至甘肃，在地理位置上天然地划分出南疆北疆、东天山和西天山；二是围绕天山山麓和雪山融水分布着新疆最为密集的绿洲城镇；三是无论是自唐以来形成的丝绸之路北路和中路，还是清代遣戍官员和商旅行者多行的陕甘新一线，这些行者入新所见的都非天山莫属。民国时期，行旅新疆者若非取航空，大多走的还是自星星峡—哈密后的南北二道，或为哈密—木垒—奇台—迪化，或为哈密—七角井—吐鲁番—迪化；取道土西铁路者，疆

---

① 鲁西奇：《历史地理研究中的"区域"问题》，《武汉大学学报》1996年第6期，第85页。

② 魏源：《圣武记》卷四，《魏源全集》，长沙：岳麓书社，2011年，第174页。

内多走塔城—庙儿沟—小草湖—迪化一线；转赴南疆者，多行迪化—吐鲁番—库车—拜城等地。可以说，天山一直是沿途的风景标志物。

几乎所有民国单行本游记作者都会在初至哈密一线或初居迪化时，写到初见天山时的震撼之感，刘雨沛写雨后的博格达山——"突兀三峰，白云笼罩，奇状叠呈"[1]，林竞写天山最为扼要——"超入云间，如鸡中之鹤"，邓缵先笔下的天山——"博克达山万古雪，皑皑凌虚高莫测"(《博克达山》)[2]。只有地质学者杨钟健笔下的哈密天山较为家常："东山上面很平，割蚀不烈，好像刀切了几块豆腐，放在山上似的。"[3]

1928年，中国西北科学考查团中方团长徐炳昶率团从哈密—吐鲁番—达坂城—迪化一路，沿途所见天山最为变幻多姿，他见沁城雪山"下有薄雾笼罩，意态雄伟萧逸"[4]，在哈密附近一棵树村不远"驻地东北望云色迷茫，雪峰高耸云表，如非素知有山，即当疑为云幻峰峦。此山奇幻万千，何时看，何时美，无一时与他时相同，真令人惊叹无既！"[5]在住哈密半个月后出郊时，见"积雪加多""而美丽犹昔，不禁低回流连"。[6]在攀登达坂城一带的达坂时，"回望山径，则意态绝胜；刚才刺天的高峰，转瞬已与目光成水平线，山外有山，带雪高耸，有俯视一切的气概"[7]，下山后"远观平原外雪山连亘，夕阳将下，色彩分分秒秒变幻无穷"[8]。作为中国现代科考史上首次争得平等权利的中外科考合作活动的中方代表，徐炳昶对天山风景的注目之久、描

① 碧小家选编：《时光隧道》，乌鲁木齐：新疆人民出版社，2008年，第17页。
② 胥惠民编注：《现代西域诗钞》，乌鲁木齐：新疆人民出版社，1991年，第7页。
③ 杨钟健：《西北的剖面》，北京：生活・读书・新知三联书店，2014年，第211页。
④ 徐炳昶：《西游日记》，兰州：甘肃人民出版社，2002年，第144页。
⑤ 同上，第145页。
⑥ 同上，第155页。
⑦ 同上，第171页。
⑧ 同上。

写之细、感受之深、记录之多，无疑是在"天山"这一"认识装置"中
倾注了太多难以言尽的国运之叹和国势之盼。

　　1935年，行至哈密被迫返回的《申报》记者陈赓雅有与徐炳昶相
近的云山难辨之印象，其中又有几多不舍不甘："隐约见一宽长曲线，
银光灿烂，高浮空际，谓其云耶？则无轻浮飘动之形态，谓其山耶？
则四周皆蔚蓝之天色，然则果何物乎？曰是即横贯新疆，划分省境为
二之天山雪峰也！"① 1942年冬，率领新疆地质调查队的黄汲清在迪
化称："天清气朗的时候，我们从寓所可以望见博格达山峰相连，有如
一架银白色的万年雪反耀在日光之下，真可谓无上至美。"② 其地质考
察工作也是苦中作乐、意趣无穷。

　　相比较于黄汲清的特写，李烛尘更多远景概貌，前往哈密经过长
流水时作口占一首："尽日经行戈壁中，荒原寂寞万缘空。抬头忽见
天山雪，千里迢迢一白虹。"③ 前往伊犁经过绥来时，见"天山适在路
南，白雪皑皑，如万丈白虹，长卧天际，真是伟观"④。1943年1月23日
乘机东归时，俯瞰"天山横亘东西，绵延直走，甚少南北分歧之脉络，
在全国之山形中，结构无有如此简单者。山顶积雪晶莹，日光照曜，
愈显其美"⑤。既有科学工作者之谨严，又有古典文人之情怀。

　　尤其值得注意的是，民国时期知识分子在对天山的自然描写中，
常不忘将其与五岳泰山等中原名山相提并论，比如邓缵先的"胚胎
五岳势郁蟠，阜康县南火州北"（《博克达山》）⑥和"天山高峻凌苍穹，

①　陈赓雅：《走进西部》，乌鲁木齐：新疆人民出版社，2013年，第270页。
②　黄汲清：《天山之麓》，乌鲁木齐：新疆人民出版社，2013年，第16页。
③　蒋经国等：《伟大的西北》，银川：宁夏人民出版社，2001年，第103页。
④　同上，第132页。
⑤　同上，第160页。
⑥　邓缵先著，黄海棠、邓醒群点校：《毳庐诗草》，上海：华东师范大学出版社，2012
　　年，第30页。

胚胎五岳连葱茏"(《天山碑》)①。1928年夏徐炳昶游天池时也感叹："'五岳归来不看山',殊为呓语。华山为五岳最胜,石态秀丽,固有特出处,而气象万千,以比此山,何异培嵝!"②返时在博格达山间穿行时,感慨："我常说博克达山虽宏丽雄伟,非他山所能及,但太华之石,自有特色,终非博克达山能比。然如此数百步中,石壁浑削,不亚太华,中有清流,似当更胜,但微短耳。"③1931年,杨钟健等和哈萨克人骑马上迪化近郊南山之山坡,称："再北望大盆地,汪洋一片,有如大海,不禁令人有登泰山小天下之感。"④

　　将天山与五岳并观的联想自清代以来确已形成,如嘉庆年间洪亮吉在《天山歌》中写道："九州我昔历险夷,五岳顶上都标题。南条北条等闲耳,太乙太室输此奇。"⑤清末民初的游记中,这一比拟已然时见,如王树枏《望博克达山二首》写道："一览应知众山小,几回相对倚吟筇。……五岳大名齐宇宙,四时终日起风烟。何时蜡屐探幽胜,携榼张琴坐岭巅。"⑥裴景福在《河海昆仑录》中写天山之气势雄浑："西域威灵蟠两部,北都枝干络三边。会当绝顶观初日,五岳中原小眼前。"⑦袁大化在阜康孚远分界处所见的天山也是"横亘云表,其气雄厚,过于五岳⑧。"类比五岳"并不只是崇高美学的文学投射,同时也凝聚了普通民众的集体记忆和文化认同。自乾隆统一西域后,

---

①　邓缵先著,黄海棠、邓醒群点校:《毳庐诗草》,上海:华东师范大学出版社,2012年,第34页。
②　徐炳昶:《西游日记》,兰州:甘肃人民出版社,2002年,第200页。又见碧小家选编:《时光隧道》,乌鲁木齐:新疆人民出版社,2008年,第22页。
③　同上,第206页。
④　杨钟健:《西北的剖面》,北京:生活·读书·新知三联书店,2014年,第270页。
⑤　《历代西域诗选注》编写组:《历代西域诗选注》,乌鲁木齐:新疆人民出版社,第126页。
⑥　吴霭宸选辑:《历代西域诗钞》,乌鲁木齐:新疆人民出版社,1982年,第373页。
⑦　后两句取自谭嗣同《天山》:"会当绝顶观初日,五岳中原小眼前。"
⑧　方希孟等:《西征续录》,兰州:甘肃人民出版社,2002年,第220页。

清廷曾在新疆多次举办官主祭祀礼典,如谢彬1917年春暂居迪化时,因民国以来天气寒冷,有人以为是未祭博格达山所致,杨增新遂沿旧制祭山,可见已不止于至大至远,天山在新疆民众心目中的形象可与至高至尊的泰山相媲美。

所以,如果说19世纪后期,西方"浪漫主义诗人们开始赞颂山岳的雄伟壮丽,赞颂它的至高无上,激发出诗人头脑中的灵感。从此山岳不再是遥不可及、兆示厄运,而是拥有了壮丽的美感,是大地上最近乎永恒的存在"[1]。那么我们或可以说,中国自清中叶以来诗人对于天山的赞美已胜过敬畏,根源是"天下"观念辐射下士人的国土意识和中原心态,更不同于西方"从以恐惧、逃避为核心的宗教意味,演化为一种从崇敬到赏玩的审美情趣,再演化为近现代的观念,即认为山是一种供人们休闲娱乐的资源"[2]。自清代以来,很多精英知识分子都对新疆前途忧虑不安,因为新疆时时面临着被虎视眈眈的俄英等帝国主义蚕食鲸吞的威胁,其本身局势长期动荡不安甚至与国内其他地区信息交通封锁隔绝,行游者将天山比拟为中原名山绝不仅仅是自然形态上的就近取譬或是牵恋中原的情不自禁,更是出于未能忘忧于新疆前途命运的拳拳爱国之心的有意类比,在为天山绵延新疆大地数千里而深感震撼叹服后,他们通过对天山地理位置、自然风光、绵延气度等优越性的彰显,在很大程度上提升了天山天池在整个中华名山大川的知名度。

(二)"涵养万物"的"资源宝库"

天山成为当之无愧的新疆自然风物之代表名片,这一传统一直接续到当代,比如20世纪五六十年代全国各省文联作协所主办的文

---

① (美)段义孚著,志丞、刘苏译:《恋地情结》,北京:商务印书馆,2018年,第107页。
② 同上,第105页。

学刊物大多会选择地方标志地景作为命名依据,如《草原》(内蒙古)、《雨花》(江苏)、《东流》(杭州)、《漓江》(广西)、《陇花》(甘肃)、《延河》(陕西)、《青海湖》(青海)等,新疆文联主办的刊物当然非《天山》[①]莫属。

如果说清代新疆游记多以"新疆"和"西域"为题,偶有王大枢以《天山赋》从天山南北史地概况、果木花卉、飞禽走兽、异域人物、仙灵传说等五方面铺陈盛赞乾隆时期的一统之功;洪亮吉以《天山赞》《天山歌》《天山客话》尽显天山的浪漫雄奇,并以"是则天地之奇,山川之秀,宁不待千百载后,怀奇负异之士,或因行役而过,或以迁谪而至者,一发其底蕴乎?"暗喻自己的孤傲自负。民国时期以"天山"作为行旅新疆单行本标题者有黄汲清《天山之麓》和于右任《天山集》(其中的《浣溪沙》词十首、诗十一首还收录于卢前《新疆见闻》的附录部分)等少数者。那么自中华人民共和国成立以来,尤其是20世纪五六十年代,更多作家以天山为题,创作了大量诗歌散文甚或结集出版,作品集如田间《天山诗草》、闻捷《天山牧歌》、汪承栋《从五指山到天山》、新华通讯社新疆分社编《天山南北》等,代表作如袁鹰《天山路》、碧野《阳光灿烂照天山》等,且将这一传统一直延续到20世纪80年代。

可以说,在对天山景观文化记忆的历史性继承中,当代新疆游记更多接续了民国新疆游记中对于天山山麓农田水利、物产资源的赞美之情。且让我们回到清末民初新疆游记的另一支传统上来。初入

---

①　新疆文联的机关刊物《天山》历经多次改名,分别为《天山》(1956—1961年)、《新疆文学》(1962—1966年)、《新疆文艺》(1974—1979年)、《新疆文学》(1980—1984年)、《中国西部文学》(1985—2000年)、《西部》(2000年至今)。另外,1950年初,乌鲁木齐文联也办有《天山》,并在数次停刊改刊后,近年来恢复使用"天山"作为刊名。

哈密时,行旅者多会为天山气象所折服,如一路思忖设计新疆未来实业建设的袁大化随即想到的是:"峰峦耸立,盖天地磅礴之气蕴之深而蓄之厚,始发现奇形,下必有极旺金矿。煤、铁矿遍生于天山之阳,早间取有矿石多种,宝藏之富为中国最。"① 同样,袁大化出奇台看到天山"蓬蓬如张盖,须臾渐满山头,如游鱼,如奔马,如山势之重叠,上白下青,奇峰逼肖",联想到的是新疆农田得此滋养:"水流出山,筑坝凿渠,分灌原野,土人赖之。"② 在阜康见"博克达山巅云起如张盖,如覆幕,如大凉亭,如缠头美人爱惜头面,以白纱笼罩,不使露顶也"。念及博克达山腰之海子——天池,袁大化即刻想到:"或待我开辟以活斯民耶?"③ 谢彬所见博格达山"四周皆有冰雪,盛暑不消,世称雪海。三峰高插云霄,削如太华,下丰而上锐"④,并介绍了山中雪蛆、雪鸡、石莲、云母石等物产。

　　可以说,民国时期的天山形象集中体现了当时知识精英面对待开发之新疆时的拓荒之意——既有欲与天公试比高的无限豪情,又有西望天山高耸入云的被征服感,虽然也不乏感叹天山雪水之于新疆农田之意义。如邓缵先笔下的《博克达山》:"试看天山南北路,沃野万顷泉膏融。年年边氓足衣食,耕凿依然大古风。"⑤20世纪40年代之后的天山形象则更显阴柔母性,如莘夫的《天山》:"苍茫雄伟接云霄,拔地横空岁月遥。积雪功犹慈母乳,来春融溉稻花飘。"⑥可以说,在20世纪40年代西北建设开发的声浪中,伴随着新疆现代交通业、水利业、旅游业等的初步发展,天山之实际价值开始

---

① 方希孟等:《西征续录》,兰州:甘肃人民出版社,2002年,第213—214页。
② 同上,第218页。
③ 同上,第222页。
④ 刘力坤选编:《名人与天池》(上),乌鲁木齐:新疆人民出版社,2007年,第79页。
⑤ 胥惠民编注:《现代西域诗钞》,乌鲁木齐:新疆人民出版社,1991年,第8页。
⑥ 同上,第62页。

更多地体现在资源开发和水利农业等方面。而在中华人民共和国成立之后,中国近代精英知识分子曾经翘首期盼的新疆实业建设和开发大计,终于从层层叠叠的设计草稿而被规整择取为现实可行的规划图纸了。

"天山"形象的建构之路,也进一步说明了风景从来不是不证自明的自在存在,它为一定的认识装置所驱动,经过"意识形态"有色镜片之过滤,并催生了不同的心理体验,表面上它诉诸的是旅行主体的直觉观感和审美愉悦,深层上是在建构着区域形象的历史记忆、国族认同和大众期待。

二、"孤悬塞外"到"中亚枢纽"之别称

自古以来,西域(新疆)作为战略要地之于中央王朝的意义各有不同,总体而言,或为处于强盛期的中原王朝开疆拓土的政权延伸线,或为处于虚弱期的中原王朝抵御外敌的战略保障线,有清以来,西域(新疆)则被视为"殊方绝域",如乾隆就有"无战有征安绝域,壶浆箪食迎王师"①的自许。自左宗棠"保疆论"提出直至抗日战争之前,国内报刊关于新疆形象整体论出现最多的定位一直是——"孤悬塞外"。1912年甫任新疆督军的杨增新在一次演讲中说"新疆孤悬塞外,从汉唐以来,时叛时附,多半因中原多事,兼顾不暇"②;吴绍璘称"新省僻处塞外,孤悬西北"③;兆钟称"新疆僻处西陲,孤悬塞外,地势险要,物产富饶,久为英俄所垂涎,列强所觊觎"④;陈希豪称

①　爱新觉罗·弘历:《西师底定伊犁捷音至诗以述事》,钱仲联主编:《清诗纪事》(九),南京:江苏古籍出版社,1989年,第4612页。

②　转见白振声等主编:《新疆现代政治社会史略》,北京:中国社会科学出版社,1992年,第103页。

③　吴绍璘:《新疆概观》,南京:仁声印书局,1933年,第2页。

④　兆钟:《新疆之交通》,《新亚细亚》1934年第8卷第6期,第27页。

"新疆孤悬西陲,向为荒徼之地" [1];钟功甫称"新疆僻处西北,孤悬塞外" [2]……其中最值得重视的是邓缵先的《古庭州》——"地至流沙尽,寻源使节通。孤悬秦塞外,万古版图中" [3],看似孤悬于中原之外,实则地理水文相连、文化根脉相通,且自西汉设西域都护府以来,新疆就是我国不可分割的组成部分。所以从某种意义上说,"孤悬塞外"也透露出从中国古代之疆界、边疆、疆域等范畴向近现代国家、领土、边境、边界过渡的中间形态和混合性质。诚如周伟洲指出:"近代主权国家,按西方学界的理论,主要由人民、领土和主权三要素构成,自然古代中国或古代世界各国不能以此来解读其疆域、边疆问题,但是古代国家与近代国家都是国家,且近代国家是由古代国家发展而来。用'国家'……来解读古代国家的疆域及边疆问题,则应是合乎历史事实和科学的。" [4]更重要的是,左宗棠之奏折在指出新疆远离中原视线外之"孤悬塞外"、随时面临被孤立出去的危险的同时,更强调的是新疆对周边西北地区的左提右携之势以及对清朝政权的安危所系,正如前文所言,左宗棠"保疆论"之鉴史名言被广泛引用,民国初年就有论者提道:"新疆幅员五万里,东卫甘秦,西控蒙藏,北邻暴俄,南接强英,诚大陆之咽喉,中原之屏蔽" [5],"新疆有事,则秦陇必危,秦陇危则中原必瓦解" [6]。30年代引"保疆论"者至少有曾延仲

---

① 陈希豪:《新疆史地及社会·前言》,南京:正中书局,1947年,第1页。

② 钟功甫:《新疆准噶尔盆地之自然环境》,《边政公论》1944年第3卷第3期,第27页。

③ 苏全贵主编:《光到天山影独圆——邓缵先精神研讨会学术论文集》,北京:社会科学文献出版社,2014年,第194页。

④ 周伟洲:《关于构建中国边疆学的几点思考》,《中国边疆史地研究》2014年第1期,第7页。

⑤ 《陈述新疆情形》,《协和报》1913年第3卷第23期,第445页。

⑥ 《回教立国与我国之关系》,《东方杂志》1923年第20卷第3号,第132页。

《列强在新疆势力之解剖》[①]、蒋君章《新疆经营论》[②]、刘湛恩《土西铁路与我国西北之关系》[③]、向波《新疆经济价值之观察》[④]等文，这也体现了当时国内知识分子心目中关于新疆之基本共识——既地处边陲又关系中原安危，比如《天山月刊》创刊词就指出新疆"为我国国防生命线"，"臆年前途，不寒而栗"，新疆之于国家边防安全的重要性被多人提及，越来越多的知识分子从国家利益和国际形势层面认识到新疆是"资源大省""西北屏障"和"国防要地"。

如果说"孤悬塞外"体现的是传统中原文人从中原看新疆的忧虑，"国防生命线"[⑤]体现的是现代国人从新疆看中国的胸襟，那么更有一些富有远见卓识之精英知识分子，开始立足于世界看新疆，并更多关注新疆在世界交通史、文化交流史和欧亚交往史上的重要性，新疆往往会作为中亚孔道（枢纽）而呈现出"国际化了的新疆"。其实，早在《新疆图志》中就曾提及新疆居"亚欧二洲交通之枢轴"[⑥]的战略地位。华企云提出帕米尔地区实为中英俄三国出入之门户，得之可居高临下，不得则必致失险受逼[⑦]；吴绍璘说新疆"居亚洲之中，海通以前，为欧亚交通之孔道"[⑧]；黄慕松指出新疆"连蒙跨藏，不特为我国西北之屏障，且为亚洲之中原，而又系欧亚交通之孔道也"[⑨]；朱

---

① 曾延仲：《列强在新疆势力之解剖》，《时事月报》1935年第13卷第2期。
② 蒋君章：《新疆经营论》，南京：正中书局，1936年。
③ 刘湛恩：《土西铁路与我国西北之关系》，《开发西北特刊》1932年创刊号。
④ 向波：《新疆经济价值之观察》，《西北研究》1931年第1期。
⑤ 沈社荣认为，近代塞防战略，新疆首次被视为中国西北边疆的战略核心地区，其核心是边疆问题，是直接防御地区问题；"九一八事变"后，新疆作为"长期抵抗的后方根据地"战略，实际上是国防中心问题，属总体的战略态势问题。详见沈社荣：《近代中国人的西北国防战略观》，《固原师专学报》2004年第1期。
⑥ 王树枏等纂修，朱玉麒等整理：《新疆图志·交涉一》卷五三，上海：上海古籍出版社，2015年。
⑦ 华企云：《新疆之三大问题》，《新亚细亚》1931年第2卷第4期，第27页。
⑧ 吴绍璘：《新疆概观》，南京：仁声印书局，1933年，第313页。
⑨ 黄慕松：《我国边政问题》，南京：西北导报社，1936年，第17页。

希祖分析新疆为"西域重要区域",得之"足以保障中原,控制蒙古",也是立足于"以亚洲全局观之,实为中枢"[①];王文萱说"新疆之地位,位于中央亚细亚,英俄之势力,实以此为分水岭,亦即以此为焦点,得之者未必足以自豪,失之者必大有受制于人之虞"[②]。

20世纪40年代,曾执政新疆的吴忠信也视西域早"为中西交通之孔道"[③]。陈希豪更是明确指出,自汉唐至元清,"盖皆以边陲视新疆,乌能望其有进步也",接着引斯坦因所言新疆"许多世纪曾为印度、中国、希腊之西亚三方文化交织所,足有一千年之久",指出"新疆自古即为中西交通之要地",虽因航海业之发达导致陆路丝绸之路的衰落,但作者还是不无乐观地指出:"然而欧亚铁路之贯通,国际空运之中心,新疆仍为一极重要之枢纽。"[④]陈希豪在书中两次提及1944年6月美国副总统华莱士取道西伯利亚,由新疆入境来访中国之感——"余系由中国前门而入者!"陈希豪赞同道:"新疆为吾国五千年来之前门,由此门之出入,对于世界文化经济曾发生过极大之对流作用。"[⑤]

后来成为国内哈萨克历史文化研究权威学者的苏北海也说:"没有了新疆就没有了我们安睡之时,新疆是中国的前门,前门破了,堂奥如何能得保?"[⑥]苏北海还以青春激扬之文字,以策马天山之豪情,以面向世界之视野,对新疆的重要性作出如下判断:"天山横亘在整个的中亚细亚(中国的新疆和苏联之中亚通常均称为Central Asia),这里是大陆的屋脊,由此地看东南西北,无不尽收眼底,古今的变迁,未来的发展,都可以从这里决定未来的方向;亚洲各民族的联合应

---

① 朱希祖:《序》,曾问吾:《中国经营西域史》,上海:商务印书馆,1936年,第1页。
② 王文萱:《一年来之西北》,《开发西北》1935年第3卷第1、2期合刊,第224页。
③ 吴忠信:《新疆研究·序》,李寰:《新疆研究》,重庆:安庆书局,1944年,第3页。
④ 陈希豪:《新疆史地及社会·前言》,南京:正中书局,1947年,第1页。
⑤ 陈希豪:《新疆史地及社会》,南京:正中书局,1947年,第1页。
⑥ 苏北海:《徜徉天山俯瞰亚洲》,《瀚海潮》1947年第1卷第10期,第7页。

从这里做基点,亚洲的民族解放,亦应以这里为着力点。这里是人类的摇篮,这里是大陆的中心力量,这里亦是各民族文化融汇生光的源泉!""因新疆是中国在亚洲的生命重点,它有着各种最重要的矿产,最适宜的气候,空权时代最重要的地位价值,保存着古今来中西各种不同的文化,更有着各种不同的生活样式,这一切实在是说不尽、讲不完;尤其重要的,如果我们中国要想融合各民族而创造一种新文化的话,那末不消说,新疆是一个最重要的基点。"①苏北海以天山作为理解新疆草原之路之于世界文明进程重要性的钥匙,无疑与拉铁摩尔有异曲同工之处,近年来国内诸多从事边疆学研究的中青年学者如昝涛、黄达远、袁剑等都特别着力于从全球史、中亚史、丝路学、绿洲学等角度入手,在拉铁摩尔、巴菲尔德等学者的研究基础上,突破之前"中国史+世界史"的知识体系和"区域/整体"的研究范式,而20世纪三四十年代的我国知识界,至少曾从形象感知和地缘政治层面触及过这一重要议题。

不过新疆虽然重要,但毕竟还为当时国人所普遍不了解,新疆运命也多系于大国博弈,晚年盛世才在和艾伦·惠廷合著的回忆录《新疆:是小卒还是枢纽?》②中对新疆既为中亚腹地又为政治棋子尴尬命运的揭示,或许更多是基于20世纪三四十年代内忧外患之国势背景下新疆危机四伏险境的自我辩白。但正如有学者精辟指出,自清中叶以来,治疆实践"不过瓯脱其外、棋卒其内,政治立场及目标不同于汉族士大夫而已。清末外力迫近下,龚自珍置行省议之余响于半个多世纪后由左公重又发声,清廷最终放弃狭隘的部族政治与内政视角,回疆乃至整个新疆成为列国竞争之世界新格局下与内地

---

① 苏北海:《徜徉天山俯瞰亚洲》,《瀚海潮》1947年第1卷第10期,第5页。

② Allen S. Whiting & Sheng Shih-ts'ai, *Sinki-ang: Pawn or Pivot?*, Michigan: Michigan State University Press, 1958.

共进退之一体,而在更为广阔的空间发挥其枢纽意义"①。这也能从另一个角度说,虽然盛世才"与其说他是投靠或归顺,不如说他是被苏联逼迫所致"②,其在新疆高压恐怖、翻云覆雨的政治手腕也久为世人诟病痛斥,但对盛世才人品多有微词的蒋介石也亲自表彰盛世才的功绩,并称:"盛世才到渝就职,新疆问题完全解决矣,此为内政最大之收获也。"③

三、入新地理标志:玉门关与星星峡沿考

"汉武帝驱除匈奴后,中原与西域这两大地理空间的界标渐趋明晰,多集中在敦煌、阳关、玉门关等地。这些地理界标,从最初的敦煌至最后的嘉峪关,不断发生位移,时而清晰,时而模糊;随之形成的界标意象,与同期的疆界出现不同的变动节奏,形成一幅多维图像。"④历代中原与西域的地理界标因中原王朝边防经略的调整而稍有迁移,而在民国游记作者的笔下,出现最多的入新地理标志,从历史记忆看当为中华古典诗词中"玉门关"的意象传承,从现实交通看则是对入新第一站——"星星峡"的地名考证。

1."玉门关":"生入""不度"还是"度玉关"?

汉代班超早有"臣不敢望到酒泉郡,但愿生入玉门关"之叹,唐代王之涣更有"羌笛何须怨杨柳,春风不度玉门关"的千古名句,生入还是不度,体现着近千年来安土重迁的中原人面对西域边陲忐

---

① 白京兰、张建江:《多元族群与国家建构:清代回疆治理的问题与省思》,《西域研究》2017年第3期,第3页。

② 蔡锦松:《盛世才评议》,《西域研究》1999年第1期,第101页。

③ 《蒋介石日记》,1942年,美国斯坦福大学胡佛研究院档案馆藏,第9页。转见王建朗:《试论抗战后期的新疆内向:基于〈蒋介石日记〉的再探讨》,《晋阳学刊》2011年第1期,第104页。

④ 僧海霞:《历史时期中原与西域的界标及其意象变迁研究》,《地理科学》2017年第8期,第1170页。

不安的矛盾心态。在清乾隆收复新疆前后的军事出征和安邦兴边之积极进取、昂扬奋进之精神鼓舞下，我们看到的则是另一番新气象。如清雍正年间宁远大将军岳钟琪吟道："蔽日旌旗出酒泉，春风几度玉门还。"(《对月忆惜》)乾隆年间自请出关的官员国梁写道："春风早度玉关外，始悟旗亭唱者非。"(《郊外》)嘉庆年间曾任乌鲁木齐都统的和瑛赞叹："祁连南北两吾城，咫尺乡音万感生。春度玉门关外满，不须听作战场声。"(《闻城上海螺》)道光年间封疆大吏萨迎阿在南疆乌什笑叹："极边自古无人到，便说春风不度关。"(《用〈凉州词〉原韵》)鸦片战争时谪戍伊犁的爱国英雄邓廷桢也称赞："千骑桃花万行柳，春风吹度玉门关。"(《回疆凯歌·其八》)同治、光绪年间曾经三出玉门的萧雄更是颂扬："应同笛里边亭柳，齐唱春风度玉关。"(《草木》)民国初年邓缵先仍高歌："漫道玉门春不度，长风送客过边关。"[1]这些诗作都洋溢着驰骋沙场或屯垦戍边的豪迈乐观和浩然雄风。无怪乎，20世纪初，当日本军官日野强在与裴景福唱和时，将裴诗《天山》中"春风难扫千年雪"一句改为"残阳返照千年雪"则大失诗味，因为"春风不度玉门关"沉淀着中华民族发酵千年的文化集体无意识。

不过正如米华健所说："在理想化的文学想象中，对边疆门户地形的生动描述与他所看到的嘉峪关存在很大的差异。嘉峪关只不过将帝国的一部分与另一部分分割开来——它根本就不具有实际意义。"[2]如果我们从文人墨客的文化想象回到个人行旅和底层生活之视野，那么可以说，玉门关同嘉峪关、阳关、星星峡等西北关隘的典型

---

[1] 苏全贵主编：《光到天山影独圆——邓缵先精神研讨会学术论文集》，北京：社会科学文献出版社，2014年，第177页。

[2] （美）米华健著，贾建飞译：《嘉峪关外：1759—1864年新疆的经济、民族和清帝国》，国家清史编纂委员会编译组2010年刊印，第4页。

意象一样,它所划分的是生存状态和文化观念迥异的内/外对立区域,出塞所必经的这些通道在很多旅行者心中被判定是口里/塞外、华夏/蛮夷、文明/野蛮、先进/落后、家园/流地完全相殊的两个世界。刘文海曾说:"试张地图,由甘肃酒泉以西直至哈密,中间仅零片沃壤数处,余则尽为沙碛不毛之区,土谣云:'一出嘉峪关,眼泪拭不干,前看戈壁滩,后看鬼门关。'确乎其然。有此大块沙碛介乎其间,天然隔断国人之注意。"① 清末民初曾非常流行在玉门关投石问卜,很多忐忑不安的初次进疆者都会以这样迷信的方式一卜前程。

随着交通条件的改善,20世纪30年代游记作者虽未有清代诗人的豪迈乐观,也颇注意对玉门关形象的正面新解。1935年徐弋吾在离开哈密时总结这次赴疆之旅:"新疆曩称塞外绝地,道阻里长,行程辄在三数月,且昔人有诗'春色不渡玉门关'之句,以形容关外苦寒,旅商视为畏途,乃又有'老不走新疆,少不去苏杭'之俗谚,互为告诫。若以今日交通便利言之,自绥远至迪化汽车行程不过二十天,又有何难哉!"② 1945年袁见齐也说:"此次新疆之行,足迹几遍天山南北,行程极少阻滞,工作亦能顺利进行,皆公路交通之赐!昔班超乞归曾有'不敢望到酒泉郡,但愿生入玉门关'之语,今则酒泉、哈密之间,汽车三日可达,不复有人关难之叹!"③ 卢前在《西域词纪》最后一首《别迪化》中也写道:"平生不抱悲观,玉门人又生还!所愿花开月满,永无灾患,春风时度天山。"④ 可以说,玉门关这一意象所联系的旅途荒凉、行程艰难、生死未卜等记忆随着20世纪三四十年代新疆至内地交通条件的改善,才逐渐被淡忘或者说被改造;另一方面,也

---

① 刘文海:《西行见闻记》,兰州:甘肃人民出版社,2003年,第94—95页。
② 徐弋吾:《新疆印象记》,西安:和记印书馆,1935年,第79页。
③ 袁见齐:《新疆杂记(十)》,《盐务月报》1945年第4卷第11、12期合刊,第47页。
④ 卢前:《新疆见闻》,南京:中央日报社,1947年,第55页。

是由于现代疆域观和民族观所带来的风景装置的不断挪移或更新，使得玉门关逐渐摆脱其作为内/外、先进/落后、文明/蛮荒、中原/边地、故乡/殊方的分界标志物，成为在文化传承中从"界碑"到"古迹"的旧时风景。

2. 星星峡之地名考证及行政意义

星星峡历来被认为是进疆第一站，1911年实业出身的袁大化来此时，既留意于当地浓重的迷信气氛，更留意到星星峡的煤产和硫磺资源："峡中纯石无土，寸草不生，青、黄、赤、黑、白五色皆备，硫磺气极盛，蕴结最久。矿产之旺，可想见矣。"[①]诗人邓缵先眼中的星星峡则是："无数怪峰出，葱茏奇境开。峡中分陇迪，涧底走风雷。路险千轮涩，猿愁万壑哀。高秋征客思，向晚上层台。"[②]并在此地特地拜祭了病故后葬于此地的回民首领墓地，作七绝《回回墓》题记："墓在猩猩峡，相传唐时，有回回头目来朝，过峡病卒，遂葬于岩畔。"[③]

关于星星峡名字之由来是绝大多数行游者最感兴趣的问题，最早考证文献为乾隆时期赵钧彤所著《西行日记》[④]。1943年林继庸在演讲中说："甘新交界处为星星峡，因峡中石壁含石英水晶，经日光月亮照射，下望如星海，故名。"[⑤]曾随西北工业考察团（林继庸任团长）赴新的李烛尘专门于1942年12月12日行至星星山下调查，"上山后见满山全为风化之石英石所覆被，内中间有成型之水晶，但佳者绝少"，并推测："或谓山上水晶，当其未被人捡去时，远望之闪灼有光，

① 方希孟等：《西征续录》，兰州：甘肃人民出版社，2002年，第207页。
② 邓缵先著，黄海棠、邓醒群点校：《毳庐诗草》，上海：华东师范大学出版社，2012年，第53页。
③ 同上，第118页。
④ 关于"星星峡"和"猩猩峡"的详细考证，见戴良佐：《星星峡地名考》，《西域研究》2001年第1期。
⑤ 林继庸：《新疆小志》，《中央周刊》1943年第5卷第42期，第8页。

如星之在天,故名星星峡。但现均写作猩猩峡,不知又取何意矣。"①
袁见齐则以为星星峡"位丛山之中,或谓此地本猩猩所居,附近有猩
猩饮水处故名;或谓山中多石英,月夜反光闪烁,有如繁星,以是得
名;二说俱无可考,惟峡中岗岩盛产石英,后说似较可信"②。徐苏灵
等也在星星山山岭捡拾了星星石(石英),认为"星星山和星星峡因
此得名"。并直接指出,有些人以"狭意的武断的民族观念以为边塞
之外皆'野人',所以一切对边塞以外的事物都要上个犬旁或虫旁,
这是非常要不得的"。③戴良佐在考证了星星峡地名来由的"星星
说"、"猩猩说"和"陨石说"后,还曾从南京中国第二历史档案馆查
到了新疆省政府于1945年11月呈报内政部的一份题为《猩猩峡改
为星星峡函请查照由》的公函。

　　作为内地入新的"唯一要冲",星星峡一地虽然长期"长数里寸
草不生,由内地到新疆来,荒凉情形至此已达极点"④。但在抗战爆发
后,伴随着新疆国际交通线的打通,大批苏联援华物资源源不断地输
入中国,苏联在公路沿途援建了储油站、转运站、仓库等设施,中国方
面以土畜产品和矿产品抵还苏方物资,交通要地星星峡建立了大型
综合转运站,再加之国民政府直接统辖管理新疆和开发西北、屯垦移
民等政策的推进,到新疆"去工作和观光的人士,一时川流不息的涌
进去,这情形就在这颇为寂寞的陆路小站口上,也便可以反映出来。
这里虽没有商廛市街,而每天车队和驼商的进出,颇见得颇为忙碌。
同时因地跨两省交界,交通运输上便成一重要枢纽"⑤。徐苏灵等一行

①　蒋经国等:《伟大的西北》,银川:宁夏人民出版社,2001年,第102页。
②　袁见齐:《特写:新疆杂记》,《盐务月报》1945年第4卷第1、2期合刊,第54页。
③　徐苏灵:《新疆内幕》,重庆:亚洲图书社,1945年,第11页。
④　刘佩蘅:《酒泉到吐鲁番》,《新疆日报》1948年8月12日,第3版。
⑤　周立三:《天山南北游踪回忆录》,《天山月刊》1948年第1卷第3期,第15页。

在星星峡就见车站"集中了一百多辆车","苏联又有近百辆的载运物资的卡车停在那里"①,"谁相信这荒漠的戈壁中的星星峡会是国际转运的重站呢"②。

不过,"这里中央和地方的机关一共有十七个之多,常住人口也都是公务及运输人员"③。罗家伦也说星星峡"人口不过有二百多人,机关倒有十几个","这真是边疆不良现象,并非说笑话,简直是事浮于人,人浮于机关了"。④此时的星星峡不仅作为入新交通要塞,更是作为行政机关要地了。感受截然不同的是在办理各类通行手续时,既有畏其繁琐的,如余航说:"新疆与甘肃交界的要隘——猩猩峡永远仿佛就是一个不能飞渡的'天堑',人们长久以来不论从这里到关内或从关内到这儿,其中所须遇到的麻烦,或者要超过从这一个国家到另一个国家所须的手续。"⑤也有认为高效的,如徐苏灵说:"星星峡的关卡人员办事真是简明迅速而有礼貌,当我们到达时,一检验我们的证明文件,不到三分钟就把我们的入境检查手续办好了。"⑥

其实,"玉门关"和"星星峡"之意象,从某种程度上也是不同历史阶段中原地区与新疆交通往来是否通畅和交流交往是否融洽的投射,正如僧海霞在分析嘉峪关意象从"关限"到"废垒"⑦的历史变迁时指出的,历史上嘉峪关或作为"华夷"之限的地理界标,或作为防

---

① 徐苏灵:《新疆内幕》,重庆:亚洲图书社,1945年,第10页。
② 同上,第11页。
③ 周立三:《天山南北游踪回忆录》,《天山月刊》1948年第1卷第3期,第15页。
④ 罗家伦:《西行观感——民国三十三年四月二日在中央秘书处四月份国民月会讲》,"国史馆"、中国国民党"中央委员会"党史委员会:《罗家伦先生文存·演讲下》,台北:近代中国出版社,1988年,第242页。
⑤ 余航:《神秘的新疆》,《益世报》(上海版)1946年7月31日,第2版。
⑥ 徐苏灵:《新疆内幕》,重庆:亚洲图书社,1945年,第10页。
⑦ 僧海霞:《从"关限"至"废垒":明至民国嘉峪关的意象变迁》,《中国边疆史地研究》2014年第1期。

御关外的军事要塞，或作为中原西域的隔膜分野，或作为严格巡检的行政关口，尤其是在清代新疆建省后，嘉峪关成为"废垒"则标志着其界标地理意象的褪色和国家一统观念的深入，因为"只有消除了玉门关、嘉峪关等人为设置的界限，在族群交往互动中重构空间，才能改变中原、西域两大空间结构，使其走向融合"①。中华人民共和国成立后，玉门关、阳关成为历史古迹，嘉峪关、星星峡成为普通地名，并成为只活跃在边塞诗风和考古遗迹中的文化记忆和历史坐标，这也是当代新疆与国内其他地区交通、政治、经济、文化、生活互融互通互联后在地理经验和空间感知中的必然反映。

四、新疆风物标志："吐鲁番的葡萄哈密的瓜，库车的秧哥子一枝花"

李岚在《行旅体验与文化想象——论中国现代文学发生的游记视角》一书《引论》中曾将"复合空间的文化想象"问题与景观学研究结合起来，认为（自然、文化）景观主要凸现的还是景观中"我"的存在和镜像关系，景观文化想象和形象文化想象的区别是，前者是相对向内发生，后者是相对向外发生，所以她在形象文化想象中还是多强调社会整体想象物和注视者、阅读者复合想象的作用。而在考察民国新疆形象时，我们或可说景观文化想象在很大程度上也是形象文化想象的某种投射，尤其是地理名片和物产资源等自然景观对造就乌托邦式的新疆社会整体想象物功不可没，而基于国家安全视角的注视者、阅读者的复合想象又进一步巩固了新疆地大物博的景观文化想象。

---

① 僧海霞：《历史时期中原与西域的界标及其意象变迁研究》，《地理科学》2017年第8期，第1175页。

尤其在对新疆自然景物和风俗物产的选择上,游记作者们虽各有侧重却有相近兴趣,比如,大多数旅行者都会特别留意星星峡这一名字来历的考证,到达"西域襟喉""嘉关锁钥"的哈密后,对天山雪山的雄奇瑰丽、初见维民的衣着别致、哈密瓜的甜脆入心、回王陵之庄严肃穆、回王府旁九龙柳的神奇传闻等特别留意。自哈密去迪化,多数作者选择走南路[①],所以之后对吐鲁番的富庶、坎儿井的原理、达坂城的险峻、迪化南关的俄商、博格达山的高峻等不一而足,绝大多数作者对新疆的关注还更多停留在自然物产和异域情调的想象中,而其中首先被提及的,则非哈密瓜莫属。

自1697年开始,哈密回王额贝都拉每年将甜瓜等物品运至北京朝贡,哈密瓜因此而得名。清代众多文人如纪晓岚、方希孟、裴景福、宋伯鲁等都盛赞过哈密瓜,宋伯鲁题诗道:"翠滑黄皱不一种,雪中丹里人所夸。……玉浆和冷嚼冰淞,崖密分甘流齿牙。"[②]林竞在《亲历西北》中称:"以哈密瓜最有名于世,甘美清香,迥异寻常。"[③]邓缵先在《哈密回王宅》中称颂:"园瓜入贡甘如醴。"[④]印象一般者大约只见谢彬所记:"食哈密瓜,味亦平常,不若传说之佳。瓜形椭圆,皮有花纹,肉色淡红,仁若西瓜子。"[⑤]

绝大多数初赴新疆的民国文人也都对哈密瓜交口称赞。徐炳昶称其味"鲜美绝伦,始知名下无虚"[⑥]。刘文海说:"哈密之瓜前已言之,其味之美,无以复加,余自抵哈密以来,无日不饱一次或数

---

① 从哈密经吐鲁番至迪化的南路为夏日所走路线,从哈密经奇台、阜康至迪化的北路一般为冬日所走路线,绝大多数作者选择了南路,《人在天涯》等为北路。
② 吴蔼宸选辑:《历代西域诗钞》,乌鲁木齐:新疆人民出版社,2001年,第275页。
③ 林竞:《亲历西北》,乌鲁木齐:新疆人民出版社,2013年,第208页。
④ 胥惠民编注:《现代西域诗钞》,乌鲁木齐:新疆人民出版社,1991年,第27页。
⑤ 谢彬:《新疆游记》,乌鲁木齐:新疆人民出版社,2013年,第84页。
⑥ 徐炳昶:《西游日记》,兰州:甘肃人民出版社,2002年,第150页。

次。……哈密有如是之瓜及葡萄，无怪食者嗜之。"①陈赓雅感叹自己的牙痛病，因"瓜甜而凉，食之，厥病若失"②。李烛尘等先在兰州宴席上，"因其味之美，并量之少，几于吃近瓜皮如纸薄"③；至哈密，"各人都吃到肚皮涨而后止"④；在鄯善，"林团长一口气吃了十六块之多，可想其味之美"⑤。黄汲清也记道："勤务用长刀将瓜分割成细条，人执一条而食之。味美不可言，兼有甘、香、脆、细、嫩、醉六大特色。"⑥

关于哈密瓜的奇妙滋味，清末裴景福在《河海昆仑录》中曾记作："肉色黄明如缎；味甘如蜜；入喉而腌，爽脆如哀家梨，无滓渣。"⑦40年代初陈纪滢也记道："却不料吃了黄的来红的，红的吃着像香蕉，香而淳，吃完了红的来白的，白的吃着像雅梨，甘而脆，一连来了五六样，每样有一种不同滋味。"⑧与陈纪滢感受相近的是袁见齐："始悉哈密之瓜，品类甚繁，其表或黄或青，其肉或绵或脆，其味或类香蕉或类苹果，而皆甘如蜜。"⑨余应霖也说："当你初尝着一片小小的瓜片，除了使你甜得拍案叫绝以外，尤其使你说不出它的味道——有广东香蕉味，有四川的桔子味，有……总之，只要想出一种什么味，它就像有你所想象的味道。"⑩1945年因战乱逃离迪化途经吐鲁番的费雪虹说："至其庄院后，即检瓜之佳者，一一剖开，但觉香气扑鼻，有如香蕊，有如雅梨，有如柠檬蜜橘，有如其他种种不知名之佳果香味。"⑪这

① 刘文海：《西行见闻记》，兰州：甘肃人民出版社，2003年，第76—77页。
② 陈赓雅：《走进西部》，乌鲁木齐：新疆人民出版社，2013年，第282页。
③ 蒋经国等：《伟大的西北》，银川：宁夏人民出版社，2001年，第104页。
④ 同上。
⑤ 同上，第108页。
⑥ 黄汲清：《天山之麓》，乌鲁木齐：新疆人民出版社，2013年，第9—10页。
⑦ 裴景福：《河海昆仑录》，兰州：甘肃人民出版社，2002年，第271页。
⑧ 陈纪滢：《新疆鸟瞰》，重庆：建中出版社，1943年，第208页。
⑨ 袁见齐：《特写：新疆杂记》，《盐务月报》1945年第4卷第1、2期合刊，第55页。
⑩ 余应霖：《"塞上江南"——哈密行》，《市政评论》1946年第8卷第9期，第33页。
⑪ 费雪虹：《出死入生的新疆行脚》，《新闻天地》1947年第20期，第8页。

种印象一直影响到 1950 年代,章元凤也曾说哈密瓜"样子像西瓜,吃起来像甜瓜,红瓤的吃着像香蕉,香而淳;白瓤的像雅梨,甘而脆,各有不同的滋味"[1]。表层看是以旅者熟稔的中原地区的各类水果经验重构不同品种哈密瓜的味觉体验,深层看也折射出关于新疆风物历史叙述和文化记忆的内在同构。

另外,也有行者对哈密瓜产地做过考辨,罗家伦说:"通常人都说哈密瓜好,实在哈密瓜是新疆最坏的瓜,好的瓜要算库车和焉耆出产的。"[2]徐苏灵也说:"其实,'哈密瓜'倒不以哈密产的为最美而以鄯善产的为最好。"[3]钱浩说:"认识哈密的人,想当不缘起于哈密在交通上的重要与贵据新疆门户的价值,而多半出自于哈密瓜的盛名,实际上哈密瓜并不是哈密的出产,香甜的哈密瓜产在鄯善的东湖……这种差强事实的记载,与某中学地理书上所说哈密西瓜的瓢子是绿色的情形一样。"[4]对哈密瓜之"神话"叙述隐有质疑和不满。正如程章灿在《四裔、名物、宗教与历史想象》中评价汉学家薛爱华以名物为视角的研究,"表面上,名物似乎只关乎人类的日常生活,而且似乎是庸常生活中的琐碎细节,无足轻重,甚至不值一提。而实质上,在漫长的历史进程中,名物无声却又具体而微地说明着人类的生活方式,承载着诸多文化史、精神史与制度史的意义"[5]。葡萄和哈密瓜取代那些丝绸之路上最具代表性的舶来品和神奇物,而以一种日常生活经验和普通家常食物的形式,在几乎每位品尝过的游记作者笔下扎根

---

① 章元凤等:《到新疆去》,上海:中国旅行社,1952年,第4页。
② 罗家伦:《西行观感——民国三十三年四月二日在中央秘书处四月份国民月会讲》,"国史馆"、中国国民党"中央委员会"党史委员会:《罗家伦先生文存·演讲下》,台北:近代中国出版社,1988年,第242页。
③ 徐苏灵:《新疆内幕》,重庆:亚洲图书社,1945年,第17页。
④ 钱浩:《速写哈密》,《现代》1948年第8、9期合刊,第25页。
⑤ 程章灿:《代译序》,(美)薛爱华著,程章灿、叶蕾蕾译:《朱雀:唐代的南方意象》,北京:生活·读书·新知三联书店,2014年,第18—19页。

开花,背后承载的应是数千年累积沉淀的集体记忆和共享叙事。

如果说,清至民国,初到新疆者印象最深、记录最多的水果莫过于哈密瓜,偶有吟咏葡萄者,如清代萧雄笔下:"苍藤蔓架覆檐前,满缀明珠络索圆。赛过荔枝三百颗,大宛风味汉家烟。"①那么到20世纪三四十年代,让越来越多的行游者兴趣盎然者就不仅止于此了,当时家喻户晓的"新疆有名的一句谚语是:'库车梨,哈密瓜,吐鲁番的葡萄,秧哥子一枝花。'或仅说'吐鲁番的葡萄,哈密瓜'"②。杨钟健也引此俗语感叹:"独这以秧哥子著名的库车,竟不得去,未免令人有美中不足之感,不胜其遗憾!"③

有机会亲游南疆库车者多会在描写维吾尔族女子神态之美的同时,讨论一下"秧哥"之本义。关于"秧哥子"记述最多者当属黄汲清,他认为谚语的"前两句字面很明白,后一句则十分难懂。'秧哥子'自然是指女子,'一枝花'是什么呢? 有人说'秧哥子'帽子上常插一枝宫花,所以说'秧哥子一枝花'。其实头上一枝花不仅是库车妇女的风俗,其他各地也莫不皆然,所以一般总以为一枝花是形容库车妇女们的美"④。卢前一面在散曲《库车姎哥》"姎哥缓缓言归,红花一朵当眉,顾影卿何艳美! 晚来园会,园中桃杏方肥"中自注"'南疆谚云:库车姎哥一枝花。'另有新疆民谚曰:'吐鲁番的葡萄哈密的瓜,库尔勒的香梨人人夸,库车的羊羔一枝花。'"将"姎哥"和"羊羔"并置视之;一面又说:"的确库车的妇女都戴一枝花,有的还不止一枝花,掩掩藏藏的在门缝里向外张望。"⑤

① 萧雄:《西疆杂述诗》卷三,《丛书集成初编》第3132册,上海:商务印书馆影印本,1985年,第89页。
② 陈纪滢:《新疆鸟瞰》,重庆:建中出版社,1943年,第83页。
③ 杨钟健:《西北的剖面》,兰州:甘肃人民出版社,2003年,第156页。
④ 黄汲清:《天山之麓》,乌鲁木齐:新疆人民出版社,2013年,第56页。
⑤ 卢前:《新疆见闻》,南京:中央日报社,1947年,第24页。

方宗岱以为："库车少妇头角多插花,是他处所不常见。"①陈少甫等也认为："'库车秧哥一枝花'之谚。(秧哥系维语,义即少妇,库车女子喜头上插花,故有是谚,非谓库车女子美甚于他地也。)"②"库车'莺歌'一朵花,所谓一朵花者即每个青年妇女鬓插一朵花,并不是生的姣艳也。"③徐苏灵也说："库车的'洋冈子'有如花一样的美。"④"我们却可以证明'库车洋冈子一朵花'这句话是描写库车女子头上喜欢插一朵花了。"⑤

恰如林鹏侠说："天生胜境,必有佳丽,库车得天独厚,山川秀丽,人物俊美,妇女尤多美姿容。俗传南疆有三美,播之民谣,为世健羡。其辞曰:'吐鲁番葡萄,哈密瓜,库车秧歌一枝花(秧歌者,维族妇女之别称)。'"⑥"原来'秧哥子'是维吾尔族女子的官称,通常以称年少妇女为宜。"⑦黄汲清则一面细致描绘了"秧哥子""有拒人于千里之外之势"⑧的面幕,一面说库车妇女"走起路来,大有西洋妇女的神气"⑨。王新文也说："库车洋冈子的美,实在美得像一朵花,她们具有中国女子的美容、欧洲女子的豪爽,有时髦而健康的体魄,还有一颗美丽的心。"⑩黄汲清还介绍很多库车女子来自和阗等地,此说法与林鹏侠相近："南疆气候温和,山清水秀,故妇女多秀色,非止库车如尔。

---

① 方宗岱:《南疆之行》,《同人通讯》1944年第23期。
② 陈少甫:《南疆纪程(续)》,《现代》1948年第6期,第20页。
③ 《库车素描》,《新疆日报》1948年11月3日,第4版。
④ 徐苏灵:《新疆内幕》,重庆:亚洲图书社,1945年,第16页。
⑤ 同上,第76页。
⑥ 林鹏侠:《新疆行》,北京:中国青年出版社,2012年,第82页。
⑦ 黄汲清:《天山之麓》,乌鲁木齐:新疆人民出版社,2013年,第48页。
⑧ 同上。
⑨ 同上,第58页。
⑩ 王新文:《塞上阳都龟兹国》,《交通部公路总局第六区公路工程管理局月刊》1948年第1卷第9期,第31页。此段文字又见《古龟兹——库车》,《兰州日报》1948年5月28日,第2版,文中"美容"改为"妇德"。

而库车之秧歌往往来自和阗及于阗县，民谣特举其聚集最众者言之耳。"[1]从哈密瓜到秧哥子，新疆特写对象的变化，表面上折射出行游主体从关注口腹之欲到注重审美观感的集体心理，隐喻了新疆行游者从民国早年荒漠戈壁中昙花一现的美食享受到民国后期休闲从容中追新逐异的游览情趣的变化趋势，但如果对比30年代初个别行游者如褚民谊观看傀儡舞蹈[2]的好奇心态，40年代民国行游者对于"秧哥子"之称的新疆本土知识挖掘和对于维吾尔族少女自然健康美的由衷赞叹，体现出的应更多是超越了两情相悦性别经验之上的中华各民族同胞间的心理认同。

第二节　比诸中原·桃源·江南

通常以为，在新疆与国内其他地区的对照中，新疆势必居于劣势，民国时期国内其他地区行者关于新疆之想象也必然与荒凉、闭塞、穷困相关，尤其是那些未到过新疆而论新疆者，"多以其辽远，臆料地必艰穷，人必陋野，气候必酷烈，而不足一顾"，但吴绍璘同时还指出："除少数奉公其地或经商此间者，鲜有灼知实情。须知其地未必尽穷，人未必尽野，气候未必便尽酷。"[3]的确，民国时期大多数行旅考察过新疆之文化人，除险遇兵荒马乱或辗转乱世之个别者外，其笔

---

①　林鹏侠:《新疆行》,北京:中国青年出版社,2012年,第82页。

②　见杨钟健:《西北的剖面》,北京:生活·读书·新知三联书店,2014年,第282、288页。傀郎指维吾尔族民间部分男女老少的自娱性舞蹈,也有记作韦囊、围浪、围囊、傀囊、慰郎,如清代萧雄《西域杂述诗》中自注:"古称西域喜歌舞而并善,今之盛行者曰围浪,男女皆习之,视为正业。"祁韵士《西陲竹枝词·回乐》称:"琴笛迭和鼓冬冬,索享迎神祭赛恭。更有韦囊长袖女,解将浑脱逞姿容。"

③　吴绍璘:《新疆概观》,南京:仁声印书局,1933年,第113页。

下的新疆形象大都呈现出正面、远大的发展前途。其中缘由,笔者以为主要不为补偿自己的思乡情浓或有意美化的儿女情怀,而更多源于这些精英知识分子塑造家国集体记忆和中华文化一体的必然话语选择。

其中尤其值得注意的,是大量作者频繁将新疆风景与国内其他地区生活、桃源理想、江南意象相类比,表面看这源自行旅者在广袤艰辛的新疆行旅中偶遇绿洲安稳生活的一份惊喜,就如余应霖形容初到哈密的感受:"朋友！你试闭着眼睛想想,在一个广大辽阔的沙漠中,能找出一片苍苍的绿荫……能不使你欢喜若狂,这风味该不会差过春之江南吧！"①从深层看,大量行旅新疆作者以国内其他地区地名指代新疆富庶之地、以桃源胜地取代偏僻荒凉之景、以联想江南类比新疆大小绿洲,并非是一般以为的以自我文化覆盖淹没"被注视者",而是潜藏着行游者试图建构国内其他地区——新疆文化一体化和心理共通性的深层动机。在此投射下所形成的感觉文化区和类型化意象,对于我们进一步理解统一多民族国家理念在边疆的精神濡化和文化传播、回望中华民族共同体意识在新疆的凝聚历程和文学再现、感受中华文化集体记忆在边地的千年承衍和文本储存,尤其是对于我们进一步打通新疆与国内其他地区之间根脉相通、共融共生的文明进程,提供了一条看似曲折、实则敞亮的历史通道和记忆门径。

一、将繁庶之地比诸中原之地

古代西域游记更多是基于中原中心观念的统一天下观,新疆因此被认为是传统的蛮夷之地、流放之地,即使是《穆天子传》也莫能

---

① 余应霖:《"塞上江南"——哈密行》,《市政评论》1946年第8卷第9期,第32页。

其外,虽然看似主客平等,但实际上还是潜藏着天朝心态。随着现代民族国家意识的深入和新疆政治、经济和文化的发展,民国虽然也有不少游记涉及对新疆当时黑暗军政和频繁战乱的批判,但从游记作者们对新疆的整体印象看,多以赞美新疆的自然风光和淳朴民风为主流,并常将新疆与国内其他地区相提并论,这在很大程度上促进了积极正面的新疆形象的传播效应。

早在民国初年,贾树模就指出新疆"应具乐观主义者有七"①,即土地广袤、气候中和、地味肥腴、水利充足、农产丰饶、矿产富饶、无虑外患,其新疆形象还大体呈现出与国内其他地区(故乡)印象两相呼应或者彼此暗合的相似性。其实早在清末,行旅者在身处少数相对富庶繁荣的新疆城镇时,就会不由自主地联想到国内其他地区比较成熟发达的商业城市,如方希孟见迪化"至十字口为大街,廛市喧嚣,铺屋整丽……大似京都前门景象"②。这类印象也频频出现在民国新疆游记始终,如谢彬说迪化"政界在前清时,湘楚人居十之九,散军留此种地者亦多,当时有小湖南之称"③,称惠远"益以伊犁将军缺优全国(次为四川将军),不赚不贪,一年百万,幕游上客,恒数十百人。文酒风流,盛极一时,有'小北京'之目"④。吴绍璘也称清末伊犁惠远"市肆极称繁华,有小北京之誉"⑤,清末迪化"商肆多为平津人所经营,故无异北平之大栅栏一带风味。……当全盛时代,目为小南京"⑥。李德贻《北草地旅行记》中也说迪化有"小南京"⑦之称,绥来、

---

① 贾树模:《新疆杂记》,《地学杂志》1917年第8卷第11、12期合刊,第502页。
② 方希孟等:《西征续录》,兰州:甘肃人民出版社,2002年,第141页。
③ 谢彬:《新疆游记》,乌鲁木齐:新疆人民出版社,2013年,第108页。
④ 同上,第147页。
⑤ 吴绍璘:《新疆概观》,南京:仁声印书局,1933年,第137页。
⑥ 同上,第129页。
⑦ 顾颉刚等:《西北考察日记》,兰州:甘肃人民出版社,2002年,第23页。

连木沁有 "小四川" ①之名。到20世纪30年代初,吴霭宸则称当时在
"迪化汉人中,以陇省为最多,秦、晋、湘、楚次之" ②。

除了城市地名的相似联想外,行旅者还多将新疆自然风光与国
内其他地区名胜佳地自然联想起来。如1911年5月初袁大化出哈密
界,北路天山 "望之如海外蓬莱,时没时露,奇景毕肖" ③。谢彬称伊犁
果子沟 "山水之奇,胜于桂林。岩石之怪,比于雁荡" ④,穿行在库车
铜厂附近的山间,感叹 "人行其中,疑在港沪洋场","昔人云:'五岳
归来不看山。'此又非五岳所能比也" ⑤,在水磨沟见 "有巨泉涌出,泡
高数寸,若济南之趵突泉然" ⑥。徐弋吾也称水磨沟 "温泉柔润,不沾
肌肤。浴后,心怡神爽。非寻常温泉所能相较。南京汤山、西京华清
池之外,水磨沟可鼎足而三也" ⑦。1949年初冬,林鹏侠登博格达山,
见 "四山白雪皑皑,晶莹似玉,一白无碍之冰天,与黛色濛濛之翠松,
相映成一幅天然画图",感叹 "南人目西子湖为无上胜景,不知塞外
山川,雄奇美秀,不事雕琢,一秉天成,非西子之滥施脂粉者所能及其
万一"。⑧罗家伦名作《山上天池》开篇即是 "淡妆浓抹更相宜,西子
湖光未足奇" ⑨。甚至还有在天池划舟者,感觉 "仿佛置身西湖,胸襟
为之一畅" ⑩,"西湖有水而山不高,秀媚而鲜雄伟;匡庐山高而水不
近,雄伟而少透逸。此则高山潭水;两臻妙境,轻桨慢荡,渊然有天

① 顾颉刚等:《西北考察日记》,兰州:甘肃人民出版社,2002年,第30页。
② 吴霭宸:《边城蒙难记》,乌鲁木齐:新疆人民出版社,2013年,第19页。
③ 方希孟等:《西征续录》,兰州:甘肃人民出版社,2002年,第213页。
④ 谢彬:《新疆游记》,乌鲁木齐:新疆人民出版社,2013年,第145页。
⑤ 同上,第169页。
⑥ 同上,第120页。
⑦ 徐弋吾:《新疆印象记》,西安:和记印书馆,1935年,第141页。
⑧ 林鹏侠:《新疆行》,北京:中国青年出版社,2012年,第148页。
⑨ 罗家伦:《西北行吟》,重庆:商务印书馆,1946年,第12页。
⑩ 吴衡:《天池游记》,《交通部公路总局第六区公路工程管理局月刊》1947年第1卷第5期,第28页。

上感"①。

　　不仅是在天山天池联想到西湖胜景，新疆当时已有数个景点被称为"西湖"，比如哈密苏巴什龙王庙附近的天山融雪汇流之湖"或称为小西湖，固未必与西湖类，然行人至此，其心胸之愉快，固远胜于置身六桥三竺间也"②。谢彬也称哈密"风景之佳，不啻塞外一西湖也"③。邓缵先在辞别乌苏所作《六别诗》之一《别县田》中写道："县田在东郊，又在西湖边。……欲将筑田宅，终老西湖间。"④更有意思的是迪化西大桥附近的鉴湖，既与浙江绍兴的鉴湖同名，如邓缵先说："会稽有鉴湖，名区震人耳。巩宁有鉴湖，胜地阙于史。"⑤有时也被称作西湖，如邓缵先还在诗中写道："秋月印平潭，琼源养活水。"谢彬也曾记道："渡巩宁桥（俗呼西大桥），至鉴湖——一名西湖。"⑥

　　这也可见重要的不是景观之自然呈现或相像指数，西湖、鉴湖等作为江南地区积淀丰厚的文人记忆、巧夺天工的人文景观与旖旎多情的自然风光结合的最佳典范，成为大量行旅新疆者和新疆本地人日常"交往记忆"中频繁所指的理想地名。一方面，可视为论者先入为主的中原文化优越心理和中心强势话语先导；另一方面，更体现出行旅者通过消弭新疆与中原地区发展差距和自然差异来强化中华

① 马义勇：《天池胜景志》，转见浩明：《乌鲁木齐诗话》，乌鲁木齐：新疆人民出版社，1989年，第195页。
② 林竞：《亲历西北》，乌鲁木齐：新疆人民出版社，2013年，第202页。
③ 谢彬：《新疆游记》，乌鲁木齐：新疆人民出版社，2013年，第87页。
④ 邓缵先著，黄海棠、邓醒群点校：《毳庐诗草》，上海：华东师范大学出版社，2012年，第16页。另，西湖也是当地地名，今在乌苏以北12公里还设有西湖镇。
⑤ 《鉴湖》，邓缵先著，黄海棠、邓醒群点校：《毳庐诗草》，上海：华东师范大学出版社，2012年，第26页。又如当代新疆诗人王子钝在《游鉴湖》中写道："鉴湖我亦比西子，佳句西湖却姓苏。"当代学者朱玉麒则援引《辞海》上说中国有两个鉴湖，一个在绍兴，一个在乌鲁木齐（西公园）"。见朱玉麒：《"一炮成功"》，《文汇报》2020年8月21日，第7版。
⑥ 谢彬：《新疆游记》，乌鲁木齐：新疆人民出版社，2013年，第126页。

文化的认同感。段义孚说："符号是意义的仓库。意义来自在时光里不断积累起来的深厚经验。这些经验尽管植根在人类的生物性里，但往往有着神圣和超越世俗的特性。"①无论是取中原地区富庶省份之商业类比，还是观古来名胜佳地之风景联想，这些地名符号所凝聚的文化积淀和情感力量，都超越了一时一地一景一物的当下经验和视觉印象，而传递着中原文化与西域文化数千年的交融交往与相连相通，也如邓缵先在迪化鉴湖多次联想到昆仑天山，如"源通昆仑墟，澜洄天山趾"（《鉴湖》）②、"槎浮博望融仙液，波映昆仑净俗埃"（《同友人游鉴湖二首》）③。

一直到20世纪40年代，还是偶尔有将新疆重镇比照国内其他地区的，如于右任在演讲中说："在新疆有个比拟，说迪化很像南京，是一个政治中心；喀什（疏附、疏勒）很像北平，有着悠久的历史；把和阗拟作杭州，因为手工业很发达……伊犁一切比较现代化，他们比作上海。"④方宗岱说："喀什噶尔是疏附、疏勒两县的回名，是南疆的上海或天津，对外贸易的枢纽。"⑤这样说自然有很大的夸张成分，但我们或许可以从中一窥作者通过对观看对象的认同而强化文化认同的心理需求，比如陈纪滢就多次提到"九一八事变"后流亡到新疆的大量东北军民，并感慨："站在乌鲁木齐河畔，很容易使人联想起白河，同时联想起黑水白山，以及一切与那些人有关系的地方、乡村、院场，

---

① （美）段义孚著，志丞、刘苏译：《恋地情结》，北京：商务印书馆，2018年，第214页。
② 邓缵先著，黄海棠、邓醒群点校：《毳庐诗草》，上海：华东师范大学出版社，2012年，第26页。
③ 同上，第94页。
④ 于右任：《视察新疆的观感》，《智慧》1946年第12期，第30页。又见于右任：《新疆观感》，《兰州日报》1946年9月18日，第1版。
⑤ 方宗岱：《南疆之行》，《同人通讯》1944年第23期。

或者风俗习惯之类。"[1]将思乡情结和故土情深融化于这片陌生又熟悉的土地，勾连起的"故乡"和"异地"使得抗日战争时期的中国形象更加开阔和坚韧，这既是多数游子身处遥远异乡时情不自禁的文化联想，也潜藏着知识分子对国家边疆领土的自然亲近和自觉维护意识。

二、视偏远落后之地为"桃源"

自清朝于18世纪中叶平定叛乱收复新疆后，西域诗风一面继承了汉唐边塞慷慨悲壮的阳刚之美，一面发掘出既往边塞诗风中难得一见的冲淡平和的田园之美，其动因与彼时清代赴新官员更为积极自觉的主体定位和文化认同有关。因为勃兴发起于边疆的清政权一直推进将重纳疆土与中原江南一视同仁的边靖之策和治国理念，加之清朝鼎盛繁荣时期强大的文化向心力和拓疆行动力，使得无论是遣派戍边的武将还是贬谪流放的文人，多自觉地在文中以尽显忠君报国思想为动机、以呈现新疆博大风物为乐事、以书写百姓安居乐业为己任，是以田园之乐和风俗之新成为此时文人在感叹行路难和思乡苦之外的现实补偿和积极作为。如施朴华写道："胡麻叶大麦穗黄，百株垂柳千株杨。东村西村通桥梁，鸡鸣犬吠流水长。"(《轮台歌》)又吟："龟兹城东七十里，蝶飞燕语春风温。杨柳青随一湾水，桃花红入三家村。"(《托和奈作》)即使被清廷关押流放新疆的裴景福也有"十里桃花万杨柳，中原无此好春风"(《哈密》)之句。

民国初年，将新疆比作桃源之相似联想频繁地出现。邓缵先眼中之迪化"寸心辟灵境，随处皆桃源"，并称是："熙熙太平民，不识兵甲烦。初因避秦来，息躯边塞垣"(《乌鲁木齐》)[2]，过哈密称"尘

---

① 陈纪滢：《新疆鸟瞰》，重庆：建中出版社，1943年，第276—277页。
② 胥惠民编注：《现代西域诗钞》，乌鲁木齐：新疆人民出版社，1991年，第1页。

外有达人,桃源良可拟"(《哈密道中》)[1],给家人书信中说"境拟桃源并,居非木垒同"(《答家人函询迪省风景》)[2]。杨增新还曾在督署大堂前悬挂有一副楹联:"共和实草昧初开,羞称五霸七雄,纷争莫问中原事;边庭有桃源胜境,狃率南回北准,浑疆长为太古民。"[3]的确,不少作者都肯定了新疆生活中的"太平民"状态,吴绍璘就肯定杨增新治理下的新疆"盗贼不兴,故熙熙攘攘,恒目为世外桃源"[4]。中国士人远离江湖、归隐山林的出世之心在国运不济、忧患重重的现实中,因无处存身而隐匿难见,民国新疆虽也曾经历战乱动荡,但时局总体而言较中原地区更趋平稳,所以在第二次来新疆时对比中原地区的群雄逐鹿和政局变幻,林竞不由得感慨:"旧地重来,城郭无恙,人亦无恙。念内地屡遭战乱而新疆独能宴然,羡望之情,又曷能已也。"[5] 1928年,徐炳昶在畅游博格达山腰的天池后也说:"如此雄奇之山水间阁,竟有人谓不及湫隘嚣尘的上海,兴趣不同,乃至于斯!"[6]

尤其到了抗日战争后期的民国赴新游记中,桃红柳绿、鸡鸣犬吠的田园风光中的理想因素和美誉功能被进一步强化。中国士人远离江湖、归隐山林的出世之心在国运不济、忧患重重的现实中因无处存身而隐匿难见,民国新疆虽也曾经历战乱动荡,但时局总体而言较国内其他地区更趋平稳。尤其是在抗日战争时期,新疆作为战略物资运输的国际交通线,以至于1943年罗家伦住在迪化边防督办公署东花园时,见孔雀不设樊笼任意飞鸣上下,不由得感慨:"自知西北堪留

---

① 胥惠民编注:《现代西域诗钞》,乌鲁木齐:新疆人民出版社,1991年,第2页。
② 同上,第20页。
③ 包尔汉:《新疆五十年》,北京:文史资料出版社,1984年,第98页。
④ 吴绍璘:《新疆概观》,南京:仁声印书局,1933年,第97页。
⑤ 林竞:《亲历西北》,乌鲁木齐:新疆人民出版社,2013年,第232页。
⑥ 徐炳昶:《西游日记》,兰州:甘肃人民出版社,2002年,第192页。

恋,不向东南振翅飞。"①相较于当时东北、华北、华南、西南等大部分
地区而言,新疆离战火硝烟最远,这使得不少在战时依然执着学术理
想和决心献身科学的赴新考察学者,在新疆度过了一段可以一心向
学的难忘时光。如黄汲清、杨钟健、程裕淇等在1942年冬至1943年
春组成新疆地质调查队,在新疆独山子、库车等地展开野外地质考察
时,黄汲清在塔里木盆地之锁钥铁门关,见"茅舍二三,农田数顷,杨
柳夹道,鸡犬相闻,风景真可入画"②;在库尔勒见"沃野农田肥美,渠
沟纵横,杨树参天,杏花夹道;清澈可鉴的河渠旁边,往往遇见嫣然
带笑的浣衣少女","这确是一个世外桃源,而我们置身其间亦不自觉
其为捕鱼的武陵人了";③在从库车到温宿路上,感受着南疆的融融春
色,"水田无尽,阡陌纵横,芳草映着垂柳,莺燕飞舞上下,杏花虽还没
白头,海棠已处处胭脂透。茅屋之下,马路之旁,车水马龙,孩童嬉戏
于其间,村姑少妇正头顶喀巴克到西边取水。一副羲皇图画,让人无
从描写其神情。这是阿克苏和温宿沃野,是天山南路的极乐园"④;在
库车时作者听说南疆一些地方初夏以桑葚为食,感叹"这是诗人的
作风,而维吾尔族人的生活也特富诗意。我想儒家所讴歌的唐虞郅
治之世,其理想的人民生活也不过如此!"⑤

　　当然从另一方面看,在交通还很不便利、通行条件非常苛刻、赴
疆机会难得一求的行游中,中原地区的赴新文化人也会更为珍惜和
留意青壮年时代难得一遇的新疆之行,其见闻遭遇和体验感受往往
成为他们日后多年回忆中游走在日常生活轨迹之外的别样风景。如

---

① 罗家伦:《西北行吟》,重庆:商务印书馆,1946年,第13页。
② 黄汲清:《天山之麓》,乌鲁木齐:新疆人民出版社,2013年,第51页。
③ 同上,第52页。
④ 同上,第95页。
⑤ 同上,第118页。

黄汲清的子女们就曾回忆过父亲对于新疆之一往情深,比如他时不时会拿出花帽给孩子们表演新疆舞蹈①。

甚至一些新疆民俗民风也被旅新者视为可羡之事,褚民谊感叹哈萨克族"出外旅行,不用带干粮,可以随处到同教的人家去住宿饮食,真是四民安居乐业,犹有古风"②。一行人返回博乐时,竟收到了三日前不慎遗失在路边的皮包,原是"蒙人巴拉拾得之,绕道六十里,送至村长,转呈警局待领云",作者不禁感叹:"蒙人诚朴,可敬可爱,道不拾遗之风,乃见之于边地,岂诚'礼失而求诸野'乎!"③

一直到民国末年,依然有很多游记作者怀抱澄清改造国人对新疆刻板印象的自觉意识,加之日益成熟的现代国家领土、中华民族和国家安全等观念的渗透,也使得他们会有意美化新疆形象,甚至不乏夸大。比如1947年底,视耽在孔雀河畔,感叹"悠哉游哉,虽羲皇上人无我乐也"④。作为"耕凿弦诵之乡,歌舞游冶之地"⑤的新疆,在1948—1949年赴南北疆考察的南洋华侨林鹏侠笔下更是一片歌舞升平、富饶祥和的沃土,她写"花团锦簇之焉耆":"每当瓜果熟遍时,男女行乐于瓜田绿野间,歌声荡漾,响遏行云,熙熙和和,不复知人世间更有何事。江山锦簇,人物秀美,亦南疆一大乐园。"⑥写库尔勒:"城内街衢整洁,古木夹道,绿荫荡漾,树下皆渠,有户户垂阳,家家泉水之致,人民熙熙和和,宛然避秦处也。"⑦称赞库车:"歌管喧奏,连宵尽

---

① 参见黄浩生关于父亲黄汲清的回忆文章《情系天山》,中国地质科学院编:《黄汲清纪念文集》,北京:地质出版社,1998年。
② 褚民谊:《视察新疆报告书》,《开发西北特刊》1932年创刊号,第3页。
③ 同上。
④ 视耽:《孔雀河》,《交通部公路总局第六区公路工程管理局月刊》1947年第1卷第6期,第31页。
⑤ 纪昀:《乌鲁木齐杂诗》,吴蔼宸选辑:《历代西域诗钞》,乌鲁木齐:新疆人民出版社,1982年,第94页。
⑥ 林鹏侠:《新疆行》,北京:中国青年出版社,2012年,第72页。
⑦ 同上,第75页。

日,维族人视之不啻沙漠中之仙乡。"①写乌什:"夏时,万花争妍,百鸟齐鸣,徘徊其间,恍若身在'两岸桃花夹古津'之桃源胜地。"②当然,这也可以说是生活体验和思想观念不断趋向现代的行旅者面对南疆亘古不变之生活方式所产生的错置感和滞后感。

行游者一面渴望新疆保持这样淳朴原始的民风,一面又寄希望于新疆社会能慢慢与现代生活接轨。所以,这些游记一面是将新疆"风景化"和"神秘化",对其传统古老的民风大加赞誉;一面又在外强觊觎、动荡不安之时局中,对新疆落后沉滞的社会面貌忧心忡忡。如吴蔼宸就曾尖锐指出,由于新疆长期的闭塞孤陋,此地"故步自封,仍过其太古生活"③,夸张之外更多的是面向新疆现实未来的忧虑。

三、新疆处处赛江南,反认他乡是故乡

大体看,如果说将新疆繁华之地比作中原富庶之地,已是民国时期流传于百姓日常经验中的民间套话,很大程度上与千年以往中原与西域的交融交往,尤其是新疆建省以来大量国内其他地区人口涌入新疆有直接联系,那么一些有机会深入南北疆的作者将封闭自足的边地比作桃源,很大程度上则与现代中国内忧外患、危机四伏、百姓生活困苦动荡、变故频发有内在关联。同时,还不断有作者会提及类比江南的新疆印象,但亦不同于清代西域诗人对江南故里的眷恋情深,如史善长的"醉里不知身万里,落花时节在江南"(《对雨》),亦或洪亮吉的"鹁鸪啼处却东风,宛与江南气候同"(《伊犁纪事诗》)、黄濬的"恰似江南二月时,山南山北雨如丝"(《松塘细雨》)。民国时期大量行游新疆者的"'江南认同'提供了源自文化观念的有

---

① 　林鹏侠:《新疆行》,北京:中国青年出版社,2012年,第82页。
② 　同上,第91页。
③ 　吴蔼宸:《新疆纪游》,上海:商务印书馆,1935年,第253页。

力支撑和制度化的重要保障"①,其笔下的江南文化象征符号包孕了更多的集体记忆和文化乡愁,无疑与国家立场、民族精神、文人想象之间的关系就更为曲折迂回而意蕴深远了。

如民国初年,高得善称迪化"从前此地彻夜笙歌,有赛江南之名"②;谢彬在特克斯川流域见"哈萨少女欢笑偎郎,姿首佳丽,比于江浙"③,在崆谷斯流域见"一望新苇,仿佛仲夏江南之稻畦"④,在阿克苏见"官柳连绵,稻田弥望,景致佳幽,埒于江浙"⑤,出阿克苏在萨伊里克见"良田万顷,村庄稠密,饶有江南风景"⑥;徐弋吾称三堡至哈密"草木向荣,黄雁三五,高翔空际,水蛙成群,共鸣田园,沙漠夏景,大有江南春色之慨"⑦。还有一些作者,言入疆有还乡之感,如吴绍璘说:"所谓既抵天山,欢然如还故乡者。"⑧迪化"举凡饮食起居、语言习俗,俱与内地无别,亦不自知身处万里外之西北"⑨,其近郊"景物幽丽,状若江南"⑩,绥来"风景之佳,犹如江南"⑪,叶城"具江南之风"⑫。

待到20世纪40年代之后的新疆行游者,江南意象已成为普遍共识的新疆观感了。这一时期的江南意象有时是以北疆伊犁、迪化、乾德、鄯善等地作比,如李烛尘1943年初从伊犁赴霍尔果斯巡视国界

---

① 葛永海:《地域审美视角与六朝文学之"江南"意象的历史生成》,《学术月刊》2016年第3期,第102页。
② 高得善:《荒徼漫游录》,《西北杂志》1912年第1卷第3期,第4页。
③ 谢彬:《新疆游记》,乌鲁木齐:新疆人民出版社,2013年,第159页。
④ 同上,第160页。
⑤ 同上,第182页。
⑥ 同上,第185页。
⑦ 徐弋吾:《新疆印象记》,西安:和记印书馆,1935年,第234页。
⑧ 吴绍璘:《新疆概观》,南京:仁声印书局,1933年,第2页。
⑨ 同上,第129页。
⑩ 同上,第130页。
⑪ 同上,第140页。
⑫ 同上,第154页。

时,因连天风雪,见"雪上树梢,晶莹如玉,不啻花开银树,路旁裹草,尽着琼葩,当时有'塞外三冬雪,江南二月花'之句"①,在从哈密至迪化途经鄯善时,李烛尘说"树木更盛,麻棉长得甚高,俨然江南气象"②;罗家伦在《登博格达山道中》写"榆阴深处草芊芊,宛似江南四月天"③;张焕仪感叹稻田密布、渠沟纵横的乾德是"塞外的'鱼米之乡'。有人喻为塞外的三湘,真是名符其实的妙喻"④;萨空了在翻过达坂城见到溪水杨柳田亩农家时,感叹"恍然若在江南"⑤。

更多的则是将南疆比作江南,黄汲清到阿克苏河畔正是"春色顶恼人的时候:莺飞燕舞,流水落花,走不完的长堤芳草,看不透的柳绿桃红,人家都说阿克苏是塞外江南,我总觉得江南春景比不上此时此地的塞外!"⑥徐苏灵听说"喀什、和阗等且有'江南'之称"⑦;袁见齐在莎车,见"阡陌之间,遍植白杨,公路两侧,新植小树,亦欣欣向荣,驰车其间,恍若置身江南"⑧,"库车气候和煦,略如江南"⑨,"闻南疆气候和煦,每当春季,桃李竞开,风景秀丽,不亚于江南"⑩;卢前在开都河的平桥上,见"好几百个阑干,颇有江南风景"⑪,"庆平里许长桥,天山雪水滔滔,一幅江南画稿"⑫;方宗岱在焉耆见"开都河水

① 蒋经国等:《伟大的西北》,银川:宁夏人民出版社,2001年,第145页。
② 同上,第108页。
③ 胥惠民编注:《现代西域诗钞》,乌鲁木齐:新疆人民出版社,1991年,第119页。
④ 张焕仪:《从迪化到乾德》,《甘肃民国日报》1947年8月17日,第3版。
⑤ 萨空了:《从香港到新疆》,银川:宁夏人民出版社,2000年,第130页。
⑥ 黄汲清:《天山之麓》,乌鲁木齐:新疆人民出版社,2013年,第112页。
⑦ 徐苏灵:《新疆内幕》,重庆:亚洲图书社,1945年,第65页。
⑧ 袁见齐:《新疆杂记(续七八九)》,《盐务月报》1945年第4卷第9、10期合刊,第49页。
⑨ 袁见齐:《再越天山》,《盐务月报》1945年第4卷第7期,第58页。
⑩ 同上,第60页。
⑪ 卢前:《新疆见闻》,南京:中央日报社,1947年,第26页。
⑫ 转见陶天白:《天山鳞迹》,香港:银河出版社,2001年,第273页。

量充足,鱼鸭成群,全是江南景色"①;马里千即将到达库尔勒时,见"清溪绿柳,相映成趣,公路穿过一座大农庄,棉花正在收割,冬麦已出土寸许,真疑回到江南锦绣之乡了"②;陈少甫在开都河上也见"山光倒影,一如江南景色","有如江南暮春时节,人道南疆好,自和硕以西即可见之"③,"昔闻库尔勒有'小江南'之称,诚然"④;刘佩蘅在鄯善、吐克沁也生出"无限'塞上江南'之感"⑤。

更有南洋华侨林鹏侠,她称天山南麓"全年青翠,花果缤纷,虽江南莫可与京"⑥,在焉耆见"桥下万顷波光,滟潋连天,夹岸青翠,花柳缤纷,山光水色,酷似江南,有'小江南'之称"⑦,见库尔勒"附郭桑树如云,稻田错落,花态柳情,山容水意,恍若江南风光"⑧,见阿克苏"环城绿云连亩,阡陌如云,恍若江南风光"⑨,见喀什噶尔河"下游沿岸水田纵横,饶有江南风景"⑩,真是新疆处处皆江南! 1943年,国民党新疆省党部成立后,梁寒操奉派宣慰新疆时,更从国家战略高度盛誉新疆胜于江南:"从天、地两者分析,新疆是未来建国基础的所在,尤其是南疆,有江南之长,而无江南之短。江南所富者为生产资源,而南疆则兼生活、战斗两种资源而有之。"⑪

"江南"这一意象的选择,绝不仅仅是基于时节气候和自然风物方面的相似性,更有中国知识分子集体心理和审美经验的千年沉淀,

---

① 方宗岱:《南疆之行》,《同人通讯》1944年第23期。
② 马里千:《天山行脚》,《现代公路》1949年第3卷第2期,第37页。
③ 陈少甫:《南疆纪程》,《现代》1947年第5期,第23页。
④ 陈少甫:《南疆纪程(续)》,《现代》1948年第6期,第18页。
⑤ 刘佩蘅:《酒泉到吐鲁番》,《新疆日报》1948年8月12日,第3版。
⑥ 林鹏侠:《新疆行》,北京:中国青年出版社,2012年,第10页。
⑦ 同上,第71页。
⑧ 同上,第75页。
⑨ 同上,第88页。
⑩ 同上,第96页。
⑪ 梁寒操:《新疆之行》,《军事与政治》1943年第4卷第5期,第14页。

因为江南从来都是一个地域上不断流动变化、文化上不断淘洗净化的历史空间，其高度的弹性和开合的张力使其早已成为中国最富有古典美和意境美的文化范畴。如梅新林所说："'江南'是一个同时兼容自然地理与文化地理、历史意涵与现实意涵的充满活力与魅力的空间概念，主要包含了地理方位、行政区域以及意象空间三重意涵，彼此有分有合，相互交融，由此形成'大江南'、'中江南'、'小江南'的不同空间指向。"① 有意思的是，20世纪40年代初，也有新疆本地作者称南疆为"小江南"②，更多是如上述将南疆库尔勒、焉耆、阿克苏、温宿、库车、莎车、和硕、喀什、和阗等地与江南类比者。其中缘由，与当时逐渐深入人心的中华民族观念有关，也与南疆长期与我国国内其他地区消息难通、交通阻隔有关，甚至也与南疆30年代前期曾陷"泛突"导致暴乱的历史教训有关。所以这些偶有机会前往南疆考察的中原文化人，都会有意识地赋予这片土地"似曾相识燕归来""风景旧曾谙"的被再发现的传统美感，使其成为富有某些象征性和隐喻式的文化意象。不断地重申和强调南疆类比江南的文化亲近和文化传统，在很大程度上体现了新疆与国内其他地区之间的文化相似性和共鸣感，有着民国知识分子未曾点破的家国情怀和集体记忆，更是基于现代国家立场的空间类比和文化建构。

当然，类比江南并不全是自觉地构筑新疆与国内其他地区同源同根的文化想象，有时也是为了安置行游者无可名状的乡愁吧！事实上，新疆气候地理也并非都是宜人之处，1927年存吾为杭州人钱

---

① 梅新林在为《江南文化世家研究丛书》所作总序中引周振鹤等学者观点后指出，"大江南"涉及今长江中下游的广大区域，"小江南"对应于环太湖流域，"中江南"或接近于通行的"江东""江左"的区域范围。见赵红娟：《明清湖州董氏文学世家研究》，北京：中国社会科学出版社，2011年，第1—7页。

② 见寒默：《中国的小江南》，《新疆青年》1941年第4卷第1、2期合刊。

之万的新疆游记作序时就喟叹："杭为东南胜地,气候温煦,交通便利,文化发达;新疆位西北边陲,寒暑剧烈,荒凉阻塞,人迹鲜少,文野之殊,盖有难言者。"① 霍布斯鲍姆曾提出传统是人们依现实情境的需要所建构的与过去的连续性关系,它既可指一系列活动,"也意指一系列仪式性或象征性的自然,它以重复的方式努力重申某些价值观和行为规范,并自动地表明与过去的连续性"②。行旅作者们有时是为了表现新疆与国内其他地区的一致性与同步性,唤起受众的文化认同感,所以多以具有现代观感的城市作比;有时则是为了回避新疆远滞后于国内其他地区的现实性和差异性,唤醒受众的审美认同感,所以转而诉诸更具文化乡愁和怀旧意味的江南想象。正如朱民威说:"(迪化公园)这几个江南人似乎占有了这片丰腴的花园,当然我们不会在这里一辈子住下去的,我们嘴里谈着眼前与身边事,心中却想着成都、重庆以及家乡芜湖、上海、南京。"③ 越是以国内其他省份地名类比新疆诸地,越是在表达自己未能忘怀的故园乡愁和文化记忆,越有可能表达着与新疆现实的疏离感和隔膜感。所以"类比江南"是文化印证和文化吸收双重作用后的地景记忆,它既呼唤着行旅作者的家园之思和文化乡愁,又形塑着行旅主体的家国体验和文化经验,牵动着文化乡愁、地景记忆、家国记忆等,是一种复合体验。

另外值得深思的是,那些将新疆比作江南的作者,几乎全都只是行游或旅居新疆者,选择一辈子留在新疆,后来成为著名历史学者的苏北海先生,青年时代就曾对比过江南的"曲线美"和新疆的

---

① 存吾:《钱之万〈到新疆之路〉序》,《地学杂志》1922年第6、7期合刊,第51页。
② 转见周宪主编:《文学与认同》,北京:中华书局,2008年,第190页。
③ 朱民威:《新疆行——并记张光明队长在沙漠中探险》,《中国的空军》1946年第90期,第8页。

"直线美",感叹"这七八年来,使我陶醉在西北的山水之间,那雄浑的气派,使我含在心意之间,觉得唯有直线才是力量,才是伟大。曲线的小巧,我已开始厌恶,它美的表现,只是昙花一现。永久的永久,必须要有直线的力,才能有天上人间的真美"①。实际上,只有超越了江南地景与文化乡愁,才有可能真正地理解新疆的地理之美和文化之核。

"人人都说江南好,我说边疆赛江南"(《边疆处处赛江南》),这首传唱了半个世纪、激励无数中华儿女建设边疆的经典歌曲背后所沉淀蕴积的集体无意识,数千年来,一直埋藏在自汉唐至清代以往不畏艰险、建业报国的漫漫古道之下,呼啸在数千年边塞诗风雄奇遒劲、慷慨悲壮的猎猎风尘之后,流淌在无数西行故人离乡背井、再建家园的涔涔热泪之中。或者也可以说,"国内其他地区—新疆"的对应联想,更多是基于现实层面,行旅者以及新疆本地人之于近现代新疆社会发展进程能与国内其他地区同步的热望;"桃源—新疆"的相似联想,更多是基于理想层面,在中华民族深陷内忧外患、孜求民族独立解放之路的现代中国,民国知识者对新疆和平稳定和人民安居乐业的祈愿;那么"江南—新疆"的比拟联想,则更多是基于文化层面,肩负文化使者责任和国家本位立场的民国文化人对新疆文化与中华文化同一性、同根性、同构性的自觉守护和大道传承。更重要的是,"国内其他地区—新疆""桃源—新疆""江南—新疆"的稳定结构和知识谱系,经中华民族数千年心理积淀、文本吟唱和历史累积,在清中叶西域"故土新归"后得以一唱三叹地反复歌咏,继而在民国行旅新疆者的笔下得以淋漓尽致地展现,在当代中国,已成为尽人皆知的风景类比和文化联想。比如在当代新疆美文中,"桃源"或是

① 苏北海:《新疆一年小感(续)》,《甘肃民国日报》1946年5月24日,第3版。

"江南"也成为几乎可以信笔拈来的符号式象征。如颂彦在《天山深处的人家》中称在伊宁市看到"满街瓜果,我们还以为是到了江南果乡"[①],汪曾祺在《天山行色》中说在乌鲁木齐市郊见路旁"行人的气色也很好,黄发垂髫,并怡然自得,全都显出欣慰而满足"[②],这其中所蕴藏的文化密码和集体记忆,恐怕作家们自己也习焉不察。

---

① 宋彦明、郭从远编:《伊犁游记》,乌鲁木齐:新疆人民出版社,1984年,第33页。
② 刘长明、罗迎福主编:《行走在新疆大地》(上),乌鲁木齐:新疆美术摄影出版社,乌鲁木齐:新疆电子音像出版社,2006年,第268页。

第五章　新疆形象生成的内外动力机制

第一节　时空观念变革与新疆形象生成内驱力

　　游记中的"他者"或"异地"形象之所以形成,对于行旅者本身,其根本推动因素并不止于行旅者自身及背后的或"意识形态"或"乌托邦"式表征的社会集体想象物,更在于这些思想观念和心理体验所赖以酝酿发酵或应激而起的"非日常空间"这一具体情境。正是在行旅空间的转移中,行旅主体的心理变化和空间转移发生了碰撞,或者是空间印证主体心理,或者是主体顺应空间意义,在这个过程中实现了空间和主体的双重改造与重建,正如李萌昀所说:"旅行者和非日常空间之间互相对立、互相提防,同时又互相吸引、互相融合。这便是旅行故事之中最基本的矛盾冲突。"[①] 如果说古代行旅中最重要的是会影响到旅行主体的心理体验、生活方式、兴趣选择的空

---

① 李萌昀:《旅行故事:空间经验与文学表达》,北京:人民文学出版社,2015年,第2页。

间变化、场景设计、空间结构，以致产生了不少以古今游走和穿越时间等时间主题来表现空间转换的作品，那么，现代行旅之最重要的特征之一则是"时空分离"，这也构成其现代性的重要元素之一。[①]

现代行旅与古代行旅最大的差别之一就是：不同交通方式的选择所导致的时间感的变化会影响空间感的形成，频繁转换之空间体验反之也会造成时间感之断裂。大戈壁上驼队、马车、驴车等带来的是时间的停滞感和空间的凝固感，而翱翔天际一日千里所带来的则是时间的加速度和空间的无限感。交通方式越偏向于落后（如骆驼、步行、大概里数），旅行者心目中新疆与国内其他地区的差距感越大，交通方式越趋向于现代（如航空、汽车、地图），旅行者心目中的新疆形象越可能被整合为一体的中国形象中的区域形象。对于民国初年的行旅者，伴随着空间的巨大位移和长途险阻，感受到更多的是中原地区与新疆时间感的强烈落差和信息闭塞，而随着交通技术的高速发展，今天一个游客从内地出发时已近天黑但几个小时后到达新疆可能天还是亮的，地球经度的差异性在地理空间差异性被极速抹平的时间点上被无限放大，但心理差异却因此被最大化地压缩抹平。正如范宜如所说："身体的移动性在空间与时间里结合，产生了存在的内在性，那是一种地方内部生活节奏的归属感。"[②]时间感和空间感所形塑的新的身体经验和地方结构，赋予了新疆形象不断更新的呈现方式和审美面向。交通工具通过改变人们的时空观念、生活方式和日常行为，进而成为新疆现代化进程的重要参照系，也因此成为推

---

① 吉登斯在《现代性与自我认同：现代晚期的自我与社会》第一章中提出构成现代性的三个因素："时空分离"、社会制度的"抽离化机制"和"现代性的反思性"，见（英）安东尼·吉登斯著，赵旭东、方文译：《现代性与自我认同》，北京：生活·读书·新知三联书店，1998年。

② 范宜如：《行旅·地志·社会记忆：王士性纪游书写探论》，台北：万卷楼图书股份有限公司，2011年，第165页。

动20世纪新疆形象演进的最重要动力。

一、交通条件的进步和行旅时空感的改变

民国初年谢彬、林竞、邓缵先等人赴疆采用的交通方式与清末方希孟、裴景福、袁大化等人并无多少改进,依赖的主要还是马车、骆驼、人力等原始交通方式。裴景福遣戍新疆,1905年3月自广州启程,1906年4月抵达迪化,用时一年多;温世霖从天津到迪化,走了170天;1911年袁大化从中原出发,自洛阳后改乘马车西行,日行70—90里,用了125天到达迪化,已是驿马时代的最快速度。林竞在出星星峡后因一路苦中作乐,特作诗戏题壁上:"大车况味君知否,骨折腰酸感不胜。两面颠摇疑地震,一边下坠似天崩。四肢屈曲真同蟹,半向通风等于瓮。几见阔人行此路,看来惟有穷书生。"[1]谢彬进疆随商队,或坐车或骑骆驼,每日多时行一百多里,少时走五十余里,如"由奇台赴阿尔泰,向无车路。长途戈壁,马行又难运料,故往来斯途,皆赖驼行。驼行有三种:曰骑驼。备鞍辔如骑马然,惟振荡甚,使人腰痛。曰驼车。颇平稳,如坐大车。曰驼轿。一驼二轿,状如驼货,人坐其中,摇而且闷"[2]。对于南疆,直到"1917年以后,杨增新才开辟了库车至和田的道路,长1 500余里,沿途每70里设一驴站和马站,交通工具主要为畜车,由迪化至和田行走一个月左右"[3]。

1920年代新疆到国内其他地区大体有三条交通线:"一为迪化—安西路,通往陕甘,大多用牛马骡车,需时至少两个多月;一为哈密—内蒙古,通往京绥,主要为驼运,需时80天;一条是经苏联西伯利亚的铁路线而转至中国内地,路途虽长,但需时较短。这三条交通

---

① 林竞:《亲历西北》,乌鲁木齐:新疆人民出版社,2013年,第198页。
② 谢彬:《新疆游记》,乌鲁木齐:新疆人民出版社,2013年,第299页。
③ 周泓:《民国新疆社会研究》,乌鲁木齐:新疆大学出版社,2001年,第188页。

线中,商贾多取京绥线。"[①]在关于新疆未来发展的建言中,行旅者几乎无例外的最关注的是新疆的交通问题,无论是谢彬、林竞还是罗文干等,都将开辟现代交通和改善运输工具作为发展新疆经济的头等大事,林竞提出"欲图新疆者,必自铁道始可断言也"[②],谢彬同称:"以便利交通,为开发新省第一急务。"[③]

拉铁摩尔曾就东北三省和西藏的情况谈到:"新势力中最重要的是铁路及近代军备。每一条铁路对开发一个移民地区的重要性,随着经由该路而来的直接或间接的外来压力而有所不同。"[④]新疆的特殊性在于,西方工业化的标志性力量——铁路在1950年之前未能进入新疆,新疆现代性的介入性交通力量主要体现在公路建设运输上。为民国有识之士所普遍忧虑的是,自西伯利亚铁路开通之后,很长一段时间里,到新疆最快捷的方式是假道日本转道海参崴,再搭乘西伯利亚的火车先抵塔城再赴迪化,吴蔼宸就曾感慨道:"应遵陆西征者,乃竟浮海东渡,经过日本、苏联,而后到达我国西陲,此种旅行方式恐为他国所无,即此一端,可知西北之危机矣。"[⑤]

20世纪30年代初,随着新绥汽车公司的成立和公路交通的建成,汽车才取代驼运和马车,成为旅人进疆和北疆行旅最主要的交通工具,由此带来的时空压缩和抽离机制也成为新疆现代性潜进的内在要素。1927年新疆汽车公司成立,并陆续开通了迪化至吐鲁番、迪化至塔城的运输路线,1931年,迪化—古城汽车路修成,朱炳集资30万元创办"新绥汽车公司",其长途汽车于1933年8月30日通车,由

---

① 周泓:《民国新疆社会研究》,乌鲁木齐:新疆大学出版社,2001年,第189页。
② 林竞:《新疆纪略(续)》,《民国日报》1918年8月8日,第12版。
③ 谢彬:《新疆游记》,乌鲁木齐:新疆人民出版社,2013年,第124页。
④ (美)拉铁摩尔著,唐晓峰译:《中国的亚洲内陆边疆》,南京:江苏人民出版社,2005年,第9页。
⑤ 吴蔼宸:《新疆纪游》,上海:商务印书馆,1935年,第1页。

绥远至迪化2 860公里，"此路之成立，实开新省与内地交通之新纪元。……每次总程计八日可达迪化"①。不过汽车只开到哈密，再由迪化汽车局接运货物至迪化，至此，才正式实现了新疆与国内其他地区的客货汽车营运。即使这样，有时也会有突发情况，1934年底，徐弋吾在从吐鲁番到迪化路上，因山洪骤至，水入汽缸，"无奈下车涉水过河，冬水冰骨，全身抖颤，如临北极，攀山越岭，踏荆棘，过冰桥，直趋达坂城"。作者也不得不感慨："以二十世纪交通利器之汽车，驰行于我国西北荒漠，其效用如此如此而已。"②1935年春成立新疆省公路总局，1935年底新疆可通行汽车的道路包括迪塔、迪伊、迪哈、迪喀4线，总计4 271公里。③

抗日战争爆发后，中央严令全国经济委员会及新省制订战时交通建设计划，为打通国际运输通道，新疆成为抗战桥头堡，1935年至1937年7月完成迪化—伊宁、迪化—哈密二路，包头—哈密—迪化一线全长1 859公里，大小桥梁2 439座。④全国经济委员会设立中央运输委员会办理接运苏联援华物资事宜，设立了新二台、精河、乌苏、绥来、迪化、吐鲁番、鄯善、七角井、哈密、星星峡10个接待站。⑤

打通迪化—霍尔果斯—苏联一线后，国际公路交通线（国道）往返仅需24天。凌鸿勋曾对甘新公路建成前后的交通变化有过如下

---

① 兆钟：《新疆之交通》，《新亚细亚》1934年第8卷第6期，第30—31页。也有说是"行程14天，沿途设72站"，见哈木扎·卡日巴衣：《新疆解放前的电力、电影和汽车运输事业》，《新疆文史资料选辑》第十三辑，乌鲁木齐：新疆人民出版社，1986年。关于绥新公路的研究，详见高月：《试论20世纪30年代内地与新疆间的交通勘探与建设——以绥新公路为中心》，《中国边疆史地研究》2018年第1期。

② 徐弋吾：《新疆印象记》，西安：和记印书馆，1935年，第129页。

③ 弋吾：《新疆交通之概况》，《道路月刊》1935年第48卷第2号，第12—14页。

④ 吕敢编著：《新新疆之建设》，上海：时代出版社，1947年，第50页。

⑤ 交2-1-4180、交2-2-1144，转引自新疆维吾尔自治区交通史志编纂委员会编：《新疆公路交通史·运输篇》上册，北京：人民交通出版社，1992年，第68页。

描述:"由兰州到酒泉计十八站,由酒泉到哈密亦是十八站。从哈密再走十八站,即到迪化。从迪化到伊犁,则又需走十八站。每站一天,共需走七十二天,这是以前旅行的走法。'七七事变'将近爆发时,由苏联边境至哈密之公路已经筑成。哈密至兰州,有大道可通。……(民国)廿六年年底,原有的大车道即在很短时间内改成了公路,名为甘新公路。……后来又经过六七个年头的继续改善,于是成为国内一条非常好的公路。从前坐大车,每段须走十八天,现在只需三天即可到达。从兰州到伊犁,只须走四个三天就够了。交通情形有这么大的改进,是值得引以为慰的。"[①] 不过即使这样,茅盾1939年自香港至哈密,还是见识体验了各类交通方式,正如他在给楼适夷的信中称:"生平未尝至西北,此次乃饱览塞外风物,尤以乘汽车自哈密至迪化一段,横渡大漠,见百数骆驼之大队商,委蛇去来,可谓壮观。尤有可记者,则自港动身后,凡现代水陆空交通工具,几无不用之。"[②]

在南疆方面,1939年至1942年,新疆政府兴修了迪化—焉耆—阿克苏—喀什—和阗的南疆公路干道3 404.5公里,桥梁2 764座[③];1943年修筑了焉耆至若羌、于阗至若羌部分公路。随着"若于公路""巴莎公路"等的即将开修,王新文不由得感叹:"南疆啊!'交通'像你身上的血液,血液流通了你的四肢,今后你发育健全,活泼得像天使。"[④]黄汲清曾将公路汽车与土路畜力对比,说在"戈壁滩上行走的时候,真是觉得单调得要命! 好在我们坐的是汽车,一天之内还可以看到八个村庄,一些人物的活动,若是随骆驼队而行,整天在

---

① 凌鸿勋:《从兰州到伊犁》,《旅行》1944年第18卷第5期,第5—6页。
② 楼适夷:《茅公和〈文艺阵地〉》,《新文学史料》1981年第3期,第175页。
③ 韩清涛:《今日新疆》,贵阳:中央日报社,1943年,第52页。
④ 王新文:《南疆风光》,《甘肃民国日报》1947年7月4日,第3版。

戈壁滩上挣扎,旅途的寂寞无聊更是不可想像了"①。不过现代交通的加速度又反过来消解了行者体验的深度模式,带来的结果是,黄文弼不会再像谢彬、邓缵先那样每到南疆一地便逐日记录地形气候、人口民居、自然物产等情况,而是择日择要记之。

因为随着交通条件的改善,不仅注视者所能注视到的对象会发生改变,其观看时的心理感受也会随之延宕拉长或者压缩收紧,或者说汽车等新风景的"创作者"带来的是新的身体经验和心理体验。漫漫行驶在广袤浩瀚之疆域时,为了避免审美疲劳,人会格外注意一些能拉开物与物之间距离的细微差异;而在开车疾驶一日数地的频繁空间转换中,速度感解构了地域之间的凝滞状态,人会忽略那些雷同相近的事物而更多"好奇""猎奇"心理或奇异风景风俗。尤其是在风景如画、变幻无穷的伊迪途中,甚至还有行者会暗暗庆幸"我们用十二天走了只两天该走的路程,而我们乃有机会慢慢地溜览沿途的风景且遭遇了在平时遭遇不到的有趣的浪漫蒂克的旅行生活"②。但在南疆大戈壁滩上,车子抛锚"却真有点令人烦恼啊"③。

对行旅者新疆观感影响最大者除去汽车便是飞机,航空之重要性首先在于它最能以时间压缩空间的方式消弭旅行者的时空感,同时又以时间空间化的方式带给旅行者强烈的心理冲击。正如黄汲清所说:"自然界的伟大只有空中旅客才能予以充分的了解;只有空中旅客才能缩短时间,透视空间,才能将时间与空间打成一片。所以爱旅行的人们不可不飞行。"④魏中天甚至说:"由于飞机的运力把地球的距离缩短了(由重庆到迪化一共只花十小时左右)……如果不把

① 黄汲清:《天山之麓》,乌鲁木齐:新疆人民出版社,2013年,第53页。
② 徐苏灵:《新疆内幕》,重庆:亚洲图书公司,1945年,第59—60页。
③ 同上,第82页。
④ 黄汲清:《天山之麓》,乌鲁木齐:新疆人民出版社,2013年,第5页。

地图翻开看到重庆与迪化那么遥远的距离,由自己直觉的想象,我此刻仿佛像住在离重庆很近的北碚或南温泉。"①

其实,斯文·赫定在率领中国西北科学考查团时,还肩负谈判新疆航空权的任务,同行的黄文弼曾忧虑新疆航空权是否会落入德国人手中(1928年3月)。1930年代初,新疆航空开始筹备之时,舆论界疾呼:"请全国国民,从此一致注意西北之经营,有财者筹财,有力者输力,先完成此汽车路与航空路,缩短中原与西陲之距离,然后进一步以全力速成西北之铁路干线。……国民记取,西北交通完成之日,即国家基础巩固之时。"②

1932年欧亚航空公司在新疆首次试航成功③,由塔城—上海预计4日到达,"不仅为新疆与内地航运最便之工具,抑且为欧亚交通惟一之捷径,惜全线通航一年即中断"④。欧亚航空公司首飞本预计于1933年12月15日由上海起飞,过南京抵达迪化,但遭盛世才多次拒绝,据说"欧亚航空公司在哈密、乌鲁木齐、塔城设立了航空站。……这些航空站实际上在新疆进行间谍活动,后来盛世才把它们封闭了"⑤,所以开通的航线只有迪化至兰州一线,导致"往时一星期可到内地之信件,现须两星期以上云"⑥。1938年中苏联合航空公司正式成立后,"交通既便,隔膜自除,而通航之最重要的意义,自又不在仅供邮递及游历者之需,而在谋根本的开发也"⑦。

---

① 魏中天:《初到迪化——新疆通讯之一》,《中央周刊》1943年第5卷第47期,第11页。

② 《行矣第一机》,《大公报》(天津版)1931年12月18日,转见吴绍璘:《新疆概观》,南京:仁声印书局,1933年,第333页。

③ 李景纵:《西北试航经过》,《开发西北特刊》1932年创刊号,第56—63页。

④ 陈赓雅:《走进西部》,乌鲁木齐:新疆人民出版社,2013年,第315页。

⑤ 包尔汉:《新疆五十年》,北京:文史资料出版社,1984年,第161页。

⑥ 《一月间边疆、东方大事记》,《新亚细亚》1936年第12卷第5期,第149页。

⑦ 吴绍璘:《新疆概观》,南京:仁声印书局,1933年,第337页。

　　抗日战争爆发后,绝大多数政府高官或文化人赴疆,除了少数随团需要沿途考察者(如罗家伦、林继庸、李烛尘)之外,都是先坐飞机从大后方重庆、成都、昆明等地先到达兰州、嘉峪关,再继续选择航空(如杜重远、陈纪滢)或改乘汽车(如萨空了、茅盾)到达迪化。不过即使到1940年代末,新疆航空运输仍存在不准时、衔接不畅或其他问题。青青就提到因诸种原因而滞留兰州两周的个人经历,当时"由兰州到新疆,有两种飞机可搭,一种是中国航空公司的班机,每月最后的星期四由兰州飞哈密,由哈密到迪化改搭中苏航空公司的飞机,可是,兰哈班机时常误班,到了哈密以后,搭中苏的飞机毫无把握,听说两者之间并无连络,而且有闹别扭的情形。另外一种是搭航委会的军用机,它是应西北行辕的要求,每星期二有一部班机直飞迪化,要搭这个飞机得向行辕申请,购票手续也在行辕办理"①。

　　伴随着行旅新疆之交通方式的巨大变迁,不同于20年代中国西北科学考查团之尚需依赖驼队,一路风餐露宿并饱受颠簸之苦,40年代的大多数考察者都采取了航空出行,在飞抵新疆后再改乘汽车考察,之前动辄数月的赴疆行程减至几日,正如杨钟健在随中法科学考察团乘雪铁龙汽车时隔11年后再赴天山时感叹:"来去均乘飞机,故路上耽误时间比较少,一共不过十一天,不及全数十分之一。"②时空感的变化也构成了游记文体变化的最重要生成动力,或可一日万言的日记体开始逐渐被简约择要的游记体所取代,除了李烛尘、黄汲清等人出版了游记专著之外,多数科考人员或不再多于专业领域之外涉笔成趣,或采用了更加随意自由的随感文体。

―――――――――

① 青青:《飞渡天山(从兰州到迪化)》,《京沪周刊》1947年第1卷第9期,第18页。
② 杨钟健:《新疆再游记》,《抗战中看山河》,北京:生活・读书・新知三联书店,2014年,第183页。

二、邮政电报等通讯条件对时间感之影响

从中原至新疆在空间上的位移转变也激发了行旅主体从"现代性"到"前现代性"的时间错位落差,在新疆游记中最能体现这一时间感的就是作为现代通信表征的邮政电报等在新疆的发展滞后。清末清廷设立邮局于伊犁、塔城、迪化、喀什噶尔等地,但仍靠驿马驿道传书,"由迪化至兰州分为五十四站,马行三十五日可达"[①]。新疆有线电报最早于1871年俄国侵占伊犁时所设,1893年吐鲁番至喀什噶尔的电线竣工,1895年北线(迪化—乌苏—塔城)与南线全部竣工,总计四千余公里。[②]但是由于新疆地广人稀加之频繁内乱,电杆常在战火中被毁坏,且"邮件恒有遗失迟误,电报恒多错码梗阻"[③],以致"缄电同时发出,往往缄到而电犹未达"[④]。

1928年4月,黄文弼离开迪化前往吐鲁番及南疆考察后,黄文弼与徐炳昶两人的社会活动交叉点就较多体现在彼此通信往来的公务联系中。如1928年8月23日,徐炳昶收到斯文·赫定的来信:"对款项事,话不甚明,但言将设法延长半年。"[⑤]9月2日徐炳昶致函黄文弼,黄文弼在9月25日收到库车邮局耽误的信件,"盖徐先生函,愿继续半年,征询吾辈意见,及经费预算"[⑥]。9月26日,徐炳昶接刘半农信,得知已筹到五千元款,喜悦之下当即写下数封信致黄文弼等,使其安心并说"展期半年,大约要成事实,让他们计策将来"[⑦]。10月12

①　林鹏侠:《新疆行》,北京:中国青年出版社,2012年,第43页。
②　周泓:《民国新疆社会研究》,乌鲁木齐:新疆大学出版社,2001年,第186页。
③　谢彬:《新疆游记》,乌鲁木齐:新疆人民出版社,2013年,第122页。
④　同上,第316页。
⑤　徐炳昶:《西游日记》,兰州:甘肃人民出版社,2002年,第221页。
⑥　黄文弼遗著,黄烈整理:《黄文弼蒙新考察日记(1927—1930)》,北京:文物出版社,1990年,第276页。
⑦　徐炳昶:《西游日记》,兰州:甘肃人民出版社,2002年,第228页。

日,黄文弼在库车给徐炳昶复信,并在日记中记:"徐先生来函称刘半农来电,已筹款5 000余,续筹。"① 将两人日记所记加以互参互证,我们大致可以推算出,徐炳昶从迪化发出的信函,一般要过半个月黄文弼才能收到,不过与十多年前谢彬收寄信件的效率来看,已经大大提高了。

20年代末,刘文海在哈密滞留期间,发电报多次遭遇重重阻挠,而不得不多次找当地最高军政首脑解决,因当时金树仁政府规定:"盖凡致官厅机关电报,均须经当地官吏准许方可,否则电局不敢擅发。"② 1930年因为战乱,新疆很多电杆被毁,无法和家人通电报,杨钟健在从酒泉出发路过木头圈子时,曾于6月24日晚通过法方无线电给家里发过电报,因为"自北平起身以来,至今未得北平一点消息,焦急非常,酒泉以西,电报不通,恐也没有在新疆接到消息的希望","我万里长途,所感苦闷的,就是没有平安消息"。③ 出哈密到七角井子,"我上月二十四日所发之电,至今未收到回电,或者在公使馆即被认为不重要,扣留了。此次出门已近两月,未接何消息,为历来所未有,真苦闷不堪!"④ 最后还是到了迪化,借助法方试验其小无线电是否可用,杨才终于"得到北平寓中一点消息,为出发以来,第一次好音"⑤。兆钟曾对比1930年代前期新疆邮政、有线电报和无线电报之效率:"邮道多系经旧驿道,人民通信需受官吏检查,往往一信需半年始达对方之手","惟电局一切设备未充,往往阻滞,甚至有时与快信同时到达","每晚由太原无线电台收转。如太原收转迅速,三四

---

① 黄文弼遗著,黄烈整理:《黄文弼蒙新考察日记(1927—1930)》,北京:文物出版社,1990年,第293页。

② 刘文海:《西行见闻记》,兰州:甘肃人民出版社,2003年,第69页。

③ 杨钟健:《西北的剖面》,兰州:甘肃人民出版社,2003年,第107页。

④ 同上,第122页。

⑤ 同上,第140—141页。

日可往返一次,否则有逾二十余日始收来电"。^①但有时电报速度甚至不及邮递,且还存在很大的地区或"待遇"差异,谭惕吾就曾说:"且多数之地皆不通邮电,公家消息犹有驿站可传,至于民间则暌离两地者即如同隔世矣!"^②

而新疆地方政府投入建成的无线电报则要迟至1930年代末,"现新省已创立五百瓦特的无线电台(于二十八年三月间正式启用),机件及建筑费值美金十五万元,可与全国各地直接通报,无须再由兰州或西安转达"^③。陈纪滢于1942年10月"试用无线电话向报馆通消息,因迪化电压不足,对方讲话,我听得很清晰,我讲的话,对方听之则甚吃力,五分钟的谈话,大致还不差。万里以外,如晤一堂,在国内尚系初次。据说交通部已允拨发大机器,将来装置后,通话可毫无问题"^④。当时南疆情况还要糟些,黄汲清说:"原来南疆有线电报本可畅通各大城市,自经几次变乱,电线损毁太多,无法修复。盛督办主政以来,除一面积极修筑公路外,并在各地装设无线电收发机,各大城市如焉耆、库车、阿克苏、喀什等,都可以直接向迪化拍发电报。有线电报在南疆,只剩迪化到托克逊一段尚可使用,焉耆到库尔勒短距离间亦尚有电话可通。……其不能通电话各县则派专差送信。"^⑤所以直到1940年代末,王新文还感叹:"今日边疆电报和信的传递之慢,予人焦急而失望,如轮台无电报局,假设你拍张电报,要跑到一百余公里外的库车,或一百七十九公里之遥的库尔勒去发,这不是失去了拍电的时间性吗?而某县的电报是托人和交脚夫代递,电报比信慢,

---

① 兆钟:《新疆之交通》,《新亚细亚》1934年第8卷第6期,第30页。
② 谭惕吾:《新疆之交通》,《禹贡》1936年第5卷第8、9期合刊,第52页。
③ 陈纪滢:《新疆鸟瞰》,重庆:建中出版社,1943年,第73页。
④ 同上,第304页。
⑤ 黄汲清:《天山之麓》,乌鲁木齐:新疆人民出版社,2013年,第50页。

这是事实,非过分之议,最使客居轮台人伤脑筋的家书邮递太慢(迪化至轮台邮件系兽力运输,行程十日之多),而且轮台邮局不通汇兑,寄汇赡家费的先生们大感不便。"[①]

如果说,20世纪20年代前新疆通信主要靠邮政,30年代主要靠有线电报和无线电,那么40年代航空事业的发展更是极大程度上提高了新疆与国内其他地区信件之往来周期。其中既有称赞其便捷的,如陶天白说:"新疆的情形,在以往一般关内人士之所以把它看作'西游记',如火焰山、王母娘娘等神奇鬼幻面目,都是因为交通闭塞,然自央航开辟沪迪班机双周一次以来,关内邮件拥到,新疆消息内传,此等情形,已见好转。"[②]也有不满其航班少的,如(哈密)"邮政和内地往来也没有邮车,大家写寄信件全赖航空寄递,'中航'加班机取消后,每月只有飞机一次来往,每月就只可寄信一次,内地寄来的邮件每月只有一次,每年只有十二回"[③]。

三、新疆现代传媒与政策对时间感的影响

福柯说:"空间是任何权力运作的基础。"[④]民国时期新疆行旅者们的地理空间体验,无疑又与新疆的社会空间、商业空间、政治空间、文化空间、情感空间等交织互渗。如从政治空间而言,1930年前后,徐炳昶、刘文海、徐弋吾、陈赓雅等都能明显感受到新疆地方政权闭关自守、严防入境之策对行旅空间的人为区隔辖制。中国西北科学考查团未入新疆之前,曾被传言是"中外合组兵一团,带各种最近世

① 王新文:《轮台记游:跨进了塔里木盆地大门》,《交通部公路总局第六区公路工程管理局月刊》1948年第1卷第10期,第31页。
② 陶天白:《"三九"天气话新疆》,《和平日报》(南京版)1948年2月4日,第7版。
③ 《哈密的暮春》,《益世报》(天津版)1946年5月22日,第2版。
④ (法)福柯:《空间、知识、权利——福柯访谈录》,包亚明主编:《后现代性与地理学的政治》,上海:上海教育出版社,2001年,第13—14页。

的利器往打新疆"。杨增新因为一直警惕冯玉祥的兵力入新,"乃调兵遣将,抵御本团于境上!""及至十七年一月二十三日全团到哈密,他们看见来者不过是些风尘憔悴的书呆子,疑团始渐减少。"①

从文化空间而言,现代出版和期刊报业的发展不仅是彰显新疆现代性进程的重要媒介和参照系统,同时也为现代知识分子把握时代脉搏提供了重要的介入场域,加之其精神性和弥散性,印刷媒体所制造的文化空间和辐射影响难以估量。但新疆由于天远地偏,曾被视为"是天留未辟之鸿荒,以为盛世消息尾闾者也"(魏源),谢彬在新疆时阅读京沪报纸常为半年前之旧闻,4月"赴陶菊缘宴于其家。阅津报,获悉今年正、二月国状,颇为欣然。此间欲阅京沪各报,普通寄付,须四五阅月始达。(余接到各处报纸,皆上年十一月杪十二月初者,陶君系用信封作快递寄来。)新闻皆成历史,有时且为政府扣留,并此历史而不得见。新疆士夫多浑浑噩噩,严守闭关时代政策者,职此故也"②。十多年后,徐炳昶在迪化滞留期间,期刊多从友人那里借阅或者邮寄时政报刊,并多从《英文早报》《华北明星报》《北京政闻报》《北京导报》《满洲报》等了解国内动荡时局战况,迪化政界高层多在内地报刊发行一月余后能够了解到国内大事件。

30年代初,杨钟健就指出《天山日报》上刊登的"许多不是新闻,而是历史。所刊的专电,未注明时日,也无从断其是什么时候的电报"③。直到"1935年迪化成立新疆历史上第一座无线电广播电台,1938年无线广播开始进入商店和民宅"④之后,"消息来源不单靠从内地邮来的报纸了,每天用收音机听南京中央广播电台的新闻广

---

① 　转见王忱编:《高尚者的墓志铭——首批中国科学家大西北考察实录(1927—1935)》,北京:中国文联出版社,2005年,第8页。

② 　谢彬:《新疆游记》,乌鲁木齐:新疆人民出版社,2013年,第120页。

③ 　杨钟健:《西北的剖面》,兰州:甘肃人民出版社,2003年,第150页。

④ 　周泓:《民国新疆社会研究》,乌鲁木齐:新疆大学出版社,2001年,第205页。

播"①,不过收音编报依然受到天气等因素的干扰,一直到1938年10月,萨空了、陈纪滢等初来新疆时,当时"发行的《新疆日报》,印刷之坏,简直还不如内地一个小县份出的报,在消息方面仍然是少而且慢,不像是一个省会所在地的报纸"②。到萨空了"在迪化总社购置收报机直接接收中央通讯社的新闻广播"③和购置大量印刷设备后,《新疆日报》被认为"在国内可谓首屈一指"④。

南疆之情形,我们可以参照黄汲清的记录。1943年3月,黄汲清等在库车山地调查铁矿,10日骑马赶赴阿黑、克孜尔塔格山和喀拉库尔山地等,七日后回到铜厂村,"当天得读《新疆日报》,知道蒋夫人在美国国会演说,甘地又实行绝食,抗德的苏军节节胜利等重要消息"⑤。宋美龄的美国国会演讲在2月18日,说明在偏远的南疆乡村,能通过《新疆日报》了解到一月前的国际新闻。但是内地刊物报纸,在南疆传播的可能性则更加渺茫。

如果说航空业之于新疆邮政信函的优势并不明显,但在40年代后期之于报刊发行速度的影响则更为直接,余翼称:"中航机于三十六年四月底开航,开始一月余,每星期有一次。班机一到,便制造出奇迹来了:能够看两三天前的京沪报章杂志……人们真是耳目一新,莫不瞠目称快。较之以往驼运马载,一年中尚不易接读几次信件书报,当不能同日而语。于是满街书报摊新起如雨后春笋,电影片也陆续而来……销路较普遍的杂志如《新闻天地》《观察》《世界知识》等,报纸则《大公报》《申报》《新闻报》《和平日报》《益世报》

---

① 陈纪滢:《新疆鸟瞰》,重庆:建中出版社,1943年,第103页。
② 同上,第104页。
③ 同上。
④ 同上。
⑤ 黄汲清:《天山之麓》,乌鲁木齐:新疆人民出版社,2013年,第87页。

《大刚报》等。"①卢前称1946年7月22日在迪化"居然看到南京十五日的报纸，非常过瘾"②。但这也并不能反映当时新疆报刊传播的普遍效率，比如作为东疆重镇的哈密就"没有一家报纸，连看《新疆日报》和关内所出版的报纸，亦需半月之久。幸好有当地的驻军和西北公路局的电报台，逐日披露点消息，否则久居哈密的人，对国事将'一闻莫明'了。杂志更别用想，虽有一家印刷店，由航空寄来一些在关内弃之不看的刊物来卖，可是价钱高得怕人，不像样的东西就得花你三四千元"③。本尼迪克特·安德森在《想象的共同体》中认为，现代出版业之于民族国家观念的形塑意义重大，而在向现代出版传播方式的过渡形态中，新疆时间与内地时间、世界时间还存在着有待现代通讯技术消弭的巨大间隙，这也势必造成新疆时间观念的滞后感和落后性。作为知识精英的游记作者毫无疑问看到了这一点，但是由于各自性格和文化观念的不同，他们对于远远落后于世界潮流之后的新疆时间，有时竟会表现出不少肯定溢美之词，所谓"桃源"一说也可以此观之。

第二节　历史层累机制与新疆形象的内部互证

一、对他人新疆游记的阅读、转述和评价

前述前史是行旅者赴疆或游记之前的阅读和影响，历史层累则主要是在行游或创作之中的互文和交叉。换而言之，前史是为了反映阅读对后来人的影响，而层累叙述中，更看重的是彼此游记之间

---

①　余翼：《新疆的文化运动》，《现代月刊》1947年第2期，第16页。

②　卢前：《新疆见闻》，南京：中央日报社，1947年，第16页。

③　余应霖：《"塞上江南"——哈密行》，《市政评论》1946年第8卷第9期，第33页。

的承继关系,所以前提是作者都到过新疆且体例主要是游记,其中很多是在行程中对他人游记的转述;前史中包括古典诗词、史籍方志等不同文类对游记的影响,而在历史层累叙述中我们只谈游记对游记的影响。

我们尤其感兴趣的是,新疆形象是如何经过历史的层累和叠加,在不断的自我修正、自我更新中走向今日依旧进行时中的形象建构。在这一过程中,我们所要追问的是,新疆形象的哪些层面不断被强化?哪些不断被剥离?哪些在中断后得以延续?哪些又在进程中突然隐匿不见?形象的哪些层面和哪些表征尤其需要引发我们的重视?还有,20世纪初游记作者们关于新疆印象的文化记忆缘何而来?最重要的文本包括唐代玄奘的《大唐西域记》、马可波罗的《马可波罗游记》(*The Travels of Marco Polo*, 1298年)和李希霍芬的《中国》(*China: Ergebnisse eigener Reisen und darauf gegründeter Studien*, 1877年)——前者将新疆形象的源流直指西域,后者则将新疆形象的功能指向丝绸之路。当然需要指出的是,虽然"穿行中亚的大路是《中国》第一卷中的一个中心议题",但"在以往诸多对李希霍芬学术贡献的介绍或评论中,却不太重视他命名丝绸之路的事情",何况"丝绸之路的得名,主要是来自马里努斯、托勒密托等人的语言,这些早期的西方人,最先意识到一条通向'丝国'的丝绸贸易路线的存在。李希霍芬并不是从无到有的发明者,而只是沿用者"。[①]对于20世纪上半叶的大多数外国作者而言,最重要的确立他们新疆形象之先见文本,首推李希霍芬的学生斯文·赫定之作,他的诸多游记对斯坦因、安博特、贝格曼、橘瑞超等的探险考古考察活动几乎是方向标和工作手册。同时,斯文·赫定新疆游记在民国时期的广泛流传

---

① 唐晓峰:《李希霍芬的"丝绸之路"》,《读书》2018年第3期,第65、68、69页。

也为大量精英知识分子形塑了最初的新疆印象和行游冲动。辛亥革命后谢彬的《新疆游记》、1930年代之交徐炳昶的《西游日记》、抗战爆发后杜重远的《盛世才与新新疆》等更是为很多后来的行旅者提供了前赴新疆的动力和方向。

1. 国人新疆游记中引述的明清游记

非常突出的现象是,明清游记中存在大量彼此互引、大篇抄录的现象,这自然也与清廷重视西域与清代考据学风密切相关,也是"博证"之方法与"不可袭为己说"之引据规范的具体体现。如林则徐等人大量引录七十一所著《西域闻见录》。又如裴景福赴疆比方希孟早一年,方希孟在《西征续录》中时引裴景福的《河海昆仑录》,并常有"事详载裴伯谦《昆仑河海录》(按:当为《河海昆仑录》)"等语:如其中关于奇台、木垒的有关记述直接转引《河海昆仑录》,如裴景福描绘哈密瓜外形后说"剖以利刃,久之乃入肉;色黄明如缎;味甘如蜜;入喉而晻,爽脆如哀家梨,无滓渣;瓜心略溏,与东南香瓜无异;子白也如之"[1],方希孟也称哈密瓜"肉黄而脆,味甘如蜜,到口似哀家梨,无滓渣"[2]。

今人陈泳超也撰文指出:"纪晓岚为所见,林则徐为所闻,事既相类,神韵潜通。"[3]如纪晓岚在《阅微草堂笔记》中记:"乌鲁木齐关帝祠有马,市贾所施以供神者也。⋯⋯"[4]林则徐在《荷戈纪程》中则记为星星峡"有舍两马于庙者,遂为神马。一往各山自觅食,朔望一至庙,旋又不知所往。一每日自赴村店,有过客喂马,即与同槽食,饱且

---

① 裴景福:《河海昆仑录》,兰州:甘肃人民出版社,2002年,第271页。
② 方希孟等:《西征续录》,兰州:甘肃人民出版社,2002年,第46页。
③ 陈泳超:《纪晓岚的"新疆关怀"》,《读书》2018年第3期。
④ 纪昀:《阅微草堂笔记》卷三《滦阳消夏录》,杭州:浙江古籍出版社,2015年,第27页。

自去。今往来仆御咸知之,见马来食,遂喜以为神佑云"①。1911年4月21日袁大化出星星峡西北行八里至大坂关帝庙处,也说"有人施二马于庙",后"马至则其家必祥,人以为神,乐饲之。今马已不见,车夫过庙前必捐草料少许,以祈神马。庙僧亦借以自利焉"②。单骑在《新疆旅行记》中同样记录了此事,但却激烈批评道:"事属怪诞,而野人虔信。其愚忧不可及哉!"③又如林则徐《荷戈纪程》中记"闻之峡之西有魑魅,自建关圣庙,邪魔渐遁"④,袁大化转引为"峡西有魑魅,筑庙于此,邪魔始远遁"⑤,林竞在过星星峡时也引"《荷戈纪程》载其时有居民数十家。陶保廉《辛卯侍行记》载店与今同。又有防勇一什,今昔异观,感喟系之"⑥。清末民初的新疆游记引述最多者或为《荷戈纪程》。

20世纪40年代,马里千《天山行脚》开篇引洪亮吉《天山赞》和徐松《西域水道记》,结尾呼应再引《西域水道记》中对开都河一带的描写:"平畴绮壤,青翠葱茏。余以初夏经此,润麦际天,雊雉相应,苦豆作花,白草抽带,仰怀郑吉之风,俯念宏羊之策,流连缓辔,怅然情深!"赞叹道:"胜地佳句,相得益彰。"⑦在对清人诗文的赞许中蕴含着对边疆风光和汉唐传统的留恋。

又如,陈澄之在乾德县时曾从一老者那里获赠一抄本,里面"完

---

① 周轩、刘长明编注:《林则徐新疆资料全编》,乌鲁木齐:新疆大学出版社,2009年,第266页。
② 方希孟等:《西征续录》,兰州:甘肃人民出版社,2002年,第207页。
③ 单骑:《新疆旅行记》,李德龙、俞冰主编:《历代日记丛钞》第168册,北京:学苑出版社,2006年,第630页。
④ 周轩、刘长明编注:《林则徐新疆诗文·壬寅日记》,乌鲁木齐:新疆大学出版社,2006年,第154页。
⑤ 方希孟等:《西征续录》,兰州:甘肃人民出版社,2002年,第206—207页。
⑥ 林竞:《亲历西北》,乌鲁木齐:新疆人民出版社,2013年,第198页。
⑦ 马里千:《天山行脚》,《现代公路》1949年第3卷第2期,第37页。

全是古代边外各邦人士所制的诗","由此可见中国文学传遍至亚洲
颇远的地带"①,陈澄之还特意披录了《送人之金山》《馆驿》《感遇》
《书怀》《贫女吟》《在途中有感》等篇。为了区分哈木尔、俱密、哈梅
里等不同的关于哈密的称呼,陈澄之指出"按《辛卯侍行记》:'缠回
之称哈密,皆曰哈木尔,或呼库木尔。'一般考古学者以哈密为汉伊
吾;殊不知哈密的由来亦复很古"②。陈澄之在进入乾德县境后,又
说:"《辛卯侍行记》里的庭州莫贺城,当距此不远……今乾德乃当年
若干著籍中所谓的古牧地。"③《辛卯侍行记》之所以广被后人引述,
除了其内容翔实,其重要原因在于引述广泛,如吴丰培所说:"保廉潜
研舆地之学,博议前闻,究心时务,随身携带西北地理必备之书九箱
之多,分载五乘,真所谓学富五车矣。""其行囊中,饱载书籍,凡山川
关隘之险事,道路之分歧,地理之沿革,风土之特殊,莫不勤咨广询,
逐日缕记,复自为之注。名胜古迹,古今异称,博引群书,考证极详,
名曰《辛卯侍行记》。"④

　2. 国人新疆游记中提及的西人行游

　　民国游记中延承了清代游记中考据的博引传统,体现了民国知
识者对历代西域文献的高度重视;而在游记中特意重视西人游记,
则更多彰显了知识者欲与西人平等对话的民族自信和国家意识。如
袁大化在担任新疆巡抚不久,"据喀什袁道电称:据于阗县报,日本
游历橘瑞超,不呈验护照,欲由县属普罗山假道出英游历",袁大化即

---

① 陈澄之:《西行到迪化——西北边地拾异之十三》,《旅行杂志》1943年第21卷3
　 月号,第59页。
② 陈澄之:《新疆行(五)》,《新疆日报》1948年8月5日,第3版。
③ 陈澄之:《西行到迪化——西北边地拾异之十三》,《旅行杂志》1947年第21卷3
　 月号,第59页。
④ 吴丰培:《〈甘新游踪汇编〉题记》,《中央民族学院学报》1984年第2期,第88、
　 94页。

刻奏电外务部："查游历以护照为凭,橘瑞超既不呈验,又不听阻,强拉驼马,勒派民夫,擅开久塞通英边界山路,意欲何为?"[1]1917年3月30日,谢彬住在迪化时,"竟日披读李源昺《勘界公牍》、海英《调查帕米尔报告》,与英人杨哈思班及戈登、俄人康穆才甫斯基诸人游帕笔记,论帕风土人情甚详,皆地志所未有"[2]。谢彬在于阗称古尼雅遗址"上年土人于其地掘得金条、银锭及他古物甚多,古物多为英人司德讷价购以去"[3]。

　　确乎,基于国家安全和民族尊严,民国国人关注西人游记的重点是探险考古,尤其是文物盗窃活动。如1928年6月在焉耆明屋遗迹,黄文弼不胜悲哀地记道:"我等在此处发掘,专捡被火焚处工作,因未被焚之地悉被外人掘尽,被焚者外人所不顾也。火烧后犹有残余可寻,而外人发掘后片物无存,此余等来晚之苦衷也。"[4]黄汲清访见盛世才时,曾因"赴新之前曾读英人台克满的《新疆游记》,觉得内容颇饶必趣,因询盛记得起台克满不?"盛世才"说他曾和台见面,并云台曾负有特殊任务,也曾向他提出不合理的要求,他曾严词拒绝"[5]。黄汲清在从轮台铜矿村经克孜尔塔格山到提克麦克时,"晚饭后无事,与居所主人闲谈。据云三十多年前有外国人在此经过,旋在库车城北苏巴什附近做大规模挖掘,找到实物很多,此事当时曾轰动遐迩。察其情形所述,定是斯坦因的考察队。又云十五年前又有外国人来此,在山中设一气象站,工作了一个冬天,此想是斯文·赫定一路的人。大好河山数十百年来一任西人考察研究,中土健儿不知道哪里

---

[1]　崔保新:《新疆一九一二》,北京:社会科学文献出版社,2012年,第53页。
[2]　谢彬:《新疆游记》,乌鲁木齐:新疆人民出版社,2013年,第111页。
[3]　同上,第242页。
[4]　黄文弼遗著,黄烈整理:《黄文弼蒙新考察日记(1927—1930)》,北京:文物出版社,1990年,第205页。
[5]　黄汲清:《天山之麓》,乌鲁木齐:新疆人民出版社,2013年,第15页。

去了？今幸我们来到,亦未尝不可以一脱此耻"①。杨镰考证后指出这并非斯坦因所为,"这里村民回顾的外国人在苏巴什的活动,应该是德国格伦威德尔和冯·勒科克所为。第一次是1905—1906年,第二次是1913—1914年"②。之后黄汲清在克孜尔千佛洞"与本地人闲谈才知道这儿是佛教圣地,石岩上石窟甚多,大都有千年以上的历史。数十年来不断有西人前来考察,约三十年前有英国人在此住了两个月,雇工百余人,大施挖掘,结果揣去'宝物'数十驼"③。不仅黄汲清,徐苏灵、范迪吾等也对库车和铁门关附近的千佛洞颇为关注:"但我们因为由史坦因给我们的知识,只在沿途自己去搜寻两处较大的千佛洞了。"④

再如,刘文海在酒泉时,"曾遇一瑞典科学家自新疆考察归来,谈次,据称新疆煤油产额,就所发现,足供全世界数千年之用"⑤;为证明中原文化对西域之深远影响,黄文弼曾举出"德人余柯克在新疆曾发现维文翻译的《易经》"⑥之例;陈少甫自轮台"再西行至托奈乡,距库车尚有七十华里,与中央大学翻印之斯坦因图偏东有出入"⑦。

还有个别游记提到过赴新考察访问的美国人。如吴绍璘在《新疆概观》第十八章《中西考古团体潮》介绍斯坦因考古队、中国西北科学考查团、中法学术考察团之外,还介绍了一支中西私人探险队,"彼等宣称拟攀登新疆境内二大山巅"⑧,其中有中国队员杨帝泽、美

---

① 黄汲清:《天山之麓》,乌鲁木齐:新疆人民出版社,2013年,第87页。
② 同上,整理者脚注。
③ 同上,第89页。
④ 徐苏灵:《新疆内幕》,重庆:亚洲图书社,1945年,第72页。
⑤ 刘文海:《西行见闻记》,兰州:甘肃人民出版社,2003年,第93页。
⑥ 黄仲良(文弼)讲,王朝立、伍仕谦记:《三次考察新疆之观感》,《国立四川大学师范学院院刊》1944年创刊号,第87页。
⑦ 陈少甫:《南疆纪程(续)》,《现代》1948年第6期,第20页。
⑧ 吴绍璘:《新疆概观》,南京:仁声印书局,1933年,第330页。

国探险家苔利摩亚等。汪昭声为肯定到新疆去之前景,特转述1942年赴迪化、兰州、重庆等地考察的美国特使威尔基在《天下一家》中的感受:"中国西北多属戈壁地带,和美国西部地形相似,而美国西部的经营开发,只是近百年的事,今已繁荣异常。"[1]威尔基进而赞叹:"我个人在新疆、甘肃和四川所亲见的那种坚决信念与进取精神,决非洪水地震或日本人所能遏制。"[2]

　　西人游记对民国知识界影响最大者当为斯文·赫定的《亚洲腹地探险记》。如记者李帆群20世纪40年代后期漫游天山南北后返回焉耆专员左曙萍(左宗棠后裔)住处,感叹:"我又可以从书柜里抽开那本斯文·赫定博士所著的《亚洲腹地探险记》(那是我去年忘了留在他书柜里的),我再打开来默默的读着,默默的随着他的描述重温那旅途中重重的景色。这本书我看过很多次了,当我未到塔里木盆地旅行以前,我读着它感到一阵新奇的兴味;但当我走完塔里木盆地归来后,再反复读着它,则感到一阵亲切,我可以从书中重温旅途的旧梦。"[3]更有意思的是,偶尔游记作者还会有重要文献发现,如李帆群曾回忆:"在喀什,我意外地发现了一封斯坦因的亲笔信,这封信夹在斯坦因的著作《古和田》里。喀什海关关长张鸿奎从英国领事馆借出这本书,发现了这封信,信的内容是他打算再度到新疆来,询问喀什的情况。信是用英文写的,可是斯坦因以后并没有再到中国来过。"[4]

---

① 汪昭声:《到新疆去》,重庆:天地出版社,1944年,第76页。陈纪滢居住在南花园时也曾记"威尔基到新疆时,这班充当侍役的卫士曾经出过风头"。陈纪滢:《新疆鸟瞰》,重庆:建中出版社,1943年,第17页。

② 《明日之新疆》,《新新疆》1943年第1卷第1期,第86页。

③ 李帆群:《横渡天山》,《现代》1948年第8、9期合刊,第18—19页。

④ 李帆群:《关于〈天山南北〉》,中国人民政治协商会议新疆维吾尔自治区委员会文史资料研究委员会编:《新疆文史资料选辑》第十四辑,乌鲁木齐:新疆人民出版社,1985年,第93页。

20世纪40年代后期,仍擅于通过中国古代史籍与西人探险游记之间的互相对照来考辨新疆地理地名的行旅记者莫过于陈澄之。在鄯善时,为了确定伊循、扜泥两古城的地理位置,陈澄之引《汉书·西域传》《通典》《汉书西域传补注》等,并与"斯坦因在敦煌千佛洞发现,而被推断是《沙州都督府图经》的断片抄本上有这么一段",以及与此《图经》断片抄本跋文相同的伯希和"在敦煌发现的另一抄本"相互辨疑,指出"关于伊循和扜泥的所在,英国斯坦因的推断和中国唐代文献所传的适得其反","斯坦因与伯希和等发掘断片上的书文,与《新唐书·地理志》上的记载大体相同"①,进而指出:"近代闹出误认辟展为鄯善,而又竟将错就错的笑话,在今日中国边地上像这一类的事实,殊不胜枚举。"②

3. 国人新疆游记的彼此转引评介

其中,有的是直接引述并评价之前的民国游记。如徐炳昶对《新疆游记》"沿革全抄《新疆图志》"③甚不满意,说自己"像谢彬那样大段抄录成书,并且采道听途说的话引他族人的反感,则还不至于"④。1933年吴蔼宸在迪化时读到邓缵先的《叶迪纪程》,评价"是书对于南疆记载颇详,且多歌咏,悱恻缠绵"⑤。冯有真在《新疆视察记》中转引吴蔼宸在《新疆纪游》中的说法:"新疆无价之宝,在于矿产。牧垦虽各有其利,安能齐及矿产之富博哉! 新疆省矿产无一不备。"⑥徐苏灵说:"关于新疆的政治问题,本文不想谈及(陈纪滢兄的

---

① 陈澄之:《新疆行(七)》,《新疆日报》1948年8月19日,第3版。
② 陈澄之:《新疆行(八)》,《新疆日报》1948年8月26日,第3版。
③ 徐炳昶:《西游日记》,兰州:甘肃人民出版社,2002年,第109页。
④ 徐炳昶:《西游日记·序言》,兰州:甘肃人民出版社,2002年,第9页。
⑤ 苏全贵主编:《光到天山影独圆——邓缵先精神研讨会学术论文集》,北京:社会科学文献出版社,2014年,第229页。
⑥ 冯有真:《新疆视察记》,上海:世界书局,1934年,第28页。

《新疆鸟瞰》有相当详尽的介绍,在这方面感兴趣的读者可以一读)。"①黄汲清在库尔勒时感叹库尔勒梨虽"貌不惊人",但是"味绝甘美"的"草泽英雄","陈纪滢在他的《新疆鸟瞰》里,把库尔勒梨当作库车梨,我真要替库尔勒的园丁叫屈"②。

有的是在旅途中与前人的路线相比照。其中最具代表性的是参加中法考察团赴新的杨钟健一路参照之前中国西北科学考查团徐炳昶的西行路线,杨钟健等过百灵庙西行一日后,"知至少这一段路,即徐旭生……一行曾经过的"③,"所走的路线,从百灵庙到哈三图以西附近的一段,与徐旭生走的一段差不多"④;"一棵树为哈密附近一大村庄,地很好,徐旭生先生西行时即过此,对此地的情形很多称述"⑤;"计从酒泉起身,共走了八天到哈密。所经路,不是安西—星星峡的大道,而是较北一个骆驼道,以西庙沟一带一段,西北科学考察团徐旭生先生一行走过"⑥。在哈密,杨钟健还特意提及徐炳昶等庆祝双十节的情景:"我途中曾读徐旭生《西游日记》和斯文·赫定所著《长征记》——*Auf Grosser Fahrt*——所记他们十七年在额济纳河畔庆祝中国双十节那样热狂,真令人神往。便是那样,也大半是特意做作,然比之现在的强为欢笑,总还好得多。"⑦出哈密,过"梯子泉尽是破垣,而居民只有一家。听说因此地闹鬼,所以都走了。徐旭生先生在游记中已说过"⑧;在吐鲁番,"除鄯善至胜金口小段外,和徐旭生经过

---

① 徐苏灵:《新疆内幕》,重庆:亚洲图书社,1945年,第32页。
② 黄汲清:《天山之麓》,乌鲁木齐:新疆人民出版社,2013年,第52页。
③ 杨钟健:《西北的剖面》,兰州:甘肃人民出版社,2003年,第74页。
④ 同上,第90页。
⑤ 同上,第112页。
⑥ 同上,第113页。
⑦ 同上,第131—132页。
⑧ 同上,第120页。

的路线完全一样"①。

　　有的是在旅途中转录先前或同行民国行游者的作品。曹正霄1943年8月19日游天池时转引了之前罗家伦游天池后发表的两首诗:《天池》和《勒马回头见天池水光灿烂彩色杂陈不忍遽别》——"玉簪散出抛家髻,舞罢犹披云锦裳。调转马头重惜别,髻边斜插莫相忘。"②又如陶天白1948年12月北疆游后转录同行晋初先生的"纪行诗四首,以作纪念。《迪奇道中》:'莽莽荒原远接天,长空雪舞白如棉。驱车东去奇台路,绝塞行军第一鞭。'《其二》:'羊群驼队各逍遥,千万寒鸦为底嚣。琪树银花齐献艳,江山倍比美人娇。'"并注"纪行诗四首,昨日新地版中并曾刊登"。③

　　还有一些新疆行旅记游之作出于科学求真目的被援引。吴绍璘在《新疆概观》中多次引述前人所作,如在介绍中国西北科学考查团关于新疆地质、气候、河道变迁等的重要发现时,引述了袁复礼的原文。④丁骕在《新疆概述》中谈及新疆移民可能性和新疆稻耕地情况时,引吴绍璘《新疆概观》中的数据指出:"二十一年(1932)统计有三千六百九十万亩左右,每亩产二市担。但三十一年统计,只有稻田七十万亩,相差甚远,或者二十一年数字有所错误。"因其稻田"数目已超出总耕地面积二倍有奇"⑤,在注释中丁骕指出"吴绍璘《新疆概观》二四二页,但在二三九页记耕地为一千三百万亩,又洪涤尘《新疆史地大纲》依同一数字但作小麦七百余万亩、米稻一百余亩而已"⑥,做了进一步的参照辨析。

────────────

① 　杨钟健:《西北的剖面》,兰州:甘肃人民出版社,2003年,第126页。
② 　曹正霄:《瑶池记游》,《杂志》1944年第12卷第5期,第134页。
③ 　陶天白:《风雪北疆游》,《新疆日报》1948年12月18日、19日,第4版。
④ 　吴绍璘:《新疆概观》,南京:仁声印书局,1933年,第318页。
⑤ 　丁骕:《新疆概述》,南京:独立出版社,1947年,第85页。
⑥ 　同上,第86页。

　　也有游记作者自引之前文章的现象。陈澄之在《西行到迪化》一文中提及由于彼此文字不通,造成新疆地名名称的混乱时说:"关于此一问题,请读《新中华》杂志所发表的拙作《新疆人地渊源考释》。"[①]再如李承三《新疆北部边界考察报告》的副标题为"参阅《新疆北部考察纪要》附路线图",此文与《新疆北部考察纪要》都刊发于1944年的《地理》。

　　4. 行旅中发现前人的游记文迹

　　有时,行旅者会有意在途中题诗留文留示后来者,"在旅行的空间位移过程中,流连胜境、造访古迹、赋诗题字、怀古讽今,殆为传统中国文士屡见不鲜的文化惯行。如 Stephen Owen 所论,这种行为,可谓是一种'记忆的仪式',其所产生的效应,乃是将个别的文学主体与整个中国传统所代表的文明社群,结合在一起"[②]。如林竞1919年4月3日在星星峡附近老君庙处题诗,4月4日在苦水驿"戏作俚句,题壁云:'苦苦苦,人畏苦水如畏虎。我说苦水须多吃,一杯痛饮清肺腑。君不闻,要做人上人,须吃苦中苦,此语流传已千古。'"也有发现前人所题者,谢彬在吐鲁番阿哈布拉,见"小店之侧,有龙王庙,满壁涂鸦",原来"湘乡沈小庆于此遭水,未及于祸。有祝联云:'二十年五度长征,沧海横流惊此日;九千里一家再造,玉关生入感尊神。'"[③]谢彬曾与林竞等在迪化农事试验场见王树枏题诗:"门额曰'说园',其中群卉杂植,地势宽敞,夏令游观佳处也。当中正屋三间,额曰'不系山房'。联曰:'异种千年,苜蓿秋风思汉室;长城万里,桃

---

①　陈澄之:《西行到迪化——西北边地拾异之十三》,《旅行杂志》1947年第21卷3月号,第56页。

②　沈松侨:《江山如此多娇——1930年代的西北旅行书写与国族想象》,《台大历史学报》2006年第37期,第180页。

③　谢彬:《新疆游记》,乌鲁木齐:新疆人民出版社,2013年,第277页。

花流水梦秦人.'皆王树枏方伯手笔。"[1]如1946年李根源游鉴湖公园时,在被时人称为纪昀谪戍迪化遗迹的秀野亭上,见光绪年间张景洲所书的榜额和题写的对联后写道:"晓岚遗迹景洲笔,文采风流怀此都。"[2]直到1947年,陈少甫参加政府考察团赴喀什、和阗等地了解南疆民情,还特意转录了7月在托克逊见到的县长张钧所作的七言古诗,"书悬壁间,纪前年伊宁事变我军失利情形,对当时军事当局深表不满"[3]。无论是有意题文以示来者还是用心记录前人笔墨,都可视作通过文化的保留和重述实现情感的延续和寄托。

有时,游者会在实地进一步了解之前行者之行迹。如黄汲清在克孜尔千佛洞听说"十多年前'口里'某君亦曾在此工作了一个月。细考其描述情形,所谓英人定指斯坦因,'口里'某君大概是黄文弼"[4]。1946年、1947年韩乐然两次赴克孜尔千佛洞临摹、研究、记录、摄影、挖掘,后来王希为访克孜尔千佛洞,县长丁立南告知:"我们的名画家韩乐然先生,客岁不是到克孜尔千佛洞里工作了好久吗？临摹了许多壁画,让没有到过佛洞的人们,同样可以欣赏和研究。"[5]1946年7月16日,卢前等曾有机会在迪化东花园"看韩乐然画师在库车刻(克)孜尔千佛洞临的壁画"[6]。后来韩乐然还陪同于右任、卢前一行访问了南疆阿克苏、库车、焉耆等地,于右任特作《人月圆——迪化至阿克苏机中作》记录此事:"卢生(冀野)作曲,韩生(乐然)作画,我拈银髯,昆仑在左,白龙堆上,孔雀河前。"[7]

---

①　谢彬:《新疆游记》,乌鲁木齐:新疆人民出版社,2013年,第125页。
②　转见胥惠民编注:《现代西域诗钞》,乌鲁木齐:新疆人民出版社,1991年,第85页。
③　陈少甫:《南疆纪程》,《现代》1947年第5期,第21页。
④　黄汲清:《天山之麓》,乌鲁木齐:新疆人民出版社,2013年,第89页。
⑤　王希:《库车的千佛洞》,《新疆日报》1948年8月12日,第3版。
⑥　卢前:《新疆见闻》,南京:中央日报社,1947年,第14页。
⑦　于右任:《新疆纪行》,《西北文化》1947年第1卷第2期,第29页。

5. 行游作者彼此的序跋推荐或诗文唱和

徐翔采在为袁大化《抚新记程》所作的跋文中称:"公以宣统三年五月抚新,采于九月一到省,一见公即语之曰:'新疆开行省三十余年,生计未谋,教化未兴,地利未辟,军政未修,岁入不敷,岁出上赖协饷接济,天下有变将何以继其耶?'诚探本穷源之论,其识见固有高出寻常万万者。设公早日抚是邦,戈壁苦水穷荒现象尚复见于今日乎!"①

王树枏在为裴景福《河海昆仑录》所作的序言中称裴景福"道途之所经历,耳目之所遭逢,心思之所接斗,逐日为记,悉纳之囊中。……仰高俯下,夷然泰然,长歌琅琅,声满天地"②。王树枏还为杨增新《补过斋文牍》作序,为方希孟《息园诗存》作序,为宋伯鲁《西辕琐记》和《海棠仙馆诗集》作序,为钟广生《新疆志稿》作序,为吴蔼宸《新疆纪游》书名题字。1931年春王树枏八十寿辰之际,邓缵先作七律诗词八首恭祝耆老,诗作对其新疆政绩评价甚高:"寒沙风力遏刀环,五马驳驳出玉关。屏翰北庭敷治绩,旬宣西域济时艰。旁搜稗史编希腊,补订图经纪悦般。鸿业千秋传不朽,名勋为拟勒天山。"③

据"当代西域诗第一人"王子钝回忆,"先师钱绘臣(字汝功)生前赠我满清伊犁志伯迂将军手书自作词一册。适逢监察院院长于右任来新,曾将此册呈请留题"④,并奉命将自己所作的《博克达山八景》诗记于于右任的备忘簿上。其实,于右任在未赴新之前就颇多引荐新疆著述,如与同为国民党元老的吴稚辉为刘文海的《西行见

① 转见崔保新:《新疆一九一二》,北京:社会科学文献出版社,2012年,第56页。
② 裴景福:《河海昆仑录》,北京:中国国际广播出版社,2016年,第2页。
③ 崔保新:《新疆一九一二》,北京:社会科学文献出版社,2012年,第42页。
④ 转见胥惠民编注:《现代西域诗钞》,乌鲁木齐:新疆人民出版社,1991年,第146页。

闻记》作二序,为杨钟健的《西北的剖面》和许崇灏编著的《新疆志略》等题签,为邓缵先诗集作《毳庐先生诗草小跋》并引为同道中人:"西域一部,去中州万里,山川辽廓,莽莽黄沙,中土人士所不轻至之地也。毳庐游宦斯邦,就所经历,得诗一卷。披诵之余,恍游于穹庐毡幕间,见夫振管疾书时之兴趣。何况性情中人,举不忘亲,孝悌之心,溢于毫楮,有裨世道后学不浅。至五言律、七言绝,矩矱唐人,才调格律,尤见造诣。乐而跋之,亦见吾道之不孤也。"①

再如,徐炳昶曾为斯文·赫定《亚洲腹地旅行记》作序,并将此书与《鲁滨逊漂流记》和《西游记》相提并论。罗家伦、沈鸿烈分别为徐弋吾《新疆印象记》题词"勿忘泽唐伟烈""西域壮观"。1936年,北京大学史学系主任朱希祖为曾问吾《中国经营西域史》作序,曾赴新疆宣慰的蒙藏委员会委员长黄慕松为其题词。1944年,李寰的《新疆研究》由即任新疆省主席的吴忠信作序,吴忠信肯定其文献之功:"综辑诸说,征引繁复,整理之功可谓勤矣。"②

因民国行旅新疆者多时代精英和文化名流,彼此之间或有出行交集或多惺惺相惜,所以酬赠唱和也颇多见。如1942年,陈纪滢在三渡天山的回程中记道:"我在迪请邵大使赠勉励语,邵大使在迪写好七绝一首,在兰又加修正,特志之。……'万里长征去复还,争看妙笔纪天山。文意报国非虚语,引得春风度玉关。'我不计平仄,在机上和一首云:'万里跋涉空往还,半枝秃笔纪天山。文章报国虽有志,不得春风难度关。'"③

1946年8月11日,张治中与于右任及其随员卢前等同游天池,于

① 邓缵先著,黄海棠、邓醒群点校:《毳庐诗草》,上海:华东师范大学出版社,2012年,第8页。
② 李寰:《新疆研究》,重庆:安庆印书局,1944年。
③ 陈纪滢:《新疆鸟瞰》,重庆:建中出版社,1943年,第311页。

右任作《三十五年八月十二日夜宿天池上灵山道院不寂有作》:"飞度天山往复还,今来真是识天颜。云中瀑布冰期雪,月下瑶池雨后山。行远方知骐骥贵,登高那计鬓毛斑。夜深惘惘情难已,万木啼号有病杉。"[1]于右任还题了"灵山道院"的横匾,卢前拟了"瑶池太古月,洞府九还丹"的对联,"大家在壁上题了名,于先生写了题壁诗",[2]同行的中央社迪化分社主任杨永颐创作了《瑶池夜宴》。

于右任在赴南疆乘机途中创作了《浣溪沙》:"我与天山共白头,白头相映亦风流,羡他雪水溉田畴。风雨忧愁成往事,山川憔悴几经秋,暮云收尽见芳洲。"[3]陪同于右任考察的卢前则截缀其词,创作了《天净沙·抵迪化》:"山川暗淡经秋,如今消尽烦忧,度越天山未久。白头吟就,暮云收处芳洲。"[4]而当于右任随员王士铎作词"年时梦寐天山,云峰远出云间,留恋乌城不返,流沙何限,此心直到楼兰"后,卢前唱答《次韵嘲觉民思归》:"昨宵飞梦钟山,兰庄深屋林间,万里居然独返。白云无限,醒来依然楼兰。"[5]

同时,还有一类值得重视的文化回流现象,就是很多后来影响民国知识分子的西人游记,在写作中还受到过不少西域古典文献的影响,伯希和在迪化时与清末官员载澜、苏元春、宋伯鲁、裴景福、长庚、王树枏等有较多交往。在库车的文物挖掘活动中,因参照《大唐西域记》中玄奘630年过屈支国在昭怙厘二伽蓝的活动而将苏巴什宗教城比定为昭怙厘一寺院[6]。荣新江早就指出:"法儒沙畹著《西突厥

① 卢前:《新疆见闻》,南京:中央日报社,1947年,第39页。
② 同上,第31页。
③ 于右任:《新疆纪行·浣溪沙——哈密西行机中作》,《西北文化》1947年创刊号,第28页。
④ 陶天白:《天山鳞迹》,香港:银河出版社,2001年,第243页。
⑤ 同上,第259—261页。
⑥ 参见(法)伯希和等著,耿昇译:《伯希和西域探险记》,昆明:云南人民出版社,2001年,第13、31—36等页。

史料》,对于西域地理的考证,就多依赖于《西域水道记》,而由沙畹又影响到前往西域探险的斯坦因、伯希和等人的著述。"①董炳月也指出:"渡边哲信和堀贤雄在探险过程中使用的多种参考资料之中,包括《大唐西域记》《西域水道记》等中国古代汉籍。"②"《西域同文志》还是19世纪西方人使用最多的一部清人著作,以至19世纪末有人在批评西方的新疆研究时,认为其中的一个薄弱之处就是过于依赖《西域同文志》。"③另外,很多学者在翻译西人游记时需参考国人游记,如丁则良翻译杨·哈斯班《帕米尔游记》时,译文专名多根据许景澄(许文肃公)遗稿《帕米尔纪略》"及该书所附之《帕米尔图》,非不得已,概不杜撰"④。

　　还有一种迂回的影响是西域史学与西人中亚学、探险史与汉学史、西方东方学史与中国边疆学之间的曲折联系。如斯坦因带回的文献影响到法国汉学家沙畹,沙畹的弟子伯希和在前往中国西北考察时进一步获得了大量珍贵文献,伯希和的弟子冯承钧又翻译了沙畹的学术著作《中国之旅行家》(上海:商务印书馆,1926年)、《法住记及所记阿罗汉考》(上海:商务印书馆,1930年)、《摩尼教流行中国考》(上海:商务印书馆,1931年)、《西突厥史料》(上海:商务印书馆,1934年)等。⑤冯承钧另外翻译了沙海昂注的《马可波罗行纪》,

---

① 荣新江:《序言》,朱玉麒:《徐松与〈西域水道记〉研究》,北京:北京大学出版社,2016年,第1页。
② 董炳月:《两种〈西域旅行日记〉的知识谱系》,《开放时代》2017年第3期,第82页。
③ 转见贾建飞:《19世纪西方之新疆研究的兴起及其与清代西北史地学的关联》,《西域研究》2007年第2期,第97页。
④ (英)杨·哈斯班著,丁则良译:《帕米尔游记》,《禹贡》1936年第5卷第8、9期合刊,第47页。
⑤ 具体翻译论著情况见荣新江:《沙畹著作在中国的接受》,《国际汉学》第二十辑,郑州:大象出版社,2010年,第55页。

其《地名考释》又成为后来中国西北科学考查团员了解新疆地名沿革和古今对照的必要读物。又如丁谦在《洛阳伽蓝记》基础上考证北魏宋云西行，作《宋云西域求经记地理考证》，沙畹在此基础上作了笺证，冯承钧据此翻译为《〈宋云行记〉笺注》（1903年撰，载《禹贡》1935年第4卷第1期）。

二、同一新疆行程中的游记互文互参阅读

如果说，民国时期不同游记之间的文本互涉体现了中国现代出版传媒业的蓬勃之貌和辐射程度，那么不同作者新疆游记体现出的行程重叠，则呈现出民国新疆形象与国内其他地区形象不同的形成机制和内在动力。其中主要原因是因为就总体而言，民国时期赴疆交通条件落后、赴疆人员身份特殊、背景缘由相通、成行限制较多，尤其在新疆现代旅游业初创之前，有机会赴疆的大抵为政府特派官员、学术科考队员、要报特约记者这三类，大凡有游记留之于世者多会有意对同路同行同道之人加以介绍。仅就科考成行而言，因为民国时期大规模的新疆考察活动机会非常难得，所以考察活动一旦成行，就会在学界引发较大反响，从相关考察报告和游记作品看也多存在人员重叠、行程交叉或互文参照等现象。一方面，同道同行者往往都会行诸文字，对照而读有助于我们进一步从不同视角丰富对一些科学考察、历史事件、文化景观等的全面认识，不同时期同一行程的专业学者也会特别留意之前考察者的路线、工作与记录，这也使得考察报告彼此存在着互文关系，这也有助于我们从历时层面理解考察工作的不同侧重、学术影响和承接关系。另一方面，同一时期不同行程的考察者在旅途中也有偶遇交往活动，这有助于在共时层面拓展我们对记录相对零散孤立的考察活动的历史原貌、调研路线、工作内容的系统了解。

1. 同伴同行与互文对读

谢彬在《新疆游记》中提及1917年4月途经乌苏时由县知事邓缵先接待，并得知"今年三月，邓知事呈请省长豁除蒙部（蒙古部落）买水陋规，限期升科纳赋，尚未奉批准行，然办法则甚正当也"[①]，肯定了邓缵先的行政能力。又记5月1日"上午九时，发乌苏。出北门，折西南行。一里，关帝庙，邓知事送别于此"[②]。林竞与谢彬为日本留学时的同学，两人于1916—1917年共同考察新疆，谢彬在《新疆游记》中多次提到"林烈夫"，如1917年3月6日，"上午偕桂臣、烈夫策马游城北龙王庙"[③]；11月6日，"早餐后以假由俄国西伯利亚回京出境护照，须粘相片，乃偕烈夫至汉城照相馆，各摄一影"[④]。林竞在此次考察后的通论著作《新疆纪略》中虽未提及谢彬和相关人事，不过在林竞第二次赴疆后写的日记体《西北丛编》（第三、四卷）中，我们不难发现其与谢彬《新疆游记》的互文关系。比如两人都注意到当时新疆货币发行之混乱和受俄元影响之深，如谢彬认为："硬货则有制钱、红钱、铜元、银元、普尔、天罡七种……金元始自王树枏，用以抵制俄元重价居奇者也。……综上所述，新省币制紊乱如斯，是宜亟谋整理。"[⑤]林竞也指出："（迪化）货币通用数种：曰纸币……曰银两……曰天罡……曰红钱……盖本省无汇兑机关，商人辇运关内货物，全凭俄帖以流通。"[⑥]

1919年春赴北平读书的广禄、宫碧澄等人在奇台与林竞邂逅，广禄晚年回忆，林竞"不但鼓励我们的勇气，还给他家里写信，要好好

---

① 谢彬：《新疆游记》，乌鲁木齐：新疆人民出版社，2013年，第138页。
② 同上。
③ 同上，第86页。
④ 同上，第337页。
⑤ 同上，第115—116页。
⑥ 林竞：《亲历西北》，乌鲁木齐：新疆人民出版社，2013年，第235页。

招待我们。我们在北平六年,不但受到他情逾骨肉的关切,就是做人求学方面,也受到他很大影响。他总想为我们孤悬塞外、民族庞杂的地方培养出几个人才"①,广禄称"在所有爱护新疆的人群中,他是最有力的一分子"②。

中国西北科学考查团中最可参照互读的当属徐炳昶的《西游日记》与黄文弼的《黄文弼蒙新考察日记》,前者为中方考察队队长,后者为考察队员,两人对同一事件的认识常有差异。如当斯文·赫定受德国汉莎航空公司委托拜访杨增新希望杨能同意开辟新疆航线时,徐炳昶认为"飞机对于将来实有重要的关系,将来计划实业者万不可不注意也"③。与"彼等极欲飞行考古之成功"不同,黄文弼则认为:"此项绝对不能承认。因天空航路权,有关国防极巨。……中国内河航行失于外人,至今犹为遗憾。设更将天空航路失去,门户既辟,盗贼在室内矣。"④当听说德人正在着手新疆飞行事时,黄文弼马上与徐炳昶于1928年3月28日至包尔汉处,"借考人种为名,便谈及飞行事"⑤,徐炳昶对此并无察觉,4月8日,徐炳昶在日记中记赫定就飞机之事"约我再往与荩臣将军一谈"⑥,而黄文弼同日则记:"徐先生同赫定见将军,进说飞行事,被拒绝。甚快。"⑦态度观点不同,但同见爱国之心。

---

① 锋晖编:《广禄回忆录——时任民国驻中亚总领事的回忆》,北京:社会科学文献出版社,2013年,第23页。
② 同上。
③ 徐炳昶:《西游日记》,兰州:甘肃人民出版社,2002年,第11页。
④ 黄文弼遗著,黄烈整理:《黄文弼蒙新考察日记(1927—1930)》,北京:文物出版社,1990年,第33页。
⑤ 同上,第177页。
⑥ 徐炳昶:《西游日记》,兰州:甘肃人民出版社,2002年,第182页。
⑦ 黄文弼遗著,黄烈整理:《黄文弼蒙新考察日记(1927—1930)》,北京:文物出版社,1990年,第178页。

不过因为行路艰辛,两人有时也不免产生摩擦,如徐炳昶在1927年12月2日的日记中记道:"餐后,黄仲良因未能大果腹,蓄了一肚子块垒,我一时不小心,同他言语大行冲突,虽未几即毕,然'甚矣饥之难也'。"夜晚见"雪月交辉",徐炳昶叹道:"天若特给此奇景以补吾等生活中之小不足者!"①黄文弼则在同日记道:"此两日晚间作笔记,故晨起略迟,徐先生很不满意,晚又因故口角,至互不相让,真不值得。"②两人都颇有自省意识。有时,两人也颇多文人相惺之感,如黄文弼在1927年12月24日的日记中记道:"见帐棚外雪雾纷飞,徐先生尚在山中吟诗,亦饶雅兴,笑谓在家无此境也。"③徐炳昶在同日日记中以一首四十行的七言古诗记下雪夜所感:"黄仲良说我们能这样冒风雪走路,就可以打仗,并且可以必胜。"④

黄文弼与袁复礼的行旅也可对读,如黄文弼在南疆考古时多次遇到地方政府奉命阻挠,他在致考查团团员袁复礼的函中称:"昔东西人士数来发掘考查,掘拾古物箱以千计,官吏照顾特勤,今中国人来此,反不得一过目焉,人言之谓何。"⑤后发函时不得已删去"官吏照顾特勤"和"人言之谓何"两句。

时任中央研究院助理员的陈宗器作为中国西北科学考查团第二批戈壁组成员,于1929年11月2日与斯文·赫定相识,并结下忘年之交,1933年10月到1935年2月,斯文·赫定邀请陈宗器参加了绥新公路查勘队,并推荐其于1936年赴德国柏林大学留学。二十多年

① 徐炳昶:《西游日记》,兰州:甘肃人民出版社,2002年,第118页。
② 黄文弼遗著,黄烈整理:《黄文弼蒙新考察日记(1927—1930)》,北京:文物出版社,1990年,第127页。
③ 同上,第138页。
④ 徐炳昶:《西游日记》,兰州:甘肃人民出版社,2002年,第134页。
⑤ 黄文弼遗著,黄烈整理:《黄文弼蒙新考察日记(1927—1930)》,北京:文物出版社,1990年,第373页。

间他们之间有过上百封信函往来,1950年10月22日,已经85岁高龄的斯文·赫定寄到中国的最后一封信是写给地质学家黄汲清的,信的主要内容之一是打听陈宗器的下落:"不知道你是否能告诉我一些关于我的朋友陈宗器的消息,越详细越好。你是知道的,他曾在1929—1935年间参与了那次我一生中在中国大陆经历的最伟大的探险。"①

同时,中国西北科学考查团与中法科学考察团的新疆活动也有交叉之处。1930年7月初到迪化,杨钟健等去拜访中国西北科学考查团中国团长袁复礼,称赞:"袁君在此地工作三年之久,不但科学上有重要发现,为人景仰,即处理考察团种种事务及应付地方当局,渡过若干难关,实亦有令人可钦佩的地方。"②当时袁复礼已经采集到爬行动物化石71具,他向杨钟健介绍了这些化石的采集情况,并约同赴迪化南郊调查侏罗纪地层中的鱼化石,后两人联名发表学术论文《水龙兽在新疆的发现》③。杨钟健等返回后,中法科学考察团团员、植物学家刘慎谔加入中国西北科学考查团,留在新疆考察。

杨钟健在游记中还提及褚民谊当时在迪化每日忙于演示太极拳,褚民谊对此反倒自诩:"民谊在迪化时,有许多陆军初级学校学生及师范生,来相从习太极拳,习会者已不少,而相从习太极操,学成者亦有一百余人之多。"④杨钟健对中法考察团的专用考察沙漠的负履车在平地上的效率感受很深,褚民谊也说:"这次爬行汽车在沙漠中,颇显能力,但在平地驰行过缓,因车身太重笨之故。"⑤同时,两人都以为解决西北危急的"惟一的基本问题""就是交通问题"⑥。

---

① 陈雅丹:《陈宗器与斯文·赫定的友谊》,《丝绸之路》2012年第23期,第36页。
② 杨钟健:《西北的剖面》,兰州:甘肃人民出版社,2003年,第138页。
③ 袁复礼、杨钟健:《水龙兽在新疆的发现》,《中国地质学会会志》1934年第4期。
④ 褚民谊:《视察新疆报告书》,《开发西北特刊》1932年创刊号,第1—2页。
⑤ 同上,第2页。
⑥ 杨钟健:《参加中法科学考查团的总感想》,《西北研究》1931年第2期,第53页。

　　陈赓雅于1934年3月赴新疆采访，但行程止于哈密，并于1935年5月3日返回上海，其在《申报》上的专栏虽题为《新疆视察记》，但因未能继续访察新疆，所以1936年10月《申报》报社结集出版时改为《西北视察记》，陈赓雅止于哈密应与当时盛世才与哈密警备司令尧乐博斯的政治军备斗争有关。陈赓雅虽然没有实地考察，可还是依据沿途采访，介绍了天山北线在1933—1934年盛马交战时的民生状况以及孚远保卫战之壮烈。当时与陈赓雅同行的另一位记者徐弋吾，在12月13日东返前，"回顾蕴藏万千、雄伟广大之新疆，未及一观究竟，惭愧无似。返安途中，熟思新疆乃我国一行省，目前虽以种种关系，发生特殊阻碍，如乔装间道入境遍游各地，似属可能，况记者本身处于第三者之地位，即使地方当局具有成见，当亦无任何冲突可言。且万里长征，中途而返，私心终未释然，遂决定绕道天山北路，再行西进，以完成此次旅新任务，为后来者辟一行径，再四思维，于是遂又决定重振旗鼓，再西行入新"。"起程，朋侪知者甚少，唯赓雅送行，盖恐朋侪劝阻，引起人情间一切麻烦，赓雅送至疏勒河彼岸始回。临别，彼以设法使将来新闻界得能陆续赴新考察等语相托，记者频频点首而已，瞻望前途茫茫。"[1]之后，徐弋吾沿天山南线自三堡—七角井—吐鲁番—八眼河抵达迪化，1935年5月又沿北线阜康—三台—草青湖—孚远—奇台—木垒—七角井—三堡—哈密东归，并亲眼目睹了天山北麓一带战后百姓"一无所托""状极凄惨"[2]的苦难境地。

　　1938年，杜重远、萨空了、陈纪滢等人以记者身份，受盛世才之邀赴疆参加新疆第三次全民代表大会，会后他们采访了来自新疆各行政区的各民族代表，杜重远和陈纪滢还在作品中详细记录了参观所

---

① 　徐弋吾：《新疆印象记》，西京：和记印书馆，1935年，第115页。
② 　同上，第234页。

见和采访过程,《三渡天山》和《新疆鸟瞰》中,有不少可以对读的内容。如他们都在访问参会代表时注意到阿克苏青年县长阿布都拉和前任县长夫人的婚姻,省立第二中学校长、归化族代表伊万诺夫的单身生活。同时,抗战时期赴疆的很多文化人如茅盾、张仲实、萨空了、史枚、赵丹、王为一等都曾提到阅读过《盛世才与新新疆》一书。

1942年,资源委员会派杨钟健、黄汲清、程裕淇、周宗浚等赴疆考察,后来,又有来自河西玉门的卞美年、翁文波加入,杨钟健晚年回忆:"当一九四二年春中央与新疆关系稍微改善以后,翁先生曾去新疆一次,商量新疆距迪化不远的独山子油矿与苏联合作一事。此事渐有可能,乃决定派人前去。""我们回迪化后,又筹备往南疆工作。省政府派汽车及人员护送,故十分顺利地越过天山、焉耆、库尔勒、库车以至阿克苏,其中在库车与阿克苏二地停留最久,均在山中作了不少工作,比在独山子跑的地方还广,成绩也还不错。在阿克苏山中工作毕后,未再作西行之计,即折而东返,归途中曾到旧游的吐鲁番。"[1]杨钟健所回忆的行程路线与黄汲清《天山之麓》一书内容相符。

黄汲清曾提及在独山子遇见了恰从此地经过前往伊犁的西北工业考察团,随团的李烛尘也提及1942年12月28日在独山子附近,"郭可诠先生已驾小车来迎。郭系经济部派来独山视察油矿者,一行数人,中有地质专家黄汲清先生等"[2]。李烛尘等在从伊犁返程时,1月8日拟往独山子,"因林、章二人,昨日赶至独山宿,林拟与黄汲清先生谈果子沟铁矿及温泉县钨矿,希望彼前去一观"[3]。

徐苏灵自兰州出发前往新疆之前,曾遇到西北工学院的黄文弼、殷伯西、余蹇陆等教授随"实业计划考察团"同往,"后来我们在额济

---

①　杨钟健:《杨钟健回忆录》,北京:地质出版社,1983年,第119—120页。
②　蒋经国等:《伟大的西北》,银川:宁夏人民出版社,2001年,第134页。
③　同上,第150页。

纳旗的旅行中始终在一起,并且还有其他好几位团员"[1];在迪化时,同时住在迪化招待所的就有国父实业计划考察团和西北建设考察团的成员们[2];8月中旬,徐苏灵等在精河又遇见了这两个考察团;在迪化听说了准备"沿路察勘由敦煌通南疆而接北印度的国际路线的"[3]吴必治总工程师;在焉耆遇到了同样因为车陷碱滩而滞留的"畜牧家顾谦吉和才到新疆来协助创办硫酸工厂的甘礼俊君"[4];从喀什返回途中又遇到西北建设考察团的顾耕衡先生等[5]。徐苏灵第二次去吐鲁番是"和两个美国人(一系《时事周报》的记者怀特,一系《生活》杂志的摄影记者范迪五)合租了一辆卡车作南疆之游,他们两位一定要到吐鲁番去看一看林则徐当年所发明'坎井'"[6]。从徐苏灵之乐于记下沿途所遇其他考察新疆人员之情形,我们不难推测,在国民党逐渐恢复对新疆直接统辖权的过渡阶段,国内其他地区和新疆之间人员往来的日益频繁。

2. 路线相近可参照互证

同时,一些虽未同行但路线相近的考察也可以参照互读。林竞与袁大化行进新疆的路线大致相同,走的都是自星星峡—哈密—木垒—奇台—阜康—迪化的天山北线,袁大化见奇台东南"遍山皆松树","将来铁路枕木,用之不尽",但当地人或短视趋利或"伐以炊爨",林竞在奇台见"南山多森林,大者合抱,可为铁路枕木之原料。木垒河一带居民,仅以为薪,大材小用,良可慨已"[7]。1913年单骑在

---

① 徐苏灵:《新疆内幕》,重庆:亚洲图书社,1945年,第7页。
② 同上,第21页。
③ 同上,第67页。
④ 同上,第71页。
⑤ 同上,第82页。
⑥ 同上,第19页。又见此书第66页。
⑦ 林竞:《亲历西北》,乌鲁木齐:新疆人民出版社,2013年,第225页。

奇台也见"遍山皆松树",感叹"将来铁道枕木,用之不尽"①,单骑还对沿途各地所产之铜、金、铁、玉石、石油、煤炭、硫磺、盐诸矿产,在旅行记中均一一清晰记载,如以下记述:"下必有金矿极旺!煤铁矿偏生于天山之阳。宝藏之富,莫若中国。若力筹路政,厚集资本,为开采之计,所获当不鲜也。"②"孚远四百余里,复荒凉,惟渠水尚多,若招徕客民,教以垦牧,亦能生聚。"③

　　20世纪40年代后对新疆物产资源的开发之策更为具体可行,如1943年参加中央研究院组织的西北科学考察团赴新的张之毅在《新疆之经济》一书中概述新疆地理交通时提及:"据西北建设考察团张仁滔君言,焉耆至伊犁可筑公路,坡度不大,计长六百三十公里。"④统计可耕地面积时称:"据西北建设考察团沈怡君之观察,伊犁沙带可耕地几已充分利用。"⑤方宗岱听"农林部派往和阗改良丝蚕专家赵鸿基先生言:和阗区因水好,桑叶厚,气候温和,天雨不多,蚕病甚少,故丝质甚好,较之著名太湖丝,亦无逊色;而以产量多,将来在世界丝市场上,均能占一重要地位"⑥。地理学家李承三曾提到当时苏方地质考察团将在富蕴发现的稀少矿石Spodomene装箱达一百五十吨,并经盛世才来电允行而运入苏联,在说明此矿石的用途后,李承三特地说明:"此乃在野外经袁君见齐吹管分析试验所得之结果。"⑦

---

① 单骑:《新疆旅行记》,李德龙、俞冰主编:《历代日记丛钞》第168册,北京:学苑出版社,2006年,第640页。
② 同上,第636页。
③ 同上,第641页。
④ 张之毅:《新疆之经济》,上海:中华书局,1945年,第11页。
⑤ 同上,第13页。
⑥ 方宗岱:《南疆之行》,《同人通讯》1944年第23期。
⑦ 李承三:《新疆北部边界考察报告》,《地理》1944年第4卷第1、2期合刊,第40页。

有时，行游者会写到新疆同一地点不同时令的不同景色。如黄汲清和袁见齐都是野外勘考经验丰富的地质工作者，同有考察北疆迪化—独山子—乌苏一线和南疆吐鲁番—库车一线的经历，加之在专业兴趣浓厚之余，二人又富生活情趣，所以关注到的很多现象都可以互读。比如都写到"库车的秧歌一枝花"的来历、库车大桥上赶巴扎的热闹场景、维吾尔族村民宰羊热情款待、村民齐聚一屋跳"偎郎"、专门前往库车铜厂村调查地质等。不同在于，袁见齐到南疆时为冬季，大约在1943年底到1944年初，所以有陷车履冰、天寒受冻的遭遇。黄汲清1943年春季在南疆，正好赶上了春暖花开、莺飞燕舞的好时节，袁见齐所期盼的"闻南疆气候和煦，每当春季，桃李竞开，风景秀丽，不亚于江南"[①]之景象，黄汲清得以尽赏。

又如林鹏侠1948年在温宿县见"万山重叠，横亘如屏，一峰突出，穿云入汉，峻极于天，盖即天山主峰，汗腾格里山，拔海一万二千公尺，山阴即苏联境。惜烟雾迷离，白云深锁，每难一瞻名山面目"[②]。而黄汲清在1943年4月初有幸在雪霁天晴之时，见到了汗腾格里峰群的雄姿："满布白雪有如银屏，一排一排的高峰立在山头，一排比一排高，也就一排比一排远，最远处有几个极高峰，从那里下来一些冰川一直吐到半山坡上"，不过一小时之后，"山腰渐现薄雾，山形也渐变模糊"。[③]

有时，行游者会写到对同一政治活动的不同观感。如1943年黄汲清在焉耆时恰逢梁寒操赴南疆考察演讲，两人关于南疆百姓倾城出动迎接之原委描述截然不同。梁寒操感叹，今日南疆各地"每到一地，人民扶老携幼，郊迎二三十里之外，少则一二千，多则五七千。

---

① 袁见齐：《再越天山》，《盐务月报》1945年第4卷第7期，第60页。
② 林鹏侠：《新疆行》，北京：中国青年出版社，2012年，第89页。
③ 黄汲清：《天山之麓》，乌鲁木齐：新疆人民出版社，2013年，第97页。

而且都是自动出迎的，并不是遵奉政府的命令，其诚恳之态，至足动人"①。黄汲清了解到的情况却是："此次梁副部长来南疆，事前由盛督办电知各行政长，并由行政长转知辖属各县治。其不能通电话各县则派专差送信。凡到一重要县市，梁副部长必举行公开讲演，并事先由该县市主管长官约集所辖各村镇区长、村长以及工商界领袖前来听讲。梁到之日，全城文武官吏及各界各族重要人员均出城迎迓，老百姓亦得参加。有时欢迎者可达数千乃至一万人，可谓盛极一时。"②可以想见全城出动欢迎中央代表来访应为行政指令，梁寒操显然高估了当时国民政府对于普通民众的向心力。

　　以往对新疆形象的研究都局限于某一孤立文本，或是穿插参照史书、地方志、游记、科学论著等考察某一地区的某一社会文化断面。其实，如果我们仅以游记为视角，将同一时间节点、同一历史背景或同一文化诉求下的诸多游记加以参照阅读，我们会发现，在看似枯燥乏味的行程记录中，竟保留了极其丰富的历史信息和文化符码，在其中，我们既可以看到游记作者本身的个人志向、学术兴趣和生命热情所在，也看到了互为补充、对照修正的新疆面目如何清晰多维起来。尤其是在自然条件恶劣、考察经费拮据、人为障碍频发等不利条件下，在属于个人日记的私密空间和料会付梓出版的公共领域的交叉地带，行旅作者们仍然秉持着不隐恶虚美的实录精神和不私覆偏载的科学态度，并不太多在意个人形象的美化需要或误解可能，没有为固态化或者刻板化的新疆形象所囿，而是力求原原本本、一五一十地写出考察行程中的所见所闻和所感所得。当然其中也不乏个别民国新疆游记道听途说的渲染和耸人耳目的夸大，但更多的还是实地考

---

① 梁寒操：《新疆之行》，《军事与政治》1943年第4卷第5期，第12页。
② 黄汲清：《天山之麓》，乌鲁木齐：新疆人民出版社，2013年，第50页。

察后的真切实感和严谨务实。这些或情溢于表或不动声色、或直抒胸臆或沉吟内敛的文字,既让创作者们的音容笑貌宛若重现,也是对那个时期新疆形象最逼真动人的呈现。

第三节　社会记忆与新疆形象的
　　　　文化生成机制

　　从社会记忆的维度谈民国新疆形象生成的文化机制和内在动力,从笔者才力所及,无疑是一个无法完成的浩大任务。其中最简单和根本的原因是:民国新疆社会生活中最重要的集体记忆和文化记忆,无疑是以当时十四个主体民族①为形塑基石和传承主体的。这其中,既必然包括每一民族对于自身文化传统继承发扬的内在需要,也必然包括不同民族基于长期交往融合后对原有文化传统的改造扬弃。当然,也包括新疆众多跨境民族(俄罗斯族、哈萨克族、乌孜别克族、塔吉克族、吉尔吉斯族、塔塔尔族、回族等)与中亚相关文化传统之间千丝万缕的历史联系,甚至还有不少民族(蒙古族、满族、锡伯族、回族等)由于人口大规模的迁徙流动,与国内其他地区相关文化传统之间割舍不断的民族感情。固然,这些内容在民国新疆游记中也多有涉及,不过自然都是旁观者甚至好奇者的外

---

① 　如袁见齐介绍:"十四宗族之名,近年始由省府加以规定,新省人民为便于记忆计,编为五言三句曰:'汉满蒙回维,锡索哈柯归,三塔加一乌。'"见袁见齐:《迪化一瞥——新疆杂记之三》,《盐务月报》1945年第4卷第3期,第32页。1935年第二次全省民众大会上将伊犁维吾尔族中一部分确立为"塔兰奇"族并规范其汉译名称,曾问吾在《中国经营西域史》中称"伊犁之维吾尔被称为塔兰奇者,即种麦之人",1952年开展民族识别工作后,"塔兰奇"族被重新划归维吾尔族,故当代一般通称新疆有13个世居民族。

部观察、点滴感受和局部经验,而最有发言权的来自各民族的内部
叙述和直接经验,从笔者目前所掌握的以民国新疆汉语游记为主体
构成的文本事实来看,对这一问题的把握显然是力所不逮的。笔者
选择只从中原文化传统这一较小的通道进入,以期能为新疆各民族
集体文化记忆的相关研究,提供一点来自同一时空场域的特殊经验。
更重要的是,以中原文化为中心逐渐形成的中华文化集体记忆,无论
从日常交往文化经验还是从民族国家观念培育来看,都构成了理解
近现代行游新疆知识者笔下新疆社会生活、日常交往和民族心理等
最重要的历史记忆。

当然,本节所论述的中原文化并不止于汉文化,而只是博大精
深之中华文化在民国新疆行游作者笔下最集中体现的一部分,同
时,中原文化在游记作者笔下的呈现本身也是多重文化交融汇流之
产物,比如邓缵先在镇西(巴里坤)见哈萨克草原石人时追记的历
史传说——"前朝胡氛侵,汉军十万至。夜黑迷失途,此石解人意。
相引出山坳,杀敌战皆利"①,这份文化记忆本身就蕴藏着族际之间
共享的历史叙事和交往密码。另外,笔者所试图唤起、建构、叙述、
定位和规范民国新疆文化记忆的认识装置和思考框架,大致是一个
从未断裂但还相对脆弱的系统,这既决定了在这一整体文化记忆建
构的过程中有根源于华夏文化之源的《穆天子传》这样经典的"卡
农"式文本存在,但同时还有民间信仰类的庙宇道观和日常交往类
的祠堂会馆等不断被遗忘、改造、移置和遮蔽的空间场域和文化
仪式②。

---

① 邓缵先著,黄海棠、邓醒群点校:《毳庐诗草》,上海:华东师范大学出版社,2012
年,第23页。
② 如民族学、人类学学者周泓就认为"迪化的'城镇社会记忆重构'路径为,实业、
宗姓商号、交通与寺庙"。见周泓:《近代新疆汉人主体的社会生成》,行龙主编:
《社会史研究》第六辑,北京:社会科学文献出版社,2018年,第183页。

一、西域神话传说与碑铭烽燧

西域形象的历史记忆，首先以作为典范文化形态的神话形式出现的，是民国新疆天池游记中几乎无处不在的穆天子与西王母相会之传说。《穆天子传》是在战国时代魏王墓中发现的竹简文献，于晋武帝时在河南汲县出土，记录了公元前989年周穆王西行到昆仑山、会见西王母之事，被认为是我国现存最早最完整的西行记。当时举凡登上新疆天池的文化精英如罗家伦、于右任等，大都会联想到天池是西王母与周穆王的相会之所，经典之作如罗家伦的"天上人间难再得，穆王何事不重来"（《山上天池》）、"玉筋低垂粉条痕，穆王骏骨已成尘"（《游水磨冉冉水闻出天池》），邓缵先的"穆王不来八骏驰，王母未老双蛾垂"（《有所思》）①都化用了李商隐的"瑶池阿母绮窗开，黄竹歌声动地哀。八骏日行三万里，穆王何事不重来"（《瑶池》），并以更加绮丽浪漫的文人想象接续勾连起古代神话传说之于天池自然美景的文化记忆功能。

再如陈斯英就曾引用"某君"写天池的诗："昔闻西土说天池，此日临池有所思。无限流沙尘芥外，三秋爽气云霄垂。探源帝使何曾至？乘海客星应不疑。自惜未攀八骏足，蟠桃仙会已稽期。"②又引林继庸的《天池歌》中"八骏奔腾开胜地"③等句，都通过回溯史书上关于西域与中原互动的文化记忆，以此确认现实新疆与中原同根同源的历史经验。20世纪40年代曾在新疆考察过的文化地理学者陈正祥到晚年，还认为《山海经》"是真实的游记，只是写得出奇的深奥和

---

① 邓缵先著，黄海棠、邓醒群点校：《毳庐诗草》，上海：华东师范大学出版社，2012年，第39页。
② 陈斯英：《天池记游》，《中国青年》1947年复刊第5期，第43页。
③ 同上。

简略罢了"①。从文化记忆的角度看神话和历史的区别在于,它既没有过去也无法考辨,既不会断裂也不能自然延续,但依然会依照现实原则和价值判断实现一定意义上的自我重构,正如列维-斯特劳斯在《野性的思维》中认为,神话的主要价值就在于把那些曾经适用于某一类型的发现的残留下来的观察与反省的方式保存到今天。②

　　如果说神话传说还有着作为历史记忆传承的不可靠感,那么碑铭则可作为文化记忆真实性留存的可靠证据。两者都依赖于语言文字,但后者作为承载文化记忆的形象化物体,更具直观性和可靠性。同时,碑铭作为历史研究中的重要实证③,可与正史或书面记载互见互证或校对补充,如史善长所说"摩挲残碣在,唐汉未销兵"(《到巴里坤》)。比如现藏于国家图书馆、新疆博物馆等地的《刘平国治关亭诵》④(东汉永寿四年,公元158年)的拓本就记录了龟兹左将军刘平国与当地人民一同修建关城的爱国事迹,这既是东汉王朝与龟兹地区密切联系的证明,也是进行爱国主义教育的范本。王树枏《新疆访古录》就记录了王仁俊、叶昌炽以及自己对拜城县境内这篇石刻文字的分析,卷一还收录了《汉张博望侯残碑》《汉乌垒磨崖石刻》《碑岭汉碑》等石碑石刻。1928年,黄文弼先生在拜城考察时,虽"惜字多剥蚀,不

---

① 陈正祥:《古游记的整理和注释》,《中国文化地理》,北京:生活·读书·新知三联书店,1983年,第203页。

② (法)克洛德·列维-斯特劳斯著,李幼蒸译:《野性的思维》,北京:中国人民大学出版社,2006年,第17页。

③ 如梁启超指出:"大抵碑版之在四裔者,其有助于考史最宏。……西部之《裴岑纪功刻石》(汉永和二年)、《沙南侯获刻石》(汉永和五年)、《刘平国作关城颂》(无年月)、《姜行本纪功颂》(唐贞观十四年)、《索勖纪德碑》(唐景德元年)等。"见梁启超:《中国历史研究法·中国历史研究法补编》,北京:中华书局,2014年,第56页。

④ 义称《刘平国石刻》《龟兹左将军刘平国摩崖》《刘平国治路颂》《龟兹刻石》,为金石书画专刊《神州国光集》、王国维《观堂集林》、罗振玉《西陲石刻录》《新西域记》等收录。

尽可辨",但他还是对之前诸家的刻石录文做了进一步的校订和研究,"校勘辨订,并结合附近遗址遗迹对刻石内容作了分析、研究"①。

1917年夏,谢彬行经拜城时称:"(和色尔驿)有支路至库车千佛洞及境内千佛洞与汉乌垒关故址。去年教育部创设图书馆,曾咨新疆省长,令行拜城知事,拓汉乌垒石刻,字迹剥蚀模糊,多难辨识。"②"博望遗踪尚渺然,定远丰碑终不改"(《博克达山》)③,邓缵先未必亲见"定远碑",但其精魂凝聚的,无疑是中央王朝统一西域的历史明证。吴绍璘也称:"新疆石刻流传中土者,有《裴岑纪功碑》《姜行本纪功碑》及《乌垒碑》数种。最近出土之《麴斌造寺碑》,及《张怀寂墓志》,则流传不多。余此次赴新考查,除汉文碑外,又获得西域文碑数种。"④需要说明的是,新疆哈密巴里坤地区作为丝绸之路北线上西域与中原连接的重要驿站(古称蒲类国),汉将大破匈奴后留下的《裴岑纪功碑》⑤(东汉永和二年,公元137年)、字迹已无法辨识的《焕彩沟汉碑》、详细记录唐将讨伐高昌之役的《姜行本纪功碑》早在清雍正时就已被地方政府发现并重视,这些碑文已成为中原文化在新疆影响深远的历史见证,也是中华文明在边地传承千年的物质载体。吴绍璘还记道:"哈密天山岭首,有唐贞观十四年左将军姜行本破高昌勒石纪功碑","初掩于榛莽,清同治间,哈密办事大臣文麟公派并勇开修岭道,建关庙于上,始将碑就旁构亭护之。外绕栏干,文七百

---

① 转见王炳华:《"刘平国刻石"及有关新疆历史的几个问题》,《新疆大学学报》1980年第3期,第56页。
② 谢彬:《新疆游记》,乌鲁木齐:新疆人民出版社,2013年,第176页。
③ 刘力坤选编:《名人与天池》(上),乌鲁木齐:新疆人民出版社,2007年,第103页。
④ 吴绍璘:《新疆概观》,南京:仁声印书局,1933年,第317页。
⑤ 又名《裴岑碑》《汉敦煌太守裴岑纪功碑》《东汉永和二年碑》等。纪昀《阅微草堂笔记》、徐松《西域水道记》、翁方纲《两汉金石记》、王昶《金石萃编》、牛运震《金石图》、钱大昕《潜研堂金石文跋尾》、申兆定《汉碑文字跋》等有记录,《神州国光集》收原石拓本。

余字,楷书遒劲,录于金石"。[①] 1943年周立三等在哈密到迪化北麓的天山庙附近,发现"山顶有破寺一所,旁遗唐朝石碑一方,足证此寺建筑的年代相当久远了。同行中有好考古者,争着拓下碑文,借留纪念"[②],或许就为此纪功碑。曾被马仲英军荒弃于野的《姜行本纪功碑》1946年被巡视镇西一带的哈密专员李朗星在东天山巅发现,"洗视唐碑于道旁,字多不辨",1947年,因"虑此碑风雪日侵,年远字湮,乃移至城妥藏于堂西之图书堂中,期保真迹永垂耳"[③]。

除了石刻碑铭,新疆还有更多堡垒烽燧遗迹,承载着中原与西域往来千年的历史记忆。如徐苏灵等在去轮台附近千佛洞的路上,"一看那一层土一层芦苇所建筑起来的土垒,像一个久经战斗的、嶙峋的、苍老的老战士骄傲地伫立在那里,我们不禁欢呼了,那是汉代的烽火台"[④]。一直到90年代,据说从巴里坤到木垒的烽燧还有72座[⑤]。除了古代石刻碑铭、堡垒烽燧遗迹外,还有直指现代生活的城市建筑。抗日战争胜利后,新疆多地都以建纪念碑的形式铭记这一伟大的历史事件,时任现代社北疆特派员的张周在喀什见到"矗立在大巴扎中央的,是块上书'破坏和平的就是全省人民的公敌'的精神堡垒,与运动场高耸的雄伟的抗战纪念碑"[⑥]。作为凝聚式标志(建筑、塑像、仪式、文字)的现代公园广场中的地理景观,纪念碑作为实物记

---

① 吴绍璘:《新疆概观》,南京:仁声印书局,1933年,第133—134页。清代毕沅《访唐侯君集纪功碑》、纪昀《阅微草堂笔记》、徐松《西域水道记》、方士淦《东归日记》中都有关于姜行本碑的记录。

② 周立三:《天山南北游踪回忆录》,《天山月刊》1948年第1卷第3期,第18页。

③ 转见骆春明、李学明、许学诚主编:《巴里坤诗文集》,乌鲁木齐:新疆大学出版社,2004年,第92页。

④ 徐苏灵:《新疆内幕》,重庆:亚洲图书社,1945年,第72页。

⑤ 肖陈:《到巴里坤去》,骆春明、李学明、许学诚主编:《巴里坤诗文集》,乌鲁木齐:新疆大学出版社,2004年,第261页。

⑥ 张周:《喀什风光》,《新疆日报》1948年7月7日,第4版。

忆从过去的历史中凝聚出共同的价值体系,并可能进一步通过仪式节日传承和演示其中的文化记忆,这必然有助于凝聚一代代参观瞻仰者建设中华民族共有精神家园的内在驱动力。而喀什的抗战纪念碑建在大巴扎中央,就更成为民国时期新疆各民族民众共担历史运命和共享文化记忆的一份明证。

二、民间庙宇道观之分布兴衰

中原文化记忆在传统民间社会的基本空间形态之一为佛寺道观。新疆建省后,官主祭祀礼典等也深刻影响了各地关帝庙、文庙、武庙、定湘王庙、城隍庙等庙宇的兴建和信仰活动,出于"以神道设教"等观念,清廷多为官方钦定正统的神灵设庙立祠,而官方主持的山川祭祀大典则"表达了清政府对于维护新疆统治的精神寄托"[1]。谢彬1917年春暂居迪化时,因民国以来天气寒冷,有人认为是未祭博格达山所致,杨增新遂沿旧制祭山,谢彬感叹:"吾国普通社会,本多迷信鬼神,而新疆尤甚。"[2]所见迪化庙会盛况如是——"每七月中旬,出城隍行像三日,盛陈卤簿,设鼓吹杂剧,来往通衢,观者如堵。"[3]

如果说官方主祭活动体现了国家权力的世俗化,那么北疆诸地民众自发的祭祀活动则寄托着民间百姓最朴素的生存愿望和祈福思想。袁大化、谢彬、林竞笔下都曾描绘过对联满廊的星星峡附近之庙宇,袁大化1911年4月21日在出星星峡西北行八里的关帝庙处,"入庙瞻拜,匾联满庑廊"[4];1917年2月,谢彬也在此处见"过客祀祷甚

---

[1]　李大海:《清代新疆地区官主山川祭祀研究》,《西域研究》2007年第1期,第94页。

[2]　谢彬:《新疆游记》,乌鲁木齐:新疆人民出版社,2013年,第127页。

[3]　同上,第106页。

[4]　方希孟等:《西征续录》,兰州:甘肃人民出版社,2002年,第207页。

虔,联额满廊庑"①;1919年,林竞在星星峡附近的"红头山",见"老君庙颇宏丽。凡开矿者,必祀老君,以道家重化炼也。老君有知,当为哑然"②,但是陈赓雅1934年路过时,只见"关帝庙、观音殿、玉皇阁三寺,各依山势起建,原甚壮丽雄伟,今亦泥土狼藉矣"③。

不止于星星峡,即使是在天山、天池等地,庙宇也由民国初年的烟火鼎盛到20世纪30年代后渐趋衰败。1928年6月22日,徐炳昶在天池附近,"瞻仰东岳庙,庙门东向,正殿供三清,后殿供玉皇,配以无量祖师、关帝;左配殿供吕纯阳、文昌、财神;右配殿供邱处机(即长春真人)、日月神及火神;门楼上供王灵官及韦驮,真是五花八门,糅合掺杂"④,并寻访到伊犁镇守使杨飞霞所修的殿阁:"正殿供元始天尊、木父元尊、瑶池金母;左配殿供南极天宫青华大帝,右配殿供博岳大帝。无像,皆木主。"博格达山神庙重建时改名东岳庙,"然正殿供神像五,据说为五岳之神"⑤。天池上的庙宇道观曾经鼎盛一时。另外,徐炳昶等见到过的福寿寺(铁瓦寺)直到1947年依然供有元始天尊像、太上老君像、灵宝天尊像,并有对联、大钟、铁鼎等物,但五岳庙则"已荡然无存,仅余断垣残壁,聊供凭吊"⑥。20世纪40年代后期陈斯英等在小天池南行途中,只见"断壁颓垣数处,这些都是昔年毁于变乱的庙宇残迹"⑦,"天池周遭的山野间,唯一的一座建筑物就是'道士庙',昔年在这山区里面虽曾有着几座其他的庙宇,但早已荡然

---

① 谢彬:《新疆游记》,乌鲁木齐:新疆人民出版社,2013年,第79页。
② 林竞:《亲历西北》,乌鲁木齐:新疆人民出版社,2013年,第198页。
③ 陈赓雅:《走进西部》,乌鲁木齐:新疆人民出版社,2013年,第267页。
④ 转见碧小家选编:《时光隧道》,乌鲁木齐:新疆人民出版社,2008年,第22页。
⑤ 同上。
⑥ 吴衡:《天池游记》,《交通部公路总局第六区公路工程管理局月刊》1947年第1卷第5期,第29页。
⑦ 陈斯英:《天池记游》,《中国青年》1947年复刊第5期,第43页。

无存了"[1]。

　　民国新疆庙宇虽分布甚广,但最集中地带应为沿天山北麓伊犁、塔城、昌吉、绥来、呼图壁、阜康、奇台、孚远、哈密、镇远等中原移民较为聚居之地。谢彬在星星峡—迪化沿途所见有关帝庙处如红柳园、疙瘩井、天生墩、长流水、哈密新城周里许、三道岭、瞭墩,在迪化—伊犁沿途所见有关帝庙处如图古里克、乌苏北门外一里、固尔图五里道左、大河沿托里驿、一台数十里外、三台道南(赛里木湖岸),在赛里木湖"东南隅有岛屿三,近南者大,上建龙王庙三楹,甚为壮丽,为新抚潘效苏知伊犁府时所筑"[2],返程时称塔城"东界财神庙,西界龙王宫,南抵汉城城濠,北界刘猛将军祠"[3]。黄文弼在车轱辘泉见"道北山巅建小关帝庙和山神祠,为行商集资所建"[4],在七角井西北三里处等有关帝庙。吴绍璘称哈密"城北有龙王庙、明公祠、观音洞、刘猛将军庙等"[5],一直到1943年,周立三等还在"距哈密城北二公里半处,远见树木苍郁,有一龙王庙,是光绪三年哈密大臣明春所建立的"[6]。1948年,孙庆昌到景化"曾遍访诸胜",红莲山上建于咸丰年间的"圣宫庙院中的古塑、浮雕、壁画,建筑均古色古风,大有敦煌雷音之胜感。惟近年来,斯庙被匪,古迹尽毁,竟使后人未能睹其全貌","市区人民因宗教信仰极笃,故对庙宇建筑亦多,虽穷乡僻野,然庙宇名胜,随处可见,颇不乏人"。[7]

　　新疆庙宇不仅分布分散且信仰混杂。徐炳昶1928年2月7日至

---

①　陈斯英:《天池记游》,《中国青年》1947年复刊第5期,第44页。
②　谢彬:《新疆游记》,乌鲁木齐:新疆人民出版社,2013年,第144页。
③　同上,第337页。
④　黄文弼遗著,黄烈整理:《黄文弼蒙新考察日记(1927—1930)》,北京:文物出版社,1990年,第163页。
⑤　吴绍璘:《新疆概观》,南京:仁声印书局,1933年,第133页。
⑥　周立三:《天山南北游踪回忆录》,《天山月刊》1948年第1卷第3期,第17页。
⑦　孙庆昌:《景化风光》,《新疆日报》1948年11月2日,第4版。

13 日在从哈密赴鄯善途中,详细记录了从三道岭、梯子泉、瞭墩、一碗泉、车轱辘泉、西盐池等一路所见庙宇中所供奉的神像,对于庙中关圣、文昌、龙王、马王、灶王、城隍神、山神、财神、土地神混见情形,徐炳昶在瞭墩慨叹:"此地店家三,邮差住家二,连厘卡不过六家,神几与人同多,可为一笑。"① 车轱辘泉"此地文化至低,而迷信乃发达如此"②。在西盐池见"有人在牌位上用铅笔写个乱七八糟,我国人的信仰,固止如是!"③ 之所以造成如此混乱无序情形,一是不同行业者所奉神灵各不相同:"商人敬财神,木匠敬鲁班,驼户敬马祖,铁匠、石匠敬老君,药店、郎中敬药王孙思邈,纸坊敬蔡伦,鞋匠敬孙膑,成衣铺敬轩辕,烧坊敬龙王,厨房敬老君,出外敬山神、土地神,等等。"④ 二是与来自五湖四海之民众自身文化背景差异有关,当时,"各个会馆的大殿都供奉着各自的先祖神位,如两湖会馆供奉的是夏禹王,甘肃会馆供奉的是伏羲太昊,陕西会馆供奉的是文王、周公,山西会馆供奉的是武圣关羽,川云贵会馆供奉的是文昌帝君"⑤。茅盾曾介绍当时定湘王庙在中元节时,"罗天大醮,连台对开,可亘一周间。尤为奇特者,此时之'定湘王'府又开办'邮局',收受寄给各省籍鬼魂之包裹与信札;有特制之'邮票'乃'定湘王府'发售,庙中道士即充'邮务员',包裹信札寄递取费等差,亦模拟阳间之邮局;迷信者以为必如此,然后其所焚化之包裹与信札可以稳度万里关山,毫无留难"⑥。可以想见,正是通过这类迷信活动,很大程度上减轻了移民对故土故人

① 　徐炳昶:《西游日记》,兰州:甘肃人民出版社,2002年,第161页。
② 　同上,第162页。
③ 　同上,第164页。
④ 　刘向权:《晚清至民国时期新疆汉族移民民间信仰研究》,石河子大学硕士论文,2011年,第14页。
⑤ 　周泓:《民国新疆社会研究》,乌鲁木齐:新疆大学出版社,2001年,第454页。
⑥ 　茅盾:《茅盾散文选集·新疆风土杂忆》,天津:百花文艺出版社,2004年,第208—209页。

之牵念,并有助于促进特定人群的族群认同和心理稳定。

晚清民国新疆处于鼎盛期的庙宇道观见证着来自五湖四海的中原移民宗教信仰的驳杂多样,这些庙宇大多属于"自发性、原生性信仰,在组织形态上具有原生性宗教的基本特点,它不像创生性宗教那样有独立于社会组织之外的教会或教团,而是与既有的社会组织二位一体。……在与人们生活密切相关的农时、节气和人生仪式及重大或灾难危机等时间与场合,一般是借助于社区、业缘或地缘组织举行相关的民间信仰活动"①。道观庙宇作为新疆富有标志性的中原文化符号,是沟通国内其他地区和新疆共通的文化记忆,也是中原文化在新疆传播的重要历史记忆和中央政权统一新疆的重要象征媒介,它们寄寓了清末民初战乱频发年代中新疆人民对和平稳定的向往,体现了边疆地区汉民族的精神寄托和族群认同,保留了大量农耕文明和乡土社会的文化秩序和生产秩序,唤醒了赴疆流民与新疆同宗同脉的文化记忆,展现了区域文化的文化交融互动和相互影响,维护了以定居人口为前提的行政稳定和社会秩序,促进了以信仰为中心的文化生态格局的动态平衡。之后由于屡遭战乱硝烟和人口流动迁徙,加之缺乏中原文化记忆物化形态的持久固化和典礼仪式的定期重复,这些民间信仰场所逐渐走向衰落,这也正如当代作家韩子勇所说:"不同的政治、军事、经济、文化势力的经略和统治,造成人们对历史秩序的感觉是紊乱的、断续的、非逻辑的。这种情况影响着西域文化的传递机制,使它不同于中原内地的后喻方式,和由此而来的'向后看'特点。……而西域文化基本上是一种同喻文化,战乱、迁徙、经商、游牧等等的横向交往,像一个巨大的磁盘,吸附着人们对世界和自身的认识,缺乏纵向的价值序列,缺乏对传统的认同感和归属

----

① 周泓:《民国新疆社会研究》,乌鲁木齐:新疆大学出版社,2001年,第466页。

感,史的意识较弱。"①

三、祠堂、同乡会和会馆文化

如果说神话传说、文物碑铭、庙宇道观等各类建筑物是文化记忆
赖以存在的基本载体,它以物质经典化的方式区别于日常生活方式
和行为规范,那么按照扬·阿斯曼的划分,那些活跃在三四代人之
中,以日常生活形态出现的,则是另一种集体记忆的表现形态——交
往记忆。而在民国新疆,承载这一记忆形态的最常见空间形态就是
流传于闾里民间的口述历史,最常见的社会组织结构就是祠堂、同乡
会和会馆了。

比如就祠堂而言,其所寄寓的象征意义往往多过实在依据,比如
民国时期到过南疆的行旅者多会注意到耿恭祠、耿恭泉和耿恭井。
1880年,刘锦棠坐镇喀什并下令在九龙泉边兴建耿恭祠,1882年,耿
恭祠建成,立有两块石碑,一块记叙耿恭事迹,一块记耿恭祠修建概
要。谢彬在疏附县曾专访耿公井,"井背土阜,高殆十丈,上建楼阁二
层。下层三楹,中祀文昌帝君,左祀刘猛将军,右祀耿恭、班超,皆有
塑像。上只一楹,崇祀奎星"②。将耿恭与班超等同祠祭祀,并供奉专
司文章才运的奎星与掌管福寿文化的文昌帝君,体现了民间信仰的
混杂性。邓缵先曾作《读〈耿恭传〉》:"耿恭衔汉命,修缮屯车师。
校尉名成己,地美绕东菑。孤城单兵守,虏骑经年围。凿山涌飞泉,
煮弩持作糜。势胁与利诱,忠节终不移。"③ 20世纪40年代视察南疆
的梁寒操也吟道:"二千载属中华地,都借先贤血汗来。伟烈难忘超与

---

① 韩子勇:《边疆的日光》,乌鲁木齐:新疆青少年出版社,2001年,第195页。
② 谢彬:《新疆游记》,乌鲁木齐:新疆人民出版社,2013年,第196页。
③ 邓缵先:《毳庐诗草三编》,上海:华东师范大学出版社,2012年,第28页。

勇，只今唯见耿公台。"①今天多数学者认为东汉西域戍校尉耿恭"拜泉退匈奴"(《后汉书》)的疏勒保卫战之大致地点在今北疆奇台县半截沟乡麻沟梁的石城子遗址间，但民国南疆耿恭祠的烟火不断在某种程度上凝聚的是南疆百姓对汉唐记忆的承续与和平生活的向往。

就全疆而言，最多见者当为左公祠，正如邓缵先在《左文襄祠》中说——"今日祠堂遍西域，关城俎豆更莘莘"②，其时在迪化、哈密、塔城、吐鲁番、喀什等南北疆诸地都建有左公祠，从中不难想见左宗棠在近现代新疆历史上的影响力。迪化的左文襄公祠堂于1887年筑于两湖会馆之南，1917年4月17日，谢彬访两湖会馆及左文襄祠，祠内"正殿供左公雕绘二像，启幕观之，犹凛凛然有生气，令人低徊向往。回忆肃州左祠之塌废不堪，又不禁黯然神伤矣"③。1933年，吴霭宸还"游定湘王行宫，牌匾甚多，香火极盛。新省到处皆有定湘王庙……又游左文襄祠……又游刘公祠"④，1938年，民国耆老李根源来此赋诗："丞相天威慑百蛮，师行一鼓定阴山。而今留得祠堂在，古柳森森水半湾。"⑤当年秋，陈纪滢还专访了有专人驻守的左文襄祠："祠分前后两院，前院是两排厢房，市立第十二小学在内。后院也有两排厢房，有看祠的人住守。正中是祠堂。照例的是有不少歌功颂德的匾额。"⑥

如果说左公祠承载的是左文襄公收复新疆并力主建省这一近代新疆最重要历史事件的静态文化记忆，那么左公柳就可说是其活态文化记忆的代表了。光绪初年左宗棠平定西陲曾一路栽植柳树，清

① 李寰选辑：《新疆诗文集粹》，《边铎》1947年第12期，第59页。
② 胥惠民编注：《现代西域诗钞》，乌鲁木齐：新疆人民出版社，1991年，第25页。
③ 谢彬：《新疆游记》，乌鲁木齐：新疆人民出版社，2013年，第128页。
④ 吴霭宸：《边城蒙难记》，乌鲁木齐：新疆人民出版社，2013年，第30页。
⑤ 浩明辑注：《近代新疆诗钞》，乌鲁木齐：新疆文化出版社，2017年，第114页。
⑥ 陈纪滢：《新疆鸟瞰》，重庆：建中出版社，1943年，第289页。

末裴景福在新疆沿途见左公柳"疏密不断"[①],1911年,袁大化在赴任新疆途中也曾描绘"回望陇树秦云,苍茫无际,驿路一线……长杨夹道,垂柳拂堤,春光入玉门矣"[②]。民国初年,谢彬在温宿见到"湘军所植道柳,除戈壁外,皆连绵不断,枝拂云霄,绿荫行人"[③]。徐苏灵在焉耆铁门关,"库尔勒到轮台的途中,时时可以看到大路边连绵成荫的粗大柳树,那便是刘将军(注:刘锦棠)当年军工筑路时所植,现在树荫渠水潺潺不仅造福了当地居民,在戈壁之行与旅的人们,抑且成为戈壁间的万景"[④]。一直到1940年代末,林鹏侠在新疆库尔勒至轮台,还见"沿途古柳衔接,连亘不绝,枝柯交错,苍老雄奇,土人呼为'左公柳'",当时甘肃等地的左公柳已被砍伐殆尽,林鹏侠以为:"其在新省境内者,因维人爱护周至,迄今仍到处纷披。高柳长丝,拂人鬓发,往往绵延数十公里不绝。……惟左公所植止于哈密,未及南疆,此殆刘锦棠所统率之湘军继续为之,后人乃统呼之为'左公柳'也。"[⑤]

随湘军一同入新的,还有俗称"赶大营"者,其中京津货郎后来大多留在新疆经营广货,并在后来逐渐发展为燕、晋、秦、陇、蜀、湘、鄂、豫"八大商帮"[⑥],其资本规模中,"燕商为最,晋湘次之,秦陇又次之,豫蜀其末也,鄂则微矣"[⑦],其中"津人犹执牛耳于商界"[⑧]。直到民

---

① 裴景福:《河海昆仑录》,北京:中国国际广播出版社,2016年,第94页。
② 袁大化:《抚新记程》,兰州:甘肃人民出版社,2002年,第195页。
③ 谢彬:《新疆游记》,乌鲁木齐:新疆人民出版社,2013年,第180页。
④ 徐苏灵:《新疆内幕》,重庆:亚洲图书社,1945年,第71页。
⑤ 林鹏侠:《新疆行》,北京:中国青年出版社,2012年,第78页。
⑥ 后人一般认为,燕商多经营百货、绸缎;晋商多办钱庄和汇兑;秦商经营百货中药;湘商专营茶叶;蜀商经营饮食;豫商从事医药;鄂商多弹花、缝纫等营生。
⑦ 杨缵绪:《开发新疆实业管见》,《开发西北》1934年第1卷第1期,第26页。转引自陈慧生:《杨增新时期的新疆商业》,殷晴主编:《新疆经济开发史研究》(上册),乌鲁木齐:新疆人民出版社,1992年,第301页。
⑧ 林竞:《新疆纪略》,迪化:天山学会,1918年,第24页。

国后期,仍然存在这种省际上的职业划分——"所有的市场卖菜的人都是河北人,大半讲着天津话,而钱庄和兑换店则都在山西人的手里;铜匠和旅行小贩大都是湖南人;至于钉补瓷器的则完全是四川人,他们往往喜欢同你谈到那遥远的四川家乡。"[1] 黄汲清所谈则更笼统:"其中军政界多东北省人,工商界多天津人、山西人、陕西人和甘肃人,种地的有湖南人、甘肃人和最少数的四川人。"[2]

绝大多数赴疆的行旅者都会特别留意新疆汉人的人口分布和籍贯来源,如邓缵先一路仔细记下了当时南疆巴扎村落的汉人人口分布,并在《闻野叟言感叹》的诗前自注中说:"丙寅春,余再游南疆。至库尔楚驿,野叟云:'咸、同间有杨侯,忘其名,经营道路,浚河开渠。光绪四年,南疆平定,渠道修复。五十年间,居民迁徙。……'余闻而感叹,赋一绝云。"诗曰:"五十年前事不忘,杨侯修路辟南疆。只今陵谷多迁变,沙碛人家半姓杨。"[3]

对于"同乡人",游记作者们更会特别留意。黄文弼为湖北汉川人,当他1928年2月22日抵吐鲁番地区辟展县时,遇一湖北黄陂同乡张君,"与之谈言家乡事,甚欢"。次日了解到"湖北人在此为商者5家,皆黄陂人",除一家"在此业棉花","余皆当铺",[4] 且都相当富裕。同行的徐炳昶2月6日在哈密近郊三铺,遇一店中伙计吴姓为河南南阳人,"固吾近邻","我告诉他说我是桐河人,他说在哈密还有一宋姓银匠,即为桐河人,此间只有他们两个南阳人云云"[5]。杨钟健也

[1]　天涯游子:《人在天涯》,乌鲁木齐:新疆人民出版社,2000年,第106页。
[2]　黄汲清:《天山之麓》,乌鲁木齐:新疆人民出版社,2001年,第16页。
[3]　胥惠民编注:《现代西域诗钞》,乌鲁木齐:新疆人民出版社,1991年,第40页。
[4]　黄文弼遗著,黄烈整理:《黄文弼蒙新考察日记(1927—1930)》,北京:文物出版社,1990年,第166页。
[5]　徐炳昶:《西游日记》,兰州:甘肃人民出版社,2002年,第159页。

曾多次提到乡音乡情,如遇吐鲁番工兵营长绳君"忠厚可敬"[1];在迪化见"陕西会馆,颇令人有乡土之思"[2];从白杨沟返回时在二十里铺遇一陕西凤翔人,"平回乱事,尚楚楚能道一二"[3]。塔城县知事设宴演戏招待杨钟健等:"分两班子表演。一是秦腔一类的乱弹,一是走马式的小调,班主不时来请点拿手戏。一切习俗举动,前二十余年见之于我的故乡。"[4]而与杨钟健同行的褚民谊等受到了同乡浙江会馆的热情招待。原籍河北的记者陈纪滢在迪化街头很留意药店,"因为我的乡人,多干这行生意,他们的发行网遍全国。据传说,全国的药材,要不在那儿经过一下,就没有药味,自然这是无稽之谈。所以任何地方的药店与安国(祁州)有关系,我想在万里之外,找到一个同乡谈谈,也是旅中趣事"[5]。直到民国末期,原籍福建莆田的南洋华侨林鹏侠还发现在玛纳斯"城东二十里,有村曰'广东',面积甚大,居民概属闽粤人,传皆遣戍者之遗裔,多事农圃,语言习惯,宛然南邦"[6]。乡音乡俗乡风成为一个个以地缘祖籍为心理归属群体的暂时纽带,身处千里之外的异乡,行旅者很容易破除原先文化地位、社会阶层、行业分工等的隔膜,而以乡情乡音来识别彼此,这种基于固有省籍的地域亲近感很容易被放大成文化亲情感,并让每个羁旅异乡之游子有回到故乡的错觉和慰藉。

费孝通说:"在稳定的社会中,地缘不过是血缘的投影","地缘是从商业里发展出来的社会关系。血缘是身分社会的基础,而地缘却

---

① 杨钟健:《西北的剖面》,兰州: 甘肃人民出版社,2003年,第126页。

② 同上,第139—140页。

③ 同上,第147页。

④ 同上,第158页。

⑤ 陈纪滢:《新疆鸟瞰》,重庆: 建中出版社,1943年,第279页。

⑥ 林鹏侠:《新疆行》,北京: 中国青年出版社,2012年,第162页。

是契约社会的基础"。^①联结同省之间"同乡"关系的最重要社交方式就是"同乡会",而新疆"同乡会"赖以长期存在的最重要载体就是当时北疆诸地大大小小的各类会馆,它们不仅是当时最具规模的新疆汉人活动场所,甚至在特定时期还发挥过社会管理功能。自新疆建省之后,两湖会馆、晋陕会馆、甘肃会馆、中州会馆、川云贵会馆、江浙会馆、直隶会所、山东会所等陆续建成,但"新疆会馆产生的基础不同于内地,它不是来源于科举制度的附属组织和官场生活的余续,而是异域他乡内地迁民求生存、图发展、互助共济的社会组织"^②。固守和执着的故乡情思、同乡观念和传统习俗是新疆会馆盛行之根本原因。

如果说神话传说和碑铭石刻是承载中华文化在西域边陲数千年赓延不绝的集体记忆的物质载体,那么同乡会和会馆文化则是通过日常经验和规章仪式影响着每一个漂泊游子现实生存之道的交往记忆,它以不同省籍文化之间的彼此区隔和"各自为政"延续着中原故地的固有文化传统,使得无数流落边地的"身在曹营心在汉"的怀乡者因此获得心灵慰藉、族群认同和凝聚之所。它一方面通过对传统习俗等的保留沿袭而让中原文化得以薪火相传,另一方面又因为对局部利益的强化和固守而让中原文化内部各自为政。

所以从另一角度看,各地会馆和同乡会又不可避免地因狭隘的乡党观念和地域划分造成本已脆弱的汉文化内部的自我区隔和彼此羁绊,会馆树立了省际壁垒,强化了内部界限,对建立统一的集体认同感又是极为不利的。比如刘文海虽为陕西人,但因为同行者多为湖南人,在新疆"七七政变"后,两湖人在新疆的活动多方受限,已深

---

① 费孝通:《乡土中国》,北京:生活·读书·新知三联书店,1985年,第72、77页。
② 袁澍:《新疆会馆探幽》,《西域研究》2001年第1期,第40页。

感当时新疆的省际壁垒问题,正如后来陈纪滢说:"一个会馆,代表一个集团,代表一种势力。……然而这种力量一方面是一种美德,一方面则又不可否认的是一种封建意义的渣滓。在北方,在每个曾为军阀政客角逐的城市里面,会馆算是一种奇迹。"①传统的会馆和同乡会与现代新疆多民族融合共处的现实情况和保障现代政治制度的文化基石必然产生冲突摩擦,所以盛世才执政期间,为了避免不同籍贯人群之间的互相扞格,采取了以大力发展各民族文化促进会的形式来推进各民族文化事业的发展和彼此之间的团结互进,对当时分布在全疆各地的会馆采取了没收财产并入汉文化促进会中的基本政策②。1938年秋陈纪滢在迪化时,"江浙会馆已改为皮毛工厂,是省立的……两湖会馆,已改为民众俱乐部,现在是迪化各界唯一的娱乐场。奉直会馆,现在还空闲着"③。到1939年,全疆各地的会馆已基本被各地的汉文化促进会所取代了。

20世纪40年代后,虽然同乡文化在空间场域和官方舆论中逐渐隐退,但事实上,"籍贯"依然是新疆本土汉族移民社会民间交往中的重要心理参照系。1946年7月17日,于右任等在迪化二宫桃园附近遇见两位陕西同乡,"于先生高兴得很,和他们谈了乡情很久,仿佛身在桃花源里"④。一行人在喀什时,卢前在这里只见到一位江苏老乡张鸿基,"他见到我说不出的高兴,对于京沪一带的情形问长问短"⑤,卢前赴其家宴,感叹"想不到在几万里以外,吃到家乡口味的菜"⑥。

① 陈纪滢:《新疆鸟瞰》,重庆:建中出版社,1943年,第285页。
② 详见郑亚捷:《国难声中的文艺运动:1933—1942年新疆汉语新文化》,清华大学博士论文,2010年,第148页。
③ 陈纪滢:《新疆鸟瞰》,重庆:建中出版社,1943年,第285页。
④ 卢前:《新疆见闻》,南京:中央日报社,1947年,第15页。
⑤ 同上,第20页。
⑥ 同上,第22页。

陈少甫在南疆喀什等地考察时，在疏勒"晚与袁石安兄赴湘人茶会，借叙乡谊"，"在座湘人大半亦能维语，叙谈三小时始散，为余等南行以来之特殊集会"。[①]在莎车，他还去了原籍湘乡的老人家里做客。

　　经过了数次祸乱新疆的战乱兵燹、执掌政权的改弦易张、商业贸易的起落沉寂、人口分布的迁徙流动，那些伴随着左宗棠入新征战南北、"赶大营"等而建立起来的象征庙宇、供拜祠堂、怀乡建筑、各地会馆以及埋骨义园等都渐渐淡出了历史的视线和地理的坐标，但那些残留的历史遗迹仍然可以视为中原文化一圈圈一层层向边地播撒辐射的物质标识。或者我们还可以这样说，因为参考系的不同必然会激发不同的血缘、地缘关系，大体的趋势是参照系越是殊异于注视者固有的成长背景和乡土经验，其精神上赖以为据和引为支撑的社会文化关系就会越趋开放。比如相比较于基于同乡的血缘经验，身处新疆的"内地人"会特别看重基于同省的地缘关系；相比较于一国之内游走流动的以省际为界的地缘关系，身处异国的"中国人"更会趋向于强调同为"龙的传人"的以国家为界的地缘关系。

---

① 　陈少甫：《南疆纪程（续）》，《现代》1948年第8、9期合刊，第24页。

第六章　新疆形象建构的
复杂模式

　　在区域形象的建构过程中,注视主体与注视对象之间至少存在两种典型模式:一是立足既有文化观念和先入之见,同化注视对象,并进一步巩固和维持不同文化之间的等级关系;二是立足注视对象的文化立场和优势地位,顺应调整自身,并调整和颠覆不同文化之间的秩序观念。表面上看,对于新疆形象的建构而言,最常见的模式也有理想化和蒙昧化这两极想象及其中间的摇摆状态,就如1934年宋子文考察陕、甘、宁、青四省时,曾在兰州发表演说:"外省人士到西北来视察,大概有两种的观感:一种是极力的颂扬西北文化的深厚,是用文学家或诗人的眼光来观看西北;一种是满口批评西北生产如何落后、教育如何不振、人民如何贫苦,是用外国人的眼光来观看西北。兄弟以为这两种态度都是偏见的、不合的。"①《开发西北》创刊号《本刊使命》上也说:"西北交通不便,民族复杂,土物特殊,文化落后,国人对于一切,大半茫然。非认为万里荒沙,尽属不毛,即视为遍地黄金,俯手可得;究之,皆非也。"②值得珍视的是,赴新考察公干的游记

---

① 《宋子文在兰州畅论西北建设》,《申报》1934年5月9日,第5版。
② 《创刊词》,《开发西北》1934年第1卷第1期,第2页。

作者,基于真实诉求和内视角度,多力图破除这种两极化的社会想象,无论从游记作者立足于中华文化的整体视野,还是从游记文本所呈现的新旧杂糅、内部对话、文本张力和矛盾共处,当代比较文学形象学研究中关于意识形态/乌托邦、维护现实/颠覆秩序、向心力/离心力式的社会文化集体想象物建构模式,显然完全不适用于作为"整体之代言"的游记注视主体和作为"内部的他者"的被注视对象,加之列强觊觎边疆、抗日战争后方和西北开发战略等现实场域促合,都促成了民国新疆形象在不同区域、不同时段、不同情境和不同预设前提下的建构模式往往会紧密地绞合互嵌起来。

第一节　新旧杂糅与断裂叙述:新疆现代性的复杂情态

　　正如王一川所说:"中国现代性的发生,是与人们(无论是精英人物还是普通民众)的现实生存体验密切相关的。这是比任何思想活动远为根本而重要的层次。现代性,归根到底是人的生存体验问题。"①学界对民国新疆社会现代性之探讨多与现代化、前现代性、近代性②等交错并持保留意见,部分也是基于民国新疆社会变革、生产

---

① 王一川:《中国现代性体验的发生·导论》,北京:北京师范大学出版社,2001年,第2页。

② 民国新疆历史研究界一般以1884年新疆建省作为国家统治方式近代化的标志之一,统称民国时期的新疆社会进程为近代化,代表著作如宋岭等编著:《新疆近代经济技术开发史》,乌鲁木齐:新疆科技卫生出版社,1993年;刘玉皑:《边疆与枢纽:近代新疆城市发展研究(1884—1949)》,广州:中山大学出版社,2016年;论文如吴福环:《我国边疆治理制度近代化的重要举措——论新疆建省》,《新疆大学学报》1995年第4期;齐清顺:《论清末新疆"新政"——新疆向近代化迈进的重要开端》,《西域研究》2000年第3期;贾慧秀:《晚清民国（转下页）

方式、思想文化与同时期国内其他较发达地区现代性走向的某种错位。仅就现代新疆文学的特殊性而言，当新文化运动如火如荼之时，新疆思想文化界依旧是旧派的官僚之风和文人唱和；当左翼革命和海派商业文化在上海等发达城市异军突起之时，新疆本地报刊如《天山日报》不仅多为旧闻且多政治宣传；当解放区文艺实践积极践行"文艺为工农兵服务"而朝气蓬勃之时，新疆思想文化界却因盛世才高压治理时时如履薄冰。不过新疆依旧为20世纪上半叶世界范围内席卷而来的工业革命、民主政治、民族国家潮流所鼓荡，这也如吴绍璘所说："最近之三十年中(1903—1933)，新省虽无赫赫之进步，但实已改变不少。思想方面，渐觉科学之进步，潮流之改变。"[1]尤其是在盛世才主政前期，陈潭秋、毛泽民、林基路、俞秀松等一大批先进共产党人或从延安或转道苏联来到新疆工作，抗日战争爆发之后，茅盾、杜重远、赵丹、鲁少飞等国内文化名家满怀对"新新疆"的憧憬举家赴新后，都极大地推动了新文化运动胜利成果、左翼革命文艺、抗战进步文艺等在新疆各地的广泛传播。对于民国时期行旅新疆的游记作者而言，一方面，他们大抵都是得时代风气之先的政界名流或知识精英，他们自身对新疆的现代性想象与中国的现代性进程处于一种整体文化的同构关系中；另一方面，伴随着新疆社会现代性因子的播撒和现代生活方式的推广，行游者笔下的新疆民众，其现代性体

（接上页）时期新疆的政治近代化述评》，《新疆社会科学》2009年第2期；吴福环、宋佩玉：《新疆货币金融的近代化》，《新疆大学学报》2002年第3期；江平、孟楠：《外国探险家游记所反映的新疆近代文化变迁——以喀什为例》，《黑龙江民族丛刊》2009年第3期；马婷：《清末民国时期新疆地区经济近代化研究》，新疆大学硕士论文，2013年等。本文因从文学研究视角审视行旅者笔下民国新疆社会进程中主体精神的嬗变，故称为现代性，与此相关的社会物质进程通称为现代化。限于篇幅，未及"近代化""近代性""现代化""现代性"等概念史的考辨梳理。

[1]　吴绍璘：《新疆概观》，南京：仁声印书局，1933年，第289页。

验虽相对脆弱,但也以不同程度和不同层次逐渐渗透到社会发展进程、生产生活方式和教育文化事业等方方面面。

一、新疆区域社会发展进程之不平衡

吴绍璘在20世纪30年代初曾感叹新疆"或开发利源,致物质方面,因而随之盈虚消涨,不知不觉竟处于激荡不定中"①。比如在行政区划方面,城镇是区域政治、经济、文化中心,它"不仅是地方政权中心,而且是村野与上层、大小文化传统的纽带,是政策执行的缓冲和铺垫层,政治、军事、经济力量合一"②。由于广袤无垠的大漠戈壁、脆弱有限的绿洲经济、干旱少雨的自然气候和原始落后的交通条件、战乱频繁的人为破坏等,古代西域虽也曾出现过三十六城邦的短暂繁荣和个别能够延续千年的古城,但一直到清代建省后才仿照中原推行了道—府—州—县制度,杨增新主政时代改州府为县,设立8道51县,后改道为行政区,设立8个行政区,下辖59县7个设治局。盛世才主政前期设立9个行政区62个县11个设治局。③一直到1949年,新疆发展为10个专区77县2设置局④的行政建制,虽然密度低、规模小、发展水平低,但在受到外力之推动下,新疆的诸多城镇也缓慢走上了现代变革之路。这其中,传统绿洲经济、现代行政管辖、屯垦水利建设、交通商业贸易甚至军事宗教事务等,都起到了一定作用(比如中俄战争后,伊犁、塔城等被迫成为开埠通商口岸),但相比于广西、云南、绥远等内陆边疆省份,新疆县市城镇的分布密度都是最低

---

① 吴绍璘:《新疆概观》,南京:仁声印书局,1933年,第289页。
② 周泓:《近代新疆汉人主体的社会生成》,行龙主编:《社会史研究》第六辑,北京:社会科学文献出版社,2018年,第147页。
③ 陈慧生、陈超:《民国新疆史》,乌鲁木齐:新疆人民出版社,2004年,第316页。
④ 详见郭胜利:《民国新疆县制变革述论》,《西域研究》2014年第2期;刘国俊:《民国时期新疆地方行政区划的演变》,《新疆地方志》2017年第1期。

的,正如吴绍璘所说:"莽莽大地只有此寥寥数十县,尚不及江苏一省,其有待于开发者,至多且亟。"①民国后期洪涤尘仍称:"统计新疆县治,为数六十有六,然莽莽大地,尚不及浙江县治之多(今浙江共七十五县),其有待于开发者,盖多且亟矣。"②

就工业建设看,新疆传统手工业历史悠久且门类较多,如南疆喀什、和阗、阿克苏、库车的毛织业、皮革业、金属冶铸业、桑皮纸业,北疆伊犁、迪化、塔城、阿山的丝织业、啤酒业、手工烟草业、皮革业等。大体来说,"杨金时代"重纺织业、皮革业、电力业、矿业炼油、印刷工业的发展,盛世才治疆时期加大重视机械工业、电气工业、印刷工业、制材工业、矿业开采业,民国时期迪化、伊宁、疏附、塔城等地设有制革厂、皮毛厂、印刷厂、面粉厂、发电厂、火柴厂、肥皂厂、自来水厂等。40年代,部分行旅考察者如李烛尘就颇多留意迪化、伊宁等地的工业发展情况,但即使是在发展势头最好的1937年前后,新疆工业发展仍存在严重的空间行业的不平衡和规模设备的局限性,整体看全疆工业水平还非常落后。如徐苏灵说伊犁制革厂一山八爷的精干次子塔拉特是"维吾尔人中我见着的第一个穿漂亮西服的人",他曾旅居巴黎,其兄则"在德国和苏联住了四五年",其厂"一九一四年由一位德国人创建,所以内部一切机器都是德国货,相当齐备"③;面粉厂是"我在战时看到的面粉厂要算这是最好的一个"④,但徐苏灵也说"在新疆,因为缺少人才,以致建设迟缓"⑤,如电力厂、火柴厂、铁工厂、肥皂厂都存在这一现象。总体看,民国时

---

① 吴绍璘:《新疆概观》,南京:仁声印书局,1933年,第128页。
② 洪涤尘编著:《新疆史地大纲》,南京:正中书局,1935年,第45页。
③ 徐苏灵:《新疆内幕》,重庆:亚洲图书社,1945年,第44页。
④ 同上,第45页。
⑤ 同上,第46页。

期新疆工业水平较低,北疆主要集中在迪化、伊犁、塔城等地,南疆仅纺织业尚可,总体发展呈现出"分布不合理、发展不平衡""城市工业规模小、发展速度慢"[①]等特点,并因多依赖与苏联的贸易往来而带来了单一性、断裂性和不平衡性。

在行政管理方面,如盛世才主政之初,陈赓雅就肯定:"惟就资助哈萨克族人垦殖,及援引各族参加政治两事观之,不可谓非进步也。"[②]"六大政策"之深入人心,如徐苏灵称:"我们就是跑到瀚海天山的每一个角落里,随便问一个任何民族的农民或牧民,他都能回答你六大政策是什么。"[③] 1943年,黄汲清在南疆焉耆亲见盛世才主政时期全疆政令畅达之情形:"这样的欢迎会县县必办,而且都办理得很有秩序,可以说从行政长到村乡长,乃至街上的小贩,都各尽其应尽之责,各出其应出之力,没有纷扰,没有忙乱,而其所以如此者,全凭盛督办一个电令。由此我们可以看出新疆政令之统一,命令一到,不论在焉耆,在喀什,在伊犁,在阿山(阿勒泰),官民人等一点不怀疑不推诿,立刻办,立刻做。我们想到新疆地面之辽阔,民族之复杂,而政令统一能做到此地步,这不能不说是极大的成功。"[④] 1940年代后期天山客访疆时,听到关于盛世才被谈论最多的事之一,就是"注意行政效率和实际上行政效率之高,公文电讯绝无积压之事,应办之事无不准时完成,政令绝对贯彻到底"[⑤]。

在商业贸易方面,奇台、喀什、伊犁等交通要地和边境城市,都曾有过迪化难以企及的繁盛气象,谢彬途经伊犁时,见"多富商大贾,

① 刘玉皑:《边疆与枢纽:近代新疆城市发展研究(1884—1949)》,广州:中山大学出版社,2016年,第161页。
② 陈赓雅:《走进西部》,乌鲁木齐:新疆人民出版社,2013年,第310页。
③ 徐苏灵:《新疆内幕》,重庆:亚洲图书社,1945年,第33页。
④ 黄汲清:《天山之麓》,乌鲁木齐:新疆人民出版社,2013年,第50页。
⑤ 天山客:《新疆杂闻(二)》,《瀚海潮》1947年第1卷第6期,第21页。

西陲一大都会也"①,说疏附"瑰货雾集,华夷荣樛,迁引之盛,甲于南疆。葱岭之东,一大都会也"②,称奇台"商务之繁,皆可拟于省会"③。一直到1947年,在交通部公路总局工作的彭耀侯在南疆视察,仍称喀什噶尔的巴扎"麦谷布疋水果之类,五光十色,罗列通衢,灿然大观,商贩云集,一片生(开)平气象"④,而"迪化处在这样一个好的自然条件之下,发展为一个美丽的花园都市是可能的,而不是富于商业性的,因为它本身缺少着可以运输的大河及一些交通的条件,甚至还比不上为特区的伊宁"⑤。当然,驱动每一地区商业发展的社会力量也各有不同,如有经商传统的维吾尔族人(多聚集于喀什、阿图什、叶尔羌、于阗等地)和回族商人、清末由中原移民形成的八大商帮(如迪化、伊犁、奇台是津帮聚集的中心)、英俄将新疆视为原料供应地和产品倾销地等都对新疆商业发展有很大影响,尤其"土西铁路的完成当为此间新疆市场再次完全为苏联垄断、与内地商务衰落的主要原因之一"⑥。虽然说,民国新疆各地的商业发展一直深受区域集市聚落、本土贸易合作、外来经济冲击等的影响而起伏不定,但要肯定的是,清末新疆以乡土为纽带组建的商帮开始逐渐转变为同行业或跨行业的商会,并逐渐出现了行会、同业公会、工商联合会、农会、工会等很多近代民众社团⑦。

① 谢彬:《新疆游记》,乌鲁木齐:新疆人民出版社,2013年,第148页。
② 同上,第195页。
③ 同上,第295页。
④ 彭耀侯:《南疆纪行片段》,《交通部公路总局第六区公路工程管理局月刊》1947年创刊号,第44页。
⑤ 王胞生:《乌鲁木齐漫步(下)》,《甘肃民国日报》1948年10月30日,第3版。
⑥ 刘玉皑:《边疆与枢纽:近代新疆城市发展研究(1884—1949)》,广州:中山大学出版社,2016年,第167页。
⑦ 详见贾秀慧:《晚清民国时期新疆的政治近代化述评》,《新疆社会科学》2009年第2期;刘玉皑:《边疆与枢纽:近代新疆城市发展研究(1884—1949)》,广州:中山大学出版社,2016年,第169—173页。

在衣食住行方面,比如从服饰看,《西域图志》中记传统的维吾尔族男女多长袍窄袖,"无论冬夏俱戴皮帽。……不用纽扣,俱以带拴结"①,"哈萨克族不论男女,穿着都崇尚质朴,这是哈萨克族与维吾尔族在衣冠和服饰方面最大的不同"②。民初布鲁特回部(柯尔克孜族)"其服饰多与缠回同,身披禅褥,冬冠他玛克,夏冠斗披。女则折叠白布络头,垂背尺许"③;汉族普通民众夏季穿布单衣,冬季多穿土布大襟上衣和带腰大裆裤,女装多为大襟小袄。民国以来,迪化、伊犁、塔城、喀什等受现代生活和外来文化影响较大的交通重镇或开埠口岸的居民的服饰变化也较快,且体现出明显的地域差别。因游记作者多为时代精英且所接触者大抵又为地方显贵官员,大体说来对饮食的了解多限于当时的上流社会,而对衣着、住行的了解也多为一路浮光掠影、浅尝辄止之所见,比如20年代末刘文海因个人家事和商贸出行,在哈密等地颇为留意各族居民的人种肤色、服饰穿戴、建筑居室且多博人眼球、逞才竞藻的旧式文人趣味。但在30年代末之后的行旅作者那里,就更多留意平民百姓衣食之现代趋向了,尤其是曾在迪化生活了一年有余的茅盾,其《新疆风土杂忆》对30年代末迪化市民的日常生活记录就较为全面细致了,其中说:"一席头等的菜,所用冷盘多至二三十个","冷盘中又必有'龙须菜'一味,次为海菜。亦有海参,则为苏联货。有鱼翅"。④李烛尘1942年在伊犁时也称:"无论官吏平民,均是西装革履。"⑤在建

---

① 丁世良、赵放主编:《中国地方志民俗资料汇编·西北卷》,北京:北京图书馆出版社,1989年,第312页。
② (日)日野强著,华立译:《伊犁纪行》,哈尔滨:黑龙江教育出版社,2006年,第320页。
③ 谢彬:《新疆游记》,乌鲁木齐:新疆人民出版社,2013年,第201页。
④ 茅盾:《茅盾散文选集·新疆风土杂忆》,天津:百花文艺出版社,2004年,第223页。
⑤ 蒋经国等:《伟大的西北》,银川:宁夏人民出版社,2001年,第140页。

筑和出行方面，1940年代之交，陈纪滢初到迪化时曾在街头采访一位跟随刘锦棠随营做生意、在光绪十二三年时来到新疆的古稀长者介绍迪化之变化："彼时迪化全城不过有三四千人，西关、南关都无人烟，房子建筑也和现在大不相同，真是眼看着繁华起来了。"[1]1943年徐苏灵见扩建中的迪化，"南关郊外的荒地划为新市区，已经有了三四百新幢房子，略显规模"[2]。迪化商业最为集中发达的"大十字的街道，代表了迪化繁荣建设的指标，这里有一段四面伸展的柏油马路"，"许多华丽的商店，似乎给这古老的城市加重了不少奢靡的气氛"。[3]到民国后期，余航已称迪化："现在已少有人在这里狩猎了。代替的是随处矗立着小型烟突和人们互易有无的市场。这儿的住民也正如其他地方的公民一样，已经跨过游牧时代的生活，而开始工商生活的经营。"[4]

在市容市貌方面，谢彬在1917年春抵达迪化时，见"街市污泥甚深，车底马腹，腌臢不堪"[5]，广禄后来在回忆录中也写道："因城内地势高低不平，路政从未加以建设，所以每逢春日冰雪融化之时，街道皆成泥河，行人举步维艰，故每家门口皆筑一道高堤，以防泥水冲入，这堤就成了人行道。"[6]1933年的迪化仍然是"街道崎岖狭窄，大雨后尤泥泞不堪，铁蹄所过，泥浆四溅，比抵省府，已满面斑渍，周身污泥"[7]，到40年代后期迪化的市容虽依然存在"二月北庭雪渐残，一城

① 陈纪滢：《新疆鸟瞰》，重庆：建中出版社，1943年，第281页。
② 徐苏灵：《新疆内幕》，重庆：亚洲图书社，1945年，第23页。
③ 赵剑晖：《春暖花开看迪化——新疆风物速写之一》，《交通部公路总局第六区公路工程管理局月刊》1947年创刊号，第45页。
④ 余航：《神秘的新疆》，《益世报》(上海版)1946年7月31日，第2版。
⑤ 谢彬：《新疆游记》，上海：中华书局，1923年，第100页。
⑥ 广禄：《广禄回忆录》，台北：台湾传记文学出版社，1960年，第23页。
⑦ 冯有真：《新疆视察记》，上海：世界书局，1934年，第143页。

却被水泥淹。大街小巷难容足，不过清明路不干"①的现象，但道路交通、照明设备、卫生条件等城市基础设施已得到了很大改善，正如吴绍璘所说："现则气候渐和，雨水较多，人口增加，风气稍开，百物咸备，纷丽毕陈，华厦林立，装潢眩人。公园、工厂、电台、汽车站、新建筑等，俱已多有。在新疆社会进化史中，自有一番价值在焉。"②比如当时迪化最繁荣的大十字一带商号由津商杨元富创办的德元电业公司最早装上电灯，"每晚夜市，灯光灿烂，游街看灯的群众比元宵节的灯会还热闹"③，之后从塔城运来的锅炉和电机"于一九三四年初开始发电，除满足盛世才督办公署的照明用电外，还给大十字一带装了路灯"④。

不过总体而言，当时大多数新疆城镇仍相当落后，受主政者的内外政策和地缘政治影响很大，因自然条件之限制多封闭孤立，又因为对外贸易之倾斜、行政力量之干预、经济贸易之盛衰、战争兵燹之破坏、交通路线之变化呈现出发展的阶段性和不稳定性。下面再以民国行旅者尤其重视的交通情况为例。冯有真曾提到，新绥长途汽车公司的"首次试航，即以盛马战事再起，遭遇极大之打击，迄今尚未能正式通航，新疆事变之影响于其商业与经济者，盖亦伟矣"⑤。1935年，雨生在《新疆旅行记》中也专门介绍了新绥交通之运营情况，"于去年八月始由绥试行通车，嗣因军兴交通即断。去年六月以军事敉平始得恢复，旋又复断。近由新绥两省当局多方商酌，始得于十一月

---

① 王子钝：《竹枝词》，转见新疆维吾尔自治区地方志编纂委员会、《新疆通志·城乡建设志》编撰委员会：《新疆通志·城乡建设志》，乌鲁木齐：新疆人民出版社，1995年，第231页。
② 吴绍璘：《新疆概观》，南京：仁声印书局，1933年，第290页。
③ 裕侠：《德元电业公司拾遗》，中国人民政治协商会议乌鲁木齐市委员会文史资料研究委员会编：《乌鲁木齐文史资料》第二辑，乌鲁木齐：新疆青年出版社，1982年，第40页。
④ 同上，第41页。
⑤ 冯有真：《新疆视察记》，上海：世界书局，1934年，第72页。

一日起重行恢复。现已开过第七次车,第八次车正在准备中"①。20世纪40年代后期南疆已通公路的部分线路,如"由轮台经焉耆、和阗之间,历年以来,均皆如是,每逢翻浆之期,则交通完全停滞至四五月之久"②。

尤其是一些较为繁荣的区域集市聚落,几乎都是沿重要交通线分布或是作为交通线上的枢纽存在,如奇台因处新疆五路之要冲,清代末年"商务在地理上,不特为新疆全省之重心,且有绾毂新、阿、蒙三区之势矣",所以"古城市廛迤逦,车击轮摩,气象蓬勃"③,后因战乱交通和俄国贸易之影响,第一次世界大战之前的"新疆商务已如枯叶秋风,无复有生机之象,而古城特尤甚耳"④。徐弋吾甚至说:"奇台商业之今昔,相去何啻天壤矣。"⑤ 20世纪30年代初马仲英祸新后,一些原先富庶繁华的孚远、三台、奇台等原漠北驼线一带的经济更是遭到毁灭性打击,1935年徐弋吾路过哈密时,称缠民农户"生活亦优,食必羊肉,衣必呢绒绸缎,农家妇女之帽饰,每顶有价值二万两者","其生活之优殊、经济宽裕,实非内地各省农村可比"⑥。而当返程时,迪化至哈密虽"沿途村落稠密,绿野碧空,相映一色,渠水横流"⑦,但其相邻之木垒县却是"沿街破屋残墙,妇孺裸体露腿,状极凄惨,劫后余生,一无所托"⑧。与此相似的还有伊犁地区,"伊宁事变"前是"人民衣服适体,居室洁净,远胜于迪化,加以天时温润,地利富

---

① 雨生:《新疆旅行记》,《天山》1935年第1卷第4期,第25页。
② 彭耀侯:《南疆纪行片段》,《交通部公路总局第六区公路工程管理局月刊》1947年创刊号,第45页。
③ 林竞:《亲历西北》,乌鲁木齐:新疆人民出版社,2013年,第224页。
④ 同上。
⑤ 徐弋吾:《新疆印象记》,西安:和记印书馆,1935年,第232页。
⑥ 同上,第101—102页。
⑦ 同上,第234页。
⑧ 同上。

厚,故伊犁之美,实为新省所仅见"①。1946年9月,时任张治中秘书的陶天白在伊宁市南岔子为汉族难民发放救济费时,目睹"伊宁事变"后的满目疮痍,不禁悲从中来,作《伊犁》一诗:"伊犁绿野国前门,十里长林尽泪痕。破屋萧街怜劫土,秋风佳节吊游魂。青天弥望低边卡,白日高辉照覆盆。兄弟阋墙成底事,万家烟火冷黄昏。"②本应是万家团圆、人烟辐辏的时节,却见长泪不尽、万物沉寂。

还有些地方则作为交通要冲或贸易集散地,在特定时段兴旺繁华起来。如1930年代初奇台商业日趋衰落,"哈密市况,较前渐趋繁盛,新设商铺多家,客商云集,奇台商业似亦聚移于此。但据熟悉商情者言,哈密现时繁荣为临时性而非永久性"③。1943年,徐苏灵等在"干燥、寂静、平淡、黄色的多泥土的"④哈密,也感叹它"是新疆一个行政区中最苦最贫的一区,但他却是和内地交通的咽喉。一天一天可以看出他的重要来,一天一天可以看见他在繁荣起来"⑤。又如陈澄之1948年再次来到七角井时,感叹其因为处于"赴迪化南北二路的交点",所以与1946年夜宿此地时"实有天渊之别,时代虽然在进步,但谁也想不到会变的这么快!"⑥但之后哈密、七角井的衰落再次说明民国新疆城镇发展中不可预测的外因影响之大。

二、历史叙述中的断裂感与单向模式

如果说来自民间传统本身的文化机制尚不足以使新疆文化走上

① 袁见齐:《伊犁风光——新疆杂记之五》,《盐务月报》1945年第4卷第6期,第59页。
② 陶洪:《新疆现代史的见证人——记张治中的私人秘书陶天白先生》,《江淮文史》1996年第5期,第47页。
③ 徐弋吾:《新疆印象记》,西安:和记印书馆,1935年,第236页。
④ 徐苏灵:《新疆内幕》,重庆:亚洲图书社,1945年,第12页。
⑤ 同上,第16页。
⑥ 陈澄之:《新疆行(五)》,《新疆日报》1948年8月5日,第3版。

现代性之路,那么,因频繁的军事政变和政治角逐而登上历史舞台的民国历任新疆主政者则更会为了一己治理需要,有意割裂与之前政权的联系而强化自身主政的权威性。所以民国新疆政府宣传中最容易出现的模式就是以现行政府主政的时间节点为分界线,全盘否定之前的新疆发展进程。比如,以杨缵绪等领导的伊犁辛亥革命为节点,而忽视清末新政之于新疆现代军队警备、学校教育、实业建设甚至伊犁革命本身的重要意义;以杨增新的治理为节点,否定之前同盟会、哥老会等之于新疆历史变革的推动作用;以盛世才的治理为节点,大力宣扬"四一二政变"是新疆新旧时代的转折点;以吴忠信、张治中为代表的国民党治新时期为节点,完全否定盛世才时期的民族政策和文化政策。

这类新旧断裂叙述,我们在盛世才主政时期最为常见,当时的《新疆日报》《反帝战线》《新疆妇女》等报刊都常常通过"四一二政变"前后新疆社会各方面的巨大变化(尤其是悬殊的数据统计等)来为盛世才歌功颂德。4月12日成为"纪念日",1934年8月1日,盛世才宣布成立反帝军,这一天被定为"新疆和平统一纪念日"(后来每年作为"反帝节"),更是通过各种庆典报道来强化其中的政治意图。新疆抗战剧运中最重要的两个新疆题材剧本《新新疆进行曲》和《新新疆万岁》都是为了响应"四一二政变"庆祝活动,由茅盾分别组织赵普林和赵丹等集体创作的。无论从剧情中截然相反的新旧新疆社会的对比,还是剧本结尾"拥护六大政策"的集体口号来看(包括剧名之"新新疆"),都无疑表征着盛世才政府一直强化的历史单线和断裂进化的主导意识形态。陈纪滢在《新疆鸟瞰》"新新疆的政绩及其他"一章中,就分别从民政、教育、财政、农业、矿产、牧畜业、工商业、邮政、报纸及刊物九个方面详细论述了"四一二政变"后新疆社会各方面所取得的巨大成就,文中处处注意通过与杨增新主政时代、金树仁主政时代的对比凸显盛世才主政时期的政治清明、经济成就和文化进步等,将其称之为"由黑暗转入光明"①。寥寥也称新疆第三次全民代表大会的召开,"颇有划时代的意义,他表示新疆腐恶势力已完全摧毁"②。1943年,当新疆民族问题已经暴露危机之时,《新疆日报》上仍称:"新疆的民族问题,虽然经过自汉唐迄杨金时代的悠久期间,但并未得到正当的解决。……'四一二'的春雷,击破了金政府的专制宝座,由水深火热中救出了新疆各族民众,解决了几千年来未能解决的新疆民族问题。"③

从这个角度反观当时的新疆游记,则可为我们破除新疆正史叙述和媒介报道中的二元论的历史观提供最直观生动的历史证据。因为历史链条的断裂多为偶然,而嵌联才是常态。若从非线性的现代性进程角度来看,我们或可参照董玥《民国北京城》的有关研究思路。董玥在探讨民国时期北京的城市文化变迁时,认为西方现代性的进程对于后发性的地区而言,可能更面临着自我选择和调整的过程,所以"废物回收""文化怀旧""规划老城""民俗重现""保留地名"都或者不失为一种具有区域文化表征的现代性生成方式。但是对于新疆之中原文化传统,我们若只从遗址保护、文化怀旧、地名保留、老城规划等方面来看,这种现代性的生成途径往往是被阻断的,往往一场战争(比如同治时期回乱、马仲英祸乱等)就足以摧毁一座原来富庶繁荣的城池,比如惠远、玛纳斯、奇台等地的老城墙都因战火毁于一旦,而那些曾经遍布北疆的左公祠、左公柳、佛庙、文庙、城楼、碑坊、会馆等也大多无存,今天我们所看到的只是仿古建筑。或许我们可以说,正是因为新疆的现代性探索之路不具备诸如北平、西

① 陈纪滢:《新疆鸟瞰》,重庆:建中出版社,1943年,第39页。
② 寥寥:《新疆行记》,《教育杂志》1939年第29卷第1号,第97页。
③ 刘秉德:《新疆民族问题的回顾与前瞻》,《新疆日报》1943年1月16日,第6版。

安、南京等文化古都那样自我保存修复、更新扬弃、回收淘汰、复制重建的文化基因,加之流动性强的新疆汉文化本身的不稳定性,造成了民国新疆汉文化失去了自我修复再生的可能性。

三、现代化进程中新旧并呈杂糅形态

民国中央政权自身根基薄弱、连年混战而无暇西顾,造成民国新疆的政治体制长期与中央政权处于一种半游离状态,使得当时新疆倚赖于与中原经济文化联系而走向现代化发展进程的步伐迟滞。加上幅员辽阔、地广人稀的新疆一直延续着上千年来半农耕半游牧的生产生活方式,特殊地理位置、外交交通、民族宗教等的影响,也使得新疆自身现代化因子积淀不足。另外新疆历任主政者或持闭关自守或持一边倒的文化政策,也决定了民国新疆现代化进程的歧路丛生,正如杨增新所说:"新省地居边远,贤者罕至,吏才难得;布哈错居,风俗偷惰……民智难开;田野久荒,赋税极薄……财用难裕;强邻密迩,交涉纷繁……边患难防。"[①]

自19世纪中后期洋务运动以往,清廷内部也在不断求新求变以盼坐稳江山,尤其是甲午海战失败后,清政府开始在全国推行新政,兴实业、练新军、废科举、办新学,并仿效欧美诸国建立警政制度。曾担任伊犁将军的长庚、志锐等都曾有励精图治、改良变革的努力,在新疆巡抚联魁主持下,新疆制订了"一练兵、二蕃牧、三商务、四工艺、五兴学"的"新政"方针,"广开利源"、兴办实业,1907年任新疆布政使的王树枏素以"善理财,革弊政"闻名,到任后重定《南疆粮

---

① 《王学曾序》,杨增新:《补过斋文牍》,台北:文海出版社,1965年,第2页。关于杨增新治新时期的新疆现代化进程述评,详见段金生、董继梅:《民国前期新疆现代化的历史审视——以杨增新统治时期(1912～1928)为中心》,《文山学院学报》2010年第1期。

草章程》、改革金融货币、创设邮政局、创办工艺局厂、普查石油资源、发展桑蚕丝纺业等①。马达汉、莫理循等都在游记中记录了新政浪潮之于新疆军政文教的影响。作为新政警员的李德贻在记述1907年前往伊犁公干的《北草地旅行记》中提到："惠远巡警开办，及设学堂，一切规划布置，均余一手经理。"②但他也指出，警察界还存在着衣冠不整、兼营商业、调戏妇女、卧岗睡岗、站岗唱曲、吸食鸦片等陋习。

　　民国早期，新疆的农业生产方式依然是自给自足式的自然经济，人少地多且耕种条件优越，杨增新治新方针多"自求口实，谓其自求养生之道"③。1917年，谢彬路过绥来时，见"沿途地味膏腴，渠道纵横"④，虽"菽麦、果瓜、金玉、膏油、皮革、鹿茸之属，皆其产也"⑤，但生产技术条件还非常落后，"播种法只用撒播器，然无撒播器，只以人撒之而已"⑥。一直到1930年代，喀什农村"使用的是木制的犁，用手收割，驾驭牲畜……转圈打场，靠风扬场"⑦。但另一方面，杨增新又认为"欲人人能自养，非大兴农工商之实业不可"⑧，斯文·赫定评价说："在治疆过程中，他鼓励商业，修建道路，进口汽车，创置了电站和一个工业作坊，现在还在忙于新的建设计划。"⑨杨增新还对新疆农田水利、交通资源等的开发予以了较多关注，辛亥革命后，他在新疆施行"开渠垦荒"方针，"先从北路各县入手"然后"渐及南疆"⑩。

———————

① 详见袁澍：《王树枬与近代中国西部开发》，《新疆师范大学学报》2001年第1期。
② 顾颉刚等：《西北考察日记》，兰州：甘肃人民出版社，2002年，第27页。
③ 杨增新：《补过斋文牍》卷五，台北：文海出版社，1965年，第41页。
④ 谢彬：《新疆游记》，乌鲁木齐：新疆人民出版社，2013年，第134页。
⑤ 同上，第135页。
⑥ 贾树模：《新疆杂记》，《地学杂志》1917年第6、7期合刊，第34页。
⑦ （英）凯瑟林·马嘎特尼、（英）戴安娜·普西顿著，王卫平、崔延虎译：《外交官夫人的回忆》，乌鲁木齐：新疆人民出版社，1997年，第339页。
⑧ 杨增新：《补过斋文牍》卷六，台北：文海出版社，1965年，第60页。
⑨ 转见崔保新：《新疆一九一二》，北京：社会科学文献出版社，2012年，第232页。
⑩ 杨增新：《补过斋文牍》丁集上，台北：文海出版社，1965年，第936页。

　　一面是同一区域共时层面的新旧杂糅，一面是不同地区城乡区域的层级差异。比如，1946年卢前在喀什见妇女"每人都有脸帘，厚厚的，各种颜色的都有；不像阿克苏一带女人，虽然面上蒙纱，眼鼻还隐约可见"[1]。1943年，韩清涛指出："伊区的塔兰其族，在生活习惯上和维族是没有什么大的区别的，男女入学校念书的一天比一天多了，在文化教育上和生活习惯上，伊区的塔兰其族妇女比乌孜别克族要自由一些，参加社会教育工作的也比较多，城市里青年男女的婚姻问题是由自己作主的，没有买卖婚姻的陋习。可是，在乡村中，由父母作主者还不少。乡村中的妇女，有的也直接参加生产，在五谷的耕耘收获的过程中，女子和男子一样的工作，在这种情况之下，男女的劳动是一样的，地位也是平等的。"[2]1948年，王希感叹南疆"教育落后，旧礼教约束了他们"，但又说"例外的，阿克苏的青年相当活跃，思想前途、文化水准之高是可想见的"[3]，他甚至不由得感叹："他（她）们的思想是纯正的，前进的希望是向上的，须要有善能的人来领导，更须要教育普及、妇运展开，使他（她）们蓬勃地发挥青年力量，担当建国大业。"[4]

　　直到40年代末，在迪化等经济相对较发达的新疆城镇还是现代与传统交通方式并行不悖，如"迪化市街交通工具，种类最繁，汽车与驼队交织，驼只昂首徐步，庄肃静穆，与汽车之风驰电掣，相映成趣"[5]。"街道上，成天有皮包车策着怒马在飞驰，那些非柏油地带，也

① 卢前：《新疆见闻》，南京：中央日报社，1947年，第20页。
② 韩清涛：《今日新疆》，贵阳：中央日报社，1943年，第105页。
③ 王希：《阿克苏面面观》，《交通部公路总局第六区公路工程管理局月刊》1948年第1卷第10期，第32—33页。
④ 同上，第33页。
⑤ 袁见齐：《迪化一瞥——新疆杂记之三》，《盐务月报》1945年第4卷第3期，第31页。

有不少小轿车大卡车,只见在尘土中翻江搅海。"① "宽阔的土沥青路上,车马络绎。如六根棍、皮包车、流线型的小黑壳、苏式皮卡普、小汽车,还有新近入新的美式吉普,各式各样的车子往来不绝。"② 40年代末的乌鲁木齐,其近郊仍像是一个"大狩猎场,是一个美丽的打围地","郊外不远的戈壁滩上,黄羊群经常出没,二十多公里的红雁池野鸭成千成万,而南山一带野兽更形猖獗"③,但"不可否认的,乌鲁木齐真是一个中西合璧的城市"④。

尤其是南疆的公路建设,更呈现出传统观念与现代进程的某种奇妙融合。"一九三九年五月十二日至十九日,召开了全省公路会议,此后各地掀起了民众自动出资出力的筑路高潮,兴建了额敏至塔城、迪化至焉耆、焉耆至阿克苏、阿克苏至喀什、喀什至和阗等公路。"⑤ 1940年代的很多游记中都记述过南疆人民对于修路的自发热情,黄汲清曾在从轮台到库车途中见到:"这里戈壁滩上的修路工作,比内地修路更苦,不过维吾尔人大都体格壮健,吃苦耐劳,加以他们自己乐于为公家服务,所以绝无怨言。"⑥ 也有作者认为,热衷"修桥筑路,便利行人,为《可兰经》所积极提倡者,故新省民工筑路成绩,远胜于内地。应征民夫,踊跃参加,绝不规避,工作之际,自携粮食,负老羊皮而来,饥食干馕,渴饮河水,晚则裹老羊皮露宿沙滩"⑦。在这

---

① 赵剑晖:《春暖花开看迪化——新疆风物速写之一》,《交通部公路总局第六区公路工程管理局月刊》1947年创刊号,第45页。
② 熊如岩:《迪化风景线》,《光杂志》1947年第20期,第80页。
③ 王胞生:《乌鲁木齐漫步(上)》,《甘肃民国日报》1948年10月28日,第3版。
④ 同上。
⑤ 新疆社会科学院历史研究所编著:《新疆简史(三)》,乌鲁木齐:新疆人民出版社,1980年,第272页。
⑥ 黄汲清:《天山之麓》,乌鲁木齐:新疆人民出版社,2013年,第54页。
⑦ 袁见齐:《新疆杂记(续七八九)》,《盐务月报》1945年第4卷第9、10期合刊,第49页。

些南疆城镇,我们甚至不难觉察到现代生活和宗教习俗的彼此渗透、政治文化与民族传统的杂糅并呈。

又如王新文在尉犁见文协文化工作组为群众放电影等时,"尉犁弥满新文化的气氛,大阿洪、小毛拉羡慕新文化科学溉输民众的需要,然而他有已墨守旧法,只教导民众讽经礼拜,现在工作队远道来此工作,他十分敬佩,于是代表民众那思尔大毛拉以一幅精致的旗帜献给工作组,表示他们的敬意和爱护"[①]。另外,"由迪入库之街头有'龟兹桥',桥之两端上悬匾额,一面文曰'团结新桥',一面文曰'龟兹古渡'"[②]。这一特定的文化景观一直保持至今,既隐喻了新疆历史传统与现实生活经验的某种奇妙融合,也是新疆启蒙与审美等多重面向现代性构成的外在景观呈现。

与公路建设的短期高潮相比,民国新疆的水路交通发展则更为滞后[③]。不仅斯文·赫定,一直到1948年,王新文等沿库羌公路渡孔雀河时仍需借助"工务段制造'卡盆'独木舟,作浮渡过河车辆人马工具。是项独木舟系利用梧桐树,将树心挖空,几十只连系一起,上面加铺木板,载重量能负担七吨左右,斯种浮渡工具之运用,早在上古,二十世纪的今天仍采用原始时代的交通工具。换言之,在科学落后的我们中国,这独木舟还是一种新奇的交通工具"[④]。视耽也说:"那知到了瞬息千里的飞机时代,我们依旧借重了那神话和神画里的独木船。"[⑤]

---

① 王新文:《库尉道上》,《交通部公路总局第六区公路工程管理局月刊》1948年第1卷第8期,第29页。
② 《库车素描》,《新疆日报》1948年11月3日,第4版。
③ 塔里木河航运情况详见车志慧:《水利、交通与政治——国民政府开发塔里木河航运工程述评》,《西域研究》2017年第3期。
④ 王新文:《库尉道上》,《交通部公路总局第六区公路工程管理局月刊》1948年第1卷第8期,第29页。
⑤ 视耽:《孔雀河》,《交通部公路总局第六区公路工程管理局月刊》1947年第1卷第6期,第31页。

　　如果说公路交通和城市建筑是呈现新疆现代化进程的直观景观,那么现代教育事业则是见证新疆现代化进程的文化表征①。新疆建省后加大了对伊斯兰经学教育的管理和中华蒙学经典在全疆的普及②,但新疆现代学校在清末至杨增新时代长期迟滞不前。林竞曾忧虑:"全省学校不及内地一中县。"③谢彬也指出:"全年教育经费,几经筹措,仅获官票银九万余元,折合内地实洋,不过五万余元。与吾湘一省立中等学校相垺,有时或不及焉。"④这一说法或源自杨增新:"现在教育一种,所辖学校不及百所,全省岁用学款,不过十万元。是一省教育尚不及内地一大县,一县教育尚不及内地一大村。"⑤眼光敏锐者早已提出:"今日新疆之当局,在义务上,亟应以人民血汗之代价,为居民提倡文化运动,增进其知识上之愉快,广设学校,使境内各民族之儿童得有受教育之机会。如此,则在文化精神上,可逐渐使各民族与我结为一体,将来能群策群力,共存共荣。"⑥冯有真也说:"故推进新疆教育,亦刻不容缓,一面应广设学校,使各族子弟接受教育,开通思想,尤注重于专门技术之培养,以适合地方之需要;一面应扶助新疆子弟,使其至内地求学,养成沟通中央与新疆文化之中坚人物。"⑦国民政府在20世纪三四十年代多次选派新疆各族青年赴中原地区求学交流,即是这一倡议落实的部分体现。

　　20世纪40年代末,对于新疆教育情况,不同作者基于不同视角也可能有截然不同的情感反应和主观印象,比如林鹏侠企盼新疆的

① 相关著作如马文华:《新疆教育史稿》,乌鲁木齐:新疆大学出版社,1998年。
② 成绩不足之考证见朱玉麒:《清代新疆官办民族教育的政府反思》,《西域研究》2013年第1期。
③ 林竞:《新疆纪略(续)》,《民国日报》1918年8月8日,第12版。
④ 谢彬:《新疆游记》,乌鲁木齐:新疆人民出版社,2013年,第345页。
⑤ 杨增新:《补过斋文牍》,台北:文海出版社,1965年,第217页。
⑥ 刘文海:《西行见闻记》,兰州:甘肃人民出版社,2003年,第100页。
⑦ 冯有真:《新疆视察记》,上海:世界书局,1934年,第77—78页。

教育："当此世界文明突飞猛进，新疆又适居世界潮流之中心，边民教育，讵可缓图。深愿负治边之责者，能速树立适合各民族教育之基础，使全体人民普沐教泽，俾能同为国家健全分子，将来同负国家复兴责任，而战胜于竞争剧烈之世界舞台也。"[①]另一面，陶天白在沿天山北麓沿线考察并听王文芹介绍后感叹："此行九日，往返约一千公里，所经各县，文化卫生异常落后，没见到一个中学，木垒河竟没有一个中学毕业生，师范生即是孔夫子。"[②]卢前也说："新疆教育真不像话，这几年来，一本教科书也没有，小学毕业生已是很有资格的公务员了。全省没有高中，初中有的也不像样。"[③]林鹏侠、陶天白、卢前等人对新疆教育的不同感受，从根本上来说反映出旅行者自身时间观念与所到之地的当下时间、面向新疆前景的未来时间之间的碰撞融合，旅行者所忧虑的新疆现状更多是基于既定中原文化观念和中心城市立场的现在时里的新疆形象，其所前瞻的新疆未来更多是基于国家本位立场和边疆安全考虑的将来时里的新疆形象。

另外，同一作者面对同一类型的注视对象，在不同区域不同场域也可能会产生截然相反的印象。比如一方面，黄汲清在库车时时留意于秧哥子戴面纱之事，"女子差不多没有例外，头上蒙着面幕，长数尺，一半垂在面前、一半披在脑后。面幕普遍用白纱，也有褐色的，有时面幕中部开一窗子，窗子上挂细纱帘子，面部正当帘子地位，帘子随时启闭，人的面部也时显时隐。一般说来，女子见生人不应启幕，即便面幕早启，一见生人前来就应该立刻放下。因此我们到了库车，虽然常见年轻妇女闲游街头，总是不见庐山真面目"[④]；但另一方面，

① 林鹏侠：《新疆行》，北京：中国青年出版社，2012年，第42—43页。
② 陶天白：《风雪北疆游》，《新疆日报》1948年12月18日、19日，第4版。
③ 卢前：《新疆见闻》，南京：中央日报社，1947年，第11页。
④ 黄汲清：《天山之麓》，乌鲁木齐：新疆人民出版社，2013年，第58页。

黄汲清也注意到当时已经有一些库车女教员和公务人员的眷属开始参加一些话剧演出活动,"演员女子多于男子,并且都是二十岁上下的少妇,其中不乏面貌佼好,身材苗条举止大方的,而且笑容可掬,顾盼自若,没有汉人女子之羞涩与骄傲"①。同时,黄汲清在库车等县城的维文会中还看到身着西装皮鞋的维吾尔族女干部。

　　大量学术研究表明,民国时期新疆各民族教育事业还是得到了极大发展,盛世才时期更通过各族文化促进会等形式,在一定程度上促成了各族青年从传统向现代生活的转型。比如妇女代表在全疆第二次民众代表大会上还不能出席,但在四年后第三次全民代表大会中出席的"女代表共有八人,计维吾尔族二人、归化族(白俄)一人、汉族五人"②。民国新疆形象建构中的新旧杂糅和印象反差,无论是同一区域的新旧杂糅还是不同区域的层次差序,是基于不同时间基点的相反态度还是基于不同空间场域的矛盾印象,都再一次证明了国人行旅记游中的新疆形象始终是作为中国形象"内部的他者"之基本面向。

第二节　外部观照与内部建构:新疆 "民族" 观念之衍变

　　在20世纪40年代新疆现代旅游业初立之前,民国时期有机会行游新疆者多为当时知识精英之代表,他们所身处的时代既是中国现代民族国家观念日益深入、中华民族一体论开始形成之时,同时又是

①　黄汲清:《天山之麓》,乌鲁木齐:新疆人民出版社,2013年,第62页。
②　寥寥:《新疆行记》,《教育杂志》1939年第29卷第1号,第97页。

因外敌环伺、频繁战乱、边疆告急、政权不稳、舆论多元,民国政府之
民族政策不得不反复多次调整之时。加之新疆地方政权长期与中央
政权之疏离、新疆社会长期与国内其他地区之隔膜、新疆上千年作为
亚欧孔道所带来的极其复杂多样的民族构成等,都使得每一个初到
新疆者都会产生不同程度的文化错位感。讨论民国新疆游记中民族
观念的衍变,不是印证当时国内民族学界的主流认识或民国政府的
民族政策,而是为了深入探讨这一国家主导民族政策与新疆地方民
族政策之间的冲突和磨合,行旅者个人的先入之见与行旅体验之间
的对话和调整,从而部分还原民国民族政策在不同背景、不同情势、
不同力量、不同选择下歧义丛生、犹豫不决的历史原貌。

一、"缠回""维胞"等称谓与民族观念之更新

在西学东渐之浪潮中,清末民初之国内学术界,"民族""人种"
"部族""种族"等词多不加辨别地使用,大约1905年后,"民族"一词
才为学术界普遍接受。作为革命党人领袖之孙中山最初以"排满扶
汉""驱除鞑虏"作为革命行动之纲领,但在1912年中华民国临时政
府成立后,面对外强在我外蒙古、西藏等地酝酿策划的独立运动,孙
中山开始以"五族共和"作为处理民族问题之基本国策。孙中山的
"五族共和"政策也影响到执政新疆17年的杨增新,他说:"以全国
论,汉满蒙回藏五族一家。以新疆论,汉满蒙哈回缠亦五族一家。"[1]
而作为曾跟随过孙中山、民国时期最早公派赴疆考察之谢彬,其民族
观念正体现出这种过渡形态,一方面他有着自觉强烈的民族意识和
国家观念;另一方面,他又不时体现出明显的大汉族主义。第一次
赴疆时作为谢彬助手的林竞,也是一方面认同着民国政府关于"五

---

① 杨增新:《补过斋文牍·甲集上》,台北:文海出版社,1965年,第258页。

族共和""国族"等民族观念,一方面又沿袭着传统的夷夏之别与天下观念,难得的是,他已凭自觉的国族意识提出:"夫强邻环伺,非团结无以共存,故凡为共存之梗者,必须铲除净尽,以谋意志之统一","习惯风俗、宗教信仰,因地制宜,无关宏旨,应许存在,各遂其生"。①林竞在《西北丛编》(第三、四卷)中,对边疆少数民族颇多溢美之词,这自然也是植根于现代国家观念之上的新型民族观念。

清末民初所流行的"缠回"之称在20世纪20年代后期已逐渐开始向"维民"过渡。1928年11月25日,在南疆库车附近考察的黄文弼遇见众多维民赶赴维民会期,"每年举行1次。农户家则于九十月农暇之时举行,商人则于正二月举行。某村或某某人举行此会,邀集远方维民及头目人等咸来会所,宰牛羊为食,且议一地政事"②。对于新疆民族关系,黄文弼的认识很大程度上来自本地维民:"渠又云,维民对于汉人并无恶感,然因种族不同、宗教不同、言语文字不同,亦难说很亲密!"③对当时新疆政府行封建王公之制作为羁縻之策,他以为:"现新疆维民大小诸事均问政府,是维民之与汉民已同于齐民,今政府不以齐民待维回,而以藩属处之,维民不愿也。"④

到了20世纪三四十年代,越来越多的赴新知识分子意识到新疆民族平等之重要,吴蔼宸说:"凡百设施,应以新疆民族利益为依归,不宜只顾汉族自身利益也。"⑤黄汲清在召集地质调查队员的工作会议中强调:"'口里'人来南疆调查地质这还是第一次,所以我们对待

① 林竞:《对于西北应施行特殊教育案原文》,开发西北协会编:《开发西北协会第一届年会报告书》,南京:开发西北协会,1933年,第40页。
② 黄文弼遗著,黄烈整理:《黄文弼蒙新考察日记(1927—1930)》,北京:文物出版社,1990年,第337页。
③ 同上,第185页。
④ 同上,第481页。
⑤ 吴蔼宸:《边城蒙难记》,乌鲁木齐:新疆人民出版社,2013年,第149页。

本地人要特别客气，要给他们一个良好的印象，尤其重要的是不可存种族观念，对维吾尔族人要一视同仁。"[1]

据在哈密、迪化工作两年多的军人陈思回忆："现在在新疆已经很少听见这种称呼了，维吾尔人对于汉人叫他们'缠头回'非常的恚怒。"[2]民族称谓变化所征候和重建的是新型民族关系，尤其到了民国晚期，已有一些作者开始对大汉族主义进行清理和批判。马里千考察南疆后说："据我的观察，维胞温顺保守，完全和内地农民一样性格，非至万不得已，决不愿揭竿而起。只要亲民之官能知道自己的责任，勿以掘金为目的，用辅导和教育的方式，激发边胞的自尊心，使他们自己觉得也是中华民国的一份子，和内地的人同样有国民应享的权利和应尽的义务。这样，宗族间的隔阂才会消除，边疆才有永久安靖的一天。"[3]还有一些汉族知识分子能够设身处地地站在其他民族的权益立场上来看待当时复杂的民族问题，认为："自政府整饬吏治，提倡民族平等后，宗族间渐趋融洽，苟能持之以恒，则以维人之诚笃，当不复与人以可乘之机也。"[4]

二、"中华民族同源说"与地方政府民族观之合流

20世纪二三十年代之交的新疆，因为新疆地方主政者所奉行的割据一方和保守封锁之治疆方针，加之30年代初新疆内乱在国人心中所强化的刻板印象，造成国人普遍对于"谜一样的新疆"深感隔膜；但另一方面，在20世纪30年代国土沦丧、民族危机之紧要关头，

---

① 黄汲清：《天山之麓》，乌鲁木齐：新疆人民出版社，2013年，第69页。
② 陈思：《新疆琐谈》，《甘肃民国日报》1946年9月6日，第2版。
③ 马里千：《回到了喀什噶尔》，《现代公路》1948年第2卷第3期，第31页。
④ 袁见齐：《新疆杂记（续七八九）》，《盐务月报》1945年第4卷第9、10期合刊，第48页。

西北研究和边疆学在国内如火如荼地展开,新疆以其东西孔道之地理位置和列强环伺的地缘政治,又日益成为"国际化的新疆"。加之之后盛世才长期采取了疏离中央亲近苏联的基本政策,所以不同于民国初年由民国政府公派或任命的谢彬、林竞等游记作者与国内主流民族观念的趋近合拍,此时国人新疆游记中的民族观念也开始趋于分化,其中既有以当时国内日渐深入人心的"中华文化一体论"为圭臬者,也有不遗余力为盛世才政府宣传新疆民族识别和民族平等政策者。

如果说,从中华民族之理论角度,认为血统、言语、习俗等都不是区分民族的根本因素,说"新疆虽包括这多不同的居民,可是他们都因历史的进展,而渐结成一个单位了,为中华民族构成的一分子"[1],还只是学理上的自我正名。那么,视西北为民族发源地,找到西域与中原同根同源的依据,则更是一种值得重视的思想倾向了。"西北为我民族之种源地,且为我文化之发祥地,必须复兴西北,国家乃能隆盛,民族乃能复兴。故从国防上、经济上、文化上观察,开发西北实为目前要图。"[2]"西北为中国最古的圣地","考中国文化演进的历史,实由西北而渐趋于东南,中国古代文化,其策源地皆在西北"。[3]这一着力于建构国族意识的说法显然呼应着时代之舆论声浪,在20世纪30年代中国面临巨大边疆危机的处境中,强调各民族同根同源、

---

[1]　陈志良:《新疆各族之研究(续二卷六期)》,《开发西北》1935年第3卷第3期,第53页。

[2]　此为《新亚细亚》杂志为新亚细亚学会边疆丛书之一的《西北》所作的推介语,见徐丽华、李德龙主编:《中国少数民族旧期刊集成》第70册,北京:中华书局,2006年,第464页。

[3]　曾养甫:《建设西北为本党今后重要问题》,《革命文献》第88辑,台北:中央文物供应社,1981年,第24—25页。集中梳理"西北为中华民族发源地"观念在现代中国衍变的代表性成果如沈社荣:《试论抗战前国民党对西北民族发源地的关注》,《宁夏大学学报》2003年第5期。

分享共同国族记忆的文化建构则有助于强化时人的国家立场和爱国热情,并通过建立这一"想象的共同体"为国内的民族解放浪潮起到舆论铺垫的作用。

对于不少论者而言,只有先从历史上证明新疆与中国在文明源头、文化记忆、神话传说、人口流动、民族融合等方面的密切联系,才能使这一地理空间被赋予特殊的文化意义和感情内涵,从而使这片土地成为蕴藏着无数历史集体记忆并联系着"国族共同体"的"国族的家园"。黄慕松曾指出:"中华民族是一体的。如西藏民族都是由昆仑山而来的,同时西康亦然。至于汉、蒙、回、满,也是由昆仑来的,后来因地不一,而名称也就有别了,其实我们五族完全是一体的,是源于一种族的。"[1]昆仑神话不仅是与蓬莱神话相齐名的我国古代神话之源头,而且近一两千年来中国史书一直沿袭着黄河初源于昆仑山,后注入罗布泊潜流地下,再从青海积石山择地而出的说法,"我国古书所载河源出自昆仑,而普受西域诸水之罗布淖尔则为黄河之初源"[2]者有《尔雅》《禹记》《穆天子传》《淮南子》《史记·大宛列传》《汉书·西域传》《山海经》《水经注》《大唐西域记》,等等。清洪亮吉、徐松、祁韵士、林则徐等都称塔里木河为黄河之初源。直到民国初年,谢彬仍说:"古人以葱岭及于阗南山之水,合流东注蒲昌,为黄河初源,允为不刊。"[3]邓缵先在《登昆仑望黄河源》一诗中写道:"仙区缥缈万古意,玉石磷磷黄河源。"这一说法虽被现代地理学所推翻,但正如实地勘察过南疆地势水道的黄文弼所说:"河出西域说、重源说虽然都是错误的,但所反映出来的祖国山河相连的观念却是

---

①　黄慕松:《西藏归来的印象》,《康藏前锋》1935年第2卷第7期,第25页。

②　吴蔼宸:《边城蒙难记》,乌鲁木齐:新疆人民出版社,2013年,第135页。

③　谢彬:《新疆游记》,乌鲁木齐:新疆人民出版社,2013年,第258页。

可贵的。"①一直到20世纪40年代,民间还是流传着昆仑雪山系黄河之源、塔里木河并无干涸的地下伏流是黄河初态的说法,今日看来虽然荒谬,但从这种在"昆仑"想象和"黄河之源"中发掘中原文化与西域文明之间源远流长历史联系的努力中,我们一面可以想见民国知识阶层基于民族认同诉求的记忆建构,一面或可窥见华夏文化逐渐向边地渗透扩张的历史记忆,那种渴望证明新疆与中原地理相通、文化同源的集体心理。

　　不过国内舆论之声浪主调、民国政府之民族政策对现实中的新疆民族问题影响甚微。原因是盛世才主政前期,在政治取向、经济建设、文化教育、军事外交包括民族政策上都采取了向苏联一边倒的政策,新疆本土新闻舆论也为盛世才牢牢掌握而成为其进行政治宣传的重要工具,所以国内其他地区轰轰烈烈展开的"新疆问题热"对于新疆本身之进程影响其实很小,这一时期新疆政府主导的"六大政策"中之"民本"政策与民国政府的"中华民族一体化"主张有其表面不同的诉求归的。仿效于苏联所实行的民族平等和民族识别等政策,盛世才主政时期逐步在全疆范围内举办了各族的文化促进会,并通过会办学校、公办学校、宗教办学等形式加大了新疆民族教育之前进步伐。盛世才认为当时的新疆"在民平政策下,解决了中国在几千年以来未能够解决的民族问题,消灭了各民族间的相互仇杀现象,逐渐的把十四个民族的感情变成了如兄弟姐妹般的互相亲爱"②。

　　记者徐弋吾抵迪恰逢全疆第二次民众代表大会召开,他在会后

---

① 黄文弼:《罗布淖尔水道之变迁及历史上的河源问题》,黄文弼著,黄烈编:《西域史地考古论集》,北京:商务印书馆,2015年,第452页。
② 盛世才:《六大政策教程》第二分册,转引自张大军:《新疆风暴七十年》,台北:兰溪出版社有限公司,1980年,第3559页。

采访的南疆代表大阿訇阿不都窝甫尔说："我各族民众更应精诚团结,一致努力新疆建设,富者输其财力,学者竭其智,贫者尽其力,庶几新疆可为复兴中国之基干矣。"①目睹了新疆战乱后生灵涂炭的徐弋吾指出,新疆的"民族运动,仍在整个中华民族范围之内谋出路,同求鹄的耳"②。1938年10月受邀参加新疆第三次全民代表大会的杜重远、陈纪滢等还专程采访了与会的14个民族的优秀代表,之后撰写的人物通讯也是各自游记《杜重远与新新疆》《新疆鸟瞰》中的最重要组成部分,这些代表所表现出的强烈爱国抗日热情,在某种程度上又与国内其他地区的中华民族一体观合流了。

三、"宗族"还是"国民":民国民族政策之调整

如果说"中华文化种源地"是精英文化和知识阶层所力图追溯的新疆与中原同根同源的文化谱系,那么"宗族""国族"之称则是庙堂文化为处理错综复杂的新疆民族关系所试图建构的想象共同体之统称。

20世纪30年代初国难当头,顾颉刚、傅斯年等学者都认为要慎提"民族"多提"中华民族",20世纪40年代后国民政府多倡导"宗族"说,提出要"集许多家族而成为宗族,更由宗族合成为中华民族"③,尤其是伴随着新疆不同民族身份的确认和国民党入新后对国族、宗族观念的强调,前往新疆考察访问的官员记者等在措辞上有一个明显的变化——开始更多倡导"十四宗族"的观念。当时已有不少游记指出:"新疆的种族,分为十四个宗族,有歌谣以纪之云:'汉、

---

① 徐弋吾:《新疆印象记》,西安:和记印书馆,1935年,第218页。
② 同上,第194页。
③ (日)松本真澄著,鲁忠慧译:《中国民族政策之研究——以清末至1945年的"民族论"为中心》,北京:民族出版社,2003年,第140页。

满、蒙、回、维、锡、索、哈、柯归、三塔加一乌。'"①李烛尘在1943年元旦献于伊犁行政长的五言律诗中也写道:"一堂十四族,歌舞庆升平。"②于右任曾豪迈地说:"自古英雄矜出塞,如今种族是同天,何人收泪听阳关。"③同行的卢前在《十四民族歌诀》中写道:"初分汉满蒙回,又分塔塔乌归、锡索哈柯鞑维,同吾族类,并无贵贱高卑。"④1944年10月吴忠信上任新疆省主席时,对新疆形势还是比较乐观的,他在《嘉峪关飞迪化》中写道:"朝辞嘉裕西飞去,阿尔昆仑万里长。大地资源须垦发,青天白日遍新疆。"在《召开新疆参议会》中写道:"宗族十四本同源,文化交流两汉前。团结一堂商大计,自由平等树民权。"⑤吴忠信最初或许相信,新疆能很快实现民族和睦和建设大业,但在1946年3月匆匆卸职后,吴忠信又在《别新疆》中写道:"洽和宗族尊宗教,济弱亲仁无善邻。今日别离何所赠,祝君永作太平民。"赴任时一日千里的勃勃雄心也荡然无存,只留有对新疆形势能转危为安的殷殷期待。

证明当时民国政府治新民族政策之摇摆不定的,是"国族""宗族""人种""民族""中华民族"等称谓之混用。1941年6月,蒙藏委员会及教育部颁布的《边远区域师范学校暂行办法》中明确指出,边师教学及学生训练目标为:依据中华民族为整体国族的理论,阐发中华各族整体意志与国族的意义,培养服务边疆的精神和爱国主义。

① 余谦六讲,李德良记:《新疆漫谈》,《雍言》1944年第4卷第7期,第7页。
② 蒋经国等:《伟大的西北》,银川:宁夏人民出版社,2001年,第195页。
③ 于右任:《浣溪沙·兰州东行机中作》,马天祥、杨中州编注:《于右任诗词选注》,西安:陕西人民出版社,1984年,第353页。
④ 转见陶天白:《天山鳞迹》,香港:银河出版社,2001年,第259页。
⑤ 吴忠信:《吴忠信主新日记》,《中国西北文献丛书·二编》第37册,北京:线装书局,2006年。《吴忠信主新日记》附录中收录了吴忠信历年赴西藏、西北及新疆所作诗共三首,从诗名上大体可以看作是游记诗作的有两首:《嘉峪关飞迪化》和《别新疆》。

罗家伦所作歌词《新疆歌》的三段起首本为"新新疆/我们中华民国的屏障","新新疆/我们中华民族的宝藏","新新疆/我们国内宗族的天堂",但在《西北文化》创刊号上登载时又改为"新新疆/我们国内宗族的天堂"①。

更为极端者,是个别提出抹煞民族差异建构统一国族(或叫部族)的学者,如刘鸿焕指出:"我们尽可否定中华民族之外,还有所谓汉、满、蒙、回、藏、苗等族的存在。"因为"整个的中华国族,在血统方面,已经混合而无显著的差异;在文化方面,几千年来,经过无数次的接触化合,早已是水乳相融"②。韩清涛认为新疆的"甘回"和"陕回"除了宗教和饮食习惯,锡(伯)索(伦)两族除了语言,满人除了旧的言语和习惯以外,与汉族已经没有多大区别。③民国政府以宗族、国族等作为统摄于民族之上的更大范畴,因为只考虑到国家立场和中央利益,而未能兼顾新疆区域众多民族的地方权益,且很容易受帝国主义列强假借援助弱小民族之名而煽动新疆地方民族主义运动的舆论口实,加之民国政府在提出宗族、国族之时并未对民族同化等很容易引起边疆民族反感之说法加以区分,以"宗族论"替代"民族"为出发点的民族政策由于无视国内各民族历史、文化方面的巨大差异,不但没有收到预期效果,反而在某种程度上激化了新疆当时较为敏感的民族矛盾。正如当时就有学者指出:"在民族潮流澎湃的今日,民族意识的觉醒,真正的民族自决,民族文化最高限度的发展,本是号称五族共和,以扶植弱小民族为原则的中国所应赞同和积极支助的,拿支配民族的优越感,来强行同化甚至采用高压政策,当然

---

① 罗家伦:《新疆歌》,《西北文化》1947年创刊号,第28页。
② 毛起鹢、刘鸿焕合编:《我们的国族》,重庆:独立出版社,1942年,第25页。
③ 韩清涛:《今日新疆》,贵阳:中央日报社,1943年,第97—106页。

是不对的。"①

　　1940年代后期,已有一些有识之士着力于以"国民"一词来扬弃之前"国族""宗族"等称谓的不适应性,以强化国家共同体的通约性来弱化中华文化共同体内部的差异性,换而言之,不再纠结于"族"称而立意于"国"义,无疑为新疆的民族政策找到了一条可行之路。后来成为国内著名哈萨克文化研究学者的苏北海于青年时代来到新疆,亲睹迪化时局之混乱无序,感叹"在这样的特殊情形之下,足以作为城市的后盾而安此领土者,厥赖山间之游牧人民。笔者是国家的一份子,面对大好河山,不能无责",所以离开迪化来到呼图壁,于10月8日"会同了几个哈萨克族人,一同进入天山"。"作者因激于对此一片领土之热忱,乃拿着私人仅有的一点薪水所得钱,买了一点进山时必需的小小礼物,于三十五年十月八日的深夜,进入了巍峨耸峻的天山,满腔热血,也只是希望着能以我的赤诚,来溶透全天山哈族同胞的心,使他们能倾诚于祖国的怀抱,使他们能确保此一领土永为中国所有。"②以他族为同胞、以天下为己任的胸襟跃然纸上。节日之际想到驻守天山之军人:"我想今日能在中秋节中有欢乐的人们应该有同情之心,来与这儿一批守卫在前线的好男同乐,才不愧为中华民国的一个国民,才不愧为爱世界人类的良善之徒!"③随着现代民族观念的普及和新疆14个世居民族称谓的规范化,总体趋势是认同这种文化共同体的现实性和必然性,越到后期越明显。

　　从民国汉语游记为出发点考察这一时期新疆民族观念之衍变,暂且无法兼顾当时新疆诸多本土民族的表述立场和文化诉求,势必也就无法逃避由此所带来的视域局限和认识片面,台湾历史学者沈

①　思慕:《中国边疆问题讲话》,上海:生活书店,1937年,第12页。
②　苏北海:《走马天山夜雪中》,《工学半月刊》1948年第317期,第7页。
③　苏北海:《看全疆同胞节约多少?》,《新疆日报》1948年9月17日,第4版。

松侨就指出:"在以汉族知识分子为主体的旅行书写中,西北地区的异质人群与文化,虽然被整编纳入一个同质、连续的国族共同体之内,却又只能是国族教化、规训的客体。"[①]民族自觉主体意识的觉醒势必带来民族认同与国家观念之间的冲突和张力,加之民国"共和制＋君王观＋边地民族主义"的特殊政治结构,表现在新疆"则是东欧、西亚—中亚民族主义运动(文化与政治突厥主义实践)的延伸及其与国民政府的冲突,使民族主义与国家民族主义并悖"[②]。面对此类危机如何化解也是很多游记作者重视的要题之一,吴绍璘就曾言:"务使此塞外三百万之同胞共同发展,视若手足,以免强邻之引诱,外界之压迫。庶乎诸族一家,外御其侮,填国基于巩固,策边围以安全。是则目今上下应有之觉悟,亦治理最切之要举也。"[③]不少游记作者将处理民族关系和解决民族问题视为新疆之最大难题,这也为后来共产党人执政新疆提供了宝贵的历史经验和扎实的学理基石。

第三节　超越两极化的建构模式:
新疆形象的自我突破

　　民国新疆游记大体有一种趋势,就是当趋向于整体新疆论时,往往会落入"理想化"和"蒙昧化"之一极,但当涉及某一具体的新疆形象之侧面层次时,则往往会呈现出彼此较大的印象落差或尚未自

---

① 沈松侨:《江山如此多娇——1930年代的西北旅行书写与国族想象》,《台大历史学报》2006年第37期,第145页。
② 周泓:《民国新疆:民族主义与国家民族主义并悖》,《青海民族研究》2014年第1期,第145页。
③ 吴绍璘:《新疆概观》,南京:仁声印书局,1933年,第180页。

觉的自我抵牾。其中原因,除却论者本身文化身份之不断调整游离之外,更与民国新疆地理历史的庞杂错落、民族传统的交融渗透、社会进程的进退维艰、政治环境的动荡多变有关。仅就民族之复杂性,恰如吴绍璘所说:"论其容貌发肤则黄皮秀眉者有之,深目隆准虬髯者有之,修躯伟干者有之,肌肤红满者有之;论其服装起居,则长袍短套者有之,西服革履者有之,乳肉酪浆者有之,米面蔬肴者有之;论其文字语言,则自上而下者有之,自左而右者有之,自右而左者有之,敖牙桀倔者有之;论其习俗风尚,则陋习不振者有之,矫健勇猛者有之,污浊不堪者有之,清洁整齐者有之。吾人身临其境,只觉光怪陆离,蔚为大观。"[1]也如吴蔼宸所说:"新疆广袤二万余里,种族庞杂,各为礼俗。论其容貌,高鼻深目,状如西人者有之。论其服装,圆领窄袖,小帽革履者有之。论其饮食,醇酪茶乳马肠抓饭者有之。"[2]仅就自然气候一点,其南北殊异既如黄文弼所说:"至若塔城,当余经过时为七月间,室中火炉尚未撤去,六月下雪,亦所常有。若在冬天,则非大毛老羊皮不能以御风寒,正与吐鲁番六月间非入地室不足以抗盛暑为一反比例。"[3]又如吴绍璘所言:"新疆之地势,或峻岭入天,或瀚海万里,或湖泊棋布,或沃野不断。奇则冰山兀立,雪海无垠。……气候或寒欲裂肤坠指,炎欲焚发灼趾,或温暖和适如江南。"[4]对行游作者而言,对自然环境差异性的表现又因政治时局的多变时被放大时被忽略,在政治环境较为平稳之时,游记作者们在美化憧憬之余也时有指正不足,在政治局势动荡不安之时,游记作者们在

① 吴绍璘:《新疆概观》,南京:仁声印书局,1933年,第179页。
② 吴蔼宸:《新疆种族宗教风俗记》,《中国西北文献丛书》第127册,兰州:兰州古籍书店,1990年,第295页。
③ 黄文弼:《新疆之气候与水利》,《西北研究》1931年第2期,第11页。
④ 吴绍璘:《新疆概观》,南京:仁声印书局,1933年,第113页。

忧心忡忡之外也不忘祝祷愿景,所以往往在同一作者身上体现出的会是某些复杂对立情绪的自然并处和微妙统一。

一、现实忧虑与理想美化之互见

所以,最常见的,莫过于忧虑新疆现状的现实写真与展望开发潜力的理想图景的并举。20世纪30年代初,吴蔼宸就一方面尖锐指出,由于新疆长期的闭塞孤陋,此地"物质文明一无所有,较诸内地至少退后在半世纪以上"[①];但另一方面,他又认为如能制定全盘计划,针对畜牧、垦务、矿产等"彻底经营,根本改造",必能使新疆全境"荒凉偏僻之区"变为"光明灿烂之域"[②]。易无敌在号召有识之士赴疆报国时,一面称"新省地大物博,气候适宜,民生上必需之产业基础,应有尽有"[③],一面又称"新省去内地沿江沿海之地几万余里,气候不齐,乍寒乍热,高原枯燥,尘土蔽天"[④]。同样,40年代后期,苏北海一面感叹:"今天生活在新疆之人们,不仅没有飞机、汽车、电车以代乐,却仍然以安步及牛车、马车以出行,住则苇□毳幕、茅屋土室,衣则为未加精制之皮毛粗衣,食则酥肉酪浆、饭馕粗疏,与进步的文明生活相较,真有天渊之别。"一面又期盼"应该用最大的忍耐来节省一点不必要的费用,共同的拿出来建设新的新疆,使戈壁变成绿洲,使迪化成为纽约,使黑暗变成灿烂的现代化形式"[⑤]。这种对新疆的两极看法或也可说是19世纪后期清廷以李鸿章为代表的"海防"和以左宗棠为代表的"塞防"主张的历史回响,

---

① 吴蔼宸:《新疆纪游》,上海:商务印书馆,1935年,第256页。
② 同上,第253页。
③ 易敌无:《到新疆去》,《边铎》1934年第1卷第3期,第261页。
④ 同上,第264页。
⑤ 苏北海:《看全疆同胞节约多少?》,《新疆日报》1948年9月17日,第4版。

如李鸿章认为："新疆乃化外之地，茫茫沙漠，赤地千里，土地瘠薄，人烟稀少。"^①左宗棠则认为："天山南北两路粮产丰富，瓜果累累，牛羊遍野，牧马成群。煤、铁、金、银、玉石藏量极为丰富。所谓千里荒漠，实为聚宝之盆。"^②与清末李鸿章等人对于新疆的犹豫不定不同，所有民国行旅新疆的作者对新疆之于中国主权和领土完整的重要性认识已有高度自觉，他们对新疆也已非笼统印象化的外观之眼而是深入探究的内察之视，所以大多能从新疆地广人稀之表看到其地大物博之里，从相对落后之今天看到其无限潜能之将来，从理想浪漫之悬想落到脚踏实地之实务。

民国游记中新疆形象的发展轨迹在很大程度上折射的也是不同历史阶段国人国家意识、边防意识、安全意识的日益提升，比如在20世纪初到20世纪20年代前期，国人新疆游记更多接续了清中叶以来西北舆地学的写作旧例，同时在现代民族国家观念的影响下开始侧重于呈现新疆作为有待开发的资源宝库的自然形象；20世纪20年代末，随着现代考古学的初立和西北科学考察的展开，在赴疆考察者笔下开始出现新疆作为文物宝库的文化形象；20世纪30年代前期，边疆危机和救亡运动促成了中国现代边疆学的兴起，新疆形象更多体现为关乎国家安危的战略要地和资源大省形象；一直到20世纪40年代前期，随着抗日国际交通线的开辟和从政府到民间"到西北去"声浪的高涨，新疆形象延续更多的依然是其物产资源富饶、人民安居乐业、开发前景无限的正面形象。比如20世纪30年代初，吴绍璘甚至感叹："窃尝驱车西北，长征塞外，颇感宁夏、甘肃贫瘠，苦不胜言。待甫履新边，忽民乐安居，道不拾遗，地利丰足，百物咸备，犹如身入

---

① 《李文忠公奏稿》卷二四，民国影印金陵原刊本。
② 左宗棠：《左文襄公全集》卷五〇《奏稿》，上海：上海书店，1986年。

宝山,目不暇给"①,"新疆为西北之奇富,前途无极,堪用欣慰"②。易敌无甚至说:"新疆之于中国及东亚,诚具有大陆独立建国之特价,非黄河、长江、珠江各大流域内地之行省所能及,开发西北,必自新疆始,职是故也。"③

　　陈纪滢参加完新疆第三次全民代表大会后,甚至乐观地预言新疆在农林牧矿和经济财政上的美好前景:"五年后的新疆,不说是黄金遍地,可能的是中国的唯一宝库了!"④伊犁里克《新疆的风光》并不多着笔于新疆四季风景的动人,而更多描绘不同时令的粮肉瓜果饮品和娱乐休闲游戏等,春日的风筝"打蛋"、夏日的跳舞游泳、冬日的打猎滑冰,呈现出一派祥和富足的风光,正如篇末作者说:"新疆,不像一般人所说的是沙漠地带,也不是荒凉的区域,那里有肥美的田园、壮丽的少女、崇高的山岳、茂盛的森林,还蕴藏着无限尽的资源:她过去是东西交通的孔道,我们祖先的发祥地,而现在又成了抗战期间西北大后方的重镇,西北和国际交通线的焦点,我们不要看轻她,她是个处女地,正期待着我们来共同开垦呢!"⑤林继庸1943年在考察完南疆后说:"新疆的行政效率甚高,可以说是路不拾遗,夜不闭户。在新疆走了四千公里没有一个乞丐。"⑥余谦六也说新疆"境内很少乞丐,纵有也是骑马要饭好像游牧一样"⑦。黄汲清在结束地质调查返回迪化时,"据说迪化市政府已决定整顿全市市容,并决定利用沙湾出产的土沥青建造新式的柏油马路,我相信半年以后迪化市定

---

①　吴绍璘:《新疆概观·例言》,南京:仁声印书局,1933年,第2页。
②　吴绍璘:《新疆概观》,南京:仁声印书局,1933年,第233页。
③　易敌无:《到新疆去》,《边铎》1934年第1卷第3期,第263页。
④　陈纪滢:《新疆鸟瞰》,重庆:建中出版社,1943年,第77页。
⑤　伊犁里克:《新疆的风光》,《黄河》1941年第2卷第8期,第838页。
⑥　《西北考察归来林继庸团长谈话》,《大公报》(重庆版)1943年2月15日,第3版。
⑦　余谦六讲、李德良记:《新疆漫谈》,《雍言》1944年第4卷第7期,第6页。

大改旧观,成为大西北的现代都市;若再能在街上广植树木,在西山和红山寺一带大规模造林,加上鉴湖公园的秀丽,水磨沟温泉的名胜,红雁池的伟大以及博格达海子的理想消夏区,迪化不但要胜过兰州、西安,直可和昆明媲美"①。

　　另外我们要注意的是,行旅者初到新疆之新鲜印象与彼时彼地之重游、时过境迁之回忆往往有很大差异,杨钟健1942年再次考察新疆时,交通食宿条件较十年前有极大改善,故他说:"照现在看,新疆既不是像以前人们所想象的,是一个不容易去的地方,更不是一个神秘的省份。现在由内地前往的人士日益加多,而新疆一切的情形,已为一般人所熟知。所以我们往新疆去,也只是和到其他省份去旅行一样,作一个国内旅行而已。既不必存什么歧视的心理,而过分地渲染困难尤为不必。"②矛盾心态也与行旅者赴疆的时间长短有很大关系,一般而言,初来乍到时偏于好感好奇,日久天长则会流于寂寞无聊。也就是说,"他者"形象与注视者主体的接触频率和距离远近等有很大关系。记者魏中天1943年担任中央训练团新疆分团训导工作之初,对迪化衣食住行方面的物美价廉赞不绝口,甚至说"将来的迪化,有可能变为沙漠中的天堂"③。但工作一年后,对于牛乳、牛油、葡萄干、啤酒等的便利也几乎熟视无睹,在贫乏寂寞的精神生活中,"盼望内地亲友们的来信,有如大旱之望云霓,有如荒岛上鲁宾逊之望船来的迫切"④。这些行者之于新疆既具现实忧思又富浪漫理想,"这些印象清晰明了,但也往往带有专门性和肤浅性。专门性是因为

---

①　黄汲清:《天山之麓》,乌鲁木齐:新疆人民出版社,2013年,第128页。
②　杨钟健:《新疆再游记》,《抗战中看山河》,北京:生活·读书·新知三联书店,2014年,第184页。
③　魏中天:《初到迪化——新疆通讯之一》,《中央周刊》1943年第5卷第47期,第12页。
④　魏中天:《迪化生活》,《时与潮副刊》1944年第4卷第1期,第55页。

探险家或者勘察员们的工作内容比较有限,肤浅性是因为定居者们往往以自己过去所在的环境为背景,带着偏见去审视新环境"[①]。一旦外来人成为本地人,他们便"不再有迫切的需求去做比较或者对新的家园做什么评论。他们没有多少机会能够公开表达自己的环境价值观,这些价值观隐含在了经济活动、日常起居和种种生活方式里"[②]。

　　实际上,对新疆形象的文化想象无论是"过度美化"还是"过于失望",更多表达的还是行旅主体自身的心理需要和期待图式,而非现实的新疆形象自身。有时,为了减轻恶劣的外部环境所触发的心理焦虑,游者会有意识修正固有认识以适应现实条件,如茫茫大漠最易引发游者的思乡之情,林竞在一碗泉驿站见戈壁"视之凄凉万状",竟说自己"素视戈壁为至乐",并在旅店戏作《戈壁乐》一首:"人说戈壁苦,我说戈壁乐,黄金虽多用不着。人说戈壁苦,我说戈壁乐,世上浮名空中阁。人说戈壁苦,我说戈壁乐,更无美男妖女好音异味相烦扰,学佛何须问兰若。呜呼,戈壁之乐乐如醉,世人何必苦相弃。我今且歌戈壁乐,深愿世人喻此意。喻此意,四顾茫茫纵所之,天空不见飞鸟迹,地下不见草离离。但觉此身登上界,不闻人间痛与悲。南拊葱岭背,北循天山眉。日东升,月落阳,停鞭一指万象低,戈壁之乐不可支。"[③]不写戈壁之荒徼无物而生隐遁出世之念。又如杜重远,他由于之前多次入狱,对国民党治理下的国内文化环境充满失望,而将新疆视为理想之地,并以"乌托邦"的想象模式赋予其更多理想化的浪漫书写,认为"今日新疆无一乞丐。各处皆人浮于

---

① (美)段义孚著,志丞、刘苏译:《恋地情结》,北京:商务印书馆,2018年,第100页。
② 同上。
③ 林竞:《亲历西北》,乌鲁木齐:新疆人民出版社,2013年,第216页。

事,独新疆现事浮于人……社会生活既极安定"①,无疑过于美化,以致后来陶天白回忆:"过去茅盾不是在新疆呆过吗,写了一些关于新疆的文章。还有杜重远,写了《盛世才与新新疆》,把新疆吹得天花乱坠,影响很大,慕名到新疆来的年轻人也很多。我到这一看不是那么回事,内地一个大的镇都比迪化强。"②茅盾也说:"我以为盛世才的欺诈行为对后方(指那时的重庆、成都、昆明等地)青年知识分子所起的欺骗作用(特别因为两年前杜重远为盛所欺,写了两本小册子,歌颂盛世才,造成了许多青年对盛的极大幻想),有加以消解的必要。"③并指出:"这本书所收材料,大部分是《新疆日报》(官报)及其他官方文书,小部分是杜得之于盛及其部下之口。严格说来,这不是根据实际调查,用客观态度写的一本书。杜先生为什么这样不加保留而为盛作义务宣传呢? 以我看来,这是杜的秉性爽直之故。"④依据报纸宣传材料和赤忱个性使然只是一方面,杜重远之所以将盛世才主政下的新疆想象成一个政治清明、文化兴盛、观念先进的区域的另一动机是"想把一般人对于新疆的偏见扭转过来,所以在《抗战》上的题目是到新疆去,出书的名字就改为《盛世才与新新疆》了。关于盛本人和新疆的新兴事业,我写的也许不免热情一些……但我们立论,应当从其远处大处着眼,在全面抗战的期中,虽有涓滴的力量,皆当视为至宝,何况几千里以外的边省,它能用其所有的力量都贡献于抗战的巨流中,总算是难能可贵吧"⑤。可见,杜重远对自己之于盛世

---

① 《新疆在进步中——民族团结拥护抗战 事浮于人乞丐绝迹——杜重远等谈新疆近况》,《新华日报》(重庆版)1938年11月21日,第2版。
② 转见陈伍国、刘向晖:《新疆往事》,北京: 当代中国出版社,2006年,第86页。
③ 茅盾:《〈新疆风土杂忆〉附记》,山东大学中文系、文史哲研究所资料室合编:《茅盾研究资料集》,1979年,第109页。
④ 茅盾:《谈杜重远的冤案》,《茅盾全集》第17卷,北京: 人民文学出版社,1989年。
⑤ 张宝裕等主编:《杜重远》,乌鲁木齐: 新疆大学出版社,1987年,第72页。

才的美誉也是有所自知的。

二、面对苏联警惕称赞共存的矛盾心态

自清中期以来，"从周边看新疆"可说是龚自珍、魏源、林则徐、左宗棠等看重新疆战略地位的名士重臣的基本出发点，尤其在19世纪末帝国主义划分势力范围的角逐争夺中，俄英等都对新疆虎视眈眈，并通过在迪化、伊犁、喀什噶尔、塔城等城设立领事馆悄然渗透。1851年《中俄伊犁塔尔巴哈台通商章程》签订后，俄国先后在伊犁、塔城、喀什噶尔、迪化、吐鲁番、阿勒泰六地设立领事馆。民国新疆历任执政者都高度重视大国博弈中的新疆安全问题，尤其对于强邻苏联更是步步小心。如果说在国际反法西斯战争背景下，游记作者积极通过游记发声、力主抗日救国，而对于近邻苏联，一面是盛世才主政前期通过亲苏进一步巩固其政治地位，一面是国内舆论界对新疆已全面"赤化"的不同声音；一面是联共亲苏的地方政策和二战同盟的国家关系，一面是国土曾被占据的历史记忆和苏联之于国共双方的博弈权衡，这些都使得游记作者对苏联的情感可谓错综纠结。

帝俄时期，不少国人来到塔城边境或俄商聚集区，已对俄经济势力的渗透和武装力量的强大深感不安。早在1903年，时任索伦领队大臣的志锐在陪伊犁将军马亮视察边防时作《首夏巡边，马上得诗四章》，其中有"一年一度按巡边，四月晴和首夏天。一线长河悬中外，盘肠曲径绕蜿蜒。升堂输我开门揖，卧榻容人借枕眠。且喜和戎新定策，断流无复漫投鞭"。1905年，志锐赴喀什噶尔办案取道俄境时，途经罗胡吉尔、辉发两卡（原为索伦旧地）时，不禁写道："岂事游观乐，兹行视旧边。孤城沦异域，遗冢没荒田。何用投鞭渡，谁容借榻眠。河西三百里，不忍说当年。"过辉发卡外作："旧卡东来地，平芜满目蒿。无人工制锦，他族任操刀。土薄泉无脉，山童地不毛。羡

鱼原有意,终赖荩臣劳。"①表达了对国土沦丧的痛惜。

十月革命后,谢彬曾对比苏俄和我国的电杆后说:"彼则下夹石础,高插霄汉;我则高不逾丈,腐败倾斜。相形之下,欲哭无声,且又尝梗不通,几同虚设。俄领事每笑比为'骆驼电线',可耻亦可愤也。"②回北平时同是取道西伯利亚的中国西北科学考查团徐炳昶、黄文弼都表现出对新疆边防的安全隐患之忧虑,徐炳昶在1928年12月29日的日记中写道:"这条铁路差不多是跟着我们的边界走,将来成后,俄国那边的武力,无论何点,一星期内全绰有余裕的达到我们的国界上。"③1930年,土西铁路完工后,就有人指出:"苏俄今复窥我新疆,土西路将为其利器。"④吴绍璘也称告成后,"几视新省若囊中之物"⑤。

黄文弼在1930年7月27日的日记中提及塔城自老风口往西皆一片平阳,"此处远在边陲,距俄属苇塘子不过40里,无险可守,一旦有事,外兵直入门庭,亦边防之大虑也"⑥。杨钟健在中苏边境,见"中国电杆直插入地中,俄国电杆则用两石碑夹起,十分坚固,因之极易分别。过界不远,就是俄国驻守所。守关卡的俄兵站为洋式,并有无线电台、守望台等。以我国关卡相比,有天渊之别"⑦。在中苏交界处

---

①　转见星汉:《志锐西域诗论略》,《西域研究》2010年第2期,第109、110页。

②　谢彬:《新疆游记》,乌鲁木齐:新疆人民出版社,2013年,第150页。

③　徐炳昶:《西游日记》,兰州:甘肃人民出版社,2003年,第244页。

④　刘湛恩:《土西铁路与我国西北之关系》,《开发西北特刊》1932年创刊号,第7页。土西铁路在20世纪30年代前期被频繁报道谈论,可见国人对国防安全之高度关注,如燮源:《苏俄新筑之土西铁路》,《旅行杂志》1930年第4卷10月号;张若渠:《新疆与土西铁路》,《开发西北》1935年第4卷第1、2期合刊;朱光圉:《土西铁路与新疆之危机》,《苏俄评论》1932年第3卷第2期;《西土铁路与新疆关系》,《蒙藏月报》1935年第2卷第4期。

⑤　吴绍璘:《新疆概观》,南京:仁声印书局,1933年,第276页。

⑥　黄文弼遗著,黄烈整理:《黄文弼蒙新考察日记(1927—1930)》,北京:文物出版社,1990年,第565页。

⑦　杨钟健:《西北的剖面》,兰州:甘肃人民出版社,2003年,第160—161页。

巴克图卡,杨钟健了解到"当初国界在以西数百里,国界日蹙,差不多是各处边界极平常的现象。言之令人痛心"①。在霍尔果斯中苏交界处,对比我方地理环境之无险可守之势,瞻望苏境建筑物繁盛之状,李烛尘不禁感叹:"疆土穷西域,藩篱巩北门。金城九犄角,银树万家村。蚕叶三边尽,鸿沟一水存。隔河遥望语,玉泉各相尊。"②罗家伦也慷慨抒怀:"虽仅五百尺,仍我宗邦土。我土不能践,我心亦良苦。"③绝大多数到过塔城或者北疆中苏边界的作者都会对当时我方无险可守、对方可长驱直入,我方关卡废弛、对方建筑堂皇,我方国界线上几无兵卒、对方按时骑马巡逻,我方标界毁坏不清、对方电线杆林立等强烈对比印象深刻。在中苏边界上,之所以会出现如此悬殊之景象,部分与长期形成的历史观念有关,比如清代设立于边地的卡伦,其主要职责不在"御外"而在"安内",所以我国边陲、边境几不设防,而对面帝俄则是严加防范。

　　20世纪三四十年代,一方面,苏联与新疆之间不平等的外交条约、不对等的进出口贸易以及不合理的矿产开发协议,都使新疆屡陷恐被操纵之险地,面向苏联一边倒的政策存在隐患,并在盛世才与苏联交恶后,苏联技术人员和机器设备撤出、苏联操纵支持的前期"三区革命"等事件中暴露出巨大危机;另一方面,苏联式的现代教育制度、工业建设模式、军事管理制度,以及大量苏俄侨民、公务人员等对新疆建设的全面覆盖(尤其是在金树仁、盛世才主政时期),很大程度上推动了新疆现代化进程。知识分子在警惕、担心苏俄的政治野心和经济侵略的同时,对苏联推动新疆经济贸易、苏俄侨民提升新疆人口素养等新气象也表示肯定,戴季陶甚至说:"开发西北,整理新疆,

①　杨钟健:《西北的剖面》,兰州:甘肃人民出版社,2003年,第160页。
②　蒋经国等:《伟大的西北》,银川:宁夏人民出版社,2001年,第146页。
③　罗家伦:《西北行吟》,重庆:商务印书馆,1946年,第90页。

绝对不能忽视对俄外交。易言之，非至中俄国交圆满，苏联完全了解中国意旨之时，新疆建设，断难有顺利进行之希望，此全国上下所应认识清楚者也。"①

比如在经济方面，游记作者大多对新疆当时单一仰赖于俄货的经济现状充满忧虑。冯有真说："金树仁与苏联擅订新苏协定，使苏联得垄断新疆之商业，操纵新疆之经济，其尤著者也"②；"虽微若砂糖火柴，亦莫不以俄货是赖"③。李烛尘对苏联货物在新疆衣食日用所占比例之大深感不安，感叹其"苏联经济势力在新疆之盘根错节"④。王文萱通过大量新疆与国内其他地区、苏联、印度（英国利益）之间的输入、输出物品价值比较，忧虑"内地与新疆，因政治及交通不便之阻碍（尤以前者为甚），经济关系日益疏远"⑤，但同时又指出"新疆人民，设无俄货，生活即感恐慌，此决非过言"⑥，对中断与苏联的经济贸易往来知无可能。

对于苏联的这一矛盾态度，一定程度上也折射出当时国内知识界对于中苏关系尤其是边境关系的两种态度，一种认为唯有保持中苏睦邻友好，新疆安全才有保障；另一种则认为自19世纪以来，俄国对中国领土觊觎的野心从未中断，不可不防。历史证明，中国边疆领土之安全也并不完全取决于与睦邻之邦的相处之道，而与世界政治局势中诸多大国之间的博弈较量关系甚密，民国国人新疆游记中对于苏联这种既羡慕又不安、既倚赖又挣脱的矛盾态度就非常真实地

① 戴季陶：《新疆问题之认识》，《大公报》（天津版）1934年7月6日，第2版。
② 冯有真：《新疆视察记》，上海：世界书局，1934年，第78页。
③ 同上，第72页。
④ 蒋经国等：《伟大的西北》，银川：宁夏人民出版社，2001年，第182页。
⑤ 王文萱：《新疆之对外贸易》，《开发西北》1935年第4卷第6期，第13页。
⑥ 王文萱：《新疆之经济概况》，《开发西北》1934年第1卷第2期，第30页。《新疆之对外贸易》一文又自引。

体现了这种基于爱国主义的自省意识。

尤其值得注意的是,抗日战争爆发后,苏联对中国给予贷款、物资等援助,余名钰在提及苏联在新疆衣食住行、农工机械、电气出版等方面的广泛渗透后,就感叹:"吾人对于苏联工业建设之精神,固须服膺;而其贸易之成功,亦值得吾人之取法。"[①]在此背景下,西北国际运输通道更为国内瞩目,很多游记作者见到苏联运输物资车队后,都对苏联公干人员的较高文化素质印象深刻。比如李烛尘多次提及在七角井、吐鲁番等地招待所与俄国运输车司机数十人同室吃饭时,俄国人"静肃无哗","肃静异常,而且整饬得很","余思俄国人有如此严密之组织,何以中国人不能?""外国人这种地方,真堪师法!"[②]黄汲清称在吐鲁番中运站见到苏联汽车运输队的青年司机"组织完善,效率甚高"[③],袁见齐也称在精河中运站见到从独山子开来的苏联车队"秩序井然"[④]。当然,无论是一致抗日的万众一心,还是面对苏联的矛盾心态,都体现出在现代中国民族国家观念的形塑巩固之时,作为"他者"的异国对民众共同体意识和身份认同起到了一定的推动作用,旅行、考察新疆的民国知识分子既面向新疆民众表达内地对边疆的高度认同,又面向内地读者呈现了新疆人本能的爱国、护国之情。

三、赴国内其他省份行旅的新疆游记文献的反向回流建构

从历史上看,西域与中原的文化互动从来都是双向互动,不仅有中原文化人在新疆的文化吸纳适应和对新疆本土各民族文化融合的

---

① 余名钰:《新疆见闻》,《西南实业通讯》1943年第8卷第5期,第4页。
② 蒋经国等:《伟大的西北》,银川:宁夏人民出版社,2001年,第112—113页。
③ 黄汲清:《天山之麓》,乌鲁木齐:新疆人民出版社,2013年,第126页。
④ 袁见齐:《深入准噶尔盆地——新疆杂记之四》,《盐务月报》1945年第4卷第5期,第40页。

生动记录,西域各族人民赴中原地区的生活历史及其对中原文化的渗透影响也早为国内外学界所关注,如王国维、陈寅恪、陈垣、罗振玉等名家都曾致力于此。对于20世纪上半叶的新疆与国内其他省份之间的行旅互动和人员往来而言,民国时期赴国内各地行游的新疆民众数量同中原地区赴新疆的旅行者数量相比,也呈现出日益增加的趋势。如果说后者主要因资源开发、公务活动、科学考察、民间旅游的兴起,那么前者则更多因交通改善、人口迁徙、政府扶持、文化交流而兴盛。

另一个重要区别是,这类出行所折射出的新疆形象多不是来自这些行旅主体本人的游记文字,而多来自当时较为发达的报刊传媒的舆论引导。比如1929年前后有多家报纸报道,有一位被称为世界旅行家的新疆人(有些报道为西藏人)哈吉姆,自称为新疆疏勒警备司令马仪之子,自1920年6月出行,经帕米尔,过印度、阿拉伯、意大利、葡萄牙、法国、美国、德国、俄罗斯等十余国,1929年返回国内,经东三省、河北省和天津、徐州,"并携有经过各省县市机关之纪念赠语、照片、名片以及助款册等物"①,并计划"经京沪南下粤、桂、四川、青海返藏云"②。

当时报道更多的,还是由国民政府扶植或推动的新疆青年赴中原地区的求学、访问、游览或演出活动。如1935年,为开发边疆文化,国民政府曾"招集有志青年,入京求学。第一批三十余人已先后抵京,分别插入中央大学特设新疆班,及晓庄蒙藏学校、中央军官学校"③。1946年7月,新疆省政府《施政纲领》正式通过后,新疆青年观光团一行人在参加了庐山召开的青年团会议后,先后到南京、北平、

---

① 《哈吉姆壮游世界旅行到青》,《益世报》(天津版)1929年6月28日,第8版。
② 《长途旅行家中国人哈吉姆抵徐州》,《大公报》(天津版)1929年8月18日,第7版。
③ 《其他文化缀拾:新疆青年入京求学》,《图书展望》1935年第1卷第3期,第80页。

天津、杭州、上海等地访问游览，在上海"拟参观各大报馆、电影摄影厂、各大工厂，闻该团对此间京剧与话剧，极愿研究"①。有报道说："我们虽只和他们见了三四面，然而对于他们的热情、豪爽、健康、正义感，都已有了亲切的认识。我们希望他们把这次旅行的观感带回去之后，能把新疆的风土人情陆续地介绍给那许多不大了解新疆的人。"②这也可见当时主流舆论通过大力肯定中华文化内部的多样性，积极推进国内各民族间彼此亲近认同的不懈努力。

　　需要着重指出，其中报道频次最多、涉及报刊最广、报道内容最详细的，莫过于1948年赴国内多地演出的新疆歌舞团。张治中主政新疆时，曾组织新疆歌舞团于1947年10月至1948年4月赴北京（10月）、南京（11月）、上海（12月）、杭州（1月）、苏州（1月）、兰州（2月）、台北（3月）等地演出，国内相关报道密集频繁③。如1947年12月，《现代》在《新疆专号》第三辑目录后特附《新疆青年歌舞访问团图片特辑》；《天山画报》1947年第3期上的《新疆歌舞团抵京：欢迎、游湖、谒陵、探胜、野餐、余兴》《天山歌舞》，1948年第4期上的《上海市民热诚招待边疆远客》《新疆歌舞团到上海》《天山之舞与曲》《下一代的团结》，1948年第5期上的《新疆歌舞团抵杭》，1948年第6期上的《新疆歌舞团游台湾》《天山之歌》等文都刊登有大量照片。新疆青年歌舞访问团不仅公演多场，国民政府还组织了一系列接待、参观、游园、团拜、摄影、发行唱片等宣传活动，比如西北影片公司计划与其合作拍摄《玉琳公主》（即纳瓦依的《西琳公主》，计划由李帆群任编剧、何非光任导演），并称其为"'新疆莎士比亚'的小

<hr />

① 《新疆青年观光团昨由津抵沪》，《清真铎报》1946年第28、29期合刊，第19页。
② 龙光：《欢迎新疆青年观光团》，《艺文画报》1946年第1卷第6期，第10页。
③ 1947年、1948年国内报刊对新疆歌舞团的报道文章数量在600篇以上。

说家作品"①。国民政府对这次活动精心组织并大力宣传,既对新疆各族人民与国内其他省份同胞的文化互动和情感交流功莫大焉,也为国人心目中能歌善舞的新疆民族形象做了非常充分的舆论引导和心理渲染。对于行旅中原地区的现代新疆各族同胞而言,作为沟通国内其他省份与新疆的情感触媒和文化使者,他们既为中原民众感知新疆民风民俗和民族文化打开了一扇窗口,又是新疆本地世居民族了解中原发达地区发展状况和日常生活的一个前哨。

　　本书所研究对象既是新疆形象,在发生学和文本学意义上都未曾将民国时期赴国内其他地区行游的新疆本地人及其相关游记(或报道)纳入其中,但从效果史和影响史而言,新疆形象不仅包括行旅新疆者面向大众读者所呈现的新疆形象,也理应包括行旅国内其他地区的新疆人面向中原地区民众所展现的新疆形象。如果说前者多为依赖于文本流传和阅读经验的历时性形象,后者则多是活跃于民间交流与当下经验的共时性形象;前者因文传象让后来者去追述刻镂那些流转在图文声像的文化记忆中的新疆形象,后者因象留文让记录者去捕捉凝固那些曾面向国内其他地区民众所敞开的日常交流中的新疆形象。同时,前者往往构成后者的知识预设,后者又成为前者的内在驱动,这两类形象又会在出行动机、舆论背景甚至行旅主体等层面奇妙地融合起来。

　　对于广大的新疆普通民众,他们大多也是通过报刊影像等的传播,开始逐渐渴望了解上海、北平、南京等其他地区的国人生活。徐苏灵听新疆电影公司的负责人介绍:"全体有四十四处放映场所,可惜影片来源太缺乏。目前只能放映一些放过了多少遍的旧苏俄宣传

---

① 《新疆歌舞团访问京沪,西北影片公司拟拍摄〈玉琳公主〉》,《一九四七画报》1947年第16卷第10期,第15页。

影片,尽管观众看不懂,还是拥挤不堪。新疆的人民渴望国产片,即使一片段也能激起他们的热情。他们喜欢从电影里看到重庆或是北平、南京、上海的市街,他们希望能从电影里知道内地同胞的生活状态,因为他们很爱慕内地同胞的生活状态。"①陈澄之在鄯善时遇到一位曾在中亚和苏联接受过教育的女孩子,"在她的憧憬中:嘉峪关内的国土乃是天堂一般的华美富丽。在她的脑海中,上海是人间的乐园;南京的伟大,远在苏京之上"②。还有行游者会留意新疆当地各民族民众国家意识的发掘培育,1943年地质学者黄汲清等教父中母苏的归化族小女孩们学习中文当为一例。当黄汲清见"石小姐较为沉默,国语讲的不很好,不过精通俄文,而且嗜书成癖,稍有暇就看高尔基,就看托尔斯泰。后来我们发现她对于中国的事情大为茫然,对于本国地理知识太欠缺,同行中就有乐于助人者给她讲地理,告诉她北平是怎样的美丽,上海是怎样的繁华,重庆是战时的国都,等等。她果然感到浓厚的兴趣,并且十分高兴,发现了中国是一个伟大的国家!"③王希1948年在阿克苏时,也有一位维吾尔族女孩对他说:"听说走过口里的人们归来说,内地是如何如何的好,再翻了上海的画报,看到中原各地的建筑伟大,教育文化的进步,尤其边疆的青年在内地处处受祖国的亲切与爱护,我很羡慕,将来有机会我要到内地去求学。"④国民政府在20世纪三四十年代,曾多次选派新疆各族青年赴国内其他省份求学交流,其意义不止于密切边疆与中央联系和培养边疆建设人才,更有情感凝聚、心理感召和文化播撒等

---

① 徐苏灵:《新疆内幕》,重庆:亚洲图书社,1945年,第22页。
② 陈澄之:《新疆行(八)》,《新疆日报》1948年8月26日,第3版。
③ 黄汲清:《天山之麓》,乌鲁木齐:新疆人民出版社,2013年,第35页。
④ 王希:《阿克苏面面观》,《交通部公路总局第六区公路工程管理局月刊》1948年第1卷第10期,第33页。

的深远效应。

如果推而广之，我们甚或可以说，本书所考察的一类作者，即如广禄、宫碧澄、伊犁里克等在新疆长大成年后赴中原地区工作的新疆各民族游记作者，他们的返疆纪行构成了新疆形象历史文本的一部分，而他们在国内其他地区的生活则构成了新疆形象活态现实的一份子。这使得新疆形象的建构机制中，不仅包括了主体自觉能动的正向建构，也包括了文本潜在无声的反向回流，同时后者又可能构成新的行旅主体笔下新疆形象生成的文化镜像，这一镜像的多维多棱又会构成万花筒般的视觉效果。从根本而言，这是作为"内部的他者"的新疆形象建构所必然具有的多重机制和复杂面向。

余　论

　　历史的层累看似不动声色、潜润无声充满了文化传承的可能性，但同时也可能因为诸多现实因素的影响而迂回曲折、充满变数。在20世纪40年代西方探险热落幕和"开发西北热"的短暂声浪之后，表面上看，中华人民共和国成立后的新疆形象好像陡然截断了与民国新疆文化传统之间的联系，西方游记更是因为不可避免的殖民主义和帝国主义倾向，而完全被打入历史的冷宫里。随着改革开放后文化翻译交流之蓬勃发展和边疆史地研究之日益深入，20世纪80年代以来，大量现代西方新疆探险考察著作被翻译出版，相比较而言，民国时期的国人新疆游记作品中的不少单行本获得了出版界和研究界的普遍青睐，《西域探险考察大系》《西北行记丛萃》《走进大西北》《中国西北文献丛书》等丛书陆续整理了其中的精华部分，如谢彬《新疆游记》、徐炳昶《西游日记》、刘文海《西行见闻记》、吴蔼宸《新疆纪游》、杨钟健《西北的剖面》、李烛尘《西北历程》等，但是还有大量民国新疆文献散落在广为人知或无人问津的民国旧期刊中，而未能得到系统整理和学界重视。2013年杨镰在主编《西域探险考察大系》第三版时称："计划出版30种"，"中国作者原创性著述占有一定的比重，是新版图书在选题结构上最明显的变化"①，目前已陆续整理出版的《新疆文库》也补录收集了不少罕见的民国时期的新疆游记文献。相比于西人游记中的"猎奇心理"和文化偏见，民国国人的新疆游记因为更具国家本位的忧患意识和文化主体的亲近认同，对于我们进一步认识民国知识人肩担道义而孜孜笔录的史家笔法、走出书斋而行于旷野的作文之道、奋起直追西人学术的治学抱负无疑有着更为重要的文化价值。实际上，无论是之于新闻传媒初呈蓬勃活跃之势的民国，还是之于新疆与国内其他地区联系更加紧密频繁的当代中国，民国游记都以或隐或显、似断实连、或主流宣传或民间传承、或文学教育或文学阅读的方式发挥着持续绵延的影响力。

一、新疆经验之于行旅作者的内在滋养与学术成长

民国新疆游记作者之主体构成、赴疆缘由、行旅记录和写作风格虽各有不同，但就整体发展轨迹而言，20世纪20年代多以政府委派和科学考察为主，屈指可数但多沿循实录考证之路；20世纪30年代多以记者考察和边疆研究为主，数量可观但也难免雷同互见；20世纪40年代多以科学考察和文人采风为主，个性突显并可窥见学科专业之影响。当然，其中也一直不乏个别怀抱理想浪漫情怀、热衷探险游览、感受大好河山的纯粹旅游者，但大都在公务考察中也不乏个人趣味、在历史考古中多流露现实忧虑、在好奇游玩中也常见责任担当、在科学事业中也满怀国之大义。新疆之行也往往成为一部分作者文学创作的起步点、学术事业的生长点、生活经历的闪光点甚至是人生命运的转折点。

我们仅从民国文化人和科学工作者两类主要作者来体味新疆经

① 见《西域探险考察大系·出版说明》，乌鲁木齐：新疆人民出版社，2013年。

验之于游记作者本人的特殊意义。民国时期行旅新疆的文化人身份
驳杂且社会认知度差异很大。这其中,既有来新疆之前已经在民国
政界或文化界声名煊赫者,如于右任、罗家伦、卢前、茅盾、萨空了、褚
民谊、黄慕松、罗文干;新闻行业界妙笔生花者,如陈澄之、陈赓雅、
陈纪滢等;专业科研领域首屈一指者,如黄汲清、杨钟健、丁骕;也有
因为行旅新疆而声名鹊起者,如谢彬、徐炳昶、黄文弼;更有游记问
世几十年但仍少被关注者,如刘文海、陈澄之、李帆群等。其中不少
行旅作者在返程后被吸纳到政府新疆问题专家组内,比如1934年3
月13日召开的行政院附设之新疆建设计划委员会中,褚民谊兼任新
疆建设计划委员会主任委员,被列为政治组委员的旅新人员有林竞、
宫碧澄、唐柯三、冯有真、刘雨沛,经济组委员有王应榆、刘雨沛,文化
组委员有宫碧澄、郭维屏,交通组委员有冯有真等。[①]钱桐曾任南京
新疆省政府办事处处长等。

　　对于其中不少人而言,新疆行甚至改变了他们之后的人生轨迹
或者关注重心,如谢彬在新疆之行后选择以国防问题作为主要关注
对象,并对我国蒙古、西藏、云南等边陲区域留意甚多,"此后又有
《云南游记》《蒙古问题》等著作以及《西藏问题》《西藏问题之研究》
《中英藏案交涉颠末》等考证性论文问世,并对西沙、云南片马、西
藏、蒙古的主权归属做了开创性考证研究"[②]。林竞在1925年第三次
赴西北考察并于1928年出任西宁道尹,后来又组织了开发西北协
会,并参与新亚细亚学会的发起活动并兼任该会委员,因长期积极推
动西北开发而被誉为"西北拓荒者"和"西北问题第一人"[③]。1933年

---

①　钟羽:《边疆大事述要》,《边铎》1934年第1卷第3期,第114—115页。
②　罗尧:《从传统天下观到现代国土观念的转型——以民国时期边疆地理著述为中心的考察》,《中国国家博物馆馆刊》2015年第4期,第141页。
③　袁栋梁:《论林竞的西北情结及其社会影响》,《西夏研究》2021年第4期,第110页。

赴新的吴蔼宸后来转入外交界，后赴伦敦大学攻读国际关系博士学位，晚年长期致力于《历代西域诗钞》的整理编撰。杜重远更是在短期访疆后举家西迁迪化，义无反顾地投身于新疆学院之教育大计中。

除了这些文化人在返归后仍然心系新疆并致力于我国边疆文教事业的发展建设，还有一些文化人赴新工作后积极搜集整理西域历史文献和文化史料，并为现代新疆文化事业的发展立下过汗马功劳。比如1947年接受新疆省文化运动委员会主任陈希豪邀请、赴新主编《瀚海潮》杂志的浙江学人王耘庄，在一年多寓居迪化的日子里，王耘庄不仅以"沟通内地与边疆的消息"和改变"报道不实"①为己任编刊，还担任新疆文化运动委员会副主任、新疆学院中文系主任，并广泛搜集整理历代西域文学撰写《新疆艺文志稿》，其妻子沈楚也撰写发表了《新疆省奇台等十三县志略》②和《山中方七日》《迪化之冬》等散文作品（笔名林之）。王耘庄曾在刊物第9期的《编后记》中深情地说："十年以来，我常这样想，在古代有所谓'君臣之义，无所逃于天地之间'之说，在今日则应为'国民之义，无所逃于天地之间'。我既生于此国，生于此时，且既已知道了应该做的事，自应负起应该尽的责任来……我所做的工作之一，便是编印汉文沪版《瀚海潮》，俾内地人士了解新疆。我是在这样的心情——一幕大悲剧中的角色的心情——之下来办这个杂志的。"其在动荡时世中舍身取义和传承文脉的志向决心不应也不会被历史所遗忘③。还有一些在新疆工作的文化人在行游天山南北后，更深理解了新疆之于中国不可取代的

---

① 《编后》，《瀚海潮》1947年第1卷第1期，第21页。
② 沈楚：《新疆省奇台等十三县志略》，《瀚海潮》1947年第1卷第6、7、8期。
③ 近年来已有学者开始梳理相关史料，如崔保新：《〈瀚海潮〉与其创办人》，《伊犁师范学院学报》2015年第2期；凌孟华、曹华：《跨区域互动的区域文化奇葩——四十年代非文学期刊〈瀚海潮〉（汉文沪版）片论》，《区域文化与文学研究集刊》第6辑，北京：中国社会科学出版社，2019年。

重要地位，从而更有意识地强化了边疆文艺创作中的爱国本位意识。如王剑虹在为新疆现代新诗集《沙原诗叶》题写的《沙原之歌》中写道："我是痛爱我底母亲的/在翻飞黄沙的日子里/我要扑向风沙的怀抱/因为我是这草原的儿子/我读过班超从戎的故事/我会唱玉门出塞的古歌/我懂得草原的悒郁与欢欣/更懂得风沙为什么而怒吼。"诗中不仅流露出渴望在边疆建功立业的男儿抱负，更饱含了对粗粝艰苦的新疆生活的初心无悔。

从科学考察工作者的角度看，新疆行成为不少科研工作者学术之路的关键节点。如1927年成团的中国西北科学考查团之中方团长、北京大学哲学系教授徐炳昶，其"西北考察的经历使他擅长组织实施历时长、空间覆盖范围广、历史跨度大的考古项目。这种不畏艰险的工作态度与组织能力，使他在七十多岁时仍能亲往传说中的夏墟主持开拓性的考古调查"[①]。民国时期黄文弼共三次考察新疆，途中及归后都撰写有大量与新疆考古、历史、地理、民族、文化等有关的专业学术论文、普及介绍类文章以及行旅游记日记等，并因为考古成果"三记两集"的撰写而成为新疆考古第一人。民国时期结集成书的有《高昌》、《高昌砖集》（第一分本）、《高昌砖集》（第二分本）、《高昌砖集赘言》[②]《高昌陶集》[③]《班超》[④]《罗布淖尔考古记》[⑤]等。中华人民共和国成立后，黄文弼在学术著作《吐鲁番考古记》（1954年）、《塔里木盆地考古记》（1958年）等中时有摘录其早年的考察日记，其

---

① 李旻：《信而有征：中国考古学思想史上的徐旭生》，《考古》2019年第6期，第109页。
② 黄文弼：《高昌》、《高昌砖集》（第一分本）、《高昌砖集》（第二分本）、《高昌砖集赘言》，北平：西北科学考查团铅印本，1931年。
③ 《高昌陶集》，北平：西北科学考查团铅印本，1933年，《西北科学考查团丛刊》之一。
④ 《班超》，南京：胜利出版公司，1946年。
⑤ 《罗布淖尔考古记》，国立北京大学出版部，1948年，《中国西北科学考查团丛刊》之一。

第一次考察日记经其子黄烈整理,文物出版社1990年出版《黄文弼蒙新考察日记》,如孟凡人所说:"在整理编写考古报告和研究中,实事求是,根据材料说话,并走出一条将考古、历史、地理、民族、宗教等有关学科互相结合的综合研究之路。"[①]

新疆考察还为中华人民共和国成立后一些工程师的技术革新和学者的学术研究打下了坚实的实践根基和良好的治学功底。如20世纪40年代赴新疆的余名钰曾在50年代初将上海益华钢铁厂迁至新疆,探索将1吨酸性转炉改装成1.5吨的碱性侧吹涡鼓型转炉,并出版指导实践的《贝氏炉炼钢》一书。[②]曾于1943年参加西北科学考察团赴新的我国当代著名经济地理学家周立三,在20世纪50年代中期,连续五年先后担任中国科学院牵头组织的新疆综合考察队的副队长、队长,赴新疆实地调查,并提出了《新疆维吾尔自治区农业自然资源的开发利用与生产合理布局的远景设想》的综合报告,这份报告曾长期是新疆编制经济发展规划的重要依据。1984年,年逾七十的周立三再次接受中国社科院委托,赴新疆指导考察并主编完成《关于新疆的农业生产发展的若干建议》。

同时,基于新疆野外考察的实际调研,一些科学工作者在国际科学界积极发声,并提出一些为后来实践所看好的新理论。如曾与黄汲清共同考察并撰写《新疆油田地质调查报告》的程裕淇晚年回忆说,1942—1943年"朝夕聚首,甘苦与共"的考察,"可能是他(黄汲清)于1984年9月中旬在乌鲁木齐举行的第三次塔里木油气资源座谈会上,在对塔里木盆地油气远景比较悲观的气氛中,却发表了相当

① 刘启林主编:《当代中国社会科学名家》,北京:社会科学文献出版社,1989年,第83页。
② 详见中共新疆维吾尔自治区顾问委员会《当代新疆》丛书编委会编:《写在天山上的碑文》,乌鲁木齐:新疆美术摄影出版社,1994年,第357页。

乐观的见解的思想基础的一个重要方面"①。又如最早全面调查新疆盐产资源的我国当代著名地质学家袁见齐,1957—1960年三次到柴达木盆地,勘探调查察尔汗盐湖钾盐矿床,1959年首次提出"陆相成盐成钾"理论。这些理论的提出,与这些科学工作者先前在新疆地区展开的扎实、细密、深入、刻苦的田野考察工作密不可分。

二、民国游记对当代新疆形象传播的显在影响

正如当时一份《新疆图志》的出版预告所称:"在内地的人们,往往对新疆还持有若干的错觉。我们为了促使内地人士认识新疆、研究新疆、爱护新疆、大家来协力建设新疆,特提供这部《新疆图志》,以国文印行。"②大量新疆游记单行本,如《叶迪纪程》《新疆游记》《西北丛编》《新疆纪游》《西北行吟》等都再版过。民国时期的国人新疆游记作品,虽然还有个别传统文人选择古典文集出版方式,如邓缵先除地方志外的其他作品都见诸自己亲自整理考订的《叶迪纪程》《毳庐诗草》《毳庐续吟》《毳庐诗草三编》四本文集中,不过绝大多数民国游记在结集出版之前,大都先采用报刊发表这一现代传媒传播方式。比如单骑的《新疆旅行记》最早全文刊发于《申报》(1913年11月28日—1914年4月23日);谢彬的新疆游记陆续发表并转载于《时事新报》《民心周报》《地学杂志》《上海晚报》《湖南日报》等报刊;林竞的西北考察日记曾于1923年刊载于《中华新报》(上海)、《京报》(北京)等报刊,其《新疆纪略》分三十余次刊登于《民国日报》(1918年7月1日—1918年8月8日);吴霭宸的《新疆纪

① 程裕淇:《程裕淇文选》(下),北京:地质出版社,2005年,第1868页。
② 《〈新疆图志〉出版预告》,《新疆论丛》1947年创刊号。另据陶天白在《西北文化建设协会述略》一文中回忆,新疆史地学会曾计划编撰《新疆图志》和《新疆史地丛书》,但都未进行,见《新疆地方志》1990年第2期。

游》在出版之前，部分章节也在《大公报》《国闻周报》《时事月报》等报刊上选载；在1936年申报馆发行其单行本《西北视察记》前，陈赓雅的游记连载于《申报》（1934年3月—1935年5月）的《新疆视察记》专栏；杜重远初次的新疆见闻先以《到新疆去》为名发表在《抗战》三日刊、《新文摘旬刊》、《全民抗战》五日刊[①]；茅盾写于1940年冬至1941年初夏的《新疆风土杂忆》发表于《旅行杂志》1942年第16卷第9、10期合刊；陈纪滢的《新疆鸟瞰》出版之前在《大公报》上发表《新疆行》（1938年10月15日，汉口版）和《新疆印刷厂开幕》（1938年11月5日，香港版）；萨空了的《由皋兰到迪化》分三次刊登在《半月文萃》（1942年第1卷第7期至1943年第1卷第8、10期合刊）；李烛尘的《西陲观感》发表在《海王》1943年第16卷第3、4、5、7期，《伊犁到迪化》发表在《海王》1943年第16卷第8、9、10、12、13、16、17期；卢前的《新疆见闻》中的部分内容发表于《中央日报》（1946年8月23日—1946年9月1日）。当然，也有发表后未能按照计划结集出版的，比如1948年李帆群曾将自己发表在《新疆日报》《中央日报》《现代》等报刊上的新疆游记整理成50万字的《天山南北》（附题《二万二千华里新疆腹地旅行》或《揭开新疆之谜》）准备出版，因战乱致使已在中央日报社排版完成的书稿不幸遗失，而未能问世。[②]

　　另外，如果我们眼光稍稍移远一些，我们不难发现更多的发表在报刊上的关于新疆的笼统介绍或专论文章。据孔乾鹏统计，北洋政府

①　转见杜毅、杜颖编注：《还我河山——杜重远文集》，上海：文汇出版社，1998年，第284页。

②　具体情况见李帆群：《关于〈天山南北〉》，中国人民政治协商会议新疆维吾尔自治区委员会文史资料研究委员会编：《新疆文史资料选辑》第十四辑，乌鲁木齐：新疆人民出版社，1985年。

时期（1912—1928年），《东方杂志》上的涉新文章有21篇，《地学杂志》有23篇，《西北杂志》有13篇，《西北半月刊》（后改为《西北月刊》）有15篇。[①]据黄伟华统计，《万国公报》（1868—1907年）中涉及新疆的文章有近130篇，《东方杂志》（1904—1948年）中涉及新疆的有61篇。[②]据刘亚博统计，新亚细亚学会主办的《新亚细亚》（1930—1944年）上关于新疆的文章有65篇，开发西北协会主办的《开发西北》（1934年12月—1935年12月）上关于新疆的文章有24篇，西安论衡社主办的《西北论衡》（1933—1945年）上关于新疆的文章有35篇。[③]

　　如果说通过报刊，新疆形象还只是在有限的目标受众中传播，那么通过民国时期出版的历史、地理、国文等科目的教科书，新疆游记则正式进入国民教育培育民智和文化传承的序列之中。新疆形象进入现代国语教材始见于纪昀的《记新疆边防》，可见20世纪初新疆依然是作为国家边防安全的要地形象出现并固化在当时国人心目之中的；1936年出版的《实验国语教科书·编辑大意》中称："关于地理游记及风俗描写，如《介绍一些边疆地理》《叶尔羌河航行记》等，总计十余课。而内地则付阙如，盖亦注重边疆之意也。"[④]强调新疆之于祖国边防安全和军事战略的重要性，这也是从谢彬的《新疆游记》到林鹏侠的《新疆行》的游记书写一脉相承的民国时期新疆游记的思想红线。据赵新华统计，入选民国时期小学《国文》教科书中的民国新疆游记，还有《报告新疆情形的信》（书信，1922年）、《游新疆归来》

---

①　孔乾鹏：《北洋政府时期中国内地知识分子关于新疆的认识》，新疆大学硕士论文，2015年，第9页。

②　黄伟华：《清末至民国内地刊物对新疆社会的认知——以〈万国公报〉和〈东方杂志〉为例》，新疆大学硕士论文，2013年，第7页。

③　刘亚博：《民国西北开发视角下的新疆民族研究——以民国旧期刊为中心的考察》，新疆大学硕士论文，2013年，第4—5页。

④　国立编译馆：《实验国语教科书》，北京：商务印书馆，1936年，第3页。

（游记，1923年）、《可爱的新疆》（书信，1943年）、《西北的乐园——迪化》（随笔，1943年）、《我爱西北》（现代诗，1943年）等①；中学《国文》教科书的，除《记新疆边防》，还有《天山里的村落》《喀什噶尔谒香娘墓寺》等。②

　　的确，对于国内普通大众而言，其关于新疆形象之文字记忆则更多来源于中小学语文教材而非经典新疆论著，正如当时收录于《国语》教科书中的一篇书信《可爱的新疆》，以一位因父母工作调动而到新疆生活的孩子给内地同学写信的口吻说道："我们总觉得新疆是边荒地带，好像只有高大的雪山和无边的沙漠，荒凉可怕。来此一看，才知那种想象是错误的。"③或者说，正是由于千年以来西域诗词包括民国游记中对天山不厌其烦地赞美吟诵，从而为国内普通民众想象新疆和亲近殊方积累了丰富的感性经验和"在场"体验。储安平就曾在登顶天山北麓达子庙高峰时，感叹："当我在小学里读书的时候，我就听到'天山'；中国有多少人在很小的时候就已经知道中国有一个天山啊！"④杨镰也说："在早年，从书本或歌谣中你想必已经认识了天山。没有人能够忽略或忘记天山，就像不能忘记或忽略黄河、长城、长江、昆仑一样！因为那是中华民族的象征！"⑤

　　中华人民共和国成立以后，随着强有力的军事举措（平匪平叛）、

---

① 见赵新华：《百年小学语文教科书中的新疆印象》，《新疆职业大学学报》2014年第2期，第7页。
② 见赵新华：《清末民国时期国家教育考试视野中的新疆关注》，《伊犁师范学院学报》2014年第3期，第50—51页。
③ 转见赵新华：《百年小学语文教科书中的新疆印象》，《新疆职业大学学报》2014年第2期，第8页。
④ 储安平、蒲熙修著，杨镰、张颐青整理：《新疆新观察》，乌鲁木齐：新疆人民出版社，2013年，第187页。
⑤ 杨镰：《松树塘随想曲》，骆春明、李学明、许学诚主编：《巴里坤诗文集》，乌鲁木齐：新疆大学出版社，2004年，第244页。

政策保证（民族区域自治制度）以及外交手段（撤销外国领事馆）等，新疆形象终于摆脱了民国时期国人心忧挂念、动荡不安的边地印象，而大幅度让位于一个和平、解放、团结、新生的新疆形象，新疆开始作为无数人无限向往和憧憬的"好地方"，并构成了几代人关于新疆形象最生动的回忆。阻断了历史的链条和文化的传统，就会产生碧野这样的错觉："朋友，当你打开新疆地图的时候，第一个映进你的眼帘的，是塔里木和准噶尔那惊人的大沙漠，何况反动派的历史书又把新疆的居民说成那么野蛮落后，地理书又把它说得那么可怕荒凉，因此在人们的心目中往往认为新疆是一个遥远的边荒。"①在当时入选中小学语文课本的《天山景物记》（1956年）、《克拉玛依颂》（1960年）、《哈密瓜的故乡》（1963年）、《新疆好》（1963年）等作品中，新疆作为物产富饶、风景独特、特色鲜明、情调迷人的"远方"构成了50—70年代中国边疆风景化整体叙述的有机组成部分。关于新疆的整体书写，不再是感时伤世之民国游记中外患危机重重和亟待开发建设的新疆形象，而更多呈现出在新旧社会的强烈对比下，前景光明开阔、资源正待开发、人民安居乐业的崭新形象。作为世界文明交汇的文化宝库和经济发展相对落后的边疆形象也被历史性的遮蔽和策略性的掩盖，这自然也是以中华人民共和国成立之初无处不在的乐观主义和理想主义时代颂歌氛围作为底色和背景的。

在文艺走向民间的方针指导下，新疆形象中充满民族风情和民俗风貌的一面得到了历史性的张扬和表现，在以闻捷、田间、李瑛、张志民、严辰等诗人为代表的新疆书写中，我们看到了大量被整理挖掘出的新疆少数民族民间文化资源的平行移植和大放异彩，完全基于与旧社会积贫落后、封建黑暗的形象对比和断裂叙述，新疆形象成为

---

① 碧野:《新疆的春天》,《在哈萨克牧场》,北京:作家出版社,1957年,第1页。

无数国人向往的迷人远方和动人风景。一方面,古代西域诗作中的历史感和荒凉感被放逐和摒弃,诚如郭小川在《西出阳关》中说:"莫提起呀——/周穆王,汉使臣……/他们怎会是边风塞曲的真知音! /莫提起呀——/唐诗人、清配军……/他们岂肯与天涯海角共一心。"[①]现代新疆的蛮荒落后也因为社会主义建设的火热开展而今非昔比,比如50年代新生城市石河子近郊的"旧石河子"原是来往商旅的尖站,据"四十年前到过这里的人说,此地'店铺民居二十余家,为绥来乡镇第一'"。而石河子据"光绪年间经过这一带的人说,沿途多丛芦大泽,茂木深林。四十年前经过这儿的人也说这一带多是泥淖草湖"。[②]如今的石河子已是行政区、工业区、文娱区、商业区、住宅区规划长远、井然有序的社会主义新兴城市了。另一方面,民国时期国人游记中的拳拳爱国之心和涓涓赞美之情也在当代文学中得到了进一步的巩固和加强,新疆形象中风光无限、物产丰富、土地辽阔、文化多样的一面得到了最大程度的彰显和放大,正如那时广为传唱的罗家伦作词的《玉门出塞歌》:"左公柳拂玉门晓,塞上春光好。天山溶雪灌田畴,戈壁飞沙旋落照。沙中水草堆,好似仙人岛。过瓜田碧玉丛丛,望马群白浪滔滔。想乘槎张骞,定远班超,汉唐先烈经营早。当年是匈奴右臂,将来更是欧亚孔道。经营趁早,经营趁早,莫让碧眼儿射西域盘雕!"[③]另外一篇曾入选民国《国语》小学教科书的《我

---

① 夏冠洲:《边疆风貌入画图——评六十年代初期反映新疆生活的诗歌》,《新疆师范大学学报》1982年第2期,第42页。

② 安平:《石河子新城》,中国青年出版社编辑:《我们到了西北》,北京:中国青年出版社,1956年,第80页。

③ 罗家伦:《玉门出塞歌——献给开发新疆的同胞》,《黄钟》1934年第4卷第4期,第12页。歌词流传中有不同版本,又如:"左公柳拂玉门晓,塞上春光好。天山融雪灌田畴,大漠飞沙悬落照。沙中水草堆,好似仙人岛。过瓜田碧玉丛丛,望马群波浪涛涛。想乘槎张骞,定远班超,汉唐先烈经营早。当年是匈奴右臂,如今是欧亚孔道。经营趁早,莫让碧眼儿射西域盘雕。"由罗家伦作词、陈维德作曲,见刘长明、周轩主编:《新疆历史名人》,乌鲁木齐:新疆大学出版社,2005年。(转下页)

爱西北》也突出了新疆之地大物博:"大队的骆驼,成千的牛羊,高骏的千里马,驰骋在广大的莽原上。阿尔泰山的金块辉煌,和阗的墨玉细腻晶亮。吐鲁番的葡萄圆明甘芳,喀什的棉花实大绒长。"

三、新疆游记的阅读史与文化传统的赓续不绝

同时,我们还要看到民国新疆游记作为稳定而固化的文化形态,对当时读者以及后来游记作者们持续而潜在的影响,大量中外游记作品的传播接受都会在无形中滋养出一批受现代边疆、民族、文化观念影响深远的受众,在这批后来成为中华人民共和国成立后第一代知识分子的文化群体中,就有个别有机会考察访问新疆者。如抗战期间曾被称为新闻界"四大名旦"之一的浦熙修,因参加抗美援朝宣讲报告团访问新疆,在行至焉耆开都河时,为了强调今日新貌特意提及"1940年黄汲清先生到南疆作地质考察时,在他所著《天山之麓》中便载着:'曾被大雨阻于开都河畔。'如今这里已是长桥玉立,再无行路之苦了"[1]。还有更多的文化人,虽未能以同样是新疆游记或新疆研究的写作方式顺利接续这一文化脉络,却可能会以编辑出版、编订教材、书目汇编、图书集藏、翻译转介等间接方式助推这一文化潜流,并在这一过程中以培育公共认同的文学范式、知识群体的文化传统等形式,为后来出现的新疆游记写作热潮蓄积力量。

比如在新疆省立中学第一班毕业典礼上,杨增新曾赠与前十名毕业生《道德经》和谢彬的《新疆游记》各一本以资鼓励。徐炳昶在

(接上页)另有潘旭澜《〈玉门出塞〉及其他》一文称此诗《玉门出塞》由赵元任作曲,见何言宏总主编:《二十一世纪中国文学大系(2001—2010)·随笔卷》,南京:南京师范大学出版社,2014年。

[1] 储安平、蒲熙修著,杨镰、张颐青整理:《新疆新观察》,乌鲁木齐:新疆人民出版社,2013年,第238页。

《徐旭生西游日记》初版《叙言》中曾记道:"东归以后,《东方杂志》的编辑曾由我的朋友周鲁迅先生转请我将本团二十个月的经过及工作大略写出来。我当时答应了,可是迁延复迁延,直延到一年多,这篇东西还没有写出来,这是我十二分抱歉的。现在因我印行日记的方便,把这些东西补写出来,权当作日记的叙言,并且向鲁迅先生同《东方杂志》的编辑表示歉衷。"① 鲁迅在1929年2月6日的日记中记道:"为东方杂志社作信与徐旭生征稿。"后来又在1931年3月4日的日记中说:"得徐旭生所赠自著《西游日记》一部三本。"

　　顾颉刚之父、从事金石学研究的顾柏年在黄文弼当时刚出版的《高昌》(第一分本)前题记道:"民国二十年二月十七日,儿子诵坤由北平以新出版之《高昌》一册邮寄到杭,翌日展读一过。时大雪初霁,颇似置身沙漠,令人发思古之幽情也。虬记。"② 1939年,黄文弼与顾颉刚同居成都,"时相握晤,为述其考古之经过",顾颉刚称其"驼背生涯,使人歆羡",③ 并在按语中说:"考古工作今方发轫,所得已眩目开心若此,他日成就之伟必非我辈所得悬猜。"作为相交多年的同学与同事,"黄文弼的工作促使顾颉刚开始关注并介绍中国的西北考察成果"④,对其之后的边疆学研究和倡导工作多有裨益。除了同行同道中的切磋共进,更有前辈学者对后来学人的默默扶植,如当代吐鲁番学家李征通过向达引荐,与黄文弼开始十余年的书信往来(1951—1966年),参与了黄文弼第四次赴新后的考古调查工作(1958

---

①　徐旭生:《徐旭生西游日记·叙言》,北平:大北印书局,1930年,第1—2页。
②　《顾颉刚文库古籍书目》,《顾颉刚全集》第62册,北京:中华书局,2011年,第830页。
③　顾颉刚:《浪口村随笔》,《顾颉刚全集》第31册,北京:中华书局,2010年,第241页。
④　刘子凡:《黄文弼与顾颉刚——民国时期新疆考古与边疆研究的交汇》,《西域研究》2016年第2期,第30页。

年），并"经黄文弼推荐调进新疆博物馆，后转入新疆文物考古研究所，从事文物保护及考古研究"[①]。1979年，李征将《高昌砖集》带到北京做成精装本并留下题跋"永志纪念"[②]。

1930年，北京大学史学系主任、中国史学会发起人朱希祖应邀赴国立中央大学（今南京大学）演讲，就读于政治系的广东兴宁人曾问吾聆听受益，开始致力于西域研究，并在盛年完成了一生最重要的论著《中国经营西域史》，该书序言由朱希祖所作。曾问吾一生对新疆念念不忘，为其三女儿起名为天山、葱山、祁山恰恰体现了其对西域地理之萦萦于心，40年代中期还曾应邀担任过新疆吐鲁番县县长，后来，"孙子大略、大拔、大治，是他总结2 000年中国经营西域史的经验——制定大略、超拔人才，方能大治新疆；孙子师安、裕安、立安更是他的治疆建言——教育安边、富民安边、立法安边，新疆方能长治久安"[③]。不知道这是不是历史的巧合，因为另一位客家士子邓缵先在离开家乡广东紫金再赴新疆时，也曾为其三个孙子分别取名富迪、富新、富楚（迪是迪化，新是新疆，楚是巴楚）。

原国际地质科学联合会副主席张炳熹回忆："早在高小或初中时，就从报纸上知道袁老师的大名，那是由于他在新疆首次由中国人自己发现了恐龙化石，当时确实是学术界一件大事，为中外所重视。后来在高中时看到瑞典斯文·赫定所著《长征记》的中译本，书中多处提到袁老师在西北科学考察团期间的贡献。这些对我立志学习地

---

① 《吐鲁番学家李征同志》，《新疆文物》1989年第4期，第1页。
② 朱玉麒：《黄文弼旧藏李征书信及相关文献笺证》，《吐鲁番学研究》2019年第2期，第33页。文章细致梳理考证了黄文弼与李征之间的十余封书信原文及学术深谊。
③ 崔保新：《一卷雄文流芳西域——〈中国经营西域史〉著者曾问吾生平记录》，《新疆财经大学学报》2014年第3期，第73页。文中披露了作者在采访曾问吾的亲友后人、查阅1945年《新疆日报》后所获的关于曾问吾的珍贵史料。崔保新也是最早开始着力挖掘邓缵先生平史料并完成传记的学人。

质是有一定影响的。"①董申保谈及40年代初在北大地质学上研究生时,袁复礼"多次给我们娓娓不倦地谈到他在新疆的考察工作,使我们不由自主地对新疆地质产生了向往。1943年,王恒升教授去新疆主持地质工作,我曾报名参加,后因未完成学业,未能成行。但他的言行始终激励我去边远地区从事地质考察,足迹遍及了大西北和大西南的边陲"②。与张炳熹、董申保同为学部委员的刘东生回忆自己1938年在昆明西南联大地学系读书时,"同学们最喜欢的就是听袁老师谈他的新疆之行了。袁老师在新疆的工作(1927—1932年)对于我们这些学地质的学生来说真是一部传奇故事"③。

中国现代历史地理学的奠基人侯仁之先生曾在《续〈天下郡国利病书〉山东之部》一文的序言中谈道:"民国二十三年秋,余以选择大学本科论文题目,就教于洪煨莲师。质以兴趣之所在,冒然以地理对。盖余时方嗜读斯坦茵及斯文·赫定诸氏西域探险之书,尝梦游于敦煌、楼兰间,以为我之职志,亦当在此。然瞑瞑之想,未敢为吾师告也。"后来侯仁之虽未以西域为治业,但其经世致用的治学精神确是贯穿于其历史地理研究的始终,他还曾翻译斯文·赫定的《新疆公路视察记》④,其学生中有著名人文地理研究学者唐晓峰,其翻译的拉铁摩尔的《中国的亚洲内陆边疆》(*Inner Asian Frontiers of China*)是目前较为权威的译本。

如果说,民国时期行游新疆的知识者,多是通过传道授业和师承研习等方式影响着周边的学生同仁,那么或者可以说,还有一些深深

---

① 杨遵仪主编:《桃李满天下——纪念袁复礼教授百年诞辰》,武汉:中国地质大学出版社,1993年,第66页。
② 同上,第47页。
③ 同上,第41页。
④ (瑞典)斯文·赫定讲,侯仁之译述:《新疆公路视察记》,《禹贡》1935年第3卷第3期。

受惠于民国游记精神滋养的,是那些通过家教家风家传而对新疆文化一往情深的民国行旅知识者的后人,因为很多作者的后代、学生或忘年交都踏上了先行者曾经走过的路。比如黄烈对父亲黄文弼遗著——《黄文弼蒙新考察日记》的整理。黄汲清子女的回忆文章中提到父亲对于天山的一往情深。徐炳昶之女王忱回忆:"当我记事以后,认识的第一个'老外'应该说就是斯文·赫定,因为家里有一本中国西北科学考查团的相册,第一页有一张斯文·赫定亲笔签名的大照片。我最喜欢的是相册中的大骆驼队和老爸骑着大骆驼的照片,常常磨着母亲讲其中的故事,在我幼小的心灵中已经深深地印上了'西北科学考查团'这个名字……当我会看书以后,斯文·赫定著作在我国最早的译本《亚洲腹地旅行记》《长征记》等便成了我所喜欢的书。"[①]王忱整理出版了历史文献资料《高尚者的墓志铭——首批中国科学家大西北考察实录(1927—1935)》[②]和《"中国西北科学考查团"八十周年大庆纪念册》等书。刘衍淮女儿刘美丽则说:"一生难忘的是从很小有记忆开始,每天我最期待的节目之一就是晚上睡觉前听爸爸讲在新疆骑骆驼的故事。"[③]刘元、刘美丽、刘安妮等刘衍淮子女向新疆师范大学黄文弼中心捐献了家人们珍藏的刘衍淮全部的西北科学考察日记和相关文献,黄文弼中心主任朱玉麒、刘学堂等接受了共计11册记录西北科学考察日记、近百册/篇论著和7大册

① 中国地球物理学会"西北科学考查团"研究会"八十周年大庆纪念册"编委会编:《"中国西北科学考查团"八十周年大庆纪念册》,北京:气象出版社,2011年,第394页。
② 书中收录了徐炳昶、袁复礼、丁道衡、刘衍淮、李宪之、陈宗器、胡振铎、徐近之、郝景盛等中方团员不同时期的西北考察记。见王忱编:《高尚者的墓志铭——首批中国科学家大西北考察实录(1927—1935)》,北京:中国文联出版社,2005年。
③ 刘衍淮著,徐玉娟等整理:《丝路风云——刘衍淮西北考察日记(1927—1930)》,北京:商务印书馆,2021年,第839页。

1 000多帧照片的影集等珍贵捐赠。

再如地球物理学家陈宗器之女陈雅丹,后来成为第一位赴罗布泊的国内著名画家,其名字正是取自新疆罗布泊的雅丹地貌。她回忆说:"我是父亲最小的女儿,1942年我出生的时候父亲已从中国西北考察团归来整整7年,但他依然给我起名叫'雅丹'(雅丹,位于罗布泊地区,是罗布泊地区那些被猛烈的风剥蚀出来的高墩),可以想见西部之行给他留下了多么难忘的记忆,在他为科学献身的一生中是多么重要。"[①]而有趣的是:在世界地理学界,"雅丹"一词不仅来自斯文·赫定著作中对特定风蚀地貌的音译,也源自随行的维吾尔族本地向导称此地为"雅尔丹"。陈雅丹曾经满怀深情地回忆:"小时候,爸爸大量的摄影图片,成为我最钟爱的珍品,那穿行峡谷的驼队、朔风中飞舞的标旗、被风撕碎了的帐篷、废弃的古城就像将那久已逝去的年代沉重的幕帘掀起了一个角,使我得以窥视那艰苦岁月的点点滴滴,它们是如此遥远,却又如此吸引我幼小的心灵。"也许正是为了补偿18岁失去父亲的巨大缺憾,陈雅丹45岁闯南极,55岁纵穿罗布泊,难怪散文家叶梦说:"雅丹生命中的一切似乎都与她的父亲有关。"[②]陈雅丹不仅与其兄陈斯文为纪念父亲诞辰110周年联名出版传记《摘下绽放的北极星》,还有《穿越时空——我的罗布泊之旅美术日记》和描写父亲陈宗器在罗布泊考察的报告文学——《走向有水的罗布泊》等。

实际上,中国西北科学考查团也是被后人梳理研究最为充分的民国赴新科学考察团,文献整理方面除以上两部外,还曾推出由新疆维吾尔自治区档案馆和日本佛教大学尼雅遗址学术研究机构共同编

---

① 　陈雅丹:《走向有水的罗布泊·序言》,北京:昆仑出版社,2005年,第1页。

② 　叶梦:《陈雅丹:从南极到罗布泊》,http://hunan.voc.com.cn/xhn/article/201604/201604051055376154.html#next。

纂出版的《中瑞西北科学考察档案史料》①(2006年),学术研究成果如中国科学院知识创新工程项目"'中国西北科学考查团'科学考察活动综合研究"项目组推出了张九辰、徐凤先、李新伟等的《中国西北科学考查团专论》(2009年)、罗桂环的《中国西北科学考查团综论》(2009年)等。其相关纪念活动至少包括:1987年,由中国科协发起,中国地质学会、中国考古学会、中国地理学会、中国气象学会、中国地球物理学会和中国科学技术史学会共同举办的"中国西北科学考察团六十周年纪念会";1992年在乌鲁木齐由中瑞两国学术机构合作召开的"'20世纪西域考察与研究'国际学术讨论会";2007年5月中国科学院自然科学史研究所和中国科学院古脊椎动物与古人类研究所联合举办的黄文弼"中—瑞西北科学考查团"科学考察活动八十周年纪念展暨"中国西北考查团科学考察活动综合研究"项目学术研讨会;2012年,新疆师范大学自成立黄文弼研究中心以来,已组织数次与中国西北科学考查团有关的国际学术会议,出版有《黄文弼与中瑞西北科学考查团国际学术研讨会论文集》等。2017年,全国多地陆续举办了纪念活动,如"走向丝路研究的新地平:中国西北科学考查团九十周年系列讲座""中国西北科学考查团进疆九十周年高峰论坛"、"刘衍淮先生捐赠文物特展"(新疆师范大学主办)、"纪念中国西北科学考查团成立九十周年暨第九次巴丹吉林沙漠科学考察"(兰州大学主办)、"北京大学与丝绸之路——中国西北科学考查团九十周年高峰论坛"(北京大学主办)等。2019年,国家社科基金重大项目"中国西北科学考查团文献资料整理与研究"由北京大学中国古代史研究中心朱玉麒教授担任首席专家,项目组已

---

① 　罗桂环《立言诚不易,编书亦烦难——评〈中瑞西北科学考察档案史料〉》一文既肯定了此书的重要贡献和价值,又对该书疏漏处做了进一步的考辨校正。见《自然科学史研究》2007年第4期。

陆续通过文研院官方微信公众号及网站等推出"袁复礼旧藏西北科考团摄影·新疆"等线上展览活动。相关的文献文物展览、学术讲座论坛、考察纪念活动等又进一步扩大了中国西北科学考查团的学术影响力和文化传播力。

冯至夫人姚可崑在西南联大时,曾应友人之邀,翻译德文原版的赫尔曼的《楼兰》,其子冯姚平曾回忆幼年时代见母亲与父亲交流翻译心得的温馨画面:"我在前面跑跑跳跳,母亲在后面又讲起了'楼兰',父亲听得津津有味。我就不太明白,很多很多年前埋在地下的一座古城能有什么故事可说呢,可是'楼兰'这个美丽的名字却深深地印入脑海,以至日后我长大了,读到'不破楼兰终不还'之类的诗句时心中都会生出一种他乡遇故知似的特别亲切的感情。"[①] 在无意中发现母亲当年未完成的译稿后,由杨镰联系新疆人民出版社、高中甫翻译了余下的部分并付梓出版。

当杨镰自愿选择新疆"接受再教育",向父亲杨晦的老友冯至(同为"沉钟诗社"发起人)辞行时,冯至从书架上取下一本斯文·赫定的自传《我的探险生涯》送给他,这本书后来成为杨镰在哈密伊吾军马场牧马时期最重要的精神养料,并曾赋予他多少关于新疆的浪漫想象和理想激情。插队哈密伊吾军马场后,"在乌兰乌苏,我在想象中与纪晓岚、洪亮吉、史善长、黄濬、裴景福等先行者相逢"[②]。"文化大革命"时期的文化传播不限于各类内部参考、私下流通的纸质媒介,更多见各种口耳相传、秘密交流等的口头媒介,青年时代杨镰曾多次听当地老人将杨增新唤作"杨将军",了解到新疆大地上的许多奇闻旧事,这或许能解释为什么杨镰在其著作中大力褒扬斯文·赫

① (德)阿尔伯特·赫尔曼著,姚可崑、高中甫译:《楼兰》,乌鲁木齐:新疆人民出版社,2006年,第134页。
② 杨镰:《在书山与瀚海之间》,上海:东方出版中心,2012年,第166页。

定和杨增新。"从20世纪80年代末起,他平均每年要往新疆跑两三次,一生多达八十余次去那里考察和探险"①,加之主持《西域探险考察大系》《探险与发现丛书》《丝绸之路西域文献史料辑要》等一系列中外新疆游记文献丛书的整理编撰工作,使得杨镰对西域历史的认识不是道听途说或耸人耳目的,而是通过"再考察""再解读"和"再书写",与以往的历史文本形成有效对话和良性互动,并创作了《荒漠独行》《云游塔里木》《发现西部》等一系列融报告文学、考古报告、科普读物和考察游记于一体的文化散文著述。与杨镰有类似阅读经验的再如著名边疆史专家马大正,他曾回忆奥勃鲁切夫《中央亚细亚的荒漠》、斯文·赫定《亚洲腹地旅行记》和美国著名记者威廉·夏伊勒的《第三帝国的兴亡———纳粹德国史》"是当年我爱读而放不下的三部书"②。

值得注意的是,由于民国行游新疆者大多身为民国知识人、思想者或科学家,其对时代精神和文化动向的感应相对更为灵敏迅速,同时,他们居于文化中心圈的先进科学的观念意识也更容易一层层播撒扩散,并辐射影响到更为广大边缘的社会阶层。所以,我们所不能遗忘和希冀揭橥的是,这些成为潜流的文化记忆和人文传统又怎样成为新一代知识分子成长的基因养料,这其中必然也包括《旅行》《现代》等杂志在50年代初刊发的新疆游记。比如中国旅行社直到1952年7月还推出了《旅行杂志小丛书之一》的《到新疆去》③,书中《前记》特别强调了新疆在资源开发和战略外交上的重要地位,章元

---

① 计亚男:《学者杨镰的新疆故事》,《光明日报》2020年8月17日,第11版。

② 马大正:《外国探险家新疆探险考察的档案文献资料整理与研究评述》,《西部蒙古论坛》2016年第2期,第27页。

③ 章元凤等:《到新疆去》,中国旅行社出版,中华书局上海印刷厂印刷,1952年7月初版3 000册,8月再版至8 000册。

凤在《新疆简介》中虽然称左宗棠为"满清王朝奴才",但仍然延续了现代新疆游记热衷回溯历史的人文传统和写作惯例。同时,中华人民共和国成立后在新疆地区开展的轰轰烈烈的整理民间文学和少数民族古典文学运动中,有很多直接受惠于民国知识分子的整理搜集工作,并继续为这一浩大文化工程添砖加瓦。或者我们要问的是,民国游记中哪些著作成为后来知识分子秘而不宣的案头珍藏,而塑造和巩固了一代又一代读者心中的新疆印象?甚至还有多少知识阶层因为这一秘密精神花园之文化培育而选择了义无反顾地赴疆安家工作?

至少我们可以说,那些与20世纪上半叶新疆形象相接轨的文化记忆虽然被"选择性遗忘"但却依然暗流涌动,尤其活跃在那些真正对新疆历史人文感兴趣的学者文人那里。正是在这一基础上,我们才能理解在国门重新打开的20世纪80年代,新疆史学界、文学界、民族学界很快卷入一场工程浩大的整理选注西域旧体诗抄和翻译引介西人新疆游记的浪潮之中,多少学者记者和文人墨客开始了通过重返历史故地和文物遗迹求证旅行文本、发现更多真相的漫漫征途。这其中,有日本文化界寻觅大唐丝路的外在驱动,有以彭加木为代表的科学家组织的新一轮科考集体行动的现实感召,也有与中华人民共和国成立初期边疆想象相接轨的新旧新疆对比热情,总之,我们看到那个作为丝绸之路和中亚腹地的新疆形象开始复活并且焕发出新的生机。比如车慕奇就曾在改革开放之初,于1978—1979年,"花了整整七个月时间,一站一站地沿着玄奘、马可·波罗和古代骆驼商队的足迹踏访,走遍了天山南北三条路线,全程五千余公里"[1],其缘起多少与"年轻的时候,读过范长江著《中国西北角》,幻想开发祖国的

---

[1] 车慕奇:《丝路之旅》,上海:上海文艺出版社,1984年,第465页。

大西北"[①]有关。

四、民国游记对今日新疆发展问题之参照启示

　　熊建军曾指出,历朝历代关于西域(新疆)"印象的形成就历史描述来看,主要基于两个方面:一个是政治军事视角,一个是物质占有欲望。政治军事视角方面,在历代统治者的眼里,新疆是一个能协同御敌但又是离开天朝的'远方',弃用两难。物质占有欲望方面,新疆对于中原来说是一个有殊物而欲得的宝地,统治者的态度是'所重者在乎色乐珠玉,而所轻者在乎人民也'"[②]。自清王朝在18世纪中叶平定天山以北卫拉特蒙古准噶尔贵族及天山以南大小和卓的叛乱后,尤其是左宗棠率军收复新疆且1884年正式在新疆建立行省后,新疆就不仅只是文化地理意义上的远方和物产资源上的宝地,更是关系中原政权安危的战略要地和中西文化交流的国之孔道。

　　晚清时期,民族觉醒观念经历了从不及物走向及物[③]的制度化过程,民族主义也在与国家主权、制度建构、道德规范、政党组织、语言改革等的交织互动中,获得了越来越丰富而广阔的内涵,而"这些联系中最为重要的主题,就是唤起民族统一"[④]。正是通过行游新疆等的边地之旅,民国知识精英既为实践这一政治理想和文化变革找到了

---

① 车慕奇:《丝路之旅》,上海:上海文艺出版社,1984年,第464页。
② 熊建军:《古代新疆形象的历史叙事与建构》,《武汉理工大学学报》2014年第2期,第311页。
③ 费约翰认为,Awakening"在中文里,该词通常采用不及物的形态,如觉、觉悟、醒,或觉醒,意指'承受一种觉醒'。在大众政治学里,它也采用唤醒他者的及物形态(唤起,唤醒),或者采用祈使语气,如:'醒来'(醒! 觉悟!)"。见(美)费约翰著,李恭忠、李里峰等译:《唤醒中国:国民革命中的政治、文化与阶级》,北京:生活·读书·新知三联书店,2004年,第6页。
④ (美)费约翰著,李恭忠、李里峰等译:《唤醒中国:国民革命中的政治、文化与阶级》,北京:生活·读书·新知三联书店,2004年,第32页。

一条可行的新路,也进一步用民族主义和国家本位的思想对狭隘民族主义和地方主义感情进行着纠弊和改造。尤其是当中国传统文人"天下一家"的幻想逐渐被身份认同的危机所替代时,边疆经验和边地体验能很大程度上减缓民国知识分子面对混乱时局和国家危亡时所产生的焦虑无力感,又能在更大程度上激发他们通过著书立说和知行合一来为国为民立言的文化自信力。尤其在抗日战争中,旅新者通过直接参与、目击和体验边疆各族人民抗日爱国的游行募捐演剧等活动,而凝聚了更多的民族认同、情感认同与文化认同,边疆的政治生活与国内其他地区如火如荼的全民抗日相呼应,行旅者离乡背井的家国之忧被"在场""当下"的反帝声浪所冲淡,正如有学者在分析20世纪30年代的国人西北旅行书写时所指出的:"正是这一政治意义上的情感建构,服从于危难时刻国家意识与民族意志的大推进、大动员。换言之,也是从文化意义上,对民族精神和家国情怀的大统和、大渲染。"[1]

时至今日,无论是作为知识精英者还是寻常百姓家,坚定新疆是中国不可分割的一部分的基本共识,已经是融入我们每一个人精神内核的文化基因。面对中国人百余年来在国土观、民族观、文化观、发展观等方面所经历的无数碰撞和反复洗礼,理解新疆形象之百年变迁和新疆问题之枝蔓丛生,无疑是我们更好地理解具体国情和中国立场的绝佳窗口,民国时期国人看待新疆的观念方式无疑又是我们推开新疆/国内其他地区门户的必通路径。在这个意义上说,梳理民国时期国人游记不仅是为了透视民国新疆的人心民性,更是为了展现民国新疆/国内其他地区的文化互动;不仅为了游记文学之传

---

[1] 年颖、林铁:《20世纪30年代西北游记中的空间建构与政治认同》,《湖南师范大学学报》2019年第2期,第97页。

承，更是为了历史文献之发扬；不仅为了回望民国社会之面貌，更是为了明见中华人民共和国建设之辉煌。这也或如吴蔼宸在1961年完成对唐宋元明清的西域诗整理工作后，自述其编著动机是："抚今追昔，相与比照，能无欣跃鼓舞，而知所取择。鉴乎历史上千百年来发展之程序，不有古人文字取得侧面资料，安得窥其崖略，资其镜考！此余创辑斯编之微旨，岂徒供文人墨客之吟咏，为博物者广异闻资谈助云尔哉！"①当然，我们尤其感动的是，几乎所有行游新疆之国人，都一面履行着自己在经济学、考古学、历史学、地理学、工程学等现代学科方面的专业所长，一面试图在更为宏观的国家战略层面上对新疆问题献言献策，他们自觉且清醒地将自己放置到不遗余力地为读者大众介绍这一大片独特美丽的国土的文化使者的位置上，无论是从历史上对这片"故土新归"的沿革考证和文化溯源，还是在现实中对这方"战略要地"的资源赞美和安危忧虑，他们所共同诉求的，无疑都是新疆与祖国在领土、民族、文化上的统一性和共生性。

　　民国新疆行游作品的最大价值在于游记作者以深入人心的国家立场和知识分子的岗位意识为本位，无论新疆陷入战乱还是自己安危叵测，他们都能坚守公正客观的史家笔法和为国请命的文化大义，对于其时新疆形象的诸多面向——政治、经济、地理、历史、民族、民俗、文物、艺术等予以不同侧重的展现。

　　先从纯文学游记文本的审美性诉求之于新疆当代文学的发展和潜在影响看。表面上看，大多数当代作家的新疆游记所直接受惠的，仍多为西方探险考察游记而非民国国人新疆游记，然而我们还需要指出的是，新疆当代文学中最熠熠闪光和别具一格者，有太多是内地作家在短期访问或暂居新疆时写下的不朽篇章。这其中既有对大美

---

①　吴蔼宸选辑：《历代西域诗钞·序》，乌鲁木齐：新疆人民出版社，1982年，第2页。

新疆终生吟咏不尽的闻捷、碧野、王蒙、红柯，也有只一次邂逅就灵感奔涌的田间、汪曾祺、张贤亮、张曼菱等，或者也如戴伟华在谈边塞诗的文化成因时说："文士生活在这里，和原来已认同的文化存在进行比较，并写出明显的差异性。移入场与移出场的文化差异构成了诗歌奇特景观，成为某一时期最富个性而又最有特色的诗歌，这是一条规律。"①其实在其多篇新疆游记中，青年时代的苏北海就时时不忘赞美作为中亚枢纽的新疆，纵马天山可俯瞰亚洲之地理优势；赞美幅员辽阔的新疆，视野无限而"自然的起了庄严与伟大"；赞美新疆人民"他们生长在大雪、大风、大漠、大山之间，一向是爱唱雄壮的歌声，爱听爽直的情调，爱看英雄相遇的美丽动作，爱写有骨有肉的文章"②；并且感叹："新疆需要第一等的文人，需要第一等的人才，需要发挥伟大的直线美，把直线的力量一直伸展到中亚细亚去，随着风雪吹向世界。"③从这个意义上说，新时期新疆文学成功进军文坛中心的集体行动——新边塞诗的成功并非偶然而是牢牢抓住了新疆与中原地区的人文地理差异性和新疆独一无二的历史文化多样性，其雄浑开阔壮美豪迈之阳刚美莫不是苏北海先生所说的"直线美"在40年后的回响和重彩？

再就"跨文类"的行旅写作所集中探讨的新疆开发建设大计而言。民国时期行游新疆者最为看重和留意者莫过于交通和屯垦，交通条件已在中华人民共和国成立之后新疆航空铁路公路建设等方面取得了历史性的巨大飞跃，屯垦戍边也在新疆生产建设兵团前无古人的伟大实践中确认了其一直是关乎新疆发展稳定的千秋伟业。

---

① 戴伟华：《中国文学地理学中的微观与宏观》，《华南师范大学学报》2016年第2期，第144页。
② 苏北海：《新疆一年小感（续）》，《甘肃民国日报》1946年5月24日，第3版。
③ 同上。

一百多年前,谢彬曾预言,伊犁"此地处亚洲大陆之脊,当东西交通孔道","东西往来,势将群出此途,伊宁适当其冲,商务发达,将与香港、上海诸埠并驾齐驱"。①1930年代初,吴绍璘在《新疆概观》中预言伊兰铁路若能建成,新疆"其重要商埠,亦必不在上海、哈尔滨、天津、香港之下"②,吴蔼宸在《新疆之过去与未来》中言:"自欧亚通航,新疆形势为之一变。……西人首履华土即为迪化,殆将恢复当年之大陆交通,其地位之重要,将与香港、上海并驾齐驱。"③林鹏侠更是殷切期望:"以唐玄奘及近人斯文·赫定前后相隔千余年,而所记载之情形初无二致。迄今虽有国道之建设,及航空之点缀,惟南北二大戈壁及腹地之旅行,其困难之状,迄未改变,风沙苦渴,寒暑之况,非身历其境,决难体会此中况味。此情此景,余于亲尝之后,不禁遐想欧美文明国家,交通便利,随地繁华,以新疆如是膏美之区,设易地而处,火车飞机宜必往来如织,造成繁华之境。"④耐人寻味的是,谢彬、吴绍璘、吴蔼宸都预言亚洲腹地之伊宁、迪化有望与沿海港口香港、上海并驾齐驱,除却经济战略上的考虑,我们隐约又看到了清朝晚期提出"海防"与"塞防"并重的历史回响⑤。尤其值得称道的,是有"中国第一女飞行员"之称(也是考察南北疆并著述成书的唯一知识女性)的林鹏侠,她既站在中国历朝经营新疆的角度认识新疆"实为

---

①　谢彬:《新疆游记》,乌鲁木齐:新疆人民出版社,2013年,第152页。

②　吴绍璘:《新疆概观》,南京:仁声印书局,1933年,第262页。

③　吴蔼宸:《边城蒙难记》,乌鲁木齐:新疆人民出版社,2010年,第156—162页。

④　林鹏侠:《新疆行》,北京:中国青年出版社,2012年,第27页。

⑤　这也正如杨敏、杨筱明所总结的:在"中国之中国"的视角下,"形成了对'西北边疆与东南海疆的时空结构关系'研究的深厚学术积淀。清代顾祖禹、魏源、龚自珍、林则徐、徐继畬等,对中国边疆与海疆的空间关系已有较为系统的阐述,当代学者汪晖、王鹏辉、王春焕、孙勇等对此也有分析"。见杨敏、杨筱明:《知遇历史:陆海双轴的国家政略新均衡态势——"一带一路"蕴含的深度互构与新发展主义》,《思想战线》2018年第2期,第163页。

我国重要之生命线! 移民殖边,调剂人口,开发富源,发达生产,推广教育,振兴交通实业,使新疆与内地文化得以交流,经济互相依赖,脉络相连,手臂相辅,则不但一切复杂问题俱可迎刃而解,且可奠国家万世富强之基"①,又立足于已由陆权、海权进入空权时代的全球高度,指出"新疆亦随世界潮流之激荡益增其重要性",我国政府应"自成一独立强大之国家,必可进而与列强并驾齐驱,退而为美苏冲突之缓冲,以保障世界之和平"。②因为林鹏侠的《新疆行》完成并出版于1950年,这也流露出海内外华人侨胞对于中华人民共和国美好前景的殷殷期盼。

尤其是近年来我国政府提出的"一带一路"倡议,无疑既植根于数千年中华文明强盛绵延的历史经验,也是立足于新时代国家地缘政治、外交战略、经济转型的重大举措,更是立足于构建人类命运共同体的伟大蓝图。回望20世纪30年代,斯文·赫定在勘测考察修建一条横贯中国大陆的交通动脉时,就曾在新疆这片"连接地球上存在过的各民族和各大陆的最重要的纽带"③上,"憧憬着技术进步将给这片土地带来的灿烂前景,幻想着人的创造力将得到空前发展"④,斯文·赫定进而说:"中国政府如能使丝绸之路重新复活,并使用上现代交通手段,必将对人类有所贡献,同时也为自己树起一座丰碑。"⑤

更就游记文本所形塑的新疆形象之于当代中国边疆稳定和国土安全意义而言。民国新疆游记作者基本都为时代精英知识分子,在交通信息条件落后、人员往来交流贫乏之大背景下偶获赴新考察之

---

① 林鹏侠:《新疆行》,北京:中国青年出版社,2012年,第28页。
② 同上。
③ (瑞典)斯文·赫定著,江红、李佩娟译:《丝绸之路》,乌鲁木齐:新疆人民出版社,2013年,第206页。
④ 同上,第208页。
⑤ 同上,第210页。

机缘，自然都会分外珍视，其新疆游记也成为时代脉搏上看似遥远但也极为敏锐的神经末梢。辛亥革命、军阀混战、民族危亡、抗战建国，大时代的每一次裂变和阵痛都构成了行游作者理解新疆问题的先在视域；文物考古、边疆学盛、红色播种、开发西北，新疆重要性之日益凸显也一步步深化着其与祖国前途命运休戚相关的基本事实。"新疆乱世是绝地，治世是桃源"（杨增新），几乎所有的行游作者，都对新疆之和平稳定给予了最高度的关注。其中，个别者因突遇内乱而在狂风暴雨中坚守大义，如在1928年杨增新遇刺身亡后留下最重要历史"在场"记录和公允历史评价的徐炳昶，1933年迪化被围困时挺身而出与马仲英部队谈判并参与慈善会赈济灾民的吴霭宸，1946年"伊宁事变"后为汉族难民发放救济费的陶天白等；而更多者，则因远离动荡时局而在相对安宁之新疆竭尽全力履行公干考察之责任使命，他们既立足于职业本位和学术专长宣慰监察新疆各地、实地勘测交通水利、考古发掘保护文物、吟咏感怀自然美景、传承文化共享交流、擘画开发建设蓝图，更不能忘忧于国家本位和民族大义而忠实完整记录下关于民国新疆社会生活、行政治理、经济交通、文化教育、思想观念、边防安全等"百科全书"式的所见所感，其途中之艰辛磨难或如马荫良在《西北视察记》序言中说陈赓雅"登绝塞涉沙漠……飙回垠野，辄有进退维谷之虞，暴起榛莽，更凛呼救乏援之患。至于尘沙扑面，白日寝光，道路崎岖，蹊径靡测，盖犹其余事"①。

正是秉持国家大义和心系黎民苍生，这些游记之作成为我们回望民国新疆最具纵横捭阖视野和洞烛幽微深描的一份历史记录。民国行旅记游中最为忧虑的新疆之领土安全和外敌虎视，最为称赞的新疆物产资源之博大丰富和开采之计，最为兴趣盎然的新疆之多元

---

① 马荫良：《马序》，陈赓雅：《西北视察记》，上海：申报馆，1936年，第3—4页。

文化和复杂历史,最为自省的新疆之治理之道和为官之本,最为棘手的新疆民族宗教处理之难和头绪之多,最为看重的新疆民众之国家意识和民生发展,都为历史证明其远见卓识。尤其近年来,在世界范围内民族主义、国家主义、保守主义浪潮席卷而来,全球化/逆全球化、全球史/区域史、政治终结/民粹主义等不乏理想情怀的学术争鸣被严酷现实冲击得七零八落的当下,当我们重新思考中国之于全球政治经济体系中积极担负的大国责任和无可逃避的异样眼光时,新疆形象的重要性和新疆问题的国际化在当下可能比中华人民共和国成立以来的任何一个时期都更为敏感和关键,这也正如中亚研究学者潘志平所说:"汉代控西域以'断匈奴之右臂',左宗棠之'重新疆者所以保蒙古卫京师',是没有地缘政治学的地缘政治分析。从古到今,时代不同了,国际大环境也发生重大变化,但从地缘政治分析的角度看,新疆的战略地位从来没有如今之重要。"①

民国新疆记游行程遍及全疆者以谢彬、林竞为始,以李帆群、林鹏侠为终,前者为政府公派考察新疆财政之专使,后者以个人旅游探访新疆风土为己任,从中我们不难窥见行旅者出行动机、行游方式、文化观念等方面的迭代更新,也可见现代新疆三十余年在交通通信、城镇建设、民俗风貌等各方面发生的巨大变迁。更令人感佩的是,他们都以爱国之赤诚、非凡之毅力、广泛之博览、深彻之远见、青春之无畏、无私之胸怀足履天山南北万里路,笔录新疆各地三千年。从谢彬谏言新疆交通国防之急迫,林竞力言新疆实业资源之无限,到李帆群直言新疆现实混乱之危机、林鹏侠畅言新疆开发建设之愿景,我们都不难感受到民国知识分子日益清醒自觉的民族国家意识、现代国防

---

① 潘志平、耶斯尔:《西域新疆的战略地位:地缘政治的视角》,《中国边疆史地研究》2013年第3期,第12页。

观念和实业救国思想。新疆因其地理位置、民族宗教、物产资源、文化传统之特殊性，得到了几代民国知识分子的持续关注和高度重视，他们一面克服险难亲历此地，一面披沙沥金博览群书，或者临危受命力挽时局，或者为民请命探访民情，或者风餐露宿科学勘探，或者遍访古迹诗兴勃发。其拳拳赤子之心、感时忧国之思、雄才伟略之识、怀瑾握瑜之才、不计安危之胆、笔卷风云之力，为日月可鉴，与山河长存。

参 考 文 献

一、史料文献

《新疆日报》,1943—1949年。

《甘肃民国日报》,1946—1949年。

《兰州日报》,1946—1949年。

陈渭泉主编,艾克利副主编:《中国西北文献丛书·正编》(全203册),兰州:兰州古籍书店,1990年。

本书编委会:《民国珍稀短刊断刊·西北卷》(全21册),北京:全国图书馆文献缩微复印中心,2006年。

李德龙、俞冰主编:《历代日记丛钞》第168、176册,北京:学苑出版社,2006年。

苗普生、高人雄、刘国防主编:《中国西北文献丛书·二编》(全51册),北京:线装书局,2006年。

徐丽华、李德龙主编:《中国少数民族旧期刊集成》(全100册),北京:中华书局,2006年。

边丁主编:《新游记汇刊》,香港:蝠池书院出版有限公司,2009年。

马大正主编:《民国文献资料丛编·民国边政史料汇编》,北京:国家图书馆出版社,2009年。

马大正主编:《民国文献资料丛编·民国边政史料续编》,北京:国家图书馆出版社,2010年。

中国边疆研究资料文库编委会:《边疆史地文献初编·第一辑·西北边疆》,北京:中央编译出版社,2011年。

《中国边疆研究资料文库》编委会:《边疆民族旧刊辑录初编:西北及西南》(全32册),北京:知识产权出版社,2011年。

毕奥南主编:《边疆民族旧刊续编:西北边疆》(全14册),合肥:黄山书社,2013年。

张新泰、杨镰主编:《西域探险考察大系》(全30册),乌鲁木齐:新疆人民出版社,2013年。

杨镰、石永强主编:《丝绸之路西域文献史料辑要》(300余卷),乌鲁木齐:新疆美术摄影出版社,乌鲁木齐:新疆电子音像出版社,2016年。

白应东主编:《丝绸之路诗词选集》,乌鲁木齐:新疆青少年出版社,1987年。

包尔汉:《新疆五十年》,北京:文史资料出版社,1984年。

陈纪滢:《新疆鸟瞰》,重庆:建中出版社,1943年。

迟文杰主编:《山水首府》,乌鲁木齐:新疆人民出版社,2007年。

戴良佐编著:《西域碑铭录》,乌鲁木齐:新疆人民出版社,2013年。

邓缵先:《毳庐诗草》,黄海棠、邓醒群点校,上海:华东师范大学出版社,2012年。

邓缵先:《毳庐续吟》,上海:华东师范大学出版社,2012年。

邓缵先:《毳庐诗草三编》,上海:华东师范大学出版社,2012年。

邓缵先:《叶迪纪程》,上海:华东师范大学出版社,2012年。

方希孟等:《西征续录》,兰州:甘肃人民出版社,2002年。

冯有真:《新疆视察记》,上海:世界书局,1934年。

甘肃省图书馆书目参考部编:《西北民族宗教史料文摘》(新疆分册),兰州:甘肃省图书馆,1985年。

甘肃省社会科学学会联合会、甘肃省图书馆合编:《丝绸之路文献叙录》,兰州:兰州大学出版社,1989年。

顾颉刚等:《西北考察日记》,兰州:甘肃人民出版社,2002年。

"国史馆"、中国国民党"中央委员会"党史委员会:《罗家伦先生文存》,台北:近代中国出版社,1988年。

浩明辑注:《近代新疆诗钞》,乌鲁木齐:新疆文化出版社,2017年。

洪涤尘编著:《新疆史地大纲》,南京:正中书局,1935年。

黄慕松:《新疆概述》,台北:文海出版社,1977年。

黄文弼遗著:《黄文弼蒙新考察日记(1927—1930)》,黄烈整理,北京:文物出版
　　社,1990年。

黄文弼著,黄烈编:《西域史地考古论集》,北京:商务印书馆,2015年。

蒋经国等:《伟大的西北》,银川:宁夏人民出版社,2001年。

蒋君章编著:《新疆经营论》,南京:正中书局,1936年。

李方主编,施新荣副主编:《新疆历史古籍提要》,北京:中国书籍出版社,2019年。

林竞:《蒙新甘宁考察记》,兰州:甘肃人民出版社,2003年。

林竞:《新疆纪略》,迪化:天山学会,1918年。

林鹏侠:《新疆行》,北京:中国青年出版社,2012年。

刘力坤选编:《名人与天池》,乌鲁木齐:新疆人民出版社,2007年。

刘文海:《西行见闻记》,兰州:甘肃人民出版社,2003年。

卢前:《新疆见闻》,南京:中央日报社,1947年。

罗家伦:《西北行吟》,重庆:商务印书馆,1946年。

骆春明、李学明、许学诚主编:《巴里坤诗文集》,乌鲁木齐:新疆大学出版社,2004年。

裴景福:《河海昆仑录》,兰州:甘肃人民出版社,2002年。

萨空了:《从香港到新疆》,银川:宁夏人民出版社,2000年。

陶天白:《天山鳞迹》,香港:银河出版社,2001年。

天涯游子:《人在天涯》,乌鲁木齐:新疆人民出版社,2000年。

汪扬:《西行散记》,上海:中国殖边社,1935年。

汪昭声:《到新疆去》,重庆:天地出版社,1944年。

王忱编:《高尚者的墓志铭——首批中国科学家大西北考察实录(1927—1935)》,
　　北京:中国文联出版社,2005年。

王树枏:《陶庐老人随年录》,北京:中华书局,2007年。

王树枏:《新疆礼俗志·新疆小正》,上海:中华书局,1918年。

王树枏等纂修:《新疆图志》,朱玉麒等整理,上海:上海古籍出版社,2015年。

吴蔼宸选辑:《历代西域诗钞》,乌鲁木齐:新疆人民出版社,1982年。

吴绍璘:《新疆概观》,南京:仁声印书局,1933年。

新疆维吾尔自治区文化厅史志编辑室编:《新疆文化史料》(内部资料),乌鲁木
　　齐:新疆农科院印刷厂,1990年。

胥惠民编注:《现代西域诗钞》,乌鲁木齐:新疆人民出版社,1991年。

徐炳昶:《西游日记》,兰州:甘肃人民出版社,2002年。

徐苏灵:《新疆内幕》,重庆:亚洲图书社,1945年。

徐弋吾:《新疆印象记》,西安:和记印书馆,1935年。

杨镰:《诗词中的新疆》,乌鲁木齐:新疆人民出版社,2003年。

杨钟健:《西北的剖面》,兰州:甘肃人民出版社,2003年。

杨钟健:《杨钟健回忆录》,北京:地质出版社,1983年。

余航:《新疆之恋》,南京:独立出版社,1947年。

张宝裕等主编:《杜重远》,乌鲁木齐:新疆大学出版社,1987年。

中国新疆维吾尔自治区档案馆、日本佛教大学尼雅遗址学术研究机构编:《中瑞
　　西北科学考察档案史料》,乌鲁木齐:新疆美术摄影出版社,2006年。

[法]伯希和:《伯希和西域探险记》,耿昇译,北京:人民出版社,2011年。

[法]沙海昂注:《马可波罗行纪》,冯承钧译,上海:上海古籍出版社,2014年。

[芬兰]马达汉:《1906—1908年马达汉西域考察图片集》,王家骥译,济南:山
　　东画报出版社,2000年。

[芬兰]马达汉:《马达汉西域考察日记1906—1908》,王家骥译,北京:中国民
　　族摄影艺术出版社,2004年。

[日]日野强:《伊犁纪行》,华立译,哈尔滨:黑龙江教育出版社,2006年。

[瑞典]斯文·赫定:《我的探险生涯》,李宛蓉译,北京:人民文学出版社,2016年。

[英]斯坦因:《西域考古记》,向达译,北京:商务印书馆,2013年。

二、学术著作

陈慧生、陈超:《民国新疆史》,乌鲁木齐:新疆人民出版社,2004年。

陈平原、王德威编:《北京:都市想像与文化记忆》,北京:北京大学出版社,2005年。

程美宝:《走出地方史:社会文化史研究的视野》,北京:中华书局,2019年。

崔保新:《沉默的胡杨——邓缵先戍边纪事(1915~1933)》,北京:社会科学文献出版社,2010年。

崔保新:《新疆一九一二》,北京:社会科学文献出版社,2012年。

邓慧君:《通向远方的路:明清时期的丝绸之路》,兰州:甘肃少年儿童出版社,2014年。

董玥:《民国北京城》,北京:生活·读书·新知三联书店,2014年。

董玥主编:《走出区域研究:西方中国近代史论集粹》,北京:社会科学文献出版社,2013年。

段金生:《学术与时势:民国的边疆研究》,北京:中华书局,2020年。

范宜如:《行旅·地志·社会记忆:王士性纪游书写探论》,台北:万卷楼图书股份有限公司,2011年。

葛兆光:《想象异域:读李朝朝鲜汉文燕行文献札记》,北京:中华书局,2014年。

葛兆光:《宅兹中国:重建有关"中国"的历史论述》,北京:中华书局,2011年。

葛兆光、徐文堪等:《殊方未远:古代中国的疆域、民族与认同》,北京:中华书局,2016年。

龚鹏程:《游的精神文化史论》,石家庄:河北教育出版社,2001年。

郭丽萍:《绝域与绝学:清代中叶西北史地学研究》,北京:生活·读书·新知三联书店,2007年。

郭少棠:《旅行:跨文化想像》,北京:北京大学出版社,2005年。

郭双林:《西潮激荡下的晚清地理学》,北京:北京大学出版社,2000年。

郭延礼:《中西文化碰撞与近代文学》,济南:山东教育出版社,2000年。

何成洲主编:《跨学科视野下的文化身份认同》,北京:北京大学出版社,2011年。

何永明:《稳定与发展——杨增新治理新疆研究(1912—1928)》,西安:世界图书出版西安有限公司,2013年。

黄达远、李如东主编:《区域视野下的中亚研究:范式与转向》,北京:社会科学文献出版社,2020年。

黄丽娟:《构建中国:跨文化视野下的现当代英国旅行文学研究》,北京:中国社会科学出版社,2013年。

季剑青:《重写旧京:民国北京书写中的历史与记忆》,北京:生活·读书·新知
　　三联书店,2017年。

贾鸿雁:《中国游记文献研究》,南京:东南大学出版社,2005年。

姜智芹:《文学想象与文化利用:英国文学中的中国形象》,北京:中国社会科学
　　出版社,2005年。

蒋磊:《在东方与西方之间:现代旅日作家的文化体验》,北京:社会科学文献出
　　版社,2014年。

雷鸣:《映照与救赎:当代文学的边地叙事研究》,北京:人民出版社,2013年。

李岚:《行旅体验与文化想象》,北京:中国社会科学出版社,2013年。

李萌昀:《旅行故事:空间经验与文学表达》,北京:人民文学出版社,2015年。

李秋菊:《中国旅游文学的多维透视》,长沙:湖南人民出版社,2012年。

李小兵、田宪生主编:《西方史学前沿研究评析(1987—2007)》,上海:上海辞书
　　出版社,2008年。

李涯:《帝国远行:中国近代旅外游记与民族国家建构》,北京:中国社会科学出
　　版社,2011年。

李扬帆:《走出晚清:涉外人物及中国的世界观念之研究》,北京:北京大学出版
　　社,2005年。

李一鸣:《中国现代游记散文整体性研究》,济南:山东人民出版社,2013年。

李怡:《日本体验与中国现代文学的发生》,北京:北京大学出版社,2009年。

李怡:《作为方法的"民国"》,济南:山东文艺出版社,2015年。

李怡、罗维斯、李俊杰编:《民国文学讨论集》,北京:中国社会科学出版社,
　　2014年。

厉声、李国强主编:《中国边疆史地研究综述(1989—1998年)》,哈尔滨:黑龙江
　　教育出版社,2002年。

刘民钢、蔡迎春主编:《民国文献整理与研究发展报告》(5卷),北京:国家图书
　　馆出版社,2015—2019年。

刘维钧:《西域史话》,乌鲁木齐:新疆青年出版社,1985年。

刘玉皑:《边疆与枢纽:近代新疆城市发展研究(1884—1949)》,广州:中山大学出版社,2016年。

马大正、刘逖:《二十世纪的中国边疆研究》,哈尔滨:黑龙江教育出版社,1997年。

孟华主编:《比较文学形象学》,北京:北京大学出版社,2001年。

沈卫荣:《想象西藏:跨文化视野中的和尚、活佛、喇嘛和密教》,北京:北京师范大学出版社,2015年。

苏明:《域外行旅与文学想象:以近现代域外游记文学为考察中心》,北京:中国社会科学出版社,2016年。

苏全贵主编:《光到天山影独圆——邓缵先精神研讨会学术论文集》,北京:社会科学文献出版社,2014年。

孙郁:《在民国》,杭州:浙江人民出版社,2008年。

孙喆:《江山多娇:抗战时期的边政与边疆研究》,长沙:岳麓书社,2015年。

孙喆、王江:《边疆、民族、国家:〈禹贡〉半月刊与20世纪30—40年代的中国边疆研究》,北京:中国人民大学出版社,2013年。

唐宏峰:《旅行的现代性:晚清小说旅行叙事研究》,北京:北京师范大学出版社,2011年。

唐小兵:《书架上的近代中国》,北京:东方出版社,2020年。

陶家俊:《思想认同的焦虑:旅行后殖民理论的对话与超越精神》,北京:中国社会科学出版社,2008年。

田晓菲:《神游:早期中古时代与十九世纪中国的行旅写作》,北京:生活·读书·新知三联书店,2015年。

万翔:《映像与幻想:古代西方作家笔下的中国》,北京:商务印书馆,2015年。

汪晖:《东西之间的"西藏问题"(外二篇)》,北京:生活·读书·新知三联书店,2011年。

王德威、季进主编:《文学行旅与世界想象》,南京:江苏教育出版社,2007年。

王笛:《茶馆:成都的公共生活和微观世界(1900～1950)》,北京:社会科学文献出版社,2010年。

王汎森：《执拗的低音》，北京：生活·读书·新知三联书店，2020年。

王明珂：《华夏边缘：历史记忆与族群认同》，北京：社会科学文献出版社，2006年。

王泉：《中国当代文学的西藏书写》，长沙：湖南师范大学出版社，2012年。

王嵘：《西域探险史》，乌鲁木齐：新疆人民出版社，2008年。

王汝良：《中国文学中的印度形象研究》，北京：中华书局，2018年。

王一川：《中国现代性体验的发生：清末民初文化转型与文学》，北京：北京师范大学出版社，2001年。

谢贵安、谢盛：《中国旅游史》，武汉：武汉大学出版社，2012年。

新疆社会科学院历史研究所编著：《新疆简史》，乌鲁木齐：新疆人民出版社，1980年。

新疆维吾尔自治区人民政府新闻办公室编：《丝绸之路上外国探险家的足迹》，北京：五洲传播出版社，2005年。

杨联芬：《晚清至五四：中国文学现代性的发生》，北京：北京大学出版社，2003年。

杨镰：《在书山与瀚海之间》，上海：东方出版中心，2012年。

杨镰编著：《亲临秘境：新疆探险史图说》，乌鲁木齐：新疆人民出版社，2003年。

杨念群：《何处是"江南"？清朝正统观的确立和士林精神世界的变异》，北京：生活·读书·新知三联书店，2010年。

杨念群主编：《空间·记忆·社会转型："新社会史"研究论文精选集》，上海：上海人民出版社，2001年。

杨汤琛：《晚清域外游记的现代性考察》，北京：中国社会科学出版社，2020年。

杨四平：《跨文化的对话与想象：现代中国文学海外传播与接受》，上海：东方出版中心，2014年。

叶文心：《民国知识人：历程与图谱》，北京：生活·读书·新知三联书店，2015年。

尹德翔：《东海西海之间：晚清使西日记中的文化观察、认证与选择》，北京：北京大学出版社，2009年。

张德明:《从岛国到帝国:近现代英国旅行文学研究》,北京:北京大学出版社,
　　2014年。

张治:《异域与新学:晚清海外旅行写作研究》,北京:北京大学出版社,2014年。

赵静蓉:《文化记忆与身份认同》,北京:生活·读书·新知三联书店,2015年。

赵世瑜:《狂欢与日常:明清以来的庙会与民间社会》,北京:生活·读书·新知
　　三联书店,2002年。

赵世瑜:《小历史与大历史:区域社会史的理念、方法与实践》,北京:北京大学
　　出版社,2017年。

赵园:《制度·言论·心态》,北京:北京大学出版社,2006年。

钟叔河:《走向世界:近代中国知识分子考察西方的历史》,北京:中华书局,
　　2000年。

周冠群:《游记美学》,重庆:重庆出版社,1994年。

周泓:《民国新疆社会研究》,乌鲁木齐:新疆大学出版社,2001年。

周宁:《天朝遥远:西方的中国形象研究》,北京:北京大学出版社,2006年。

周宁主编:《世界之中国:域外中国形象研究》,南京:南京大学出版社,2007年。

周宪主编:《中国文学与文化的认同》,北京:北京大学出版社,2008年。

周轩:《清代新疆流放研究》,乌鲁木齐:新疆大学出版社,2004年。

周轩:《西域文史论集》,乌鲁木齐:新疆大学出版社,2014年。

朱玉麒:《瀚海零缣——西域文献研究一集》,北京:中华书局,2019年。

[德]阿莱达·阿斯曼:《回忆空间:文化记忆的形式和变迁》,潘璐译,北京:北
　　京大学出版社,2016年。

[德]卡尔·曼海姆:《意识形态与乌托邦》,黎鸣译,北京:商务印书馆,2007年。

[德]扬·阿斯曼:《文化记忆:早期高级文化中的文字回忆和政治身份》,金寿
　　福、黄晓晨译,北京:北京大学出版社,2015年。

[法]居伊·德波:《景观社会》,王昭风译,南京:南京大学出版社,2007年。

[美]本尼迪克特·安德森:《想象的共同体:民族主义的起源与散布》,吴叡人
　　译,上海:上海人民出版社,2005年。

[美]杜赞奇:《从民族国家拯救历史:民族主义话语与中国现代史研究》,王宪

明译,北京:社会科学文献出版社,2003年。

[美]段义孚:《恋地情结》,志丞、刘苏译,北京:商务印书馆,2018年。

[美]费约翰:《唤醒中国:国民革命中的政治、文化与阶级》,李恭忠、李里峰等译,北京:生活·读书·新知三联书店,2004年。

[美]柯文:《在中国发现历史:中国中心观在美国的兴起》,林同奇译,北京:中华书局,1989年。

[美]刘禾:《跨语际实践:文学、民族主义与被译介的现代性(中国:1900—1937)》,宋伟杰等译,北京:生活·读书·新知三联书店,2008年。

[美]欧文·拉铁摩尔:《中国的亚洲内陆边疆》,唐晓峰译,南京:江苏人民出版社,2005年。

[美]塞缪尔·亨廷顿:《文明的冲突与世界秩序的重建》(修订版),周琪等译,北京:新华出版社,2010年。

[美]施坚雅主编:《中华帝国晚期的城市》,叶光庭、徐自立等译,北京:中华书局,2000年。

[美]斯瓦特·苏塞克:《内亚史》,袁剑、程秀金译,北京:商务印书馆,2023年。

[美]斯维特兰娜·博伊姆:《怀旧的未来》,杨德友译,南京:译林出版社,2010年。

[美]托马斯·巴菲尔德:《危险的边疆:游牧帝国与中国》,袁剑译,南京:江苏人民出版社,2011年。

[美]薛爱华:《朱雀:唐代的南方意象》,程章灿、叶蕾蕾译,北京:生活·读书·新知三联书店,2014年。

[日]柄谷行人:《日本现代文学的起源》,赵京华译,北京:生活·读书·新知三联书店,2006年。

[日]沟口雄三:《作为方法的中国》,孙军悦译,北京:生活·读书·新知三联书店,2011年。

[日]王珂:《从"天下"国家到民族国家》,上海:上海人民出版社,2020年。

[日]竹内好:《近代的超克》,孙歌编译,北京:生活·读书·新知三联书店,2005年。

[英]安东尼·吉登斯:《现代性的后果》,田禾译,南京:译林出版社,2011年。

［英］安东尼·吉登斯:《现代性与自我认同：现代晚期的自我与社会》,赵旭东、方文译,北京：生活·读书·新知三联书店,1998年。

［英］E·霍布斯鲍姆、［英］T·兰格:《传统的发明》,顾杭、庞冠群译,南京：译林出版社,2004年。

［英］彼得·伯克:《图像证史》,杨豫译,北京：北京大学出版社,2019年。

［英］彼得·霍普科克:《丝绸路上的外国魔鬼》,杨汉章译,兰州：甘肃人民出版社,1983年。

［英］齐格蒙特.鲍曼:《流动的现代性》,欧阳景根译,上海：上海三联书店,2002年。

后　记

　　最难忘在塔克拉玛干沙漠南缘的一片戈壁滩上，有一排兀然独立的曾被唤作"四十七团七连老中学"的老平房，我的姥姥姥爷硬是借着几公里外的一条大渠在那里辛勤耕耘了数十年，在那里度过的每一个寒暑假奠定了我一生最重要的底色和温暖。最难忘那些亲人们可以团聚一堂的欢乐时光，每每遗憾自己没有一个作家的禀赋，将一段段传奇奋斗的家族史写出来，但愿我能以这样的方式向我的先辈和亲人们交出一份有情有义的答卷。

　　可是看起来，我笔下的这段历史与我的个人生活经验是完全无关的，我生命中最重要的亲人都是20世纪五六十年代入新，并为兵团建设奋斗终生的埋头苦干的实干者。在他们年轻时代孤注一掷的西行中，虽然有着那么多背井离乡的不舍和对前途茫茫的隐忧，然而他们依然以一扎根就是半个世纪的坚韧和顽强，成为后来老家亲戚故人眼中的传奇和羡慕的对象，并为我们这些后裔带来了源源不断的福荫和庇护。在阅读思考写作这个题目时，我无时无刻不在想念他们，他们的善良、正直、忠厚、坚韧、乐观和勇敢是我一生取之不竭的精神养料。

　　而对民国历史本身，我则怀着与以往写作论文时不同的价值感。

一寸寸地沿波讨源、一点点地剥茧抽丝，还有我幸运地利用到近些年来更新频繁的各类数据库，发现了那么多被历史筛漏的民国知识人的赴新见闻。发现的作者越多，历史谱系越丰富，史料文献越庞杂，越是感动于这片土地上曾有那么多荡气回肠的故事，越有一种不容懈怠的使命感，或许，还是应该感谢各种命运中的机缘巧合吧，让我在黑暗中持着久浸文学不灭萤光的油灯孑然独行，去努力照亮和温暖那些在阅读中曾经照亮并温暖过我的游记作者们。将这份历史尽量真实而完整地呈现出来，是我明知不可能依然向往的境界，而让这些先行者能因为我的梳理而在书山瀚海中重新浮现，则是我乐此不疲的最大收获。对于一个曾经对文字过分敏感到几近恐惧的痴者而言，能重拾这份少年时代对文字的迷恋和信仰，对我是一份生命中失而复得的惊喜。

书斋中待久了，出去看看这个我生活了二十余年的城市，偶尔会有一些历史的恍惚感，常常会暗自遐想脚下的这个地点百年前的模样和称呼，喜欢走得再远一些再远一些，阜康、吉木萨尔、吐鲁番、哈密、巴里坤、伊宁、塔城、库尔勒、尉犁、库车、喀什、塔县……因为怀揣着那么多生动具体的历史记忆，让我到任何一个地方都不是空洞无据的。为此，我又要感谢那些陪伴、帮助、鼓励我行走于天山南北的亲友们，你们是我与这片土地最血肉相连的纽带。

写作本身是一个漫长到有些自我折磨但更匆匆到不觉时光飞逝的过程，对于一个写篇万字论文动辄半年的人而言，这次的学术训练对我而言至少在结构整体框架、理论妥帖化用、史料择取放置、文辞简约通达方面都是一次挑战和飞跃。这次写作我所面临的最严峻的挑战和最重要的收获就是——管理时间。虽然学校有在职读博工作量三分之一达标的规定，但写作本书前前后后的多年里，我每年的课堂教学工作量都远超足额工作量，在这个绩效为王的时代，这样的投入大量心血在课堂教学和学生事务上就像是一个巨大的笑话，而我也就习惯这样一点一点地挤出所谓海绵里的时间。回望来路我最大的安慰是自己终究通过了种种考验。

感谢我的导师高波老师，他以最大的耐心和豁达包容了我的进度迟缓，以最多的善意和理解解决了我的后顾之忧，更以一份真正浪漫主义的情怀放弃厦大优渥的生活条件，长歌踏行于这片广袤神奇的大地。

感谢学院领导和同仁们对我在职读博的理解和关心，感谢刘求长老师、刘云老师、刘宾老师、程光炜老师、欧阳可惺老师、周轩老师、阿依达尔·米尔卡马力老师、管守新老师、万雪玉老师、孟楠老师、杨丽老师等，这么多年来他们总是不断地相助提携和给予我诸多关心。感谢给予此书出版支持的上海古籍出版社，感谢漫长繁琐的出版流程中盛洁老师细致高效的辛勤付出。尤其要感谢本书责编黄芬老师，在初稿完成6年终于刊行前的最关键时刻，黄老师以我难以想象的高度责任心和定力耐心，重新一一校订了我几乎是为了偷懒而海量援引的各类参考文献，克服了原稿中的很多错讹粗陋混乱之处，并不断给予我远逾于出版合作关系之上的理解关心和温暖鼓励。

能激励我一直坚持这份边疆研究的学术信念的，还有这些年在自己孤身奋斗的学术路上，在不知深浅的盲投中，一些素昧平生的编辑老师对一名完全陌生的无名边疆学子的知遇之恩，中华书局的罗华彤老师，《民族文学研究》的周翔老师，《中国比较文学》的周乐诗老师，《西域研究》的陈霞老师、李文博老师、宋俐老师，《北方民族大学学报》的李小凤老师，《石河子大学学报》的任屹立老师，《新疆地方志》的吴佩昀老师，《新疆艺术》的李丹莉老师、李卿老师，《边疆经济与文化》的张雅安老师等都曾在我人生的低谷期给予我从未敢奢望的热情鼓励和积极肯定。感谢《新疆大学学报》《兰台世界》《芒种》《名作欣赏》《大陆桥视野》等刊物给予的大力支持。正是这些生命中点点滴滴的感动,让我一次次坚定了老老实实做学问的底气和信念,并在喧嚣世事中还能坚守一份对学术的淡泊之志和敬畏之心。

　　我还要再一次感谢我的家人,他们给了我最强大的心理支柱和奋斗动力。我必须要提到的还有我的父亲,因为如果此书不虚,那么这份迟到的荣耀和喜悦最终是属于他的。父亲高中毕业后从湖南湘乡老家投奔入伍进疆的大姑并从一名兵团农工做起,在从师部财务一把手的位置上退休时依然两袖清风,他培养的一对儿女曾是和田地区中考、高考文理科的第一名,他在身患重病后依然创造出令所有知情者惊叹不已的生命奇迹。这些年来在面临各种考验和困难时,我总是提醒自己做父亲希望我成为的人——一个有用的好人!父亲在世时曾为他那多愁善感的女儿操尽了心,愿今日的我和这本书能让天上的父亲欣慰并且骄傲。

图书在版编目(CIP)数据

民国游记中的新疆形象研究 / 成湘丽著. -- 上海 ：
上海古籍出版社，2025.5. -- ISBN 978-7-5732-1285-6

Ⅰ. I207.65

中国国家版本馆 CIP 数据核字第 2025E3T604 号

民国游记中的新疆形象研究

成湘丽　著

上海古籍出版社出版发行

（上海市闵行区号景路 159 弄 1-5 号 A 座 5F　邮政编码 201101）

（1）网址：www. guji. com. cn

（2）E-mail：guji1 @ guji. com. cn

（3）易文网网址：www. ewen. co

上海惠敦印务科技有限公司印刷

开本 890×1240　1/32　印张 13.625　插页 3　字数 329,000

2025 年 5 月第 1 版　2025 年 5 月第 1 次印刷

ISBN 978-7-5732-1285-6

K·3672　定价：68.00 元

如有质量问题，请与承印公司联系